KB078655

더 라스트 레터

The Last Letter

더 라스트 레터: 사랑을 찾아주는 마지막 열쇠

조조 모예스 지음

오정아 옮김

살림

Part 1

"깨어나고 있어요."

뭔가 바스락거리는 소리, 의자 끌리는 소리에 이어 커튼 고리가 쩔랑거리며 부딪치는 소리가 들렸다. 그러고는 중얼 거리는 두 사람의 목소리.

"가서 하그리브스 선생님을 모셔올게요."

잠시 정적이 흐르는 동안, 그녀는 서서히 다른 종류의 소리를 듣게 되었다. 멀리서 들려오는 웅웅대는 목소리들, 차한 대가 지나가는 소리. 묘하게도 그 소리는 저 아래 어디선가 들려오는 것 같았다. 가만히 누워 귀를 기울이자 소리가 차츰 분명해졌다. 분주히 머리를 굴리며 소리의 정체를 하나하나 알아가기 시작했다.

통증을 느낀 건 바로 그때였다. 강렬한 통증이 위쪽으로 퍼져나갔다. 처음에는 팔꿈치에서 어깨까지 날카롭게 타는 듯한 느낌이 이어지더니, 머리에 둔하면서도 인정사정없는 통증이 일었다. 몸의 다른 부분들도 아팠다. 마치…….

마치……?

"선생님은 금방 오실 거예요. 블라인드를 닫아놓으라고 하셨어요."

입안이 바짝 말랐다. 그녀는 입을 다물고 고통스럽게 마른침을 삼켰다. 물을 달라고 하고 싶었지만 목소리가 나오지 않았다. 눈을 살그머니 떠보았다. 흐릿한 두 형체가 주변에서 움직였다. 뭔지 알아보았다고 생각하는 순간마다 그것들은 다시 움직였다. 푸른색. 그것들은 푸른색이었다.

"아래층에 방금 누가 들어왔는지 알지?"

목소리 하나가 소리를 낮춰 말했다. "그 가수. 폴 뉴먼 (1958년에 데뷔한 미국의 영화배우―옮긴이)하고 닮은 사람요."

"라디오에서 뭐라고 하는 거 같던데. 네 체온계 좀 빌려줘, 비. 내 건 또 말을 안 듣네."

"전 점심시간에 살짝 가서 들여다보려고요. 수간호사님은 오전 내내 신문기자들한테 시달리셨어요. 틀림없이 쩔쩔매셨을 거야."

그들이 무슨 말을 하는지 그녀는 알지 못했다. 머리의 통증은 쿵쿵거리고 쉭쉭거리며 강도를 높여갔다. 그녀는 다시 눈을 감고 통증이 사라지길, 아니면 자신이 사라지길 기다렸다. 얼마 지나지 않아 하얀 파도가 밀려들었고, 그녀는 고마운 마음으로 조용히 한숨을 내쉬며 물결 속으로 잠겨들었다.

* * *

"깨어나셨습니까? 손님이 오셨네요."

깜빡이는 형상 하나가 그녀 위에 떠 있었다. 처음에는 이쪽으로, 다음에는 저쪽으로 활발하게 움직이는 환영. 그녀는 문득 첫 손목시계가 떠올랐다. 유리 덮개로 햇빛을 반사시켜 놀이방 천장에 무늬를 만들던 시계, 그 무늬를 이리저리 흔들면 그녀의 작은 개가 왕왕대며 짖어댔던 일.

푸른색이 다시 나타났다. 그것이 움직이자 바스락거리는 소리가 났다. 이어서 손 하나가 그녀의 손목을 잡았고, 짧고 강렬한 통증이 일어나 그녀는 비명을 질렀다.

"그쪽은 좀 더 조심해야 해요, 간호사." 목소리가 꾸짖었다. "통증을 느꼈어요."

"정말 죄송합니다, 하그리브스 선생님."

"그 팔은 한 번 더 수술해야 해요. 여러 곳을 핀으로 고정해두었지만 아직 완전하지 못해요."

거무스름한 형체 하나가 발치에서 서성였다. 확실하게 보려고 했지만, 그것이 푸른 형체들처럼 또렷해지기를 끝내 거부하는 바람에 그녀는 눈을 감았다.

"원하시면 곁에 앉아 계셔도 좋습니다. 말씀해보세요. 들으실 수는 있습니다."

"다른…… 다른 부상은 어떻습니까?"

"유감스럽게도 흉터는 좀 남을 것 같습니다. 특히 팔에 생긴 상처는요. 그리고 머리를 상당히 세게 부딪혔으니 정상을 되찾기까지는 시간이 좀 걸릴 겁니다. 하지만 사고가 얼마나 심각했는지를 생각하면 정말 운이 좋은 거죠."

잠시 정적이 흘렀다.

"예."

누군가 옆에 과일 바구니를 가져다 놓았다. 그녀가 다시 눈을 떠 시선을 집중하자 모양과 색깔이 만족할 만큼 점점 또렷해졌고, 거기에 무엇이 있는지 알 수 있었다. 포도, 그녀가 말했다. 그리고 다시, 머릿속으로 조용히 그 단어를 발음해보았다. 포도. 새로운 현실에 굳건히 발을 디디게 해주는 것이라도 되듯 그것을 발음하는 일이 중요하게 느껴졌다.

처음 나타난 환영들은 나타날 때처럼 빠르게 사라지고 짙푸른 덩어리가 옆으로 자리를 잡았다. 그 덩어리가 가까이 오자 희미하게 담배 냄새가 났다. 그러고는 조심스럽고 약간 쑥스러운 듯한 목소리가 들려왔다. "제니퍼? 제니퍼? 내 말 들려?" 말소리가 너무 크고 이상하게 거슬렸다.

"제니, 여보, 나야."

그녀는 그들이 포도를 다시 보여줄지 궁금했다. 반드시 다시 봐야 할 것만 같았다. 탐스러운 보라색의 단단한 물체. 익숙한 물체.

"제 말을 들을 수 있는 게 분명합니까?"

"그럼요. 하지만 아직 대화는 나누기 힘드실 겁니다."

뭔가 웅얼거리는 소리가 들렸지만 무슨 말인지 알아듣지 못했다. 어쩌면 알아들으려고 애쓰기를 멈춘 건지도 몰랐다.

모든 것이 흐릿했다. "그것…… 좀…….' 그녀가 속삭였다.

"하지만 정신에는 아무 이상이 없는 거죠? 영구적으로 남는…… 증상 같은 건……?"

"말씀드렸듯이, 머리를 세게 부딪혔지만 경계해야 할만한 의학적 징후는 보이지 않았습니다." 종이 넘기는 소리가 들렸다. "골절도 없고, 뇌 부종도 없고요. 하지만 이런 부상은 늘 예견하기 어려운 면이 있습니다. 환자들이 저마다 다른 반응을 보여서요. 그러니 당분간 그저 지켜보는 수밖에……."

"제발……." 그녀가 겨우 들릴 정도로 중얼거렸다.

"하그리브스 선생님! 뭔가 말씀하려고 하시는데요."

"…… 보고 싶어……."

얼굴 하나가 획 내려왔다. "네?"

"…… 보고 싶어요……." 포도가. 그녀가 부탁했다. 난 포도를 다시 봐야 해요.

"남편분이 보고 싶으시대요!" 간호사가 상체를 획 들어 올리며 의기양양하게 선언했다. "남편분이 보고 싶다고 하신 거 같아요."

한순간 침묵이 흐르고, 누군가 그녀 곁으로 몸을 구부렸다. "나 여기 있어, 여보. 전부…… 전부 다 괜찮아."

몸이 뒤로 물러나자, 누군가 등을 탁 치는 소리가 들렸다. "보셨죠? 벌써 정상으로 돌아오기 시작하지 않았습니까. 차차 나아지실 겁니다. 아셨죠?" 남자의 목소리가 다시 들렸다. "간호사? 가서 수간호사에게 오늘 밤 드실 음식을 준비하라고 전해요. 너무 단단하지 않은 걸로. 가볍고 삼키기 쉬운 게 좋겠어요……. 가는 김에 우리한테도 차를 좀 가져다주고." 그들은 계속 곁에서 이야기를 나누었고, 주변에서 발소리와 나지막한 목소리들이 들려왔다. 다시금 빛이 차단되기 전에 그녀에게 마지막으로 찾아든 생각은 이것이었다. 남편?

* * *

자신이 병원에 얼마나 있었는지 설명을 들었을 때, 그녀는 도무지 믿기지가 않았다. 시간은 조각이 나서 감당할 수가 없었고, 혼란스러운 덩어리로 왔다가 사라졌다. 처음 깨어났던 건 화요일 아침이었다. 그런데 벌써 수요일 점심이 되었다. 열여덟 시간이나 잠들어 있었던 것이다. 그렇게 오래 깨어나지 않은 것이 무례한 행동이라는 듯 사람들은 탐탁지 않은 어조로 알려주었다. 그러고 나니 다시 금요일이 되었다.

깨어나면 사방이 어두울 때도 있었다. 그러면 풀 먹인 하얀 베개 위로 머리를 조금 밀어 올리고 조용히 움직이는 밤의 병동을 지켜보았다. 복도를 오가는 간호사의 작은 발소리, 드문드문 나누는 간호사와 환자 간의 대화가 들려왔다. 간호사는 원한다면 저녁 시간에 텔레비전을 볼 수 있다고 말해주었다. 그녀는 1인실에 입원해 있으므로 원하는 건 무엇이든 할 수 있었다. 하지만 그 말에는 매번 고맙지만 사양하겠다고 답했다. 구석에서 끝없이 떠들어대는 상자와 마주 앉지 않더라도 마음을 불안하게 하는 정보들이 급류처럼 쏟아지고 있어서 충분히 혼란스러웠다.

깨어 있는 시간이 길어지고 횟수도 늘어나면서 그녀는 작은 병동에 머무는 다른 여자들의 얼굴도 익히게 되었다. 오른쪽 병실엔 나이 든 여자가 있었다. 칠흑 같은 머리를 빗어 올려서 한 치의 흐트러짐 없이 스프레이를 뿌려 핀으로 고정했고, 늘 약간 놀라고 실망한 듯한 표정이었다. 젊은 시절에는 영화에 출연한 모양이었는데, 새로 간호사가 올 때마다 마지못해 알려준다는 듯 그 사실을 말해주었다. 항상 위엄이 넘치는 목소리로 말했고, 방문객은 거의 없었다.

반대편에는 통통한 젊은 여자의 병실이 있었다. 여자는 이른 아침이면 소리 죽여 눈물을 흘리곤 했다. 그보다 나이가 많은 활기찬 여자(아마도 보모?)가 매일 저녁 아이들을 데리고 왔다가 한 시간 정도 뒤에 돌아갔다. 두 남자아이는 침대 위로 기어 올라가서, 보모가 '엄마를 다치게 할까' 두렵다며 내려오라고 할 때까지 여자를 꽉 붙잡고 놓아주지 않았다.

간호사들은 여자들의 이름을 알려주었고, 이따금 자신들의 이름도 말해줬지만, 그녀는 잘 기억하지 못했다. 그럴 때면 실망하는 눈치였다.

모두가 그녀의 남편이라고 부르는 남자는 거의 매일 저녁 찾아왔다. 짙푸른 색이나 회색 모직물로 만든 깔끔한 정장 차림이었고, 그녀의 볼에 형식적으로 입을 맞추고 나면 침대 발치에 앉았다. 그러고는 그날 음식은 어땠는지, 뭔가 보내줄 것은 없는지 물으며 걱정스레 말을 건넸다. 가끔은 그저 조용히 앉아서 신문을 읽기도 했다.

그는 인물이 좋았고, 그녀보다 열 살은 연상인 듯했다. 이마는 높고 기품이 있으며 눈꺼풀이 처진 눈에는 진지한 빛이 감돌았다. 그녀도 마음속으로는 이 남자가 자신이 말하는 그 사람이라는 것을, 그들이 결혼한 사이라는 것을 알았다. 하지만 사람들이 어떤 반응을 기대하는지 뻔히 아는데 본인은 정작 아무 느낌도 들지 않아서 당혹스러웠다. 가끔 그가 보고 있지 않을 때면 유심히 그를 바라보며 익숙한 느낌이 밀려들길 기다렸다. 어떤 때는 잠에서 깨어나면 그가 신문을 내리고 쳐다보고 있기도 했다. 그럴 때면 그의 눈빛에도 그녀와 비슷한 감정이 떠올라 있었다.

주치의인 하그리브스 선생은 매일 병실에 들러 차트를 확인하고 그녀에게 날짜와 시간, 이름을 물었다. 이제는 모두 제대로 답했다. 심지어는 총리의 이름이 맥밀런이라는 것과 자신의 나이가 스물일곱이라는 것까지 말할 수 있었다. 하지만 입원하기 전에 일어난 사건들, 신문에서 크게 떠들어댄 사건들에 대해 물으면 제대로 답하지 못했다. "조금 지나면 생각날 겁니다." 의사는 그녀의 손등을 토닥이며 그렇게 말했다. "억지로 생각해내려고 하지 말아요. 잘했어요."

어머니는 비누와 고급 샴푸, 잡지 같은 작은 선물들을 한 아름 사 들고 찾아왔다. 그것들이 외관상으로나마 예전의 그녀로 돌아가게 해주리라 믿는 것처럼. "우리 모두 얼마나 걱정했는지 몰라, 제니." 어머니가 서늘한 손을 그녀의 머리에 얹으며 말했다. 그 느낌이 좋았다. 익숙하진 않지만 좋은 느낌이었다. 어머니는 이따금 뭔가 말하기 시작하다가 중얼거렸다. "괜한 질문들로 널 피곤하게 만드는구나. 그러면 안 되지. 기억은 나중에 다 돌아올 거야. 의사가 그렇게 말했잖니. 그러니까 걱정할 거 하나 없어."

걱정하지 않아요, 제니는 그렇게 말하고 싶었다. 그녀만의 작은 공간 안에서 제니는 상당히 평화로웠다. 다만 모두가 기대하는 바로 그 사람이 될 수 없어서 어렴풋이 슬픔을 느낄 뿐이었다. 그러자 생각이 너무 혼란스러워졌고, 그럴 때면 언제나 그러듯, 그녀는 다시 잠 속으로 빠져들었다.

* * *

어느 상쾌한 아침, 창밖으로 보이는 푸른 하늘에 침엽수림처럼 연기 흔적들이 삐죽삐죽 솟아오른 아침에, 마침내 집으로 돌아가도 좋다는 허락이 떨어졌다. 그녀는 이제 병동을 거닐며 다른 환자들과 잡지를 교환해보기도 했다. 환자들은 간호사와 이야기를 나누거나 마음 내킬 때면 라디오를 들었다. 제니퍼는 팔에 두 번째 수술을 받았고, 의사는 수술 부위가 잘 아물었다고 했다. 하지만 고정 장치가 삽입된 곳에 벌겋고 긴 흉터가 생겨서 제니퍼는 볼 때마다 움찔 놀랐고, 긴 소매 밑으로 팔을 숨기는 데 신경 썼다. 그녀는 안과 검사를 받았고 청력도 확인했다. 유리 파편에 긁힌 무수한 상처도 모두 아물었다. 멍들은 사라졌고, 부러진 갈비뼈와 쇄골도 잘 붙어서 어떤 자세로 누워도 통증이 없었다.

이제 그녀가 모든 면에서 '예전의 그녀'처럼 보인다고 사람들은 입을 모았다. 반복해서 말하다보면 그녀의 기억이 되살아나기라도 할 듯이. 어머니는 흑백사진을 잔뜩 가져와서 제니퍼의 삶을 다시 그녀에게 반영하듯 몇 시간이고 사진들을 보여주었다.

제니퍼는 결혼한 지 4년이 되었다는 사실도 알게 되었다. 아이는 아직 없었다. 어머니의 목소리가 낮아지는 것으로 보아 그 사실이 모두에게 실망을 안겨준 모양이었다. 제니퍼는 런던의 아주 좋은 동네에 있는 고급 주택에서 가정부와 기사를 두고 살았다. 그녀가 가진 것의 절반이라도 얻을 수 있다면, 젊은 여성들은 아마 무엇이라도 내놓겠다고 할 것이다. 광산업계의 거물인 남편은 자주 해외로 나갔지만, 사고가 난 뒤로는 중요한 출장을 몇 건이나 연기할 정도로 아내에게 헌신적이었다. 병원 직원들의 태도로 보면 그는 정말 중요한 인물인 듯했고, 제니퍼도 어느 정도 정중한 대우를 기대해야 하는 건지 몰랐지만, 그녀에겐 터무니없이 느껴졌다.

누구도 제니퍼가 어떻게 병원에 오게 됐는지에 대해서 자세히 말해주지 않았다. 언젠가 훔쳐본 진료 기록에는 자동차 사고를 당했다고 씌어 있었다. 한번은 어머니에게 무슨 일이 있었는지 집요하게 물었더니, 어머니는 얼굴을 붉히며 통통하고 자그마한 손을 제니퍼의 손에 얹고 이렇게 말했다. "그일은 자꾸 떠올리지 말렴, 애야. 그 일만 생각하면…… 너무나 괴로우니까." 어머니는 눈물을 글썽였고, 제니퍼는 어머니를 언짢게 하고 싶지 않아 다른 이야기로 넘어갔다.

* * *

제니퍼의 머리를 다듬고 손질하기 위해 젊은 미용사가 병실을 찾았다. 밝은 오렌지색 머리를 한 수다스러운 미용사는 머리를 손질하면 기분이 훨씬 나아질 거라고 했다. 상처를 꿰매느라 뒷머리를 약간 밀었다고 하자, 그런 상처를 숨기는 데 선수라고 큰소리를 쳤다.

한 시간이 조금 넘은 후, 미용사가 과장된 몸짓으로 그녀 앞에 거울을 들어 보였다. 제니퍼는 거울 속에서 자신을 마주한 여자를 빤히 쳐다보았다. 꽤 예쁜 얼굴이라고 생각하며 남의 일처럼 희미한 만족감을 느꼈다. 멍이 들고 창백한 감은 있지만 호감이 가는 얼굴이었다. 내 얼굴, 하고 제니퍼는 고쳐 말했다.

"화장품 갖고 계세요?" 미용사가 말했다. "팔이 아직 아프시면 화장도 해드릴 수 있어요. 립스틱만 약간 발라도 훨씬 화사해 보일 거예요, 사모님. 파우더도 약간 바르고요."

제니퍼는 계속 거울을 빤히 쳐다보았다. "그러는 게 좋을까요?"

"그럼요. 사모님처럼 예쁜 분은요. 너무 티 나지 않게 살짝 할게요……. 그래도 볼에는 혈색이 돌아 보일 거예요. 잠깐만 기다리세요. 얼른 내려가서 화장품 가방을 가져올게요. 저한테 파리에서 가져온 아름다운 색상들이 있거든요. 사모님한테 딱 어울릴만한 찰스 오브 더 리츠 립스틱도 있고요."

* * *

"이런, 아주 멋지신걸요. 곱게 화장한 숙녀분을 보는 일은 언제나 즐겁죠. 모든 일을 척척 해낼 수 있다는 걸 보여주는 듯해서 말입니다." 회진 시간에 병실을 찾은 하그리브스 선생이 말했다. "얼른 집으로 돌아가고 싶으시죠?"

"네, 그러네요. 칭찬 고맙습니다." 제니퍼가 공손하게 대답했다. 그 집이라는 데가 어떤 곳인지 전혀 감이 오지 않는다는 사실을 의사에게 어떻게 전할지 그녀는 알지 못했다.

의사는 제니퍼가 얼마나 불안해하고 있는지 측정하려는 듯, 잠시 그녀의 얼굴을 유심히 보았다. 그러더니 침대 옆에 걸터앉아 제니퍼의 어깨에 손을 얹었다. "아직도 모든 게 조금 혼란스럽게 느껴진다는 거 알아요. 여전히 정상이 아닌 것처럼 느껴진다는 거. 하지만 많은 부분이 분명하게 떠오르지 않아도 걱정할 거 없습니다. 머리를 다친 후에 일시적으로 기억상실증을 겪는 일은 상당히 흔하니까요."

"부인은 지원을 아끼지 않는 가족을 두셨어요. 일단 일상으로 돌아가서 친구들과 만나고 쇼핑을 하는 등 익숙한 일들에 둘러싸이면, 곧 기억이 돌아오는 걸 느끼실 겁니다."

제니퍼는 고분고분하게 고개를 끄덕였다. 그렇게 하면 모두가 행복해한다는 걸 진즉에 깨달았다.

"일주일 후에 다시 병원으로 나오셔서 팔의 회복 상태를 확인하셔야 합니다. 아마 물리치료를 받으셔야 예전처럼 사용하게 되실 겁니다. 하지만 제일 중요한 건 마음을 편히 먹고 잘 쉬는 거예요. 아시겠습니까?"

의사는 이미 떠나려 하고 있었다. 그녀가 무슨 말을 더 할 수 있을까?

* * *

남편이 티타임 직전에 그녀를 데리러 왔다. 풀을 먹여 빳빳한 앞치마를 두른 깔끔한 모습의 간호사들이 아래층 접수처 앞에 일렬로 늘어서서 그녀에게 인사를 했다. 제니퍼는 여전히 이상하게 힘이 없는 데다 걸음걸이가 불안정해서 남편이 내밀어준 팔에 고마운 마음이 들었다.

"아내를 잘 보살펴주셔서 고맙습니다. 계산서는 사무실로 보내주십시오." 남편이 수간호사에게 말했다.

"알겠습니다." 수간호사가 남편과 악수를 하며 제니퍼에게 환하게 웃어 보였다. "부인께서 다시 걷는 모습을 보니 정말 반갑네요. 오늘 멋지세요, 스털링 부인."

"고맙습니다. 몸이…… 훨씬 낫네요." 제니퍼는 캐시미어 롱코트를 입고 거기에 어울리는 둥근 필박스 모자를 썼다. 남편이 병원으로 세 벌의 옷을 보내주었고, 자신에게 관심이 쏠리는 게 싫었던 제니퍼는 그중에서 가장 튀지 않는 옷을 골랐다.

하그리브스 선생이 자신의 방에서 머리를 내밀자 그들이 올려다보았다. "비서가 그러는데 바깥에 기자들이 있다더군요. 소란을 피하려면 뒷문으로 나가시는 게 좋겠습니다."

"그러는 게 좋겠군요. 제 기사에게 그쪽으로 오라고 좀 말씀해주시겠습니까?"

오랫동안 따뜻한 병동에만 머물던 제니퍼에게 바깥 공기는 충격적일 정도로 차갑게 느껴졌다. 그녀는 짧은 숨을 뱉으며 힘겹게 남편과 보조를 맞춰 걸어가 크고 검은 차의 뒷좌석으로 들어갔다. 커다란 가죽 좌석에 몸을 묻자, 고급스러운 차에서 나는 묵직한 소리와 함께 차문이 닫혔다. 차는 나지막하게 부르릉거리며 런던 거리로 들어섰다.

제니퍼는 창밖으로 병원 앞에 모여 선 신문사 기자들을 내다보았다. 두꺼운 옷에 파묻힌 채 서로의 렌즈를 비교하는 사진기자들도 있었다. 그 너머로 런던 중심가에 사람들이 북적이는 모습도 눈에 들어왔다. 바람을 막으려 옷깃을 세우고 서둘러 걷는 사람들, 중절모를 이마까지 푹 눌러쓴 남자들.

"그 가수가 누구였죠?" 남편을 돌아보며 제니퍼가 물었다.

남편은 기사에게 뭔가 말하고 있었다. "누구?"

"가수요. 무슨 사고를 당한 거 같던데."

"누굴 말하는지 모르겠어."

"다들 그 사람 얘기를 하던데요. 병원 간호사들이요."

"아, 그래. 신문에서 본 거 같군." 그렇게 말한 그는 이내 관심을 잃은 듯했다. "난 아내를 집에 내려주고 안정이 되는 대로 사무실로 갈 거야." 그가 기사에게 일렀다.

"그 사람 어떻게 됐어요?"

"누구?"

"그 가수요."

남편은 뭔가를 가늠하듯 그녀를 쳐다보았다. "죽었어." 그러고는 다시 기사에게로 고개를 돌렸다.

* * *

스투코를 바른 하얀 주택의 계단으로 제니퍼가 천천히 올라가 마지막 계단에 다다르자 마법처럼 문이 열렸다. 기사는 여행 가방을 현관에 조심스레 내려놓고 물러갔다. 그들을 맞으러 현관으로 나온 여인에게 남편이 고개를 끄덕여 보였다. 중년 후반의 여인은 검은 머리를 뒤로 넘겨 단단히 쪽을 지고 남색 투피스를 입었다. "어서 오세요, 사모님." 여인이 손을 내밀며 말했다. 여인은 진심 어린 미소를 지으며 강한 억양이 있는 영어로 말했다. "이렇게 회복되셔서 저희 모두 얼마나 기쁜지 몰라요."

"고마워요." 제니퍼는 여인의 이름을 덧붙이려고 했지만, 물어보자니 께름칙했다.

여인은 잠시 기다렸다가 그들의 코트를 받아 들고 복도로 사라졌다.

"피곤해?" 그가 고개를 숙여 그녀의 얼굴을 살폈다.

"아뇨. 괜찮아요." 제니퍼는 애써 실망감을 감추며 집 안을 둘러보았다. 처음 들어와본 집이라고 해도 믿을 것 같았다.

"난 그만 사무실로 돌아가봐야 할 거 같아. 코르도자 부인하고 있어도 괜찮겠어?"

코르도자. 완전히 낯설게 느껴지지는 않았다. 고마운 마음이 밀려들었다. 코르도자 부인. "괜찮아요. 걱정 말고 얼른 나가보세요."

"7시까지는 돌아올 거야…… 당신이 괜찮다고 하니까 그럼……." 그는 한시라도 빨리 나가고 싶은 눈치였다. 상체를 기울여 그녀의 볼에 입을 맞추더니, 잠시 망설이다 집을 나섰다.

제니퍼는 현관에 서서, 바깥 계단을 내려가는 남편의 발소리를 들었다. 이어서 남편의 근사한 자동차가 부드러운 엔진 소리를 내며 출발했다. 남편이 떠나고 나자 집 안이 갑자기 휑뎅그렁하게 느껴졌다.

제니퍼는 실크 선이 들어간 벽지를 손으로 쓸어보았다. 반드르르하게 닦인 마룻바닥과 현기증이 날 정도로 높은 천장을 바라보았다. 그녀는 정확하고 신중한 움직임으로 장갑을 벗었다. 그러고는 복도 테이블에 놓인 사진들을 자세히 보기 위해 몸을 앞으로 숙였다. 제일 큰 것은 결혼사진이었다. 광택이 나는 은으로 된 사진틀에 화려한 장식이 달렸다. 사진 속의 제니퍼는 딱 붙는 하얀 드레스를 입고 얼굴 절반을 레이스 베일로 가렸다. 그녀 옆에서 남편이 환하게 웃고 있었다. 나는 정말 이 사람과 결혼했구나, 하고 제니퍼가 생각했다. 몹시 행복해 보여, 라고도.

제니퍼가 깜짝 놀랐다. 어느 샌가 코르도자 부인이 그녀 뒤로 다가와 손을 모으고 서 있었다. "차를 가져다 드릴까 여쭤보려고요. 응접실에서 드실 거 같아서 불을 지펴두었어요."

"그게 좋을 거……." 제니퍼가 복도에 있는 여러 개의 문을 바라보았다. 그러고는 다시 사진으로 시선을 옮겼다. 잠시 시간이 흐르고 나서 그녀가 입을 열었다. "코르도자 부인…… 부인 팔을 좀 잡아도 될까요? 자리에 앉을 때까지만요. 아직 걷는 게 불안정하게 느껴지네요."

제니퍼는 나중에 다시 생각해도, 자신이 집 구조를 기억하지 못한다는 사실을 어째서 부인에게 숨겼는지 알 수 없었다. 그녀가 아는 척하고 모두가 그녀를 믿으면, 표면적인 행동들이 진실이 될지도 모른다는 생각이 들었던 것 외에는.

* * *

코르도자 부인이 감자와 껍질콩을 넣고 찐 냄비 요리를 저녁으로 준비해주었다. 요리는 오븐 맨 아래 칸에 넣어두었다고 했다. 제니퍼는 남편이 오기 전에는 식탁을 차릴 수가 없었다. 오른팔에 아직 힘이 없어서 무거운 주철 냄비를 떨어뜨릴지도 몰랐다.

혼자 있는 동안 제니퍼는 널찍한 집 안을 돌아다니며 그집에 익숙해져보려고 서랍들을 열어보고 사진들을 구경했다. 그녀는 반복해서 자신에게 말했다. 내 집, 내 물건, 내 남편. 한두 번인가는 생각을 비우고 발길이 이끄는 대로 화장실로 서재로 향했다가, 자신의 일부가 여전히 그곳을 기억한다는 사실을 발견하고 기뻐하기도 했다. 응접실에 꽂힌 책들을 살펴볼 때는 신기하게도 그중에 많은 책의 줄거리가 떠올라서 흐뭇한 마음이 되었다.

제니퍼는 오랜 시간을 자신의 침실에서 보냈다. 코르도자 부인이 여행 가방을 풀어서 물건을 모두 제자리에 넣어두었다. 두 개의 붙박이장에는 엄청나게 많은 옷이 깔끔하게 정리되어 있었다. 옷은 모두 그녀에게 꼭 맞았고 오래 신어 닳은 신발들도 하나같이 잘 맞았다. 화장대 위에는 헤어브러시와 향수, 파우더가 일렬로 정리되어 있었다. 향수의 향기는 상쾌하고 익숙했다. 화장품의 색상도 모두 그녀에게 잘 어울렸다. 코티, 샤넬, 엘리자베스 아덴, 도로시 그레이. 거울 주변으로 값비싼 크림들이 줄지어 있었다.

제니퍼는 서랍을 열고, 란제리와 브래지어를 비롯해 실크와 레이스로 된 층층이 쌓인 속옷들을 하나하나 들어보았다. 난 외모를 중요하게 생각하는 여잔가 봐, 하고 그녀는 생각했다.

그러고는 삼면거울 앞에 앉아 자신의 모습을 들여다보다가 브러시를 들고 머리를 빗질하기 시작했다. *이게 바로 내가 하는 일이야,* 하고 그녀는 여러 번 자신에게 말했다.

참을 수 없이 낯선 느낌이 밀려드는 순간에는 작은 일에 몰두했다. 아래층 화장실에서 수건을 다시 정리한다든가 찬장에서 접시와 유리잔을 꺼내놓았다.

남편은 7시가 조금 못 되어 돌아왔다. 제니퍼는 화장을 새로 하고 목과 어깨에 가볍게 향수를 뿌린 다음 복도에서 그를 맞았다. 정상처럼 보이는 겉모습에 그가 기뻐하는 게 눈에 보였다. 제니퍼는 남편의 코트를 받아 벽장에 걸고 마실 것을 준비할지 물었다.

"그래 주면 고맙지." 그가 말했다.

제니퍼는 병 위에 손을 얹은 채 잠시 망설였다.

그가 돌아서다가 망설이는 그녀를 보았다. "그래, 그거, 여보. 위스키. 얼음 넣어서 더블로. 고마워."

남편은 커다랗고 반들거리는 마호가니 식탁에서 그녀의

오른편 자리에 앉았다. 식탁의 상당 부분이 비어 있고 아무런 장식도 되어 있지 않았다. 제니퍼가 김이 모락모락 피어오르는 요리를 접시에 담으면 그가 식탁으로 가져갔다. *이게 내 생활이야.* 남편의 손이 움직이는 걸 지켜보며 제니퍼가 반복해서 생각했다. *이게 우리가 저녁마다 하는 일이야.*

"금요일 저녁에 몬크리프 부부를 초대하면 어떨까 생각 중인데. 당신은 어때?"

제니퍼가 포크로 찍은 음식을 조금 베어 먹었다. "괜찮을 거 같아요."

"좋아." 그가 고개를 끄덕였다. "다들 계속 당신 안부를 물어왔거든. 다시…… 예전의 모습으로 돌아온 당신을 보고 싶다면서."

제니퍼가 웃어 보였다. "만나면…… 반가울 거예요."

"한두 주 동안은 너무 무리하지 않는 게 좋겠다고 생각했어. 당신이 어느 정도 괜찮아질 때까지는."

"그래요."

"이거 아주 맛있네. 당신이 한 건가?"

"아뇨. 코르도자 부인이 한 거예요."

"아."

그들은 조용히 음식을 먹었다. 하그리브스 선생이 아직은 강한 음료를 피하라고 해서 제니퍼는 물을 마셨지만 술잔을 앞에 놓은 남편이 부러웠다. 낯설고 당혹스러운 느낌이 흐릿해진다면 좋을 것 같았다. 그 느낌이 무뎌진다면.

"회사는…… 어때요?"

그가 고개를 수그렸다. "아무 문제 없지. 두 주쯤 후에는 광산을 방문해야 하지만, 가기 전에 당신이 혼자 지내도 괜찮을지 확실히 해두고 싶어. 물론 코르도자 부인이 옆에서 도울 테지만."

제니퍼는 혼자 있게 된다는 사실에 희미한 안도감을 느꼈다. "혼자 지내도 괜찮아요."

"다녀와서는 당신이랑 리비에라에서 두 주 정도 지내다 오면 좋을 거 같아. 거기에서 처리할 일들도 있고, 햇볕을 쬐는 게 당신 몸에도 이로울 테니까. 하그리브스 선생이 그러는데 거기에도 도움이 될 거라고 하더군…… 그 상처……." 그의 목소리가 잦아들었다.

"리비에라요." 그녀가 반복했다. 달빛이 쏟아지는 해변의 모습이 눈앞으로 지나갔다. 웃음소리. 잔이 쨍그랑거리며 부딪치는 소리. 제니퍼는 눈을 감고 순식간에 지나간 이미지를 다시 떠올리려 해보았다.

"이번에는 차를 가지고 가면 어떨까 생각했어. 우리 둘이서만."

이미지가 사라졌다. 귓속에서 맥박이 뛰는 소리가 들렸다. *침착해,* 그녀가 자신을 타일렀다. *모두 기억날 거야. 하그리브스 선생이 그럴 거라고 했잖아.*

"당신은 거기 있을 때면 늘 행복해 보였어. 런던보다는 거기서 지내는 게 좀 더 행복한 거겠지." 그는 아내를 흘깃 쳐다보더니 다른 곳으로 시선을 돌렸다.

다시금, 제니퍼는 시험받고 있다는 기분이 들었다. 억지로 음식을 넘긴 그녀가 조용히 말했다. "당신이 최선이라고 생각하는 거라면 뭐든 좋아요."

고요한 실내에 그가 포크로 천천히 접시를 긁는 소리만 가득했다. 견디기 힘든 소리. 제니퍼는 별안간 접시를 비우는 일이 불가능하게 느껴졌다. "저, 내가 생각보다 더 피곤한 모양이에요. 먼저 좀 올라가도 될까요?"

제니퍼가 일어서자 그도 따라 일어섰다. "주방에서 간단하게 식사하는 걸로 충분하다고 코르도자 부인에게 말해둘걸 그랬군. 올라가는 거 도와줄까?"

"제발 그냥 앉아 있어요." 그가 팔을 내밀었지만 제니퍼는 손을 흔들어 거절했다. "조금 피곤한 것뿐이에요. 오늘 밤에 자고 나면 괜찮을 거예요."

* * *

10시 15분 전, 제니퍼는 남편이 방으로 들어오는 소리를 들었다. 그녀는 침대에 누워 주변 환경과 소리를 예민하게 의식하고 있었다. 몸을 덮은 이불, 커튼 틈새로 흘러드는 달빛, 광장에서 들려오는 희미한 차 소리, 속도를 줄이고 승객을 내려놓는 택시 소리, 개를 산책시키며 공손히 인사를 건네는 소리. 제니퍼는 꼼짝 않고 누워서, 뭔가 찰칵 하고 제자리로 맞아드는 느낌이 찾아오기를, 주변 환경이 편안하게 마음속으로 흘러들기를 기다렸다.

그러고 나서 문이 열렸다.

그는 불을 켜지 않았다. 재킷을 옷장에 걸 때 나무 옷걸이들이 살짝 부딪치는 소리, 쑥 하고 신발이 벗겨지는 소리가 났다. 제니퍼는 갑자기 몸이 굳었다. 남편이지만 낯설기만 한 남자가 그녀의 침대로 올라오려 하고 있었다. 매순간을 괜찮은 척 지나는 데만 지나치게 신경을 쏟느라 이 사실에 대해서는 미처 생각할 겨를이 없었다. 당연히 남편이 손님방에서 잘 거라고 생각하고 있었던 것이다.

제니퍼는 입술을 깨물며 눈을 질끈 감고는 느리고 고른 숨을 쉬며 잠든 사람을 흉내 냈다. 그가 화장실에 들어가는 소리가 난 뒤, 물 흐르는 소리, 격렬하게 칫솔질하는 소리, 입안을 헹구는 소리가 들려왔다. 그러고는 카펫을 디디는 발소리가 나고, 그가 이불 안으로 미끄러져 들어왔다. 매트리스가 푹 꺼지며 침대 틀이 저항하듯 삐걱거렸다. 잠시 그는 가만히 누워 있었고, 제니퍼는 고른 숨결을 유지하려고 안간힘을 썼다. 오, *제발. 아직은 안 돼요. 난 당신을 거의 알지 못한다고요.* 그녀가 속으로 간절히 외쳤다.

"제니?" 그가 가만히 불렀다.

그의 손이 엉덩이에 얹히는 걸 느끼며 제니퍼는 움찔하지 않으려고 기를 썼다.

그가 조심스레 손을 움직였다. "제니?"

깊은 잠에 빠져 아무것도 모르는 사람처럼 제니퍼가 길게 숨을 토해냈다. 그가 멈칫하는 게 느껴지고, 손이 잠시 얼어붙었다. 그러더니 무거운 한숨을 내쉬고는 자신의 베개로 머리를 털썩 눕혔다.

2

모이라 파커는 단호한 걸음으로 비서실을 지나 집무실로 들어
가는 사장의 굳은 턱을 바라보았다. 그러면서 2시 30분에 사
장과 면담이 잡혀 있는 아버스넛 씨가 늦어서 다행이라고 생
각했다. 마지막 회의는 결과가 만족스럽지 못한 모양이었다.

모이라는 치마를 쓸어내리며 일어나서 사장의 외투를 받
아 들었다. 차에서 내려 사무실로 들어오는 짧은 거리에서
비를 맞은 외투에 점점이 얼룩이 생겼다. 모이라는 우산을
꽂이에 꽂고 평소보다 시간을 들여 외투를 걸었다. 그가 잠
시 혼자 있길 원한다는 걸 알 정도로 모이라는 그를 위해 오
래 일해 왔다.

모이라는 그가 마실 차를 만들고(오후에는 언제나 차 한 잔
을 마셨다. 오전에는 커피를 두 잔 마시고) 다년간의 연습으
로 생긴 간결한 동작으로 서류들을 챙긴 후, 사장실 문을 노
크하고 안으로 들어갔다. "아버스넛 씨는 아마 길이 막혀서

늘는 모양입니다. 메릴본 로에 교통 체증이 심한가 봐요."

그는 모이라가 서명을 받기 위해 가져다 둔 서신들을 읽고 있었다. 만족한 그가 가슴의 주머니에서 펜을 꺼내 짧고 빠른 필체로 서명했다. 모이라는 찻잔을 내려놓고 서신들을 접어 서류 파일 안에 넣었다. "남아프리카공화국행 항공권을 찾아왔고, 공항에서 모셔갈 차편을 예약했습니다."

"그게 15일이지?"

"네. 서류를 확인하고 싶으시면 나중에 설명드리겠습니다. 이건 지난주 판매 수치입니다. 최근 임금 총액은 이 서류철 안에 있어요. 그리고 자동차 제조업체와의 회의 후에 점심 드실 시간이 없으셨을 것 같아서 샌드위치를 주문해두었습니다. 괜찮으실지 모르겠어요."

"정말 친절하군, 모이라. 고마워."

"지금 드시겠습니까? 차와 함께요?"

그가 고개를 끄덕이며 살짝 웃어 보였다. 모이라는 얼굴을 붉히지 않으려고 최선을 다했다. 그녀의 단정한 옷차림과 뻣뻣한 태도는 물론이고, 상사를 지나치게 배려하는 점에 대해서도 다른 비서들이 뒤에서 조롱한다는 건 알고 있었다. 하지만 그는 일을 제대로 하는 걸 좋아하는 남자였고, 모이라는 늘 그 점을 이해했다. 잡지에 머리를 박고 있지 않으면 화장실에서 남의 험담이나 늘어놓는 저 어리석은 여자들은 주어진 일을 훌륭히 했을 때의 기쁨을 알지 못했다. 꼭 필요한 존재가 되는 데서 오는 만족감을 이해하지 못했다.

모이라는 잠시 망설인 후 파일에서 마지막 편지를 꺼냈다.

"두 번째 편지가 도착했습니다. 직접 보셔야 할 거 같아서요. 그 로치데일 사람들에 대해 언급하는 또 다른 편지입니다."

그의 눈썹이 아래로 처지면서 얼굴을 환히 밝히던 작은 미소가 사라졌다. 그는 편지를 두 번 읽었다. "이걸 본 사람이 또 있나?"

"없습니다, 사장님."

"다른 편지들과 함께 넣어둬." 그가 편지를 내밀었다. "전부 골칫거리들이지. 노조가 뒤에 있어. 그들과는 어떤 거래도 하지 않아."

모이라가 말없이 편지를 받아 들고 방을 나서려다 다시 돌아섰다. "저…… 사모님은 좀 어떠신가요? 집에 돌아오셔서 기쁘실 것 같은데요."

"아내는 좋아. 물어봐줘서 고마워. 이젠 예전 모습으로 많이 돌아왔어." 그가 말했다. "집으로 돌아온 게 도움이 된 거 같아."

모이라가 마른침을 삼켰다. "정말 잘됐네요."

그는 이미 다른 데로 주의를 돌려서, 그녀가 가져다준 판매 수치 서류들을 넘겨보고 있었다. 모이라 파커는 그대로 미소를 띤 채, 처리해야 할 서류를 껴안고는 책상으로 돌아갔다.

* * *

남편은 오랜 친구들이니 어려워할 거 없다고 했다. 그중에 둘은 이미 병원에 있을 때 만났고, 퇴원 후에도 집으로 찾아와주었다. 검은 머리에 키가 크고 늘씬한 이본 몬크리프는 30대 초반 여성으로, 메드웨이 스퀘어에서 가까이 살면서 줄곧 친하게 지내왔다. 건조하고 냉소적인 태도를 지닌 그녀는 다른 친구인 바이올렛과는 정반대였다. 이본의 학교 친구인 바이올렛은 그녀의 신랄한 유머와 익살스러운 심술을 자신의 의무인 양 받아주었다.

처음에는 셋 다 아는 내용인 듯한 얘기가 나오면 이해하려 애쓰느라 힘이 들었다. 두 사람 사이에 오르내리는 이름들이 자신에게 얼마나 중요한지 가늠하느라 애를 먹기도 했다. 하지만 그들과 함께 있으면 마음이 편안했다. 제니퍼는 사람들에 대해서는 자신의 직감을 믿어야 한다는 걸 알아가고 있었다. 기억은 머리 이외의 장소에도 저장되어 있으니까.

"나도 기억을 잃어버리면 좋을 텐데." 제니퍼가 병원에서 깨어났을 때 기분이 얼마나 이상했는지 고백하자, 이본이 말했다. "그럼 얼마나 행복할까. 프랜시스와 결혼한 사실도 싹 잊어버리고 말이야." 이본은 파티 준비가 완벽하다며 제니퍼를 안심시켜주려고 잠시 들른 참이었다. 그날 저녁에는 '조용한' 파티를 가질 예정이었지만, 제니퍼는 시간이 갈수록 긴장으로 온몸이 마비되는 기분이었다.

"왜 그렇게 안달하는지 모르겠네. 네 파티는 항상 유명했는데." 이본은 침대에 걸터앉아 제니퍼가 이 옷 저 옷을 입었다 벗었다 하는 모습을 구경했다.

"그래. 근데 뭐로 유명했다는 거야?" 제니퍼는 드레스 안의 가슴 쪽 매무새를 바꿔보았다. 병원에 있는 동안 체중이 줄었는지 드레스 앞쪽에 볼품없이 주름이 졌다.

이본이 웃었다. "긴장할 거 없어. 넌 아무것도 안 해도 되니까, 제니. 훌륭하신 코 부인께서 널 자랑스럽게 만들어줄 거라고. 집은 아름답지, 너도 기절할 정도로 매력적이지. 그러니까 그 빌어먹을 옷 중에 아무거나 하나를 골라 입어도 다 괜찮다고." 이본은 신발을 벗어 던지고 길고 우아한 다리를 침대 위로 올렸다. "난 손님 접대에 그토록 열심인 널 도무지 이해할 수가 없어. 그렇다고 오해하진 마. 나도 파티에 가는 건 정말 좋아하니까. 하지만 파티 준비는 정말이지……." 이본이 자신의 손톱을 살폈다. "파티는 참석하라고 있는 거야. 열라고 있는 게 아니라. 우리 엄마가 늘 하시는 말씀이지. 솔직히 나도 동감이고. 새 드레스 한두 벌 사는 것쯤은 얼마든지 하겠어. 하지만 카나페와 좌석 배치도는? 윽."

제니퍼가 드레스 목선을 매만지고 거울을 보며 왼쪽으로, 오른쪽으로 돌아보았다. 팔을 들어 올리니, 부풀어 오른 흉터가 여전히 성난 것처럼 벌겠다. "긴팔을 입는 게 좋을까?"

이본이 일어나 앉아서 흉터를 자세히 보았다. "아직도 아프니?"

"팔 전체가 아파서 의사가 약을 처방해줬어. 내 생각엔 흉터가 보이면 조금……."

"시선을 끌 것 같다고?" 이본의 코에 주름이 잡혔다. "아무래도 긴팔을 입는 게 낫겠네. 흉터가 좀 희미해질 때까지는. 어차피 날씨도 쌀쌀하잖아."

제니퍼는 친구의 직설적인 평가에 내심 놀랐지만 기분이 상하지는 않았다. 집으로 돌아온 이후 처음으로 듣는 솔직한 말이었다.

제니퍼는 다시 옷장을 샅샅이 뒤지다 몸에 딱 붙는 실크 드레스를 찾아냈다. 꺼내어 살펴보니 드레스가 매우 야했다. 그동안 집에만 있었던 제니퍼는 회색과 갈색이 섞인 트위드 재질의 옷들로 상처를 꽁꽁 감추고 있었지만, 보석으로 장식된 이런 드레스들에 계속 눈길이 갔었다. "이게 그런 옷들이야?" 제니퍼가 물었다.

"무슨 옷들?"

제니퍼가 깊게 숨을 들이마셨다. "내가 주로 입던 옷들? 내가 이런 모습이었어?" 그녀가 드레스를 몸에 대었다.

이본이 가방에서 담배를 꺼내 불을 붙이고 제니퍼의 얼굴을 찬찬히 살폈다. "정말 아무것도 기억나지 않는 거야?"

제니퍼가 화장대 앞에 놓인 의자에 앉았다. "거의." 그녀가 인정했다. "내가 자길 안다는 건 알아. 남편을 아는 것처럼. 여기로 느껴져." 제니퍼가 가슴을 톡톡 두드렸다. "하지만…… 내 기억엔 커다란 구멍이 있어. 내 삶에 대해 어떤 생각을 갖고 있었는지 기억나지 않아. 다른 사람에게 어떻게 행동해야 할지도 모르겠고. 난……." 제니퍼가 한쪽 입술을 깨물었다. "난 내가 누군지 모르겠어." 제니퍼의 눈에 예기치 못한 눈물이 고였다. 손수건을 찾으려고 서랍 하나를 열고, 또 하나를 열었다.

이본은 잠시 기다렸다. 그러고는 일어나서 그녀에게로 다가와 좁은 의자에 함께 앉았다. "좋아, 내가 다 말해주지. 넌 사랑스럽고 재미나고 삶의 기쁨으로 충만한 여자야. 완벽한 삶을 살고 있고, 부자고, 널 사랑하고 아끼는 잘생긴 남편이 있어. 그리고 모든 여자가 미치도록 갖고 싶어할 옷들로 가득한 옷장도 있고. 네 머리 모양은 언제나 완벽해. 네 허리는 남자 손 한 뼘만 하지. 모임에서는 항상 관심의 대상이 되고, 남편들은 전부 남몰래 너와 사랑에 빠져 있고 말이야."

"웃기는 소리 좀 하지 마."

"웃기는 소리 아니야. 프랜시스도 널 흠모해. 네 깍쟁이 같은 웃음을 볼 때마다, 네 그 출렁이는 금발을 볼 때마다, 대체 자기가 왜 이런 비쩍 마르고 까다롭기 그지없는 늙은 유대인 여자와 결혼을 했나 하고 생각하는 게 얼굴에 훤히 보인다니까. 그리고 빌로 말할 것 같으면……."

"빌?"

"바이올렛 남편 말이야. 너 결혼하기 전에 빌이 말 그대로 애완견처럼 졸졸 따라다녔어. 네 남편 래리한테 잔뜩 겁먹었기에 망정이지 안 그랬으면 오래전에 널 보쌈해서 도망쳤을걸."

제니퍼가 손수건으로 눈가를 닦았다. "나 듣기 좋으라고 하는 소리지."

"아니라니까 그러네. 네가 그 정도로 착하지 않았으면 널 조용히 없애버렸을지도 모른다고. 운 좋은 줄이나 알아. 내가 널 좋아하니까."

두 사람은 몇 분간 그대로 앉아 있었다. 제니퍼가 발가락으로 카펫을 문질렀다. "난 왜 아직 아이가 없지?"

이본은 담배를 길게 빨아들이고, 제니퍼를 흘깃 보며 눈썹을 추켜세웠다. "지난번에 그 얘기가 나왔을 때 넌 이렇게 말했지. 아이를 가지려면 남편과 아내가 한동안 같은 대륙에 있어야 한다고. 네 남편은 자주 출장을 다니니까 말이야." 이본이 얄궂게 웃더니 완벽한 고리 모양으로 담배 연기를 내뿜었다. "내가 널 끔찍이 부러워하는 이유 중 하나가 바로 그거잖아." 제니퍼가 마지못해 픽 웃었을 때 이본이 말을 이었다. "곧 괜찮아질 거야, 제니. 그 터무니없이 비싼 의사가 한 말을 들어야지. 초조해할 거 없어. 한두 주 지나면 반짝하고 모든 기억이 돌아오는 순간이 있을 거야. 역겨운 소리로 코 고는 남편이며, 경제 상태며, 어마어마한 하비 니콜스 백화점의 거래 내역까지 전부 다. 그러니까 그때까지는 무지의 상태를 즐기라고."

"자기 말이 맞는 거 같네."

"그렇긴 해도, 저 연분홍 드레스를 입는 게 좋겠어. 그 옷이랑 환상적으로 어울리는 자수정 목걸이도 있으니까. 그 녹색 드레스는 별로야. 가슴이 바람 빠진 풍선처럼 보여."

"자긴 정말 진정한 친구네!" 제니퍼가 말했고, 둘은 웃기 시작했다.

* * *

대문이 쾅 닫히고, 그가 복도 바닥에 서류가방을 내려놓았다. 바깥의 차가운 공기가 외투와 살갗에 묻어 들어왔다. 그가 스카프를 벗고 이본에게 입을 맞추며 늦게 온 것을 사과했다. "회계사들과 회의가 있었어요. 어찌나 말들이 많던지."

"그 사람들이 모이면 어떤 분위기가 되는지 당신이 꼭 봐야 해요, 래리. 지겨워서 아주 눈물이 날 지경이라니까요. 그이랑 결혼한 지 5년이 되었지만 난 아직도 회계 장부를 전혀 읽을 줄 모르죠." 이본이 시계를 확인했다. "그이도 곧 올 거예요. 아직 마법 지팡이를 휘둘러야 할 숫자들의 행렬이 조금 남은 모양이지만."

그가 아내 방향으로 고개를 돌렸다. "당신 오늘 아름답네, 제니."

"그렇죠? 당신 아내는 늘 예쁘게 잘 꾸미잖아요."

"맞아요. 늘 예쁘죠." 그가 손으로 자신의 아래턱을 쓸었다. "그럼 난 잠깐 실례. 다른 손님들이 오기 전에 올라가서 좀 씻어야겠어요. 숙녀분들 중에서 누가 나 위스키 한 잔 준비해줄 수 있을까? 얼음 없이 더블로?"

"준비해놓을게요." 이본이 소리쳤다.

두 번째로 문이 열렸을 때, 제니퍼는 강한 칵테일에 취해 긴장이 무뎌져 있었다. *괜찮을 거야.* 그녀는 계속 자신에게 말했다. 그녀가 바보스러운 짓을 하려고 하면 이본이 즉각 개입해서 도울 것이다. 이들은 제니퍼의 친구였다. 그녀가 실수하기를 기다리고 있을 리가 없었다. 그들은 제니퍼가 원래의 모습으로 한 걸음 더 다가가게 도울 것이다.

"제니. 초대해줘서 정말 고마워." 바이올렛 페어클러프가 제니퍼를 안아주었다. 그녀의 통통한 얼굴이 터번 모양 모자에 거의 가려졌다. 그녀는 핀을 뽑아 벗은 모자를 코트와 함께 제니퍼에게 건넸다. 목선이 둥글게 파인 실크 드레스는 바람을 가득 안은 낙하산 모양으로 풍만한 몸매를 꽉 조였다. 나중에 이본은 바이올렛의 허리둘레를 손으로 재려면 소규모 보병 부대 하나 정도는 있어야 할 거라고 말하기도 했다.

"제니퍼. 한 폭의 아름다운 그림 같군. 언제나 그렇지만." 키가 크고 붉은 머리를 한 남자가 허리를 굽혀 그녀에게 입을 맞췄다.

부부인 두 사람이 어찌나 어울리지 않는지 제니퍼는 내심 깜짝 놀랐다. 남자는 전혀 기억나지 않았지만, 그가 자그마한 바이올렛의 남편이라는 사실이 재밌게 느껴졌다. "어서 와요." 제니퍼가 그에게서 눈길을 떼고 냉정을 되찾았다. "남편은 금방 내려올 거예요. 그동안 음료 한잔 들어요."

"'남편'이라 이거지? 오늘 저녁은 서로 격식을 차려야 하는 건가?" 빌이 껄껄거리며 웃었다.

"뭐……." 제니퍼가 말을 더듬었다. "…… 다들 얼굴을 본 지가 너무 오래돼서……."

"못됐어 정말. 제니한테 친절하게 굴어요." 이본이 그에게 입을 맞췄다. "아직 완전히 회복한 게 아니란 말이에요. 제니는 지금 위층에 누워 있어야 할 사람이라고요. 우린 포도를 까다 바칠 남자들을 하나씩 올려 보내야 하고. 그런데도 저렇게 마티니를 고집한다니까."

"그게 바로 우리가 사랑하는 제니지." 빌이 너무 오래 미소를 지어서 제니퍼는 바이올렛의 기분이 상하지 않았는지 두 번이나 그녀를 흘끔거렸다. 바이올렛은 전혀 개의치 않는 눈치였다. 그녀는 핸드백을 뒤적이고 있었다. "새로운 보모 한테 너희 집 전화번호를 주고 왔어, 제니." 그러고는 제니퍼를 흘긋 보았다. "괜찮지? 정말 보다보다 그렇게 요령 없는 여자는 처음 봤다니까. 틀림없이 조금 있다 전화해서 프레드릭한테 잠옷 바지를 입힐 수 없는데 어떻게 해야 하나고 물을 거야."

제니퍼는 못 말리겠다는 듯이 눈을 굴리는 빌의 모습을 보았다. 그녀는 순간 화들짝 놀라며, 그 동작이 눈에 익다는 사실을 깨달았다.

* * *

식탁에 둘러앉은 사람은 모두 여덟 명이었다. 양쪽 끝에 각각 제니퍼의 남편과 프랜시스가 앉았고, 창문 쪽에 이본과 도미닉, 제니퍼가 나란히 앉았다. 도미닉은 근위 기병 여단의 꽤 높은 자리에 있었다. 맞은편에는 바이올렛과 빌, 도미닉의 아내인 앤이 앉았다. 앤은 쾌활한 성격으로, 남자들의 농담에 온화하게 눈을 반짝이며 큰 소리로 웃었다. 그런 모습은 그녀가 자신감 있고 자기 자신에 만족하는 여성임을 보여주었다.

제니퍼는 식사하는 동안 그들의 모습을 자세히 관찰했다. 주고받는 말들을 상세히 분석하고 검토해서 그들의 삶에 대한 단서를 모았다. 빌은 아내에게 말을 거는 건 고사하고 눈길도 거의 주지 않았다. 바이올렛은 그 사실을 모르는 것 같았지만, 정말로 빌의 무관심을 깨닫지 못하는 건지, 아니면 당혹스러움을 감추고 태연함을 가장하는 건지 제니퍼는 알 수 없었다.

이본은 농담처럼 프랜시스에 대한 불평을 늘어놓으면서도 끊임없이 그를 바라보았다. 그를 향해 도전적인 미소를 지으며 그를 희생물로 삼아 농담을 했다. 그들은 이런 식으로 함께 사는 모양이라고 제니퍼는 생각했다. 이본은 자신에게 남편이 얼마나 큰 의미를 지니는지 절대 드러내지 않을 것이다.

"나도 냉장고 사업에나 투자할걸 그랬어." 프랜시스가 말했다. "오늘 아침 신문을 보니까 영국에서 올해 100만 대는 팔렸을 거라던데. 100만 대라니! 5년 전에는…… 17만 대였나 그랬거든."

"미국에서는 아마 열 배는 더 팔렸을걸요. 거기 사람들은 2년마다 바꾼다고 하던데." 바이올렛이 생선 한 조각을 접시로 가져가며 말했다. "그리고 거기 냉장고는 거대해요. 우리보다 거의 두 배는 될 거야. 상상이 가요?"

"미국은 모든 게 크지. 아니면 그 사람들이 우리한테 그렇게 말하길 좋아하는 거든가."

"자부심도 그렇더라니까. 내가 만난 사람들을 기준으로 판단하면 말이야." 도미닉의 목소리가 높아졌다. "양키 장군을 만나기 전까지는 못 봐줄 정도로 아는 체하는 사람을 만났다고 말하면 안 돼."

앤이 웃었다. "이미 다 아는 사실을 자꾸 알려주려는 사람이 있어서 우리 불쌍한 도미닉이 뿔이 좀 났어요."

"이야, 여기 숙소는 상당히 작네요. 이 차들은 상당히 작아요. 여기 배식량은 상당히 적어서……." 도미닉이 흉내를 냈다. "영국에서 배급제가 실시될 때 어땠는지 봤어야 해. 물론 상상도……."

"도미닉은 그 사람을 골려먹을 생각으로 우리 어머니 소형차를 빌려가지고 나갔다니까요. 그 차로 공항에서 태워 왔어요. 다들 그 사람 얼굴을 봤어야 하는데."

"내가 그랬지. '여기는 규정이 있어서 어쩔 수 없답니다. 방문하는 고위 관리들을 위해서는 복스홀 벨록스(영국 브랜드의 중대형 세단 - 옮긴이)를 이용하죠. 그건 다리를 뻗을 수 있는 공간이 8센티미터 정도 더 됩니다.' 그 친구는 말 그대로 몸을 반으로 접어서 차 안으로 들어갔어."

"정말 얼마나 웃었는지 몰라요." 앤이 말했다. "그러고도 어떻게 아무 문제 없이 넘어갈 수 있었는지 모르겠어요."

"사업은 어떤가, 래리? 다음 주엔가 다시 아프리카로 나간다고 들었는데."

제니퍼가 의자 등받이에 기대어 앉은 남편을 바라보았다.

"좋아. 실은 아주 좋아. 자동차회사 한 곳과 브레이크 라이닝 제조 계약을 막 맺은 참이지." 그가 나이프와 포크를 접시 한쪽으로 모아놓았다.

"정확히 어떤 일을 하는 거죠? 난 래리가 취급한다는 그 최신 유행 광물이 어떤 건지 정말 모르겠더라고요."

"괜히 관심 있는 척하지 마, 바이올렛." 식탁 반대편에서 빌이 말했다. "바이올렛은 분홍색이나 파랑색, 혹은 '엄마'로 시작하는 문장이 아니면 웬만해선 관심을 갖지 않아."

"빌, 그건 바이올렛을 충분히 자극할 만한 게 집에는 전혀 없다는 뜻일지도 몰라요." 이본이 받아치자 남자들이 열렬하게 휘파람을 불었다.

로런스 스털링이 바이올렛에게로 고개를 돌렸다. "사실 그건 새로운 광물이 전혀 아니에요." 그가 말했다. "로마 시대 때부터 있던 거니까. 학교에서 로마 제국에 대해서 배웠죠?"

"그럼요. 물론 지금은 하나도 기억나지 않지만." 바이올렛이 날카롭게 웃었다.

로런스의 목소리가 낮아지자, 사람들이 입을 다물고 귀를 기울였다. "로마의 저술가 플리니우스는 연회장에서 천 조각 하나를 불 속으로 던졌다가 몇 분 후에 꺼냈는데도 손상 하나 없었던 일에 대해 적고 있어요. 일부는 그걸 마법으로 보았지만, 그는 그게 놀라운 물질이라는 걸 알았죠." 로런스가 주머니에서 펜을 꺼내 테이블 냅킨에 뭔가 휘갈겨 썼다. "가장 흔히 사용되는 '크리소타일'이라는 명칭은 '금'이란 뜻의 그리스어인 '크리소스'와 '섬유'란 뜻의 '틸로스'에서 유래된 거예요. 당시 사람들도 그 광물의 굉장한 가치를 알아본 거죠. 내가 하는 일은, 그러니까 우리 회사가 하는 일이죠. 이걸 캐내서 다양한 용도의 상품으로 만드는 거예요."

"불을 끄는 일을 하는 거다."

"그렇지." 로런스가 생각에 잠긴 듯 자신의 손을 내려다보았다. "아니면 애초에 불이 나지 않게 하든가." 그러고는 짧은 정적이 이어지는 동안 묘한 분위기가 흘렀다. 그가 제니퍼를 흘깃 보았다가 딴 곳으로 시선을 돌렸다.

"그럼 큰돈은 어디서 굴러들어 오는 거지? 불에 타지 않는 식탁보는 아닐 테고."

"자동차 부품들이지." 그가 뒤로 기대어 앉자, 방 안의 분위기도 편안해지는 듯했다. "사람들은 앞으로 10년 안에 영국의 모든 가정에서 차를 한 대씩 보유할 거라고 내다보고 있어. 그렇게 되면 엄청나게 많은 브레이크 라이닝이 필요하게 되지. 지금은 철도회사와 항공사들과도 얘기가 진행 중이야. 그 외에도 백석면의 쓰임새는 한정이 없다고 볼 수 있어. 그동안 우리 회사는 홈통 재료, 농장 건축, 시트, 단열재 분야로 진출해왔는데, 앞으로 머지않아 모든 분야로 넓혀갈 거야."

"대단한 광물 맞네."

제니퍼와 둘만 있을 때와 달리 로런스는 친구들과 사업 이야기를 하는 동안 편안해 보였다. 아내가 그토록 심한 사고를 당해 아직도 완전히 회복하지 못한 상황이 그도 매우 이상하게 느껴질 것이다. 제니퍼는 그날 오후에 이본이 묘사한 자신의 모습을 떠올렸다. 우아하고 침착하고 깍쟁이 같고. 로런스는 그 여자가 그리울까? 그가 시선을 느꼈는지 고개를 돌렸고 두 사람은 눈이 마주쳤다. 제니퍼가 웃어 보이자, 잠시 후 그도 미소를 지었다.

"다 봤어. 이러지 말라고, 래리. 자기 부인한테 그렇게 넋을 잃으면 어떻게 해." 빌이 잔들을 다시 채워주기 시작했다.

"래리는 당연히 그래도 되지." 프랜시스가 반대하고 나섰다. "그런 일이 있었으니. 기분은 좀 어때요, 제니? 아주 좋아 보이는데."

"좋아요. 고마워요."

"퇴원한 지 일주일도 안 돼서 저녁 초대를 할 정도면 회복 속도가 엄청나게 빠른 거지."

"제니가 저녁 초대를 하지 않았다면 난 어딘가 크게 잘못 됐다고 생각했을 거야. 그렇게 되면 제니뿐 아니라 세상 전체가 잘못된 거지." 빌이 와인을 크게 한 모금 마셨다.

"끔찍한 일이었어요. 예전 모습으로 돌아온 걸 보니 정말 반가워요."

"얼마나 걱정했는지 몰라. 내가 보낸 꽃 받았지?" 앤이 끼어들었다.

도미닉이 냅킨을 식탁에 내려놓았다. "사고 당시 기억은 있어요, 제니?"

"미안하지만, 그 일은 다시 떠올리지 않는 편이 좋을 거 같은데." 로런스가 사이드보드에서 와인을 한 병 더 가져오려고 자리에서 일어났다.

"물론이지." 도미닉이 사과의 뜻으로 한 손을 들어 올렸다. "내가 생각이 없었네."

제니퍼가 접시들을 모으기 시작했다. "난 괜찮아요. 정말로. 얘기해줄 게 별로 없어서 그렇지. 기억나는 게 거의 없거든요."

"오히려 다행이죠." 도미닉이 말했다.

이본이 담배에 불을 붙였다. "래리가 하루 빨리 모두의 브

레이크 라이닝을 책임지는 날이 와야 우리가 더 안전해지겠
어요."

"래리는 더 부자가 되고 말이지." 프랜시스가 웃으며 말했다.

"오. 프랜시스, 여보. 꼭 그렇게 모든 대화를 돈 얘기로 끝
내야겠어?"

"그럼." 그와 빌이 동시에 대답했다.

제니퍼는 그들의 웃음소리를 들으며 접시 더미를 들고 주
방으로 향했다.

* * *

"잘 지나갔어, 그렇지?"

제니퍼는 화장대 앞에 앉아 조심스레 귀걸이를 빼냈다. 그
녀는 방으로 들어와 넥타이를 푸는 로런스를 거울로 바라보
았다. 그는 신발을 벗고 문을 열어둔 채 화장실로 들어갔다.
"그래요, 그런 거 같아요." 그녀가 대답했다.

"요리들도 아주 맛있었어."

"그건 내 솜씨가 아니에요. 전부 코르도자 부인 솜씨지."

"하지만 메뉴는 당신이 정했잖아."

그의 말에 동의하는 편이 모든 면에서 편했다. 제니퍼는
조심스레 귀걸이를 보석함에 넣었다. 세면대에 물을 받는 소
리가 들려왔다. "좋았다니 다행이에요." 의자에서 일어난 그
녀가 힘겹게 드레스를 벗고 옷장에 건 다음 스타킹을 벗기
시작했다.

한쪽을 벗고 고개를 드니 로런스가 화장실 문 앞에 서서 그녀의 다리를 쳐다보고 있었다. "오늘 밤 당신 정말 아름다웠어." 그가 조용히 말했다.

제니퍼는 눈을 깜빡이며 다른 쪽 스타킹도 벗었다. 예민하게 시선을 의식하며 거들을 벗으려고 손을 뒤로 뻗었다. 힘이 없어서 등까지 닿지 못하는 왼팔은 여전히 무용지물이었다. 제니퍼는 고개를 숙인 상태에서 로런스가 다가오는 소리를 들었다. 그는 셔츠를 벗었지만 정장 바지는 그대로 입고 있었다. 제니퍼 뒤에서 그녀의 손을 치우고 단추를 풀기 시작했다. 아주 가까이 서 있어서 단추를 하나씩 푸는 동안 그의 숨결이 제니퍼의 목에 느껴졌다.

"정말 아름다웠어." 그가 다시 말했다.

제니퍼는 눈을 감았다. *이 사람은 내 남편이야.* 그녀가 자신에게 타일렀다. *그는 나를 정말 좋아해. 다들 그렇다고 하잖아. 우린 행복한 부부야.* 그의 손가락이 오른 어깨를 따라 가볍게 움직이는 게 느껴지더니 뒷목에 입술이 닿았다. "많이 피곤해?" 그가 중얼거렸다.

제니퍼는 지금이 기회라는 걸 알았다. 그는 신사적인 사람이었다. 그녀가 피곤하다고 하면 건드리지 않고 바로 물러날 것이다. 하지만 그들은 결혼한 부부였다. *부부.* 언젠가는 제니퍼도 이런 상황과 마주해야 했다. 그리고 또 누가 아는가? 그가 덜 낯설게 느껴지면 좀 더 예전의 그녀로 돌아가게 될지도 몰랐다.

제니퍼가 그의 품 안으로 돌아섰다. 그의 얼굴을 볼 수도,

입을 맞출 수도 없었다. "당신이…… 당신이 피곤하지 않으면요." 그녀가 그의 가슴으로 속삭였다.

그의 피부가 닿는 걸 느끼며 제니퍼는 눈을 꽉 감고 익숙한 느낌이 밀려들기를, 욕망이 느껴지기를 기다렸다. 그들은 4년간이나 결혼 생활을 해왔다. 그동안 얼마나 여러 번 이일을 했겠는가? 게다가 로런스는 그녀가 집에 온 이후로 무한한 인내심을 발휘해왔다.

이제 더욱 과감해진 그의 손길이 브래지어 훅을 열었다. 제니퍼는 자신의 모습을 의식하며 두 눈을 계속 감고 있었다. "불을 꺼도 될까요?" 그녀가 말했다. "난…… 팔 생각을 하고 싶지 않아서요. 흉터가 어떻게 보이는지."

"물론이지. 내가 생각이 모자랐네."

침실의 등이 딸깍 꺼지는 소리가 들렸다. 하지만 제니퍼를 괴롭히는 것은 팔이 아니었다. 제니퍼는 그를 보고 싶지 않았다. 그의 눈길 아래서 적나라하게 드러나 보이고 싶지 않았다. 두 사람은 침대 위에 누웠다. 그녀의 목과 손에 입을 맞추는 로런스의 숨결이 다급해졌다. 그가 몸 위로 올라오자 제니퍼가 그의 목에 팔을 둘렀다. 그녀는 기대하던 느낌이 일지 않으면 어떻게 해야 하나 걱정이 되었다. 대체 왜 이러는 걸까? 예전에 나는 어떻게 했을까?

"괜찮아?" 제니퍼의 귓가에 그가 중얼거렸다. "아프게 하는 거 아니지?"

"아뇨." 그녀가 대답했다. "아뇨, 전혀요."

그가 제니퍼의 가슴에 입을 맞추며 나직하게 신음을 흘렸다. "그거 벗지." 팬티를 당기며 말했다. 그가 몸을 들어주자 제니퍼가 팬티를 당겨 내리고 발로 차냈다. 그러고 나자 모두 드러났다. *아마 우리……* 그녀는 말하고 싶었지만, 그는 이미 그녀의 다리를 벌리며 서둘러 안으로 들어오려 하고 있었다. *난 아직 준비되지 않았어요…….* 하지만 그녀는 그 말을 입 밖에 낼 수가 없었다. 그건 이제 잘못된 말이었다. 그는 절박하게 갈망하며 다른 곳에 가 있었다.

제니퍼는 얼굴을 찡그리고 무릎을 당기며 몸을 긴장시키지 않으려고 애썼다. 그러자 그가 그녀 안으로 들어왔다. 제니퍼는 어둠 속에서 볼 안쪽을 깨물며 애써 통증을 무시했다. 그가 얼른 끝내고 그녀 밖으로 나가주길 바라는 것 말고는 아무 느낌이 없다는 사실도. 그가 빠르고 다급하게 움직이며 그녀를 짓눌렀다. 뜨겁고 축축한 얼굴이 그녀의 어깨에 닿았다. 그러고 나서 짤막한 외마디 소리와 함께, 어디서도 보여주지 않던 그의 여린 모습이 살짝 드러나며 끝이 났다. 그리고 그가 빠져나간 다리 사이엔 끈적이는 축축함만 남았다.

볼 안쪽을 어찌나 세게 깨물었는지 입안에서 피 맛이 났다.

여전히 가쁜 숨을 몰아쉬며 그가 몸을 굴려 그녀에게서 떨어졌다. "고마워." 그가 어둠 속에서 말했다.

제니퍼는 그가 자신을 볼 수 없어서 다행이라고 느꼈다. 이불을 턱까지 끌어올리고 멍한 눈으로 누워 있는 모습을. "아니에요." 그녀가 조용히 말했다.

기억은 분명 머리 외에 다른 곳에도 새겨지는 것임을 제니퍼는 알게 되었다.

"프로필 기사야. 기업 경영자에 대한 거." 돈 프랭클린의 배는 바지 단추를 뜯어낼 기세였다. 단추들이 팽팽하게 당겨졌고, 벨트 위로는 창백하고 털이 돋은 피부가 삼각형 모양으로 드러났다. 그가 의자 뒤로 기대어 앉으며 안경을 머리 위로 올렸다. "위에서 반드시 넣으라는 기사야, 오헤어. 기적의 광물에 대한 네 페이지짜리 기사를 넣으래. 광고를 위해서."

"제가 광산이나 공장에 대해 뭘 안다고요? 전 해외 특파원이라고요, 젠장."

"과거엔 그랬지." 돈이 정정했다. "다시 자넬 내보낼 순 없어, 앤서니. 그건 자네도 알잖아. 그리고 우린 솜씨 좋은 누군가가 필요해. 자네도 계속 그렇게 퍼져 앉아서 사무실이나 지저분하게 만들고 있을 순 없고."

앤서니는 책상 맞은편 의자에 풀썩 주저앉아 담배를 꺼냈다. 사무실 유리벽 너머로 보이는 편집장 뒤쪽에, 수습기자인 핍스가 좌절감으로 얼굴을 찌푸리며 타자기에서 종이 세 장을 휙 빼내는 모습이 보였다. 그러고는 먹지 두 장을 사이에 넣고 새 종이를 끼웠다.

"전에도 이런 글 썼으면서 뭘 그래. 자네 매력을 발휘해보라고."

"그러니까 프로필 기사도 아니란 말이잖아요. 미화 기사에다 찬양 광고지."

"그 사람은 콩고에도 기반이 있어. 자넨 그쪽을 잘 알잖아."

"콩고에 광산을 가진 자들이 어떤 부류인지도 잘 알아요."

돈이 담배를 달라며 손을 내밀었다. 앤서니가 담배 한 대에 불을 붙여주었다. "그렇게 나쁘기만 한 건 아니야."

"아니라고요?"

"자네는 프랑스 남부의 여름 별장에서 이 남자를 인터뷰할 거야. 리비에라에서. 태양 아래서 며칠을 보내게 된다고. 회사 경비로 바닷가재 한두 마리도 즐기면서. 어쩌면 브리짓 바르도도 보게 될지 모르지…… 자넨 나한테 고맙다고 해야 해."

"피터슨을 보내세요. 그런 거 좋아하잖아요."

"피터슨은 노리치 아동 살해범 기사를 쓰고 있잖아."

"그럼 머펫을 보내시든가요. 아첨꾼이니까."

"머펫은 아샨티 분쟁을 취재하러 가나에 갔어."

"머펫이요?" 앤서니가 믿지 못하겠다는 듯 말했다. "머펫은 공중전화 박스에서 남학생 둘이 싸움박질했다는 기사도 제대로 못 쓸걸요. 그런 인간이 가나에서 무슨 취재를 해요?" 그가 목소리를 낮췄다. "날 다시 보내줘요, 돈."

"안 돼."

"난 반미치광이에 알코올중독자로 빌어먹을 정신병원에 들어가야 할지도 모르지만, 머펫보다는 나은 기사를 쓸 거예요. 돈도 그 사실을 잘 알잖아요."

"자네 문제는 말이야, 오헤어, 언제 상태가 좋을지 알지 못한다는 거야." 돈이 상체를 앞으로 기울이며 목소리를 낮췄다. "이봐…… 그만 투덜대고 잘 들으라고. 자네가 아프리카에서 돌아왔을 때 위에서 엄청 말이 많았어." 그가 국장실을 가리켰다. "자네를 잘라야 할지 말지를 두고 말이야. 그런 일들이 있었으니…… 위에서 자네를 많이 걱정해. 하여간 무슨 술수를 부린 건지는 모르겠지만, 자네 여기서 많은 친구를 사귀었더군. 요직에 있는 사람들까지 말이야. 그 사람들이 자네가 겪은 모든 일을 고려해서 자르지 않기로 결정한 거야. 심지어 자네가……." 돈이 어색하게 뒤쪽을 가리켰다. "거기 있을 때도."

앤서니의 눈빛에는 흔들림이 없었다.

"아무튼. 위쪽에선 자네가…… 압박이 심한 일은 하지 않았으면 해. 그러니까 이제 마음을 가라앉히고 프랑스로 건너가라고. 빌어먹을 몬테카를로 언덕에서 식사하는 일을 맡게 된 걸 감사하란 말이야. 그리고 또 누가 알아? 취재하다 신인 여배우라도 하나 꿰차게 될지."

긴 침묵이 이어졌다.

앤서니가 계속 시큰둥한 표정을 보이자, 돈이 담배를 비벼 껐다. "정말 하고 싶지 않은 거군."

"그래요, 돈. 잘 아시잖아요. 이런 일을 하기 시작하면 얼마 지나지 않아 출생, 결혼, 부고 소식이나 쓰게 될 거라고요."

"맙소사. 자넨 정말 엇나가는 데 명수야, 오헤어." 돈은 메모꽂이로 손을 뻗어 종이 한 장을 빼냈다. "좋아, 그럼, 이걸로 해. 비비안 리가 대서양을 건너갈 거야. 올리비에가 연기하는 극장 밖에서 캠핑을 할 예정이래. 올리비에는 당연히 비비안 리와 말을 하지 않겠지만, 비비안 리는 가십 칼럼니스트들한테 자신은 그 이유를 알지 못한다고 말했다는군. 자네가 가서 두 사람이 이혼을 하게 될지 알아보는 게 어때? 기사에는 비비안 리가 어떤 옷을 입었는지 보여주는 멋들어진 묘사도 넣고 말이야."

다시금 긴 침묵이 흘렀다. 방 밖에서 핍스가 또다시 종이를 빼내고 자기 이마를 때리며 조용히 욕을 했다.

앤서니가 담배를 비벼 *끄고*는 상사를 험악하게 쏘아보았다. "가서 준비할게요."

* * *

엄청난 부자들에게는 어김없이 빈정대고 싶어지게 하는 구석이 있었다. 앤서니는 저녁 초대에 가기 위해 준비하면서 그런 생각을 했다. 아마 반박당하는 일이 드문 사람 특유의 몸에 밴 확신 때문일 것이다. 더없이 평범한 견해조차 심각하게 받아들이는 사람 특유의 거만한 태도.

처음에는 로런스 스털링이 생각보다 덜 불쾌한 사람이란

인상을 받았다. 그는 정중했고 질문에는 신중하게 답했으며, 자신을 위해 일하는 노동자들에 대해 진보한 견해를 갖고 있었다. 하지만 시간이 흐를수록 스털링이 무엇보다 통제를 중요하게 여기는 부류라는 걸 알게 되었다. 그는 사람들에게 정보를 얻기보다 말하는 쪽이었다. 자기 영역 밖의 일에는 관심도 거의 없었다. 다른 무엇이 되려는 시도를 할 필요가 없을 정도로 부자인 데다 성공까지 거머쥔 따분한 사람이었다.

앤서니는 재킷을 솔질하며, 자신이 어쩌다가 저녁 초대에까지 응하게 되었는지 돌이켜보았다. 인터뷰가 끝나갈 무렵 스털링은 그를 저녁 식사에 초대했고, 생각지도 못한 초대로 허를 찔린 앤서니는 앙티브에 아는 사람이 아무도 없으며 호텔에서 간단히 저녁 먹는 거 말고는 아무 계획이 없다는 사실을 인정하지 않을 수 없었다. 나중에 생각해보니 스털링은 자신을 더욱 띄워주는 기사를 쓰게 할 욕심으로 그를 초대한 것 같았다. 앤서니가 마지못해 초대를 받아들이자, 스털링은 자신의 운전기사에게 7시 30분까지 호텔로 가서 그를 모셔오라는 지시까지 내렸다. "집을 찾기 어려울 겁니다. 길에서는 잘 안 보이거든요." 그는 말했다.

당연히 그렇겠지, 하고 앤서니는 생각했다. 스털링은 사람들과 일상적인 만남을 즐길 부류로는 보이지 않았다.

호텔 안내원은 바깥에 대기한 리무진을 보더니 눈에 띄게 활기를 찾았다. 별안간 달려가 문을 열어주는가 하면 앤서니가 들어올 땐 보이지 않던 미소를 얼굴 가득 띄워 올렸다.

앤서니는 그를 무시했다. 그러고는 기사에게 인사하고 조수석으로 올라탔다. 기사가 조금 불편했을지 모른다는 생각이 나중에야 들었지만, 뒷좌석에 앉았다면 아마 사기꾼 같은 기분이 들었을 것이다. 차창을 내리자 지중해의 따스한 바람이 흘러들어 그의 피부를 어루만졌다. 낮고 긴 자동차가 로즈메리와 타임 향기 가득한 해안 도로를 따라 달렸다. 저 멀리 보이는 보랏빛 언덕들로 앤서니의 시선이 움직였다. 그동안 아프리카의 이국적인 경치에 익숙해진 그는 유럽의 자연이 얼마나 아름다운지 잊고 있었다.

앤서니는 기사와 가벼운 대화를 나눴다. 그 지역에 대해 물어보고 스털링 외에 또 어떤 사람들의 차를 몰았는지, 이곳의 평범한 사람들은 어떤 삶을 사는지 물어보았다. 앤서니도 어쩔 수 없었다. 지식은 그에게 모든 것이나 마찬가지였다. 때로는 강력한 인사들의 운전기사와 고용인들로부터 가장 훌륭한 단서가 나오기도 했다.

"스털링 씨는 좋은 사장님인가요?" 그가 물었다.

기사가 그를 흘깃 보더니 태도가 약간 딱딱해졌다. "그럼요." 기사의 어조는 대화가 끝났음을 암시했다.

"다행이네요." 앤서니는 그렇게 대꾸했고, 거대한 흰색 저택에 도착했을 때는 넉넉하게 팁을 주는 것도 잊지 않았다. 앤서니는 차고가 있을 뒤쪽으로 사라지는 리무진을 바라보며 희미한 아쉬움을 느꼈다. 기사가 과묵하긴 해도, 리비에라의 따분한 부자들과 의례적인 대화를 나누며 앉아 있으니 차라리 그와 샌드위치를 먹으며 카드 게임을 하는 쪽이 더 나을 듯했다.

* * *

스털링이 머무는 18세기 저택은 여느 부자의 저택처럼 매우 크고 티 하나 없이 깨끗했다. 건물 외관은 고용인들로부터 끊임없이 관리를 받고 있음을 보여주었다. 자갈이 깔린 널찍한 진입로는 깔끔하게 손질되었고, 양쪽으로는 그보다 조금 높게 납작한 돌로 포장된 길이 잡초 한 포기 자라지 못할 정도로 단정하게 정리되어 있었다. 색을 칠한 덧문 사이로 우아한 창문이 어슴푸레 빛났다. 방문객들을 현관으로 이끄는 넓은 돌계단에는 먼저 도착한 손님들이 이야기를 나누고 있었다. 꽃이 풍성하게 꽂힌 화병이 곳곳에 놓여 있었다. 뜨거운 태양 아래 달궈진 돌이 여전히 따뜻한 걸 느끼며 앤서니는 천천히 계단을 올라갔다.

저녁 식사에 초대받은 사람은 앤서니 외에 일곱 명이었다. 몬크리프 부부는 런던에서 온 스털링 부부의 친구인데, 부인 쪽은 드러내놓고 앤서니를 훑어보았다. 시장인 라파예트와 그의 아내와 딸도 초대되었다. 갈색 머리에 눈 화장을 짙게 한 딸은 얼굴에 장난기가 다분했다. 그리고 나머지 둘은 나이 지긋한 데마르셰 부부였다. 스털링의 아내는 그레이스 켈리를 연상시키는 윤곽이 뚜렷한 금발 미녀였다. 아름다운 외모로 평생을 칭송받아온 그런 여자들은 흥미로운 얘기를 하는 경우가 드물었다. 앤서니는 식사를 할 때 몬크리프 부인 옆자리에 앉기를 바랐다. 그를 평가하는 눈길도 싫지 않았고, 그녀를 상대하는 일은 자극이 될 것이었다.

"신문사에서 일하신다고요, 오헤어 씨?" 나이 지긋한 프랑스 부인이 그를 올려다보았다.

"예. 영국에서요." 웨이터가 음료 쟁반을 들고 그의 옆에 나타났다. "술 말고는 없나요? 탄산음료 같은 거?" 남자가 고개를 끄덕이고 사라졌다.

"어떤 신문이죠?"

"「네이션」이요."

"「네이션」." 부인이 실망한 목소리로 반복했다. "처음 들어보는 신문이네요. 「타임스」는 들어봤어요. 그게 최고의 신문 아닌가요?"

"사람들이 그렇게 알고 있다는 얘기는 들었습니다." 맙소사, 하고 그는 속으로 말했다. 제발 음식만이라도 훌륭하기를.

그의 팔꿈치 옆으로 다시 은쟁반이 나타났다. 얼음을 넣은 탄산음료가 긴 잔에 담겨 있었다. 앤서니는 사람들이 마시고 있는 칵테일로는 눈길을 주지 않았다. 대신 시장의 딸에게 서툰 프랑스어를 약간 시도했다. 그녀는 귀여운 프랑스어 억양이 섞인 완벽한 영어로 그의 물음에 답했다. 너무 어리군. 앤서니는 곁눈으로 쳐다보는 시장의 시선을 느끼며 속으로 생각했다.

이윽고 식탁에 앉으며, 앤서니는 자신의 자리가 이본 몬크 리프의 옆이라는 것에 만족스러웠다. 그녀는 예의 바르고 유쾌했고, 그의 유혹에 넘어올 가능성이 전혀 없었다. *빌어먹을 행복한 부부.* 제니퍼 스털링은 그의 원편에 앉아 반대쪽으로 고개를 돌리고 대화를 나누고 있었다.

"여기서 자주 시간을 보내시나요, 오헤어 씨?" 프랜시스 몬크리프는 자기 아내처럼 키가 크고 마른 남자였다.

"아뇨."

"그럼 주로 런던에만 계시나 보군요?"

"아뇨. 그 지역은 전혀 취재하지 않아요."

"혹시 금융 담당 기자는 아니시죠?"

"저는 해외 특파원입니다. 주로…… 해외의 문제들을 취재하죠."

"반면 래리는 그걸 일으키고요." 몬크리프가 웃었다. "어떤 문제들에 관해 쓰십니까?"

"아 뭐, 전쟁이나 기아, 질병 같은 것들이죠. 유쾌한 것들."

"그리 유쾌할 거 같지는 않군요." 나이 많은 프랑스 부인이 와인을 한 모금 마셨다.

"지난해엔 콩고의 위기를 취재했어요."

"루뭄바가 말썽꾼이죠." 스털링이 끼어들었다. "그리고 자신들이 콩고에서 물러났을 때 그 나라가 침몰하는 것 외에 다른 일을 할 수 있다고 생각한다면, 벨기에인들은 비겁한 바보들이에요."

"아프리카인들은 자신들의 문제를 스스로 풀어나갈 수 없을 거라고 믿으십니까?"

"루뭄바는 바로 얼마 전까지만 해도 맨발의 정글 우체부였죠. 콩고 전체를 통틀어 전문 교육을 받은 흑인이 하나도 없어요." 그가 담배에 불을 붙이고 연기를 내뿜었다. "벨기에인들이 빠지고 나면 그들은 은행이나 병원을 어떻게 운영할

057

까요? 그곳은 교전 지역이 될 겁니다. 제 광산은 로디지아와 콩고 경계에 있어서, 어쩔 수 없이 보안 담당을 충원해야 했죠. 로디지아인으로. 콩고인들은 더 이상 믿을 수가 없어요."

잠시 침묵이 흘렀다. 앤서니의 턱 근육이 계속 움찔거렸다.

스털링이 담뱃재를 털었다. "오헤어 씨는 콩고 어디에 계셨습니까?"

"주로 레오폴드빌에 있었습니다. 브라자빌이요."

"그럼 콩고 군대는 통제가 안 된다는 사실을 잘 알고 계시겠네요."

"어느 나라든 독립하려면 힘든 시기를 거쳐야 한다는 것도 압니다. 그리고 얀센 중장이 외교 수완을 좀 더 발휘했다면 많은 목숨을 구했을 거라는 것도 알고요."

스털링이 담배 연기 너머로 그를 쳐다보았다. 앤서니는 자신이 재평가되고 있다는 느낌을 받았다. "그러니까 당신도 루뭄바 예찬론자들에게 동조하는군요." 그의 미소가 얼음처럼 차가웠다.

"아프리카인들의 상황이 더 나빠질 거라고는 생각지 않습니다."

"그럼 나와는 생각이 다르군요." 스털링이 반박했다. "난 어떤 이들에겐 자유가 위험한 선물이 될 수도 있다고 생각해요."

실내가 침묵에 잠겼다. 오토바이 한 대가 언덕을 오르는 소리가 멀리서 들려왔다. 라파예트 부인이 불안한 듯 머리를 매만졌다.

"저는 그 문제에 대해선 아는 게 없네요." 제니퍼 스털링이 무릎에 단정히 냅킨을 내려놓으며 말했다.

"너무 우울해." 이본 몬크리프도 말했다. "신문을 제대로 쳐다보는 것조차 힘든 날도 있다니까. 프랜시스는 스포츠와 지역 소식란만 읽고, 난 주로 잡지를 봐. 뉴스는 아무도 안 읽고 내놓는 경우도 많고."

"제 아내는 「보그」에 실리지 않은 건 뉴스로 치지도 않아요." 몬크리프가 말했다.

긴장이 풀어졌다. 대화가 다시 이어지고 웨이터들은 빈 잔을 채웠다. 남자들은 주식시장과 리비에라 개발에 관해 얘기를 나눴다. 데마르셰 부부는 캠핑객들이 밀려들어서 '지역 분위기를 좋지 않게' 만들고, 끔찍한 사람들이 '영국 브리지 클럽'에 가입한다며 불평했다.

"저 같으면 크게 걱정하지 않을 거예요." 이본 몬크리프가 말했다. "올해 몬테카를로의 해변 오두막 사용료는 일주일에 50파운드예요. 버틀린 휴가용 캠프장을 애용하는 타입 중에 그 정도 비용을 들이려는 사람은 그리 많지 않을걸요."

"엘사 맥스웰(미국의 가십 칼럼니스트 – 옮긴이)이 해변의 자갈을 거품고무로 덮자고 했다면서요? 발이 불편하지 않게."

"이곳에선 그런 것들이 아주 끔찍한 고충이겠죠." 앤서니가 나직이 말했다. 그곳을 벗어나고 싶었지만 식사 도중에는 불가능했다. 평행우주에라도 떨어진 것처럼 원래 있던 곳에서 아주 멀리 와 있는 기분이었다. 어쩌면 저들은 자신들의 삶이 명백히 기반을 둔 아프리카의 혼란과 참상에 저토록 무심할 수 있을까?

앤서니는 잠시 주저하다가, 웨이터에게 손짓으로 와인 한 잔을 부탁했다. 식탁에 앉은 누구도 그의 행동을 눈치채지 못한 듯했다.

"그럼…… 제 남편에 대해 멋진 기사를 써주실 건가요?" 스털링 부인이 그의 소맷부리를 응시하며 물었다. 두 번째 코스인 신선한 생선이 그의 앞에 놓였고, 부인은 그를 향해 돌아앉아 있었다.

앤서니는 냅킨을 바로 놓았다. "글쎄요. 그래야 할까요? 남편분은 멋지신가요?"

"우리의 친애하는 벗인 몬크리프 씨에 따르면, 저이는 건전한 상행위의 지표가 된다는군요. 저이의 공장들은 높은 기준에 맞춰 세워졌고, 회사의 매상은 해마다 증가하고 있죠."

"제가 여쭤본 건 그게 아닙니다."

"그럼요?"

"저는 남편분이 멋지시냐고 물은 겁니다." 앤서니는 뾰족하게 굴고 있다는 걸 알았지만, 알코올이 감정을 일깨워서 어쩔 수가 없었다. 피부도 따끔거렸다.

"그런 거라면 저한테 물으시면 안 되죠, 오헤어 씨. 아내들은 그런 문제에 공정할 수가 없으니까요."

"아, 제 경험으로는 잔인할 정도로 공정한 게 아내던데요."

"그런가요?"

"결혼 몇 주 만에 남편의 모든 결점을 알아내고, 범죄 수사관처럼 정확하게 그 결점들을 집어내는 사람이 아내 말고 또 누가 있겠습니까? 정기적으로 기억을 더듬으면서 말이에요."

"오헤어 씨 부인은 매우 잔인한 분처럼 들리는걸요. 마음에 드네요."

"더없이 현명한 여자죠." 새우 하나를 입에 넣는 제니퍼 스털링을 그가 바라보았다.

"그런가요?"

"네. 수년 전에 절 떠났을 정도로요."

스털링 부인이 그에게 마요네즈를 건넸다. 그가 받지 않자 그의 접시 한쪽에 조금 덜어놓았다. "그 말은 그럼 오헤어 씨가 멋진 분이 아니란 뜻인가요?"

"남편으로요? 아닐 겁니다. 다른 모든 면에서는 물론 독보적이지만요. 그리고 부디 앤서니라고 불러주세요." 그는 무심하게 오만한 투로 말하는 그들의 습관을 배우기라도 한 듯이 말했다.

"그렇다면, 앤서니, 당신과 제 남편은 죽이 잘 맞을 거 같네요. 저이도 자신에 대해 비슷한 생각을 갖고 있거든요." 그녀의 시선이 스털링에게 머물렀다가 그에게로 돌아왔다. 그리고 생각보다 지루한 여자가 아닐지도 모른다는 생각이 들 정도로 오래 머물렀다.

메인 코스인 버섯과 크림을 넣은 소고기 말이 요리를 먹는 동안, 제니퍼 스털링의 결혼 전 성이 베린더이며, 그들 부부가 결혼 4년 차라는 사실을 알게 되었다. 부인은 주로 런던에서 지냈으며, 남편은 해외에 있는 자신 소유의 광산으로 자주 출장을 다녔다. 그들은 겨울과 여름의 일부를 리비에라에서 보내고, 런던 사교계가 지루하게 느껴지면 가끔 휴일에도 이곳을 찾았다. 이 지역은 늘 사람들로 붐빈다며, 그녀가 맞은편에 앉은 시장의 아내를 바라보며 말했다. 사생활이 전부 노출되는 곳에서는 계속 살고 싶지 않다고.

이런 이야기를 듣고 있으니, 제니퍼 스털링이 그저 부자 남편을 둔 응석받이 여자로 느껴졌다. 그러나 앤서니는 다른 것들도 보았다. 그녀는 남편에게 약간 소홀한 대접을 받고 있으며, 자신의 위치가 요구하는 것보다 더 영리한 여자라는 점, 한두 해가 지나면 그런 조합이 그녀에게 어떤 영향을 미치게 될지 본인은 미처 깨닫지 못하고 있다는 점. 지금은 오직 그런 사실을 자각하고 있음을 보여주는 슬픈 기미만 눈에 감돌 뿐이었다. 제니퍼 스털링은 끝없이 반복되는 의미 없는 사교적 일상에 갇혀 있었다.

부부에게 아직 아이는 없었다. "아이를 가지려면 두 사람이 한동안 한 나라에 있어야 한다고 들었어요." 앤서니는 그녀가 메시지를 보내고 있는 게 아닌지 잠시 의심했다. 하지만 그녀는 전혀 사심이 없어 보였고, 자신의 상황에 실망하기보다 즐거워하는 얼굴이었다. "자녀가 있으신가요, 앤서니?" 그녀가 물었다.

"전…… 제대로 건사하지 못한 아이가 하나 있죠. 제가 아이한테 안 좋은 영향을 미치는 걸 최선을 다해 막고 있는 전처와 살고 있어요." 말을 내뱉자마자 앤서니는 자신이 취했다는 걸 알았다. 맨정신이라면 필립 얘기를 꺼낼 리가 없었다.

이번엔 그녀의 미소 뒤로 심각한 표정이 떠올랐다. 그를 동정해야 할지 망설이는 것처럼. *그러지 말아요.* 그는 조용히 속으로 외치며 당혹스러움을 감추려고 와인을 다시 잔에 따랐다. "괜찮아요. 아이는⋯⋯."

"어떤 식으로 안 좋은 영향을 미치는데요, 오헤어 씨?" 시장의 딸인 마리에트가 식탁 건너편에서 물었다.

"지금 상황에서는 제가 안 좋은 영향을 받을 확률이 더 높은 거 같군요. 마드모아젤." 그가 말했다. "제가 스털링 씨를 돋보이게 하는 인물 기사를 쓸 생각이 없었다고 해도, 이 음식들과 여기 계시는 분들 때문에라도 그렇게 될 거 같다는 생각이 드니까요." 그가 잠시 말을 멈췄다. "몬크리프 부인은 어떠신가요? 부인께는 어떻게 해야 안 좋은 영향을 미칠 수 있죠?" 앤서니는 제일 안전해 보이는 사람에게 물었다.

"오, 난 금세 넘어갈 거예요. 누구도 열심히 시도하지 않아서 그렇지." 그녀가 말했다.

"말도 안 돼." 애정 어린 목소리로 그녀의 남편이 말했다. "내가 당신을 꾀어내는 데 몇 달이 걸렸는데."

"당신은 날 매수해야 했으니 그런 거지, 여보. 여기 계시는 오헤어 씨와 달리, 외모와 매력에서 엄청 빠지잖아." 그녀가 남편에게 키스를 날렸다. "반면 제니를 꾀어내는 건 전적으로 불가능해요. 제니에게선 말할 수 없이 선량한 기운이 뿜어져 나오는 거 같지 않아요?"

"가격만 적당하면 지구상에 매수당하지 않을 영혼은 없어." 몬크리프가 말했다. "사랑스러운 제니조차도 예외가 아니지."

"아니에요, 프랜시스. 도덕성의 지표라고 할만한 라파예트 시장님이 계시잖아요." 장난스럽게 입술 끄트머리를 비틀며 제니퍼가 말했다. 그녀는 약간 들뜬 듯 보였다. "프랑스 정계에는 부패란 말이 있을 수가 없죠."

"당신은 프랑스 정계를 논할 정도로 잘 알지 못하잖아. 여보." 로런스 스털링이 불쑥 끼어들었다.

앤서니는 그녀의 볼이 살짝 붉어지는 것을 보았다.

"난 그저……."

"그럼 하지 마." 그가 가볍게 말했다. 제니퍼는 눈을 깜빡이며 접시를 내려다보았다.

짧은 정적이 흘렀다.

"부인 말씀이 맞을 거예요." 라파예트 시장이 잔을 내려놓으며 제니퍼에게 상냥하게 말했다. "하지만 시청에 있는 제 라이벌이 얼마나 부정직한 무뢰한인지는 말씀드릴 수 있어요…… 물론 적정한 가격에요."

식탁 전체로 웃음소리가 퍼져나갔다. 식탁 아래서 마리에트의 발이 앤서니의 발을 지그시 눌렀다. 옆에서 제니퍼 스털링이 웨이터에게 접시들을 치우라고 지시했다. 몬크리프 부부는 데마르셰 씨 양옆에서 대화에 열중하고 있었다.

맙소사. 내가 이 사람들하고 뭘 하고 있는 거지? 앤서니는 생각했다. 여긴 내가 속한 세계가 아니야. 로런스 스털링은 옆 사람에게 단호한 어조로 뭔가 얘기하고 있었다. 어리석은 인간. 앤서니는 속으로 내뱉었지만, 가족도 잃고 일도 잃은, 게다가 부자도 아닌 자신이야말로 그 말이 더 어울리는 사람임을 잘 알았다. 아들에 대한 언급과 제니퍼 스털링의 굴욕, 거기에 술기운까지 합쳐져서 그의 기분이 어두워졌다. 그 문제를 해결하는 방법은 오직 하나뿐이었다. 앤서니는 웨이터에게 와인을 더 가져다달라고 손짓했다.

* * *

11시가 조금 넘어서 데마르셰 부부가 자리를 떴고, 몇 분 후에 라파예트 부부도 일어났다. 시장이 다음 날 아침에 의회 업무가 있다고 했다. 커피와 브랜디를 마신 거대한 베란다에서 사람들과 악수를 나눴다. "어떻게 쓰실지 기사를 꼭 읽어보고 싶군요, 오헤어 씨. 즐거웠습니다."

"저도 즐거웠습니다." 앤서니는 휘청거리며 서 있었다. "정말이지 의회 정치에 이 정도로 매료된 건 처음입니다." 그는 많이 취해 있었다. 무슨 말을 하려는지 알기도 전에 입에서 말이 흘러나왔다. 어떻게 들릴지 생각해서 말하는 게 불가능한 상황임을 의식하며 눈을 세게 껌뻑거렸다. 앤서니는 지난 한 시간 동안 무슨 얘기를 나눴는지 전혀 기억나지 않았다. 시장이 잠시 그와 눈을 맞추더니 손을 놓고 돌아섰다.

"아빠, 전 더 있다가 갈게요. 여기 계신 친절한 신사분이 절 집까지 데려다주실 거예요." 마리에트가 앤서니를 의미심장한 눈으로 바라보았고, 앤서니는 과장되게 고개를 끄덕여 보였다.

"오히려 제가 도움이 필요할 겁니다, 마드모아젤. 여기가 어디쯤인지 짐작도 못 하겠거든요." 앤서니가 말했다.

제니퍼 스털링이 라파예트에게 입을 맞추며 인사했다. "따님은 안전하게 모셔다드릴게요. 와주셔서 정말 고마워요."
그러고는 프랑스어로 뭔가 얘기했지만 앤서니는 알아듣지
못했다.

밤이 되면서 날씨가 꽤 쌀쌀해졌음에도 앤서니는 추위를
거의 느끼지 못했다. 저 아래 해안에서 철썩이는 파도 소리,
잔들이 부딪히며 쨍그랑거리는 소리, 몬크리프와 스털링이
해외의 주식시장과 투자 기회에 관해 얘기하는 소리가 들려
왔지만, 누군가 그의 손에 들려준 맛 좋은 코냑을 마시는 동
안에는 그런 것들이 귀에 들어오지 않았다. 낯선 땅에서 홀
로 보내는 일에 익숙해서 혼자 있어도 편안한 그였지만, 오
늘 밤은 이상하게 안정이 안 되고 짜증스러웠다.

그가 세 여자를 흘깃 보았다. 갈색 머리 둘에 금발 하나. 제
니퍼 스털링은 두 여자에게 한 손을 내밀고 있었는데, 아마
도 새로 산 액세서리를 자랑하고 있는 것 같았다. 다른 두 여
자는 얘기를 하면서 중간중간 깔깔거렸다. 마리에트는 주기
적으로 그를 쳐다보며 미소를 지었다. 공모를 암시하는 미소
인가? *열일곱 살이야*, 앤서니는 자신을 타일렀다. *너무 어려*.

귀뚜라미 울음소리와 여자들의 웃음소리가 들리고, 집 안
어디선가 재즈 음악이 흘러나왔다. 앤서니는 눈을 감았다가,
잠시 후 눈을 뜨고 손목시계를 확인했다. 어쩐 일인지 한 시
간이 지나 있었다. 깜빡 졸았는지도 모른다는 생각이 들자
불안해졌다. 아무튼 돌아가봐야 할 시간이었다. "저는 이만."
그가 의자에서 몸을 일으키며 남자들을 향해 말했다. "호텔
로 돌아가야 할 거 같습니다."

로런스 스털링이 일어났다. 그는 엄청나게 큰 시가를 피우고 있었다. "기사를 부를게요." 그가 집으로 들어가려고 돌아섰다.

"아뇨, 아뇨." 앤서니가 만류했다. "신선한 공기를 마시며 걷는 게 좋겠어요. 이렇게…… 흥미로운 자리에 초대해주셔서 정말 고맙습니다."

"정보들이 더 필요하면 내일 아침에 사무실로 전화주십시오. 점심때까지는 거기 있을 겁니다. 그다음엔 아프리카로 떠나죠. 혹시 함께 가셔서 광산을 확인하고 싶진 않으신가요? 저희도 아프리카를 잘 아는 사람이 있으면 좋으니까……."

"다음 기회에요." 앤서니가 말했다.

스털링은 그와 짧고 굳건한 악수를 나눴다. 몬크리프도 악수를 하더니 경례하듯 손가락 하나를 살짝 이마에 대었다.

앤서니는 돌아서서 정원의 문으로 향했다. 화단에 박힌 작은 등들이 길을 비추고 있었다. 저 앞쪽에, 아무것도 없는 검은 바다에 떠 있는 배들의 불빛이 보였다. 베란다에서 나지막한 목소리들이 바람에 실려 그에게로 날아왔다.

"재밌는 친구야." 몬크리프는 그렇게 말했지만, 목소리는 그가 반대로 생각하고 있음을 알려주었다.

"도덕군자인 체하며 자기만족에 빠진 인간들보다 낫지." 앤서니가 나지막하게 중얼거렸다.

"오헤어 씨? 제가 동행해도 될까요?"

그가 비틀거리며 돌아섰다. 마리에트가 작은 핸드백을 움켜쥐고 카디건을 어깨에 두른 채 그의 뒤에 서 있었다. "시내로 가는 길을 알아요. 절벽에 난 오솔길을 따라가면 돼요. 혼자 가시면 백 퍼센트 길을 잃을걸요."

그가 자갈이 섞인 길 위에서 비틀거렸다. 마리에트의 가느다란 갈색 손이 그의 팔 아래로 파고들었다. "달빛이 밝아서 다행이에요. 그래도 발은 보이니까요." 그녀가 말했다.

그들은 잠시 침묵 속을 걸었다. 앤서니는 자신의 신발이 바닥에 끌리는 소리를 들었고, 야생 라벤더 덤불에 발이 걸렸을 때 입에서 이상한 소리가 터져 나오는 것도 들었다. 상쾌한 저녁에 소녀와 함께 걷고 있는데도 앤서니는 정확히 짚어낼 수 없는 뭔가를 향한 그리움을 느꼈다.

"굉장히 조용하네요, 오헤어 씨. 설마 주무시는 건 아니죠?"

집 쪽에서 한바탕 웃음소리가 들려왔다.

"그럼 어디 말해봐요." 그가 입을 열었다. "이런 저녁이 즐겁나요?"

마리에트는 어깨를 으쓱했다. "멋진 집이잖아요."

"'멋진 집'이라. 그게 유쾌한 저녁인지 아닌지를 가르는 주된 기준인가요, 마드모아젤?"

그의 날선 목소리에 전혀 신경 쓰지 않는 듯 마리에트가 한쪽 눈썹을 들어 올렸다. "마리에트. 솔직하게 말해줘요. 그건 오늘 저녁이 별로 즐겁지 않았다는 뜻으로 받아들여도 되나요?"

"그런 사람들을 보면 말이죠." 그는 술주정처럼 들린다는 걸 알면서도 말했다. "권총을 입에 물고 방아쇠를 당기고 싶어지죠."

마리에트가 킥킥거리며 동조하는 반응을 보이자, 앤서니는 더욱 열을 내기 시작했다. "남자들은 그저 누가 뭘 가졌는지에 대해서만 얘기하죠. 여자들은 빌어먹을 보석 외엔 아무것도 안 보이고. 그들에겐 돈과 기회가 얼마든지 있어요. 원한다면 뭐든 하고 뭐든 볼 수 있어요. 그런데도 자신들의 작은 세계 밖에 있는 것들에는 조금도 관심이 없어요." 그가 다시 비틀거리자 마리에트가 그의 팔을 꽉 잡았다.

"차라리 호텔 밖의 거지들하고 얘기를 나누겠어요. 그쪽이 훨씬 즐거울 테니까. 물론 스털링 같은 사람들은 그들을 전부 쓸어다가 어딘가 덜 불쾌한 곳에 데려다 두려 하겠지만……."

"스털링 부인은 마음에 들어 하실 줄 알았는데요." 마리에트가 책망하듯 말했다. "리비에라의 남자 절반이 그분하고 사랑에 빠졌거든요."

"응석받이에다 한가하게 놀러나 다니는 부인. 그런 부인들은 어느 도시에 가나 있죠, 마드모…… 마리에트. 예쁜 얼굴을 하고 있지만 머릿속엔 독창적인 생각이라곤 하나도 없는 부인들."

앤서니는 그러고도 얼마 동안 더 장광설을 늘어놓다가, 문득 소녀가 걸음을 멈춘 사실을 깨달았다. 공기가 달라진 것을 느끼며 뒤를 돌아본 그는, 시야가 안정되자 몇 미터 뒤에서 있는 제니퍼 스털링이 눈에 들어왔다. 앤서니의 리넨 재킷을 움켜쥐고 있었다. 달빛 아래 그녀의 금발이 은빛으로 빛났다.

"이걸 두고 가셨어요." 그녀가 재킷을 내밀었다. 턱이 단단하게 경직됐고 푸르스름한 빛 아래서 눈이 어슴푸레 반짝였다.

앤서니가 앞으로 걸어가 재킷을 받아 들었다.

그녀의 목소리가 잔잔한 공기를 갈랐다. "저희가 그토록 실망을 드렸다니 죄송하네요, 오헤어 씨. 저희 사는 모습이 그토록 불쾌하셨다니 말이에요. 저희가 검은 피부에 가난하게 사는 사람들이었다면 오헤어 씨께 인정을 받았을지도 모르겠군요."

"맙소사." 앤서니가 힘겹게 침을 삼켰다. "죄송합니다. 제가…… 몹시 취했어요."

"그런 거 같네요. 그럼 한 가지만 부탁드릴게요. 저와 제 응석받이 삶에 관해 어떤 견해를 갖고 계시든, 로런스를 기사로 공격하는 일은 하지 말아주세요." 그녀가 언덕을 오르기 시작했다.

앤서니가 인상을 쓰며 조용히 욕을 내뱉은 순간, 그녀의 마지막 말이 바람에 실려 날아왔다. "그리고 지루한 사람들을 견뎌야 할 일이 다시 생긴다면, 그냥 고맙지만 사양하겠다고 말하는 편이 나을 거예요."

"괜찮으시다면 청소기를 돌릴게요. 사모님."

제니퍼는 층계참을 가로지르는 발소리에 상체를 들어 발꿈치를 받치고 앉았다.

코르도자 부인이 진공청소기를 손에 들고 문 앞에서 멈춰 섰다. "오! 물건들을 전부…… 이 방을 정리하시는 줄 몰랐어요. 저도 도울까요?"

제니퍼가 이마를 훔치고 침실 바닥에 흩어져 있는 옷장의 내용물을 둘러보았다. "아뇨, 고맙지만 괜찮아요, 코르도자 부인. 하시던 일 하세요. 그냥 제 물건들을 찾기 쉽게 정리하고 있는 것뿐이에요."

코르도자 부인이 머뭇거렸다. "정 그러시면, 그럼 전 청소를 마치고 장에 가보려고요. 냉장고에 콜드컷(햄·소시지 등의 가공육을 얇게 썰어놓은 것 -옮긴이)을 좀 넣어놨어요. 점심으로 너무 묵직한 건 드시고 싶지 않다고 하셔서."

"그거면 충분해요. 고마워요."

그러고 나서 제니퍼는 다시 혼자가 되었고, 윙윙거리는 청소기는 복도를 따라 멀어졌다. 제니퍼는 등을 곧게 펴고 신발 상자의 뚜껑을 열었다. 한겨울에 봄 청소를 며칠째 하고 있었다. 다른 방은 코르도자 부인의 도움을 받았다. 무시무시한 속도로 선반과 벽장의 내용물을 죄다 끄집어내 살펴보고 다시 제자리에 넣으며 깔끔하게 정리했다. 자신의 물건에 흔적을 남기며, 여전히 그녀의 집처럼 느껴지지 않는 집에 그녀의 방식을 새겨 넣었다.

처음에는 기분 전환 삼아 시작한 일이었다. 남들이 부여한 역할을 수행하고 있다는 느낌에 너무 골몰하지 않기 위한 방편이었다. 그랬던 것이 이제는 그녀가 이 집에 닻을 내리게 하는 방편이 되었다. 자신이 누구인지, 어떤 사람이었는지 알게 해줄 방편. 제니퍼는 편지와 사진, 어린 시절에 만든 스크랩북을 발견했다. 스크랩북에는 통통한 백마 위에 우거지상을 하고 앉아 있는 땋은 머리 소녀의 모습이 담겨 있었다. 그녀는 학창 시절에 세심하게 써놓은 낙서나 친구들과 주고받은 편지 속의 경박한 농담들을 읽으며, 그 내용들이 전부 기억난다는 사실에 안도했다. 제니퍼는 사랑받았고 쾌활했으며 어쩌면 응석받이였을지도 모를 과거의 자신과 현재의 자신 사이에 얼마나 큰 차이가 있는지 추정하기 시작했다.

제니퍼는 자신에 대해 알아낼 수 있는 모든 걸 알게 되었지만, 계속 존재하는 혼란스러운 기분, 잘못된 삶으로 떨어진 듯한 그 기분은 나아지지 않았다.

"그런 느낌은 누구나 들어." 제니퍼가 전날 밤 두 잔의 마티니를 마신 끝에 그 얘기를 털어놓자, 이본은 동정하듯 그녀의 어깨를 토닥였다. "아침에 일어나서 말이야, 술에 취해 고약한 냄새를 풍기며 코를 골고 있는 더없이 사랑스러운 남편을 보면서 대체 내가 어쩌다 이러고 살고 있나, 하고 생각할 때가 얼마나 많은데."

제니퍼는 억지로 웃어 보였다. 이런 넋두리를 끝없이 듣고 싶어 할 사람은 없었다. 그저 계속 살아가는 것 말고는 방법이 없었다. 저녁 파티 다음 날, 제니퍼는 불안하고 속상한 나머지 혼자 병원으로 달려가서 하그리브스 선생에게 면담을 청했다. 선생은 곧바로 그녀를 자신의 진료실로 안내했다. 의사로서 본분을 다하려는 마음이라기보다 갑부 고객의 아내에 대한 배려인 듯했다. 그의 반응은 이본보다는 덜 경망스러웠지만 기본적으로는 같은 말이었다. "머리를 부딪치면 모든 면에 영향을 줄 수 있어요." 그가 담배를 비벼 끄며 말했다. "어떤 사람은 집중력이 떨어지고, 어떤 사람은 부적절한 순간에 눈물이 터지기도 해요. 또 오랫동안 화를 삭이지 못하는 사람들도 있고요. 제가 치료한 신사분 중에는 평소와 달리 폭력적으로 변한 분도 있답니다. 부인과 같은 일을 겪은 분들이 우울증을 호소하는 건 흔한 일이죠."

"그뿐이 아니에요, 선생님. 지금쯤이면 아무래도 더……정상으로 돌아온 느낌이 들어야 하는 게 아닌가요?"

"정상이 아닌 것처럼 느끼시나요?"

"모든 게 잘못된 느낌이에요. 어딘가 어긋난 거 같고요."

제니퍼가 짧고 자신 없게 웃었다. "어떤 때는 미쳐가는 게 아닌가 하는 생각까지 들어요."

선생은 이미 수없이 그런 얘기를 들은 사람처럼 고개를 끄덕였다. "이런 일에는 시간이 정말 약이랍니다, 제니퍼. 판에 박힌 말처럼 들리겠지만 진실이기도 하죠. 잘못된 느낌이 든다고 해서 초조해하지 마세요. 머리 부상에는 선례라는 게 없습니다. 한동안은 이상한 기분이 들 거예요. 말씀하신 것처럼 모든 게 어긋난 것처럼 느껴질 수도 있어요. 그동안 도움이 될 약을 처방해드릴게요. 모든 문제를 너무 깊게 생각하지 마세요."

의사는 이미 뭔가를 휘갈겨 쓰고 있었다. 제니퍼는 잠시 기다렸다 처방전을 받아 들고 밖으로 나왔다. *너무 깊게 생각하지 말라고.*

집으로 돌아오고 한 시간 후, 제니퍼는 집 안의 물건들을 정리하기 시작했다. 옷이 가득한 옷 방이 있었다. 호두나무 보석함에는 보석 박힌 반지 네 개와 모조 보석 장신구가 가득한 보조 상자가 들어 있었다. 모자가 열두 개, 장갑이 아홉 켤레, 신발이 열여덟 켤레 있었다. 신발 상자에는 펌프스, 암적색, 정장, 녹색 실크와 같은 짧은 설명이 적혀 있었다. 구두를 하나씩 들어보며 기억을 끌어내려 애쓰자, 두 번인가 순간적인 이미지가 떠올랐다. 녹색 실크 구두를 신고 택시에서 내리는 그녀의 발(극장에 가는 길일까?). 하지만 이미지들은 실망스러울 정도로 금세 사라져서 정확한 정보를 얻을 수가 없었다.

너무 깊게 생각하지 마.

그 문고본을 발견한 것은 마지막 구두를 막 상자에 넣었을 때였다. 얇은 종이와 상자 옆면 사이에 싸구려 역사 로맨스 소설 한 권이 끼워져 있었다. 책장에 꽂힌 다른 책들과 달리 표지를 봐도 내용이 떠오르지 않아 제니퍼는 의아한 생각이 들었다.

책을 사놓고 마음에 들지 않았던 모양이라고, 처음 몇 장을 넘겨보던 제니퍼는 생각했다. 소설은 야한 내용인 듯했다. 오늘 밤에 대강 넘겨본 후 취향이 아니면 코르도자 부인에게 주면 될 것이다. 탁자에 책을 올려놓은 제니퍼는 치마의 먼지를 털었다. 이제 더욱 긴급한 문제를 처리해야 했다. 어질러진 방을 정리하고, 오늘 저녁에 대체 어떤 옷을 입을지 결정하는 문제 같은 것.

* * *

다시 온 우편물은 두 통이었다. 모이라는 두 편지가 판박이처럼 비슷하다고 생각했다. 증상도 똑같고 불평도 똑같았다. 그들은 같은 공장에서 일했고, 거의 20년 전에 일을 시작했다. 사장이 말한 것처럼 이것도 아마 노동조합과 관련이 있겠지만, 몇 해 전까지만 해도 어쩌다 한번 오던 편지가 정기적으로, 그것도 잦은 간격으로 온다는 점이 불안했다.

고개를 드니, 점심을 먹고 들어오는 사장의 모습이 보였다. 모이라는 잠시 어떻게 할지 생각해보았다. 그는 회의가 성공적이었음을 보여주는 만족스러운 미소를 머금은 채 웰포드 씨와 악수를 나누고 있었다. 모이라는 잠시 망설이다가, 두 통의 편지를 맨 위 서랍으로 쓸어 넣었다. 다른 편지들과 함께 보관할 것이다. 그를 걱정하게 해봐야 좋을 게 없었다. 게다가 그가 뭐라고 할지 알지 않는가.

사장은 웰포드 씨를 엘리베이터 쪽으로 이끌며 배웅하고 있었다. 모이라는 그에게 시선을 둔 채, 아침에 그와 나눈 대화를 떠올렸다. 모이라와 사장 말고는 누구도 출근하기 전이었다. 다른 비서들은 9시 이전에 출근하는 법이 없지만, 모이라는 늘 한 시간 전에 도착해서 커피를 내리고 서류를 정리하고 밤사이에 온 전보들을 확인했다. 사장이 발을 들일 때쯤에는 사무실이 원활하게 돌아가게 해두었다. 그게 그녀의 일이었다. 게다가 모이라는 자신의 책상에서 아침을 먹는 것이 좋았다. 엄마가 돌아가신 이후로는 집보다 그곳이 덜 외롭게 느껴졌다.

그가 자리에서 일어나 한 손을 반쯤 들어 모이라에게 들어오라는 신호를 보냈다. 그는 모이라가 손짓을 알아보리라는 걸 알고 있었다. 그녀는 사장이 필요할 때를 대비해서 항상 신경을 반쯤 그에게 두었다. 뭔가 받아 적거나 수치를 요청하리라 생각한 모이라는 치마를 쓸어내리고 빠른 걸음으로 사장실로 들어갔다. 하지만 그녀가 들어오자 사장은 책상에서 걸어 나와 조용히 문을 닫았다. 모이라는 흥분으로 전율이 일었지만 억지로 진정시켰다. 지난 5년간 그녀가 들어온 뒤 문이 닫힌 적은 한 번도 없었다. 모이라는 저도 모르게 머리를 매만졌다.

스털링이 그녀에게 걸어오며 목소리를 낮췄다. "모이라, 몇 주 전에 우리가 얘기했던 거 말이야."

모이라는 그와 가까이 있다는 사실과 예기치 못한 전개에 놀라서 몸이 굳은 채 그를 빤히 쳐다보았다. 모이라가 고개를 가로저었다. 나중에 생각해보니 약간 바보스러워 보였을 것 같았다.

"우리가 얘기한 문제 말이야. 아내 사고 직후에." 목소리에 안달하는 기미가 살짝 묻어났다. "아무래도 확인을 해봐야 할 거 같아서. 다른 것들이 또 없었는지……."

모이라가 정신을 차리고 옷깃 근처에서 손을 흔들었다. "아. 아뇨, 사장님. 부탁하신 대로 제가 두 번이나 가서 확인했습니다. 아무것도 없었어요." 그녀가 잠시 기다렸다 덧붙였다. "전혀요. 분명하게 말씀드릴 수 있습니다."

그가 안심한 듯 고개를 끄덕였다. 그러고는 모이라에게 다정한 미소를 지어 보였다. "고마워, 모이라. 내가 늘 고맙게 생각하는 거 잘 알지?"

모이라는 기쁨으로 가슴이 설렜다.

그가 문 쪽으로 걸어가서 다시 문을 열었다. "모이라의 신중함은 훌륭한 자질 중에 하나야."

모이라는 힘겹게 침을 삼키고 나서야 말할 수 있었다. "저는…… 언제나 믿으셔도 됩니다. 잘 아시겠지만."

"무슨 좋은 일 있어, 모이라?" 나중에 여자 화장실에서 한 타이피스트가 그녀에게 물었다. 모이라는 그제야 자신이 콧

노래를 부르고 있다는 걸 알았다. 그녀는 조심스레 립스틱을 다시 바르고 향수를 가볍게 뿌렸다. "뭔가 굉장히 흐뭇한 일이 있나 봐."

"우편실의 마리오가 결국 스타킹 방어막을 뚫었나 보지." 화장실 칸 안에서 불쾌하게 킬킬거리는 소리가 들렸다.

"네가 바보 같은 잡담에 쏟는 정성의 반만이라도 일에 투자한다면, 언젠가는 하급 타이피스트 자리를 벗어나는 날이 올 거야. 필리스." 모이라는 그렇게 말하고 화장실에서 나갔다. 킥킥대며 야유하는 소리조차도 사무실로 돌아가는 모이라의 기쁨을 누그러뜨리지 못했다.

* * *

광장은 온통 커다랗고 하얀 튤립 모양의 크리스마스 조명으로 감싸였다. 전구들은 빅토리아풍 가로등 사이에 드리워졌고 공원 가장자리 나무들에 소용돌이 모양으로 감겼다.

"해마다 점점 일러지네요." 제니퍼가 응접실로 들어섰을 때 코르도자 부인이 창가에서 돌아서며 말했다. 부인은 커튼을 막 치려는 참이었다. "아직 12월도 안 됐는데요."

"하지만 정말 예쁘잖아요." 제니퍼가 귀걸이를 끼며 말했다. "코르도자 부인, 미안하지만 드레스 목 단추 좀 채워주시겠어요? 손이 닿질 않네요." 제니퍼의 팔은 많이 좋아졌지만 도움 없이 드레스를 입을 정도로 유연성을 회복하진 못했다.

코르도자 부인은 깃을 올리고 짙푸른 색 실크 단추를 채운 뒤 한 걸음 물러나 제니퍼가 돌아서길 기다렸다. "그 드레스는 항상 잘 어울리셨어요." 부인이 말했다.

제니퍼는 이런 순간에 익숙해졌다. "그랬어요? 언제요?" 하고 묻지 않기 위해 말을 멈춰야 하는 순간. 제니퍼는 그 사실을 숨기는 일에 능숙해졌고, 자신의 자리를 분명히 안다고 주변 세상을 확신시키는 일에도 노련해졌다.

"마지막으로 입은 게 언젠지 기억나지 않네요." 한 박자 쉬고, 제니퍼가 생각에 잠긴 듯 말했다.

"사모님 생일 저녁이었어요. 첼시에 있는 레스토랑에 가신다고 하셨고요."

그 말에 갇힌 기억이 풀려나길 기대했지만, 아무 반응이 없었다. "그랬죠." 제니퍼가 살짝 미소를 지었다. "즐거운 저녁이었어요."

"오늘 밤은 특별한 모임인가요, 사모님?"

제니퍼가 벽난로 위의 거울에 비친 자신의 모습을 확인했다. 금발은 부드럽게 구불거리고, 아이라인은 솜씨 있게 그려졌다. "아뇨, 아닐 거예요. 몬크리프 부부가 저녁도 먹고 춤도 추자고 사람들을 불렀거든요. 늘 만나는 사람들이죠."

"괜찮으시면 저는 한 시간 정도 더 있다가 갈게요. 풀 먹일 시트들이 좀 있어서요."

"초과 근무 수당은 받고 계시죠?" 제니퍼가 무심코 물었다.

"그럼요." 코르도자 부인이 대답했다. "사장님과 사모님께선 언제나 아주 관대하세요."

로런스(제니퍼는 다른 모든 사람이 그렇게 한다고 해도,

여전히 그를 '래리'라고 부를 수 없었다)는 회사에서 일찍 빠져나오기 힘들다고 했고, 제니퍼는 사무실까지 택시로 갈 테니 거기서 함께 약속 장소로 가자고 했다. 로런스는 약간 주저하는 것 같았지만 제니퍼가 고집을 부렸다. 지난 2주간 제니퍼는 자립심을 되찾기 위해 집 밖으로 좀 더 자주 나가려고 했다. 한번은 코르도자 부인과, 한번은 혼자서 장을 보러 다녀왔다. 인파와 끊임없는 소음, 혼잡함에 압도되지 않으려고 기를 쓰면서 켄싱턴 하이스트리트를 천천히 오갔다. 이틀 전에는 백화점에서 숄을 하나 샀는데, 필요해서 산 게 아니라 목적을 이루고 집으로 돌아오기 위해 산 것이었다.

"이거 입으시는 것도 도와드릴까요, 사모님?"

코르도자 부인이 사파이어색 양단 스윙 코트를 들고 있었다. 어깨 양쪽을 잡아주어서 제니퍼가 한쪽씩 팔을 집어넣었다. 실크 안감을 덧댄 양단 코트가 묵직하게 그녀의 몸을 감쌌다. 제니퍼는 코트를 입고 돌아서서 깃을 똑바로 폈다. "부인은 뭘 하세요? 여기 일을 끝내고 돌아가면?"

코르도자 부인이 깜짝 놀라 눈을 깜빡이며 쳐다보았다. "제가 뭘 하냐고요?"

"그러니까 제 말은, 어디로 가시냐고요."

"집으로 가죠."

"가족……에게로요?" 난 이 여인과 오랜 시간을 함께 보내는데 아는 게 아무것도 없어. 제니퍼는 생각했다.

"저희 가족은 남아프리카공화국에 있어요. 딸들은 성인이 되었고요. 손자가 둘 있죠."

"아, 그러시죠. 용서하세요, 제가 아직 기억이 완벽하게 돌아오지 않았어요. 남편분에 대해 말씀하시는 걸 들은 기억이 없네요."

부인은 자기 발을 내려다보았다. "남편은 8년 전에 세상을 떠났어요, 사모님." 제니퍼가 아무 말도 하지 않자 부인이 덧붙였다. "남편은 트란스발에서 광산 관리자로 일했어요. 제가 계속 가족을 부양할 수 있게 사장님께서 이곳 일을 주신 거고요."

제니퍼는 어딘가를 기웃대다 들켜버린 느낌이었다. "미안해요. 좀 전에도 말했지만 내 기억이 순간적으로 불안정할 때가 있어요. 부디 기분 나쁘게 생각하지……."

코르도자 부인이 고개를 가로저었다.

제니퍼는 얼굴을 붉혔다. "평소라면 절대 이런 말은……."

"네, 사모님. 저도 알아요……." 부인이 조심스럽게 말했다. "아직 정상으로 완전히 돌아오신 게 아니라는 거요."

그들은 잠시 마주 보며 서 있었다. 부인은 지나치게 친하게 구는 제니퍼의 반응에 당황한 듯했다.

하지만 제니퍼는 그렇게 보지 않았다. "코르도자 부인, 제가 사고 후로 많이 달라진 거 같은가요?" 부인의 눈길이 그녀의 얼굴을 지그시 살피는 게 느껴졌다. "코르도자 부인?"

"약간요."

"어떤 식으로 달라졌는지 말씀해주실 수 있나요?"

부인의 표정이 어색해지는 걸 보고, 제니퍼는 부인이 솔직히 답하길 두려워하고 있다는 걸 알았다. 하지만 여기서 멈출 순 없었다. "제발요. 맞고 틀린 대답 같은 건 없어요. 전 다만…… 그때 이후로 모든 게 조금 이상하게 느껴져서…… 예전엔 어땠는지 알고 싶어서 그래요."

부인은 앞으로 모은 손을 단단히 잡고 있었다. "약간 조용해지신 거 같아요. 조금 덜…… 사교적이 되신 거 같고요."

"이전의 내가 더 행복했다고 생각하시나요?"

"사모님, 제발요……." 부인이 목걸이를 만지작거렸다. "저는…… 이제 정말 가봐야겠어요. 괜찮으시면 시트 일은 내일 할게요."

제니퍼가 다시 입을 열기 전에 부인은 사라지고 없었다.

* * *

메이페어 호텔의 비치코머 레스토랑은 그 일대에서 인기가 매우 높은 곳이었다. 남편과 함께 안으로 들어서며 제니퍼는 그 이유를 알았다. 몇 미터 옆은 쌀쌀한 런던 거리지만 이곳에는 천국 같은 해변이 펼쳐져 있었다. 둥그런 바는 대나무로 에워싸였고 천장도 마찬가지로 대나무로 덮여 있었다. 바닥에는 해초가 깔렸고, 서까래에는 어망과 부표가 걸려 있었다. 가짜 암벽 안에 고정된 스피커에서 훌라 음악이 흘러나와 시끌벅적한 금요일 밤의 인파 너머로 잔잔하게 들려왔다. 푸른 하늘과 끝없이 펼쳐진 하얀 모래밭을 그린 벽화가 한쪽 벽면을 차지했다. 뱃머리 밖으로 나온 여자의 커다란 가슴이 바가 있는 데까지 비죽 튀어나와 있었다. 빌을 발견한 곳이 바로 거기였다. 조각상의 가슴에 자기 모자를 걸려고 시도하는 중이었다.

"아, 제니퍼…… 이본…… 여기 에셜 머먼과 인사했어?" 그가 모자를 들어 올려 그들에게 흔들어 보였다.

"조심해." 이본이 그들을 맞으려 일어나며 중얼거렸다. "바이올렛은 집에 붙잡혀 있고, 빌은 벌써 곤드레만드레 취했어."

자리로 오자 로런스가 제니퍼의 팔을 놓아주었다. 이본이 맞은편 자리에 앉더니 이제 막 안으로 들어서는 앤과 도미닉을 향해 손을 흔들었다. 다른 쪽 끝에 앉은 빌은 제니퍼가 옆으로 지나가자 그녀의 손을 낚아채 입을 맞췄다.

"자넨 정말 못 말리는 아첨꾼이야, 빌" 프랜시스가 고개를 설레설레 저었다. "조심하지 않으면 바이올렛을 데려오라고 차를 보낼지도 몰라."

"바이올렛은 왜 집에 있어요?" 웨이터가 빼준 의자에 앉으며 제니퍼가 물었다.

"애가 아파. 바이올렛은 보모 혼자 아기를 돌보게 놔둘 수가 없고." 이본은 눈썹 하나를 아름답게 들어 보이는 것으로 그 결정에 대한 자신의 생각을 모두 전달했다.

"언제나 애들이 가장 중요하지." 빌이 억양을 넣어 말했다. 그가 제니퍼에게 윙크를 해 보였다. "숙녀분들은 지금 그대로 있어요. 우리 남자들도 놀랄 정도로 보살핌을 필요로 한다고."

"우리 뭔가 마실까? 여기 뭐가 맛있지?"

"난 마오타이주로 할래." 앤이 말했다.

"난 로열 파인애플." 이본이 메뉴를 살펴보며 말했다. 메뉴판에는 훌라 치마를 입은 여자 사진이 있고 '주류 목록'이라고 표시되어 있었다.

"뭐로 할 건가, 래리? 내가 맞춰볼까? '발리 하이 스콜피언.' 꼬리에 침 같은 게 있는 거?" 빌이 주류 메뉴판을 집어 들었다.

"역겨울 거 같은데. 난 위스키로 하겠어."

"그럼 사랑스러운 제니퍼를 위해선 내가 하나 골라주지. 제니, '숨겨진 진주' 어때? 아니면 '훌라 소녀의 낙하'나? 어때?"

제니퍼가 웃었다. "당신이 권하니 마셔보죠, 빌."

"난 '괴로워하는 나쁜 자식'으로 해야지. 내가 바로 그 자식이니까." 그가 쾌활하게 말했다. "좋아. 근데 우리 춤은 언제 추지?"

음료를 몇 잔 마시고 나자 식사가 나왔다. 폴리네시아식 돼지고기 요리와 새우, 아몬드, 후추를 뿌린 스테이크. 강한 칵테일에 금세 취한 제니퍼는 거의 먹을 수 없었다. 주변이 점점 소란스러워졌다. 구석에서 밴드가 연주를 시작하자 커플들이 댄스 플로어로 나갔고, 테이블에 앉은 사람들은 경쟁하듯 목소리를 높였다. 조명이 어두워지자 테이블에 놓인 색유리 스탠드에서 붉은색과 금색 불빛이 소용돌이치듯 퍼져 나왔다. 제니퍼는 친구들을 천천히 둘러보았다. 그녀에게 인정받기를 간절히 원하는 사람처럼 빌은 계속 그녀를 힐끔거렸다. 이본은 프랜시스의 어깨에 팔을 두르고 뭔가 얘기하고 있었다. 앤은 다채로운 빛깔의 음료를 빨대로 빨아들이다 한바탕 요란하게 웃어젖혔다. 또다시, 제니퍼에게 그 기분이 밀려들었다. 이곳이 아닌 다른 곳에 있어야 할 것 같은 기분. 그녀는 주변 사람들과 단절되어 홀로 유리 방울 안에 있는 기분이었다. 그리고 놀랍게도 향수를 느꼈다. *너무 많이 취해버렸어. 바보같이.* 제니퍼는 자신을 꾸짖었다. 남편과 눈이 마주치자 불편한 마음이 드러나지 않길 바라며 웃어 보였다. 그는 웃어주지 않았다. 그녀는 속이 너무 훤히 들여다보이는 자신 때문에 우울해졌다.

"그래서 오늘 무슨 일이야?" 로런스가 프랜시스에게로 고개를 돌리며 말했다. "정확히 우리가 뭘 축하하는 거지?"

"즐거운 시간을 보내는 데 이유가 필요한가?" 빌이 말했다. 긴 빨대로 이본의 음료를 슬금슬금 마시고 있었지만, 이본은 눈치채지 못한 듯했다.

"우리한테 뉴스가 있어, 그치 여보?" 프랜시스가 말했다.

이본은 의자 뒤로 기대앉으며 핸드백으로 손을 뻗어 담배를 꺼내 물었다. "분명히 있지."

"오늘 밤 이곳으로 절친한 친구들을 부른 건 누구보다 먼저 당신들에게." 프랜시스가 그의 아내를 흘깃 보았다. "6개월 후면 몬크리프 2세가 생긴다는 사실을 알리기 위해서야."

짧은 침묵이 흘렀다. 앤의 눈이 커다래졌다. "아기를 낳는 거야?"

"뭐, 어디서 사올 건 아니니까."

이본은 재밌다는 듯이 진하게 립스틱을 바른 입술을 비틀었다. 앤이 자리에서 일어나 테이블을 돌아가서 친구를 껴안았다. "오, 정말 멋진 소식이야. 영리한 친구 같으니라고."

프랜시스가 웃으면서 말했다. "별거 아닌데 뭘 그래요."

"정말 아무것도 아닌 일처럼 느껴져." 이본이 말하면서 팔꿈치로 앤을 찔렀다.

제니퍼는 마치 반사작용처럼 자리에서 일어나 테이블을 돌아가서 이본에게 입을 맞췄다. "정말 멋진 소식이네." 제니퍼는 갑자기 더 혼란스럽게 느껴지는 이유를 알 수가 없었다. "축하해."

"미리 말했어야 하는데." 이본이 그녀의 손을 잡았다. "기다리는 게 좋을 거 같았어. 자기가 좀 더⋯⋯."

"건강해질 때까지. 그래." 제니퍼가 몸을 폈다. "하지만 정말 멋진 일이야. 나도 기뻐."

"다음은 그쪽 차례야." 빌이 일부러 또박또박 말하며 로런스와 그녀를 가리켰다. 목의 단추는 풀어졌고 타이도 느슨하게 풀렸다. "이제 그쪽 둘만 남았어. 서두르라고, 래리. 사람들을 실망시키면 안 되지."

제니퍼는 자기 자리로 돌아오며 얼굴이 달아오르는 걸 느꼈고, 조명이 흐려서 다른 사람들에게는 안 보이길 바랐다.

"다 때가 있는 거야, 빌." 프랜시스가 부드럽게 끼어들었다. "우리도 여기까지 오는 데 몇 년이 걸렸어. 먼저 즐길 수 있는 만큼 즐겨야지."

"뭐? 그게 즐기는 거였다고?" 이본이 물었다.

친구들 사이에 웃음이 일었다.

"맞아. 서두를 거 없지."

제니퍼는 남편이 안주머니에서 시가를 꺼내 신중하게 끝을 잘라내는 모습을 보았다. "전혀 서두를 거 없죠." 그녀도 말했다.

* * *

그들이 탄 택시가 집을 향해 출발했다. 이본이 빙판길에서 손을 흔드는 동안 프랜시스는 그녀를 보호하듯 어깨를 감싸 안고 있었다. 도미닉과 앤은 몇 분 전에 떠났고, 빌은 길 가는 사람들에게 세레나데를 불러주고 있는 듯했다.

"이본 소식 멋지죠?" 제니퍼가 말했다.

"그렇게 생각해?"

"네. 당신은 아닌가요?"

로런스는 창밖을 내다보고 있었다. 띄엄띄엄 보이는 가로등을 제외하고 도시의 거리는 암흑에 잠겼다. "그래, 아기를 가진 건 기쁜 소식이지."

"빌은 끔찍이도 취했어요, 그렇죠?" 제니퍼가 핸드백에서 콤팩트를 꺼내 얼굴을 확인했다. 이제는 자신의 얼굴을 볼 때마다 놀라지 않았다.

"빌은." 거리에서 시선을 떼지 않은 채 남편이 말했다. "얼간이야."

멀리서 비상벨이 울리는 소리가 들렸다. 제니퍼는 핸드백을 닫고 무릎으로 손을 모은 뒤 또 무슨 말을 하면 좋을지 머리를 굴렸다. "당신은…… 그 얘기 들었을 때 무슨 생각 했어요?"

그가 고개를 돌려 그녀를 보았다. 얼굴의 반이 가로등 불빛에 드러나고 나머지 반은 어둠에 잠겼다.

"이본 얘기 말이에요. 당신은 말이 별로 없어서요. 레스토랑에서."

"난." 그의 목소리에서 제니퍼는 한없는 슬픔을 감지했다. "프랜시스 몬크리프가 얼마나 운 좋은 자식인가, 하고 생각했지."

집까지 오는 짧은 길에서 그들은 더 이상 말이 없었다. 집 앞에 도착해서 그가 요금을 지불하는 동안, 제니퍼는 돌계단을 조심스레 올라갔다. 집에 불이 켜져 있어서 눈 덮인 포장도로 위로 옅은 노란색 불빛이 드리워졌다. 고요한 동네에서 아직까지 환하게 불을 밝힌 유일한 집이었다. 계단을 오르는 남편의 걸음이 불규칙하고 묵직한 것을 보고서야 제니퍼는 그가 취한 사실을 깨달았다. 그가 위스키를 얼마나 마셨나 재빨리 기억을 더듬었지만 떠오르지 않았다. 제니퍼는 자신이 다른 사람들에게 어떻게 보이는지에만 신경을 쏟느라 아무것도 제대로 보지 못했다. 정상처럼 보이려고 기를 쓰느라 그녀의 두뇌는 흥분 상태였다.

"마실 거 한잔 가져다줘요?" 문을 열고 안으로 들어가며 제니퍼가 말했다. 복도에 발소리가 울렸다. "원한다면 차를 좀 만들고요."

"아니." 그가 복도 의자에 외투를 떨어뜨리며 말했다. "침실로 가겠어."

"그럼, 난…….."

"당신도 함께 가지."

그러니까 이런 식인 모양이었다. 제니퍼는 복도 벽장에 코
트를 단정히 걸고서 그를 따라 계단을 올라 침실로 향했다.
제니퍼는 불현듯 좀 더 취했으면 좋겠다는 생각이 들었다.
그들 부부가 도미닉과 앤 부부처럼 길거리에서 서로에게 몸
을 기대며 낄낄거릴 수 있는 사이였으면 좋겠다는 생각도 들
었다. 하지만 이젠 제니퍼도 알다시피, 그녀의 남편은 낄낄
거리는 타입하곤 거리가 멀었다.

알람시계는 1시 45분을 가리키고 있었다. 그는 껍질을 벗
듯 옷을 벗어 바닥에 남겨두었다. 갑자기 지독히 피곤해 보
였다. 그대로 쓰러져 잠들지도 모른다는 희망이 슬그머니 피
어올랐다. 그러고는 신발을 차내어 벗자 그녀 혼자서는 드레
스 옷깃 단추를 풀 수 없다는 사실이 떠올랐다.

"로런스?"

"왜?"

"이거 좀 풀어줄래요……?" 제니퍼는 돌아서서 그의 서툰
손이 옷감을 잡아 뜯는 동안 얼굴을 찡그리지 않으려 애썼
다. 그의 숨결에 위스키 향과 시가의 쌉쌀한 향이 강하게 묻
어났다. 그가 몇 번이나 뒷머리를 잡아당겨서 제니퍼는 움찔
했다. "빌어먹을." 이윽고 그가 말했다. "내가 뜯어버렸어."

제니퍼가 드레스를 어깨 아래로 내리자, 그가 실크로 감싼
단추를 그녀의 손바닥에 올려놓았다. "괜찮아요. 코르도자
부인이 수선해줄 거예요." 제니퍼는 마음에 두지 않으려 애

썼다.

제니퍼가 드레스를 옷장에 걸려고 하자 그가 팔을 잡으며 말했다. "그냥 둬." 그는 머리가 조금씩 흔들렸고, 그늘진 눈 위로 눈꺼풀이 반쯤 내려와 있었다. 그가 고개를 숙이며 그녀의 얼굴을 잡은 채 키스하기 시작했다. 그의 손이 어깨와 목으로 움직이자 제니퍼는 두 눈을 질끈 감았다. 그가 균형을 잡지 못하는 바람에 두 사람이 함께 비틀거렸다. 다음 순간 그가 제니퍼를 침대로 끌어당기고, 커다란 손으로 그녀의 가슴을 감싸며 체중을 실었다. 제니퍼는 키스를 받아주며 역겨운 숨결을 무시하려고 애썼다. "제니." 숨결이 빨라지며 그가 중얼거렸다. "제니……." 적어도 오래 걸리진 않을 것이었다.

어느 순간 제니퍼는 그가 하던 일을 멈춘 사실을 깨달았다. 눈을 떠보니 그녀를 쳐다보고 있었다. "왜 그러는 거지?" 그가 잠긴 목소리로 물었다.

"아무것도 아니에요."

"내가 혐오스러운 짓이라도 하고 있는 얼굴이야. 당신 기분이 그런가?"

그는 취했지만, 뭔지 모를 씁쓸함 같은 것이 목소리에 배어 있었다.

"미안해요, 여보. 그런 거 아니에요." 그녀가 팔꿈치를 받치고 몸을 일으켰다. "그냥 좀 피곤해서 그런가 봐요." 그녀가 그에게 손을 뻗었다.

"아. 피곤하다고."

그들은 나란히 앉아 있었다. 그가 손으로 머리를 쓸어 넘겼다. 그에게서 실망감이 배어나왔다. 제니퍼는 죄책감에 휩싸였지만, 한편으로는 염치없게도 안도감이 들었다. 정적이 참을 수 없을 정도가 되었을 때 제니퍼가 그의 손을 잡았다. "로런스…… 당신 생각엔 내가 괜찮은 거 같아요?"

"괜찮은 거 같으냐고? 그게 무슨 말이지?"

제니퍼는 울컥 목이 메었다. 그는 그녀의 남편이었다. 당연히 그에게 비밀을 털어놓을 수 있어야 했다. 그녀는 프랜시스의 어깨에 팔을 두른 이본을 떠올렸다. 둘 사이에 끊임없이 오가던 눈짓, 딴 사람들은 안중에도 없이 둘이서만 나누던 수많은 대화. 깔깔거리며 택시까지 걸어가던 도미닉과 앤의 모습도 떠올렸다. "로런스……."

"래리!" 그가 버럭 소리를 질렀다. "당신은 날 래리라고 불러. 왜 그걸 기억 못 하는지 모르겠어."

제니퍼가 손으로 얼굴을 가렸다. "래리, 미안해요. 그건 내가…… 난 아직도 이상한 기분이 들어요."

"이상한 기분?"

제니퍼가 얼굴을 찌푸렸다. "마치 뭔가 잃어버린 것처럼요. 퍼즐 조각이 모두 맞춰지지 않은 것 같은 느낌말이에요. 말도 안 되는 소리죠?" *제발 날 안심시켜줘요.* 제니퍼는 속으로 그에게 간청했다. 어깨에 팔을 두르고 안아줘요. 말도 안 되는 소리라고, 조금 있으면 모든 기억이 돌아올 거라고 말해줘요. 하그리브스 선생 말이 옳다고, 이런 끔찍한 기분은 머지않아 사라질 거라고. 날 조금만 사랑해줘요. 내 곁에 있어줘요. 내가 당신을 자연스럽게 받아들이게 될 때까지. 날 좀 이해해줘요.

하지만 제니퍼가 고개를 들었을 때, 그는 카펫에 놓인 자신의 신발에 눈길을 주고 있었다. 그의 침묵이 의아함에서 비롯된 게 아니라는 사실을 제니퍼는 서서히 깨달았다. 그는 뭔가 이해하려고 애쓰고 있는 게 아니었다. 그 끔찍한 정적은 더욱 어두운 뭔가를 암시했다. 가까스로 억누르고 있는 분노 같은 것.

그가 입을 열었을 때, 조용한 목소리는 얼음처럼 싸늘하고 분명했다. "당신 삶에서 뭘 잃었다고 생각하는 거지, 제니퍼?"

"아무것도 아니에요." 제니퍼가 서둘러 대답했다. "그런 거 없어요. 난 완벽하게 행복해요. 난……." 그녀가 벌떡 일어나며 화장실로 향했다. "별거 아니에요. 하그리브스 선생이 말한 것처럼 곧 괜찮아질 거예요. 이제 곧 완전히 회복할 테니까."

* * *

제니퍼가 잠에서 깨어났을 때 남편은 이미 나가고 없었고, 코르도자 부인이 조용히 방문을 두드렸다. 그녀가 눈을 뜨고 머리를 움직이자 심상치 않은 통증이 느껴졌다.

"사모님? 커피 한잔 가져다드릴까요?"

"그래요. 고마워요." 제니퍼가 쉰 목소리로 대답했다.

제니퍼가 천천히 몸을 일으키며 밝은 빛에 눈이 부셔 실눈을 떴다. 9시 45분이었다. 밖에서 자동차 엔진 소리, 누군가 보도의 눈을 치우는 소리, 참새가 쩍쩍거리며 지저귀는 소리가 들려왔다. 전날 밤에 침실 여기저기에 벗어둔 옷들은 누군가 치워놓았다. 제니퍼는 베개로 풀썩 드러누워 어젯밤의 일을 떠올렸다.

제니퍼가 다시 침대로 돌아왔을 때 남편은 돌아누워 있었다. 넘을 수 없는 장벽처럼 그의 넓고 강건한 등이 그녀를 향해 있었다. 제니퍼는 안도하는 한편 착잡하기도 했다. 우울한 피로감이 슬그머니 스며들었다. 앞으로 좀 더 현명하게 굴어야 해. 그녀는 생각했다. 내 기분에 대한 얘기는 하지 않을 거야. 그를 좀 더 잘 대해줘야 해. 너그럽게 굴 거야. 지난밤엔 그에게 상처를 줘서 그런 거잖아.

너무 깊게 생각하지 마.

코르도자 부인이 문을 두드렸다. 부인은 커피와 얇은 토스트 두 개를 접시에 담아왔다. "시장하실 거 같아서요."

"고마워요. 한참 전에 일어났어야 하는데."

"이건 여기다 놓을게요." 부인이 조심스레 쟁반을 침대에 놓고, 커피 잔을 들어 제니퍼의 침대 옆 탁자 위에 놓아주었다.

"그럼 저는 방해되지 않게 아래층에 내려가 있을게요." 부인이 제니퍼의 팔에 흘긋 시선을 주었다. 환한 빛 아래 흉터가 선명하게 드러나 있었다. 부인은 얼른 시선을 돌렸다.

부인이 방을 나가는데 제니퍼의 눈에 그 책이 들어왔다. 읽거나 줘버릴 생각으로 꺼내놓은 로맨스 소설. 그녀는 커피부터 마시고 나서 아래층으로 가지고 내려가야겠다고 생각했다. 전날 저녁 어색한 대화를 나누면서 불편해진 관계를 원래대로 되돌리는 데 사용하면 좋을 것 같았다.

제니퍼는 커피를 홀짝이며 책을 집어 휙휙 넘겨보았다. 오늘 아침엔 책을 읽을 정도로 시야가 또렷하지 않았다. 책 사이에서 종이가 한 장 떨어졌다. 그녀가 책을 탁자에 놓고 종이를 집었다. 그러고는 종이를 펼쳐 천천히 읽기 시작했다.

그대에게,

그렇게 급히 가버려서 말해주지 못했지만, 난 당신을 거절한 게 아닙니다. 당신이 진실을 까맣게 모른다는 사실을 견딜 수가 없어요.

진실은 이것입니다. 당신은 내가 처음으로 관계를 갖는 기혼 여성이 아니에요. 당신은 내가 처한 상황을 알고 있고, 솔직히 말하면 내겐 그런 식의 관계가 적합합니다. 난 누구와도 가까워지기를 원하지 않아요. 우리가 처음 만났을 때, 당신도 다르지 않을 거라 생각했습니다.

하지만 토요일에 당신이 내 방으로 왔을 때, 드레스 차림을 한 당신의 모습은 너무나 아름다웠어요. 그런데 내게 뒷목의 단추를 풀어달라고 했죠. 나는 당신 피부에 손이 닿는 순간 깨달았습니다. 당신과 사랑을 나누는 건 우리 둘 모두에게 재앙이 되리라는 사실을요. 이후에 당신 스스로가 얼마나 이중적으로 느껴질지 아마 모를 겁니다. 당신은 솔직하고 유쾌한 존재예요. 지금 당장은 느끼지 못해도, 품위를 지키는 사람이라는 데서 오는 기쁨은 분명히 존재합니다. 그런 당신을 지금보다 못한 사람으로 만드는 장본인은 되고 싶지 않습니다.

그리고 나는……. 이 일을 하고 나면 정신을 차리지 못할 겁니다. 당신이 나를 올려다보는 순간 깨달았어요. 난 다른 여자들에게 한 것처럼 아무렇지도 않게 당신을 뒤로하지 못할 겁니다. 레스토랑에서 우연히 마주쳐도 로런스에게 유쾌하게 고개를 끄덕여 인사하지 못할 거예요. 나는 당신의 일부에 결코 만족하지 못할 겁니다. 그동안은 그렇지 않다고 나 자신을 속여온 거죠.

그래서 뒷목의 단추를 다시 채웠던 겁니다. 지난 이틀 밤을 뜬눈으로 지새웠어요. 평생 처음 올바른 일을 한 나 자신을 증오하면서.

나를 용서해요.

B.

제니퍼는 침대에 앉은 채 눈길을 사로잡은 한 단어를 뚫어져라 쳐다보았다. 로런스.

로런스.

그것은 오직 한 가지를 의미했다.

이 편지는 그녀에게 온 것이었다.

5

1960년 8월

앤서니 오헤어는 브라자빌에서 깨어났다. 덧문 틈새로 새어
드는 햇살을 어렴풋이 느끼며, 머리 위에서 느릿하게 돌아가
는 팬을 빤히 쳐다보았다. 그리고 이번에는 정말 죽게 되는
가 보다고 잠시 생각했다. 머리는 조임쇠에 꽉 잡힌 채로 관
자놀이 이쪽에서 저쪽으로 화살을 쏘아대는 것 같았다. 신장
은 마치 누군가가 밤새도록 열정적으로 망치질을 해댄 느낌
이었다. 바짝 마른 입안에서는 불쾌한 맛이 났고, 희미하게
속이 울렁거렸다. 막연한 공포가 밀려들었다. 총에 맞은 건
가? 폭동에 휩쓸려 구타를 당했나? 앤서니는 눈을 감고 바깥
에서 소리가 들려오길 기다렸다. 음식 노점상의 소음, 사람
들이 모이면 언제나 들려오는 윙윙거리는 라디오 소리. 사람
들은 라디오 주변에 쭈그리고 앉아 다음 분쟁 지역이 어딘지
들으려고 귀를 쫑긋 세웠다. 총에 맞은 건 아니었다. 황열병
인 모양이었다. 이번에는 틀림없이 그를 끝장내고 말 것이다.

하지만 이런 생각이 오갈 때조차도 앤서니는 콩고의 소음이 들리지 않는다는 사실을 깨닫고 있었다. 고함치는 소리도, 바의 음악도, 바나나잎에 싼 '광과(카사바로 만든 콩고 빵의 한 종류-옮긴이)' 냄새도 없었다. 총소리도 들리지 않았다. 린갈라어나 스와힐리어로 외치는 소리도 들리지 않았다. 고요했다. 멀리서 갈매기 울음소리가 들려왔다.

콩고가 아니야. 프랑스. 그는 프랑스에 있었다.

한순간 고마운 마음이 들었지만, 이내 통증이 뚜렷해졌다. 다시 술을 마신다면 몸이 더욱 힘들 거라고 그 전문의는 경고했었다. 앤서니는 가까스로 돌아가는 머리로 남의 일처럼 기억을 떠올렸다. 로버트슨 박사는 자신의 예측이 얼마나 정확했는지 알면 기뻐하리라.

망신스러운 일을 저지르지 않고 움직일 자신이 생겼을 때, 앤서니는 조심스레 상체를 일으켰다. 침대 옆으로 다리를 내린 후 시험 삼아 창문까지 걸어가보았다. 몸에서 퀴퀴한 땀냄새가 났고, 테이블에는 그가 긴 밤을 보냈음을 증명하는 빈 병들이 놓여 있었다. 커튼을 살짝 열자 저 아래로 바다가 보였다. 연한 금빛 햇살을 받아 수면이 반짝거렸다. 언덕에는 붉은 지붕들이 눈에 띄었는데, 콩고식 방갈로의 녹슨 지붕이 아니라 테라코타 기와였다. 그리고 이곳 주민들은 건강하고 행복해 보이는 사람들이었다. 해안 거리를 배회하며 수다를 떨고 산책을 하는 백인들. 부유한 사람들.

앤서니는 실눈을 뜨고 바라보았다. 목가적인 풍경은 나무랄 데가 없었다. 그는 커튼을 내리고 비틀거리며 화장실로 들어가서, 변기를 껴안고 속을 게워내고 비참한 기분으로 침을 뱉었다. 다시 일어설 수 있게 되었을 때, 샤워실 안으로 비틀거리며 들어갔다. 그러고는 따뜻한 물을 틀고 벽에 기댄 채 20분간이나 서 있었다. 몸 안에 퍼진 것까지 물과 함께 깨끗이 씻겨나가길 바라면서.

자, 정신 차려.

앤서니는 옷을 입고 전화를 걸어 커피를 주문했고, 기분이 약간 진정되자 책상 앞에 앉았다. 10시 45분이 다 된 시각이었다. 기사를 보내야 했다. 전날 오후에 작성한 프로필 기사. 앤서니는 자신이 휘갈긴 메모들을 보며 전날 밤을 어떻게 마감했는지 떠올렸다. 기억이 조금씩 돌아왔다. 호텔 밖에서 그가 입을 맞춰주길 바라며 얼굴을 들어 올리던 마리에트. 그는 자신이 얼마나 어리석은 바보인지 중얼거리면서도 그녀를 완강하게 거절했다. 소녀는 매력이 있었고 그가 원하기만 하면 가질 수도 있었다. 하지만 그는 작게나마 만족할 일을 그날 저녁에 하나만이라도 하고 싶었다.

오, 맙소사. 제니퍼 스털링. 상처 입은 표정으로 그의 재킷을 내밀던 그녀. 그녀는 앤서니가 무례하게 지껄인 말들을 들었다. 그가 뭐라고 말했던가? *응석받이에다 한가하게 놀러나 다니는 부인······ 머릿속에 독창적인 생각이라곤 하나도 없는.* 그는 눈을 질끈 감았다. 교전 지역이 차라리 나았다. 그곳이 더 안전했다. 교전 지역에서는 늘 적이 누군지 분명하게 알 수 있으니까.

커피가 도착했다. 앤서니는 심호흡을 한 후 커피를 컵에 가득 따랐다. 그러고는 수화기를 들어 힘없는 목소리로 전화 교환원에게 런던을 연결해달라고 요청했다.

스털링 부인,

제가 무례한 짓을 저질렀습니다. 몹시 지쳐 있었다거나 조개류에 이상 반응을 일으킨 탓이라고 말할 수 있다면 좋겠지만, 그것은 불행히도 제가 마셔서는 안 되는 술과, 사교성이 부족하고 화를 잘 내는 성미의 결합으로 빚어진 일이었습니다. 저에 대해 어떻게 생각하실지 짐작이 갑니다만, 술이 깬 후 제가 제 자신에게 퍼부은 말들에 비하면 아무것도 아닐 겁니다.

부디 사과할 기회를 주십시오. 런던으로 돌아가기 전에 부인과 스털링 씨께 점심을 대접하며 실수를 만회하고 싶습니다.

수치스러운 마음을 금치 못하며,

앤서니 오헤어

추신. 적어도 일에서만큼은 명예롭게 행동했다는 것을 보여드리기 위해 런던으로 보낸 기사 복사본을 동봉합니다.

앤서니는 편지를 접어 봉투에 넣고 봉했다. 그는 어쩌면 술이 완전히 깨지 않은 건지도 몰랐다. 이처럼 솔직하게 편지를 쓴 게 얼마 만인지 기억나지도 않았다.

봉투를 뒤집고 나니 편지를 보낼 주소를 모른다는 사실이 떠올랐다. 앤서니는 어리석은 자신을 나지막이 욕했다. 전날 저녁에는 스털링의 기사가 데려다주었고, 집으로 돌아오던 길은 다양한 굴욕을 제외하면 기억나는 게 거의 없었다.

호텔 프런트에서도 도움을 얻지 못했다. 스털링이요? 안내인은 고개를 가로저었다.

"그 사람 몰라요? 부자에다 중요한 인물인데." 앤서니가 말했다. 입안이 여전히 텁텁했다.

"선생님." 안내원이 지친다는 듯이 대꾸했다. "여기 계시는 분들은 모두 부자고 중요한 인물이에요."

훈훈한 오후, 맑은 하늘 아래 하얀 가루가 섞인 것처럼 공기가 하얬다. 앤서니는 전날 저녁 자동차가 달리던 길을 되짚어 걷기 시작했다. 차로 가면 10분도 안 되는 거리였다. 집을 찾는 일이 어려워봐야 얼마나 어렵겠는가? 문 앞에 편지만 놓고 오면 되는 것이다. 앤서니는 시내로 돌아온 뒤 무엇을 할지에 대해서는 생각하지 않으려 했다. 그날 오전부터 그의 몸은 술과의 오랜 관계를 기억해내고 욕망에 차서 심술궂게 앵앵거렸다. *맥주, 와인, 위스키.* 신장에 통증이 느껴졌고 몸은 여전히 살짝 떨렸다. 산책하듯 걸어가면 현재의 몸 상태에도 도움이 될 것이다. 앤서니는 밀짚모자를 쓰고 웃으며 지나가는 두 여인에게 고개를 끄덕여 인사했다.

앙티브의 하늘은 새파랬고, 해변의 하얀 모래 위에는 오일을 바르는 행락객들이 드문드문 눈에 띄었다. 앤서니는 앞에 보이는 로터리에서 좌회전한 기억을 떠올리고, 언덕들로 이어지는 길을 보았다. 기와를 얹은 별장들이 점점이 흩어져 있었다. 바로 그가 왔던 길이었다. 강렬한 햇볕이 뒷목으로 내리쬐며, 모자를 꿰뚫고 들어왔다. 앤서니는 재킷을 벗어 어깨에 걸치고 걸었다.

일이 틀어지기 시작한 것은 마을 뒤쪽의 언덕을 오르면서 부터였다. 앤서니는 희미하게 기억나는 교회가 나오자 왼쪽으로 방향을 틀어 언덕의 경사면을 오르기 시작했다. 소나무와 야자나무가 조금씩 성겨지더니 어느 순간 완전히 사라졌고, 그는 보호받을 그늘 하나 없이 강렬한 태양 아래 그대로 노출되는 신세가 되고 말았다. 바위와 포장도로가 열기를 뿜어내고 있었다. 옷 밖으로 드러난 피부가 팽팽하게 당겨지는 느낌이었다. 저녁 무렵이면 화상으로 쓰라릴 것이었다.

가끔씩 자동차들이 절벽 아래로 돌을 튀기며 지나갔다. 전날 저녁 들풀의 향기와 해 질 녘의 시원한 바람 속을 질주할 때는 상당히 짧은 여정으로 느껴졌다. 그런데 지금은 끝이 보이지 않았고, 길을 잃었을지도 모른다는 생각이 들자 자신감이 썰물처럼 빠져나갔다.

돈 프랭클린이 아주 좋아하겠군. 앤서니는 잠시 멈춰 손수건으로 머리를 닦으며 생각했다. 그는 국경을 넘나들며 아프리카 대륙을 횡단해도 길을 잃지 않았다. 그런 그가 백만장자들의 놀이터를 가로지르는 10분간의 여정에서 길을 잃은 것이다. 앤서니는 달려오는 차를 피해 길옆으로 물러났다. 브레이크 소리와 함께 차가 멈추자, 실눈을 뜨고 햇빛 속을 쳐다보았다. 차는 털털거리며 그를 향해 후진해 왔다.

선글라스를 머리 위로 올린 이본 몬크리프가 멋들어진 오픈카 밖으로 머리를 내밀었다. "미쳤어요?" 그녀가 쾌활하게 말했다. "여기서 그러고 있다간 바삭하게 구워질걸요."

앤서니는 그녀 옆으로 운전석에 앉은 제니퍼 스털링을 보았다. 머리를 뒤로 넘겨 묶은 그녀가 커다랗고 검은 선글라스 뒤에서 그를 바라보고 있었다. 표정을 읽기가 어려웠다.

"안녕하십니까." 그가 모자를 벗으며 말했다. 구겨진 셔츠 위로 배어나온 땀과, 흘러내리는 땀으로 번들해진 얼굴이 갑작스레 의식되었다.

"어쩐 일로 이렇게 시내에서 멀리까지 나오신 건가요, 오헤어 씨?" 제니퍼가 물었다. "흥미로운 기삿거리라도 쫓고 계신가요?"

그가 어깨에 걸쳤던 리넨 재킷의 주머니를 뒤져 편지를 제니퍼에게 건넸다. "저는…… 이걸 전해드리고 싶었습니다."

"그게 뭐죠?"

"사과요."

"사과라고요?"

"지난밤 제 무례에 대해서."

제니퍼는 손을 뻗어 편지를 받을 기색이 없었다.

"제니퍼, 내가 받아?" 이본 몬크리프가 당황스러운 표정으로 제니퍼를 흘깃 보았다.

"아니. 그걸 직접 읽어주시겠어요, 오헤어 씨?" 제니퍼가 말했다.

"제니퍼!"

"오헤어 씨가 그걸 썼다면, 말로 하지 못할 이유가 전혀 없겠지." 선글라스에 가려진 얼굴은 무표정했다.

앤서니는 잠시 가만히 서 있다가, 뒤쪽으로 뻗은 도로와 햇볕이 쨍쨍 내리쬐는 마을을 바라보았다. "그보다는 차라리……."

"그럼 사과라고 할 수 없지 않을까요, 오헤어 씨?" 그녀가 상냥하게 말했다. "몇 마디 휘갈겨 쓰는 건 누구라도 할 수 있으니까."

이본 몬크리프가 손을 내려다보며 고개를 저었다. 제니퍼의 선글라스는 여전히 그를 향하고 있었다. 검은 렌즈에 그의 윤곽이 비쳐 보였다.

앤서니가 봉투에서 편지를 꺼내 그녀에게 읽어주었다. 산이어서 그런지 목소리가 부자연스러울 정도로 크게 들렸다. 다 읽은 편지를 앤서니가 다시 주머니에 넣었다. 정적 속에 엔진 소리만 조용히 흘렀고, 그는 이상하게 당혹스러웠다.

"남편은." 제니퍼가 마침내 입을 열었다. "아프리카에 갔어요. 오늘 아침에 떠났죠."

"그럼 부인과 몬크리프 부인께 점심을 대접하게 해주십시오." 그가 손목시계를 보았다.

"이젠 늦은 점심이 되겠죠."

"난 안 돼. 프랜시스가 오늘 오후에 요트 좀 둘러보자고 했어. 꿈꾸는 건 자유라고 말해줬지만 말이야."

"시내까지 태워다드리죠, 오헤어 씨." 제니퍼가 고개를 까딱여 손바닥만 한 뒷좌석을 가리켰다. 「네이션」의 가장 훌륭한 기자를 알코올중독에다가 일사병까지 걸리게 했다는 소리는 듣고 싶지 않아요."

이본이 차 밖으로 나가 앞좌석을 기울여 앤서니를 들어오게 할 때까지 제니퍼는 잠시 기다렸다. "여기요." 앞좌석 보관함을 뒤적거린 그녀가 앤서니에게 손수건을 던져주었다. "전혀 엉뚱한 방향으로 걷고 있었다는 건 아시죠? 우린 저쪽에 살아요." 멀리 나무가 늘어선 언덕 쪽을 가리키는 제니퍼의 입꼬리가 살짝 비틀렸다. 앤서니가 어쩌면 용서받았는지도 모른다고 생각하는 순간, 두 여인이 웃음을 터뜨렸다. 그는 크게 안도하며 모자를 푹 눌러썼고, 그들은 속도를 내어 시내로 향하는 좁은 길을 달리기 시작했다.

* * *

세인트 조지 호텔 앞에 이본을 내려주고 난 뒤부터 차가 막히기 시작했다. "이제 점잖게들 굴어요." 이본이 손을 흔들며 인사했다. 당연히 그럴 거라고 생각하는 사람처럼 느긋하고 발랄한 말투였다.

단둘이 남게 되자 분위기가 바뀌었다. 제니퍼 스털링은 조용해졌고, 지난 20분과는 달리 앞쪽 길에 정신이 팔려 있었다. 제니퍼가 길게 늘어선 미등의 행렬을 바라보는 동안 앤서니는 볕에 그을린 그녀의 팔과 옆모습을 은밀하게 흘끔거렸다. 그녀가 겉으로 드러낸 것보다 더 화가 난 게 아닐까 하는 생각이 앤서니의 머리를 스쳤다.

"그럼 남편께선 아프리카에 얼마나 계시나요?" 침묵을 깨기 위해 그가 말했다.

"일주일 정도일 거예요. 보통 그 이상은 머물지 않으니까."
제니퍼는 교통 정체의 원인을 알아보려는 듯 잠시 차 밖으로 고개를 내밀었다.

"그렇게 짧게 머물기엔 힘든 여정인데요."

"오헤어 씨가 잘 아시겠죠."

"제가요?"

제니퍼가 한쪽 눈썹을 들어 올렸다. "아프리카에 대해서는 모르는 게 없으시잖아요. 지난밤에 그렇게 말씀하셨죠."

"모르는 게 없다고요?"

"거기서 사업하는 사람들은 대부분 사기꾼이라는 것도 아시고요."

"내가 그렇게 말했나요?"

"라파예트 시장께요."

앤서니는 좌석 안으로 약간 몸을 묻었다. "스털링 부인……." 그가 입을 열었다.

"오, 걱정 마세요. 로런스는 못 들었으니까. 프랜시스는 들었지만, 거기서 작은 사업을 할 뿐이어서 별로 기분 나쁘게 받아들이지 않았어요."

차가 움직이기 시작했다.

"점심을 대접하게 해주십시오." 그가 말했다. "부탁입니다. 30분이라도 좋으니 기회를 주세요. 제가 그 정도로 형편없는 인간은 아니라는 걸 보여드리고 싶습니다."

"그렇게 빨리 제 마음을 움직일 수 있다고 생각하시나요?" 그 미소가 다시 떠올랐다.

"기회만 주시면 기꺼이 해보죠. 어디가 좋을지 알려주세요."

* * *

웨이터가 제니퍼에게 긴 잔에 담긴 레모네이드를 가져다
주었다. 제니퍼는 한 모금 마시고 의자 등받이에 기대어 바
닷가를 내다보았다.

"경관이 좋네요." 앤서니가 말했다.

"네." 제니퍼도 인정했다.

보드라운 금발이 페인트처럼 물결치며 쏟아져 내려 어깨
바로 위에서 찰랑거렸다. 제니퍼는 그가 좋아하는 타입은 아
니었다. 앤서니는 판에 박은 듯 예쁜 여자보다는 좀 더 어두
운 기운이 흐르는, 매력이 한눈에 두드러져 보이지 않는 타
입을 좋아했다. "술은 안 드시나요?"

그가 자신의 잔을 쳐다보았다. "마시면 안 돼서요."

"부인 명령인가요?"

"전처입니다." 그가 정정했다. "그리고 아니에요. 의사의
명령이죠."

"그러니까 어젯밤엔 정말 견디기 힘드셨던 거군요."

앤서니가 어깨를 으쓱했다. "상류층의 파티에는 갈 일이
별로 없어서요."

"어쩌다보니 오시게 된 거고요."

"맞아요. 차라리 무력 분쟁이 덜 위협적으로 느껴지죠."

이번엔 그녀의 얼굴에 짓궂은 미소가 천천히 떠올랐다.

"그러니까 당신은 윌리엄 부트네요." 그녀가 말했다. "리비에라 사교계라는 교전 지역에서 능력 밖의 상황에 처한."

"부트……." 에벌린 워의 소설에 등장하는 불운한 인물이 언급되자, 그는 그날 처음 제대로 된 미소를 지었다. "그보다 훨씬 끔찍한 말을 할 권리가 있다고 생각합니다만."

한 여자가 레스토랑 안으로 들어왔다. 눈을 동그랗게 뜬 개 한 마리를 거대한 가슴으로 꽉 끌어안고 있었다. 여자는 가고자 하는 방향 말고는 어떤 것에도 집중할 수 없다는 듯, 지쳤지만 단호한 태도로 테이블 사이를 걸어갔다. 그러고는 몇 테이블 떨어진 곳에 앉으며 작게 안도의 한숨을 쉬었다. 여자가 개를 바닥에 내려놓자, 개는 다리 사이로 꼬리를 바짝 말고 서서 바들바들 떨었다.

"그럼 스털링 부인……."

"제니퍼예요."

"제니퍼. 부인에 관해 들려주세요." 그가 상체를 앞으로 기울이며 말했다.

"오헤어 씨가 저한테 들려주셔야죠. 아니 보여주겠다고 하셨죠."

"뭘요?"

"자신이 구제불능 얼간이가 아니란 사실을요. 30분 안에 증명하겠다고 말씀하신 걸로 아는데요."

"아. 시간이 얼마나 남았나요?"

제니퍼가 손목시계를 확인했다. "9분쯤요."

"지금까지는 어땠습니까?"

"설마 저를 그 정도로 물렁하게 보신 건가요?"

그러고는 두 사람 다 입을 다물었다. 앤서니는 그답지 않게 할 말을 찾지 못했고, 제니퍼는 자신의 어휘 선택을 후회하는 눈치였다. 앤서니는 마지막으로 관계했던 여자를 떠올렸다. 그가 다니던 치과 의사의 부인이었다. 머릿결이 붉은 그녀는 피부가 어찌나 투명한지 유심히 쳐다봤다간 그 속까지 훤히 들여다보일까 두려울 정도였다. 여자는 남편의 오랜 무관심으로 기가 꺾인 상태였다. 다가오는 그를 선뜻 받아들인 것은 남편에 대한 보복 행위 같은 게 아니었을까, 하고 앤서니는 생각하곤 했다.

"보통은 뭘 하면서 시간을 보내시나요, 제니퍼?"

"말하기가 겁나는데요."

그가 한쪽 눈썹을 들어 올렸다.

"가치 있는 일이라곤 거의 하지 않아서 굉장히 못마땅해하실 거 같거든요." 말은 그렇게 하지만, 어조로 봐서는 전혀 걱정하지 않는 듯했다.

"두 곳의 집을 관리하시지 않습니까."

"그렇지도 않아요. 시간제로 일하는 직원들이 있죠. 그리고 런던에서는 코르도자 부인이 저보다 훨씬 현명하게 살림을 하고 계시고요."

"그럼 무슨 일을 하시나요?"

"저는 칵테일파티와 만찬을 준비해요. 모든 걸 아름답게 만드는 일도 하고요. 제 자신도 화려하게 꾸미죠."

"솜씨가 아주 좋으시던데요."

"그럼요, 전문가죠. 아시겠지만 그건 전문적인 기술이에요."

앤서니는 하루 종일이라도 그녀를 쳐다보고 있을 수 있었다. 윗입술이 살짝 위로 젖혀져 코 아래 보드라운 피부와 만나는 부분에 자꾸 눈길이 갔다. 그 부분을 부르는 특별한 명칭이 있는데, 계속 쳐다보면 기억날 것 같았다.

"난 교육받고 자란 대로 행동한 거예요. 부자 남편을 얻었고, 그를 행복하게 해주죠."

미소가 흔들렸다. 경험이 없는 남자라면 알아보지 못했을 정도로 눈 주변이 살짝 변했을 뿐이다. 겉으로 드러난 것보다 복잡한 뭔가가 있는 듯했다.

"아무래도 난 술을 한잔 해야겠네요." 그녀가 말했다. "많이 괴로우실까요?"

"오히려 꼭 드셔야 합니다. 그래야 저도 간접적으로 즐기죠."

"*간접적으로요.*" 제니퍼가 웨이터에게 손을 들어 보이며 그의 말을 반복했다. 제니퍼는 얼음을 잔뜩 넣은 마티니 베르무트를 주문했다.

기분 전환용 음료. 그녀는 아무것도 감출 게 없지만 술에 취할 생각도 없었다. 앤서니는 약간 실망했다. "이걸 아시면 기분이 좀 나아지실까요? 저는 일 외엔 아무것도 할 줄 모릅니다." 그가 가볍게 말했다.

"그럴 줄 알았어요." 그녀가 대답했다. "남자들은 다른 문제와 마주하느니 일하는 편을 택하죠."

"다른 문제요?"

"일상에서 마주하는 골치 아픈 문제들 말이에요. 원하는

대로 행동해주지 않는 사람들, 느끼지 말았으면 하는 감정을
느끼는 사람들. 일터에선 성과를 거두고 자신의 분야에서 거
장이 될 수 있죠. 사람들은 자신의 말에 따르고요."

"제가 속한 세계와는 좀 다른데요." 앤서니가 웃었다.

"하지만 당신은 기사를 쓰면 바로 다음 날 신문 가판대에
서 그 기사를 읽을 수 있잖아요. 그럴 때면 뿌듯함 같은 걸
느끼실 것 같은데요."

"과거엔 그랬죠. 하지만 얼마 지나면 그런 기분도 사라집
니다. 한동안은 별로 뿌듯함을 느낄만한 기사도 쓰지 못했고
요. 그저 한 번 읽고 잊어버리는 기사들뿐이었죠. 다음 날이
면 바로 피시 앤드 칩스 포장지가 되는."

"아니라고요? 그럼 왜 그렇게 열심히 일하죠?"

앤서니는 마른침을 삼키며 아들의 모습을 머릿속에서 밀
어냈다. 갑자기 술이 몹시 마시고 싶었다. 그가 억지로 미소
를 지었다. "당신이 말한 대로죠. 다른 문제와 마주하는 것보
다 훨씬 수월하니까."

두 사람의 시선이 마주쳤고, 순간적으로 방심한 그녀의 얼
굴에서 미소가 사라졌다. 제니퍼는 얼굴을 붉히며 스틱으로 칵
테일을 천천히 저었다. "간접적으로 즐긴다." 제니퍼가 느리게
말했다. "그게 무슨 뜻인지 말해줘야 할 거예요, 앤서니."

그의 이름을 말하는 어조가 친밀감을 자아냈다. 그것은 무
언가를, 미래의 또 다른 만남을 기약했다.

"그건." 앤서니는 입안이 바짝 말랐다. "그건 다른 사람의
즐거움을 통해 만족감을 얻는다는 뜻이죠."

* * *

제니퍼가 그를 호텔 앞에 내려준 뒤로 앤서니는 자신의 방에서 한 시간가량 천장을 바라보며 침대에 누워 있었다. 그런 다음 프런트로 내려가서 엽서 한 장을 산 뒤, 클라리사가 전해줄지 반신반의하며 아들에게 간단한 편지를 썼다.

다시 방으로 돌아오자, 누군가 문 아래로 넣어둔 쪽지가 보였다.

친애하는 부트,

당신이 형편없는 인간이 아니라는 확신은 아직 없지만, 날 확신시킬 또 한 번의 기회를 드리고 싶네요. 오늘 저녁 약속이 취소됐어요. 저는 생 자크 거리에 있는 호텔 드 칼립소에서 저녁을 먹을 예정인데 함께하려면 오세요. 8시예요.

앤서니는 쪽지를 두 번 읽고 아래층으로 달려 내려가 돈에게 전보를 보냈다.

지난번 전보 무시할 것. 리비에라 상류사회 시리즈 작업 위해 더 머물 예정. 패션 조언 포함할 것임.

앤서니는 용지를 접어 담당자에게 건네며, 전보를 읽을 돈의 표정이 떠올라 싱긋 웃었다. 그러고는 저녁 전까지 정장을 세탁할 방법을 찾기 시작했다.

* * *

그날 밤 앤서니 오헤어는 더할 수 없이 매력적이었다. 전 날 저녁에 바로 그런 사람이 됐어야 했다. 어쩌면 결혼했을 때 그런 사람이 됐어야 하는지도 모른다. 그는 재치 있고 정중하고 기사도 정신이 넘쳤다. 제니퍼는 콩고에 가본 적이 없었고(그녀의 남편은 "당신 같은 사람들을 위한 곳이 아니" 라고 했다), 아마도 스털링에게 반박하고픈 욕구가 생겼기 때문이겠지만 앤서니는 제니퍼가 그곳을 사랑하게 만들겠다 고 굳게 마음먹었다. 그는 가로수가 늘어선 레오폴드빌의 우아한 거리들과 그곳에 정착한 벨기에인들에 대해 들려주었다. 그들은 세계에서 가장 풍요로운 농산물 생산지에 살면서 기겁할 정도로 비싼 비용을 들여 자기네 나라에서 통조림과 냉동식품을 수입해 먹었다. 레오폴드빌 주둔지에서 폭동이 일어나 주둔군이 비교적 안전한 스탠리빌로 쫓겨나게 되었 을 때 그곳의 유럽인들이 얼마나 충격을 받았는지에 대해서 도 들려주었다.

앤서니는 그녀가 자신의 좋은 모습만 봐주길 바랐다. 동정 이나 불쾌한 기색 대신 경탄의 눈빛으로 봐주길 바랐다. 그 러자 이상한 일이 벌어졌다. 매력적이고 경쾌한 이방인처럼 행동하자 정말로 그런 사람이 되었다. 앤서니는 어머니가 떠 올랐다. "미소를 지으렴." 그가 어렸을 때 어머니는 웃으면 행복해진다고 말씀하곤 하셨다. 그때는 어머니의 말을 믿지 않았지만 말이다.

제니퍼도 쾌활해졌다. 그녀는 사교적인 자리에서 현명하게 처신하는 법을 아는 여자들이 대개 그렇듯 주로 듣는 쪽이었다. 하지만 그의 말에 크게 웃을 때면 앤서니는 가슴이 부풀어 오르며 다시금 그녀를 웃게 만들고 싶어졌다. 주변 사람들이 감탄의 눈길로 쳐다보자 앤서니는 희열을 느꼈다. *저 16번 테이블에 앉은 명랑한 커플을 좀 봐.* 제니퍼는 남편이 아닌 남자와 함께 있는 모습을 사람들에게 보이는 상황에서도 이상할 정도로 태연했다. 아마도 리비에라 사교계는 이런 식으로 돌아가는 모양이라고 앤서니는 속으로 생각했다. 다른 사람의 남편이나 아내와 끊임없이 사교적인 만남을 가지는 모양이라고. 다른 가능성은 떠올리고 싶지 않았다. 지위로 보나 계급으로 보나 앤서니 정도의 남자는 위협이 될수 없다는 사실 말이다.

주요리가 나오고 얼마 후, 깔끔한 정장 차림을 한 키가 큰 남자가 테이블로 다가왔다. 그는 제니퍼의 양볼에 입을 맞추고 사교적인 인사말을 건넨 후 앤서니를 소개받길 기다렸다. "리처드, 이쪽은 부트 씨예요." 그녀가 정색한 얼굴로 말했다. "영국 신문에 실릴 래리의 프로필 기사를 쓰고 계시죠. 저는 세부적인 내용들을 알려드리고, 기업가와 그 부인들이 따분하기만 한 사람들은 아니란 걸 보여주려 애쓰고 있답니다."

"당신에게 따분하다고 할 사람은 아무도 없을걸요, 제니." 그가 앤서니에게 손을 내밀었다. "리처드 케이스라고 합니다."

"앤서니…… 부트입니다. 지금까지 본 바에 의하면 리비에라 사교계는 전혀 따분하지 않더군요. 스틸링 부부께도 아주 훌륭한 대접을 받았습니다." 앤서니는 수완 좋게 대답했다.

"나중에 부트 씨가 당신 기사도 쓰게 될지 몰라요. 리처드는 언덕 꼭대기에 있는 호텔을 소유하고 있어요. 전망이 환상적인 호텔이죠. 리처드는 그야말로 리비에라 사교계의 중심적인 인물이랍니다."

"다음번에 방문하시면 저희 호텔에서 모시겠습니다. 부트 씨." 남자가 말했다.

"저도 그러면 정말 좋겠지만, 먼저 스털링 씨가 제가 쓴 기사를 즐겁게 읽으실지 기다려봐야 할 것 같습니다. 그러고 나야 제가 다시 돌아올 수 있을지 알게 되겠죠." 그가 말했다. 나중에 생각해보니, 두 사람은 반복해서 로런스를 언급하며 둘 사이에 그의 존재를 끌어다 놓으려고 매우 신경을 썼다.

그날 저녁 제니퍼는 활기가 넘쳤다. 그녀가 뿜어내는 에너지의 파동을 느끼는 건 오직 앤서니뿐인 듯했다. 내가 당신을 이렇게 만든 건가요? 식사를 하는 그녀를 바라보며 앤서니는 속으로 물었다. 아니면 그저 남편의 험악한 눈길에서 벗어났다는 안도감 때문인가요? 앤서니는 전날 저녁 스털링이 그녀에게 안긴 굴욕을 떠올리고, 시장 상황과 맥밀런 총리, 왕족의 결혼에 관한 그녀의 의견을 물었다. 앤서니의 의견을 따르려고 할 때마다 집요하게 그녀의 생각을 물었다. 제니퍼는 자신이 속한 세계 너머의 일은 상세히 알지 못했지만, 인간의 본성에 대한 통찰력이 있었다. 그리고 앤서니처럼 아첨하는 사람들에게도 충분한 관심을 보였다. 한순간 클라리사의 모습이 떠올랐다 사라졌다. 사람들을 신랄하게 비판하고, 별거 아닌 몸짓으로도 쉽게 모욕을 느끼는 여자. 오랫동안 앤서니는 이처럼 즐거운 시간을 보낸 적이 없었다.

"곧 가봐야 할 거 같네요." 제니퍼가 손목시계를 흘깃 보고는 말했다. 은접시에 깔끔하게 담긴 작은 쿠키들이 커피와 함께 나온 뒤였다.

그는 테이블에 냅킨을 올려놓으며 실망감을 느꼈다. "그건 안 되죠." 그가 서둘러 덧붙였다. "아직 저에 대한 의견이 바뀌었는지 확신할 수가 없습니다."

"그런가요? 오, 그런 거 같네요." 제니퍼가 고개를 돌려서 친구들과 함께 바에 앉아 있는 리처드 케이스를 보았다. 그들을 쳐다보고 있었는지 리처드가 황급히 눈길을 돌렸다.

제니퍼가 앤서니의 얼굴을 찬찬히 살폈다. 이제껏 그를 시험한 것이라면 통과한 모양이었다. 제니퍼가 앞으로 상체를 기울이며 목소리를 낮췄다. "노 저을 줄 알아요?"

"노요?"

* * *

그들은 부두로 걸어 내려갔다. 이름을 확인하지 않으면 배를 알아볼 자신이 없었는지 제니퍼는 물 쪽을 한참 내려다보더니, 이윽고 작은 거룻배를 가리켰다. 앤서니가 먼저 배로 내려가서 그녀의 손을 잡아 반대편 좌석에 앉도록 도와주었다. 바람은 따스했고, 새우잡이 배의 등불들이 칠흑 같은 어둠 속에서 평화롭게 깜빡거렸다.

"어느 쪽으로 가죠?" 앤서니가 재킷을 벗어 옆자리에 놓고 노를 잡았다.

"그냥 저쪽으로요. 목적지에 다다르면 제가 알려드릴게요."

작은 배에 물결이 찰싹이는 소리를 들으며 그가 천천히 노를 저었다. 제니퍼는 숄을 어깨에 느슨하게 두르고 반대편에 앉아 있었다. 안내하는 방향을 잘 보려고 그의 옆으로 몸을 비틀어 앞을 살폈다.

앤서니의 생각은 정지되었다. 보통 때 같으면 언제쯤 수작을 걸지 전략을 짜며 들뜬 마음으로 다가올 밤을 기다리고 있을 것이었다. 그러나 지금은 여인과 단둘이 바다에 나왔으면서도, 그녀가 검은 바다 한가운데 있는 배로 그를 초대했음에도, 오늘 밤이 어디로 흘러갈지 감이 오지 않았다.

"저기요." 제니퍼가 손가락으로 가리켰다. "저거예요."

"보트라고 하지 않았나요?" 그가 거대하고 매끈하고 하얀 요트를 바라보았다.

"커다란 보트죠." 제니퍼가 대꾸했다. "난 요트엔 별로 관심이 없어요. 1년에 한두 번 잠깐 탈 뿐이지."

그들은 거룻배를 단단히 고정시키고 요트로 올라갔다. 제니퍼는 그에게 쿠션이 있는 벤치에 앉으라고 하더니 잠시 선실에 들어갔다 나왔다. 그녀는 신발을 벗고 있었고, 앤서니는 믿을 수 없이 작은 발을 너무 빤히 쳐다보지 않으려고 애썼다.

"알코올 없는 칵테일을 만들었어요." 제니퍼가 그에게 잔을 내밀었다. "탄산음료는 질렸을 거 같아서요."

항구에서 꽤 멀리 나왔는데도 공기는 훈훈했고, 물결이 잔잔해서 요트가 거의 흔들리지 않았다. 그녀 뒤로 항구의 불빛들이 보였고, 해안 도로를 달리는 차들도 간간이 눈에 들어왔다. 콩고를 떠올리자 앤서니는 지옥에서 천국으로 들어올려진 기분이 되었다.

제니퍼는 마티니를 한 잔 따르고 맞은편 벤치에 단정하게 발을 모아 올리고 앉았다.

"그럼 남편과는 어떻게 만나셨나요?"

"제 남편요? 우리 아직 일하는 중인가요?"

"아뇨. 그냥 호기심이 생겨서요."

"뭐가요?"

"어떻게 스털링 씨가……." 그가 자신의 말을 점검했다. "저는 사람들이 어떤 인연으로 결혼하게 되는지에 흥미가 있습니다."

"우린 댄스파티에서 만났어요. 그이는 부상병들에게 돈을 기부하고 있었어요. 거기서 같은 테이블에 앉았는데 그가 데이트를 청해왔죠. 그게 다예요."

"그게 다라고요?"

"별다른 건 없었어요. 몇 달 후에 그이가 청혼을 했고 저는 받아들였고요."

"어린 나이에 결혼하셨군요."

"스물둘이었어요. 부모님께서 기뻐하셨죠."

"그가 부자라서요?"

"그이가 적당한 사윗감이라고 생각하셔서요. 믿음직했고 평판도 좋았으니까요."

"그런 점들이 당신에게 중요한가요?"

"모두에게 중요하지 않나요?" 제니퍼는 치마 가장자리를 쓸어내리고 만지작거렸다. "이젠 제가 질문할게요. 결혼 생활은 얼마나 했나요, 부트?"

"3년이요."

"길지는 않네요."

"우리가 결혼이라는 실수를 저질렀다는 사실을 꽤 빨리 알아차렸거든요."

"부인께서는 이혼을 반대하지 않으셨나요?"

"아내가 이혼하자고 한 겁니다." 제니퍼가 그를 빤히 쳐다보았다. 앤서니는 그녀의 생각을 알 것 같았다. 그런 평가는 당연한 것이었다. "충실한 남편은 아니었어요." 그녀에게 왜 이런 말을 하는지 알지 못한 채 그가 덧붙였다.

"아들이 보고 싶겠어요."

"네." 그가 말했다. "이 정도로 그리울 줄 알았다면 이혼하지 않았을지 모른다는 생각도 들죠."

"그래서 술을 마시는 건가요?"

그가 쓴웃음을 지었다. "절 고치려 들진 말아주세요, 스털링 부인. 선의에서 그 일을 취미로 삼았던 여인들이 적지 않으니까요."

제니퍼는 자신의 술잔을 들여다보았다. "당신을 고치고 싶어 한다고 누가 그러던가요?"

"당신에겐…… 동정적인 태도가 있어요. 그게 저를 긴장시키죠."

"슬픔은 숨길 수가 없는 거예요."

"숨겨도 다 보인다고요?"

"전 바보가 아니에요. 세상 누구도 원하는 걸 다 가질 수는 없죠. 그 정도는 저도 알아요."

"남편분은 다 가지셨죠."

"그렇게 말해주니 고맙네요."

"좋은 뜻으로 한 말이 아닌데요."

잠시 둘의 시선이 마주쳤다가 제니퍼가 해안 쪽으로 눈길을 돌렸다. 서로에게 조용히 화를 내는 듯, 곧 싸움이라도 벌어질 것 같은 분위기가 되었다. 하지만 곧 현실의 속박에서 멀어진 영향으로 둘 사이의 무언가가 느슨해졌다. 앤서니는 *그녀를 원해*, 하고 생각했다. 자신도 지극히 평범한 감정을 느낄 수 있다는 사실에 안도감이 들었다.

"그동안 얼마나 많은 기혼 여성과 잠을 잔 거죠?" 잔잔한 공기를 뚫고 그녀의 목소리가 들려왔다.

그는 음료가 목에 걸릴 뻔했다. "이렇게 말하는 게 더 간단하겠죠. 결혼하지 않은 여성과는 잔 적이 거의 없다고요."

제니퍼가 그 말을 곱씹었다. "우리가 더 안전한가요?"

"네."

"그 사람들은 왜 당신과 잤을까요?"

"글쎄요. 아마 불행해서 그랬을 겁니다."

"당신은 그들을 행복하게 해주고요."

"한동안은요."

"당신은 바람둥이군요." 입꼬리가 살짝 올라가는 그 미소가 다시 피어올랐다.

"기혼 여성들과 사랑을 나누길 좋아하는 남자일 뿐이죠."

잠시 뼛속까지 스며드는 정적이 흘렀다. 정적을 깨고 싶었지만 앤서니는 그야말로 아무 생각도 떠오르지 않았다.

"난 당신과 자지 않을 거예요, 오헤어 씨."

그 말을 속으로 두 번 되뇌어본 뒤에야, 앤서니는 제대로 들었다는 걸 확신할 수 있었다. 그는 음료를 한 모금 마시며 안정을 되찾았다. "괜찮습니다."

"정말요?"

"아뇨." 그는 억지로 미소를 지었다. "괜찮진 않죠. 어쩔 수 없다는 뜻입니다."

"난 당신하고 잘 만큼 불행하지 않아요."

맙소사, 그녀는 모든 걸 꿰뚫어볼 수 있는 사람처럼 그를 바라보았다. 앤서니는 그 시선이 마음에 드는지 확실하게 말할 수 없었다.

"결혼한 후로는 다른 남자와 키스한 적도 없어요. 단 한 번도요."

"그건 정말 존경스럽군요."

"믿지 않으시는군요."

"아뇨, 믿습니다. 드문 경우죠."

"이젠 내가 끔찍하게 따분한 사람이라고 생각하겠죠." 제니퍼는 벤치에서 일어나 요트 가장자리를 거닐다가 함교에 다다르자 돌아서서 그에게로 걸어왔다. "그 기혼 여성들은 당신과 사랑에 빠졌나요?"

"약간요."

"당신이 떠날 때 슬퍼했나요?"

"그들이 저를 떠난 걸 수도 있는데요."

제니퍼는 기다렸다.

"사랑에 빠지는 문제라면." 이윽고 그가 덧붙였다. "저는 대개 나중에는 연락을 안 하게 되었어요."

"모른 체한다고요?"

"아뇨. 전 해외로 자주 나가요. 한곳에 오랫동안 머물지도 않죠. 그리고 그들에겐 남편이 있고 자신들의 생활이 있고…… 남편을 떠날 생각이 있었던 사람은 한 명도 없었을 겁니다. 전 그저…… 기분 전환거리였죠."

"그들 중에 사랑한 사람은 없었나요?"

"없었어요."

"아내는 사랑했나요?"

"사랑한다고 생각했었죠. 지금은 잘 모르겠습니다."

"누군가를 사랑한 적은 있나요?"

"아들을 사랑하죠."

"몇 살이에요?"

"여덟 살이요. 당신은 기자가 되면 딱이겠군요."

"내가 유용한 일이라곤 전혀 안 한다는 사실이 정말 견디기 힘든가 봐요?" 제니퍼가 웃음을 터뜨렸다.

"저는 지금 같은 삶이 당신에겐 낭비라고 생각해요."

"그런가요? 그럼 뭘 하면 좋을까요?" 제니퍼가 그에게로 몇 걸음 다가왔다. 창백한 피부로 달빛이 쏟아졌고, 움푹 들어간 목덜미에 푸르스름한 그림자가 생겼다. 또 한 걸음 다가서더니 그녀는 근처에 아무도 없는데도 목소리를 낮췄다. "당신이 내게 뭐라고 그랬죠? '절 고치려 들지 마세요.'"

"그럴 필요가 없죠. 당신은 불행하지 않다는데." 목에 숨이 걸렸다. 제니퍼는 이제 바싹 다가와서 그의 눈을 바라보고 있었다. 앤서니는 술에 취한 기분이었고, 감각이 고조되었다. 그녀의 모든 부분이 그의 의식에 선명하게 새겨지고 있는 기분이었다. 그는 꽃향기와 비슷하면서도 동양적인 그녀의 체취를 들이마셨다.

"오늘 밤에 내게 한 말들은 전부." 제니퍼가 천천히 말했다. "당신이 사귄 누구에게라도 했을 말이죠. 당신이 사귄 기혼 여성 말이에요."

"틀렸어요." 앤서니는 그렇게 말했지만, 그녀의 말이 전적으로 옳다는 걸 알았다. 그는 제니퍼의 입술을 으스러뜨릴 듯 짓누르며 키스하고픈 욕망을 억제하느라 안간힘을 썼다. 평생 이 순간만큼 욕구를 느낀 적이 없었다.

"당신과 난." 그녀가 말했다. "서로를 몹시 불행하게 만들 거예요."

그 말을 듣는 동안, 앤서니 안에서 뭔가 굴복하듯 무너져 내렸다. "그것도." 앤서니가 느릿하게 말했다. "아주 마음에 드는데요."

그 여자들이 또다시 두드려댔다. 제니퍼의 침실 창문에서 내다보면 그들의 모습이 겨우 보였다. 검은 머리 여자 하나와 새빨간 머리 여자 하나가 모퉁이 아파트 1층 창가에 앉아 있었다. 그들은 남자가 지나가면 유리창을 두드렸고, 고개를 돌려 쳐다보는 어리석은 남자에겐 웃으면서 손을 흔들었다.

로런스는 그들의 행동에 노발대발했다. 그해 초 비슷한 사건이 고등법원에서 판결을 받았는데 판사는 여자들에게 그런 행위를 하지 말라고 경고했다. 드러내놓고 하지 않아도 여자들의 호객 행위가 지역 분위기를 흐려놓는다고 로런스는 생각했다. 여자들이 법을 어기고 있는데 어째서 아무도 손을 쓰지 않는지 그는 이해하지 못했다.

제니퍼는 크게 개의치 않았다. 그녀의 눈에는 오히려 그들이 유리 뒤에 갇혀 있는 것처럼 보였다. 한번은 여자들에게 손을 흔들기까지 했는데 그들이 멀뚱히 쳐다봐서 제니퍼는 서둘러 길을 지나왔다.

제니퍼의 하루는 이제 새로운 일과에 맞춰 돌아갔다. 로런스와 함께 일어나서 커피를 내리고 토스트를 구웠다. 그가 면도하고 옷을 입는 동안 현관으로 가서 신문을 집어왔다. 가끔은 로런스보다 먼저 일어나서 머리를 손질하고 화장을 하기도 했다. 그러면 실내복 차림으로 주방을 돌아다닐 때도 그가 신문에서 고개를 드는 몇 안 되는 순간에 만족스럽고 준비된 모습을 보일 수 있었다. 남편의 짜증스러운 한숨 소리를 듣지 않고 하루를 시작하는 편이 아무튼 더 나았다.

로런스는 식탁을 떠나 제니퍼의 도움으로 외투를 입었고, 보통 8시가 조금 지나면 기사가 조용히 현관문을 두드렸다. 제니퍼는 그의 차가 길모퉁이를 돌아 사라질 때까지 문 앞에서 손을 흔들었다.

10분쯤 뒤에는 코르도자 부인을 맞이했다. 부인은 두 사람이 마실 차를 준비하면서 날씨 얘기를 했고, 제니퍼는 부인에게 그날 해줘야 할 일들을 설명했다. 청소기를 돌리고 빨래하는 기본적인 일들 외에도 가끔 로런스의 셔츠 소매 단추를 꿰매거나 신발을 손질하는 일이 더해지기도 했다. 코르도자 부인은 침대보나 식탁보 따위를 넣어두는 장을 확인하고 내용물을 다시 정리하거나, 주방 식탁에 신문지를 깔아놓고 라디오를 들으며 은제 포크와 나이프, 스푼을 닦기도 했다.

그동안 제니퍼는 목욕을 하고 옷을 입었다. 그런 다음 옆집으로 가서 이본과 커피를 마시거나, 어머니를 모시고 가벼운 점심을 먹으러 가거나, 택시를 잡아타고 크리스마스 쇼핑을 하러 시내로 나갔다. 제니퍼는 늘 이른 오후면 집으로 돌아왔다. 그맘때쯤이면 보통 코르도자 부인에게 부탁할 일들을 생각해냈다. 버스를 타고 커튼 재료를 사오거나, 로런스가 먹고 싶다고 한 생선을 사러 가는 일. 한번은 부인에게 오후 휴가를 주기도 했다. 제니퍼에게 한두 시간 혼자 있을 시간을 주는 일이라면 무엇이든 상관없었다. 다른 편지들을 찾아볼 시간을 벌 수 있는 일이라면.

첫 번째 편지를 발견하고 두 주 동안 제니퍼는 두 통의 편지를 더 찾아냈다. 역시 우체국 사서함 주소가 적혀 있었지만 분명히 그녀에게 온 것이었다. 글씨체도, 직선적으로 말하는 열정적인 표현들도 똑같았다. 단어들이 깊은 소리를 내는 것만 같았다. 거대한 종이 울리면 오랫동안 진동이 느껴지듯이, 제니퍼가 기억하지 못하는 사건들을 묘사하는 문장들은 깊은 울림을 주었다.

세 통의 편지 모두 'B'라는 서명만 들어가 있었다. 제니퍼는 영혼에 새겨질 정도로 편지의 내용을 읽고 또 읽었다.

사랑하는 그대에게,

지금은 새벽 4시입니다. 오늘 밤 그가 당신에게 돌아간다는 걸 알기에, 나는 잠을 이룰 수가 없습니다. 광기로 이어지는 길이라는 걸 알면서도, 이곳에 누워 당신 옆에 누운 그를 상상합니다. 당신을 만지고 껴안을 그의 권리를. 그걸 얻을 수만 있다면 난 무엇이라도 할 겁니다.

알베르토스에서 술을 마시고 있는 나를 보고 당신은 매우 화를 냈죠. 당신은 그걸 탐닉이라 불렀고, 내 대답은 유감스럽게도 용서받을 수 없는 것이었습니다. 남자들은 혹독한 말을 퍼부으면서도 자기 자신까지 상처받아요. 하지만 아무리 잔인하고 어리석은 말이었다 해도, 당신의 말에 내가 더 많이 상처받았다는 것을 알 겁니다. 당신이 떠난 뒤 펠리페는 내게 어리석다고 했죠. 그의 말이 맞습니다.

이런 말을 하는 이유는, 앞으로 더 나은 사람이 될 거라는 점을 당신에게 알리기 위해섭니다. 이런 진부한 표현을 쓰다니 나 자신도 믿기 어렵군요. 하지만 진심입니다. 당신을 생각하면 더 나은 사람이 되고 싶다는 열망이 솟아요.

난 여기 앉아서 몇 시간 동안 위스키병을 노려봤습니다. 그러다 결국 5분 전에, 빌어먹을 술을 전부 개수대로 쏟아버렸어요. 당신을 위해 더 나은 사람이 될 겁니다. 당신 마음에 흡족할 정도로 멋지게 살고 싶어요. 우리에게 허락되는 게 몇 시간이나 몇 분뿐이라면, 내 영혼이 우울해지는 지금 같은 순간에 꺼내 볼 수 있도록 매 순간을 기억 속에 명료하게 새겨 넣고 싶습니다.

꼭 그래야 한다면 그를 당신 곁에 둬요. 하지만 그를 사랑하지는 말아요. 부디 그를 사랑하지 말아요.

이기적인 마음으로.

B.

마지막 문장에서 제니퍼는 눈물이 차올랐다. 그를 사랑하지는 말아요. 부디 그를 사랑하지 말아요. 모든 것이 약간 명

126

료해졌다. 로런스에게 느껴지는 거리감은 제니퍼가 상상해
낸 게 아니었다. 그녀가 다른 누군가와 사랑에 빠졌기 때문
이었다. 편지들은 하나같이 열정을 담고 있었다. 로런스는
상상도 못할 정도로 이 남자는 자신을 활짝 열어 보였다. 그
의 편지를 읽을 때면 제니퍼는 피부가 따끔거리고 심장이 마
구 뛰었다. 그의 문장들을 알아보았다. 하지만 문장들을 안
다고 해도 핵심에는 여전히 거대한 구멍이 남아 있었다.

머릿속은 질문으로 들끓었다. 두 사람의 관계는 오랫동안
이어졌을까? 최근의 일일까? 그녀는 이 남자와 잠자리를 했
을까? 그 때문에 남편과의 육체적인 관계가 부자연스럽게
느껴지는 것일까?

그리고 무엇보다, 이 남자는 누구란 말인가?

제니퍼는 세 통의 편지를 찬찬히 살피며 단서를 찾았다. 남
편의 회계사 버나드와 친구 빌을 제외하곤 이름이 B로 시작
되는 사람이 떠오르지 않았다. 제니퍼는 버나드와 사랑에 빠
진 적이 없다는 것을 백 퍼센트 확신할 수 있었다. B는 그녀
를 보러 병원에 온 적이 있을까? 정신이 온전히 돌아오기 전,
모든 사람이 희미하게 보이던 그때? 지금은 멀리서 제니퍼를
지켜보고 있을까? 그녀가 연락하기를 기다리면서? 그는 어
딘가에 분명히 존재했다. 그가 모든 열쇠를 쥐고 있었다.

날마다 제니퍼는 이전의 자신으로, 비밀을 지닌 여자로 돌
아가는 모습을 상상했다. 과거의 제니퍼는 편지들을 어디에
숨겼을까? 그녀에 대한 다른 단서들은 어디에 있을까? 편지
두 통은 책 속에서 발견했고 다른 한 통은 동그랗게 말린 스

타킹 안에 깔끔하게 접힌 채 들어 있었다. 모든 편지는 남편이 들여다볼 생각도 하지 않을 곳에 들어 있었다. 난 영리하네, 제니퍼가 생각했다. 그러고는 약간 불편한 마음으로, 이중적인 사람이라고 생각했다.

* * *

"어머니." 제니퍼가 샌드위치를 앞에 두고 입을 열었다. 존 루이스 백화점 꼭대기 층에서 점심을 먹을 때였다. "제가 사고당했을 때 차는 누가 운전하고 있었나요?"

어머니가 날카롭게 쳐다보았다. 레스토랑 안은 쇼핑백과 외투를 든 사람들로 가득했고, 식사 공간은 사람들의 말소리와 식기가 달그락거리는 소리로 시끌벅적했다.

제니퍼가 무슨 못 할 말이라도 한 듯 어머니는 주변을 흘깃 둘러보았다. "그 얘길 또 꺼내야겠니?"

제니퍼가 차를 한 모금 마셨다. "아는 게 너무 없어서 그래요. 상황을 알면 기억을 되찾는 데 도움이 될 거 같고요."

"넌 거의 죽을 뻔했어. 정말이지 떠올리고 싶지도 않구나."

"어떻게 된 건데요? 운전을 제가 했나요?"

어머니는 접시만 뚫어져라 쳐다보았다. "기억나지 않아."

"제가 운전한 게 아니라면 운전한 사람은 어떻게 됐죠? 제가 다쳤다면 그 사람도 마찬가지일 텐데."

"모르겠구나. 내가 어떻게 알겠니? 로런스는 항상 자기 직원들을 잘 보살피잖아, 그렇지 않니? 운전한 사람은 그리 심

하게 다치지 않았을 거야. 치료가 필요했다면 로런스가 치료
비를 댔을 테니까."

제니퍼는 퇴원할 때 차를 운전했던 기사를 떠올렸다. 깔끔
한 콧수염에 머리가 벗겨지고 피곤해 보이던 60대 남자였다.
그는 충격적인 사건을 경험한 사람으로는 보이지 않았다. 그
녀의 연인이었을 것 같지도 않고.

어머니는 샌드위치를 남겨둔 접시를 밀어냈다. "네 남편에
게 물어보지 그러니?"

"그럴 거예요." 하지만 제니퍼는 묻지 않으리라는 것을 알
았다. "그이는 제가 뭐든 깊게 생각하는 걸 좋아하지 않아요."

"네 남편 생각이 백번 옳아. 남편의 조언대로 하렴."

"제가 어디로 가던 중이었는지는 아세요?"

어머니는 이어지는 질문들에 화가 났는지 얼굴이 벌게졌
다. "몰라. 쇼핑하러 가던 길 아니었겠니? 사고가 난 곳은 메
릴본 로 근처라고 하더구나. 네가 탄 차가 버스를 박았어. 아
니면 버스가 네 차를 박았던가. 정말 끔찍했단다, 제니. 우린
네가 회복되길 바라는 것 외엔 아무 생각도 할 수 없었어." 어
머니는 대화가 끝났다고 말하는 듯 입을 일자로 꾹 다물었다.

식당 구석 자리에 앉은 한 여자가 눈에 들어왔다. 진녹색
코트로 몸을 감싼 여자는 마주 앉아 자신의 얼굴을 손가락으
로 훑어 내리는 남자의 눈을 바라보고 있었다. 제니퍼가 지
켜보는 가운데 여자가 그의 손끝을 깨물었다. 그 격의 없는
친밀한 행동에 제니퍼는 감전이라도 된 듯 충격을 받았다.
그녀 외에는 그 커플을 눈여겨보는 사람이 없는 듯했다.

어머니가 냅킨으로 입을 닦았다. "어디로 가던 중이었든 그게 무슨 상관이니, 제니? 자동차 사고는 어디서든 일어나. 차들이 많아질수록 위험이 더욱 커지지 않니. 길에 나온 사람들 중 절반이 운전할 줄 모르는 사람들이야. 네 아버지만 큼 노련하지 못해. 요즘엔 네 아버지도 아주 조심해서 운전하지만 말이야."

제니퍼는 듣고 있지 않았다.

"아무튼 이젠 회복되었잖니? 많이 나아졌어, 그렇지?"

"네." 제니퍼는 어머니에게 환한 미소를 지어 보였다. "이젠 괜찮아요."

* * *

로런스와 함께 저녁 모임에 참석할 때면, 제니퍼는 좀 더 넓은 범위의 친구들과 지인들을 새로운 눈으로 바라보았다. 남자의 눈길이 그녀에게 조금이라도 오래 머물면 그녀는 다른 곳으로 시선을 돌리기 어려웠다. 그 사람일까? 유쾌하게 건네는 인사 뒤에 다른 의미가 있는 걸까? 저 미소는 뭔가 알고 있다는 뜻일까?

B가 별명일 뿐이라면, 가능성이 있는 남자는 세 명이었다. 먼저 잭 에이머리. 미혼이며 자동차 부품 회사 사장인 그는 제니퍼를 만날 때마다 그녀의 손에 여봐란듯이 입을 맞추었다. 하지만 그럴 때마다 로런스에게 윙크를 보냈고, 제니퍼는 그런 행동이 속임수가 아니라고 확신할 수 없었다.

다음으로 레지 카펜터. 이본의 사촌으로, 가끔 그들의 저녁 만찬에 참석하기도 했다. 검은 머리에 익살스러우면서도 피곤해 보이는 눈을 한 레지는 제니퍼가 상상하고 있는 사람보단 나이가 어렸지만 매력적이고 재밌는 남자였다. 그리고 로런스가 없을 때면 항상 그녀 옆자리에 앉았다.

마지막으로는 물론 빌이 있었다. 제니퍼에게 인정받기 위한 농담만 하고, 심지어 바이올렛 앞에서도 제니퍼를 흠모한다고 웃으며 선언하는 남자. 그는 분명히 그녀에게 마음이 있었다. 하지만 제니퍼도 그에게 마음이 있었을까?

제니퍼는 외모에도 더욱 신경 쓰기 시작했다. 정기적으로 미용실을 찾았으며 새로운 옷도 몇 벌 샀고 말도 더 많아졌다. 이본이 말한 것처럼 '원래 모습에 더 가까워진' 것이다. 사고 후 몇 주 동안은 친구들 뒤에 숨어 있었지만, 이제는 해답으로 이어질만한 작은 단서를 찾아서 정중하지만 단호하게 질문을 던지고 시험했다. 가끔은 대화에 힌트를 집어넣기도 했다. 이를테면 남자들에게 위스키를 좋아하는지 물어보고, 그들의 얼굴에 아는 표정이 스치는지 유심히 살피는 것이다. 하지만 로런스가 늘 근처에 있어서 상대가 힌트를 알아들었다고 해도 그렇다는 뜻을 전하기는 쉽지 않을 듯했다.

제니퍼가 친구들과 대화를 나누는 일에 유난히 열중한다는 사실을 눈치챘는지 모르겠지만 로런스는 별다른 말이 없었다. 그는 어떤 것에 대해서도 많은 말을 하지 않았다. 다툼이 있었던 그날 밤 이후로는 제니퍼에게 다가온 적도 없었다. 공손하지만 거리를 두고 대했다. 이런 상황을 속상해해야 정상이겠지만, 제니퍼는 자신의 은밀한 평행 세계로 되돌아갈 자유를 점점 더 원하게 되었다. 그곳에서 상상으로 만들어낸 자신의 열정적인 연애를 되짚어보고, 그녀를 사랑했던 남자의 눈으로 자신의 모습을 보았다.

B는 어딘가에 살아 있어, 제니퍼는 자신을 타일렀다. 날 기다리고 있어.

* * *

"이것들은 서명이 필요하고요, 오늘 아침에 도착한 선물들은 저쪽 서류함 위에 두었습니다. 시트로엥에서 샴페인 한 케이스를 보냈고, 피터버러의 시멘트업자들이 선물 바구니를 보내왔어요. 회계사들이 초콜릿 한 상자를 보냈는데, 사장님께선 가운데가 말랑한 초콜릿을 안 좋아하셔서 사무실에 돌리면 어떨까 생각해봤습니다. 엘지 마친스키가 퐁당 초콜릿을 아주 좋아하거든요."

스털링은 거의 고개를 들지 않았다. "그거 좋겠군." 모이라는 그의 생각이 다른 데 가 있다는 걸 알았다.

"그리고 제가 크리스마스 파티 준비를 미리 좀 해봤는데 괜찮으실지 모르겠습니다. 사장님께서 레스토랑보다 여기서 하는 게 낫겠다고 하셔서요. 이젠 사무실 공간이 많이 넓어졌으니까요. 출장 뷔페업체에 작은 뷔페를 준비해달라고 요청해놓았습니다."

"좋아. 파티는 언제지?"

"23일 업무 마치고 나서요. 휴가가 시작되기 전 금요일이죠."

"그래."

어째서 저렇게 딴생각에 빠져 있는 것일까? 저렇게 불행한 얼굴로? 사업은 더할 나위 없이 잘되고 있었다. 제품들은 수요가 많았다. 신문에서 예고한 금융 긴축 정책에도 불구하고 '애크미 미네랄 앤드 마이닝'은 국내에서 재정 건전성이 가장 우수한 기업 중 하나였다. 말썽을 일으키는 편지도 더는 오지 않았고, 지난달에 받은 편지는 아직 사장에게 보고하지 않은 채 그녀의 서랍 속에 들어 있었다.

"그리고 제 생각엔 사장님께서……."

바깥에서 들려온 소리에 그가 갑자기 고개를 들었고, 모이라도 그쪽으로 고개를 돌렸다가 깜짝 놀랐다. 그녀가 사무실 안으로 걸어 들어오고 있었다. 단정하게 구불거리는 머리에 붉은색 필박스 모자를 쓰고 똑같은 색의 구두를 신었다. 저 여자가 여긴 웬일이지? 스털링 부인이 누군가를 찾듯이 주변을 둘러보자, 회계 팀의 스티븐스가 부인에게 다가가 손을 내밀었다. 두 사람은 악수를 나누며 간단하게 인사를 주고받은 후, 모이라와 스털링이 있는 방으로 걸어왔다. 스털링 부인이 그에게 손을 들어 인사했다.

모이라는 저도 모르게 머리로 손이 올라갔다. 가끔 패션 잡지에서 빠져나온 것처럼 보이는 여자들이 있는데, 제니퍼 스털링이 바로 그중에 하나였다. 모이라는 신경 쓰지 않았다. 언제나 그녀는 자신의 일에, 더욱 중요한 성취를 거두는 일에 에너지를 집중했다. 하지만 패션 잡지에서 빠져나온 것 같은 여자가 사무실 안으로 걸어 들어올 때면, 모이라도 어쩔 수 없이 자신이 조금 칙칙하게 느껴졌다. 스털링 부인은 바깥의 추위로 볼이 발그레해졌고, 귀에서 다이아몬드 귀걸이가 반짝거렸다. 그녀는 완벽하게 포장된 크리스마스 선물 같았다. 아니면 크리스마스트리 장식용 방울이나.

"스털링 부인." 모이라가 공손하게 말했다.

"안녕하세요." 그녀가 말했다.

"생각지도 못했는데 어쩐 일이야." 스털링 씨가 일어나서 그녀를 맞았다. 약간 어색해 보여도 내심 매우 기쁜 눈치였다. 학교에서 만인의 사랑을 받는 소녀가 자신에게로 다가오자 깜짝 놀라면서도 기뻐하는 인기 없는 학생처럼.

"저는 그럼 나가볼까요?" 모이라는 거북하게 그들 사이에 서 있었다. "서류 정리를 좀 해야……."

"오, 아뇨, 저 때문에 그러실 필요 없어요. 금방 갈 거니까요." 그녀가 남편에게로 고개를 돌렸다. "회사 앞으로 지나던 길이었는데 당신이 오늘 저녁에 늦을 건지 물어보자는 생각이 들어서요. 늦을 거면 난 해리슨즈에 잠깐 들러볼까 해요. 거기서 멀드 와인을 한다고 해서."

"난…… 그래, 당신은 그렇게 해. 일찍 끝나면 나도 그쪽으로 가지."

"그럼 좋겠네요."

제니퍼 스털링에게서 니나리치 향수 냄새가 은은하게 풍겼다. 모이라도 지난주에 D. H. 에반스 백화점에서 뿌려보고 조금 비싸다고 생각했었다. 그때 사지 않은 것이 후회됐다.

"너무 늦지 않게 해볼게."

스털링 부인은 서둘러 떠날 기색이 없었다. 남편 앞에 서 있었지만, 사무실 안의 남자 직원들을 둘러보는 일에 더 관심이 있는 듯했다. 이곳에 처음 온 사람처럼 한 사람 한 사람을 유심히 쳐다봤다.

"회사는 정말 오랜만에 들른 거지." 그가 말했다.

"그래요. 그런 거 같네요." 그녀가 대답했다.

짧은 정적이 흘렀다.

"아." 그녀가 불쑥 말했다. "당신 운전기사들 이름 좀 알려줄래요?"

스털링이 인상을 썼다. "운전기사?"

부인은 살짝 어깨를 으쓱했다. "그분들 크리스마스 선물을 내가 준비할까 하고요."

그는 몹시 당황하는 듯했다. "크리스마스 선물? 글쎄…… 제일 오래 일한 기사는 에릭인데, 보통 브랜디 한 병을 선물하지. 아마 지난 20년간 그래 왔을 거야. 사이먼은 가끔 에릭 대신 운전하는데, 그 친구는 술을 마시지 않아서 지난 급여에 좀 더 넣었고. 당신은 걱정하지 않아도 돼."

스털링 부인은 이상할 정도로 실망하는 눈치였다. "그래도 돕고 싶어요. 브랜디는 내가 살게요." 마침내 그렇게 말하고 핸드백을 앞으로 움켜잡았다.

"그래 주겠다니…… 고맙군." 그가 말했다.

스털링 부인은 다시 한번 사무실을 둘러본 후 그들에게로 고개를 돌렸다. "아무튼 당신은 정신없이 바쁘죠? 아까도 말했지만 그냥 한번 들러본 거예요. 만나서 반가웠어요……
저…….' 그녀의 미소가 흐려졌다.

모이라는 태평스레 자신을 무시하는 여자의 행동에 기분
이 상했다. 지난 5년간 수없이 마주치지 않았던가? 그러고도
모이라의 이름을 기억해둘 생각조차 하지 않은 것이다.

"모이라." 정적이 불편해지자 스털링이 알려주었다.

"맞아요. 모이라. 만나서 반가웠어요."

"금방 돌아올게."

모이라는 아내를 문까지 데려다주는 스털링의 모습을 지
켜보았다. 그들은 짧게 몇 마디를 나눴고, 그런 다음 스털링
부인이 장갑 낀 손을 살짝 흔들어 보인 뒤 사라졌다.

모이라는 신경 쓰지 않으려고 애쓰며 숨을 깊게 들이쉬었
다. 아내가 밖으로 나가자 스털링은 꼼짝 않고 서 있었다.

모이라는 자신이 무슨 행동을 하는지 미처 깨닫기도 전에
서둘러 자기 책상으로 갔다. 그러고는 주머니에서 열쇠를 꺼
내 서랍을 열고, 그 안을 뒤져 원하던 것을 찾아냈다. 모이라
는 스털링이 돌아오기 전에 그의 사무실로 돌아가 있었다.

스털링은 사무실로 돌아와 문을 닫고, 아내가 돌아오길 기
대하는 것처럼 유리벽 너머를 흘긋 보았다. 그는 평온을 되
찾은 듯 부드러워졌다. "자, 회사 파티 얘기를 하고 있었지?
뭔가 계획을 세워두었다고 했던가?" 그의 입술에 작은 미소
가 맴돌았다.

가슴이 조여 숨 쉬기가 힘들었다. 모이라는 힘겹게 침을
삼키고 나서야 평소처럼 말을 할 수 있었다. "사장님, 실은

다른 문제가 있습니다."

그는 서명할 문서를 하나 꺼냈다. "좋아. 뭐지?"

"이게 이틀 전에 도착했어요." 모이라는 손글씨로 주소가 적힌 봉투를 그에게 내밀었다. "말씀하셨던 우체국 사서함으로요." 그가 아무 말도 하지 않자 모이라가 덧붙였다. "말씀하신 대로 계속 확인하고 있었습니다."

그가 뚫어져라 봉투를 쳐다보더니 그녀를 올려다보았다. 순식간에 얼굴에 핏기가 가셔서 모이라는 그가 기절할지도 모른다는 생각까지 들었다. "확실한가? 그럴 리가 없는데."

"하지만 이건⋯⋯."

"주소를 착각한 걸 거야."

"말씀하신 사서함이 분명합니다. 13호 사서함이요. 사장님께서⋯⋯ 조언하신 대로 스털링 부인의 이름을 사용했고요."

그는 봉투를 뜯은 뒤 책상으로 몸을 숙이고 몇 줄 읽었다. 방 안의 분위기가 팽팽하게 긴장되는 걸 의식하며 모이라는 궁금하지 않은 척 맞은편에 서 있었다. 자신이 무슨 짓을 저지른 건지 불안해졌다.

고개를 든 스털링은 몇 년은 더 늙어 보였다. 그는 목청을 가다듬은 다음, 종이를 구겨 책상 아래 휴지통 속으로 힘껏 던졌다. 표정이 몹시 사나웠다. "배달 과정에서 분실되었던 모양이군. 누구도 이 편지에 대해 알아선 안 돼. 알았지?"

모이라가 뒤로 한 걸음 물러났다. "네, 사장님. 물론이죠."

"그 사서함을 해지해."

"지금요? 아직 감사 보고서를⋯⋯."

"당장 해지해. 무슨 일이 있어도 해지하라고. 알겠어?"

"알겠습니다, 사장님." 모이라는 파일을 팔 아래 끼고 사장실을 나왔다. 그러고는 핸드백과 코트를 챙기며 우체국에 갈 준비를 했다.

* * *

제니퍼는 집으로 돌아갈 계획이었다. 피곤했고, 그의 사무실에선 아무 수확도 없었고, 비까지 오기 시작해서 거리를 지나는 사람들은 옷깃을 세우고 머리를 숙인 채 걷고 있었다. 그러나 남편 회사의 계단에서 거리를 내다보던 제니퍼는 고요한 집으로는 돌아갈 수 없다는 것을 알았다.

제니퍼는 택시를 잡기 위해 차도로 내려와 손을 흔들었다. 노란 불빛이 휙 방향을 틀어 그녀에게 다가오는 게 보였다. 제니퍼는 택시에 오른 뒤, 붉은 코트에서 빗방울을 털어냈다. "알베르토스란 곳을 아시나요?" 기사가 운전석과 뒷좌석을 가르는 창 쪽으로 몸을 기울이자 그녀가 물었다.

"런던 어디에 있는 거죠?" 그가 말했다.

"죄송하지만 전혀 몰라요. 기사님이 아실지도 모른다고 생각했어요."

그가 인상을 썼다. "메이페어에 알베르토스 클럽이 하나 있어요. 그곳으로 모셔다드리겠지만, 문을 열었을지는 확실히 모르겠네요."

"네." 그녀가 대답하고 좌석 등받이에 기대어 앉았다.

그곳까지는 15분밖에 걸리지 않았다. 택시가 멈추자 기사가 길 건너를 가리켰다. "저는 저 알베르토스밖에 몰라요. 부인 같은 분이 가실만한 곳인지는 모르겠지만."

제니퍼가 소매로 창문을 닦고 밖을 내다보았다. 지하 입구 주변으로 철제 난간이 쳐졌고, 계단은 보이지 않는 곳으로 이어져 있었다. 낡은 간판에 이름이 적혀 있고, 문 양쪽에 흠뻑 젖은 주목나무 화분이 하나씩 놓였다. "저건가요?"

"찾으시는 곳이 맞는 거 같습니까?"

제니퍼가 가까스로 웃어 보였다. "뭐, 곧 알게 되겠죠."

택시에서 내린 제니퍼는 보슬비를 맞으며 잠시 서 있다가 클럽을 향해 걷기 시작했다. 클럽의 출입구는 반쯤 열린 채 휴지통으로 받쳐져 있었다. 안으로 들어서자 술과 담배, 땀과 향수 냄새가 확 풍겨왔다. 제니퍼는 흐릿한 조명에 눈이 적응하기를 기다렸다. 아무도 지키지 않는 텅 빈 휴대품 보관소가 왼쪽에 보였고, 카운터 위에 맥주병 하나와 열쇠 한 세트가 놓여 있었다. 제니퍼가 좁은 복도를 따라 들어가 여닫이문을 밀자 커다란 방이 나왔다. 작은 무대 앞에 놓인 동그란 테이블들 위로 의자들이 쌓여 있었다. 나이 든 여자가 그 사이로 청소기를 끌고 다니며 뭔가 못마땅한 듯 중얼거렸다. 한쪽 벽을 차지한 바 뒤에서 여자 하나가 담배를 피우며 남자와 얘기를 하고 있었다. 남자는 화려한 조명이 비치는 선반에 술병을 채워 넣는 중이었다. "잠깐만." 제니퍼를 발견한 여자가 말했다. "무슨 일로 오셨죠?"

제니퍼는 자신을 훑어보는 여자의 시선을 느꼈다. 그리 우호적인 것은 아니었다. "문을 여신 건가요?"

"연 것처럼 보여요?"

제니퍼는 갑자기 시선을 의식하며 가방을 앞으로 들었다. "죄송해요. 나중에 다시 올게요."

"누굴 찾는 거요, 부인?" 남자가 허리를 펴며 말했다. 검은 머리를 뒤로 넘겨 붙였고, 창백하게 부푼 피부는 그가 술을 많이 마시고 바깥 공기를 적게 쐬는 사람임을 말해주었다.

제니퍼는 그를 빤히 쳐다보면서, 조금이라도 아는 듯한 느낌이 드는지 신경을 집중했다. "전에…… 혹시 저를 여기서 보신 적이 있나요?" 그녀가 물었다.

그는 희미하게 재밌다는 표정을 지었다. "그쪽이 아니라고 하면 아니죠."

여자가 머리를 한쪽으로 기울였다. "이곳에선 사람 얼굴을 잘 기억하지 못해요."

제니퍼가 바 쪽으로 몇 걸음 다가섰다. "혹시 펠리페라는 분을 아시나요?"

"부인은 누구죠?" 여자가 물었다.

"저는…… 그건 중요하지 않아요."

"펠리페는 왜 만나려고 하는데요?"

그들의 얼굴이 굳어졌다. "펠리페와 제가 아는 친구 때문이에요." 제니퍼가 설명했다.

"그럼 펠리페가 지금 연락을 취하기 곤란한 상황이라는 걸 그 친구가 말해줬을 텐데요."

제니퍼는 상황을 제대로 설명할 길이 없어 난감해하며 입술을 깨물었다. "그 친구와 오랫동안 연락하지 못해서……."

"그는 죽었어요, 부인."

"뭐라고요?"

"펠리페요. 죽었다고요. 이곳은 주인이 바뀌었어요. 우린 그의 빚과 관련된 문제들을 전부 정리했죠. 그러니 나한테선 아무것도 받지 못할 거란 말도 해야겠네요."

"전 그것 때문에 온 게……."

"펠리페의 서명이 들어간 차용증서를 보여주지 않는 한 아무것도 못 받아요." 여자는 제니퍼가 온 이유를 알겠다는 듯이 히죽거리며 그녀의 옷과 장신구를 자세히 뜯어보았다. "가족들이 그의 재산을 가져갔죠. 남은 건 전부. 아내를 포함한 가족 말이에요." 여자가 심술궂게 말했다.

"저는 펠리페 씨와 개인적으로 아무 관계가 없는 사람이에요. 돌아가셨다니 정말 유감이네요. 고인의 명복을 빕니다." 제니퍼가 딱딱하게 말했다. 그녀는 최대한 빨리 클럽을 빠져나온 뒤 계단을 올라 잿빛 거리로 들어섰다.

* * *

모이라는 장식품 상자들 중에서 원하던 것을 찾아내 그 속의 물건들을 종류별로 꺼내놓았다. 문마다 반짝이 장식을 두 줄씩 달고, 30분간 자기 자리에 앉아서 종이 사슬을 길게 이어 책상들 위쪽에 붙였다. 벽에는 줄을 달아 거래처에서 보내온 카드들을 줄줄이 걸어놓았다. 전등갓 위에는 어슴푸레 반짝이는 술들을 장식했는데, 불이 날까 봐 전구 가까이에는 붙이지 않았다.

바깥이 어두워지자 가로등에 불이 들어왔다. '애크미 미네럴 앤드 마이닝' 런던 사무소 직원들은 평소 순서대로 건물을 빠져나갔다. 먼저 타이피스트인 필리스와 엘시가 나갔다. 출근할 때는 시간 감각이 없어 보이는 둘은 항상 5시 정각에 칼같이 퇴근했다. 다음으로 회계 팀의 데이비드 모어턴이 나가고 조금 후에 스티븐스가 나갔다. 그는 기운을 북돋기 위해 집에 가기 전 모퉁이에 있는 펍에 들러서 위스키를 마시곤 했다. 나머지 직원들도 머플러와 코트로 몸을 감싸고 삼삼오오 사무실을 빠져나갔다. 남자들은 구석의 옷걸이에서 머플러와 코트를 빼냈고, 몇 명은 스털링의 사무실을 지나가며 모이라에게 손을 흔들어 인사를 했다. 급여 담당인 펠리시티 헤어우드는 모이라와 마찬가지로 스트레섬에 사는데, 버스로 한 정거장 떨어진 곳이면서도 그녀에게 한 번도 같이 가자고 한 적이 없었다.

지난 5월 펠리시티가 입사했을 때, 모이라는 누군가와 수다를 떨며 집으로 돌아가는 것도 즐거우리라고 생각했었다. 서로 조리법을 교환하거나 회사에서 있었던 일에 관해 얘기할 수 있는 여자와 말이다. 하지만 펠리시티는 매일 저녁 모이라 쪽으로는 고개 한 번 돌리지 않고 퇴근했다. 언젠가 우연히 같은 버스를 탄 적이 있었는데, 펠리시티는 두 좌석 뒤에 모이라가 앉은 사실을 분명히 알면서도 내내 소설책에 머리를 박고 있었다.

스털링은 7시 15분 전이 되자 사무실을 떠났다. 그는 오후 내내 짜증을 부리거나 딴생각에 빠져 있었다. 공장 매니저에게 전화해 질병률에 대해서 호통치고, 4시로 잡아둔 회의를 취소했다. 모이라가 우체국에서 돌아왔을 때는 시킨 대로 처리했는지 확인하듯 시선을 주었다가 하던 일로 돌아갔다.

모이라는 사용하지 않는 책상 두 개를 끌어다 회계 팀 옆쪽 벽에 붙여놓았다. 책상에는 축제용 식탁보를 씌우고 가장자리를 반짝이 장식으로 꾸몄다. 열흘 후에 그것은 뷔페 테이블로 쓰일 것이었다. 그때까지는 납품업자들이 보내온 선물들을 올려놓거나, 직원들끼리 카드를 보낼 수 있도록 우편함을 놓을 것이다.

준비는 8시가 다 되어서야 모두 끝났다. 모이라는 자신의 노력으로 반짝반짝 축제 분위기가 나는 사무실 안을 둘러보고, 치마를 쓸어내린 후, 내일 아침 사무실로 들어서는 사람들의 얼굴에 떠오를 즐거운 표정을 그려보았다.

이런 일로 보수를 받는 건 아니지만, 추가로 하는 이런 작은 행동들이 모든 차이를 만들었다. 다른 비서들은 개인적인 서신을 타이핑하고 서류를 제대로 정리하는 것으로 모든 업무가 끝나는 게 아니라는 사실을 알지 못했다. 비서의 역할은 그보다 훨씬 컸다. 사무실을 매끄럽게 돌아가게 하는 것은 물론 그 안에 있는 사람들이…… 가족의 일원처럼 느끼게 해야 한다. 크리스마스 우편함과 보기 좋은 장식들은 직원들을 궁극적으로 이어주고, 이곳을 누구나 일하러 오고 싶은 공간으로 만들어주는 것들이었다.

한쪽 구석에 모이라가 가져다 둔 작은 크리스마스트리는 그곳에 있으니 훨씬 보기 좋았다. 이제는 모이라 외에 볼 사람도 없으므로 집에 두는 건 의미가 없었다. 이곳에 두면 더 많은 사람이 즐길 수 있었다. 나무 꼭대기에는 예쁜 천사와 반투명 유리구슬도 달려 있었다. 누군가 그것들을 언급하면 모이라는 방금 생각난 것처럼 무심하게, 어머니가 제일 좋아하던 것들이라고 말해주리라.

모이라는 외투를 집어 들었다. 가방을 챙기고 머플러를 맨 뒤 내일 아침을 위해 책상 위에 펜과 연필을 반듯하게 놓아두었다. 그러고는 문을 잠그려고 사장실로 갔다가, 출입구를 흘깃 보고 재빨리 안으로 들어가서 책상 아래 있는 휴지통으로 손을 뻗었다.

손으로 쓴 편지를 찾는 데는 긴 시간이 걸리지 않았다. 망설임 없이 편지를 꺼낸 모이라는 다시 한번 유리벽 너머로 사무실에 아무도 없는지 확인했다. 그러고는 책상에 놓고 구김을 펴서 내용을 읽기 시작했다.

모이라는 그대로 얼어붙었다.

그러고 나서 다시 한번 읽었다.

바깥에서 종소리가 8시임을 알렸다. 소리에 깜짝 놀란 모이라는, 사장실을 나와 청소부들이 비울 수 있도록 휴지통을 사무실 밖에 내놓고 문을 잠갔다. 모이라는 그 편지를 자기 책상의 맨 아래 서랍에 넣고 열쇠로 단단히 잠갔다.

이번만큼은 스트레섬까지 가는 버스 여정이 눈 깜빡할 새처럼 느껴졌다. 모이라 파커는 생각할 것이 아주 많았다.

둘은 매일 만났다. 햇살이 따가운 노천카페에 앉아 있거나 그녀의 작은 차로 메마른 언덕을 달려가서 아무 식당이나 눈에 띄는 곳에 들어가 식사했다. 그녀는 햄프셔와 이튼 플레이스에서 보낸 어린 시절, 조랑말들, 기숙학교, 결혼 전까지 그녀의 삶을 구성했던 좁고 편안한 세계에 대해 들려주었다. 그녀는 열두 살밖에 안 됐을 때도 자신이 속한 세계가 숨이 막혔고, 더 넓은 세계로 나가야 한다는 걸 알았다고 했다. 또 리비에라처럼 드넓은 곳에서 자신이 떠나온 곳만큼이나 좁고 통제된 사교계와 마주하게 되리라고는 생각지도 못했다고 했다.

그녀는 열다섯 살 때 사랑에 빠졌던 소년과, 아버지가 둘의 관계를 알고 난 후 그녀를 별채로 데려가 매질한 이야기를 들려주었다.

"사랑에 빠졌다는 이유만으로요?" 앤서니는 그녀가 가볍게 한 이야기에 크게 동요했지만 그 사실을 숨기려고 애썼다.

"잘못된 소년과 사랑에 빠졌다는 이유였죠. 난 조금 감당하기 힘든 아이였나 봐요. 부모님은 내가 가족의 평판을 떨어뜨렸다며 화를 내셨죠. 내게 도덕적 잣대가 없다고 하시면서, 행동을 조심하지 않으면 어떤 남자도 나와 결혼하지 않을 거라고 말씀하셨어요." 그녀가 까칠하게 웃었다. "물론 아버지가 오랫동안 정부를 둔 사실은 다른 문제였죠."

"그러고 나서 로런스를 만났군요."

그녀가 장난스럽게 웃었다. "그래요, 나 정말 운 좋은 사람이죠?"

앤서니도 자신의 이야기를 들려주었다. 기차에서 우연히 만난 동승자에게 일생의 비밀을 털어놓듯, 다시 만날 일이 없으리라는 무언의 이해를 바탕으로 부담 없는 친밀감이 형성되었다. 그는 「네이션」의 중앙아프리카 특파원으로 3년간 일한 경험에 대해서도 이야기했다. 처음엔 그저 무너져 내리는 결혼 생활에서 도망칠 기회로만 생각했기에 자신이 목격한 잔혹 행위들을 극복하는 데 필요한 마음의 준비를 제대로 하지 못했다. 콩고가 독립에 이르는 길은 곧 수천 명의 죽음을 뜻했다. 그는 매일 밤 레오폴드빌의 해외 통신원 클럽에서 위스키나 독한 야자주로 모든 감각을 마비시켰다. 자신이 목격한 참상들에 대한 공포와 한 차례의 황열병으로 죽음의 문턱에 이를 때까지. "난 신경쇠약을 앓았죠." 그녀의 가벼운 어투를 흉내 내며 그가 말했다. "물론 누구도 그렇게 말할 정도로 무례하지 않았지만요. 그들은 황열병을 탓하면서 나더러 다시는 돌아오지 말라고 충고했죠."

"불쌍한 부트."

"맞아요. 불쌍하죠. 더군다나 그 일로 전처는 내게 아들을 만나지 못하게 할 훌륭한 구실이 생겼으니까요."

"그것도 모르고 난 당신이 저지른 상습적인 부정 때문이라고 생각했군요." 제니퍼가 그의 손에 자신의 손을 얹었다. "미안해요. 당신을 놀린 거예요. 그런 진부한 표현을 쓸 생각은 없었는데."

"내 얘기가 지루한가요?"

"그 반대예요. 나와 정말로 얘기를 나누고 싶어 하는 남자와 시간을 보내는 일은 흔치 않으니까요."

그녀와 함께 있으면 앤서니는 술을 마시지 않았고, 술 생각도 나지 않았다. 그녀가 주는 자극은 술을 대신하고도 남았으며, 그녀와 함께 있으면 자신의 마음을 잘 조절할 수 있다는 점도 좋았다. 아프리카에서 보낸 마지막 몇 달 이후, 그는 자신이 뭔가 누설할까 두려워서 거의 말을 하지 않았다. 자신의 나약한 모습이 드러날까 두려웠다. 하지만 이젠 말을 하고 싶었다. 이야기하는 그를 지켜보는 그녀의 시선이 좋았다. 그가 어떤 말을 해도 그에 대한 근본적인 생각은 바뀌지 않는다고 말하는 듯한 눈빛. 그가 무엇을 털어놓아도 나중에 불리한 증거로 이용되지 않을 거라고 말하는 듯한 눈빛.

"종군기자가 분쟁에 진절머리를 내게 되면 어떻게 되나요?" 그녀가 물었다.

"편집국의 구석 자리로 돌아가서 전성기 때 얘기로 모두를 지루하게 만드는 거죠." 그가 말했다. "아니면 목숨을 잃을 때까지 현장에 남아 있거나."

"당신은 어느 쪽이죠?"

"모르겠어요." 그가 눈을 들어 그녀를 보았다. "난 아직 분쟁에 진절머리가 나지 않았거든요."

그는 리비에라의 조용한 리듬에 쉽게 빠져들었다. 긴 점심 식사, 바깥에서 보내는 시간들, 제한된 범위의 지인들과 나누는 끝없는 수다. 그는 전 같으면 세상모르고 자고 있을 이른 아침에 긴 산책을 다녀왔다. 바다 공기를 한껏 즐기며, 숙취나 수면 부족으로 인한 짜증과는 거리가 먼 사람들과 다정하게 인사를 나눴다. 오랫동안 경험하지 못한 평온함이 찾아들었다. 뭔가 유용한 기사를 보내지 않으면 무서운 결과를 각오하라는 돈의 협박 전보들도 막아냈다.

"그 기사가 별로였나요?" 앤서니가 돈에게 물었다.

"좋았어. 하지만 그건 지난 화요일 경제면에 실렸고, 회계 팀에서는 어째서 자네가 기사를 쓰고 나흘이 지났는데도 경비를 청구하는지 알고 싶어 해."

제니퍼는 아찔하게 휘어지는 산길로 차를 몰아 그를 몬테카를로로 데려갔다. 그는 운전대를 잡은 늘씬하고 강인한 손을 바라보면서 그 손가락들을 하나하나 경건하게 입에 넣는 상상을 했다. 그녀는 앤서니를 카지노로 데려갔고, 그가 룰렛에서 몇 파운드로 꽤 큰 금액을 따냈을 때는 신이라도 된 듯 느끼게 해주었다. 해변 카페에서 홍합 요리를 먹으면서 섬세하고도 무자비하게 껍데기에서 조갯살을 떼어내는 그녀를 보고 앤서니는 한동안 말하는 능력을 상실했다. 그녀가 의식으로 철저하게 스며들어 명료한 생각을 모두 흡수해버리는 바람에 다른 것은 생각할 수가 없었고, 생각하고 싶지도 않았다. 홀로 있는 시간이면 그의 마음은 가능한 결말들 사이를 무수히 오갔고, 여자에게 이토록 열중하게 된 게 얼마나 오랜만인지 모르겠다며 놀라워했다.

앤서니가 이렇게까지 빠져들게 된 것은 그녀가 그만큼 흔치 않은, 정말로 손에 넣을 수 없는 여자이기 때문이었다. 그는 며칠 전에 포기했어야 했다. 하지만 광장에서 가볍게 음료를 마시거나 망통으로 짧은 드라이브를 가지 않겠냐고 묻는 쪽지가 호텔 방문 아래로 들어오면 앤서니는 맥박이 빨라졌다.

그녀의 제안을 받아들인다고 무슨 해가 되겠는가? 앤서니는 서른이었고, 이렇게 많이 웃어본 게 언제인지 기억조차 나지 않았다. 다른 사람들이 당연하게 누리는 유쾌한 시간을 그가 짧게나마 즐기면 안 되는 이유가 무엇이란 말인가? 그의 평소 생활과는 너무나 동떨어져서 비현실적으로 느껴지는 시간이었다.

그가 반쯤 기대하던 전보를 받은 것은 토요일 저녁 무렵이었다. 집으로 돌아가는 기차편이 다음 날에 예약돼 있고, 그는 다음 주 월요일 아침에 사무실에 나가 있어야 한다는 내용이었다. 앤서니는 전보를 읽고 안도감 비슷한 기분을 느꼈다. 제니퍼 스털링과의 일은 이상할 정도로 그를 혼란스럽게 했다. 그는 애정이 보장되지 않은 여자에게 이렇게 많은 시간과 에너지를 쏟는 법이 결코 없었다. 그녀를 보지 못하게 될 생각에 속상하긴 했지만, 한편으로는 예전의 일상과 과거의 그로 되돌아가고 싶은 마음도 있었다.

그는 선반에서 여행 가방을 내려 침대 위에 올려놓았다. 이제 짐을 싼 후 그녀에게 간단한 메모를 남길 것이다. 그동안 고마웠다는 인사를 전하고, 런던으로 돌아가서 점심을 함께할 마음이 들면 전화하라고 쓸 것이다. 이곳의 마법에서 벗어나 런던에서 그에게 연락해온다면 그녀도 다른 모든 여자들처럼 되리라. 즐거운 기분 전환거리.

그가 구두를 상자에 넣고 있을 때, 프런트에서 한 여인이 기다린다는 전화가 왔다.

"금발 여인인가요?"

"네, 선생님."

"미안하지만 전화를 좀 바꿔주시겠어요?"

잠시 프랑스어가 들려오고, 뒤이어 약간 숨 가쁘고 불안정한 그녀의 목소리가 들렸다. "제니퍼예요. 그냥…… 간단하게 음료나 한잔하러 가면 어떨까 해서요."

"좋기는 한데, 나갈 준비가 전혀 안 되었어요. 올라와서 기다리겠어요?"

그는 어질러진 물건들을 침대 밑으로 차 넣으며 서둘러 방안을 정리했다. 한 시간 전에 전송한 기사를 지금 작성하고 있는 것처럼 다시 타자기에 넣었다. 그는 깨끗한 셔츠를 걸쳤지만 단추를 채울 시간은 없었다. 조용히 노크 소리가 들려오자 문을 열었다. "이렇게 오시다니 반갑네요." 그가 말했다. "뭘 좀 마무리하던 중이었지만, 들어오세요."

그녀는 어색하게 복도에 서 있었다. 맨가슴에 시선이 닿자 눈길을 돌렸다. "그냥 아래에서 기다릴까요?"

"아뇨, 들어오시죠. 몇 분이면 됩니다."

그녀는 안으로 들어서서 방 한가운데로 걸어갔다. 연한 금빛 스탠드칼라 민소매 드레스 차림이었다. 운전하는 동안 햇볕을 받은 어깨 부분이 살짝 분홍색으로 달아올라 있었다. 머리칼이 어깨 주변으로 늘어졌고, 차를 급하게 달렸는지 바람에 약간 날린 상태였다.

그녀의 시선이 침대로 움직였다. 침대 위에는 메모지가 흩어져 있고 짐을 거의 챙겨 넣은 여행 가방이 놓여 있었다. 두 사람은 가까이 있다는 사실에 당황해서 잠시 침묵했다. 그녀가 먼저 냉정을 회복했다. "음료 한잔도 안 주실 건가요?"

"미안해요. 생각이 없었네요." 그가 아래로 전화해 진 토닉을 주문했고 칵테일은 몇 분 후에 도착했다. "어디로 갈 건가요?"

"가다니요?"

"면도할 시간이 있을까 해서요." 그가 화장실로 들어갔다.

"물론이죠. 하세요."

나중에 생각해보니 그녀에게 친밀감을 강요하기 위해 일부러 그런 것 같았다. 그는 이제 훨씬 나아 보였다. 안색도 병자처럼 누렇게 뜨지 않았고, 긴장으로 눈가에 잡혀 있던 주름들도 사라졌다. 그는 뜨거운 물을 틀어놓고 화장실 거울로 그녀를 지켜보며 턱에 거품을 칠했다.

그녀는 뭔가 딴생각에 빠져 있었다. 불안한 동물처럼 방 안을 오락가락하는 그녀를 바라보며 그가 면도기를 움직였 다. "괜찮아요?" 면도날을 물에 씻으며 물었다.

"괜찮아요." 이미 진 토닉을 반이나 비운 그녀가 또다시 잔을 채웠다.

면도를 끝낸 그가 수건으로 얼굴을 닦은 후 약국에서 산 애프터셰이브 로션을 발랐다. 감귤류와 로즈메리 향이 섞인 톡 쏘는 냄새였다. 앤서니는 거울을 보며 셔츠 단추를 채우 고 깃을 똑바로 폈다. 그는 지금처럼 욕망과 가능성이 하나 가 되는 순간을 사랑했다. 기이한 승리감이 차올랐다. 그가 화장실에서 나왔을 때 제니퍼는 발코니 옆에 서 있었다. 하 늘이 어두워지고 황혼이 내리면서 해안 거리에 불빛이 반짝 였다. 한 손에 술잔을 든 제니퍼는 다른 팔을 방어적으로 배 에 얹고 있었다. 그가 한 걸음 다가갔다.

"당신이 오늘 얼마나 아름다운지 말한다는 걸 깜빡했네 요." 그가 말했다. "그 색 정말 잘 어울려요. 그건……."

"래리가 내일 돌아와요."

그녀가 발코니에서 물러나 그를 마주 보았다. "오늘 오후 에 전보를 받았어요. 우린 화요일에 런던으로 떠나요."

"그렇군요." 그가 말했다. 그녀의 팔에 금빛 솜털이 돋아 있었다. 바닷바람에 털들이 일어났다가 누웠다.

그가 시선을 들자 그녀와 눈이 마주쳤다. "전 불행하지 않 아요."

"그건 나도 알아요."

그녀가 앤서니를 찬찬히 쳐다보았다. 사랑스러운 입술은 심각한 표정을 담고 있었다. 그녀는 입술을 깨물더니, 그에게 등을 보이며 돌아섰다. 그러고는 꼼짝하지 않았다. "맨 위쪽 단추요." 그녀가 말했다.

"네?"

"손이 닿지 않아요."

앤서니 안에서 뭔가 확 타올랐다. 결국 일이 이렇게 되었다는 안도감이 들었다. 그가 꿈꿔온 여자, 밤마다 여기 누워 떠올리던 여자가 결국 그의 것이 되는 것이다. 그녀가 두던거리, 그녀의 저항은 그를 압도할 정도였다. 그는 감정을 발산시켜 해방감을 느끼고 싶었다. 모든 힘이 다 빠진 느낌을 원했다. 영원히 누그러지지 않는 고통스러운 욕망을 진정시키고 싶었다.

앤서니가 그녀에게서 술잔을 받았고, 그녀의 손이 머리로 올라가 뒷덜미가 보이도록 머리칼을 들어 올렸다. 그는 조용한 지시에 따라 그녀의 피부로 손을 올렸다. 평소에는 정확하게 움직이는 그의 손가락이 우둔하고 어설프게 더듬거렸다. 앤서니는 실크로 씌운 단추와 씨름하는 자신의 손가락을 남의 것인 양 바라보았다. 이윽고 단추가 열렸을 때, 그의 손이 가늘게 떨리고 있었다. 그는 가만히 선 채 그녀의 목을 응시했다. 드러난 목은 애원하듯 약간 앞으로 구부러져 있었다. 앤서니는 그 위에 입술을 얹고 싶었다. 살짝 주근깨가 돋은 창백한 목에서 어떤 맛이 날지 알 것 같았다. 그는 부드럽게 엄지를 얹고 앞으로 일어날 일을 느긋하게 음미했다. 손가락이 닿자 그녀가 작게 숨을 내쉬었다. 너무나 미세한 소리여서 들었다기보다 느낀 쪽에 가까웠다. 그러자 앤서니 안에서 뭔가 덜컥 멈췄다.

금빛 머리칼과 피부가 만나는 부분, 가느다란 손가락들이 여전히 머리칼을 잡고 있는 그 부분을 앤서니는 빤히 바라보았다. 그러자 무슨 일이 벌어지고 말 거라는 끔찍한 확신이 들었다.

결국 앤서니는 눈을 질끈 감았고, 정교하고 신중한 손놀림으로 단추를 다시 채웠다. 그가 뒤로 약간 물러났다.

그의 손이 사라지자, 그녀가 무슨 일인지 이해하려는 듯 주춤거렸다.

이윽고 그녀가 돌아섰고, 목 뒤를 만져보고서 무슨 일이 벌어졌는지 알아차렸다. 그녀가 그를 쳐다보았다. 처음에는 의문이 떠오르던 얼굴이 서서히 붉게 달아올랐다.

"미안해요." 그가 입을 열었다. "하지만 난…… 그럴 수가 없어요."

"오……." 그녀가 움찔했다. 손이 입으로 올라가고 짙은 홍조가 목까지 퍼져나갔다. "오, 맙소사."

"아뇨. 당신은 이해하지 못해요, 제니퍼. 이건 당신이 생각하는……."

그녀는 그를 밀치고 걸어가서 핸드백을 움켜쥐었다. 그러고는 그가 어떤 말도 하기 전에, 문손잡이를 비틀어 열고 복도로 달려 나갔다.

"제니퍼!" 그가 소리를 질렀다. "제니퍼! 내 말을 들어봐요!" 하지만 그가 문에 다다랐을 때 그녀는 이미 사라지고 없었다.

* * *

프랑스 기차는 바싹 마른 시골 지역을 지나 느릿느릿 리옹으로 달려갔다. 그가 저지른 모든 잘못과 아무리 원해도 바꾸지 못할 모든 일에 대해 앤서니에게 생각할 시간을 원 없이 주려고 작정이라도 한 듯했다. 한 시간에도 몇 번이나 그는 식당칸에서 위스키를 주문할 생각을 했다. 유리잔이 놓인 은색 쟁반을 들고 능숙하게 움직이는 승무원들의 모습은 몸을 구부렸다 앞으로 나아가는 발레의 한 장면 같기도 했다. 그는 손가락 하나만 들어 올리면 마음의 평화를 얻게 되리라는 걸 잘 알았다. 나중에 생각해도 무엇이 그를 가로막았는지 확실히 알 수 없었다.

밤이 되자 승무원의 재빠르고 효율적인 안내로 침대칸으로 들어갔다. 기차가 덜컹거리며 암흑 속을 달리는 동안 그는 침대 등을 켜고 호텔에서 집어온 문고판 책을 펼쳤다. 이전 투숙객이 호텔 방에 놓고 간 책이었는데, 같은 쪽을 여러 번 읽어도 내용이 머리에 들어오지 않자 결국 넌더리를 내며 책을 내려놓았다. 프랑스 신문도 있었지만 공간이 너무 비좁아 제대로 펼칠 수가 없었고, 작은 글씨를 읽기에는 불빛도 너무 어두웠다. 그는 잠시 졸다가 깨어났고, 영국이 점점 가까워지자 커다란 먹구름 같은 미래가 그를 짓눌렀다.

마침내, 새벽이 밝아오자 그는 펜과 종이를 꺼냈다. 어머니가 작은 선물을 보내주셨을 때 간단하게 감사의 편지를 보낸 것과 클라리사에게 돈 문제에 관해 보낸 것, 그리고 제니퍼를 처음 만난 다음 날 짧은 사과의 편지를 보낸 것 외에 여자에게 편지를 써본 적이 없었다. 그는 이제 오로지 속마음을 털어놓고 싶은 생각으로 솔직하게 편지를 써 내려갔다. 굴욕감이 깃든 제니퍼의 눈빛이 자꾸 떠올라 아프고 우울한 기분에 사로잡혔다. 그녀를 다시 보지 못할지도 모른다는 예감이 그를 가로막는 속박들에서 벗어나게 해주었다.

그대에게,

그렇게 급히 가버려서 말해주지 못했지만, 난 당신을 거절한 게 아닙니다. 당신이 진실을 까맣게 모른다는 사실을 견딜 수가 없어요.

진실은 이것입니다. 당신은 내가 처음으로 관계를 갖는 기혼 여성이 아니에요. 당신은 내가 처한 상황을 알고 있고, 솔직히 말하면 내겐 그런 식의 관계가 적합합니다. 난 누구와도 가까워지기를 원하지 않아요. 우리가 처음 만났을 때, 당신도 다르지 않을 거라 생각했습니다.

하지만 토요일에 당신이 내 방으로 왔을 때, 드레스 차림을 한 당신의 모습은 너무나 아름다웠어요. 당신은 내게 뒷목의 단추를 풀어달라고 했죠. 나는 당신 피부에 손이 닿는 순간 깨달았습니다. 당신과 사랑을 나누는 건 우리 둘 모두에게 재앙이 되리라는 사실을요. 이후에 당신 스스로가 얼마나 이중적으로 느껴질지 아마 모를 겁니다. 당신은 솔직하고 유쾌한 존재예요. 지금 당장은 느끼지 못해도, 품위를 지키는 사람이라는 데서 오는 기쁨은 분명히 존재합니다. 그런 당신을 지금보다 못한 사람으로 만드는 장본인은 되고 싶지 않습니다.

그리고 나는……. 이 일을 하고 나면 정신을 차리지 못할 겁니다. 당신이 나를 올려다보는 순간 깨달았어요. 난 다른 여자들에게 한 것처럼 아무렇지도 않게 당신을 뒤로하지 못할 겁니다. 레스토랑에서 우연히 마주쳐도 로런스에게 유쾌하게 고개를 끄덕여 인사하지 못할 거예요. 나는 당신의 일부에 결코 만족하지 못할 겁니다. 그동안은 그렇지 않다고 나 자신을 속여온 거죠.

그래서 뒷목의 단추를 다시 채웠던 겁니다. 지난 이틀 밤을 뜬눈으로 지새웠어요. 평생 처음 올바른 일을 한 나 자신을 증오하면서.

나를 용서해요.

B.

그는 편지를 조심스레 접어 윗옷 주머니에 넣고, 마침내 잠이 들었다.

* * *

돈이 담배를 비벼 끄고 타이핑된 종이를 찬찬히 훑어보았다. 그의 책상 옆에서 젊은 남자가 체중을 다른 발로 옮겨 실

157

으며 어색하게 서 있었다. "자네는 'bigamy(중혼)' 철자도 제대로 모르나. 'o'가 아니라 'a'가 들어가야지." 그가 공격적으로 세 줄을 좍좍 그었다. "그리고 이 도입부는 최악이야. 자네한테는 힐다라는 이름을 가진 세 여자와 결혼한 한 남자가 있어. 게다가 그 여자들은 모두 3킬로미터 이내에 살아. 이런 선물 같은 기삿거리가 어디 있어. 그런데 이 따위로 기사를 쓰다니, 차라리 도시 배수 시설에 관한 의회 의사록을 읽는 게 낫지."

"죄송합니다, 편집장님."

"죄송은 빌어먹을. 제대로 다시 써 와. 앞쪽에 들어가야 하는데 지금 벌써 3시 40분이라고. 대체 왜 그러는 거야? 'bigomy'라니! 여기 있는 오헤어에게 교습을 좀 받든가. 허구한 날 아프리카에 나가 있으니 우리로서는 그놈의 철자가 맞는지 틀리는지 알 길이 없지만." 돈이 종이를 던지자 허우적거리며 받은 남자가 재빨리 사무실을 나갔다.

"그래서." 돈이 혀를 찼다. "그 빌어먹을 특집 기사는 어디 있지? '부자와 유명인사의 은밀한 리비에라 생활'?"

"작업 중이에요." 앤서니가 거짓말을 했다.

"빨리 완성하는 게 좋을 거야. 토요일자에 넣으려고 반 페이지 남겨뒀으니까. 거기선 즐겁게 보냈나?"

"그럭저럭요."

돈이 고개를 살짝 갸웃거렸다. "그래. 그런 거 같군. 그나저나, 좋은 소식이 있어."

돈의 사무실 유리는 니코틴으로 완전히 뒤덮여 있어서 무심결에 스쳤다가는 셔츠 소매가 누렇게 되었다. 앤서니는 누르스름한 유리 너머로 편집국을 바라보았다. 지난 이틀간 그는 주머니에 편지를 넣고 다니면서 그녀에게 어떻게 전할지 궁리에 궁리를 거듭했다. 그녀의 얼굴이 계속 눈앞에 아른거렸다. 자신의 생각이 착각이었음을 깨닫고 경악하며 달아오른 얼굴.

"토니?"

"네."

"자네한테 좋은 소식이 있다고."

"아, 네."

"국제부 데스크하고 얘기했는데, 그쪽에서 바그다드로 보낼 사람을 찾고 있대. 폴란드 대사관에 거물 스파이라고 주장하는 남자가 있나 봐. 그 남자를 만나보래. 하드 뉴스지. 자네 전문. 한두 주 정도는 사무실 밖에서 보내게 될 거야."

"당장은 갈 수 없어요."

"하루나 이틀 뒤면 되겠어?"

"해결해야 할 개인적인 용무가 있어요."

"그럼 알제리 사람들한테 사격 중지 명령을 연기해달라고 할까? 자네 집안 사정에 방해가 될지 모르니까? 지금 장난하는 거야, 오헤어?"

"그럼 다른 사람을 보내세요. 죄송해요, 돈."

돈이 규칙적으로 똑딱이던 볼펜 소리가 점점 불규칙하게 변해갔다. "이해할 수가 없군. 밖으로 나가 '진짜' 뉴스를 취재하게 해달라고 사무실에서 종일 우는 소리를 하더니만, 이제 피터슨이 자기 오른팔이라도 떼어주겠다고 할만한 취재 거리를 줬더니 갑자기 책상 앞에 앉아 있고 싶다는 거야?"

"말씀드렸듯이, 죄송해요."

돈의 턱이 아래로 떨어졌다. 그가 입을 다물고 힘겹게 일어나서 사무실을 가로질러 가 문을 닫았다. 그러고는 다시 자기 자리로 돌아왔다. "토니, 이건 아주 좋은 기삿감이야. 가서 철저하게 조사해봐야 해. 게다가 자네한텐 이게 필요해. 자네가 믿을만한 사람이라는 걸 저들한테 보여줘야 하잖아." 돈이 그를 빤히 쳐다보았다. "흥미를 잃은 거야? 그럼 앞으로도 계속 말랑한 것들만 맡겠다는 뜻인가?"

"아뇨. 전 그냥…… 하루나 이틀만 주세요."

돈이 뒤로 기대앉아 담배에 불을 붙이더니 요란하게 빨아들였다. "야단났군." 그가 말했다. "여자 문제야."

앤서니는 아무 말이 없었다.

"분명해. 여자를 만난 거야. 뭐가 문제야? 그 여자와 자기 전엔 어디도 갈 수 없다는 거야?"

"결혼한 여자예요."

"언제부터 그런 걸 가렸어?"

"그 여잔…… 그 부인이에요. 스털링의 부인."

"그래서?"

"과분한 여자예요."

"그 사람한테? 작작 좀 하라고."

"저한테요. 어떻게 해야 할지 모르겠어요."

돈이 눈썹을 한껏 들어 올렸다.

160

"양심에 찔린다 이거로군, 응? 자네가 왜 그렇게 우거지상을 하고 있나 했지." 돈이 고개를 절레절레 흔들면서 그 방에 다른 사람이 있기라도 하듯 말했다. "믿을 수가 없군. 딴 사람도 아닌 오헤어가." 그의 통통한 손이 펜을 내려놓았다. "좋아. 그럼 이렇게 해. 가서 그 여자를 만나. 그리고 해야 할 일을 하고 훌훌 털어버려. 그러고 나서 내일 점심에 출발하는 비행기를 타. 난 데스크에 자네가 오늘 저녁에 떠났다고 말할 거야. 어때? 자넨 가서 빌어먹게 훌륭한 기사를 보내주고."

"'훌훌 털어버리라'고요? 로맨틱하기도 하시지."

"그럼 더 멋진 말이 있나?"

앤서니가 주머니에 든 편지를 만졌다. "제가 신세를 지네요." 그가 말했다.

"나한테 신세진 게 여든세 번이야." 돈이 투덜거렸다.

* * *

스털링의 주소를 알아내는 일은 어렵지 않았다. 앤서니는 사무실에 있는 '명사 인명록'을 뒤졌고, 스털링 항목 맨 아래 칸에는 그녀의 이름이 들어가 있었다. '결혼 전. 제니퍼 루이자 베린더, 1934년생.' 그날 저녁 퇴근한 앤서니는 피츠로비아로 차를 몰았고, 스투코로 칠한 그 집에서 몇 집 떨어진 광장에 차를 세웠다.

그녀의 집은 현관 양옆으로 기둥이 있는 리전시 양식의 우아하고 고풍스러운 주택으로, 할리 가의 비싼 개인 병원 건물들과 비슷한 분위기를 풍겼다. 앤서니는 차 안에 앉아서, 저 레이스 커튼 너머에서 제니퍼가 무엇을 하고 있을지 그려 보았다. 그녀는 잡지를 펼치고 앉은 채, 멍하니 방 안으로 시선을 두고, 프랑스의 어느 호텔 방에서 잃어버린 순간을 떠올리고 있을지도 몰랐다. 6시 30분쯤 중년 여인 하나가 외투를 여미며 그 집에서 나오더니 비가 오는지 확인하듯 위를 흘끔거렸다. 여인은 머리에 방수 보닛을 단단히 쓰고 서둘러 길을 나섰다. 집 안에서 누군가의 손이 커튼을 쳤고, 눅눅한 저녁이 밤으로 바뀌었지만, 앤서니는 자신의 차에서 32번지를 뚫어져라 바라보며 앉아 있었다.

그가 꾸벅꾸벅 졸기 시작할 무렵 드디어 현관문이 열렸다. 앤서니가 허리를 펴고 똑바로 앉자 그녀가 문밖으로 나왔다. 9시가 다 된 시각이었다. 하얀 민소매 드레스에 작은 숄을 어깨에 걸친 그녀는 자신의 발을 믿지 못하는 사람처럼 조심스레 계단을 내려왔다. 그녀 뒤로 스털링이 나오면서 뭔가 말했지만 앤서니에겐 들리지 않았다. 그녀가 고개를 끄덕였다. 그러고 나서 두 사람은 검은 차에 올랐다. 그 차가 도로로 들어서자 앤서니는 시동을 걸었다. 도로로 들어선 후, 차 한 대를 사이에 두고 그들을 따라갔다.

그들은 멀리 가지 않았다. 기사는 메이페어 카지노 정문 앞에서 부부를 내려주었다. 그녀는 드레스를 바로잡고 안으로 들어가며 어깨에 걸친 숄을 벗었다.

앤서니는 스털링이 들어갈 때까지 기다리고 있다가, 검은 차 뒤에 자기 차를 세웠다. "차 좀 주차해줄래요?" 그는 의심스러운 얼굴을 하는 도어맨에게 열쇠를 던지고 10실링짜리 지폐 한 장을 손에 쥐어주었다.

"선생님? 멤버십 카드를 보여주시겠습니까?" 앤서니가 서둘러 로비를 가로지르는데, 카지노 유니폼을 입은 남자가 그를 멈춰 세웠다. "선생님? 멤버십 카드는요?"

스털링 부부는 엘리베이터 안으로 들어서려 하고 있었다. 사람들 사이로 그녀가 보였다. "누굴 좀 만나야 해서 그래요. 2분이면 됩니다."

"선생님, 죄송하지만 카드가 없으면 입장이……."

앤서니가 주머니에서 지갑이며 집 열쇠, 여권 따위를 전부 꺼내서 남자의 내민 손에 아무렇게나 놓았다. "받아요. 전부 받아요. 딱 2분만 들어갔다가 나올게요. 약속해요." 남자가 입을 헤벌린 채 쳐다보는 사이, 앤서니는 사람들을 헤치고 걸어가서 문이 닫히는 엘리베이터 안으로 비집고 들어갔다.

스털링이 오른쪽에 있어서, 앤서니는 모자를 내려 얼굴을 가리고 그의 앞으로 지나갔다. 스털링이 보지 못했다고 자신하며 뒤로 조금씩 물러나 등을 벽에 대었다.

모두가 문을 향해 서 있었다. 앞에서 스털링이 아는 사람인 듯한 누군가에게 이야기하고 있었다. 그가 시장과 신용 위기에 관해 중얼거리자 다른 남자가 맞장구를 쳤다. 앤서니의 귓속에서 맥박이 쿵쿵 뛰었고, 땀방울이 등줄기를 타고 흘러내렸다. 그녀는 장갑 낀 손으로 핸드백을 앞으로 들고 있었다. 얼굴은 차분했고, 뒤로 붙인 쪽머리에서 금발 한 가닥이 흘러내려 그녀가 천상의 존재가 아닌 인간임을 확인해주었다.

"2층입니다."

엘리베이터 문이 열리고 두 사람이 밖으로 나간 뒤 남자 한 명이 들어왔다. 남은 사람들이 조금씩 자리를 이동하며 새로 들어온 사람을 위해 공간을 만들었다. 스털링은 계속 나직하고 낭랑한 목소리로 얘기했다. 따뜻한 저녁이었고 밀폐된 공간 안이어서 앤서니는 주변 사람들이 몹시 의식되었다. 향수와 세팅 로션, 포마드 냄새가 후덥지근한 공기 중에 떠다녔다. 엘리베이터 문이 열릴 때마다 약한 바람이 안으로 들어왔다.

앤서니가 고개를 조금 들어 제니퍼를 쳐다보았다. 그녀는 30센티미터도 안 되는 거리에 있었고, 앤서니는 그녀의 향기와 어깨에 돋은 작은 주근깨까지 알아볼 수 있었다. 그는 계속 그녀를 쳐다보았다. 그녀가 고개를 약간 돌리고…… 그를 볼 때까지. 그녀가 눈을 커다랗게 떴고 볼이 확 달아올랐다. 그녀의 남편은 여전히 대화에 빠져 있었다.

제니퍼는 바닥으로 시선을 떨어뜨렸다가 다시 그의 눈을 쳐다보았다. 가슴이 오르락내리락하는 것으로 보아 몹시 충격받았다는 것을 알 수 있었다. 두 사람의 시선이 만났고, 고요한 몇 분 동안 앤서니는 그녀에게 모두 말했다. 그녀는 지금껏 마주한 어떤 것보다도 놀라운 존재라고. 그가 깨어 있는 순간에는 그녀 생각이 머리에서 떠나지 않는다고. 그때까지 경험한 모든 일과 모든 감정은 이 엄청난 사실과 비교하면 시시하고 하찮아진다고.

그는 그녀를 사랑한다고 말했다.

"3층입니다."

제니퍼가 눈을 깜빡거렸다. 뒤쪽에 서 있던 남자가 양해를 구하며 그들 사이로 빠져나가면서 두 사람 사이가 벌어졌다. 뒤쪽의 공간이 좁혀지자 앤서니는 주머니에서 편지를 꺼냈다. 오른쪽으로 한 걸음 움직여서 남자의 이브닝 재킷 뒤로 그녀에게 편지를 내밀었다. 남자가 기침을 하는 바람에 두 사람이 깜짝 놀랐다. 그녀의 남편은 상대의 말에 좌우로 고개를 흔들고 있었다. 두 남자가 건성으로 웃었다. 한순간 앤서니는 그녀가 편지를 받지 않을지도 모른다고 생각했다. 그러나 다음 순간 그녀의 손이 은밀하게 뻗어 나왔고 봉투는 가방 안으로 사라졌다.

"4층입니다." 벨보이가 말했다. "식당가입니다."

앤서니를 제외한 모두가 앞쪽으로 움직였다. 스털링은 그제야 아내의 존재를 기억해낸 듯 오른쪽을 흘깃 보고는 손을 뻗었다. 애정 어린 손길이 아닌, 그녀를 앞쪽으로 몰고 가기 위한 손길이었다. 그녀 뒤로 문이 닫히자, 앤서니는 "1층으로 갑니다." 하고 외치는 벨보이와 단둘이 남았고, 엘리베이터는 아래로 내려가기 시작했다.

* * *

앤서니는 응답이 오리라고 기대하지 않았다. 그래서 집을 나서기 전까지는 우편물을 확인하지도 않았다. 그러다 늦게 집을 나서면서 매트에 떨어져 있는 두 통의 편지를 발견한 것이다. 그는 지금 거대한 성 바르톨로메오 병원에서 나오는 간호사들과 환자들을 이리저리 피해가며 뜨겁고 혼잡한 보도를 반쯤 걷고 반쯤 달리고 있었다. 여행 가방이 사정없이 그의 다리를 두드렸다. 히드로 공항에 2시 30분까지 도착해야 하는데, 지금 가도 제시간에 갈 수 있을지 확신할 수 없었다. 앤서니는 그녀의 글씨를 보는 순간 충격을 느꼈다. 그런 다음에는 시간이 벌써 11시 50분이라는 것과 그가 런던의 반대편에 있다는 사실을 깨닫고 공황 상태에 빠졌다.

포스트맨스 공원. 정오.

당연히 빈 택시는 없었다. 앤서니는 지하철로 얼마간 이동한 후 나머지는 달려갔다. 깔끔하게 다린 셔츠는 이제 살갗에 찰싹 들러붙었다. 땀에 젖은 머리칼이 이마로 떨어져 내렸다. "실례합니다." 그가 중얼거리자, 굽이 높은 샌들을 신은 여자가 길가로 떠밀리며 혀를 찼다. "죄송합니다." 버스 한 대가 멈추며 매연을 내뿜었고, 출발을 알리는 승무원의 종소리가 들려왔다. 승객들이 보도로 쏟아져 나오는 동안 앤서니는 잠시 망설이며 호흡을 가다듬고 시계를 확인했다. 12시 15분이었다. 그녀가 이미 포기하고 공원을 떠났을 가능성도 있었다.

그는 지금 무슨 짓을 하고 있는 것인가? 비행기를 놓친다면 앤서니는 앞으로 10년 동안 '금혼식과 기타 기념일' 코너

나 쓰게 될 것이었다. 돈이 반드시 그렇게 만들 것이었다. 사람들은 이번 일이 그의 무능함을 보여주는 또 하나의 예라고 생각할 것이고, 다음에 들어오는 좋은 기삿감은 머펫이나 핍스에게로 돌아갈 것이다.

숨을 헐떡이며 킹 에드워드 가로 들어서자, 어느새 도시 한가운데 있는 작고 평화로운 오아시스 안에 들어와 있었다. 포스트맨스 공원은 빅토리아 시대의 한 자선가가 평범한 영웅들의 삶을 기리기 위해 만든 작은 정원이었다. 앤서니는 거친 숨을 몰아쉬며 중앙으로 걸어 들어갔다.

그곳에는 부드럽게 움직이는 푸른색이 가득했다. 앤서니는 시야가 안정된 후 그것이 푸른 유니폼을 입은 우체부들이라는 걸 알아보았다. 그들은 공원 안을 거닐거나 잔디 위에 드러누워 있었고, 용감한 행위를 기리는 명판 앞 벤치에도 몇 명이 앉아 있었다. 우편 가방과 배달에서 잠시 해방된 런던의 우체부들은 한낮의 태양을 즐기고 있었다. 셔츠 차림으로 샌드위치 상자를 들고 앉아 수다를 떨고 음식을 나누며 나무 그늘 아래서 느긋한 휴식을 즐겼다.

앤서니는 호흡이 진정되자, 여행 가방을 내려놓고 손수건을 꺼내 이마를 닦았다. 그러고는 천천히 원을 그리며 무성하게 자란 양치식물 뒤쪽과 교회 벽, 사무실 건물들의 그늘진 부분을 살펴보았다. 보석으로 장식된 선녹색 드레스, 눈에 띄는 연한 금발을 찾아 공원 안을 샅샅이 훑었다.

제니퍼는 그곳에 없었다.

앤서니가 손목시계를 보았다. 20분이 지났다. 제니퍼는 왔다가 간 것이다. 어쩌면 마음을 바꾼 건지도 몰랐다. 두 번째 봉투가 생각난 것은 그때였다. 집을 나서며 주머니로 쑤셔 넣은 클라리사의 편지. 앤서니는 편지를 꺼내 빠르게 읽어나갔다. 클라리사의 글씨를 볼 때마다 딱딱하고 실망이 가득한 클라리사의 목소리가 자동으로 들려왔고, 목까지 꼭꼭 단추를 채운 단정한 블라우스가 눈앞에 떠올랐다. 클라리사는 자신의 피부를 살짝 보이는 것만으로도 앤서니에게 이득이 된다고 생각하는 듯 그를 만날 때면 항상 단추를 끝까지 채웠다.

　앤서니에게,
　이 편지를 쓰는 이유는 당신에게 내가 결혼한다는 사실을 알리기 위해서예요.

클라리사가 다른 누군가와 행복해지리라는 생각에 희미한 충격을 느꼈다. 그는 클라리사가 누구와도 행복할 수 없는 사람이라고 생각해왔다.

　포목점 체인을 운영하는 좋은 남자를 만났어요. 그 사람이 기꺼이 나와 필립을 책임지겠다고 해요. 친절한 사람이고, 필립을 자기 친아들처럼 생각하겠다고 했어요. 결혼식은 9월이에요. 이런 말을 하는 게 참 쉽지 않지만, 당신이 그 아이와 얼마나 자주 연락하기를 원하는지 생각해봐줘요. 난 아이가 정상적인 가정에서 자라면 좋겠어요. 그리고 당신과 계속 그렇게 불규칙한 만남을 이어간다면 그 애가 새로운 생활에 정착하는 일은 더욱 힘들어질 거예요.

부디 이 점을 생각해보고 어떻게 생각하는지 알려줘요.

에드거가 우릴 부양하기로 했으니 앞으로는 당신에게 재정적인 지원을 요구하지 않을 거예요. 아래에 우리 새 주소를 적어 보내요.

클라리사

앤서니는 편지를 두 번 읽었지만, 세 번째 읽고 나서야 그녀가 무엇을 제안하고 있는지 이해했다. 그의 아들 필립은 아버지와 지속적으로 이어가는 '불규칙한 만남'에서 해방되어 어느 강직한 커튼 상인에 의해 길러져야 한다는 것. 그날은 바짝 다가와 있었다. 공원 입구에 선 앤서니는 갑자기 참을 수 없을 만큼 술이 마시고 싶어졌다. 길 건너편에 여관이 눈에 들어왔다.

"빌어먹을." 그가 소리 내어 말하고 양손으로 무릎을 짚으며 고개를 떨어뜨렸다. 그는 잠시 허리를 꺾은 채로 생각을 가다듬으며 맥박이 원래대로 돌아오길 기다렸다. 그러고는 한숨을 내쉬며 몸을 똑바로 일으켰다.

그녀가 앞에 서 있었다. 크고 붉은 장미 문양이 들어간 하얀 드레스를 입고, 커다란 선글라스를 끼고서. 그녀가 선글라스를 머리 위로 밀어 올렸다. 그녀의 모습을 보는 순간 가슴에서부터 커다란 한숨이 터져 나왔다.

"난 머물 시간이 없어요." 그가 목소리를 되찾고 말문을 열었다. "바그다드행 비행기를 타야 해요. 출발 시간은…… 어떻게 제시간에 갈지……."

그녀는 너무나 아름다웠다. 공원의 깔끔한 경계를 장식하는 꽃들보다 아름다웠다. 우체부들은 이야기를 멈춘 채 그녀를 눈부신 듯 바라보았다.

"난……." 그가 머리를 가로저었다. "편지에는 전부 적을 수 있어요. 그러고 나서 당신을 보면 난……."

"앤서니." 그녀는 그가 거기에 있음을 확인하듯 말했다.

"일주일 정도 후에 돌아올 거예요." 그가 말했다. "그때 만나주면 설명할 수 있어요. 들려줄 말이 너무도 많아……."

하지만 그녀는 성큼 다가와서 장갑 낀 손으로 그의 얼굴을 끌어당겼다. 그녀의 입술이 짧은 순간 주저한 다음 그의 입술에 포개졌다. 따스한 그녀의 입술은 순종적이면서도 놀라울 정도로 열정적이었다. 앤서니는 비행기를 타야 한다는 사실을 잊었다. 공원도, 그의 잃어버린 아들도, 전처도 잊었다. 그를 사로잡을 게 분명하다고 상사가 믿는 취잿거리도 잊었다. 경험으로 터득한 사실, 감정이 총알보다 더 위험하다는 사실도 잊었다. 그는 제니퍼가 요구하는 일에 열중했다. 그녀에게 자신을 내주는 일에, 기꺼이 그렇게 하는 것에.

"앤서니." 제니퍼는 그 한마디로 그에게 그녀 자신만 준 것이 아니었다. 더욱 나은 모습의 새로운 미래도 준 것이었다.

또다시 그는 그녀에게 말을 하지 않았다. 로런스 스털링은 감정을 잘 드러내지 않는 남자였지만, 때때로 그의 기분은 곤란할 정도로 변덕스러워지기도 했다. 제니퍼가 조용히 남편을 쳐다보았다. 그는 신문을 읽고 있었다. 그가 좋아하는 대로 먼저 내려와 아침 식사를 차려놓았는데도, 그날 아침 처음으로 그녀에게 시선을 준 후로 33분이 지나도록 한마디도 하지 않았다.

제니퍼는 실내복을 흘깃 내려다보고 머리를 확인했다. 흐트러진 것은 아무것도 없었다. 그에게 불쾌감을 주는 팔의 흉터는 소매 안에 감춰졌다. 대체 그녀가 무슨 일을 한 것일까? 그가 들어올 때까지 잠들지 말았어야 했던 건가? 전날 밤 로런스는 아주 늦은 시각에 돌아왔고, 제니퍼는 현관문이 닫히는 소리에 잠시 깨었다 다시 잠들었다. 잠결에 그녀가 무슨 말이라도 한 걸까?

시곗바늘이 우울하게 똑딱이면서 8시를 향해 나아갔다. 로런스가 신문을 펼치고 접는 소리만 간간이 그 소리를 방해할 뿐이었다. 바깥 계단에서 발소리가 나더니, 우체부가 달그락거리며 우편함으로 편지를 밀어 넣는 소리가 짧게 들렸다. 이어서 성이 난 듯 높아진 아이의 목소리가 창 앞으로 지나갔다.

제니퍼는 눈이 온 얘기와 연료비 인상에 관한 헤드라인을 언급하며 대화를 시도했지만, 로런스가 짜증스럽게 한숨만 내쉬어서 입을 다물어버렸다.

나의 연인은 나를 이런 식으로 대하지 않을 거예요. 제니퍼는 토스트 조각에 버터를 바르며 소리 없이 말했다. 그 사람이라면 미소를 지어주고, 주방에서 내 곁을 지날 때 등을 어루만져줄 거예요.

사실, 그들은 아마 주방에서 아침을 먹지도 않을 것이다. 그가 맛있는 것들을 쟁반에 담아 침대로 가져오고, 제니퍼가 깨어나면 커피를 건넬 것이다. 그리고 그들은 빵 부스러기가 바스락거리는 행복한 키스를 나눌 것이다. 한 편지에서 그는 이렇게 적었다.

당신은 식사를 할 때면, 그 순간에는 전적으로 그 일에 몰두하죠. 당신과 처음으로 함께한 저녁 식사에서 당신을 지켜보면서, 난 당신이 내게도 똑같이 몰두해주었으면 하고 간절히 바랐어요.

로런스의 목소리가 그녀의 몽상으로 난입해 들어왔다. "몬 크리프의 집에서 오늘 밤 간단히 한잔하기로 했어. 회사 크리스마스 파티에 가기 전에. 기억하지?"

"네." 그녀는 그를 쳐다보지 않았다.

"6시 30분쯤 갈 거야. 프랜시스는 우리가 그때쯤 도착할 걸로 알고 있어." 그녀가 뭔가 더 말하길 기다리듯 로런스의 시선이 그녀에게 머물렀지만, 제니퍼는 고집스러운 마음이 들어 아무 말도 하지 않았다. 그러자 그는 고요한 집에 제니퍼를 남겨두고 떠났고, 그녀는 실제보다 훨씬 유쾌한 상상 속의 아침 식사를 홀로 음미할 수 있었다.

우리가 처음으로 함께한 저녁을 기억해요? 나는 참으로 어리석었고, 당신도 그걸 알았죠. 그리고 당신은, 그야말로 한없이 아름다웠어요. 나의 무례한 행동을 마주했을 때조차도.

그날 밤 나는 무척 화가 나 있었어요. 지금 생각하면 그 순간에도 당신과 사랑에 빠져 있었던 게 아닌가 의심스럽지만, 우리 남자들은 터무니없을 정도로 자기가 보는 게 무엇인지 제대로 알지 못해요. 불안한 마음을 완전히 다른 것으로 생각해버리는 편이 훨씬 쉽거든요.

지금까지 제니퍼는 집 안 곳곳에서 일곱 통의 편지를 찾아냈다. 그 편지들은 그녀가 알았던 사랑을, 그 사랑으로 변화한 그녀의 모습을 펼쳐 보여주었다. 손으로 쓴 그 문장들 속에서 제니퍼는 다양하게 비춰진 자신의 모습을 보았다. 그녀는 충동적이고 열정적이며 쉽게 화를 내고 쉽게 용서했다.

그는 정반대인 것 같았다. 자극하고 증명하고 약속했다. 그는 예리한 관찰자였다. 그녀를 관찰하고 주변의 것들을 관찰했다. 그리고 아무것도 숨기지 않았다. 제니퍼는 그가 진정으로 사랑한 첫 번째 여자인 듯했다. 제니퍼는 그의 편지를 다시 읽으며, 그도 역시 그녀가 진정으로 사랑한 첫 번째 남자가 아닐까 하고 생각했다.

깊이를 알 수 없는, 녹아내릴 듯 촉촉한 눈으로 당신이 날 바라볼 때면, 대체 내게서 무엇을 볼 수 있을지 궁금해하곤 했죠. 이제는 그것이 사랑에 대한 어리석은 생각이라는 걸 알아요. 당신과 나는 더 이상 서로를 사랑하지 않을 수 없어요. 지구가 태양 주위를 도는 걸 멈추지 못하는 것처럼.

모든 편지에 날짜가 적힌 건 아니지만 순서를 추측하기는 어렵지 않았다. 이 편지는 그들이 처음 만나고 얼마 후에 보낸 것이고, 다른 편지는 무슨 일 때문인지 다투고 난 후에 보낸 것이다. 그리고 또 다른 편지는 열정적인 재회 후에 보내온 게 분명했다. 그는 제니퍼가 로런스를 떠나길 바랐다. 몇 통의 편지에서 그렇게 청했다. 제니퍼는 그의 청을 거절한 모양이었다. 왜일까? 그녀는 주방에 있던 냉랭한 남자를, 집 안에 흐르던 숨 막힐 듯한 고요를 떠올렸다. 나는 왜 남편을 떠나지 않았을까?

제니퍼는 남자의 정체를 알아내려 애쓰면서 일곱 통의 편지를 병적일 정도로 반복해 읽었다. 제일 마지막 편지는 9월에 온 것이었다. 제니퍼가 사고를 당하기 몇 주 전이었다. 어째서 그는 연락을 하지 않는 걸까? 그들은 서로 전화로 연락하지 않은 게 분명했고, 특별한 만남의 장소가 있는 것도 아니었다. 몇 통의 편지에는 우체국 사서함 주소가 적혀 있었다. 제니퍼는 혹시 그곳으로 편지가 더 오지 않았는지 확인하러 우체국에도 가보았다. 하지만 사서함은 명의가 바뀌었고, 그녀에게 온 편지는 없었다.

제니퍼는 그가 분명히 자신을 알려올 거라고 확신했다. 그런 편지들을 쓴 남자가, 그처럼 절박한 마음을 품었던 남자가 어떻게 가만히 앉아 기다리기만 하겠는가? 제니퍼는 이제 후보자 명단에서 빌을 제외시켰다. 그에게 감정을 느꼈다고 믿을 수가 없어서가 아니라, 바이올렛을 속이고 그런 짓을 한다는 게 있을 수 없는 일처럼 느껴졌기 때문이다. 그렇다면 잭 에이머리와 레지 카펜터만 남았다. 그리고 잭 에이머리는 서리 카운티의 캠벌리 마을에 사는 빅토리아 넬슨과 약혼했다고 얼마 전에 발표했다.

제니퍼가 머리 손질을 막 마쳤을 때 코르도자 부인이 방으로 들어왔다. "오늘 저녁 모임에 입고 갈 암청색 실크 드레스 좀 다려주시겠어요?" 그녀는 창백한 목에 다이아몬드 목걸이를 대보았다. 그는 제니퍼의 목을 사랑했다.

당신의 뒷목을 바라볼 때면 키스하고픈 욕망을 억누를 수가 없어요.

"저기 침대 위에 꺼내놨어요. 그리고 음료 한잔만 가져다 주시겠어요?"

코르도자 부인이 걸어가서 드레스를 집어 들었다. "그럴게 요, 스털링 부인."

* * *

레지 카펜터는 추파를 던지고 있었다. 이보다 더 정확한 표현은 없었다. 이본의 사촌은 제니퍼의 입술에 시선을 고정 한 채 그녀의 의자로 몸을 기울이고 있었다. 제니퍼는 두 사 람만 아는 농담을 나누듯 입술을 짓궂게 비틀었다.

이본은 조금 떨어진 곳에 앉은 프랜시스에게 음료를 건 네며 그들을 지켜보았다. 그러곤 허리를 숙여 남편의 귓가 에 중얼거렸다. "레지를 남자들이 모인 데로 좀 데려갈 수 없 어? 제니가 도착한 뒤로 아주 제니 무릎에 앉아 있잖아."

"나도 애써봤는데, 여보, 번쩍 들어 올려서 떼어내는 거 말 고는 방법이 없겠더라고."

"그럼 모린을 데려오든가. 꼭 울 것 같은 표정이던데."

이본은 스털링 부부에게 문을 열어준 순간(밍크코트를 입 은 제니퍼는 이미 술에 취한 상태였고, 로런스는 어두운 표 정이었다), 끔찍한 일을 예견한 듯 피부가 따끔거렸다. 부부 사이에 긴장이 흘렀고, 제니퍼는 안으로 들어오더니 레지와 찰싹 달라붙어 떨어질 줄을 몰랐다. 보고 있으면 정말 짜증 스러울 정도였다.

"제발 자기들 싸움은 자기네 집에 가서 하면 소원이 없겠어." 이본이 중얼거렸다.

"난 래리한테 위스키나 큰 잔으로 한 잔 가져다줘야지. 그럼 몸이 좀 풀릴 거야. 사무실에서 안 좋은 일이 있었던 모양인데." 프랜시스가 자리에서 일어나 이본의 팔꿈치를 살짝 잡아준 후 사라졌다.

칵테일 소시지는 거의 손을 대지 않았다. 이본은 한숨을 내쉬며 접시를 집어 들고 사람들에게 돌릴 준비를 했다.

"하나 들어요, 모린."

레지의 스물한 살짜리 여자 친구는 이본의 말이 귀에 들어오지 않는 것 같았다. 적갈색 양모 드레스를 깔끔하게 차려입은 그녀는 식탁 의자에 뻣뻣하게 앉아서 오른편에 있는 두 사람을 어두운 표정으로 바라보고 있었다. 두 사람은 그녀의 존재를 망각한 것처럼 보였다. 제니퍼는 안락의자에 기대어 앉았고 레지는 팔걸이에 걸터앉아 있었다. 그가 뭔가 속삭이자 두 사람이 크게 웃음을 터뜨렸다.

"레지?" 모린이 말했다. "다른 사람들을 만나러 시내로 가야 한다고 하지 않았어요?"

"아, 좀 기다리라 그러지 뭐." 그가 무시하듯 말했다.

"그린룸스에서 만난다고 했잖아요, 베어. 7시 30분에."

"베어?" 제니퍼가 웃음을 멈추고 레지를 빤히 쳐다봤다.

"레지 별명이야." 이본이 접시를 내밀며 말했다. "아기 때 터무니없을 정도로 털이 많았거든. 이모는 처음에 곰을 낳은 줄 알았대."

177

"베어라고." 제니퍼가 다시 말했다.

"그래요. 난 거부할 수 없을 정도로 사랑스럽죠. 보드랍고. 그리고 침대에 눕혀지면 더없이 행복하고……." 그가 눈썹을 들어 올리며 제니퍼에게로 몸을 기울였다.

"레지, 얘기 좀 할까?"

"그런 얼굴일 땐 안 해, 사랑하는 사촌. 이본은 내가 당신한테 추파를 던지고 있다고 생각해요, 제니."

"생각만이 아니죠." 모린이 차갑게 말했다.

"그러지 마, 모린. 따분하게 왜 그래?" 그는 농담처럼 말했지만 목소리에 짜증의 기미가 묻어났다. "제니하고 너무 오랫동안 얘기를 못 나눠서 그래. 그동안 어떻게 지냈나 얘기하고 있는 거라고."

"그렇게 오래됐나요?" 제니퍼가 모르는 척 물었다.

"아, 엄청 오래됐죠." 그가 열렬하게 말했다.

이본은 모린의 실망한 표정을 보았다. "모린, 나랑 가서 음료 만드는 것 좀 도와주지 않을래요? 쓸모없는 우리 남편은 대체 어디로 갔는지 아무리 찾아도 없네요."

이본을 따라 식당으로 들어간 모린은 그녀가 건네는 박하맛 술병을 받아 들었다. 부글거리는 분노의 기운이 바깥으로 뿜어져 나왔다. "저 여자는 자기가 지금 뭘 하고 있다고 생각하는 거죠? 결혼한 여자잖아요, 아닌가요?"

"제니퍼는 그냥…… 아무 의미 없이 저러는 거예요."

"레지한테 푹 빠졌어요! 보라고요! 내가 자기 남편한테 저런 식으로 들러붙어 있으면 어떻겠냐고요."

이본은 래리가 있는 거실 쪽을 흘깃 보았다. 그는 못마땅한 심기를 얼굴에 드러낸 채 프랜시스가 하는 말을 건성으로 들으며 앉아 있었다. 제니퍼는 아마 전혀 모를 것이었다.

"이본 친구라는 건 알지만, 저 여잔 정말 양심도 없어요."

"모린, 레지가 예의 없이 굴고 있는 건 알지만, 그렇다고 내 친구를 그렇게 말하면 안 되죠. 저 친구가 최근에 어떤 일을 겪었는지 모르잖아요. 자, 그 병이나 줘봐요."

"그럼 저 여자 때문에 내가 겪고 있는 일은요? 이건 정말 굴욕적인 일이라고요. 내가 레지와 온 걸 모두가 아는데, 저 여자가 레지를 마음대로 주무르고 있잖아요."

"제니퍼는 끔찍한 자동차 사고를 당했어요. 병원에서 나온 지도 얼마 안 됐고요. 말했듯이 저 친구는 그냥 긴장을 좀 풀고 있는 것뿐이에요."

"그리고 속옷도 함께 풀고요."

"모린……."

"저 여자 취했어요. 그리고 할망구잖아요. 대체 나이가 얼마나 되죠? 스물일곱? 스물여덟? 우리 레지는 저 여자보다 적어도 세 살은 어려요."

이본이 크게 심호흡을 했다. 그러고는 담배에 불을 붙여 모린에게 건네고 나서 문을 당겨 닫았다. "모린……."

"저 여잔 도둑이에요. 나한테서 레지를 빼앗아가려고 저러는 거예요. 이본 눈엔 안 보이나 본데 내 눈에는 다 보여요."

이본이 목소리를 낮췄다. "그걸 알아야 해요, 모린, 추파에도 종류가 있다는 거. 레지와 제니는 지금 굉장히 즐거운 시간을 보내고 있지만, 둘 중 누구도 바람피울 생각은 없어요. 둘은 서로에게 추파를 던지고 있어요, 맞아요. 하지만 숨길 생각을 전혀 안 하고 사람이 가득한 방에서 그러고 있잖아요. 제니에게 조금이라도 진지한 감정이 있다면 래리 앞에서 그러겠어요?" 이본 자신에게도 매우 설득력 있게 들리는 말이었다. "모린도 나이를 좀 더 먹으면 알게 될 거예요. 재미 삼아 말로 티격태격하는 게 삶의 일부라는 걸." 이본이 땅콩 하나를 입에 넣었다. "그건 긴 세월을 한 남자와 살아야 하는 현실에서 크나큰 위안이 되는 일 중에 하나예요."

모린은 얼굴을 찌푸렸지만 기세가 약간 꺾였다. "그런 거 같기도 하네요. 하지만 그렇대도 저런 행동은 숙녀답지 못하다고 생각해요." 모린은 말을 마치더니 문을 열고 거실로 돌아갔다. 이본은 크게 심호흡을 하고 그녀를 따라 나갔다.

* * *

칵테일이 들어가자 파티는 더욱 시끄럽고 활기차졌다. 프랜시스는 식당으로 돌아가 스노볼 칵테일을 더 만들었고, 그동안 이본은 장식용 칵테일 스틱에 능숙하게 체리를 꿰었다. 이본은 이제 술을 두 잔 이상 마시면 그야말로 끔찍한 기분이 될 것 같아서, 블루 큐라소를 넣은 칵테일 한 잔을 마신 후에는 오렌지 주스만 마셨다. 샴페인은 눈 깜짝할 새에 사라졌다. 이제 그만 갈 시간이라는 뜻을 넌지시 전하려고 프랜시스가 음악을 껐지만, 빌과 레지가 다시 음악을 켜고 사람들을 부추겨 춤을 추기 시작했다. 어느 순간에는 두 남자가 한꺼번에 제니퍼의 손을 잡고 춤을 추기도 했다. 프랜시스가 음료를 만드느라 바쁜 사이, 이본은 그를 웃게 만들겠다고 단단히 마음먹고 로런스의 옆자리로 가서 앉았다.

그는 아무 말도 하지 않았지만, 술을 크게 한 모금 마시고 아내를 흘깃 보았다가 다시 눈길을 돌렸다. 그에게서 불만의 기운이 퍼져 나왔다. "자기 자신을 웃음거리로 만들고 있군." 침묵이 부담스러워지자 로런스가 중얼거렸다.

그녀는 당신을 웃음거리로 만들고 있죠. 이본은 생각했다. "그냥 조금 취한 것뿐인데요, 뭐. 제니는 그동안 묘한 시간을 보냈잖아요, 래리. 제니는…… 즐거운 시간을 보내고 싶은 거예요."

이본이 쳐다보자 래리가 그녀를 골똘히 바라보고 있었다. 이본은 약간 불편해졌다. "래리가 그러지 않았나요? 의사가 그랬다면서요, 제니는 아직 완전히 회복된 게 아니라고." 제니퍼가 병원에 있을 때, 그러니까 그가 아직 모두와 말을 섞던 때, 이본에게 그렇게 말했었다.

로런스는 이본에게 시선을 고정한 채 다시 술을 한 모금 마셨다. "이본도 알고 있었죠?"

"뭘 알아요?"

로런스는 이본의 눈빛에서 맹렬하게 단서를 찾았다.

"뭐 말이에요, 래리?"

프랜시스가 룸바를 틀어놓았다. 뒤쪽에서 빌이 제니퍼에게 춤을 춰달라고 간청했고, 제니퍼는 그만 좀 하라고 애원하고 있었다.

로런스가 잔을 비웠다. "아니에요."

이본이 몸을 기울여 그의 손을 잡았다. "두 사람 모두에게 힘든 시간이었어요. 래리도 조금……." 또다시 터진 제니퍼의 커다란 웃음소리 때문에 이본의 말이 중단되었다. 레지가 꽃꽂이용 꽃을 입에 물고 제니퍼를 끌어당겨 즉석 탱고를 추고 있었다.

로런스가 부드럽게 이본의 손을 떨쳐내는 순간, 빌이 숨을 헐떡이며 그들 옆으로 털썩 주저앉았다. "레지 저 인간 말이야, 조금 지나친 거 아닌가? 이본, 한마디 하는 게 좋겠는데?"

이본은 쳐다볼 엄두도 나지 않았지만 로런스의 목소리는 차분했다. "괜찮아요, 이본." 시선을 먼 곳에 고정한 채 로런스가 말했다. "내가 해결할 테니까."

* * *

이본은 8시 30분이 조금 못 되어서 제니퍼를 화장실에서 발견했다. 그녀는 대리석 세면대에 기대서서 화장을 고치고 있었다. 이본이 들어오자 흘깃 보았다가 다시 거울로 시선을 옮겼다. 그녀의 얼굴이 달아오른 걸 이본이 알아보았다. 약간 경박해 보였다. "커피 좀 마실래?"

"커피?"

"래리 회사에 가기 전에 말이야."

"내 생각엔." 제니퍼가 평소와 다르게 조심스러운 손길로 입술 선을 그리며 말했다. "그 파티를 위해서라면 커피보단 강한 술이 필요할 거 같은데."

"뭐하는 거야?"

"입술 그리고 있잖아. 아님 뭐하는 걸로 보이는……."

"내 사촌하고 말이야. 너 엄청나게 들이대던데." 마음보다 더 날카롭게 말이 나갔다. 하지만 제니퍼는 눈치채지 못한 듯했다.

"우리가 레지하고 마지막으로 시간을 보낸 게 언제지?"

"뭐?"

"우리가 마지막으로 레지와 만난 게 언제냐고."

"모르겠어. 지난여름에 프랑스에 함께 갔을 때 아닌가."

"레지는 칵테일을 안 마실 땐 뭘 마셔?"

이본이 숨을 깊게 들이마시며 마음을 가라앉혔다. "제니, 수위를 좀 낮춰야 한다는 생각 안 들어?"

"뭐?"

"레지하고 그러는 거 말이야. 래리를 언짢게 하고 있잖아."

"오, 래리는 내가 뭘 하든 전혀 관심 없어." 제니퍼가 무시하듯 말했다. "레지는 어떤 술을 마셔? 말해줘. 아주 중요한 문제야."

"몰라. 위스키를 마시지 않나? 제니, 집에는 아무 문제 없는 거니? 너하고 래리 사이에 말이야."

"무슨 소리야?"

"주제넘은 참견인지 모르겠지만, 래리가 굉장히 불행해 보였어."

"래리가?"

"그래. 나라면 래리의 기분을 좀 더 신경 쓸 거 같아, 제니."

제니퍼가 그녀에게로 돌아섰다. "래리의 기분을 신경 쓰라고? 내가 어떤 일을 겪고 있는지 조금이라도 신경 쓰는 사람은 있는 거 같아?"

"제니, 난……."

"다들 털끝만큼도 관심이 없어. 난 그냥 계속 이렇게 살아가야 하지. 입 다물고, 사랑스러운 아내 역할이나 하면서. 래리가 우울한 얼굴을 하지 않게."

"내 생각을 말하라고 한다면……."

"아니, 하지 마. 그냥 자기 일이나 신경 써, 이본."

두 여자는 꼼짝 않고 서 있었다. 물리적인 타격이 있었던 것처럼 주변의 공기가 진동했다.

이본은 가슴속에서 뭔가 조여드는 느낌이었다. "제니퍼, 네가 이 집에 있는 어떤 남자라도 손에 넣을 수 있다고 해서 반드시 그래야 하는 건 아니야." 이본의 목소리는 냉혹했다.

"뭐?"

이본이 수건들을 다시 똑바로 걸었다. "그 무기력한 작은 공주 이미지도 좀 참기 어려울 때가 있어. 네가 예쁘다는 건 모두가 알아, 제니퍼. 알겠니? 남자들이 전부 널 흠모한다는 것도 안다고. 그러니까 가끔은 다른 사람 기분도 좀 생각해줘."

그들은 서로를 뚫어져라 쳐다보았다. "날 그렇게 생각하는 거야? 내가 공주처럼 행동한다고?"

"아니. 난 네가 못된 여자처럼 행동한다고 생각해."

제니퍼의 눈이 커졌다. 뭔가 말할 것처럼 입을 열었다가 그냥 닫았다. 그러고는 립스틱 뚜껑을 닫고 어깨를 펴고 이본을 노려보았다. 그러더니 밖으로 걸어 나갔다.

이본은 변기 뚜껑 위로 털썩 주저앉아 코를 풀었다. 혹시나 다시 열릴까 싶어 화장실 문을 쳐다봤지만, 시간이 지나도 열리지 않자 손안에 머리를 파묻었다.

프랜시스의 목소리가 들려온 것은 어느 정도 시간이 흘렀을 때였다. "괜찮아, 자기? 어디로 사라졌나 했네. 여보?"

이본이 고개를 들자, 그녀의 눈빛을 본 프랜시스가 재빨리 무릎을 꿇으며 그녀의 손을 잡았다. "괜찮은 거야? 아기 때문에 그래? 내가 어떻게 해줄까?"

이본이 몸을 크게 한 번 떨었고, 프랜시스는 그녀의 손을 꼭 잡아주었다. 두 사람은 아래층에서 들려오는 음악 소리와 말소리, 제니퍼의 높은 웃음소리를 들으면서 한동안 그대로 있었다. 프랜시스가 주머니에서 담배를 꺼내 불을 붙여 아내에게 건넸다.

"고마워." 이본이 담배를 받아 들어 깊게 빨아들였다. 마침내 그녀가 심각한 눈빛으로 남편을 올려다보았다. "아기가 태어나도 우린 행복할 거라고 약속해줘, 프래니."

"그게 무슨……."

"그냥 약속해줘."

"그런 약속은 못 한다는 거 알잖아." 그가 이본의 볼을 손으로 감싸며 말했다. "난 당신이 핍박받고 비참한 삶을 살아가게 하는 걸 자랑으로 삼는 사람이니까."

이본도 어쩔 수 없이 미소를 지었다. "짐승 같으니라고."

"늘 최선을 다하지." 그가 일어나며 바지의 주름을 쓸어내렸다. "당신 지쳤을 거야. 내가 얼른 마무리할 테니까, 당신하고 나하고는 침대로 직행하자고. 어때?"

"가끔은." 그가 내민 손을 잡고 일어서며 이본이 다정하게 말했다. "당신이 비싼 결혼반지 값을 하는구나 싶어."

* * *

공기는 차가웠고 광장 주변의 보도에는 지나다니는 사람이 거의 없었다. 술이 몸을 따뜻하게 해주었지만 제니퍼는 어지럽고 취한 기분이었다.

"여기서는 택시를 잡기가 어렵겠는데요." 레지가 깃을 세우며 쾌활하게 말했다. "두 분은 어떻게 할 건가요?" 입김이 구름처럼 밤공기로 피어올랐다.

"래리는 기사가 있어요." 제니퍼가 말했다. 남편은 길 쪽을 바라보며 연석 위에 서 있었다.

"그런데 어디론가 사라져버렸나 본데요." 제니퍼는 이 말이 갑자기 너무 재미있어서 키득거리는 걸 멈추는 데 애를 먹었다.

"기사는 쉬라고 했어." 로런스가 중얼거렸다. "내가 운전할 거야. 당신은 여기서 기다려. 가서 열쇠를 가져올 테니까." 그는 그렇게 말하고 집의 계단을 올라갔다.

제니퍼는 코트를 단단히 여몄다. 그녀는 레지에게서 눈을 뗄 수가 없었다. 그 사람이 분명했다. *베어.* 아닐 수가 없었다. 그는 저녁 내내 그녀의 곁에 붙어 있었다. *그가 한 많은 말에 메시지가 숨겨져 있다고 확신했다. 제니하고 너무 오랫동안 얘기를 나누지 못했어.* 그의 말투에도 뭔가 있었다. 제니퍼는 자신이 그런 느낌을 상상한 것이 아니라고 확신했다. 그는 위스키를 마셨다. *베어.* 제니퍼는 머리가 빙글빙글 돌았다. 술을 너무 많이 마셨지만, 상관없었다. 그녀는 분명하게 알아야 했다.

"우리 정말 심하게 늦을 거예요." 레지의 여자 친구가 우울하게 말하자, 레지는 공모하듯 제니퍼에게 시선을 던졌다.

레지가 손목시계를 흘깃 보았다. "아무래도 너무 늦은 거 같아. 이미 식사하러 가버렸을 거야."

"그럼 이제 어떻게 해요?"

"그걸 내가 어떻게 알겠어?" 그가 어깨를 으쓱했다.

"알베르토스 클럽에 가본 적 있어요?" 제니퍼가 불쑥 말을 꺼냈다.

레지의 미소가 흐려지며, 아주 약간 능글맞게 변했다. "내가 간 적 있다는 거 알잖아요, 스털링 부인."

"그런가요?" 제니퍼의 심장이 쿵쿵거렸다. 아무도 그 소리를 듣지 못한다는 사실이 놀라울 지경이었다.

"마지막으로 알베르토스에 갔을 때 거기서 당신을 봤죠." 그의 표정은 장난스럽고 짓궂었다.

"오늘 같은 밤 외출은 처음이에요." 양손을 코트 주머니에

깊숙이 찔러 넣은 모린이 뾰로통하게 말했다. 모든 게 그녀 탓이라는 듯이 제니퍼를 노려보았다.

아, 당신만 없다면 좋을 텐데, 하고 제니퍼가 생각했다. 맥박이 빨라졌다. "우리와 함께 가요." 그녀가 느닷없이 말했다.

"네?"

"로런스의 파티 말이에요. 아마 끔찍하게 지루하겠지만 레지가 가면 분위기가 살아날 거예요. 두 분 모두요. 술도 얼마든지 있을 거고."

레지는 기쁜 얼굴이었다. "좋죠."

"나한텐 발언권이 없나요?" 모린은 불쾌한 기색이 역력했다.

"그러지 마, 모린. 재밌을 거야. 거기 안 가면 자기하고 나하고 둘이서만 어느 썰렁한 식당에 앉아 있어야 하잖아."

절망하는 모린의 모습에 죄책감이 들었지만 제니퍼는 마음을 다잡았다. 그녀는 알아야만 했다. "로런스?" 제니퍼가 남편을 불렀다. "로런스, 여보? 레지와 모린도 함께 가기로 했어요. 재밌을 거 같지 않아요?"

로런스가 계단 꼭대기에서 주춤했다. 손에 열쇠를 쥔 채 그들을 번갈아 바라보았다. "좋지." 그렇게 말한 로런스는 천천히 계단을 내려와 커다란 검은 차의 뒷문을 열었다.

* * *

제니퍼는 '애크미 미네랄 앤드 마이닝'사의 크리스마스 파티를 과소평가한 모양이었다. 크리스마스 장식 때문인지, 풍부한 음식과 음료 덕분인지, 아니면 사장이 오랫동안 나타나지 않은 덕분인지 모르겠지만, 그들이 도착했을 때는 파티가 한창 무르익어 있었다. 누군가 휴대용 축음기를 가져다 놓았고 조명은 흐릿했다. 책상들을 한쪽으로 밀어 마련한 댄스 플로어에서 사람들이 소리를 지르며 코니 프랜시스 (1960~1970년대 세계적으로 인기를 끈 미국의 가수 겸 배우-옮긴이)의 노래에 맞춰 몸을 흔들고 있었다.

"래리! 회사 직원들이 춤꾼들이란 말은 한 적 없잖아요!" 레지가 외쳤다.

제니퍼가 춤추는 사람들 사이로 들어설 때, 남편은 입구에 우뚝 서서 눈앞의 광경을 바라보고 있었다. 그의 일터, 그의 영역, 그의 안식처는 더 이상 알아볼 수가 없었고, 직원들은 더 이상 그의 통제 아래 있지 않았다. 로런스는 그런 상황을 몹시 싫어했다. 제니퍼는 그의 비서가 자리에서 일어나는 모습을 보았다. 어쩌면 저녁 내내 그 자리에 앉아 있었을지도 모른다는 생각이 들었다. 그녀가 뭔가 말하자 로런스는 고개를 끄덕이고 억지로 웃어 보였다.

"우리 술 마셔요!" 제니퍼는 남편에게서 최대한 멀리 떨어지고 싶었다. "길 좀 뚫어봐요, 레지! 흠뻑 취하자고요."

그녀가 옆으로 지나가자 직원 몇이 깜짝 놀라는 얼굴을 했지만 제니퍼는 희미하게 느낄 뿐이었다. 모두 타이를 느슨하게 풀었고, 술기운과 춤의 열기로 얼굴이 불그스름했다. 그들의 시선이 제니퍼에게서 로런스에게로 움직였다.

"안녕하세요, 스털링 부인."

제니퍼는 두 주 전에 사무실에 들렀을 때 인사를 나눈 회계사를 알아보고 미소를 지었다. 그는 얼굴이 땀으로 번들거렸고, 팔에는 파티 모자를 쓰고 킥킥거리는 여자를 안고 있었다. "아, 안녕하세요! 혹시 저희한테 술이 어디 있는지 알려주실 순 없을까요?"

"저쪽에 있습니다. 타자실 옆에요."

거대한 통에 펀치(물, 과일즙, 향료, 술 등을 섞은 음료-옮긴이)가 담겨 있었다. 술을 담은 종이컵이 사람들 머리 위로 전달되었다. 레지에게 잔을 받아 음료를 마신 제니퍼는 예상치 못한 효능에 기침이 터져서 캑캑거리고 깔깔거렸다. 그러고 나서는 인파에 묻혀 춤을 추었다. 제니퍼는 레지의 미소도, 간간히 허리를 잡는 그의 손도 거의 알아차리지 못했다. 남편은 벽 쪽에서 그녀를 냉담하게 바라보다가, 나이가 많고 술에 취하지 않은 사람들과 마지못해 얘기를 나눴다. 제니퍼는 남편 근처로는 가고 싶지 않았다. 그녀를 거기서 춤추게 내버려두고 집으로 돌아가준다면 더 바랄 것이 없었다. 모린은 어디로 갔는지 보이지 않았다. 혼자 가버렸는지도 모른다. 모든 것이 흐릿하게 보였고, 시간은 고무줄처럼 길게 늘어났다. 제니퍼는 즐거운 시간을 보내고 있었다. 더위를 느끼자 팔을 머리 위로 들어 올리고 음악에 몸을 실었다. 다른 여자들의 호기심 어린 시선은 모른 체했다. 레지가 그녀의 손을 잡고 빙그르르 돌려주자 큰 소리로 깔깔대고 웃었다. 세상에, 제니퍼는 생기가 넘쳤다! 이곳이 바로 그녀가 속한 곳이었다. 모두가 그녀의 것이라 주장하는 세상에서 생경함을 느끼지 않은 건 이번이 처음이었다.

"뭐라고요?" 제니퍼가 땀에 젖은 머리를 얼굴에서 쓸어냈다.

"덥다고요. 술을 한 잔 더 마셔야겠어요."

제니퍼의 허리에 닿은 레지의 손이 몹시 뜨거웠다. 그녀는 사람들의 몸을 방패막이로 삼아 로런스의 시선을 피하며 레지의 뒤를 바짝 따라갔다. 로런스가 있던 곳을 돌아보니 그는 어디론가 사라지고 없었다. 아마 사무실로 들어간 모양이라고 그녀는 생각했다. 사무실에 불이 켜져 있었다. 로런스는 이 파티가 질색일 것이다. 남편은 재밌고 신나는 건 죄다 질색하는 사람이었다. 지난 몇 주간은 제니퍼도 질색하는 게 아닐까 하는 생각이 들었다.

레지가 그녀에게 종이컵을 내밀었다. "나가죠." 그가 소리쳤다. "바람 좀 쐬어야겠어요."

그러고는 둘이서만 복도로 나갔다. 그곳은 서늘하고 조용했다. 그들 뒤로 문이 닫히자 파티의 소음도 희미해졌다.

"여기요." 레지가 엘리베이터를 지나 비상구 쪽으로 그녀를 이끌었다. "계단으로 나가요." 겨우 문을 열고 나가자 서늘한 밤공기가 그들을 맞았다. 제니퍼는 지독한 갈증을 해소하려는 사람처럼 공기를 한껏 들이마셨다. 그들 아래로 거리가 보였고, 자동차의 정지등도 드문드문 보였다.

"땀에 푹 젖었어요!" 그가 셔츠를 잡아당겼다. "재킷은 어디다 뒀는지 전혀 기억나지 않네요."

제니퍼는 셔츠가 들러붙어 윤곽이 드러난 그의 몸을 뚫어져라 쳐다보다가, 그러고 있다는 걸 깨닫고는 얼른 시선을 돌렸다. "그래도 재밌었잖아요." 그녀가 중얼거렸다.

"그랬죠. 래리 형님이 춤추는 건 못 봤지만요."

"래리는 춤 안 춰요." 어떻게 그처럼 단언할 수 있는지 의아해하며 제니퍼가 말했다. "절대로."

그들은 잠시 도시에 내려앉은 어둠을 바라보며 침묵을 지켰다. 멀리서 차들이 지나가는 소리가 들렸고, 뒤쪽에서는 파티의 소음이 작게 들려왔다. 제니퍼는 기대와 긴장으로 숨이 가빠졌다.

"여기요." 레지가 주머니에서 담뱃갑을 꺼내 담배 하나에 불을 붙여주었다.

"난 피우지……." 제니퍼가 말을 멈췄다. 그녀가 어떻게 아는가? 어쩌면 지금껏 수백 번도 더 피웠는지 모른다. "고마워요." 제니퍼가 조심스레 담배를 받아 들어 빨아들였다가 기침을 했다.

레지가 웃었다.

"미안해요." 제니퍼가 그에게 웃어 보였다. "난 가망이 없나 봐요."

"그래도 계속 피워봐요. 약간 어지러울 테지만."

"안 그래도 어지러운걸요." 제니퍼는 얼굴이 달아오르는 느낌이었다.

"내게 너무 가까이 있어서 그런 거예요. 틀림없어요." 그가 싱긋 웃으며 그녀에게 한 발 다가섰다. "당신과 단둘이 있게 되길 내내 기다렸어요." 그가 손목 안쪽을 어루만졌다. "사람들이 있는 데서 암호로 말하는 건 쉽지 않더군요."

제니퍼는 자신이 제대로 들었는지 의심이 갔다. "그래요." 다시 입을 열었을 때 목소리에 안도감이 가득했다. "오, 하느님. 나도 좀 더 일찍 말하고 싶었어요. 그동안 얼마나 힘들었는지. 나중에 다 설명하겠지만 한동안 내가…… 날 안아줘요. 안아줘요, 베어. 꼭 안아줘요."

"기꺼이요."

그가 한 걸음 더 다가와서 그녀를 끌어안았다. 제니퍼는 말없이 품에 안겨서 그 느낌에 집중했다. 그가 고개를 숙이며 얼굴로 다가왔고, 제니퍼는 눈을 감고 땀내가 섞인 그의 체취를 들이마셨다. 예상보다 가슴팍이 좁다는 생각을 하며 무아지경에 빠져들기를 기다렸다. *난 당신을 너무 오래 기다려왔어요.* 제니퍼가 속으로 말하며 그에게로 얼굴을 들었다.

둘의 입술이 만나고, 아주 잠시 동안 제니퍼는 황홀했다. 그러나 키스는 점점 어설프고 고압적으로 변해갔다. 이가 서로 부딪히고, 그의 혀가 강제로 입안으로 들어와 제니퍼가 뒤로 물러났다.

그는 전혀 개의치 않는 듯했다. 엉덩이로 손을 미끄러뜨려 그녀를 바짝 끌어당겨서 둘의 몸을 밀착시켰다. 그가 욕망으로 흐려진 눈으로 제니퍼를 쳐다보았다. "호텔 방으로 갈까요? 아니면…… 여기서?"

제니퍼는 그를 뚫어지게 쳐다보았다. *그 사람이 틀림없어.* 그녀는 자신을 타일렀다. *모든 사실이 그렇다고 말하고 있잖아. 하지만 어떻게 B가 이처럼…… 자기 글하고 다르게 느껴질 수 있지?*

"왜 그래요?" 그녀의 얼굴에 스치는 표정을 보고 그가 물었다. "너무 추워요? 아니면 호텔에 가는 게 싫어요? 너무 위험해서?"

"난……."

이건 아니었다. 제니퍼가 그의 품에서 빠져나왔다. "미안해요. 아무래도……." 한 손을 머리로 올렸다.

"여기선 하고 싶지 않다고요?"

제니퍼가 미간을 찌푸렸다. 그러고는 그를 올려다보았다. "레지, '녹아내릴 듯 촉촉한' 게 뭔지 알아요?"

"녹아내릴…… 뭐요?"

제니퍼가 눈을 감았다가 다시 떴다. "가야겠어요." 그녀가 중얼거렸다. 갑자기 술이 확 깨버린 느낌이었다.

"당신도 이런 거 좋아하잖아요. 진하게 즐기는 거."

"내가 뭘 좋아해요?"

"내가 처음도 아니잖아요?"

제니퍼가 눈을 깜빡거렸다. "무슨 말인지 모르겠어요."

"순진한 척하지 말아요, 제니퍼. 내가 다 봤는데, 기억 안 나요? 어느 근사한 남자랑 같이 있는 거. 알베르토스에서 애정 공세를 퍼부으면서요. 사람들 앞에서 그 얘기를 꺼냈을 때 난 무슨 말인지 단번에 이해했다고요."

"근사한 남자요?"

그는 담배를 한 모금 빨아들이고 버리더니 구두 굽으로 격렬하게 비볐다.

"그러니까 그런 식으로 즐기나 보네요? 그래서 뭐죠? 그 빌어먹을 말의 의미를 모르니까 난 자격이 안 된다는 건가?"

"무슨 남자요?" 제니퍼는 저도 모르게 그의 옷소매를 잡았다. "누굴 말하는 거예요?"

그가 성난 듯이 그녀를 떨쳐냈다. "지금 장난해요?"

"아니에요." 그녀가 대꾸했다. "내가 누구랑 같이 있는 걸 봤다는 건지 알아야 해서 그래요."

"맙소사! 내가 이럴 줄 알았어. 기회가 있을 때 모린과 함께 나갔어야 하는데. 모린은 적어도 남자를 잘 이해하죠. 몸만 잔뜩 달아오르게 하지 않아요." 그가 뱉어내듯 말했다.

화가 나 벌게진 레지의 얼굴로 갑자기 빛이 쏟아졌다. 제니퍼가 돌아서자, 비상구 문을 잡고 서 있는 로런스가 보였다. 빛 속에 드러난 아내와 그녀에게서 물러나는 남자의 모습을 유심히 바라보고 있었다. 레지는 고개를 숙이고 빠르게 로런스를 지나쳐 말없이 입을 닦으며 안으로 들어갔다.

제니퍼는 얼어붙은 채 서 있었다. "로런스, 이건 당신이 생각하는……."

"들어와." 그가 말했다.

"난 그냥……."

"들어와. 당장." 목소리는 낮고 차분하게 들렸다. 제니퍼는 잠깐 망설인 후 계단 쪽으로 걸어갔다. 아직도 혼란과 충격으로 몸이 떨리는 걸 느끼며, 다시 파티에 합류하기 위해 문으로 다가갔다. 하지만 엘리베이터 앞을 지나는데 로런스가 손목을 잡고 그녀를 홱 돌려세웠다.

제니퍼는 손목을 움켜쥔 그의 손을 보았다가 고개를 들어 얼굴을 보았다.

"날 모욕할 생각은 마, 제니퍼." 그가 조용히 말했다.

"놔요!"

"농담 아니야. 난 당신이 마음대로 할 수 있는 바보가……."

"놔요! 아프단 말이에요!" 제니퍼가 뒤로 물러났다.

"잘 들어." 턱 근육이 꿈틀거렸다. "그런 짓은 용납 못 해. 알아들어? 절대 용납 못 해." 그가 이를 악물었다. 목소리에 분노가 넘쳤다.

"로런스!"

"래리! 당신은 날 래리라고 불러!" 그가 소리를 지르며 주먹을 들어 올렸다. 그 순간 문이 벌컥 열리면서 회계 팀 직원이 걸어 나왔다. 아까 보았던 여자를 품에 안고 웃고 있었다. 그는 두 사람을 발견하고 웃음을 멈췄다. "아…… 저희는 바람을 좀 쐬려고요, 사장님." 그가 어색하게 말했다.

그 순간 로런스가 손목을 놓았다. 제니퍼는 그 기회를 틈타 두 사람을 밀치고 계단으로 달려 내려갔다.

앤서니는 한 손으로 빈 텀블러를 감싼 채 바 스툴에 앉아 있
었다. 그는 지상으로 이어지는 계단으로 한 쌍의 늘씬한 다
리가 내려오지 않나 계속 지켜보고 있었다. 이따금 그 계단
으로 커플들이 내려와서 알베르토스로 들어왔다. 그들은 계
절에 맞지 않은 더위와 미칠 듯한 갈증에 대해 떠들어대며
셰리를 지나 안으로 들어왔다. 셰리는 휴대품 보관소를 지키
는 소녀인데 늘 따분한 표정으로 스툴에 앉아 소설을 읽었
다. 앤서니는 그들의 얼굴을 유심히 보고는 바 쪽으로 고개
를 돌렸다.

7시 15분이었다. 제니퍼의 편지에는 6시 30분이라고 적혀
있었다. 앤서니는 주머니에서 편지를 꺼내 엄지로 주름을 쓸
고, 그곳으로 오겠다고 쓰인 크고 둥근 글씨들을 찬찬히 읽
었다. *사랑하는 J로부터.*

두 사람은 5주 동안 편지를 주고받았다. 앤서니는 자신의

편지를 랭리 가의 우체국으로 보냈는데, 그곳에는 그녀가 개설한 우편 사서함 13호가 있었다. 우체국장이 털어놓은 바에 의하면, 그 사서함은 원하는 사람이 없어서 지금까지 한 번도 사용된 적이 없다고 했다. 그동안 두 사람이 얼굴을 본 것은 다섯 번인가 여섯 번뿐이었고, 그마저도 앤서니나 로런스의 근무 일정이 허락하는 시간에 짧게 만난 게 다였다.

하지만 만났을 때 하지 못한 말들을 앤서니는 편지로 전했다. 그는 거의 매일 편지를 썼고, 그녀에게 모든 것을 털어놓으면서도 부끄럽거나 당혹스러운 마음이 들지 않았다. 마치 댐이 툭 터져버린 것 같았다. 앤서니는 그녀가 얼마나 그리운지, 해외 생활은 어땠는지, 지금까지도 어디선가 나누는 대화가 끝없이 들려오는 것처럼, 지속적으로 불안을 느끼는 게 어떤 기분인지도 이야기했다.

앤서니는 그녀 앞에 자신의 결점(이기적이고, 고집스럽고, 가끔은 무신경한)도 드러내고, 그녀가 그로 하여금 그런 결점들을 고쳐나갈 동기를 주었음을 고백했다. 앤서니는 종이 위에 쓰이는 단어들을 음미하며, 그녀를 사랑한다고 쓰고 또 썼다.

반면 그녀의 편지는 짧고 간단했다. *여기서 만나요.* 또는 *그 시간에는 안 돼요. 30분 후로 늦춰주세요.* 아니면 간단하게, *그래요. 나도요.* 처음에는 그토록 간단하게 적는 이유가 그에게 별로 마음이 없어서가 아닌가 걱정스러웠고, 함께 있을 때 보여주는 모습과 일치가 안 되어 혼란스러웠다. 함께 있을 때는 친밀감과 애정이 넘쳤고, 장난스러웠고, 그의 안

위를 걱정했다.

어느 날 밤 그녀가 몹시 늦게 왔을 때(나중에 알고 보니, 로런스가 일찍 돌아오는 바람에 그녀는 있지도 않은 아픈 친구를 만들어내고 빠져나와야 했다.) 앤서니는 술에 취해 무례하게 굴었다.

그녀는 헤드스카프를 풀고 마티니를 주문했다가, 다음 순간 주문을 취소했다.

"그냥 나갈 건가요?"

"당신의 이런 모습은 보고 싶지 않아요."

앤서니는 그동안 부족하게 느낀 것들에 대해 그녀를 호되게 비난했다. 만나는 시간도, 만나지 못할 때 위안으로 삼을 그녀의 글귀도 부족하다고 쏘아붙였다. 바텐더인 펠리페가 그의 팔에 손을 얹으며 말렸지만 앤서니는 무시하고 계속 쏟아냈다. 그를 두렵게 만든 그녀에게 상처를 주고 싶었다. "왜 그러는 거예요? 나중에 불리한 증거로 이용될지 모르는 말들은 쓰기가 두려운가요?"

앤서니는 그런 말을 하는 자신이 싫었고, 점점 더 추해지고 있다는 것도 알았다. 그토록 피하려고 했던 연민의 대상이 되어가고 있다는 것도 알았다.

제니퍼는 휙 돌아서서 빠르게 계단을 올라갔다. 그가 미안하다고 사과하며 돌아오라고 외쳤지만 돌아보지 않았다.

앤서니는 다음 날 아침 사서함에 단 한마디("미안해요.")가 담긴 편지를 남겼고, 죄책감으로 몸부림친 기나긴 이틀을 보내고 난 후에 그녀로부터 답장을 받았다.

부트. 난 감정들을 종이 위로 쉽게 꺼내놓지 못해요. 종이뿐 아니라 어디에도 쉽게 꺼내놓지 못해요. 당신은 언어를 다루는 일을 하고, 난 그런 당신이 보내온 편지를 하나하나 소중히 간직해요. 하지만 내가 당신처럼 편지를 쓰지 않는다는 사실로 내 감정을 판단하지는 말아요.

당신처럼 쓰려고 하다가 당신을 크게 실망시키게 될까 봐 두렵답니다. 전에도 말했듯이, 내 의견을 물어오는 사람도 거의 없고(이번 같은 중요한 일에 대해서는 말할 것도 없고), 자청해서 말하는 것도 쉽지 않아요. 내가 여기 있다는 것을 믿어주세요. 내 행동과 애정으로 날 믿어주세요. 그것들이 바로 내 마음이니까요.

당신의 J.

편지를 받은 앤서니는 수치심과 안도감으로 눈물을 흘렸다. 그런 다음에는 제니퍼가 그 호텔 방에서 느낀 굴욕감을 여전히 잊지 못하는 게 아닌가 의혹이 들었다. 그가 사랑을 나누지 않은 이유에 대해 열심히 설명했지만, 그 모든 말에도 불구하고, 그녀가 앤서니에게 또 다른 기혼 여성 이상의 존재라는 걸 확신시켜주지 못한 듯했다.

"여자 친구는 안 오나?" 펠리페가 옆자리로 와서 앉았다. 클럽은 손님으로 가득 찼다. 테이블들은 대화로 떠들썩했고, 구석에서 피아니스트가 피아노를 연주했다. 펠리페가 트럼펫을 연주할 시간까지는 30분 정도가 남아 있었다. 머리 위에서 팬이 느릿하게 돌아갔지만 탁한 공기는 조금도 흩어놓지 못했다. "또 대책 없이 취하려는 건 아니겠지?"

"이거 커피예요."

"조심하는 게 좋을 거야, 토니."

"커피라니까요."

"술을 말하는 게 아니야. 언젠가는 잘못 선택한 여자와 바보짓을 하는 날이 올 거라는 거지. 그 남편한테 당하는 날이 올 거라고."

앤서니가 손을 들어 커피를 더 달라는 신호를 보냈다. "내 행복을 그렇게 걱정해주다니 감동인데요, 펠리페. 하지만 난 파트너를 선택할 때 항상 조심해요." 그가 곁눈으로 흘깃 바라보며 싱긋 웃었다. "내 말 믿어요. 자기 판단력에 어느 정도 자신이 없다면, 치과 의사에게 드릴을 넣으라고 입 벌리고 앉아 있지 못하겠죠. 그 의사의 아내에게······ 즐거움을 선사한 지 한 시간 뒤에 말이에요."

펠리페도 어쩔 수 없이 웃음을 터뜨렸다. "진짜 뻔뻔한 사람이군."

"그건 아니죠. 앞으로 내 인생에 또 다른 기혼 여성은 없을 테니까요."

"그럼 이제부턴 미혼 여성만 상대할 거라고?"

"아뇨. 더 이상 여자는 없어요. 이번이 바로 그 사람이니까."

"백한 번째 그 사람이란 말이겠지." 펠리페가 너털웃음을 터뜨렸다. "다음번엔 성경 공부반에 들어갔다는 소리라도 듣겠구먼."

그리고 역설적인 점은 이것이었다. 앤서니가 편지를 쓰며 자신의 감정을 납득시키려 애쓸수록, 제니퍼는 그 문장들에 별 의미가 없으며 그저 펜 끝에서 술술 흘러나오는 말들일 뿐이라고 생각하는 듯했다. 몇 번이나 그런 말로 앤서니를 놀린 적이 있었다. 하지만 그 아래로는 따끔한 진실이 느껴졌다.

그녀와 펠리페는 같은 것을 보았다. 진실한 사랑을 모르는 누군가. 손에 넣을 수 없는 것을 손에 넣을 때까지만 욕망하는 누군가.

"언젠가는 깜짝 놀라는 날이 올지도 몰라요. 펠리페."

"여기 오래 앉아 있다 보면 더 이상은 놀랄 일이 없어지게 돼. 그리고 봐, 제 말하면 온다더니. 자네 선물이 도착했군. 포장도 아주 멋지고 말이야."

앤서니가 고개를 들자 선녹색 실크 구두가 눈에 들어왔다. 집 앞의 계단을 내려오던 그때처럼 제니퍼는 한 손으로 난간을 잡고 천천히 걸어 내려왔다. 그녀의 모습이 조금씩 드러나더니, 잠시 후에 발그스름하고 살짝 젖은 얼굴이 바로 그 앞에 있었다. 제니퍼의 모습을 보는 순간 그는 잠깐 숨이 멎는 것 같았다.

"정말 미안해요." 그의 볼에 입을 맞추며 그녀가 말했다. 온기와 함께 향수 냄새가 흘러들었고, 그녀의 볼에서 습기가 묻어났다. 제니퍼가 그의 손을 가볍게 잡았다. "여기까지…… 오는 게 힘들었어요. 어디 앉을 자리가 있나요?"

펠리페가 그들을 부스로 안내하자 제니퍼가 머리를 매만

졌다.

"안 오는 줄 알았어요." 펠리페가 그녀에게 마티니를 가져다주자 앤서니가 입을 열었다.

"시어머니가 갑자기 집에 들르셨어요. 얼마나 말을 길게 하시는지. 차를 따르며 앉아 있는데 비명을 지르고 싶어서 혼났어요."

"남편은요?" 그가 테이블 아래로 손을 뻗어 그녀의 손을 꼭 잡았다. 그 느낌이 너무 좋았다.

"파리에 갔어요. 시트로엥 사람들을 만나서 브레이크 라이닝인지 뭔지에 관해 얘기하려고요."

"당신이 내 아내였다면, 난 1분도 혼자 두지 않을 거예요."

"딴 여자들한테도 똑같이 말했을걸요."

"그러지 말아요." 그가 말했다. "그런 말하는 거 싫어요."

"그 멋진 대사들을 다른 데서 써먹지 않은 척은 하지 말아요. 난 당신을 알아요, 부트. 당신이 말해줬잖아요, 기억 안 나요?"

앤서니가 한숨을 푹 내쉬었다. "진실을 말한 대가가 이거로군요. 이러니 당연히 그러고 싶은 생각이 한 번도 안 들었죠." 제니퍼가 자리에서 움직이자 두 사람은 바짝 다가앉게 되었다. 그녀의 다리가 그의 다리를 휘감자 앤서니는 마음이 느긋하게 풀어졌다. 제니퍼는 마티니를 다 마시고 또 한 잔 주문했고, 아늑한 부스 안에 나란히 앉아 있으니 앤서니는 잠시나마 그녀를 소유한 기분에 젖어들었다. 밴드 연주에 맞춰 펠리페가 트럼펫을 불기 시작했고, 연주를 지켜보는 그녀의 얼굴이 촛불과 즐거움으로 환해졌다. 앤서니는 그녀를 몰래 지켜보며, 이런 기분을 느끼게 해줄 여자는 오직 그녀뿐이라는 이상한 확신이 들었다.

"춤출래요?"

플로어에는 이미 다른 커플들이 음악에 맞춰 어둠 속에서 몸을 흔들고 있었다. 앤서니가 그녀의 손을 잡았다. 머리카락 향기를 들이마시고 몸에 닿는 그녀의 몸을 느끼며, 그곳에는 오로지 두 사람뿐이라고, 음악과 피부의 보드라운 촉감뿐이라고 믿었다.

"제니?"

"네?"

"키스해줘요."

포스트맨스 공원에서 처음으로 입을 맞춘 이후 그들이 나눈 모든 키스는 가려진 장소에서 이루어졌다. 그의 차 안이나 조용한 교외의 거리, 어느 레스토랑 뒤편 같은 곳. 앤서니는 제니퍼의 입술이 이렇게 말하는 것을 보았다. *여기서요? 이 모든 사람들 앞에서?* 그는 너무 위험하다는 말이 나오기를 기다렸다. 하지만 자신의 마음과 일치하는 뭔가를 그의 표정에서 읽었는지, 그의 얼굴로 바짝 다가올 때면 늘 그러듯, 제니퍼의 얼굴이 부드러워졌다. 그의 볼에 손을 얹은 그녀가 다정하면서도 열정적으로 키스했다.

"당신은 날 정말 행복하게 해줘요, 알겠지만." 제니퍼가 조용히 말했다. 처음으로 그에게 확실하게 말해준 것이다. 깍지를 끼듯 그의 손을 잡았다. 소유욕을 보이며 군건하게.

"이런 키스는 좀 그렇지만, 당신은 날 행복하게 해줘요."

"그럼 그를 떠나요." 무슨 말을 할지 생각하기도 전에 말이 먼저 튀어나왔다.

"뭐라고요?"

"그를 떠나요. 나와 함께 살아요. 파견 근무 제안을 받았어요. 우린 아무도 모르게 사라지면 돼요."

"그러지 말아요."

"뭘요?"

"그런 식으로 말하는 거요. 불가능하다는 거 알잖아요."

"왜죠?" 그가 물었다. 자신의 귀에도 따져 묻듯이 들렸다. "어째서 불가능하죠?"

"우린…… 우린 서로를 거의 몰라요."

"아뇨, 알아요. 당신도 그 사실을 알고요."

앤서니가 고개를 숙여 다시 입을 맞췄다. 이번엔 그녀가 약간 저항하자 앤서니는 그녀의 등허리에 손을 얹고 가까이 끌어당겼다. 몸이 서로 밀착되는 게 느껴졌다. 음악이 잦아들자, 앤서니가 그녀의 목덜미에서 머리칼을 들어 올렸다. 그 아래 피부가 촉촉했다. 그러고는 멈췄다. 제니퍼는 눈을 감고 머리를 살짝 기울인 채 입술을 아주 조금 벌리고 있었다.

그녀가 푸른 눈을 뜨고, 그의 눈을 뚫어지게 쳐다보았다. 그러더니 웃어 보였다. 자신의 욕망을 보여주는 자극적이고 희미한 미소. 남자가 저런 미소를 볼 기회가 얼마나 될까? 그 것은 인내의 표현도 애정의 표현도 의무의 표현도 아니었다. *그래요, 좋아요. 당신이 정말 원한다면.* 제니퍼 스털링은 그를 원했다. 그가 그녀를 원하는 것처럼 그녀도 그를 원했다. "너무 덥네요." 그녀가 눈을 떼지 않고 말했다.

"그럼 바람을 좀 쐬죠." 앤서니가 그녀의 손을 잡고 춤추는 사람들 사이로 이끌었다. 제니퍼가 웃으면서 그의 등으로 손을 뻗는 게 느껴졌다. 인적이 드문 복도로 나가자, 앤서니는 키스로 그녀의 웃음을 틀어막았다. 그녀의 머리칼을 손으로 휘감으며 그녀의 따뜻한 입술에 자신의 입술을 포갰다. 사람들의 발소리에도 아랑곳하지 않고 제니퍼는 점점 더 열정적으로 키스했다. 그녀의 손이 앤서니의 셔츠 아래로 들어왔다. 손가락이 닿는 느낌이 너무도 강렬해서 앤서니는 한순간 아무 생각도 할 수가 없었다. 어떻게 해야 하지? 어떻게 해야 해? 키스는 점점 더 깊고 절박해졌다. 앤서니는 그녀를 안지 못하면 폭발하고 말리라는 걸 알았다. 입술을 떼고, 그녀의 얼굴을 잡은 채 갈망으로 가득한 그녀의 눈을 보았다. 달아오른 그녀의 얼굴이 그의 물음에 답을 주었다.

앤서니가 오른쪽을 보았다. 셰리는 여전히 책 속에 푹 빠져 있었고, 무더운 9월의 열기 탓에 휴대품 보관소는 쓸모가 없었다. 주변에서 행해지는 치정의 몸짓을 수년간 보아온 셰리는 그들에게 관심이 없었다. "셰리." 그가 주머니에서 10실링 지폐를 꺼내며 말했다. "차 마시면서 좀 쉬면 어때?"

셰리는 한쪽 눈썹을 올려 보이더니, 돈을 받고 스툴에서 내려섰다. 그러고는 "10분이에요." 하고 잘라 말했다. 셰리가 사라지자 그를 따라 제니퍼가 킥킥대며 휴대품 보관소로 들어섰다. 그가 검은 커튼을 끝까지 쳐서 작은 방을 가리자,

제니퍼는 숨이 가빠졌다.

부드러우면서도 칠흑 같은 어둠이 내렸다. 그곳에 맡겨졌
던 수천 벌의 외투 냄새가 떠돌았다. 그들은 서로를 감싸 안
으며 행거 끝으로 비틀거리며 걸어갔다. 철사 옷걸이들이 부
딪히며 심벌즈가 차르륵거리는 소리가 났다. 앤서니는 그녀
가 보이지 않았지만, 등을 벽에 대고 돌아선 그녀가 그의 이
름을 중얼거리며 다급하게 입술을 맞대었다.

그 순간에도, 그녀가 파멸의 원인이 되리라는 것을 앤서니
는 마음 한구석으로 알고 있었다. "멈추라고 말해요." 앤서
니가 그녀의 가슴에 손을 얹으며 속삭였다. 그를 멈추게 하
는 것은 이것뿐이었다. 숨결이 거칠었다. "멈추라고 말해요."
그녀가 고개를 흔들어 말없이 거절의 뜻을 밝혔다. "오, 하느
님." 그가 중얼거렸다. 그러자 두 사람은 흥분으로 치달았다.
제니퍼는 가쁜 숨을 몰아쉬며 다리를 들어 그의 몸을 휘감았
다. 앤서니는 드레스 아래로 손을 미끄러뜨려 손바닥으로 실
크 속옷을 쓸었다. 한 손으로 그의 머리칼을 움켜쥔 제니퍼
가 다른 손을 바지로 뻗자 앤서니는 가벼운 충격을 느꼈다.
그녀의 몸에 밴 예절이 그런 욕구를 가로막을 거라고 생각한
모양이었다.

시간이 느리게 흘렀고, 그들을 둘러싼 공기는 진공 상태가
되었다. 둘의 숨결이 한데 섞였다. 옷들이 밀쳐졌다. 다리가
축축하게 젖었고, 그녀의 무게를 버티려고 그가 다리에 단단
히 힘을 주었다. 그러고는…… 오, 세상에, 앤서니가 마침내
그녀 안으로 들어갔다. 한순간 모든 것이 멈췄다. 그녀의 호

흡도, 움직임도, 그의 심장도, 세상도 멈춰버린 것 같았다. 그의 입술에 닿은 그녀의 입술이 벌어지고, 앤서니는 그녀가 숨을 들이쉬는 소리를 들었다. 그러고 나서 그들은 움직이기 시작했다. 그는 오직 하나만을 느낄 뿐이었다. 옷걸이들이 찰그랑거리는 소리도, 벽 너머에서 들려오는 작은 음악 소리도, 복도에서 누군가 인사하는 소리도 들리지 않았다. 오로지 그와 제니퍼만 존재할 뿐이었다. 그들은 천천히 움직였다 빠르게 움직였다. 그를 꽉 끌어안은 제니퍼의 얼굴에는 이제 웃음기를 찾아볼 수 없었다. 앤서니는 그녀의 살갗에 입을 맞췄다. 그녀의 숨결이 그의 귓가를 간질였다. 앤서니는 그녀가 점점 맹렬하게 움직이며 그녀 안으로 사라지는 걸 느꼈다. 그나마 남아 있는 감각으로 그는 제니퍼가 소리를 내면 안 된다는 걸 알았다. 살짝 머리를 젖힌 그녀의 목 안쪽에서 외침이 올라오자 그는 자신의 입으로 그 소리를 틀어막았다. 그의 입안으로 소리를, 그녀의 환희를 철저히 빨아들여 자신의 것으로 만들었다.

간접적으로 느꼈다.

그러고는 비틀거렸다. 앤서니는 그녀를 내려줄 때 다리에 경련이 일었다. 두 사람은 꼭 껴안은 채 서 있었고, 앤서니는 품 안에 축 늘어진 채 떨고 있는 제니퍼의 볼로 눈물이 흐르는 걸 느꼈다. 나중에 돌이켜 보아도 앤서니는 그 순간에 무슨 말을 했는지 기억나지 않았다. *사랑해요. 사랑해요. 날 떠나보내지 말아요. 당신은 너무나 아름다워요.* 그는 제니퍼의 눈물을 부드럽게 닦아준 것은 기억했다. 그녀가 괜찮다고 속삭이며, 미소 짓고, 키스하고 또 키스하던 것도.

그러고 나서, 저 멀리 터널 끝에서 들려오는 소리처럼, 그들은 셰리의 헛기침 소리를 들었다. 제니퍼가 옷을 정돈했고, 앤서니는 치마를 쓸어내려 주름을 펴주었다. 그를 꼭 잡는 제니퍼의 손길이 조금 떨어진 빛 속으로, 현실의 세계로 그를 이끌었다. 다리는 여전히 힘이 없었고, 호흡도 원래대로 돌아오지 않았다. 앤서니는 캄캄한 천국을 떠나는 것이 벌써부터 유감스러웠다.

"15분이에요." 제니퍼가 복도로 나오자, 셰리가 눈을 책에 고정한 채 말했다. 제니퍼의 드레스는 단정했지만, 납작하게 눌린 뒷머리가 안에서 일어난 일을 암시했다.

"그렇다면." 소녀의 손에 앤서니가 지폐 한 장을 더 쥐여주었다.

제니퍼가 여전히 홍조를 띤 얼굴로 그를 돌아보았다. "내 신발!" 스타킹을 신은 한쪽 발을 들어 올리며 소리쳤다. 그녀가 웃음을 터뜨리며 입을 가렸다. 앤서니는 장난스러운 그녀의 표정에 환호라도 하고 싶은 심정이었다. 제니퍼가 돌연 수심에 잠기거나 후회할까 봐 조마조마하던 참이었다.

"내가 가져올게요." 그렇게 말하고 그가 안으로 다시 들어갔다.

"기사도 정신이 죽었다고 누가 그런 거야?" 셰리가 중얼거렸다.

앤서니는 어둠 속을 더듬거리며 선녹색 실크 구두를 찾았다. 그녀처럼 증거가 남았을까 봐 다른 손으로 머리를 쓸어 넘겼다. 그 안에서 향수의 잔향과 섞인 섹스의 냄새가 떠도는 것만 같았다. 하지만 정말이지 그런 느낌은 난생처음이었다. 앤서니는 눈을 감고 그녀의 느낌을 떠올려보았다. 그녀의……

"이런, 안녕하세요, 스털링 부인!"

뒤집힌 의자 아래서 구두를 발견하는 순간, 제니퍼의 목소리가 들려왔다. 누군가와 짧은 대화를 나누는 소리.

앤서니가 밖으로 나오자, 휴대품 보관소 옆에 젊은 남자가 서 있었다. 입가에 담배를 물고, 검은 머리 여자의 어깨에 한 팔을 둘렀다. 여자는 음악이 들려오는 방향으로 신나게 박수를 치고 있었다.

"잘 지냈어요, 레지?" 제니퍼가 손을 내밀었고, 그는 그 손을 잠시 잡았다가 놓았다.

앤서니는 남자의 시선이 그에게로 미끄러지는 것을 보았다. "저야 잘 지냈죠. 스털링 씨와 함께 오셨나요?"

제니퍼는 거의 곧바로 대답했다. "로런스는 출장 중이에요. 이쪽은 우리 부부의 친구인 앤서니라고 해요. 친절하게도 오늘 저녁 저를 이곳으로 초대해주셨죠."

손이 뻗어 나왔다. "처음 뵙겠습니다."

앤서니의 미소는 인상을 쓴 것처럼 보였다.

레지는 가만히 서서 제니퍼의 머리로 시선을 주었다가, 홍조가 가시지 않은 볼로 시선을 옮겼다. 눈빛에는 불쾌할 정도로 알겠다는 표정이 떠올랐다. 그가 제니퍼의 발로 고개를 까딱해 보였다. "신발 한쪽을…… 잃어버린 모양이네요."

"댄싱 슈즈예요. 여기 맡겼는데 짝짝이로 들고 나왔지 뭐예요. 바보같이." 제니퍼의 목소리는 차분했고, 매끄럽게 이어졌다.

앤서니가 구두를 내밀었다. "찾았어요. 다른 구두는 외투 아래 넣어뒀습니다." 셰리는 그의 옆에서 책에 코를 박은 채 꼼짝 않고 앉아 있었다.

레지는 자신이 일으킨 상황을 즐기듯이 능글맞게 웃었다. 그들이 술을 사겠다거나, 함께 어울리자는 말이 나오기를 기다리고 있는 것 같기도 했다. 그러나 앤서니가 그런 말을 할 리는 없었다.

고맙게도 레지의 동행이 그의 팔을 잡아끌었다. "얼른 들어가요, 레지. 봐요, 멜도 저기 있어요."

"그만 가봐야겠네요. 그럼…… 춤 즐겁게 춰요." 레지가 손을 흔들고 안으로 들어가 테이블 사이로 사라졌다.

"젠장." 그녀가 나직이 말했다. "젠장. 젠장. 젠장."

앤서니는 제니퍼를 메인 룸으로 이끌었다. "술이나 마십시다."

두 사람은 부스로 들어갔다. 15분 전의 황홀감은 오래전의 기억처럼 느껴졌다. 앤서니는 그 남자가 첫눈에 마음에 들지 않았지만, 두 사람의 분위기에 찬물을 끼얹기까지 했으니 이젠 정말 패주고 싶었다.

제니퍼는 마티니 한 잔을 단숨에 비웠다. 다른 때 같았으면 앤서니도 재밌어했겠지만, 지금 그것은 제니퍼가 몹시 불안해하고 있다는 뜻이었다.

"초조해하지 말아요." 그가 말했다. "당신이 할 수 있는 일은 아무것도 없어요."

"하지만 레지가 말해버리면······."

"그럼 로런스를 떠나면 돼요. 간단하죠."

"앤서니······."

"그에게 돌아갈 수 없어요, 제니. 그런 일이 있고 나서는. 당신도 알잖아요."

제니퍼가 콤팩트를 꺼내더니 눈가에 번진 마스카라를 닦아냈다. 만족스럽지 않은지 뚜껑을 탁 하고 닫았다.

"제니?"

"당신이 지금 무슨 요구를 하는지 한번 생각해봐요. 난 모든 걸 잃게 돼요. 내 가족······ 내 인생 모두. 난 불명예를 안게 되는 거라고요."

"그렇지만 날 얻게 되잖아요. 난 제니를 행복하게 해줄 거예요. 당신도 그렇게 말했어요."

"여자들한테는 그렇게 간단한 문제가 아니에요. 난······."

"우린 결혼할 거예요."

"로런스가 순순히 나랑 이혼해줄 거 같아요? 날 가게 해줄 거 같냐고요." 제니퍼의 얼굴이 어두워졌다.

"그는 당신에게 어울리지 않는 사람이란 거 알아요. 내가 당신과 어울리죠." 그녀가 아무 말도 하지 않자 앤서니가 말했다. "그 사람과 함께 있는 게 행복한가요? 이게 당신이 원하는 삶인가요? 금박을 입힌 우리 안에서 죄수처럼 갇혀 사는 게?"

"난 죄수가 아니에요. 말도 안 되는 소리 하지 말아요."

"당신은 보지 못하고 있어요."

"아뇨. 당신이 그렇게 보고 싶은 거예요. 래리는 나쁜 사람이 아니에요."

"아직은 당신이 깨닫지 못하고 있지만, 그와 함께 있으면 점점 더 불행해질 거예요, 제니."

"이젠 글쟁이만이 아니라 점쟁이로도 나서기로 했나요?"

그는 아직 흥분이 완전히 가라앉지 않은 상태였고, 그래서 더욱 무모해졌다. "그는 당신을 짓뭉개고, 당신을 당신답게 만드는 것들을 없애버릴 거예요. 제니퍼, 남자들은 바보예요, 위험한 바보. 당신은 눈이 멀어 보지 못하는 거고요."

제니퍼가 얼굴을 홱 돌려 쳐다보았다. "그런 말을 하다니! 어떻게 그런 말을 해요?"

그녀의 눈물을 보는 순간, 앤서니 안에서 끓어오르던 열기가 사그라졌다. 그는 주머니에서 손수건을 꺼내 눈물을 닦아주려 했지만 제니퍼가 그의 손을 막았다. "그러지 말아요. 레지가 보고 있을지도 몰라요."

"미안해요. 울게 하려던 건 아닌데. 제발 울지 말아요."

그들은 불행한 기분으로 침묵 속에 앉아 댄스 플로어를 바라보았다.

"너무 힘들어요." 그녀가 중얼거렸다. "난 내가 행복하다고 생각했어요. 내 삶이 그런대로 훌륭하다고. 그러다 어느 날 당신이 나타났고, 모든 게…… 모든 게 이치에 맞지 않게 느껴졌어요. 내가 계획했던 모든 것들, 집이나 아이, 휴가 같은 것들을 더 이상 원하지 않게 됐어요. 잠을 잘 수도, 밥을 먹을 수도 없어요. 온종일 당신만 생각해요. 나도 그 일에 대해 생각하지 않는다는 게 불가능하리라는 건 알아요." 그녀가 휴대품 보관소 쪽을 가리켰다. "하지만 실제로 떠날 생각을 하면." 그녀가 코를 훌쩍였다. "꼭 심연 속을 들여다보는 기분이에요."

"심연이요?"

제니퍼가 코를 풀었다. "당신을 사랑하는 일에는 상당한 대가가 따라요. 부모님은 날 내칠 거예요. 난 아무것도 가져가지 못해요. 그리고 할 줄 아는 것도 없어요, 앤서니. 지금처럼 사는 거 말고는 잘하는 게 아무것도 없다고요. 내가 당신집을 제대로 관리하지 못하면 어떻게 해요?"

"내가 그런 걸 신경 쓸 거 같아요?"

"신경 쓰게 될 거예요. 결국은요. 응석받이에다 한가하게 놀러나 다니는 부인. 그게 바로 날 보고 제일 먼저 떠올린 생각이잖아요. 당신 생각이 맞아요. 난 남자가 날 사랑하게 만들 순 있어도, 그 외에는 아무것도 못해요."

제니퍼의 아랫입술이 파르르 떨렸다. 앤서니는 그런 말을 한 자신에게 몹시 화가 났다. 하지 않았더라면 좋았을 것을. 펠리페의 연주를 지켜보며 그들은 각자의 생각에 빠져 말없이 앉아 있었다.

"일자리를 제안받았어요." 그가 이윽고 입을 열었다. "뉴욕에서, 유엔 보도를 담당하는 자리예요."

제니퍼가 고개를 돌려 그를 보았다. "떠난다고요?"

"끝까지 들어줘요. 난 여러 해를 진창에 빠져 살았어요. 아프리카에서는 형편없이 무너져 내렸어요. 집으로 돌아와서는 그곳으로 돌아가지 못해 안달했죠. 난 어디에도 정착하지 못한 채 이곳이 아닌 다른 곳에 있어야 한다는 느낌, 다른 일을 하고 있어야 한다는 느낌에서 벗어나질 못했어요."

앤서니가 그녀의 손을 잡았다. "그러고 나서 당신을 만났어요. 갑자기 미래가 보였어요. 어딘가에 머물러야 할 이유가, 한곳에서 삶을 꾸려나가야 할 이유가 생긴 거죠. 유엔에서 일하는 것도 괜찮을 거예요. 난 그저 당신하고 함께 있고 싶어요."

"그럴 수 없어요. 당신은 이해 못 해요."

"뭘요?"

"난 겁이 나요."

"그가 무슨 짓을 할지 몰라서요?" 앤서니 안에서 분노가 커져갔다. "내가 그 사람을 두려워할 거 같아요? 내가 당신을 보호하지 못할 거라고 생각해요?"

"아뇨. 그 사람 때문이 아니에요. 제발 목소리 좀 낮춰요."

"당신이 어울리는 그 우스꽝스러운 사람들 때문인가요? 그 사람들 의견이 당신한테 그렇게 중요한가요? 그들은 공허하고 어리석은 사람들……."

"그만해요! 그 사람들 때문이 아니에요!"

"그럼 뭔가요? 뭐가 두려운 거죠?"

"당신이 두려워요."

앤서니는 무슨 말인지 이해하려고 안간힘을 썼다. "하지만 난……."

"당신에게 느끼는 내 감정이 두려워요. 누군가를 이만큼이나 사랑한다는 게 두려워요." 그녀의 목소리가 갈라졌다. 늘씬한 손가락이 칵테일 냅킨을 접어 비틀었다. "난 남편을 사랑하지만 이런 식으로는 아니에요. 그를 좋아하기도 했고 경멸하기도 했지만 우린 비교적 잘 지내왔어요. 난 현실과 타협했고, 이런 식으로 살 수 있다는 걸 알아요. 이해하겠어요? 난 남은 평생을 이런 식으로 살 수 있다는 걸 안다고요. 그리고 그건 나쁘지 않을 거예요. 많은 여자가 이보다 못한 삶을 살아가니까."

"그럼 나랑 함께하는 삶은요?"

그녀가 너무 오래 대답을 하지 않아서 앤서니는 다시 물을 뻗했다. "당신을 계속 사랑하게 내버려두면, 난 그 사랑에 완전히 사로잡히고 말 거예요. 내게는 당신 외엔 아무것도 없게 될 거예요. 당신 마음이 변하지 않을까 끊임없이 걱정하게 될 거예요. 그러다 정말 당신 마음이 변하면, 난 죽고 말 거예요."

앤서니는 그녀의 손을 잡아 입술로 가져갔다. 제니퍼가 그러지 말라고 조그맣게 속삭였지만 듣지 않았다. 앤서니는 그녀의 손끝에 입을 맞췄다. 그녀 전체를 품 안으로 끌어당기고 싶었다. 꼭 끌어안고 영원히 놓아주지 않고 싶었다. "사랑해요, 제니퍼." 그가 말했다. "그 사랑을 영원히 멈추지 않을 거예요. 이전엔 누구도 사랑한 적이 없고, 앞으로도 당신 외에는 누구도 사랑하지 않을 겁니다."

"지금은 그렇게 말하겠죠."

"그게 진실이니까요." 그가 고개를 저었다. "달리 무슨 말을 해주길 바라는지 모르겠군요."

"아무 말도 하지 말아요. 당신은 모두 말했어요. 당신의 아름다운 말들이 적힌 편지들을 난 모두 간직하고 있어요." 제니퍼가 손을 빼내더니 마티니로 손을 뻗었다. 그러고는 혼잣말을 하듯 중얼거렸다. "하지만 그렇다고 결정이 더 쉬워지는 건 아니에요."

제니퍼가 그에게서 다리를 떼었다. 앤서니는 고통스러울 정도로 허전함을 느꼈다. "그러니까 무슨 말을 하는 겁니까?" 그가 기를 쓰고 목소리를 차분하게 유지했다. "날 사랑하지만, 우리에겐 희망이 없다는 건가요?"

제니퍼의 얼굴이 약간 일그러졌다. "앤서니, 내 생각엔 우리 둘 다……." 그녀는 말끝을 흐렸다.

끝까지 말할 필요가 없었다.

10

1960년 12월

부인이 사라지자 안절부절못하던 스털링이 컵을 탁 내려놓더니 그녀를 따라 성큼성큼 복도로 나갔다. 그 모습을 지켜보던 모이라 파커는 흥분으로 가슴이 떨렸다. 당장 그를 따라 나가 무슨 일이 벌어지는지 보고 싶었지만, 그녀에겐 그러지 않을 정도의 자제력이 있었다. 그녀 말고는 아무도 스털링이 나간 사실을 눈치채지 못한 듯했다.

마침내 그가 다시 안으로 들어왔다. 적갈색으로 변한 그의 얼굴이 사람들 머리 위로 떠올랐다 가라앉았다 하는 모습을 모이라가 바라보았다. 표정에는 어떤 감정도 드러나지 않았지만, 이목구비가 그토록 긴장한 것은 모이라도 처음 보았다.

밖에서 무슨 일이 있었던 걸까? 제니퍼 스털링이 그 젊은 남자와 무슨 짓을 한 거지?

야비한 희열이 피어오르면서 모이라의 상상을 자극했다. 어쩌면 스털링은 자신의 아내가 얼마나 이기적인 존재인지 두 눈으로 목격하게 된 건지도 몰랐다. 휴가가 끝나고 사람들이 돌아왔을 때 몇 마디만 하면 저 여자의 행실은 사람들의 입방아에 오르내리게 될 것이다. 하지만 그것은 곧 스털링에 관한 소문이기도 하다는 데 생각이 미치자 모이라는 돌연 우울해졌다. 저 용감하고 품위 있고 절제심 강한 남자가 경박한 비서들의 험담거리가 된다고 생각하자 심장이 바짝 조여드는 느낌이었다. 그가 누구보다 존중되어야 할 이곳에서 어떻게 모이라가 그에게 모욕을 안길 수 있겠는가?

모이라는 사장을 위로할 엄두도 내지 못한 채, 반대편에서 속수무책으로 서 있었다. 마치 다른 방에 있기라도 하듯 주변의 흥청거림에는 전혀 관심이 없었다. 그녀는 임시로 만든 바로 걸어간 스털링이 얼굴을 찌푸린 채 위스키로 보이는 술을 받아드는 모습을 지켜보았다. 그는 단숨에 잔을 비우더니 또 한 잔을 요구했다. 세 잔을 마시고 나서야 주변 사람들에게 고개를 끄덕여 보이고 사장실로 들어갔다.

모이라는 사람들 사이로 나아갔다. 10시 45분이었다. 음악은 멈췄고 사람들도 집으로 돌아가기 시작했다. 돌아가지 않은 사람들은 동료의 눈을 피해 어디론가 숨어들었다.

스티븐스는 마치 아무도 볼 수 없는 곳에 있는 사람처럼 외투걸이 뒤쪽에서 빨강머리 타이피스트에게 키스하고 있다. 여자의 치마가 허벅지 위로 걷혀 올라갔고, 훤히 드러난 가터벨트를 스티븐스의 포동포동한 손가락이 잡아당기고 있었다. 모이라는 엘지 마친스키에게 택시를 잡아주러 나간 우편실 직원이 돌아오지 않은 사실을 깨달았다. 그러고는 누구도 모르는 그 사실을 자신이 안다는 걸 엘지에게 어떻게 전할지 잠깐 생각해보았다. 그녀는 자신을 제외한 모든 사람이 어째서 육체 문제에 집착하는지 궁금했다. 정중한 인사나 일상의 예의 바른 대화는 단순한 눈가림에 불과한 것일까? 모이라에게는 없는, 흥청거리기를 좋아하는 본성을 감추기 위한 눈가림?

"우린 캣츠 아이 클럽으로 갈 거야. 같이 갈래, 모이라? 긴장도 좀 풀 겸?"

"오, 모이라는 안 가." 펠리시티 헤어우드의 말투가 어찌나 거만한지, 모이라는 한순간 "아, 그럼 나도 함께 갈까." 라고 말해서 모두를 깜짝 놀라게 할지 고민했다. 하지만 스털링의 집무실에 불이 켜져 있었다. 모이라는 책임감 있는 임원 비서라면 누구라도 할 일을 했다. 그녀는 사무실을 정리하기 위해 뒤에 남았다.

* * *

모이라가 정돈을 마친 것은 새벽 1시가 다 되었을 무렵이었다. 그녀 혼자서 다 한 것은 아니었다. 빈 병을 모을 때 회계 팀에 새로 온 여직원이 쓰레기 봉투를 들어주었고, 남아프리카공화국 출신의 키가 큰 영업 팀장이 종이컵을 모으는 걸 도와주었다. 그는 여자 화장실에서 큰 소리로 노래를 부르기도 했다. 그러고 나서는 결국 모이라 혼자 남았다. 바닥에 묻은 자국들을 닦아내고, 솔과 쓰레받기로 타일에 눌어붙은 과자와 땅콩 부스러기들을 쓸어 담았다. 책상은 휴가를 마치고 돌아온 남자들이 끌어다 놓으면 되었다. 이제 장식용 테이프가 펄럭이는 것만 빼면, 이곳은 다시 일터다운 모습을 되찾았다.

모이라는 엉망이 된 크리스마스트리를 쳐다보았다. 장식물들은 깨지거나 사라졌다. 작은 우편함은 누군가 올라앉아서 찌부러졌고, 옆면을 장식했던 주름종이는 처량한 모습으로 뜯어졌다. 소중한 장식용 구슬이 아무렇게나 내던져진 광경을 어머니가 보지 못해 다행이라는 생각이 들었다.

마지막 장식물을 싸 넣을 때, 스털링의 모습이 눈에 들어왔다. 그는 머리를 손안에 파묻은 채 가죽 의자에 앉아 있었다. 문 옆의 테이블에 남은 음료들이 놓여 있었고, 모이라는 거의 충동적으로 위스키를 더블로 따랐다. 그녀는 사장실로 걸어가서 문을 두드렸다. 스털링은 아직도 넥타이를 매고 있었다. 이 시각까지도 격식을 갖춘 모습이었다.

"사무실을 정리하고 있었습니다." 그가 쳐다보자 모이라가 말했다. 갑자기 당혹스러웠다.

그가 유리벽 너머를 흘깃 보았고, 모이라는 자신이 남아 있었다는 사실을 그가 알지 못했음을 깨달았다.

"정말 친절하군, 모이라." 그가 나직하게 말했다. "고마워." 스털링이 위스키를 받아 들더니, 천천히 마셨다.

모이라는 그의 절망한 얼굴과 가늘게 떨리는 손을 유심히 바라보았다. 그녀는 책상 가까이 서 있었고, 이번만큼은 그냥 그곳에 있는 것이 당연하게 느껴졌다. 그의 서명이 필요한 편지들이 책상 위에 깔끔하게 정돈되어 있었다. 그 편지들을 가져다 둔 게 아주 오래전인 것만 같았다.

"한 잔 더 하시겠어요?" 스털링이 잔을 비우자 모이라가 말했다. "아직 술이 좀 남았는데요."

"충분히 마신 것 같군." 긴 정적이 흘렀다. "내가 어떻게 해야 할까, 모이라?" 머릿속에서 누군가와 논쟁을 하고 있는 것처럼 스털링이 고개를 흔들었다. "난 그 여자에게 모든 걸 줬어. 모든 걸. 그 여자에겐 부족한 게 아무것도 없었어."

스털링의 목소리가 끊겼다.

"사람들은 모든 게 변한다고 하지. 여자들은 새로운 걸 원하고…… 오직 신만이 그게 뭔지 안다고. 어째서 모든 게 변해야 하지?"

"모든 여자가 그런 건 아니에요." 모이라가 조용히 말했다. "많은 여자가 서로 보살펴줄 수 있고, 함께 가정을 꾸밀 남편이 있다는 걸 멋진 일로 생각해요."

"모이라도 그렇게 생각하나?" 그의 눈가가 피로로 벌겠다.

"그럼요. 집에 돌아오면 음료를 만들어주고, 밥을 지어주고, 작은 일에도 관심을 보여줄 남자…… 그런 사람이 있다면 더없이 기쁠 거예요." 모이라가 얼굴을 붉혔다.

"그럼 왜……." 그가 한숨을 내쉬었다.

"사장님." 모이라가 불쑥 말했다. "사장님은 훌륭한 상관이세요. 멋진 남자시고요. 정말입니다." 모이라가 결연하게 말을 이어갔다. "사장님을 남편으로 둔 부인은 굉장한 행운을 얻으신 거예요. 부인께서도 분명히 아실 겁니다. 그리고 사장님은 그런 대접을…… 그런 대접을 받아서는 안 되는데…….” 모이라가 말꼬리를 흐렸다. 말하는 순간 자신이 무언의 규칙을 어겼다는 걸 알았다. “죄송합니다.” 불편할 정도로 침묵이 길어지자 모이라가 말했다. “사장님, 저는 그런 뜻이 아니라…….”

“그게 잘못인가?” 그의 목소리가 너무 작아서 모이라는 처음에 무슨 말인지 잘 듣지 못했다. “안아주길 바라는 게? 그런 행동을 하면 남자답지 못한 건가?”

모이라는 눈물이 핑 돌았고…… 내심 뭔가 약삭빠르고 예리한 감정을 느꼈다. 옆으로 조금 움직여서 그의 어깨에 가볍게 팔을 둘렀다. 아, 그 느낌! 키가 크고 어깨가 넓은 그는 재킷 맵시도 몹시 좋았다. 모이라는 앞으로 죽는 날까지 이 순간을 수없이 떠올릴 것이었다. 그의 느낌, 그의 몸에 손을 얹을 자유…… 모이라는 기쁨으로 기절할 것만 같았다.

스털링이 제지할 생각을 하지 않자, 모이라는 팔걸이에 걸터앉아 몸을 약간 기울였다. 그러고는 숨을 멈추고 그의 어깨에 머리를 얹었다. 위로의 몸짓, 연대의 몸짓이었다. 이런 느낌이구나, 하고 모이라는 행복에 겨워 생각했다. 두 사람이 이렇게 꼭 붙어 있는 모습을 누군가 사진으로 담아주었으면 하고 바랐다. 그런 다음 그가 머리를 들었고, 모이라는 돌연 불안해졌다. 그리고 수치스러웠다.

“정말 죄송합니다…… 전 그럼…….” 모이라가 몸을 일으켰다. 말이 목에 걸렸다. 그러나 그가 그녀의 손을 잡았다. 따뜻하고, 친밀하게. “모이라.” 그의 눈은 반쯤 감겼고, 목소리는 절망과 욕망으로 잠겨들었다. 그는 손으로 그녀의 얼굴을 끌어내려, 절박하고 완강하게 입술을 포갰다. 모이라는 충격과 기쁨이 뒤섞인 소리를 흘리고는 그의 키스에 응했다. 태어나서 남자와 하는 두 번째 키스였고, 수년간 일방적으로 갈망해왔기에 이전의 키스와는 비교할 수 없을 만큼 감미로웠다. 그녀 안에서 작은 폭발이 일어나며 피가 미친 듯이 몸속을 내달았고, 심장이 가슴 밖으로 튀어나올 것 같았다.

스털링이 책상 위로 그녀를 가만히 눕히며 쉰 목소리로 다급하게 중얼거렸다. 그의 손이 그녀의 목덜미를 지나 가슴으로 움직였고, 그의 숨결이 쇄골에 따스하게 닿았다. 경험이 없는 모이라는 손과 팔다리를 어디에 두어야 할지 몰랐지만, 새로운 감각에 빠져든 채 그를 기쁘게 하길 원하며 그를 꽉 움켜잡고 있었다. *난 당신을 흠모해요,* 그녀가 속으로 말했다. *내게서 원하는 걸 가져요.*

그러나 모이라는 쾌락에 몸을 맡길 때조차도, 기억을 위해 자신의 일부가 깨어 있어야 한다는 걸 알았다. 그가 감싸 안을 때도, 그녀 안으로 들어올 때도, 치마가 엉덩이 위로 걸어 올라가고 잉크병이 불편하게 어깨를 파고들 때도, 모이라는 자신이 제니퍼 스털링에게 위협거리가 되지 못한다는 사실을 잘 알았다. 세상의 모든 제니퍼는 모이라 같은 여자들이 흉내도 낼 수 없는 최고의 상품이었다. 하지만 모이라 파커에게는 한 가지 이점이 있었다. 늘 모든 것이 주어지는 제니퍼 스털링 같은 여자와 달리 작은 일에도 감사할 줄 안다는 점이었다. 그리고 하룻밤의 짧은 기억이 무엇보다 소중한 것이 될 수 있음을 알았다. 이것이 모이라의 연애 역사에 결정적인 순간으로 남을 거라면, 그녀의 일부는 이 순간을 안전하게 저장할 수 있을 정도로 의식이 있어야 했다. 그러면 모든 것이 끝나고, 수없이 많은 밤을 혼자 보낼 때, 이 순간을 다시 체험할 수 있을 것이다.

* * *

로런스가 집으로 돌아왔을 때, 제니퍼는 앞쪽에 있는 커다란 거실에 앉아 있었다. 짙은 자주색 트위드 스윙코트에 모자를 썼고, 무릎 위에는 검은 핸드백과 어울리는 장갑을 단정히 올려놓았다. 그의 차가 멈추는 소리가 나고 바깥에서 불빛이 어두워지자, 그녀가 자리에서 일어났다. 커튼을 조금 들추고 그가 운전석에 앉아 있는 모습을 바라보았다. 엔진이 탁탁거리며 멈추는 동안 그는 생각에 잠겨 있었다.

제니퍼는 자신의 여행 가방들을 흘깃 돌아보고는 창가에서 멀어졌다.

그가 집으로 들어와 복도 의자에 외투를 떨어뜨렸다. 테이블에 놓인 그릇으로 열쇠가 떨어지는 소리가 나고, 이어서 뭔가 달그락거리며 쓰러지는 소리가 들렸다. 결혼사진일까? 그는 잠시 머뭇거리다가, 거실 문을 열고 그녀와 마주했다.

"난 떠나야 할 거 같아요." 그의 시선이 제니퍼의 발치에 놓인 여행 가방으로 향했다. 몇 주 전에 병원에서 나올 때 사용한 가방이었다.

"떠나야 할 거 같다고."

그녀는 크게 심호흡을 한 후, 지난 두 시간 동안 연습한 말을 했다. "이렇게 사는 건 누구에게도 행복하지 않아요. 우리 둘 다 그 사실을 알아요."

그는 제니퍼를 지나 걸어가서 장식장에서 위스키를 꺼내 잔에 가득 따랐다. 디캔터를 잡은 모습을 보며 제니퍼는 자신이 회사를 떠난 후 그가 술을 얼마나 마셨는지 궁금했다. 그는 컷글라스 술잔을 들고 의자로 가서 털썩 주저앉았다. 그러더니 한동안 그녀의 눈을 빤히 쳐다보았다. 제니퍼는 몸을 움직거리고 싶은 충동을 억눌렀다.

"그래서……." 그가 입을 열었다. "뭔가 다른 계획이라도 있는 건가? 당신을 더 행복하게 해줄 계획?" 냉소적이고 불쾌한 어조였다. 술이 그 안의 뭔가를 풀어놓은 듯했다. 하지만 그녀는 두렵지 않았다. 그녀는 남편이 자신의 미래가 아니라는 것을 알 자유가 있었다.

그들은 서로를 뚫어져라 쳐다봤다. 쉽지 않은 싸움에 휘말린 전투원들처럼.

"당신은 알고 있어요, 그렇죠?" 그녀가 말했다.

그는 제니퍼에게 시선을 고정한 채 위스키를 마셨다. "내가 뭘 안다는 거지, 제니퍼?"

그녀가 숨을 들이마셨다. "내가 다른 사람을 사랑한다는 거요. 그리고 그건 레지 카펜터가 아니라는 거. 전혀 아니죠." 그녀는 말하면서 핸드백을 만지작거렸다. "오늘 저녁에 그 사실을 알아냈어요. 레지는 실수였죠. 엉뚱한 짐작을 한 거예요. 하지만 당신은 늘 나한테 화가 나 있었어요. 내가 병원에서 돌아온 이후로 계속 그랬어요. 왜냐하면 당신도 나처럼 알고 있었으니까. 누군가 날 사랑하고 있다는 걸, 날 사랑한다고 말하길 두려워하지 않는다는 걸 말이에요. 그래서 내가 묻는 걸 좋아하지 않았던 거예요. 내 어머니가, 모든 사람이, 내가 지금처럼 살기를 그렇게 원했던 것도 말이죠. 당신은 내가 기억을 되찾지 못하길 바랐어요. 영원히."

그가 버럭 화를 낼 거라고 반쯤 기대했다. 그러나 화를 내는 대신 고개를 끄덕였다. 그러고는 숨을 참고 있는 그녀에게 잔을 들어 보였다. "그럼…… 당신의 연인이라는 그 사람, 그는 몇 시에 이리로 오지?" 그가 손목시계를 보았다가 여행 가방으로 눈길을 주었다. "당신을 데리러 올 거 아니야."

"그는……." 그녀가 힘겹게 침을 삼켰다. "난…… 그런 건 아니에요."

"그럼 다른 데서 만나기로 했나?"

그는 너무나 차분했다. 상황을 즐기고 있기라도 하듯이. "결국에는요. 네."

"결국에는." 그가 반복했다. "왜 당장 만나지 않는 거지?"

"난…… 그 사람이 어디 있는지 몰라요."

"그가 어디 있는지 모른다." 로런스가 위스키를 벌컥벌컥 마셨다. 그러더니 힘겹게 일어나서 다시 위스키를 따랐다.

"기억이 나지 않아요. 당신도 알잖아요. 하지만 기억이 돌아오고 있어요. 아직은 뚜렷하지 않지만 이런 삶이." 그녀가 방 안을 가리켰다. "잘못된 것처럼 느껴지는 이유가 있다는

227

걸 이제는 알아요. 내가 다른 사람과 사랑에 빠졌기 때문이라는 걸요. 그러니까 정말 미안하지만, 난 떠나야겠어요. 그렇게 하는 게 옳아요. 당신과 나 모두를 위해서."

그가 고개를 끄덕였다. "당신 연인이라는 그 신사분이 내게는 없는 무엇을 가지고 있는지 좀 물어봐도 될까?"

창밖에서 가로등이 깜박거렸다.

"나도 모르겠어요. 그냥 내가 그를 사랑한다는 걸 알 뿐이에요. 그가 나를 사랑한다는 것하고."

"아, 그런가? 다른 건 또 뭘 알지? 그는 어디에 사나? 무슨 일을 하고? 사치스러운 취향을 가진 당신을 어떻게 부양할 계획이지? 새 파티 드레스는 사줄 수 있어? 가정부를 둘 수는 있나? 보석은 어때?"

"그런 건 아무래도 상관없어요."

"지금까진 분명히 상관있었는데 말야."

"이젠 달라졌어요. 그가 날 사랑한다는 사실을 알고, 그거 외엔 아무것도 중요하지 않아요. 원한다면 얼마든지 날 조롱해도 좋아요, 로런스. 하지만 당신은 몰라요……."

그가 의자에서 벌떡 일어나자, 제니퍼가 움찔 뒤로 물러났다. "난 당신 연인에 대해 모든 걸 알아, 제니." 그가 버럭 고함을 지르더니, 안주머니에서 구겨진 봉투를 꺼내 휘두르듯 내밀었다. "무슨 일이 있었는지 정말로 알고 싶나? 당신 연인이 어디 있는지 정말 알고 싶어?" 입에서 침방울이 튀었고, 사람이라도 죽일 듯 눈빛이 사나웠다.

그녀는 얼어붙었다. 숨이 가슴에 걸렸다.

"당신은 날 처음으로 떠나는 게 아니야. 난 그의 존재를 알 뿐 아니라 그 사실도 알고 있지. 사고 후에 당신 가방에서 이 편지를 발견했으니까."

봉투에 적힌 익숙한 글씨체를 알아보고 제니퍼는 눈길을 떼지 못했다.

"그 남자가 보낸 편지지. 그는 자기를 만나러 와달라고 적었어. 당신과 함께 도망치고 싶다고. 당신과 둘이서. 나한테서 멀어져서 둘이 함께 새로운 삶을 시작하기 위해." 그가 반은 분노로, 반은 비탄으로 얼굴을 찡그렸다. "이제 기억이 나나?" 그가 내민 편지를 그녀가 떨리는 손으로 받아 들었다. 제니퍼는 편지를 펼쳐 읽기 시작했다.

나의 소중하고 유일한 사랑. 내가 한 말은 진심이었어요. 나는 우리 중 하나가 대담한 결정을 내리는 것만이 앞으로 나아가는 유일한 길이라는 결론에 다다랐습니다.

나는 당신만큼 강하지 못해요. 처음 만났을 때는 당신이 작고 연약한 존재라고 생각했죠. 내가 보호해야 할 사람이라고. 이젠 그것이 잘못된 생각이었다는 걸 압니다. 강한 쪽은 당신이에요. 당신은 이런 사랑이 가능하다는 걸 알고, 우리에게는 절대로 허락되지 않으리라는 걸 알면서도 참고 살 수가 있어요.

부디 내 나약함으로 날 판단하지 말아줘요. 내가 견딜 수 있는 유일한 길은 당신을 절대 볼 수 없는 곳으로 가는 겁니다. 당신이 그와 함께 있는 모습을 보게 될 가능성이 없는 곳으로. 나는 어쩔 수 없이 해야만 하는 일들이 매분, 매시간 내 머릿속에서 당신을 몰아내주는 그런 곳에 있어야 합니다. 여기서는 그런 일이 불가능해요.

난 회사가 제안한 그 일을 받아들일 생각입니다. 월요일 저녁 7시 15분에, 패딩턴 역 4번 승강장에 나가 있을 거예요. 그리고 당신이 나와 함께 떠날 용기를 내준다면, 그보다 더 행복한 일은 세상 어디에도 없을 겁니다.

당신이 오지 않으면, 우리가 서로에게 가진 감정이 무엇이건, 충분치 못했다고 생각하겠습니다. 당신을 비난하지 않을 거예요. 지난 몇 주간이 당신에게는 견딜 수 없는 부담이었다는 걸 알아요. 그 부담의 무게가 얼마나 큰지도 잘 알고 있습니다. 나 때문에 당신이 불행을 느낄 수도 있다는 생각은 정말 떠올리고 싶지도 않아요.

6시 45분부터 승강장에서 기다리겠습니다. 당신이 내 마음, 내 희망을 쥐고 있다는 걸 알아줘요.

당신의 B.

"이제 기억나, 제니?"

"그래요." 그녀가 속삭였다. 마음속으로 이미지들이 스쳐 지나갔다. 검은 머리. 구겨진 리넨 재킷. 푸른 옷의 남자들이 점점이 보이는 작은 공원.

부트.

"그래, 그를 알지? 기억이 전부 돌아온 건가?"

"그래요. 기억이 돌아왔어요……." 그의 모습이 거의 보였다. 그는 이제 아주 가까이 다가왔다.

"다 돌아오지 않은 게 분명하군."

"그게 무슨……."

"그 남자는 죽었어, 제니퍼. 차 안에서 죽었다고. 당신은 사고에서 살아남았고, 당신 남자 친구는 죽었어. 경찰에 의하면 현장에서 사망했다는군. 그러니까 저 밖에서 당신을 기다릴 사람은 아무도 없어. 패딩턴 역에는 아무도 없다고. 당신이 기억해야 할 사람은 이제 남아 있지 않아."

그녀 주변에서 방이 움직이기 시작했다. 그의 말을 들었지만, 무슨 뜻인지 이해되지 않았다. 단어의 의미가 그녀 안으로 뿌리내리지 못했다. "아니에요." 그녀는 이제 몸을 떨고 있었다.

"안됐지만 사실이야. 증거를 원하면 신문을 찾아서 보여줄 수도 있어. 우린, 그러니까 당신 부모와 난, 명백한 이유로 당신 이름이 알려지는 걸 막았지. 하지만 그의 죽음에 대해서는 보도가 나갔어."

"아니에요." 그녀가 그를 떠밀었다. 그녀의 팔이 리드미컬하게 그의 가슴 앞에서 움직였다. *아뇨, 아니에요, 아니에요.* 그녀는 그의 말을 들으려 하지 않았다.

"그는 현장에서 죽었어."

"그만해요! 그만하라고요!" 제니퍼가 소리를 지르며 그를 향해 거칠게 달려들었다. 먼 데서 들려오는 소리처럼 자신의 목소리를 들었고, 그의 얼굴과 가슴으로 자신의 주먹이 날아드는 것을, 그의 강인한 손이 그녀의 손목을 잡아 움직이지 못하게 하는 것을 어렴풋이 인식했다.

그는 움직이지 않았다. 그가 말한 사실도 마찬가지였다.

죽었다고.

제니퍼가 의자로 무너져 내리자 그가 마침내 손을 놓아주었다. 그녀는 방이 점점 팽창해서 그 안에 쪼그라들어 묻혀버린 기분이었다. *나의 소중하고 유일한 사랑.* 고개가 아래로 떨어져서 바닥만 보였고, 콧등으로 흘러내린 눈물이 값비싼 양탄자 위로 뚝뚝 떨어졌다.

긴 시간이 흐른 후, 그녀가 고개를 들었다. 그는 너무 불쾌해서 바라볼 수도 없는 장면이라는 듯 눈을 감고 있었다. "알고 있었으면서." 그녀가 입을 열었다. "내가 기억해내기 시작하는 걸 알았으면서, 어째서…… 어째서 내게 진실을 말해주지 않은 거죠?"

그는 이제 화를 내고 있지 않았다. 맞은편 의자에 패배자처럼 앉아 있었다. "왜냐하면 난…… 당신이 아무것도 기억하지 못한다는 걸 알았을 때, 지난 일이 그대로 묻히길 바랐으니까. 아무 일도 없었던 것처럼 계속 살아가길 바랐어."

나의 소중하고 유일한 사랑.

그녀는 아무 데도 갈 곳이 없었다. 부트는 죽었다. 그동안 계속 죽어 있었던 것이다. 바보가 된 기분이었고 상실감이 들었다. 마치 그 모든 일이 소녀다운 탐닉에 빠진 그녀의 상상이었던 것만 같았다.

"그리고." 로런스의 목소리가 정적을 깨고 들려왔다. "당신이 아니었으면 그 남자가 아직 살아 있을 거란 사실로 죄책감을 느끼지 않길 바랐으니까."

그 말을 듣고 나니, 실제로 뭔가가 꿰뚫고 지나가는 것처럼 날카로운 통증이 그녀를 갈랐다.

"당신이 날 어떻게 생각하든, 제니퍼, 난 그렇게 하는 게 당신을 더 행복하게 할 거라고 믿었어."

시간이 흘렀다. 몇 분, 혹은 몇 시간이 흘렀는지 그녀는 알지 못했다. 얼마 후에 로런스가 의자에서 일어났다. 그는 위스키를 또 한 잔 따라 물처럼 꿀꺽꿀꺽 마시고는 은쟁반에 술잔을 얌전히 놓았다.

"그럼, 이제 어떻게 되는 거죠?" 그녀가 멍하니 말했다.

"난 침대로 갈 거야. 참을 수 없이 피곤해." 그는 돌아서서 문으로 걸어갔다. "당신도 그렇게 하든가."

그가 나간 후에도 제니퍼는 한동안 그곳에 앉아 있었다. 지치고 술 취한 걸음으로 위층 마루를 오가는 남편의 발소리가 들려왔다. 그가 올라가자 삐걱대는 침대 소리도 들렸다. 그는 큰방에 있었다. 그녀의 침실에.

제니퍼는 편지를 다시 읽었다. 자신의 것이 될 수 없는 미래를, 그것 없이는 살 수 없었던 사랑을. 글로 전한 것보다 더 많이 그녀를 사랑한 남자의 말들을 읽었다. 그녀가 자신도 모르게 죽음으로 몰아넣은 남자. 마침내 그의 얼굴을 떠올릴 수 있었다. 생기 넘치고 희망에 찬, 사랑으로 가득한 얼굴.

제니퍼 스털링은 바닥으로 쓰러졌고, 편지를 가슴에 움켜쥔 채 몸을 웅크리고 조용히 울기 시작했다.

11

1960년 9월

그가 카페 창문 너머로 그들을 보았다. 늦은 여름 저녁인데
도 창문에 벌써 김이 서렸다. 그의 아들은 창문에서 가까운
자리에 앉아 다리를 흔들거리며 메뉴를 보고 있었다. 그는
거리에 우뚝 멈춰 선 채, 아들의 길어진 팔다리와 젖살이 빠
진 얼굴을 한동안 유심히 바라보았다. 아이가 어떤 남자로
성장할지 조금 보이는 것 같았다. 앤서니는 가슴이 조여드는
느낌이었다. 그는 팔 아래로 꾸러미를 끼워 들고 카페 안으
로 들어갔다.

그 카페를 고른 것은 클라리사였다. 넓고 복잡한 장소였
고, 웨이트리스들은 유행이 지난 유니폼과 하얀 앞치마를 입
었다. 클라리사는 그곳을 찻집이라고 불렀다. 카페라는 단어
가 어색하다는 듯이.

"필립?"

"아빠?"

234

그가 테이블 옆에 멈춰 서서, 아빠를 보고 웃는 아들을 흐뭇한 마음으로 바라보았다.

"클라리사." 하고 그가 덧붙였다.

그녀의 화가 전보다 누그러진 상태라는 것을 앤서니는 금세 알아보았다. 지난 몇 년간 그녀의 얼굴에는 팽팽한 긴장감이 흘렀고, 그런 얼굴을 마주할 때마다 앤서니는 죄책감이 들었다. 그런데 이제 그를 돌아보는 얼굴에는 호기심의 빛이 어려 있었다. 마치 돌아서서 갑자기 폭발해버릴지도 모르는 뭔가를 바라보는 눈빛이었다. 멀리서, 찬찬히 살피는 눈빛.

"아주 좋아 보이네." 그가 말했다.

"고마워요."

"그리고 넌 엄청 자랐고." 그가 아들을 향해 말했다. "맙소사, 두 달 새에 15센티미터는 쑥 자란 거 같네."

"세 달 만이에요. 그리고 저 나이 때 아이들은 원래 그렇대요." 클라리사가 입술을 움직여 앤서니도 아주 잘 아는 못마땅한 표정을 만들었다. 순간적으로 제니퍼의 입술이 떠올랐다. 클라리사가 그녀처럼 입술을 끌어올리는 모습은 본 적이 없는 것 같았다. 아마도 클라리사의 천성이 용납하지 않았으리라.

"당신은…… 잘 지내요?" 클라리사가 차를 따라 그에게 밀어주었다.

"아주 잘 지내. 고마워. 그동안 일이 많았어."

"늘 그렇죠."

"그래. 넌 어떠니, 필립? 학교는 잘 다녀?"

아들의 얼굴이 메뉴판에 가려졌다.

"아빠가 물으시면 대답해야지."

"잘 다녀요."

"그래. 성적도 잘 받고?"

"안 그래도 성적표를 가져왔어요. 보고 싶어 할 거 같아서." 클라리사가 가방을 뒤적여 성적표를 꺼내 건넸다.

성적표에 반복해 적힌 '반듯한 품성'이나 '성실한 노력' 같은 어구에 눈길을 주며 앤서니는 생각지 못한 뿌듯함을 느꼈다.

"필립이 축구팀 주장이 됐어요." 클라리사의 목소리에 즐거움이 묻어났다.

"잘하고 있구나." 앤서니는 아들의 어깨를 토닥여주었다.

"숙제도 매일 밤 꼬박꼬박 잘하고 있어요. 내가 매일 확인해요."

필립은 이제 그를 보지 않았다. 아이의 삶에 생긴 아빠의 빈자리를 에드거라는 자가 벌써 메워버린 것인가? 그는 필립과 함께 크리켓을 해줄까? 아이에게 책도 읽어줄까? 앤서니는 마음속에 먹구름이 드리워지는 기분이어서 기운을 내려고 차를 크게 한 모금 마셨다. 그러고는 웨이트리스를 불러서 케이크 한 접시를 주문했다. "여기서 제일 큰 걸로 주세요. 미리 축하하게." 그가 말했다.

"그럼 저녁에 밥맛이 없을 텐데." 클라리사가 말했다.

"오늘 하루만이잖아."

말을 참으려고 애쓰는 듯 그녀가 고개를 옆으로 돌렸다.

카페 안은 더욱 소란스러워졌다. 케이크는 층이 있는 은 접시에 담겨 나왔다. 아들의 시선이 접시로 향하자 앤서니가 어서 먹으라고 손짓을 보냈다.

"새로운 자리를 제안받았어." 묵직한 침묵이 견디기 힘들어졌을 즈음 앤서니가 입을 열었다.

"「네이션」에서요?"

"그래, 하지만 뉴욕의 자리야. 유엔에 있던 사람이 은퇴하는데 1년간 내가 그 자리를 대신하면 어떻겠냐는 제안이 들어왔어. 도심에 있는 아파트까지 나오고." 돈에게 그 얘기를 들었을 때 앤서니는 믿을 수가 없었다. 그에 대한 그들의 믿음을 보여주는 결정이라고 했다. 이 일을 제대로 해낸다면 누가 또 알겠는가? 그는 내년 이맘때쯤에 다시 해외로 나가 있을지도 몰랐다.

"정말 잘됐네요."

"나도 얘기 들었을 땐 좀 놀랐어. 하지만 좋은 기회잖아."

"그래요. 뭐, 당신은 늘 여행을 좋아했으니까."

"이건 여행이 아니지. 도시 안에서 일하는 건데."

돈이 그 얘기를 꺼냈을 때 차라리 잘됐다 싶었다. 그 일이 여러 문제를 결정해줄 것이었다. 앤서니는 더 나은 일을 갖게 되고, 제니퍼도 함께 가서 그와 새로운 삶을 시작할 수 있을 것이고…… 그리고 이건 생각하지 않으려고 했지만, 설사 그녀가 거절한다고 해도 그에게는 도망칠 곳이 생기는 셈이었다. 런던은 이미 그녀를 빼고는 생각할 수 없는 곳이 되어버렸다. 그들이 함께 보낸 장소들이 곳곳에 늘어서 있었다.

"거기서 지내도 몇 번은 다녀갈 거야. 그리고 당신이 무슨 말을 하는지 알겠는데 편지는 계속 보내고 싶어."

"글쎄요……."

"거기 생활을 조금쯤은 필립에게 알려주고 싶어서 그래. 나중에 필립이 그곳으로 다니러 와도 좋고."

"에드거는 단순한 생활을 유지하는 게 모두에게 좋을 거라고 생각해요. 그는…… 혼란스러운 걸 좋아하지 않아요."

"에드거는 필립의 아빠가 아니야."

"당신만큼은 아빠 역할을 하고 있어요."

그들은 서로를 노려보았다.

필립의 케이크는 접시 중앙에 그대로 놓여 있었다. 필립은 허벅지 아래로 손을 찔러 넣고 앉아 있었다.

"그 얘기는 나중에 하지. 오늘은 필립 생일을 축하하려고 만났는데." 앤서니는 목소리를 밝게 바꿨다. "선물이 뭔지 궁금할 거야, 그렇지?"

아들은 아무 말도 하지 않았다. 맙소사, 하고 앤서니가 속으로 중얼거렸다. 저 애한테 우리가 무슨 짓을 하고 있는 거지? 그가 테이블 아래로 손을 뻗어 커다랗고 네모난 꾸러미를 꺼냈다. "그냥 가지고 있다가 생일날 풀어봐도 돼. 하지만 엄마가 그러는데 내일 모두…… 외출할 거라고 하던데, 지금 보는 게 나을 거 같기도 하구나."

앤서니가 선물을 건넸다. 필립은 받아 들더니 조심스레 엄마를 보았다.

"지금 풀어봐도 돼. 내일은 시간이 많지 않을 테니까." 클라리사가 억지로 웃어 보이며 말했다. "잠깐 화장 좀 고치고 올게요." 그녀가 자리에서 일어났다. 테이블 사이로 사라지는 그녀를 보며 앤서니는 공중전화를 찾으러 간 게 아닐까 하고 생각했다. 전남편이 얼마나 불합리한 요구를 하는지 에드거에게 불평을 늘어놓기 위해서.

"그럼 어서 열어봐." 그가 아들에게 말했다.

엄마의 시선에서 자유로워진 필립이 약간 생기를 되찾았다. 갈색 포장지를 뜯다가 내용물을 확인하고는 놀라서 손을 멈췄다.

"혼비(영국의 모형 기차 브랜드 - 옮긴이)야." 앤서니가 말했다. "모형 기차 중에서 최고로 좋은 거. 그리고 그건 '플라잉 스코츠맨'이고. 들어봤니?"

필립이 고개를 끄덕였다.

"트랙도 있을 거야. 작은 기차역하고 사람들도 넣어달라고 했고. 여기 주머니 안에 들었어. 조립할 수 있겠니?"

"에드거한테 도와달라고 하면 돼요."

앤서니는 갈비뼈를 세게 걷어차인 것만 같았다. 그가 억지로 고통을 흘려보냈다. 그건 아이의 잘못이 아니었다.

"그래." 그가 이를 악물고 말했다. "그러면 되겠네."

그들은 잠시 말이 없었다. 그러다가 필립의 손이 슬그머니 뻗어 나와 케이크를 집어 입으로 가져갔다. 탐욕스러운 즐거움을 얻기 위해 생각 없이 행한 행동이었다. 그런 다음 이번에는 초콜릿 케이크 한 조각을 고르더니 뭔가 일을 꾸미듯 아빠에게 눈을 찡긋하고 입으로 가져갔다.

"오늘 아빠 만나서 반가운 거지?"

필립이 다가와서 앤서니의 가슴에 머리를 얹었다. 앤서니는 팔을 둘러 아이를 꼭 껴안고 머리칼 냄새를 맡으면서 그렇게도 외면하려 했던 본능적인 끌림을 느꼈다.

"지금은 괜찮아졌어요?" 그가 놓아주자 필립이 말했다. 필립은 앞니 하나가 빠졌다.

"응?"

필립이 상자에서 기관차를 조심조심 꺼내기 시작했다. "아빠가 몸이 좋지 않다고 엄마가 그랬어요."

"아, 이젠 괜찮아."

"무슨 일이 있었어요?"

"아빠가 아프리카에 있을 때 안 좋은 일들이 일어났거든. 그 일들 때문에 아빠가 많이 속상했어. 그래서 병이 났고, 그런 다음에는 바보같이 술을 너무 많이 마셨단다."

"그건 바보같네요."

"맞아. 바보같았지. 다시는 그러지 않을 거야."

클라리사가 테이블로 돌아왔다. 눈가가 불그스름하고 코가 빨간 걸 보고 앤서니가 깜짝 놀랐다. 미소를 지어 보였지만 힘없는 미소가 돌아왔다.

"필립이 선물이 마음에 든다는군." 앤서니가 말했다.

"어머나. 굉장한 선물이네요." 그녀는 반짝이는 기관차를 보았다가 기쁨이 훤히 드러난 아이의 얼굴을 보고는 덧붙였다. "고맙다는 인사는 했겠지, 필립?"

앤서니가 케이크 한 조각을 접시에 덜어서 그녀에게 건네고 자신도 한 조각 가져갔다. 그런 다음 그들은 그곳에 앉아서 가족 나들이를 부자연스럽게 흉내 냈다.

"편지 쓰게 해줘." 그가 한 박자 쉬고서 말했다.

"난 새 삶을 시작하려고 애쓰고 있어요, 앤서니." 그녀가 속삭였다. "새롭게 시작하려고요." 거의 애원하듯이 말했다.

"그냥 *편지*들일 뿐이잖아."

테이블 너머로 두 사람이 뚫어져라 서로를 쳐다보았다. 그들 옆에서, 아이는 즐거운 듯이 콧노래를 부르며 새 기차의 바퀴를 돌리고 있었다.

"편지일 뿐이라고. 그게 혼란을 줘봐야 얼마나 주겠어?"

* * *

제니퍼는 로런스가 남기고 간 신문을 식탁 위에 펼친 뒤에 한 장 넘겼다. 복도 거울을 보며 넥타이를 바로잡는 남편의 모습이 열린 문 너머로 보였다.

"오늘 밤 헨리에서 저녁 먹기로 한 거 잊지 마. 아내들도 모두 초대받았으니까, 뭘 입고 갈지 지금부터 생각해보는 게 좋을 거야."

그녀가 대답하지 않자 그가 성마르게 말했다. "제니퍼? 오늘 밤이라고. 천막 안에 있는 자리일 거야."

"하루 종일이면 뭘 입을지 결정하는 시간으로 충분해요." 그녀가 대답했다.

그가 문간에 와서 섰다. 제니퍼가 뭘 하는지 확인하고 인상을 찌푸렸다. "그건 뭐하러 뒤적거려?"

"기사 읽고 있잖아요."

"당신 취향하곤 거리가 멀지 않나? 당신 잡지가 아직 안 온 거야?"

"난 그냥…… 조금 읽어보려는 거예요. 세상이 어떻게 돌아가는지도 보고."

"당신이 걱정할 일은 아무것도 없을 텐데."

제니퍼가 코르도자 부인을 흘깃 보았다. 부인은 그들의 말이 들리지 않는 척하며 개수대에서 접시를 씻고 있었다.

"어느 기사를 읽고 있었어요." 그녀가 일부러 천천히 또박또박 말했다. "'채털리 부인' 재판에 관한 기사요. 의외로 꽤 흥미롭던걸요."

보았다기보다는 느낌으로 남편이 불편해하고 있다는 것을 알았다. 제니퍼의 시선은 여전히 신문에 못 박혀 있었다. "사람들이 왜 그렇게 법석을 떠는지 난 정말 모르겠어요. 그냥 책일 뿐인데. 내가 이해하기로는 두 사람의 사랑 이야기인데 말이에요."

"그럼 당신이 제대로 이해하지 못한 거지. 그 소설은 쓰레기야. 몬크리프가 읽었는데 사회 통념을 뒤엎는 내용이라더군."

코르도자 부인은 격렬하게 냄비를 문지르고 있었다. 조용히 노래까지 흥얼거리기 시작했다. 바깥에서 바람이 거세져서 황갈색 이파리 몇 개가 주방 창문을 스치고 날아갔다.

"이런 것들은 스스로 판단하게 놔둬야 해요. 우린 모두

성인이잖아요. 불쾌하게 느낄 거 같으면 읽지 않으면 그만
이죠."

"그래. 어쨌든 저녁 식사 자리에선 당신의 그 설익은 의견
들을 내놓지 말아줬으면 좋겠군. 거기 모일 사람들은 여자가
잘 알지도 못하는 것들에 대해 거들먹거리며 얘기하는 걸 좋
아할 부류가 아니니까."

제니퍼는 숨을 한 번 들이마시고는 말했다. "프랜시스에게
그 책을 좀 빌려달라고 해야겠네요. 그럼 무슨 말인지 알고
하게 될 테니까. 그건 괜찮겠죠?" 그녀가 이를 악물자, 볼의
작은 근육들이 움찔거렸다.

로런스는 서류 가방으로 손을 뻗으며 무시하는 어조로 말
했다. "요 며칠간 아침마다 기분이 엉망이던데. 오늘 저녁엔
좀 더 상냥한 모습이었으면 좋겠군. 당신이 이러는 게 신문
때문이라면 차라리 사무실로 배달시키는 게 낫겠어."

제니퍼는 예전처럼 일어나서 그의 볼에 입 맞추지 않았다.
입술을 깨물고 신문만 응시한 채, 남편이 떠났음을 알리는
문소리가 들려올 때까지 앉아 있었다.

* * *

사흘 동안 제니퍼는 거의 먹지도 자지도 못했다. 성서의
이야기처럼 어둠 속에서 뭔가 떨어지길 기다리며 새벽까지
잠들지 못하고 누워 있었다. 그동안 계속 로런스에게 조용한
분노를 느꼈다. 어느 순간부터 로런스를 앤서니의 눈으로 보

243

게 되었고, 그러면서 앤서니의 비판적인 평가에 동의하지 않을 수 없었다. 그러고는 남편에게 그런 생각을 갖게 만든 앤서니를 증오했고, 그에게 그런 말을 할 수 없다는 사실에 더욱 화가 났다. 밤이면 제니퍼는 자신에게 닿았던 앤서니의 손길과 입술을 떠올렸고, 아침에 생각하면 부끄러울 일들을 그에게 하던 자신의 모습도 그려보았다. 한번은 혼란을 잠재우고 남편에게 다시 마음을 붙여보려는 절박한 심정으로, 잠든 남편에게 한쪽 다리를 휘감고 입을 맞추며 잠을 깨운 적도 있었다. 그러나 남편은 기겁하더니 왜 이러냐며 소리치고 그녀를 밀쳐내다시피 했다. 그러고는 등을 돌리고 누웠고, 제니퍼는 굴욕감을 느끼며 조용히 베개를 눈물로 적셨다.

욕망과 죄책감으로 괴로워하며 뜬눈으로 지새우는 밤마다 제니퍼는 가능한 일들을 수없이 떠올려보았다. 그녀는 남편을 떠난 후 어떻게든 죄책감과 경제적 궁핍, 가족의 분노를 이겨내고 살아남을 수 있었다. 아니면 앤서니와 불륜 관계를 계속 이어갈 수도 있었다. 각자의 생활과 병행하며 둘만의 밀회를 이어가는 것이다. 그 일을 해낸 사람이 채털리 부인뿐일 리는 없었다. 그녀가 속한 사교계에서도 누가 누구와 관계를 가지는지에 대한 소문이 무성했다. 제니퍼는 그곳을 벗어나서 좋은 아내가 될 수도 있었다. 결혼 생활이 원만치 않다면 그것은 제니퍼가 충분히 노력하지 않은 탓이었다. 그리고 그런 일쯤은 얼마든지 돌이킬 수 있었다. 모든 여성 잡지에서 그렇다고 말하고 있지 않은가. 그녀는 좀 더 상냥하고, 사랑스럽고, 아름다운 사람이 될 수 있었다. 어머니가 늘 말하는 것처럼, 저편에 있는 더욱 푸른 잔디를 바라보는 일을 그만둘 수 있었다.

제니퍼는 줄의 맨 앞에 다다랐다. "오후 우편물로 보낼 수 있을까요? 그리고 제 사서함도 좀 확인해주시겠어요? 스털링이에요. 13호."

제니퍼는 알베르토스의 그날 밤 이후로 한 번도 우체국에 들르지 않았고, 그것이 최선이라고 자신을 설득했다. 그 일 (제니퍼는 그것을 불륜 관계라고 생각할 용기가 없었다)은 지나치게 과열되었다. 그들은 열기를 식히고 좀 더 또렷한 머리로 생각해볼 필요가 있었다. 하지만 그날 아침 남편과 말다툼을 하고 나자 제니퍼의 평정이 깨지고 말았다. 코르도자 부인이 청소기를 돌리는 동안 제니퍼는 응접실의 작은 책상에 앉아 서둘러 편지를 썼다. 그녀는 앤서니에게 자신을 이해해달라고 간청했다. 그녀는 어떻게 해야 좋을지 알지 못했다. 그에게 상처를 주고 싶지 않았지만…… 그가 없으면 견딜 수가 없었다.

난 결혼한 사람이에요. 남자가 결혼 생활에서 도망쳐도 문제가 되겠죠. 하지만 여자가 그런다면? 그건 완전히 다른 문제가 돼요. 지금 당신 눈에는 내 잘못이 보이지 않을 거예요. 당신은 내가 하는 일이라면 무엇이든 좋게 보니까. 하지만 언젠가는 그런 생각이 변하는 날이 올 거라는 걸 알아요. 난 당신이 다른 사람에게서 발견하는 경멸스러운 점들을 내게서 보게 되길 원하지 않아요.

글은 어수선하고 혼란스러웠고, 휘갈겨 쓴 글씨는 고르지
않았다.

우체국장이 편지를 받아 들고 사라졌다가 다른 편지를 들
고 돌아왔다.

그의 필체를 보는 순간 제니퍼의 가슴이 두근거렸다. 지극
히 아름답게 배열된 그의 문장들을 그녀는 어둠 속에서 시
처럼 읊조리곤 했었다. 다음 사람을 위해 창구 옆으로 물러
나며 제니퍼가 급하게 봉투를 뜯었다. 하지만 이번 문장들은
조금 달랐다.

그녀가 편지를 읽고 난 뒤 중심을 잡으려고 창구로 손을
뻗었다. 푸른 코트를 입은 금발 여인이 얼어붙은 듯 서 있는
모습을 누군가 보았다고 해도 소포를 포장하고 신청서를 작
성하느라 눈여겨보지 않았을 것이다. 하지만 그녀의 표정은
극적일 정도로 변했다. 그녀는 잠시 그곳에 서 있다가, 떨리
는 손으로 편지를 가방에 쑤셔 넣고, 불안정한 걸음으로 천
천히 햇빛 속으로 걸어 나갔다.

* * *

오후 내내 제니퍼는 가게의 쇼윈도들을 무심히 바라보며
런던 거리를 쏘다녔다. 집으로는 돌아갈 수가 없어서, 생각
이 정리되길 기다리며 인파가 넘치는 거리를 헤맸다. 몇 시
간 후 대문 안으로 들어서자, 코르도자 부인이 드레스 두 벌
을 들고 복도로 나왔다.

"오늘 저녁에 어떤 걸 입을지 말씀을 안 해주셨어요, 스털링 부인. 둘 중에 하나를 입으실까 싶어서 두 개 다 다려놨어요." 제니퍼가 문간에 서 있는 동안 늦여름의 복숭앗빛 햇살이 쏟아져 들어왔다. 문이 닫히자 다시 잿빛 어둠이 내려앉았다.

"고마워요." 제니퍼는 가정부를 지나쳐 주방으로 들어갔다. 시계를 보니 5시가 다 되어갔다. 그는 지금 짐을 싸고 있을까?

제니퍼는 주머니 속의 편지를 움켜쥐었다. 그녀는 편지를 세 번이나 읽었다. 날짜를 확인했다. 그는 분명히 오늘 저녁이라고 적었다. 어떻게 그런 일을 이토록 빨리 결정할 수가 있을까? 아니, 애초에 그런 일을 어떻게 결정할 수 있지? 제니퍼는 더 빨리 편지를 가지러 가지 않은 자신을 저주했다. 그에게 결정을 재고해달라고 간청할 시간을 얻지 못한 자신을.

나의 소중하고 유일한 사랑. 내가 한 말은 진심이었어요. 나는 우리 중 하나가 대담한 결정을 내리는 것만이 앞으로 나아가는 유일한 길이라는 결론에 다다랐습니다.

나는 당신만큼 강하지 못해요. 처음 만났을 때는 당신이 작고 연약한 존재라고 생각했죠. 내가 보호해야 할 사람이라고. 이젠 그것이 잘못된 생각이었다는 걸 압니다. 강한 쪽은 당신이에요. 당신은 이런 사랑이 가능하다는 걸 알고, 우리에게는 절대로 허락되지 않으리라는 걸 알면서도 참고 살 수가 있어요.

부디 내 나약함으로 날 판단하지 말아줘요. 내가 견딜 수 있는 유일한 길은 당신을 절대 볼 수 없는 곳으로 가는 겁니다. 당신이 그와 함께 있는 모습을 보게 될 가능성이 없는 곳으로. 나는 어쩔 수 없이 해야만 하는 일들이 매분, 매시간 내 머릿속에서 당신을 몰아내주는 그런 곳에 있어야 합니다. 여기서는 그런 일이 불가능해요.

제니퍼는 결정을 강요하는 그에게 한순간 분노를 느꼈다. 다음 순간 그가 멀리 가버릴지 모른다는 끔찍한 두려움에 휩싸였다. 그를 다시 보지 못한다면 어떤 느낌일까? 그를 통해 다른 삶을 맛보아놓고 어떻게 이런 삶을 계속 살아갈 수 있을까?

난 회사가 제안한 그 일을 받아들일 생각입니다. 월요일 저녁 7시 15분에, 패딩턴 역 4번 승강장에 나가 있을 거예요. 그리고 당신이 나와 함께 떠날 용기를 내준다면, 그보다 더 행복한 일은 세상 어디에도 없을 겁니다.

당신이 오지 않으면, 우리가 서로에게 가진 감정이 무엇이건, 충분치 못했다고 생각하겠습니다. 당신을 비난하지 않을 거예요. 지난 몇 주간이 당신에게는 견딜 수 없는 부담이었다는 걸 알아요. 그 부담의 무게가 얼마나 큰지도 잘 알고 있습니다. 나 때문에 당신이 불행을 느낄 수도 있다는 생각은 정말 떠올리고 싶지도 않아요.

제니퍼는 그에게 너무 정직했다. 그 혼란에 대해, 잠 못 이

루던 밤에 대해 말하지 말았어야 했다. 그녀가 그 정도로 혼란스러워하는 줄 몰랐다면 앤서니는 이런 식으로 행동할 필요를 느끼지 못했을 것이다.

6시 45분부터 승강장에서 기다리겠습니다. 당신이 내 마음, 내 희망을 쥐고 있다는 걸 알아줘요.

그리고 그 깊은 애정이라니. 앤서니는, 그녀가 지금보다 못한 사람이 된다는 생각을 견디지 못하는 그는, 그녀가 상심하지 않게 보호하려는 그는, 가장 쉬운 두 가지 방법을 그녀에게 제시했다. 그와 함께 가거나, 아니면 사랑받은 사실을 가슴에 품은 채 아무런 죄책감 없이 지금처럼 떳떳하게 살아가거나. 그가 그 이상 무엇을 더 해줄 수 있을까?

그런 중대한 결정을 어떻게 이 짧은 시간에 내릴 수 있단 말인가? 제니퍼는 그의 집으로 가볼까 생각했지만 그가 집에 있으리라는 보장이 없었다. 신문사로 가볼까도 생각했지만 혹시라도 가십 칼럼니스트가 보게 될까 두려웠다. 자칫 호기심의 대상이 될지도 모르고, 더욱 끔찍한 일이지만 앤서니를 당혹스럽게 만들까 두려웠다. 게다가 그의 마음을 돌리기 위해 무슨 말을 할 수 있을까? 그의 말은 모두 옳았다. 이것 외에는 다른 결말이 없었다. 그들의 관계는 어떻게 해도 옳은 일이 될 수 없었다.

"아. 사장님께서 전화하셔서 6시 45분쯤 사모님을 모시러 올 거라고 하셨어요. 사무실에서 시간이 더 지체될 거 같으시다고요. 사장님 야회복을 가지러 기사가 왔었어요."

"알겠어요." 제니퍼가 멍하니 대답했다. 갑자기 열이 오르는 것 같아서 난간으로 손을 뻗었다.

"사모님, 괜찮으세요?"

"괜찮아요."

"좀 쉬셔야 할 거 같은데요." 코르도자 부인은 드레스를 복도 의자에 조심스레 내려놓고 제니퍼의 코트를 받았다. "욕조에 물을 받을까요? 물 받는 동안 차를 만들어드릴게요."

제니퍼가 가정부를 향해 돌아섰다. "네. 그러는 게 좋겠네요. 6시 45분이라고 했나요?" 제니퍼는 계단을 오르기 시작했다.

"사모님? 드레스는요? 어느 것으로 입으실 건가요?"

"아. 모르겠어요. 부인이 골라주세요."

* * *

제니퍼는 욕조 안에 누워 있었다. 앞으로 일어날 일로 정신이 멍해져서 물이 뜨겁다는 것도 느끼지 못했다. 난 좋은 아내야. 그녀가 자신에게 말했다. 난 오늘 밤 저녁 모임에 갈 거야. 그리고 알지도 못하는 것에 대해 거들먹거리지도 않고 즐겁고 유쾌하게 굴 거야.

앤서니가 지난번에 뭐라고 썼던가? 품위를 지키는 사람이라는 데서 오는 기쁨이 있다고 하지 않았나. *지금 당장은 느끼지 못하더라도.*

제니퍼는 욕조에서 나왔다. 긴장을 풀 수가 없었다. 생각을 하지 못하게 할 뭔가가 필요했다. 문득 약을 먹고 두 시간 동안 잠을 잘 수 있다면 좋겠다고 생각했다. 수건으로 손을 뻗으며, 그 시간이 두 달이어도 상관없다는 서글픈 생각을 했다.

화장실 문을 열자, 코르도자 부인이 침대에 얹어놓은 드레스 두 벌이 보였다. 왼쪽 것은 로런스의 생일에 입었던 암청색 드레스였다. 카지노에서 보낸 즐거운 밤이었다. 빌은 룰렛에서 큰돈을 딴 후 모두에게 샴페인을 돌리겠다고 우겼다. 제니퍼는 술을 너무 많이 마셔서 어지러웠고 음식도 먹지 못했다. 이제 고요한 방에 홀로 앉은 제니퍼는 그날 밤의 다른 기억들을 불러왔다. 그날의 일을 이야기할 때 순순히 잘라냈던 부분들. 로런스는 그녀가 카지노 칩에 돈을 너무 많이 쓴다고 타박했다. 또 그녀가 자신을 창피하게 만든다고 계속 중얼거려서 이본이 결국 심술 좀 그만 부리라고 부드럽게 말하기까지 했다. *그는 당신을 짓뭉개고, 당신을 당신답게 만드는 것들을 없애버릴 거예요.* 제니퍼는 오늘 아침에 주방 문간에 서 있던 그를 떠올렸다. *그건 뭐하러 뒤적거려? 오늘 저녁엔 좀 더 상냥한 모습이었으면 좋겠군.*

제니퍼는 다른 드레스에 눈길을 주었다. 스탠드칼라에 소매가 없는 연한 금빛 양단 드레스. 앤서니 오헤어가 사랑을 나누길 거절한 날 입었던 옷이다.

짙은 안개가 깨끗이 걷히는 느낌이었다. 제니퍼는 수건을 떨어뜨리고 손에 걸리는 대로 아무 옷이나 입었다. 그러고는 물건들을 침대 위로 던지기 시작했다. 속옷. 신발. 스타킹. 영원히 떠날 때는 대체 어떤 물건들을 싸야 하는 걸까?

손이 부들부들 떨렸다. 무슨 일을 하는지 알지도 못한 채 옷장 위에서 여행 가방을 내렸다. 잠시라도 멈추고 생각하면 이 일을 하지 못하게 될까 두려워서 제니퍼는 되는대로 가방 안에 물건들을 던져 넣었다.

"어디 가세요, 사모님? 제가 좀 도울까요?" 코르도자 부인이 찻잔을 들고 문간에 나타났다.

제니퍼가 목에 손을 얹었다. 몸으로 반쯤 가방을 가리며 돌아섰다. "아뇨…… 아니에요. 그냥 옷들을 좀 몬크리프 부인에게 가져다주려고 그러는 거예요. 싫증이 난 옷들요."

"더는 안 어울린다고 말씀하신 옷들이 세탁실에도 몇 벌 있는데요. 가서 가지고 올까요?"

"아뇨. 내가 할게요."

코르도자 부인이 그녀 뒤로 시선을 주었다. "하지만 그 금빛 드레스. 그건 사모님이 좋아하는 옷인데요."

"코르도자 부인, 내 옷은 내가 정리하게 해주시겠어요?" 그녀가 쏘아붙였다.

부인이 움찔했다. "죄송해요, 사모님." 그러고는 상처 입은 듯 조용히 물러갔다.

제니퍼는 울기 시작했다. 기어이 흐느낌이 터지고야 말았다. 침대 위로 기어 올라가 머리를 손에 묻고 울부짖었다. 어찌해야 할지 알지 못했다. 운명의 갈림길에서 결정을 내리지 못하고 갈팡질팡하는 동안에도 시간이 계속 흐르고 있다는 사실만 알 뿐이었다. 제니퍼는 어머니의 목소리가 들리는 것만 같았다. 집안의 체면에 먹칠할 소식을 듣고 경악하는 어머니의 얼굴도 보였다. 교회에서 사람들이 신나서 수군대는 소리도 들렸다. 제니퍼가 계획했던 삶의 모습도 눈앞에 떠올랐다. 로런스의 냉정함을 녹여줄 아이들, 그를 조금쯤은 푸근하게 만들 아이들. 그러고 나서 제니퍼는 임대한 비좁은 방들, 하루 종일 일하는 앤서니, 낯선 땅에서 불안해하는 자신의 모습도 보았다. 칙칙한 옷을 입은 그녀에게 싫증이 난 앤서니, 다른 기혼 여성에게 눈길을 돌린 앤서니의 모습도.

그 사랑을 영원히 멈추지 않을 거예요. 이전엔 누구도 사랑한 적이 없고, 앞으로도 당신 외에는 누구도 사랑하지 않을 겁니다.

제니퍼가 몸을 일으켰을 때, 코르도자 부인이 침대 발치에 와 있었다.

제니퍼가 눈가를 훔치며 방금 전에 쏘아붙인 일을 막 사과하려는 순간, 부인이 그녀의 가방을 싸기 시작했다.

"단화들하고 갈색 바지를 넣었어요. 그건 자주 빨지 않아도 되니까요."

제니퍼가 부인을 뚫어져라 쳐다보았다. 흐느낌이 완전히 가라앉지 않아 여전히 딸꾹질이 나왔다.

"속옷하고 잠옷도 넣었고요."

"난…… 나는……."

코르도자 부인은 계속 짐을 챙겨 넣었다. 가방에서 꺼낸 옷들에 얇은 종이를 넣어 다시 갠 뒤, 새로 태어난 아기라도 되듯 경건하게 그것들을 가방 안에 넣었다. 물건들을 매만지고 정돈하는 부인의 손길에 제니퍼는 최면이라도 걸린 듯했다.

"사모님." 코르도자 부인이 고개를 들지 않은 채 말했다. "이런 말씀은 한 번도 드린 적이 없죠. 제가 살던 남아프리카 공화국에서는 사람이 죽으면 창문에 재를 발라놓는 것이 관습이었어요. 남편이 죽었을 때 저는 창문을 깨끗하게 두었답니다. 아니, 오히려 유리창을 반짝반짝하게 닦아두었어요."

제니퍼의 주의를 끈 것을 확신하며 부인은 계속 옷을 접었다. 굽을 맞댄 구두들을 얇은 면 가방에 넣어서 아래쪽에 단정하게 꽂았다. 테니스화 한 켤레와 머리빗도 넣었다.

"젊었을 때는 남편을 사랑했지만, 그는 친절한 사람이 아니었어요. 나이를 먹으면서 점점 저를 막 대하기 시작했죠. 어느 날 갑자기 남편이 세상을 떠났을 때, 신이시여 용서하소서, 저는 어딘가에서 풀려나 자유의 몸이 된 기분이었어요." 부인은 반쯤 찬 가방을 물끄러미 내려다보며 잠시 망설였다. "오래전에 누군가가 제게 그런 기회를 주었다면, 저는 남편을 떠났을 거예요. 다른 삶을 살게 될 그 기회를 잡았을 거라고 생각해요."

부인은 마지막 옷가지들을 맨 위에 얹고 가방을 닫은 뒤 손잡이 양쪽에 있는 버클을 채웠다.

"6시 30분이에요. 잊으셨을지 몰라서 말씀드리는데 스털링 씨는 6시 45분에 오신다고 하셨어요." 그러고는 다른 말 없이 몸을 일으키고 방을 나갔다.

제니퍼는 시계를 확인하고 옷을 마저 입었다. 맞은편으로 달려가서 제일 가까운 곳에 있는 구두를 꿰어 신었다. 그러고는 화장대 서랍 안쪽을 더듬어서 스타킹 안에 넣어둔 비상금을 꺼냈다. 보석함에서 반지와 목걸이를 한 줌 집어서 돈과 함께 주머니에 쑤셔 넣었다. 그런 다음 여행 가방을 움켜쥐고 힘겹게 계단을 내려갔다.

코르도자 부인이 제니퍼의 우비를 들고 있었다. "택시를 잡으려면 뉴캐번디시 가로 가시는 게 제일 나을 거예요. 포틀랜드 플레이스가 더 낫겠지만, 스틸링 씨의 자동차가 분명히 그쪽으로 지나올 거예요."

"뉴캐번디시 가요."

두 여인 모두 자신들이 저지른 일에 충격을 받았는지 움직이지 않았다. 그러다 제니퍼가 걸어 나가서 충동적으로 코르도자 부인을 껴안았다. "고마워요. 난……."

"스틸링 씨께는 쇼핑하러 가신 것 같다고 말씀드릴게요."

"그래요. 고마워요."

제니퍼가 바깥으로 나서자, 불현듯 밤공기가 가능성으로 가득한 듯 느껴졌다. 제니퍼는 조심스레 계단을 내려가며 택시의 노란 등을 찾아 광장을 훑어보았다. 그러고는 보도에 들어서자 황혼 속으로 달리기 시작했다.

제니퍼는 걷잡을 수 없는 안도감을 느꼈다. 그녀는 이제 스틸링 부인이 될 필요가 없었다. 특정한 방식으로 옷을 입거나 행동하거나 사랑할 필요가 없었다. 1년 후에 어떤 모습으로 어디에 있을지 전혀 알 길이 없다는 사실에 제니퍼는 아찔한 기분이 들며 큰 소리로 웃고 싶어졌다.

거리는 바쁘게 걸어가는 보행자들로 붐볐고, 황혼이 내리면서 가로등이 켜지기 시작했다. 제니퍼는 여행 가방에 다리를 부딪치며 달려갔다. 심장이 쿵쿵 뛰었다. 6시 45분이 거의 다 되었다. 집에 도착한 로런스가 짜증스럽게 그녀를 부르는 모습이 눈앞에 그려졌다. 코르도자 부인은 스카프를 머리에 쓰며, 사모님의 쇼핑이 길어지나 보다고 말할 것이다. 앞으로 30분은 지나야 그가 진심으로 걱정하기 시작할 것이고, 그때쯤이면 제니퍼는 승강장에 있을 것이었다.

내가 가요, 앤서니. 제니퍼가 조용히 읊조리자, 흥분인지 두려움인지, 아니면 그 둘의 조합인지 모를 무언가가 가슴속에서 거품처럼 몽글 솟아올랐다.

* * *

승강장을 따라 끊임없이 움직이는 사람들을 끝까지 지켜보는 일은 불가능했다. 서로를 피해 요리조리 빠져나가는 통에 누군가를 보고 있더라도 놓치기 일쑤였다. 앤서니는 발치에 여행 가방을 놓아둔 채 철제 벤치 옆에 서서 천 번째로 손목시계를 확인했다. 7시가 거의 다 되었다. 그녀가 오기로 결정했다면 지금쯤은 도착했어야 하는 게 아닌가?

앤서니는 안내판을 올려다본 후, 그를 히드로 공항으로 데려다줄 열차를 바라보았다. *마음을 가라앉혀,* 그가 자신을 타일렀다. *분명히 올 거야.*

"7시 15분 열차를 타십니까, 선생님?"

바로 옆으로 직원이 다가왔다. "잠시 후에 기차가 출발합니다. 타실 거면 지금 타셔야 할 거예요."

"사람을 기다리고 있어요."

그는 개찰구가 있는 곳까지 승강장을 쭉 훑어보았다. 나이 든 여인 하나가 핸드백을 뒤적이며 표를 찾고 있었다. 고개를 절레절레 흔드는 모양새로 보아 핸드백이 중요한 서류를 삼켜버린 게 이번이 처음은 아닌 듯했다. 짐꾼 둘이 한쪽에 서서 잡담을 나누고 있었다. 안으로 들어오는 사람은 없었다.

"열차는 정시에 출발합니다, 선생님. 다음 열차는 9시 45분에 있어요. 도움이 되실지 모르겠지만."

앤서니는 벤치 사이를 오락가락하며 손목시계를 다시 확인하지 않으려 애썼다. 그는 알베르토스에서 자신에게 사랑한다고 말하던 제니퍼의 얼굴을 떠올렸다. 교활함의 빛이라곤 전혀 없는 정직한 표정이었다. 그녀는 거짓말을 하지 못했다. 앤서니는 매일 아침 그녀 옆에서 깨어나면 어떤 기분일까 하는 생각은 감히 하지도 못했다. 그녀에게 사랑을 받고, 그녀를 사랑할 자유를 얻게 되면 얼마나 압도적인 희열을 느낄까 하는 생각도.

그녀에게 편지를 보낸 것은 상당한 도박이었다. 최후통첩을 한 셈이었으니까. 하지만 그날 밤 그는 제니퍼가 옳았음을 깨달았다. 이대로 계속 가는 것은 불가능했다. 그들의 강렬한 감정은 점차 해로운 것으로 바뀔 것이다. 그토록 원하는 것을 하지 못한다는 사실에 대해 서로에게 화를 내게 될 것이다. 최악의 상황이 오더라도 그는 적어도 의연하게 행동한 것이 된다고, 앤서니는 반복해서 자신을 다독였다. 하지만 마음 한구석으로는 최악의 상황이 올 리가 없다고 믿고 있었다. 제니퍼는 올 것이다. 그녀에 대한 모든 것이 그녀가 올 거라고 말하고 있었다.

앤서니는 또다시 손목시계를 흘깃 보고는 손으로 머리를 빗어 넘겼다. 개찰구 안으로 몇 사람이 들어서자 재빨리 눈길이 갔다.

"자네한테 좋은 기회가 될 거야." 돈은 그에게 말했다. "문제에 휘말리지 않게 조심하고." 앤서니는 돈이 그를 다른 지역으로 보내게 되어 남몰래 안도의 한숨을 내쉬고 있는 게 아닌가 하는 생각이 들었다.

그럴지도 모르죠. 앤서니는 대답했다. 한 무리의 사업가들이 부산하게 걸어와 그를 밀치고 열차에 올랐다. 앤서니는 옆으로 물러났다. 그 말이 사실인지 아닌지 15분 후면 알게 될 거예요.

* * *

믿을 수가 없었다. 그녀가 뉴캐번디시 가에 다다르자마자 비가 내리기 시작한 것이다. 칙칙한 오렌지색으로 변하던 하늘이 점차 검은색으로 바뀌었다. 누군가 조용히 지시하기라도 한 듯 모든 택시가 승객을 태우고 있었다. 검은 윤곽이 보인다 싶으면 어김없이 노란 등이 희미했고, 뒷좌석에 거무스름하게 승객의 그림자가 보였다. 그래도 제니퍼는 무조건 손을 흔들었다. *내가 얼마나 급한지 안 보여요?* 제니퍼는 소리라도 지르고 싶었다. *내 인생이 걸려 있다고요.*

곧 앞이 보이지 않을 정도로 맹렬하게 비가 쏟아져 내렸다. 주변에서 우산들이 펼쳐지며 인도 가장자리에서 이리저리 체중을 옮기는 그녀를 찔러왔다. 제니퍼는 조금씩 축축해지다가 완전히 젖었다.

손목시계의 분침이 7시에 가까워지자, 희미한 흥분이 두려움 비슷한 덩어리로 굳어졌다. 제니퍼는 제시간에 도착하지 못할 것이었다. 로런스는 이제 금방이라도 그녀를 찾아 나설 것이다. 가방을 버리고 달려간다 해도 제시간에 도착하는 건 불가능했다.

불안이 물결처럼 그녀 안으로 밀려들었다. 차들이 지나가며 무방비한 다리에 흙탕물을 마구 튀겼다.

그러다 붉은 셔츠를 입은 남자를 보고는, 그 생각이 번뜩 떠올랐다. 제니퍼는 앞을 가로막는 사람들을 밀쳐내며 거리를 달리기 시작했다. 이번만큼은 남들의 시선이 전혀 신경 쓰이지 않았다. 그녀는 찾던 곳을 발견할 때까지 눈에 익은 거리를 따라 달려갔다. 계단 꼭대기에 여행 가방을 내려놓고, 머리칼을 휘날리며 어두컴컴한 클럽으로 달려 내려갔다.

펠리페는 바에서 잔을 닦고 있었다. 휴대품 보관소를 지키는 셰리 말고는 아무도 없었다. 음악이 나지막이 흐르는데도 공기가 너무 잠잠해서 바는 마치 화석이 돼버린 느낌이었다.

"그는 여기 없어요, 부인." 펠리페가 눈길을 주지도 않고 말했다.

"알아요." 제니퍼는 숨이 턱에 차서 말을 제대로 할 수가 없었다. "정말 중요한 일인데요, 차가 있으신가요?"

그녀를 바라보는 시선은 우호적이지 않았다. "아마도요."

"혹시 저를 역까지 태워주실 수 없으신가요?"

"차를 태워달란 말입니까?" 그녀의 젖은 옷과 찰싹 달라붙은 머리칼을 그가 천천히 뜯어보았다.

"네. 그래요! 겨우 15분밖에 남지 않았어요. 부탁합니다."

펠리페가 그녀를 유심히 바라보았다. 그의 앞에 반쯤 차 있는 커다란 스카치 잔이 놓여 있었다.

"부탁이에요! 중요한 일이 아니라면 이런 부탁은 하지 않을 겁니다." 그녀가 앞으로 몸을 기울였다. "토니를 만나려는 거예요. 저한테 돈도 있어요……." 제니퍼가 지폐를 찾아 주머니를 뒤적였다. 젖은 지폐들이 나왔다.

펠리페는 뒤로 손을 뻗어 진열장에서 열쇠를 꺼냈다. "돈은 됐어요."

"고맙습니다. 아, 정말 고마워요." 제니퍼가 급하게 말했다. "서둘러주세요. 15분도 안 남았어요."

펠리페의 차는 근처에 세워져 있었고, 그곳까지 가는 사이에 그도 흠뻑 젖었다. 그는 제니퍼를 위해 문을 열어주지 않았다. 그녀는 손잡이를 돌려 문을 열고, 물이 뚝뚝 떨어지는 가방을 들어서 끙 소리를 내며 뒷좌석에 실었다. "얼른 가주세요! 제발요!" 젖은 머리채를 얼굴에서 쓸어내며 제니퍼가 말했지만, 그는 운전석에서 꼼짝하지 않은 채 뭔가 생각하고 있었다. *오, 하느님, 술 취한 건 아니죠.* 그녀가 속으로 그에게 말했다. *제발 이제 와서 운전을 할 수 없다거나, 기름이 없다거나, 마음이 바뀌었다는 말은 하지 말아요.* "제발 서둘러주세요. 시간이 정말 얼마 안 남았어요." 괴로운 마음이 목소리에 스미지 않도록 애썼다.

"스털링 부인? 운전을 하기 전에요."

"네?"

"난 알아야만 해요⋯⋯ 토니는, 그는 좋은 사람입니다. 하지만⋯⋯."

"결혼한 사실은 알아요. 아들에 대해서도 알고요. 전부 다 알고 있어요." 제니퍼가 초조하게 말했다.

"그는 보기보다 여린 사람입니다."

"네?"

"그에게 상처를 주지 마세요. 난 그 친구가 여자 문제로 이러는 거 처음 봤습니다. 부인에게 확신이 없다면, 조금이라도 남편에게 돌아갈 가능성이 있다면, 부디 이 일은 하지 말아주세요."

빗줄기가 작은 차의 지붕을 거세게 두드려댔다. 제니퍼가 그의 팔에 손을 얹었다. "저는⋯⋯ 저는 당신이 생각하는 그런 사람이 아니에요. 정말이에요."

그가 곁눈으로 그녀를 흘깃 보았다.

"전⋯⋯ 그와 함께 있고 싶을 뿐이에요. 그를 위해 모든 걸 포기했어요. 나한테는 그 사람뿐이에요. 앤서니요." 그렇게 말하자 제니퍼는 두려움과 불안 속에서도 갑자기 웃고 싶어졌다. "이제 어서 가요! 제발요!"

"좋습니다." 펠리페가 타이어 소리를 내며 차를 돌렸다. "어디로 가죠?" 유스턴 로로 방향을 잡으며, 와이퍼 작동 버튼을 세게 두드렸다. 제니퍼는 반짝반짝 윤이 나도록 닦인 코르도자 부인의 창문을 어렴풋이 떠올렸다. 그러고는 봉투에서 편지를 꺼냈다.

　나의 소중하고 유일한 사랑. 내가 한 말은 진심이었어요. 나는 우리 중 하나가 대담한 결정을 내리는 것만이 앞으로 나아가는 유일한 길이라는 결론에 다다랐습니다…….
　난 회사가 제안한 그 일을 받아들일 생각입니다. 월요일 저녁 7시 15분에, 패딩턴 역 4번 승강장에 나가 있을 거예요…….

"승강장 4번이에요." 제니퍼가 소리쳤다. "이제 11분 남았어요. 우리가……."

Part 2

간호사가 카트를 밀며 천천히 병동을 돌고 있었다. 카트에는 밝은 빛깔의 알약들이 담긴 종이컵이 줄줄이 놓였다. 16c번 침대에 누운 여자가 중얼거렸다. "오, 맙소사. 또야……."

"우리 수선 피우지 말자고요." 간호사가 침대 옆 탁자에 물컵을 놓았다.

"그거 더 먹었다가는 혼자 중얼거리기 시작할 거라고요."

"하지만 혈압을 낮춰야 하잖아요, 안 그래요?"

"그런가요? 낮출 수 있기는 한가 보네요……."

침대 곁에 앉은 제니퍼가 컵을 집어서 이본 몬크리프에게 내밀었다. 담요 아래로 돔처럼 부풀어 오른 배는 신기하게도 몸의 나머지 부분과 분리된 것처럼 보였다.

이본이 한숨을 내쉬었다. 입안에 약을 털어 넣고 순순히 삼키더니 젊은 간호사를 향해 빈정대듯 웃어 보였다. 간호사는 산부인과 병동을 따라 카트를 밀며 다음 환자에게로 향했다. "제니, 탈출 계획 좀 짜봐. 여기선 하룻밤도 더 못 보내겠어. 신음소리에 불평에…… 얼마나 끔찍한지 몰라."

"프랜시스가 1인실에 입원시킬 줄 알았는데."

"병원에서 몇 주를 보내야 할 땐 얘기가 다르지. 우리 남편이 돈 문제에 얼마나 세심한지 잘 알잖아. '완벽하게 훌륭한 보살핌을 받을 수 있는데 그럴 이유가 어디에 있겠어, 여보? 다른 부인들이랑 수다도 떨 수 있으니 얼마나 좋아.'" 이본이 콧방귀를 뀌며, 옆 침대에 누운 몸집이 크고 주근깨 돋은 여자를 머리로 가리켰다. "그래, 내가 저 통통한 여자하고 공통점이 참 많기도 하겠다. 저 여잔 애가 열셋이라고! 열셋! 난 4년 동안 셋 낳는 것도 끔찍하다고 생각했는데. 맙소사. 난 아마추어였어."

"자기 주려고 잡지들 더 챙겨 왔어." 제니퍼가 가방에서 잡지들을 꺼냈다.

"아, 「보그」네. 자긴 정말 천사야. 하지만 지금은 치워달라고 해야겠어. 거기에 있는 옷들이 맞으려면 몇 달은 있어야 하는데, 지금 봐봤자 울고 싶기만 할걸. 요 조그만 녀석이 나오기만 하면 바로 다음 날로 새 거들을 맞춰야지…… 뭐 신나는 얘기나 좀 해줘봐."

"신나는 얘기?"

"이번 주는 뭐하면서 보낼 거야? 자기 이 기분 절대 모를걸. 몇 날 며칠을 여기 꼼짝없이 박혀서, 고래처럼 부푼 몸으로 억지로 밀크 푸딩이나 먹으면서, 세상에선 지금 무슨 일이 벌어지고 있을까 궁금해하는 기분."

"글쎄…… 뭐 지루한 일들뿐이야. 오늘 밤엔 어느 대사관에서 칵테일파티가 있어. 난 정말이지 그냥 집에 있고 싶은데, 래리가 함께 가야 한다고 고집을 부리잖아. 뉴욕에서 석면 때문에 병을 얻은 사람들에 대한 무슨 회의가 있었다는데, 래리는 오늘 밤 파티에 가서 사람들에게 셀리코프라는 자가 분쟁을 일으키고 있다고 말할 건가 봐. 그 자가 모든 일과 관련이 있다고 말이야."

"하지만 칵테일하고 예쁜 옷들……."

"난 집에서 〈어벤저스〉(1961~1969년 영국에서 방영된 TV 시리즈-옮긴이)나 보는 게 훨씬 나을 거 같아. 옷 빼입고 나가기엔 너무 덥잖아."

"윽. 내 앞에서 지금 덥다는 말이 나와? 난 꼭 여기에다 작은 난로를 끼고 있는 기분이라고." 이본이 배를 토닥였다. "아 참! 이 얘기를 깜빡했네. 어제 메리 오딘이 왔었는데, 캐서린과 토미 브로턴이 이혼하기로 합의했대. 그 둘이 뭘 하기로 했는지 알아?"

제니퍼가 고개를 가로저었다.

"호텔 이혼. 토미가 호텔에서 다른 여자랑 있는 장면을 '걸리기로' 합의한 모양이야. 그러면 복잡한 법적 절차 없이 곧바로 자유의 몸이 될 수 있다고 하더라. 그런데 그게 다가 아니야."

"아니라고?"

"메리 말이, 토미와 사진을 찍기로 한 여자가 사실 토미의 정부래. 그 편지를 캐서린한테 보낸 사람 말이야. 불쌍한 캐서린은 토미가 돈을 주고 꾸민 일로 알고 있어. 이미 편지 하나를 증거로 제출했대. 토미가 그렇게 얘기했나 봐. 친구에게 진짜처럼 보이게 편지를 써달라고 하겠다고. 정말이지 이런 끔찍한 얘긴 처음 들어봐."

"끔찍하네."

"난 캐서린이 문병을 오지 않기만 바라고 있다니까. 캐서린을 보면 분명히 나도 모르게 비밀을 알려주고 말 거야. 불쌍한 캐서린. 자기만 빼고 모두가 알고 있다니."

제니퍼는 잡지를 집어 대강 넘겨보았고, 요리법이나 옷의 무늬 같은 것에 관해 친구에게 다정하게 얘기했다. 그러다 이본이 듣고 있지 않다는 걸 알아챘다. "괜찮아?" 한 손을 이불 위에 얹었다. "뭐 필요한 거 있어?"

"날 위해 눈을 크게 뜨고 지켜봐줘, 알겠지?" 이본의 목소리는 차분했지만, 부은 손가락들은 초조하게 이불 위를 톡톡 두드리고 있었다.

"무슨 소리야?"

"프랜시스 말이야. 못 보던 손님들이 드나드는지 지켜봐줘. 여자 손님들." 이본은 단호하게 창문 쪽으로 얼굴을 돌리고 있었다.

"에이, 프랜시스는 분명히……."

"제니? 그냥 날 위해서 그렇게 해줘. 해줄 거지?"

짧은 침묵이 흘렀다. 제니퍼는 치마 무릎 부분에 풀린 실오라기를 유심히 살폈다. "물론이지."

"그건 그렇고." 이본이 화제를 돌렸다. "오늘 밤에 뭘 입었는지 나중에 알려줘. 아까 말했다시피, 난 일반인 복장으로 돌아갈 날만 손꼽아 기다리고 있다고. 발도 두 사이즈나 커진 거 알아? 여기서 더 불어나면 퇴원할 땐 고무장화를 신어야 할 거야."

제니퍼가 일어나서 의자 뒤에 놓아둔 가방을 집었다. "아, 잊어버릴 뻔했네. 바이올렛이 오후 차 마시는 시간에 들르겠다고 전해달래."

"어휴, 꼬마 프레더릭의 끔찍한 응가 문제에 관해 새로운 소식들을 또 듣게 되겠군."

"가능하면 내일도 올게."

"즐겁게 보내, 제니. 난 여기서 바이올렛이 중얼대는 소리를 듣는 대신 칵테일파티에 가게 해준다면 무슨 짓이라도 할 거 같으니까." 이본이 한숨을 푹 내쉬었다. "그리고 가기 전에 그 「퀸」 잡지나 좀 집어줘. 진 슈림튼(1960년대 영국의 톱 모델 중 하나—옮긴이) 머리 어떤 거 같아? 그 메이시 바턴—홉의 형편없던 만찬에서 자기가 했던 머리하고 비슷하지 않아?"

* * *

제니퍼는 화장실로 들어가서 문을 잠그고 실내복을 발치로 떨어뜨렸다. 오늘 저녁에 입을 옷은 꺼내놓았다. 목선이 깊게 파인 적자색 실크 시프트 드레스와 실크 숄. 머리는 위로 올리고, 로런스가 서른 번째 생일 선물로 사준 루비 귀걸이를 할 것이다. 그는 그 귀걸이를 자주 하지 않는다고 불평했다. 그녀에게 돈을 쓰면, 적어도 그 증거를 보여줘야 한다고 로런스는 생각했다.

옷은 준비되었으니, 제니퍼는 손톱 손질을 하기 전까지 욕조 안에 몸을 담그고 있을 생각이었다. 그런 다음에는 옷을 입을 것이고, 로런스가 돌아올 때쯤이면 화장을 마무리하고 있을 것이다. 제니퍼는 수도꼭지를 잠그고 약품 수납장 거울에 비친 자신의 얼굴을 들여다보았다. 김으로 흐려진 유리를 손으로 닦았다. 다시 김으로 부예질 때까지 제니퍼는 자신의 모습을 빤히 쳐다보았다. 그러고는 수납장을 열어서 꼭대기 선반에 놓인 갈색 병들을 살펴보다가 원하던 병을 찾아냈다. 제니퍼는 신경안정제 두 알을 입에 넣고 양치 컵으로 물을 받아 약을 삼켰다. 진정제로도 눈길이 갔지만, 술을 마시게 될지도 모르는데 그 약까지 먹으면 너무 과할 거 같아 그만두었다. 제니퍼는 분명히 술을 마실 것이었다.

공원에 갔던 코르도자 부인이 돌아왔음을 알리는 대문 소리가 들렸다. 제니퍼는 욕조 안으로 들어가서 안락하게 몸을 감싸는 물속으로 잠겨들었다.

* * *

로런스가 또 늦는다고 전화를 해왔다. 기사인 에릭이 뒷좌석에 제니퍼를 태우고 뜨겁고 건조한 거리를 달려 마침내 남편의 회사 앞에서 멈췄다. "차에서 잠시 기다리시겠습니까, 스털링 부인?"

"그래요, 고마워요."

제니퍼는 활기차게 계단을 올라 건물 안으로 사라지는 젊은 기사의 모습을 지켜보았다. 그녀는 이제 회사 안으로는 들어가고 싶지 않았다. 가끔 행사에 참석하고, 로런스가 고집을 부리면 직원들에게 크리스마스 인사를 전하기도 하지만, 그곳에 들어가면 마음이 불편했다. 그의 비서는 제니퍼에게 모욕을 당하기라도 한 것처럼 경멸이 어린 묘한 눈빛으로 그녀를 쳐다봤다. 어쩌면 정말 그런 적이 있었는지도 몰랐다. 제니퍼는 요즘 자신이 무엇을 잘못했는지 알지 못할 때가 많았다.

문이 열리고, 진회색 트위드 재킷을 입은 로런스가 기사를 따라 걸어 나왔다. 기온이 20도가 넘는데도, 로런스 스털링은 자신이 적절하다고 생각하는 옷을 입었다. 남성복의 새로운 유행을 그는 도무지 이해하지 못했다.

"아, 왔군." 그가 제니퍼 옆으로 들어오자 그와 함께 더운 공기가 훅 끼쳐들었다.

"네."

"집에는 별일 없지?"

"그럼요."

"계단 청소하는 사람은 왔었어?"

"당신 떠나고 바로 왔어요."

"6시 전에는 나오려고 했는데 말이야. 망할 놈의 해외 통화 때문에. 그 사람들은 약속한 시간보다 항상 늦게 전화해서 내 시간을 빼앗지."

271

제니퍼는 고개를 끄덕였다. 대답할 필요가 없다는 걸 알았다.

그들은 저녁 도로를 달리는 자동차들의 물결에 합류했다. 메릴본 로를 가로지르며 제니퍼는 녹색 신기루처럼 리젠트 공원을 떠올렸다. 아지랑이가 피어오르는 보도를 따라 느릿 느릿 그쪽으로 향해가는 소녀들이 보였다. 웃으면서 무리 지어 걸어가다 멈춰 서서 소리를 질렀다. 최근 들어 제니퍼는 짧은 치마에 과감한 화장을 한 젊고 매력적인 아가씨들과 마주하면 늙은 아줌마가 돼버린 기분이 들기 시작했다. 그들은 다른 사람이 자신을 어떻게 생각하건 상관이 없는 듯했다. 그들은 제니퍼보다 겨우 10년 정도 어리지만, 제니퍼는 아마 그들의 어머니 세대에 속할 것이다.

"아. 당신 그 옷을 입었군." 로런스의 목소리에 불만이 가득했다.

"당신이 이 옷을 싫어하는 줄은 몰랐어요."

"그 옷에 유감이 있는 건 아니야. 다만 당신이 조금 덜…… 앙상해 보이는 옷을 입는 게 좋지 않을까 생각하는 거지."

정말로 끝이 없었다. 제니퍼가 아무리 자신의 심장을 단단한 껍질로 덮어놨다고 생각해도 로런스는 여전히 흠집 낼 방법을 찾아냈다.

제니퍼가 힘겹게 침을 삼켰다. "앙상해 보인다고요. 고맙네요. 하지만 거기에 대해선 지금 당장 내가 할 수 있는 일이 별로 없는데 어쩌죠."

"수선 피울 거 없어. 하지만 남들 앞에 어떤 모습으로 나설지 좀 더 세심하게 신경을 쓰는 게 좋잖아." 그가 제니퍼에게 잠시 시선을 주었다. "그리고 그 얼굴에 바르는 그걸로 여길 더 바르는 게 좋겠어." 그가 제니퍼의 눈 밑을 가리켰다. "당신 좀 피곤해 보여." 그러고는 뒤로 기대어 앉으며 시가에 불을 붙였다. "자, 에릭. 빨리 좀 달리지. 7시까지는 도착해야 하니까."

그 말이 떨어지자, 부웅 소리를 내며 차가 앞으로 빠르게 나아갔다. 제니퍼는 붐비는 거리를 물끄러미 내다보며 아무 말도 하지 않았다.

* * *

우아하다, 온화하다, 차분하다. 이것은 그녀의 친구들과 로런스의 친구들, 그의 사업 동료들이 그녀를 묘사하곤 하는 말들이었다. 여성적인 미덕의 귀감을 보여주는 스털링 부인은 언제나 완벽하게 차분했고, 그녀보다 못한 다른 아내들처럼 흥분하거나 히스테리를 부리는 법이 없었다. 이따금 그런 소리를 들으면 로런스는 이렇게 말했다. "완벽한 아내라고? 저분들이 진실을 안다면 그런 말은 못 할 텐데. 그치, 여보?" 그러면 사람들이 웃어주었고, 그녀도 함께 웃었다. 하지만 안 좋게 끝나는 때도 있었다. 이따금 로런스의 날카로운 발언에 이본과 프랜시스가 시선을 교환하거나 빌이 얼굴을 붉히는 모습이 제니퍼의 눈에 들어왔다. 그럴 때면 그들 부부에 대한 이야기가 친구들 사이에서 은밀하게 오가는 게 아닐까 하는 생각이 들었다. 하지만 누구도 그녀에게 대놓고 묻

273

지 않았다. 가정생활은 사적인 문제니까. 그들은 남의 사생활에 개입하지 않을 정도로 좋은 친구들이었다.

"여기 사랑스러운 스털링 부인께서 오셨네요. 이렇게 매력이 넘치셔도 되는 겁니까?" 남아프리카공화국 대사관 직원이 그녀의 손을 잡고 볼에 입을 맞췄다.

"너무 앙상하지 않나요?" 제니퍼가 천진스레 물었다.

"예?"

"아니에요." 제니퍼는 웃어 보였다. "아주 좋아 보이시네요, 세바스찬. 결혼이 분명히 좋은 영향을 미쳤어요."

로런스가 젊은이의 등을 두드렸다. "내가 그렇게 경고했는데도 불구하고 말이야, 응?"

두 남자가 껄껄 웃었다. 천생배필을 얻은 자의 만족감이 여전히 느껴지는 세바스찬이 뿌듯하게 웃어 보였다. "저쪽에 있는 폴린을 소개해드려도 될까요, 제니퍼. 저 사람이 몹시 뵙고 싶어 했답니다."

"당연히 인사해야죠." 제니퍼가 일찌감치 빠져나갈 기회가 생긴 것에 감사하며 말했다. "그럼 실례할게요."

사고 후로 4년이 흘렀다. 비탄과 죄책감, 반밖에 기억하지 못하는 관계의 상실로 괴로워하며, 그녀에게 남아 있는 관계를 회복하기 위해 몸부림치며 보낸 세월이었다.

몇 번인가 과거로 생각이 흘러갔을 때, 제니퍼는 처음 몇통의 편지를 발견한 후 일종의 광기에 휩싸였던 게 분명하다는 결론을 내렸다. 부트의 정체를 밝히려고 병적인 노력을 기울이다 그의 정체를 오인하고 무모하게 레지를 쫓던 일을

274

떠올렸다. 이젠 그 일들이 다른 사람에게 일어났던 일들처럼 느껴졌다. 지금으로서는 그런 열정을 느낀다는 건 상상할 수가 없었다. 그렇게 강렬하게 뭔가를 원한다는 건. 오랫동안 제니퍼는 참회하는 마음으로 살았다. 그녀는 로런스를 배신했었고, 그에게 그 일을 보상하는 것이 그녀에게 남은 유일한 바람이었다. 그도 그 정도는 기대할 것이었다. 제니퍼는 그 일에 열중하며 다른 사람에 대한 생각을 떨쳐냈다. 남아 있는 편지들은 구두 상자로 들어갔다.

로런스의 분노가 이토록 정신을 좀먹으며 오래가리라는 걸 그때 알았더라면 얼마나 좋았을까. 제니퍼는 그에게 이해를 구하고 한 번 더 기회를 달라고 청했지만, 로런스는 그녀가 불쾌하게 한 점들을 하나하나 떠올리게 만드는 것으로 비뚤어진 쾌감을 즐겼다. 그녀의 배신을 분명하게 언급하지는 않았다. 그건 곧 자신 쪽에서 통제력을 상실했다는 뜻이었으니까. 이젠 제니퍼도 알다시피 로런스는 삶의 모든 면을 자신의 뜻대로 통제하고 있는 것으로 보이길 바랐다. 그는 매일 수천 가지 방식으로 그녀의 실패를 일깨웠다. 옷 입는 방식, 집 안을 관리하는 방식, 그를 행복하게 해주지 못하는 무능함. 제니퍼는 남은 평생을 이런 식으로 죗값을 치르며 살게 되려나보다 생각했다.

그러다 한 해 전쯤부터 로런스가 덜 변덕스러워졌다. 정부가 생겨서 그런 거라고 제니퍼는 짐작했다. 하지만 전혀 괴롭지 않았다. 솔직히 안도감이 들었다. 로런스는 그녀에 대한 요구 사항이 줄었고, 덜 가혹하게 굴었다. 비꼬는 말은 고치기 귀찮은 습관처럼 무심하게만 흘러나오고 말았을 뿐, 그녀를 괴롭히지는 못했다.

하그리브스 선생의 말대로 약들은 도움이 되었다. 약을 먹으면 기분이 묘하게 단조로워졌지만 그 정도는 감수할 만했다. 그녀는 로런스의 지적처럼 재미없는 사람이 되었는지도 모른다. 더 이상 저녁 식탁에서 재기 발랄한 모습을 보이지 못하는지도 모른다. 하지만 그 약들은 그녀가 부적절한 순간에 울음을 터뜨리지 않아도 된다는 것을 의미했다. 침대를 빠져나오려고 기를 쓰지 않아도 된다는 뜻이었다. 제니퍼는 이제 로런스의 기분을 두려워하지 않았고, 밤에 다가와도 크게 신경 쓰지 않았다. 무엇보다 중요한 것은, 이제 자신이 잃은 걸 떠올리거나 자신 때문에 벌어진 일을 떠올리며 내장이 뽑히는 고통을 느끼지 않는다는 점이었다.

그랬다. 제니퍼는 위엄 있게 움직였고, 화장과 머리 모양은 완벽했고, 얼굴에는 사랑스러운 미소가 흘렀다. 우아하고 차분한 제니퍼, 훌륭한 디너파티를 열고, 집을 아름답게 관리하고, 유명 인사들과 교류하는 제니퍼. 로런스 같은 지위의 남자에게 완벽한 아내.

그리고 보상들도 있었다. 그것만은 허락되었다.

"저희만의 보금자리가 생긴다는 게 너무 좋아요. 부인도 스털링 씨와 막 결혼했을 때 그런 기분이 들지 않았나요?"

"옛날 일이라 기억이 잘 안 나네요." 제니퍼가 세바스찬과 얘기를 나누는 로런스를 흘깃 보았다. 늘 달고 살다시피 하는 시가를 피우느라 손이 입으로 올라갔다. 머리 위에서 천천히 팬이 돌아갔다. 그 아래서 보석으로 장식한 여자들이 고운 무명 손수건으로 간간이 목을 토닥이며 무리 지어 서 있었다.

폴린은 그들이 살 새 집의 사진이 든 작은 지갑을 꺼냈다. "가구는 현대적인 스타일로 골랐어요. 세바스찬이 마음대로 하라고 해서요."

제니퍼는 묵직한 마호가니 가구와 거창한 장식이 있는 자신의 집을 떠올렸다. 그러고는 사진에 담긴 깨끗하고 하얀 의자들과 밝은색 깔개들, 벽에 걸린 현대적인 그림들을 바라보며 감탄했다. 로런스는 자기 집이 자신의 모습을 반영해야 한다고 믿었다. 그는 그곳을 웅장하고 역사의식이 가득한 곳으로 생각했다. 이 사진들을 보고 있으니 그동안 제니퍼는 그 집을 젠체하고 무감동하게 보아왔음을 깨달았다. 숨이 막히는 공간으로. 제니퍼는 고약하게 굴면 안 된다고 속으로 되뇌었다. 그런 곳에 살기를 원하는 사람은 무수히 많을 것이기 때문이다.

"다음 달에 「당신의 집」에 실릴 거예요. 시어머니는 엄청 싫어하시지만요. 저희 거실로 발을 들일 때마다 외계인한테 납치당할 것 같은 기분이 드신대요." 폴린이 웃었고 제니퍼도 미소를 지었다. "제가 침실 하나를 아기 방으로 개조할 거라고 했더니, 실내 장식으로 봐서는 아기가 플라스틱 알에서 태어날 것 같다고 하셨어요."

"아이를 가질 생각인가요?"

"아직은 아니에요. 한참 더 있어야⋯⋯." 폴린이 제니퍼의 팔에 손을 얹었다. "이런 말하기 뭣하지만 저흰 이제 막 신혼 여행에서 돌아온 참이어서요. 저희 어머니는 여행 떠나기 전에 저한테 '그 얘기'를 들려주셨어요. 왜 있잖아요, 세바스찬의 요구에 따라야 한다는 둥, 그 일은 '약간 불쾌'할지도 모른다는 둥."

제니퍼가 눈을 깜빡거렸다.

"어머니는 제가 큰 충격을 받을 거라고 생각하셨어요. 하지만 그건 전혀 그렇지 않잖아요?"

제니퍼가 손에 든 음료를 한 모금 마셨다.

"어머, 제가 너무 분별없이 굴었나요?"

"전혀요." 제니퍼가 공손하게 말했다. 아마도 표정이 끔찍하게 굳어 있을 것이었다.

"음료 한 잔 더 할래요, 폴린?" 다시 말을 할 수 있게 되었을 때 제니퍼가 권했다. "난 잔이 비었네요."

* * *

제니퍼는 화장실에 앉아서 핸드백을 열었다. 그러고는 작은 갈색 병을 꺼내어 신경안정제 한 알을 삼켰다. 딱 하나만 먹는 거야. 그리고 술도 한 잔만 더 마시고. 제니퍼는 심장박동이 정상으로 돌아오길 기다리며 변기에 앉아 콤팩트를 열고는 덧바를 필요도 없는 코에 파우더를 덧발랐다.

제니퍼가 대화를 중단했을 때, 폴린은 신뢰를 묵살당한 사람처럼 상처 입은 표정이 되었다. 폴린은 소녀처럼 흥분했고, 어른의 세계로 발을 들인 것에 기뻐하고 있었다.

제니퍼는 로런스에게 그런 느낌을 가진 적이 있던가? 그
녀는 멍하게 생각했다. 이따금 복도에 놓인 결혼사진 앞을
지날 때면 사진 속 인물들이 낯선 사람처럼 보이기도 했다.
대부분은 못 본 척 지나쳤다. 기분이 좋지 않을 때면(그녀가
자주 그런다고 로런스는 지적하지만), 그 순진하고 아무나
믿는 소녀에게 결혼 따윈 애초에 하지도 말라고 소리치고 싶
어졌다. 이젠 결혼하지 않는 여자들도 많아졌다. 그들은 자
신만의 일과 돈이 있었고, 한 남자의 의견을 중요하게 여기
며 그의 기분을 상하게 하지 않기 위해 말이나 행동을 조심
해야 한다고 생각하지 않았다.

제니퍼는 10년 후 폴린의 모습을 떠올리지 않으려 했다.
세바스찬의 애정 어린 말들은 오래전의 기억으로 남고, 일
과 아이들과 돈 걱정으로 인해, 아니면 그저 판에 박은 일상
에서 오는 권태로 인해 지금의 활기가 사라져버린 그녀의 모
습. 물론 폴린의 이야기는 다른 식으로 흘러갈지도 모른다.

제니퍼는 심호흡을 하고 립스틱을 새로 발랐다.

파티 장소로 돌아와 보니 로런스는 새로운 무리와 이야기
를 나누고 있었다. 제니퍼는 입구에 서서, 로런스가 상체를
숙여 젊은 여자에게 인사를 하는 모습을 바라보았다. 제니퍼
가 모르는 여자였다. 로런스는 여자가 하는 말을 주의 깊게
듣더니 고개를 끄덕였다. 여자가 다시 뭔가를 이야기하자 남
자들이 모두 크게 웃었다. 로런스는 여자의 귓가에 뭐라고
중얼거렸다. 그러자 여자가 고개를 끄덕이며 미소 지었다.

여자가 그의 매력에 흠뻑 빠져 있는 것 같다고 제니퍼는 생각했다.

시계는 9시 45분을 가리키고 있었다. 제니퍼는 그만 돌아가고 싶었지만, 남편에게 조르지 않는 게 낫다는 걸 잘 알았다. 그들은 로런스가 볼일을 마쳐야 떠날 것이다.

웨이터가 그녀에게 다가왔다. 그가 샴페인 잔이 가득 올려진 은쟁반을 내밀었다. "드시겠습니까?" 불현듯 제니퍼는 집이 아주 먼 곳에 있는 듯한 기분이 들었다. "고마워요." 그러고는 잔을 하나 집었다.

제니퍼가 그를 본 것은 그때였다. 남자는 화분에 심긴 야자나무에 반쯤 가려져 있었다. 처음에는 무심히 바라보면서, 한때 그녀도 머리카락이 셔츠 깃에 저런 모양으로 닿는 남자를 알고 지냈다고 멍하니 생각했다. 1년 전쯤만 해도 제니퍼는 사방에서 유령처럼 그를 보았다. 다른 남자에게로 옮겨간 그의 상체를, 그의 머리카락을, 그의 웃음을 보았다.

남자의 동료가 폭소를 터뜨리며, 그만 좀 하라는 듯 고개를 흔들었다. 그들은 서로에게 잔을 들어 보였다. 그러고는 그가 돌아섰다.

제니퍼의 심장이 멎었다. 방 안의 모든 것이 그대로 멈췄고, 그러고는 옆으로 기우뚱했다. 손에서 잔이 떨어지는 것도 느끼지 못했다. 유리가 박살 나는 소리가 거대한 방을 울리고, 사람들의 대화가 잠시 중단되고, 웨이터가 깨진 유리를 치우려고 서둘러 다가오는 것을 어렴풋이 느낄 뿐이었다. 근처에서 로런스가 경멸하듯 뭐라고 말하는 소리가 들렸다.

제니퍼가 그 자리에 뿌리박힌 것처럼 서 있자, 웨이터가 그녀의 팔에 손을 얹으며 말했다. "물러서주십시오, 마담. 물러서주세요."

방 안이 다시 대화 소리로 채워지고, 음악이 계속 연주되었다. 그리고 제니퍼가 뚫어지게 바라보자, 검은 머리 남자가 그녀를 돌아보았다.

13
1964년 9월

"글쎄, 모르겠어. 자네가 그쪽하고는 완전히 이별한 줄 알았는데. 왜 다시 거길 가겠다는 거야?"

"큰 기삿감이잖아요. 전 그 일에 최적인 사람이고요."

"자넨 유엔에서 훌륭하게 잘하고 있어. 위에서도 아주 만족스러워해."

"하지만 콩고에 다시 진짜 기삿거리가 생겼어요. 분명히 아시잖아요."

커다란 변화들이 일어나고, 뉴스 편집장에서 총편집장으로 승진했음에도, 돈 프랭클린의 사무실과 사람 자체는 앤서니가 영국을 떠난 이후로 거의 변하지 않았다. 앤서니는 해마다 돌아와서 아들을 만나고 편집실에 얼굴을 비쳤는데, 해마다 사무실 유리의 니코틴 얼룩은 더욱 진해졌고, 기사 더미는 더욱 거대해져서 아슬아슬하게 흔들렸다. "난 이런 상태가 좋아." 누군가 물으면 돈은 그렇게 답했다. "내가 저 따분한 인간들을 왜 또렷이 봐야 하는데?"

하지만 이런 어수선하고 종이가 흩어진 사무실은 이례적인 것이었다. 「네이션」은 변화하고 있었다. 지면은 젊은 독자들을 겨냥해서 더욱 대담하고 밝아졌다. 특집 기사란은 화장 조언과 최신 음악 동향, 피임에 관한 편지, 혼외정사에 관해 상세하게 다룬 가십 칼럼 등으로 채워졌다. 사내에서는 셔츠 소매를 걷어붙인 남자들 사이에서 짧은 치마를 입은 여직원들이 복사 업무를 했다. 그들은 복도에 모여 서 있다가, 앤서니가 지나가면 대화를 멈추고 그를 쳐다봤다. 런던 여자들은 더욱 대담해졌다. 이곳을 방문할 때 앤서니는 혼자 지낸 적이 거의 없었다.

"저만큼 잘 아시잖아요. 여기서 저만큼 아프리카를 경험한 사람이 없다는 거. 그리고 이제는 인질로 잡혀 있는 게 미국 영사과 직원만이 아니에요. 전 지역의 백인들이 잡혀 있어요. 그곳에서 끔찍한 소문들이 흘러나오고 있다고요. 지도자들은 반란군이 무슨 짓을 하든 상관하지 않아요. 솔직해지세요, 돈. 이 일을 하기에 나보다 핍스가 더 적당하다고 생각하는 거예요? 맥도널드나?"

"모르겠어, 토니."

"제 말 믿으세요, 미국인들은 선교사 칼슨이 협상 카드처럼 내보여지는 걸 탐탁지 않게 생각해요." 앤서니가 앞으로 상체를 기울였다. "구출 작전에 대한 얘기가 있어요…… 소문으로는 작전명이 '드래건 루주'랍니다."

"토니, 위에서 당장 누군가를 내보내고 싶어 할지 모르겠어. 반군들은 미치광이들이잖아."

"저보다 더 확실한 연줄을 가진 사람이 있나요? 콩고와 유엔에 대해 저보다 더 잘 아는 사람은요? 전 토끼 사육장 같은 곳에서 4년을 보냈어요. 돈. 빌어먹을 4년이라고요. 날 내보내줘요. 난 가야 해요." 앤서니는 돈의 결의가 흔들리는 걸보았다. 앤서니가 편집실 밖에서 보낸 세월과 말끔해진 외모가 그의 주장에 무게를 더했다. 지난 4년간 앤서니는 복잡한유엔의 정치적 논쟁들을 성실하게 보도해왔다.

처음 한 해 동안은 아침에 일어나서 주어진 일들을 해내는것 말고는 아무 생각이 없었다. 하지만 그때 이후로 앤서니는 진정한 기삿거리뿐만 아니라 그의 인생까지도 그곳에서멀리 떨어진 곳에 있다는 끈질긴 확신으로 괴로워했다. 이제루뭄바가 암살된 후 극한으로 치닫고 있는 콩고는 붕괴될 위험에 놓였고, 멀리서 작게 윙윙거리던 경보음은 분명하고 집요하게 들려왔다.

"이젠 그곳 상황이 달라졌어." 돈이 말했다. "마음에 들지않아. 사태가 좀 진정되기 전에 누군가를 파견하는 게 좋은생각인지 확신이 들지 않아."

하지만 이것이 바로 분쟁 보도의 저주임을 앤서니뿐 아니라 돈도 알았다. 그 일은 선악의 구분이 명확하고, 아드레날린을 솟구치게 하고, 유머와 절박감과 우정으로 가득했다. 에너지를 완전히 소진하게 되지만, 집으로 돌아와서는 더 이상 '평범한' 삶을 묵묵히 살아가는 걸 좋아할 수 없게 되었음을 깨닫는다.

매일 아침 앤서니는 전화를 걸고, 몇 줄 안 되는 기사를 확인하며, 그곳에서 벌어지고 있는 일들을 이해했다. 앤서니는 사태가 커질 거라는 직감이 들었다. 그곳으로 가서 직접 몸으로 느끼고 종이 위로 옮겨놓아야 했다. 4년간 그는 죽은 사람이나 마찬가지였다. 다시 살아 있음을 느끼기 위해서라도 그 일이 필요했다.

앤서니가 책상 위로 몸을 기울였다. "필모어가 그러는데 위에서 분명하게 날 보내라고 했다면서요. 국장님을 실망시킬 작정이에요?"

돈이 또 담배를 꺼내 불을 붙였다. "물론 그건 아니지. 하지만 그는 여기 없었잖아, 자네가……." 담배꽁초가 넘쳐나는 재떨이 끝에다 담배를 톡톡 두드렸다.

"그거 때문이에요? 내가 또 무너질까 봐?"

곤란하게 웃는 돈을 보고 앤서니는 모두 알았다. "지난 몇 년간 술은 입에도 대지 않았어요. 말썽을 일으킨 적도 전혀 없고요. 정 그렇게 걱정이 되면, 황열병 예방접종을 하면 되잖아요."

"자네를 생각해서 그러는 거야, 토니. 이건 아주 위험한 일이라고. 생각해봐. 자네 아들은 어떻게 할 건가?"

"그 아인 문제될 거 없어요." 운이 좋으면 1년에 한 번 만나고 두 번 편지를 보냈다. 클라리사는 물론 필립을 생각해서 그러는 것이다. 얼굴을 너무 자주 보면 혼란만 줄 뿐이라고. "3개월만 가 있을게요. 연말쯤이면 모두 끝날 거예요. 다들 그렇게 말하니까."

"글쎄……."

"제가 마감을 한 번이라도 어긴 적이 있나요? 좋은 기삿거리들도 끌어왔잖아요. 제발요, 돈, 날 보내줘야 해요. 회사도 내가 나가길 바라잖아요. 그쪽 방식을 잘 아는 사람이어야만 해요. 그곳에 연줄이 있는 사람. 생각해보세요." 그가 상상 속의 헤드라인을 손으로 훑었다. "'콩고 백인 인질 구출 작전, 생생한 현지 취재' 이런 일이 현실로 일어나게 해줘요, 돈. 그러고 나서 다시 얘기해요."

"여전히 발이 근질거리는 거지, 응?"

"난 내가 있어야 할 곳이 어딘지 잘 알아요."

돈이 햄스터처럼 볼을 부풀렸다가 시끄럽게 숨을 내뱉었다. "좋아. 내가 '위층 그분'께 말해보지. 말은 해보겠지만 어떤 약속도 할 수 없어."

"고마워요." 앤서니가 일어나 방을 나서려 했다.

"토니."

"왜요?"

"좋아 보여."

"고마워요."

"진심이야. 오늘 밤 한잔 어때? 자네하고 나, 그리고 옛날 패거리들하고? 밀러도 런던에 있어. 맥주나 한잔하자고. 아니면 얼음물이든 콜라든 아무거나."

"더글러스 가디너와 파티에 간다고 말씀드렸잖아요."

"그랬나?"

"남아프리카공화국 대사관에서 열리는 거요. 사람들과 연락은 계속 유지해야 하니까."

돈이 체념한 듯 고개를 흔들었다. "가디너란 말이지, 응? 글솜씨가 정말 형편없다고 내가 그러더라고 전해줘."

앤서니가 나오는데 편집국 비서 셰럴이 윙크를 했다. 그녀는 문구류 수납장 옆에 서 있다가 그가 지나가자 정말로 윙크를 해 보였다. 앤서니 오헤어는 한숨을 쉬며 고개를 흔들고는 재킷을 집어 들었다.

* * *

"자네한테 윙크를 했다고? 토니, 이 친구야. 그 여자가 그 빌어먹을 수납장 안으로 자넬 끌고 들어가지 않은 것만도 다행인 줄 알라고."

"난 고작 몇 년을 나가 있었을 뿐이야, 더기. 여긴 여전히 영국이고."

"아니." 더글러스가 재빨리 실내를 둘러보았다. "그렇지 않아, 친구. 런던은 이제 세계의 중심이야. 모든 일이 여기서 시작되지. 남녀평등은 그중에 일부일 뿐이야."

더글러스의 말에도 일리가 있다는 걸 앤서니는 인정하지 않을 수 없었다. 심지어 도시의 외관도 변했다. 수수한 거리들, 우아하고 낡은 건물들, 전후 빈곤의 흔적들은 사라지고 없었다. 대신 조명을 밝힌 표지판, '파티 걸'이니 '제트 세트'니 하는 이름이 붙은 여성 부티크, 외국 레스토랑, 고층 건물들이 생겨났다. 앤서니는 런던에 돌아올 때마다 점점 이방인

287

이 되어가는 기분이었다. 눈에 익은 지형물은 사라지고, 그나마 남은 것들은 우체국 타워나 초현대식 건축물에 가려졌다. 그가 살던 아파트 건물이 철거된 자리에도 무지막지하게 현대적인 건물이 들어섰다. 알베르토스 재즈 클럽은 이제 로큰롤이 흐르는 장소로 바뀌었다. 심지어 사람들의 옷 색깔도 밝아졌다. 여전히 갈색이나 남색을 입는 나이든 세대는 실제보다 더욱 구세대로 보였고, 더욱 시들어 보였다.

"그래서…… 자넨 현장을 뛰어다니는 일이 그립지 않나?"

"아니. 우리 모두 언젠가는 철모를 내려놔야 하는데 뭐, 그렇지 않나? 게다가 이쪽이 더 아름다운 여자들을 볼 기회가 많다는 점은 분명하고. 뉴욕은 어때? 린든 존슨에 대한 자네 의견은 어떤가?"

"그는 케네디가 아니라는 점만은 분명하지…… 그래서 지금은 뭘 하고 있나? 상류층 사람들 사이를 누비고 다녀?"

"자네가 떠날 때하고는 달라, 토니. 사람들은 대사 부인이나 무분별한 행동에 대한 가십 따위엔 관심이 없어. 이젠 비틀스나 실라 블랙 같은 팝스타가 대세라고. 가문은 중요하지 않아. 신문의 사교계란은 그야말로 평등하다니까."

거대한 연회장에 유리 깨지는 소리가 울려 퍼졌다. 두 남자가 대화를 중단했다.

"어이쿠. 누군가 너무 많이 마셨군." 더글러스가 말했다. "변하지 않는 것도 있네. 숙녀들은 술이 약하다는 거."

"글쎄, 신문사 여직원 몇 명은 나보다 셀 거 같던데." 앤서니가 몸서리쳤다.

"아직도 금주 중인가?"

"3년도 더 됐어."

"이 일을 하는 한 오래 버티진 못할걸. 마시고 싶지 않아?"

"하루도 빠짐없이."

더글러스가 웃음을 멈추고 그의 뒤쪽을 바라보았다. 앤서니도 어깨 너머로 뒤를 보았다. "얘기 나눠야 할 사람이 있어?" 앤서니가 순순히 한쪽으로 물러났다.

"아니." 더글러스가 눈을 가늘게 떴다. "누군가 날 쳐다보는 거 같아서. 근데 자넬 보고 있는데? 아는 여잔가?"

앤서니는 뒤를 돌아보았고…… 머릿속이 텅 비어버렸다. 그러고는 그 사실이 건물 철거용 철구처럼 무자비하게 그를 강타했다. 그녀가 이 자리에 참석하리라는 건 너무나 당연한 사실이었다. 그가 떠올리지 않으려고 기를 써온 그 사람. 다시는 보지 못하기를 바라온 그 사람. 영국에 도착한 지 일주일도 안 됐는데 그녀가 눈앞에 있었다. 처음으로 저녁 외출을 나온 자리에.

앤서니는 그녀의 붉은 드레스와, 두드러지는 완벽한 자세를 찬찬히 바라보았다. 둘의 시선이 만나는 순간, 그녀가 흔들리는 것 같았다.

"아냐. 자네일 리가 없어." 더글러스가 말했다. "봐, 발코니로 나가잖아. 내가 분명히 아는 사람인데. 그게……." 그가 손가락으로 딱 소리를 냈다. "스털링. 무슨 스털링인가 하는 사람 부인이야. 그 석면업계 거물." 그가 고개를 옆으로 갸웃했다. "우리 가볼까? 한 문단 정도는 쓸 수 있을 텐데. 몇 년 전만 해도 사교계에서 꽤 유명한 인사였거든. 분명히 엘비스 프레슬리에 관한 기사를 넣으려고 하겠지만, 또 누가 알아……."

앤서니는 마른침을 삼켰다. "물론이지." 그는 옷깃을 바로 세우고 심호흡을 한 뒤, 친구를 따라 인파를 헤치고 발코니로 향했다.

* * *

"스털링 부인."

그녀는 앤서니에게 등을 보인 채 북적이는 런던 거리를 내려다보고 있었다. 동글동글한 컬이 들어간 윤기 흐르는 머리는 조각처럼 단정했고, 목에는 루비들이 매달려 있었다. 그녀가 천천히 돌아서서 손으로 입을 가렸다.

일어날 수밖에 없는 일이라고 앤서니는 속으로 자신에게 타일렀다. 이렇게 그녀를 보는 것으로, 그녀를 만나는 것으로 마침내 그 일을 묻어버릴 수 있게 될 것이다. 앤서니는 그렇게 생각했지만 무슨 말을 해야 할지 전혀 떠오르지 않았다. 공손하게 사교적인 인사를 나눠야 할까? 어쩌면 그녀는 양해를 구하고 곧바로 걸어 나갈지도 몰랐다. 과거에 일어난 일을 부끄럽게 여길까? 죄책감을 느낄까? 다른 누군가와 사랑에 빠졌을까? 생각들이 위태롭게 마구 내달렸다.

더글러스가 내민 손을 잡으면서도 제니퍼의 시선은 앤서니에게 못 박혀 있었다. 얼굴에 핏기가 완전히 가셨다.

"스털링 부인? 「익스프레스」의 더글러스 가디너라고 합니다. 지난여름에 애스콧 경마축제에서 뵈었죠, 아마?"

"아, 그래요." 제니퍼가 대답했다. 목소리가 흔들렸다. "죄송합니다." 그녀가 속삭였다. "전…… 저는…….."

"괜찮으십니까? 안색이 몹시 창백한데요."

"저는…… 사실 좀 어지럽네요."

"스털링 씨를 모셔올까요?" 더글러스가 그녀의 팔꿈치를 잡았다.

"아뇨!" 제니퍼가 말했다. "아니에요." 그러고는 숨을 들이쉬었다. "그냥 물 한 잔만 가져다주시면 충분할 거 같아요. 괜찮으시다면요."

더글러스가 앤서니에게 재빨리 시선을 주었다. 이게 무슨 일이야, 하는 눈빛이었다. "토니…… 잠시 스털링 부인과 함께 있겠나? 금방 돌아올 테니." 더글러스가 안으로 들어가고 문이 닫히자, 음악 소리가 작아지며 그곳에 둘만 남았다. 제니퍼의 커다란 눈에 끔찍한 표정이 떠올라 있었다. 말이 나오지 않는 모양이었다.

"그 정도로 끔찍한가요? 날 보는 게?" 앤서니의 목소리가 약간 날카로웠다. 그도 어쩔 수가 없었다.

제니퍼가 눈을 깜빡이며 다른 곳으로 시선을 돌렸다가 다시 그를 보았다. 진짜로 그가 거기에 있는지 확인하듯이.

"제니퍼? 내가 그냥 가길 원해요? 미안해요. 귀찮게 하는 게 아닌데. 다만 더글러스가…….."

"사람들은…… 사람들은 당신이. 죽었다고. 그랬어요." 그녀의 목소리는 연이어 터지는 기침처럼 들렸다.

"죽었다고요?"

"그 자동차 사고로." 제니퍼는 식은땀을 흘렸고 낯빛이 밀랍처럼 창백했다. 그녀가 기절하는 게 아닐까 앤서니는 걱정됐다. 그가 한 걸음 다가가서 제니퍼를 발코니 턱 쪽으로 이끌고는 재킷을 벗어서 턱에 깔고 그녀를 앉혔다. 제니퍼는 손안으로 머리를 떨어뜨리고 나직하게 신음했다. "당신은 여기 있을 수 없어요." 마치 자신에게 말하는 것 같았다.

"뭐라고요? 무슨 말인지 잘 모르겠어요." 앤서니는 순간적으로, 그녀가 실성한 게 아닐까 하는 생각이 스쳤다.

제니퍼가 고개를 들었다. "우린 차 안에 있었어요. 교통사고가 일어났고…… 당신일 리가 없어요! 그럴 리가 없어." 그녀의 시선이 그의 손으로 내려갔다. 그 손이 사라져버릴 거라고 반쯤 기대하는 사람처럼.

"교통사고라고요?" 앤서니가 그녀 옆으로 무릎을 꿇었다. "제니퍼, 내가 당신을 마지막으로 본 건 클럽에서였어요. 차 안이 아니라."

제니퍼가 머리를 흔들었다. 이해하지 못하는 듯했다.

"내가 당신한테 편지를 보내서……."

"그래요."

"…… 나랑 함께 떠나자고 했죠."

제니퍼가 고개를 끄덕였다.

"그리고 난 역에서 기다렸어요. 당신은 나타나지 않았죠. 당신이 떠나지 않기로 마음먹은 거라고 생각했어요. 그러고는 나중에 전달된 당신 편지를 받았어요. 거기서 당신은 자신이 결혼한 몸이라는 사실을 반복해서 강조했죠."

앤서니는 마치 옛 친구를 기다리고 있었던 것처럼, 그 이상으로 중요한 일은 아닌 것처럼 차분하게 말할 수 있었다. 제니퍼의 부재가 그의 삶과 그의 행복에 4년간이나 영향을 미치지 않은 것처럼.

"하지만 난 당신에게 갔었어요."

그들은 서로를 뚫어져라 쳐다보았다.

제니퍼의 얼굴이 다시 손안으로 떨어졌고, 그녀의 어깨가 흔들렸다. 앤서니가 일어나서 그녀 뒤로 환하게 불을 밝힌 연회장을 흘깃 보고는 그녀의 어깨에 손을 얹었다. 제니퍼는 데이기라도 한 듯 움찔했다. 앤서니는 드레스 안으로 뻗은 등의 윤곽을 알아보고 숨이 막혔다. 생각을 제대로 할 수가 없었다. 아무 생각도 할 수가 없었다.

"그동안 내내." 제니퍼가 눈물이 가득 고인 눈으로 그를 쳐다보았다. "그동안 내내…… 당신은 살아 있었군요."

"난…… 당신이 나와 함께 가길 원하지 않은 거라고 생각했어요."

"봐요!" 제니퍼는 소매를 걷어 올리고 팔을 따라 들쭉날쭉하게 그어진 은빛 선을 보여주었다. "난 몇 달 동안 기억이 없었어요. 여전히 그 기간의 일은 기억나는 게 많지 않아요. 그는 당신이 죽었다고 했어요. 그가 내게……."

"하지만 신문에서 내 이름을 못 봤나요? 거의 매일 내가 쓴 기사가 실리는데."

"신문은 이제 읽지 않아요. 왜 읽겠어요?"

그녀의 말이 일으킨 파장이 스며들기 시작하면서 앤서니는 약간 휘청거리는 느낌을 받았다. 제니퍼는 반쯤 김이 서린 발코니 유리문을 돌아보고 손으로 눈물을 닦아냈다. 앤서니가 손수건을 내밀자, 제니퍼는 여전히 그의 살이 닿는 게 두려운 듯 머뭇거리며 받아 들었다.

"계속 여기 있을 수 없어요." 마침내 냉정을 회복한 제니퍼가 말했다. 눈 아래 마스카라 자국이 검게 남았지만 앤서니는 지워주고 싶은 충동을 억눌렀다. "내가 어디에 있는지 그이가 궁금해할 거예요." 눈가에 새로운 주름들이 생겨났고, 촉촉하고 싱그럽던 피부는 어딘가 팽팽하게 당겨진 듯 긴장돼 있었다. 소녀다운 느낌이 사라진 대신 섬세하고 새로운 지식이 자리한 느낌이었다. 앤서니는 그녀에게서 시선을 뗄 수가 없었다. "어떻게 연락하면 되죠?" 그가 물었다.

"연락해선 안 돼요." 제니퍼가 머리를 맑게 하려는 듯 고개를 약간 흔들었다.

"난 리젠트 호텔에 묵고 있어요." 그가 말했다. "내일 전화 줘요." 앤서니는 주머니에서 명함을 꺼내 그 위에 뭔가 휘갈겨 적었다.

제니퍼는 명함을 받더니 기억에 새기듯 유심히 쳐다보았다.

"자, 왔습니다." 더글러스가 그들 사이로 나타났다. 그가 물이 담긴 컵을 내밀었다. "남편분께서는 문 바로 안쪽에서 누군가와 얘기를 나누고 계시더군요. 원하시면 제가 불러드리겠습니다."

"아뇨…… 아뇨. 괜찮아요." 제니퍼가 물을 한 모금 마셨다. "정말 고맙습니다. 난 가봐야 해요, 앤서니."

제니퍼는 그런 식으로 그를 불렀다. 앤서니. 그는 자신이 미소를 짓고 있다는 걸 깨달았다. 그녀는 거기에, 그로부터 몇 센티미터 떨어지지 않은 곳에 있었다. 제니퍼는 그를 사랑했고 그 때문에 슬퍼했다. 그날 밤 제니퍼는 그에게 가려고 했었다. 앤서니는 4년간 느낀 참담함이 깨끗이 쓸려나간 기분이었다.

"두 사람 아는 사이인가요?"

앤서니는 멀리서 들려오는 소리처럼 더글러스의 말소리를 들었고, 그가 문 쪽으로 손짓하는 것을 보았다. 제니퍼는 앤서니에게서 시선을 떼지 않은 채 물을 조금씩 마셨다. 몇 시간 후면 앤서니는 그들의 삶을 갈라놓으며 즐거워했을 신들에게 저주를 퍼부을 것이다. 그들이 잃어버린 시간을 떠올리며 비통해할 것이다. 하지만 지금은 오로지 샘솟는 기쁨만 느낄 뿐이었다. 영원히 잃어버린 줄 알았던 그 느낌이 다시금 되살아났다.

제니퍼는 가야 할 시간이었다. 그녀가 일어서서 머리를 매만졌다. "나…… 괜찮아 보여요?"

"당신은……."

"아름다우십니다, 스털링 부인. 언제나 그렇듯이." 더글러스가 문을 열어주었다.

그녀가 아주 작게 미소를 지었고, 그 의미를 아는 앤서니는 가슴이 찢어질 듯 아팠다. 제니퍼가 그의 옆으로 지나가며 늘씬한 손을 뻗어 그의 팔꿈치 윗부분에 살짝 얹었다. 그런 다음 사람이 가득한 연회장 안으로 걸어 들어갔다.

문이 닫히자 더글러스가 한쪽 눈썹을 들어 올렸다. "설마, 자네가 꼬여낸 또 한 명의 여인? 이런 능구렁이 같으니라고. 자넨 원하는 건 모두 손에 넣는군."

앤서니의 시선은 여전히 문으로 가 있었다. "아니." 그가 조용히 말했다. "그렇지 않아."

* * *

제니퍼는 집까지 가는 동안 조용히 입을 다물고 있었다. 로런스는 그녀가 모르는 사업 동료 한 사람을 집까지 태워주기로 했고, 그것은 곧 남자들이 이야기를 나누는 동안 제니퍼는 조용히 앉아 있을 수 있다는 뜻이었다.

"당연히 핍 머천트는 옛날 수법을 또 쓰려고 할 테지. 하나의 프로젝트에 모든 자본을 묶어두는 거."

"그자는 언젠가 문제의 빌미가 될 거야. 자기 아버지도 똑같았지."

"그 집안 가계도를 한참 거슬러 올라가면 아마 '남해 거품 사건(1720년 영국을 뒤흔든 주가 폭락 사건-옮긴이)'하고도 만나게 될걸."

"그거 말고도 여럿 될 거야! 전부 허풍으로 가득할 거고."

차 안은 시가 연기로 가득했다. 사업가들에게 둘러싸여 있거나 위스키에 절어 있을 때면 자주 그러듯 로런스는 말이

296

많고 자기 의견을 고집했다. 새로운 사실에 압도된 제니퍼는 그의 말이 귀에 들어오지 않았다. 그녀는 달리는 차 안에서 조용한 거리를 내다보았다. 주변의 아름다운 전경이나 드문드문 지나가는 사람들을 보는 게 아니었다. 앤서니의 얼굴을 보고 있었다. 그녀에게 고정되었던 갈색 눈동자, 주름이 약간 생겼지만 더욱 준수하고 편안해진 얼굴. 제니퍼는 아직도 등에 닿았던 손의 온기가 고스란히 느껴졌다.

어떻게 연락하면 되죠?

지난 4년간 살아 있었다니. 살아서 숨을 쉬고 커피를 마시고 타자기를 두드렸다니. 제니퍼는 그에게 편지를 쓸 수도, 말을 할 수도 있었던 것이다. 그에게 갈 수도 있었다.

제니퍼는 힘겹게 침을 삼키며, 격정적인 감정이 더욱 고조되지 않도록 억눌렀다. 언젠가는 이런 상황에 이르게 된 모든 것에 대해, 그녀가 여기, 이 차 안에, 더는 그녀가 옆에 있다는 것을 아는 척할 필요가 없다고 여기는 남자와 함께 있다는 사실에 대해 생각할 시간이 있을 것이다. 하지만 지금은 아니었다. 몸속에서 피가 활기차게 흐르며 *살아 있어,* 하고 노래를 불렀다.

차가 어퍼웜폴 가에서 멈췄다. 에릭이 운전석에서 나와 조수석의 문을 열었다. 사업가는 시가를 피우며 차 밖으로 나왔다. "정말 고맙네, 래리. 이번 주에 클럽에 올 거지? 내가 저녁을 사지."

"좋지." 남자는 무거운 걸음을 옮기며 느릿느릿 대문으로 향했고, 누군가 기다리고 있었던 것처럼 문이 열렸다. 로런스는 동료가 안으로 들어가는 모습을 지켜보고는 다시 앞쪽으로 눈길을 주었다. "집으로 가줘, 에릭." 그가 좌석에서 몸을 움직였다.

제니퍼는 그의 시선을 느꼈다. "당신은 굉장히 조용하군." 늘 그렇듯 못마땅한 말투였다.

"그런가요? 당신하고 그분 대화에는 내가 더할 말이 없어서요."

"그래. 아무튼 오늘 저녁은 나쁘지 않았어. 전반적으로." 그가 좌석 뒤로 기대어 앉으며 고개를 끄덕였다.

"그래요." 제니퍼가 조용히 말했다. "전혀 나쁘지 않았죠."

　당신 호텔에서. 정오. J.

　앤서니는 한 줄이 적힌 편지를 빤히 쳐다보았다.

　"오늘 아침에 직접 전하고 갔어요." 검지와 중지 사이에 연필을 낀 셰릴이 앤서니 앞에 서 있었다. 깜짝 놀랄 정도로 금색인 짧은 머리는 하도 숱이 많아서 앤서니는 가발이 아닐까 하고 잠시 생각했다. "전화해야 하나 싶었는데, 앤서니가 나올 거라고 돈이 그러잖아요."

　"그래요. 고마워요." 앤서니는 조심스레 종이를 접어 주머니 안에 넣었다.

　"귀여워요."

　"누구…… 내가요?"

　"당신의 새 여자 친구."

　"아주 재밌네요."

"농담 아니에요. 당신하고 어울리기엔 너무 세련된 감이 있지만." 셰럴은 앤서니의 책상에 걸터앉더니 믿을 수 없을 만큼 까만 속눈썹 아래로 그를 올려다보았다.

"나하고 어울리기엔 너무 세련된 여자죠. 그리고 내 여자 친구 아니에요."

"아, 맞다. 잊고 있었네요. 앤서니 여자 친구는 뉴욕에 있는데. 이 여자는 결혼한 여자고, 안 그래요?"

"옛 친구일 뿐이에요."

"하! 나한테도 그런 옛 친구들이 있죠. 그 여자를 낚아채서 아프리카로 데려가게요?"

"내가 아프리카에 가게 될지 아닐지는 아직 몰라요." 그가 의자 뒤로 기대어 앉아 머리 뒤로 깍지를 꼈다. "그리고 그쪽은 남의 일을 지나치게 꼬치꼬치 캐묻고."

"모르는 모양인데, 여긴 신문사예요. 캐묻는 게 바로 우리 일이라고요."

앤서니는 거의 잠을 자지 못했다. 그를 둘러싼 모든 것에 감각들이 과민하게 반응했다. 결국 새벽 3시에 잠들기를 포기하고 호텔 바로 내려가서, 커피 잔을 앞에 두고 그들이 나눈 대화를 돌이켜보며 의미를 이해하려 애썼다. 그 시간에 택시를 잡아타고 제니퍼의 집 앞으로 가서 그 안에 그녀가 있다는 사실을, 몇 미터 떨어진 곳에 그녀가 있다는 사실을 음미하고 싶은 충동이 일었다.

난 당신에게 갔었어요.

셰럴은 계속 그를 쳐다보고 있었다. 그는 손가락으로 책상을 톡톡 두드렸다. "그래요." 그가 입을 열었다. "모두가 다른 사람 일에 지나치게 관심이 많은 거 같네요."

"그러니까 사귀는 거 맞군요. 편집차장님은 내기까지 걸었어요."

"셰럴……."

"뭐, 오전 이 시각에는 봐야 할 기사도 많지 않으니까요. 그런데 편지는 뭐래요? 어디서 만날 거예요? 어디 좋은 데 가요? 비용은 그 여자가 다 대나요? 엄청 돈 많아 보이던데."

"맙소사!"

"글쎄, 이런 일엔 경험이 많아 보이지 않던걸요. 그 여자한테 전해주세요. 다음번에 또 사랑의 메모를 남기려면 먼저 결혼반지부터 빼야 한다고요."

앤서니는 한숨을 내쉬었다. "여기서 비서나 하고 있기엔 아까운 아가씨네요."

셰럴이 목소리를 낮췄다. "그 여자 이름을 말해주면, 내가 판돈을 싹쓸이해서 당신하고 나눌게요. 상당한 금액이라고요."

"제발 날 아프리카로 보내줘요. 콩고군 심문 부대는 셰럴한테 대면 아무것도 아니야."

셰럴이 쉰 목소리로 깔깔 웃고는 타자기가 있는 자리로 돌아갔다.

앤서니는 쪽지를 펼쳤다. 둥글게 이어진 글씨를 보기만 해도 그는 곧바로 프랑스로 되돌아갔다. 방문 아래로 밀어 넣어진 쪽지들, 아주 오래전인 것처럼 느껴지는 전원에서 보낸

한 주. 앤서니는 마음 한구석으로 그녀가 연락해올 거라고 믿고 있었다. 그는 돈이 들어온 걸 깨닫자 움찔 놀랐다.

"토니, 국장님이 보자는데. 위층에서."

"지금요?"

"아니. 3주 뒤 화요일에. 그래, 지금이지 언제겠어. 자네 미래에 대해 의논하고 싶대. 슬프게도 자넨 잘리지 않아. 아마 아프리카로 보낼지 말지 알아보려고 그러는 걸 거야." 돈이 앤서니의 어깨를 쿡 찔렀다. "이봐? 귀가 잘 안 들려? 자넨 지금 일 처리가 확실한 사람으로 보여야 한다고."

앤서니는 돈의 말이 귀에 들어오지 않았다. 벌써 11시 15분이었다. 편집국장은 뭐든 급하게 하는 걸 좋아하지 않는 타입이었고, 그의 방에 들어가면 오랫동안 나오지 못할 가능성이 다분했다. 앤서니가 일어나며 셰럴을 돌아보았다. "금발 아가씨, 부탁 하나만 들어줄래요? 내가 묵는 호텔로 전화 좀 해줘요. 12시에 제니퍼 스털링이 거기서 나와 만나기로 돼 있는데, 내가 조금 늦을 거 같으니 전해달라고. 분명히 갈 거니까 꼭 기다려달라고."

셰럴의 얼굴에 만족스러운 미소가 피어올랐다. "제니퍼 스털링 부인이라고요?"

"말했듯이, 옛 친구일 뿐이에요."

돈이 어제 입은 셔츠를 그대로 입은 사실을 앤서니가 알아보았다. 그는 언제나 어제 입은 셔츠를 그대로 입은 것처럼 보였다. 그리고 이제 고개를 절레절레 젓고 있었다. "맙소사. 또 그 스털링 부인인가? 도대체 얼마나 더 골치를 썩어야 그만두겠어?"

"그냥 친구일 뿐이에요."

"그럼 난 트위기(1960년대 패션 아이콘이었던 영국의 모델-옮긴이)야. 자, 그만 가자고. 가서 우리 권력자께 설명을 해야지. 어째서 심바 반란군에게 자네 목숨을 바치는 일이 허락되어야 하는지 말이야."

* * *

그녀가 아직 거기에 있는 걸 보고 앤서니는 안도의 한숨을 내쉬었다. 약속 시간에서 30분 넘게 지나 있었다. 제니퍼는 실속 없이 사치스럽기만 한 살롱의 작은 테이블에 앉아 있었다. 석고 몰딩은 지나치게 장식한 크리스마스 케이크 아이싱을 연상시켰다. 테이블을 차지하고 앉은 사람들은 대부분 나이 많은 미망인들이었다. 그들은 충격적이라는 듯 현대 세계의 사악함에 대해 소리 죽여 열변을 토하고 있었다.

"차를 주문했어요." 앤서니가 맞은편에 앉으며 다섯 번째로 사과하자 그녀가 말했다. "괜찮을지 모르겠네요."

제니퍼는 머리를 풀어 내리고, 검은 스웨터와 몸에 꼭 맞는 엷은 황갈색 바지를 입었다. 전보다 더 마른 것 같았다. 그게 유행인가 보다고 앤서니는 생각했다.

그가 호흡을 골랐다. 그는 이 순간을 수도 없이 그려보았다. 그녀를 와락 끌어안는 장면. 그들의 열정적인 재회. 하지만 그는 침착한 그녀와 격식을 차린 주변의 환경에 희미하게 당혹감을 느끼고 있었다.

웨이트리스가 카트를 밀고 다가와서 찻주전자와 우유가 담긴 병, 일정한 크기로 자른 하얀 식빵 샌드위치, 잔과 받침, 접시들을 테이블로 옮겨놓았다. 샌드위치는 네 개를 한꺼번에 입에 넣을 수 있을 정도로 작았다.

"고마워요."

"설탕은…… 안 넣죠." 그녀가 기억해내려 애쓰듯 인상을 썼다.

"안 넣어요."

두 사람은 각자 차를 마셨다. 앤서니는 말을 하려고 여러 번 입을 열었지만 아무 말도 나오지 않았다. 계속 그녀를 몰래 흘끔거리며 작은 점들에 주목했다. 눈에 익은 손톱 모양, 손목, 누군가 그녀에게 똑바로 앉으라고 말하기라도 하듯 주기적으로 허리를 곧게 펴는 모습.

"어제는 정말 너무 놀랐어요." 마침내 그녀가 입을 열며 잔을 받침에 내려놓았다. "난…… 어제 그런 식으로 행동해서 미안해요. 내가 이상하다고 생각했을 거예요."

"충분히 이해해요. 죽은 사람이 살아 돌아온 장면은 매일 보는 게 아니니까요."

작은 미소가 피어올랐다. "정말 그래요."

둘의 시선이 마주쳤다가 다른 곳으로 미끄러졌다. 그녀가 앞으로 몸을 기울여 잔에 차를 더 따랐다. "지금은 어디에서 살고 있나요?"

"그동안 뉴욕에 있었어요."

"내내요?"

"돌아올 이유가 없었으니까요."

또다시 묵직한 침묵이 내려앉았다. 이번에는 그녀가 침묵을 깼다. "좋아 보여요. 아주."

그녀의 말이 맞았다. 맨해튼 중심부에서는 추레한 모습으로 지내는 일이 불가능했다. 앤서니는 여러 벌의 훌륭한 정장과 수많은 새 습관을 가지고 영국으로 돌아왔다. 스팀 면도, 구두 닦기, 철저한 금주 같은 것들. "당신도 아름다워요, 제니퍼."

"고마워요. 런던에는 오래 머물 건가요?"

"아마 아닐 거예요. 다시 해외로 나가게 될 거 같아요." 앤서니는 그 소식이 어떤 영향을 주는지 보려고 그녀의 얼굴을 쳐다보았다. 하지만 그녀는 우유를 향해 손을 뻗을 뿐이었다. "난 됐어요." 그가 손을 들어 보였다. "고마워요."

그 사실을 잊은 자신에게 실망한 듯 그녀는 손을 딱 멈췄다.

"신문사에선 당신한테 어떤 일을 맡기려는 거죠?" 그녀가 접시에 샌드위치를 하나 얹어서 그의 앞에 놓았다.

"회사에서는 영국에 머물렀으면 좋겠다고 하지만 난 아프리카로 돌아가고 싶어요. 콩고 상황이 매우 복잡해졌어요."

"거긴 굉장히 위험하지 않나요?"

"중요한 건 그게 아니에요."

"가장 결정적인 순간에 그곳에 있고 싶군요."

"그래요. 중요한 기사가 될 거예요. 게다가 난 사무실에 묶여 있는 건 질색이에요. 지난 몇 년은." 앤서니는 사용하기에 안전한 표현을 생각해내려 했다. 뉴욕에서 보낸 그 몇 년 덕분에 내가 미치지 않았다고? 당신으로부터 도망칠 수 있었다고? 낯선 땅에서 수류탄에 몸을 던지지 않아도 되었다고?

"유용했어요." 마침내 앤서니가 말했다. "나를 바라보는 국장의 시각을 바꿔놓았으니까. 하지만 이제 다음 단계로 나아가고 싶어요. 내가 제일 잘하는 것으로 돌아가고 싶어요."

"그 욕구를 만족시킬 안전한 장소는 없는 건가요?"

"내가 클립을 정리하거나 서류 철하는 일을 원할 사람으로 보이나요?"

그녀가 살짝 웃었다. "그럼 당신 아들은 어쩌고요?"

"난 그 애를 거의 못 봐요. 애 엄마가 자주 만나는 걸 좋아하지 않아서." 앤서니가 차를 한 모금 마셨다. "콩고로 파견된다고 해도 크게 달라질 건 없어요. 우린 주로 편지로 대화를 나누니까."

"많이 힘들겠어요."

"그래요. 정말 힘들죠."

한쪽 구석에서 현악 4중주단이 연주를 시작했다. 그녀가 잠시 뒤를 돌아보았고, 그 순간 앤서니는 아무런 제약 없이 그녀를, 그 옆모습을, 살짝 올라간 윗입술을 바라볼 수 있었다. 가슴속에서 뭔가 조여드는 느낌이었고, 극심한 고통과 함께, 다시는 누군가를 제니퍼 스털링을 사랑한 것처럼 사랑할 수 없으리라 깨달았다. 4년이라는 세월은 그를 자유롭게 해주지 못했다. 앞으로 10년이 흐른다고 해도 달라지지 않을 것이다. 그녀가 다시 앞을 보았을 때, 앤서니는 아무 말도 할 수가 없다는 걸 알았다. 입을 열었다가는 모든 걸 말해버리게 될 테니까. 그는 치명적인 부상을 입고 내장을 쏟아내듯 모든 걸 털어놓게 될 것이었다.

"뉴욕 생활은 좋았나요?" 그녀가 물었다.

"여기 머무는 것보다는 나았을 거예요."

"어디 살았어요?"

"맨해튼이요. 뉴욕 잘 알아요?"

"어렴풋이요. 제대로 아는 정도는 아니고요." 그녀가 인정했다. "그럼…… 재혼은 했나요?"

"아뇨."

"여자 친구는 있어요?"

"데이트하는 사람은 있어요."

"미국 여자?"

"네."

"결혼한 여잔가요?"

"아뇨. 재밌게도."

그녀의 표정은 흔들림이 없었다. "깊은 관계인가요?"

"아직 마음을 정하지 않았어요."

그녀가 약간 웃어 보였다. "변하지 않았군요."

"당신도 그래요."

"난 변했어요." 그녀가 조용히 말했다.

앤서니는 그녀를 만지고 싶었다. 빌어먹을 테이블 위의 그릇들을 모조리 밀쳐내고 팔을 뻗어 그녀의 손을 잡고 싶었다. 이런 우스꽝스러운 장소에, 점잖은 척 격식을 차리는 분위기에 방해받는 것이 별안간 격렬하게 화가 났다. 전날 밤에 그녀는 이상해 보였지만, 크게 동요한 그 감정만큼은 진짜였다. "당신은 어때요? 그동안 잘 지냈어요?" 그녀가 아무 말도 하지 않자 앤서니가 물었다.

그녀는 차를 한 모금 마셨다. 무기력해 보이기도 했다. "그동안 잘 지냈냐고요?" 그녀가 그 질문을 생각해보았다. "잘 지낼 때도 있고 그러지 못할 때도 있었죠. 딴 사람들하고 다를 게 없어요."

"아직도 리비에라에 가서 머물다 오곤 해요?"

"어쩔 수 없을 때만요."

앤서니는 묻고 싶었다. 나 때문인가요? 그녀는 어떤 것도 자진해서 말하고 싶지 않은 듯했다. 그녀의 재치는 다 어디로 갔을까? 그 열정은? 그녀 안에서 부글부글 끓고 있다가 예기치 못한 웃음이나 키스 세례로 터져 나오던 그 감정은? 그녀는 냉정하고 예의 바른 태도에 묻혀 기가 죽은 듯 보였다.

한쪽 구석에서 연주하던 현악 4중주단이 한 악장을 끝내고 잠시 멈췄다. 앤서니는 좌절감이 차올랐다. "제니퍼, 날 왜 이리로 오라고 했죠?"

앤서니는 그녀가 피곤해 보인다는 사실을 깨달았다. 그리고 열이 있는 사람처럼 광대뼈 부분이 상기되어 있었다.

"미안해요." 그가 말을 이었다. "하지만 난 샌드위치 같은 건 먹고 싶지 않아요. 여기서 지긋지긋한 연주나 들으며 앉아 있고 싶지도 않고요. 지난 4년간 죽어 있던 사람으로 얻은 게 있다면, 차 마시며 고상한 대화 나누기 같은 걸 안 해도 될 권리가 아닐까 싶은데요."

"난…… 그냥 당신을 보고 싶었던 것뿐이에요."

"어젯밤 연회장에서 당신을 보았을 때, 나는 여전히 당신한테 화가 많이 난 상태였어요. 당신이 나 대신 그를 선택했다고 계속 그렇게 믿고 있었으니까요. 나 대신 기존의 생활 방식을 택했다고요. 머릿속으로 당신과 언쟁을 벌일 말들을 연습하고, 내 마지막 편지에 답하지 않은 당신을 질책하면서……."

"제발요." 그녀가 한 손을 들어 올리며 그의 말을 잘랐다.

"그러고는 당신을 만났고, 당신이 나와 함께 떠나려 했다는 말을 들었죠. 그래서 난 지난 4년간 믿어온 모든 걸 다시 생각해야 했어요. 내가 진실이라고 믿어온 모든 걸."

"우리 그 얘긴 하지 말아요, 앤서니. 그건……." 그녀는 카드를 내려놓는 사람처럼 손을 테이블에 얹었다. "난…… 할 수가 없어요."

그들은 마주 앉아 있었다. 흠잡을 데 없이 차려입은 여자와 팽팽하게 긴장한 남자. 구경하는 사람들 눈에는 자신들이 결혼한 부부로 비칠 정도로 불행해 보일지도 모르겠다고 앤서니는 냉소적으로 생각했다.

"얘기 좀 해봐요." 그가 말했다. "어째서 남편한테 그렇게 충실한 거죠? 당신을 행복하게 해주지 못하는 게 분명한데 어째서 계속 같이 사는 건가요?"

그녀가 눈을 들어 그를 쳐다보았다. "내가 그를 배신했기 때문이겠죠."

"그 사람은 당신한테 충실할 거 같아요?"

그녀는 잠시 그의 눈을 쳐다보았다. 그러고는 자신의 손목시계를 흘깃 보았다. "가봐야 해요."

그가 움찔 놀랐다. "미안해요. 아무 말 않을게요. 난 다만 알아야……."

"당신 때문에 그러는 거 아니에요. 정말이에요. 가야 할 곳이 있어요."

그가 말을 멈췄다. "그래요. 미안해요. 늦게 온 사람은 난데. 시간을 낭비하게 해서 미안하군요." 앤서니의 목소리에 어쩔 수 없이 화가 묻어났다. 귀중한 30분을 빼앗아간 국장을 저주하고, 기회들을 놓친 자신을 저주했다. 그리고 여전히 그를 화나게 할 힘을 지닌 무언가에 가까이 다가간 자신을 저주했다.

그녀가 자리에서 일어나자 웨이터가 다가와 코트를 들어주었다. 어딜 가든 그녀에게는 도와줄 사람이 있을 거라고, 앤서니는 멍하니 생각했다. 그녀는 그런 여자였다. 앤서니는 의자에서 꼼짝하지 않았다.

그가 제니퍼의 마음을 오해한 것일까? 두 사람이 함께 보낸 그 짧지만 강렬한 시간에 대한 기억은 전부 그의 착오란 말인가? 그럴지도 모른다는 생각이 들자 앤서니는 슬퍼졌다. 완벽했던 추억이 손상되고, 알 수 없고 실망스러운 것으로 대체되면, 애초에 그런 추억이 없는 것보다 더 끔찍할까?

웨이터가 코트의 양쪽 어깨를 잡아주었다. 그녀는 고개를 숙이며 팔을 한쪽씩 집어넣었다.

"이게 끝인가요?"

"미안해요, 앤서니. 정말 가봐야 해요."

그가 일어났다. "우리 아무 얘기도 하지 않을 건가요? 그 모든 사실을 알게 되었는데? 내 생각을 한 적은 있나요?"

그가 다른 말을 더 하기 전에, 그녀는 돌아서서 걸어 나갔다.

* * *

제니퍼는 벌겋고 얼룩덜룩한 눈언저리에 열다섯 번째로 찬물을 끼얹었다. 화장실 거울에 비친 것은 삶에 패배한 여자의 모습이었다. 5년 전의 '한가하게 놀러나 다니는 부인'과는 너무 달라서, 다른 사람은 물론 다른 인종이라고 해도 믿을 정도였다. 제니퍼는 눈 밑의 그늘과 이마에 생긴 주름을 손으로 더듬으며, 그의 눈에는 자신이 어떻게 비쳤을지 궁금했다.

그는 당신을 짓뭉개고, 당신을 당신답게 만드는 것들을 없애버릴 거예요.

제니퍼는 약품 수납장을 열고, 줄지어 선 갈색 병들을 물끄러미 바라보았다. 그에게는 말할 수 없었다. 그를 만나기 전에 못 견디게 두려운 나머지 권장량의 두 배나 되는 신경안정제를 복용했다는 사실을. 그래서 말소리가 안개 속에서 들려오는 것 같았고, 몸이 말을 듣지 않아 찻주전자도 겨우 들었다는 것을. 그의 손금이 훤히 보이고 스킨 향이 느껴질 정도로 가까이 있다는 사실이 그녀를 얼어붙게 만들었다는 것을.

제니퍼가 뜨거운 물을 틀자, 세면대로 쏟아지던 물이 튀어 그녀의 옅은 색 바지에 짙은 색 얼룩을 만들었다. 제니퍼는 꼭대기 선반에서 신경안정제 병을 꺼내 뚜껑을 열었다.

강한 쪽은 당신이에요. 당신은 이런 사랑이 가능하다는 걸 알고, 우리에게는 절대로 허락되지 않으리라는 걸 알면서도 참고 살 수가 있어요.

당신이 생각한 것처럼 그렇게 빈틈없지는 않아요, 부트.

아래층에서 코르도자 부인의 목소리가 들려오자 제니퍼는 화장실 문을 걸어 잠갔다. 세면대 양쪽에 손을 얹었다. *할 수 있을까?*

제니퍼는 병을 들어 내용물을 배수구로 쏟아내고, 하얀 알약들이 물살에 휩쓸려 내려가는 모습을 지켜보았다. 다음 병도 열었고, 내용물을 확인하느라 잠시 멈추지도 않았다. 그녀의 '작은 도우미들.' 이본은 모두가 그 약을 복용한다고 쾌활하게 말했다. 제니퍼가 주방에 앉아서 울음을 그칠 수 없다는 사실을 처음으로 발견한 날이었다. 의사들은 기꺼이 처방전을 써주면서 약들이 그녀를 안정시켜줄 거라고 했다. 너무 안정이 되어서 아무것도에도 반응하지 않게 됐지. 제니퍼는 그렇게 생각하며 다음 병으로 손을 뻗었다.

잠시 후 모든 약이 사라지고 선반은 텅 비었다. 쿨렁쿨렁 소리를 내며 마지막 약들이 사라지는 동안 제니퍼는 거울 속의 자신을 뚫어지게 쳐다보았다.

* * *

스탠리빌에 분쟁이 있었다. 「네이션」 국제부에서 앤서니에게 메모를 보냈다. 자칭 심바군이라 일컫는 콩고 반군이 정부군과 백인 용병들에 대한 보복으로 더 많은 백인 인질을 빅토리아 호텔로 몰고 가기 시작했다는 내용이었다. "가방 준비할 것. 감동적인 이야기." 메모에 그렇게 적혀 있었다. "국장이 자네에게 특별 승인을 내렸어. 목숨을 잃거나 인질로 잡히지 말라는 요구와 함께."

영국으로 돌아온 이후 처음으로, 앤서니는 최신 소식을 확인하러 신문사로 달려가지 않았다. 유엔의 연줄이나 군으로 전화를 걸지도 않았다. 그는 자신의 호텔 방에 누운 채 한 여인을 생각하고 있었다. 남편을 떠날 결심을 할 정도로 그를 사랑했지만 4년 후에는 딴사람이 되어버린 여인.

누군가 방문을 두드리는 소리에 앤서니는 깜짝 놀랐다. 메이드는 30분마다 방을 청소하는 모양이었다. 그녀는 일하는 동안 휘파람을 불어대서 모른 체하기가 힘들었다. "나중에 다시 와줘요." 앤서니가 문을 향해 소리치고 옆으로 돌아누웠다.

제니퍼는 단순히 그가 살아 있다는 걸 발견한 충격 때문에 그렇게 부들부들 떨었던 것일까? 그에게 한때 가졌던 감정들이 사라졌다는 사실을 오늘 깨달은 것일까? 그를 다시 만나준 것은 그저 옛 친구에 대한 예의에 불과한 게 아닐까? 제니퍼는 늘 나무랄 데 없이 예의를 지키는 사람이었으니까.

다시 한번 조심스럽게 문을 두드리는 소리가 났다. 메이드가 마음대로 문을 열고 들어온 것보다 더 짜증이 났다. 그랬다면 적어도 소리는 지를 수 있으니까. 앤서니는 하는 수 없이 일어나서 문으로 다가갔다. "정말 나중에 다시……."

제니퍼가 문 앞에 서 있었다. 허리에 벨트를 꽉 조여 묶고 두 눈을 반짝이면서. "매일." 그녀가 입을 열었다.

"네?"

"매달. 매일. 매시간." 제니퍼는 잠시 멈췄다가 덧붙였다. "4년간. 안간힘을 썼지만…… 당신은 항상 거기 있었어요."

주변 복도는 고요했다.

"난 당신이 죽은 줄 알았어요, 앤서니. 당신 때문에 비탄에 빠졌어요. 당신과 함께하길 바랐던 삶을 생각하면서 비통해했어요. 종이가 너덜너덜해질 때까지 당신 편지들을 읽고 또 읽었어요. 당신의 죽음에 내가 책임이 있다고 믿었기 때문에 나 자신이 혐오스러워서 하루하루를 견디기가 힘들었어요. 내가 아니었으면……."

제니퍼가 자세를 바로잡았다. "그리고 나서, 참석하고 싶지도 않았던 칵테일파티에서 당신을 보았어요. 당신을요. 그런데 당신은 나한테 왜 보자고 했냐고 물었죠." 제니퍼가 마음을 가다듬으려는 듯 깊게 숨을 들이마셨다.

복도 끝에서 발소리가 들렸다. 앤서니가 손을 뻗었다. "안으로 들어와요."

"집에 가만히 앉아 있을 수가 없었어요. 당신이 다시 떠나기 전에 말해야 했어요. 당신한테 말해야 했다고요."

앤서니가 뒤로 물러났고, 그녀는 널찍한 더블 룸 안으로 들어섰다. 방의 크기와 좋은 위치는 신문사에서 그의 지위가 향상되었음을 보여주었다. 앤서니는 방을 어질러놓지 않아 다행이라고 생각했다. 세탁한 셔츠는 의자 등받이에 걸려 있고, 말쑥한 구두는 벽에 기대어놓았다. 창문이 열려 있어서 거리의 시끄러운 소음들이 안으로 흘러들었다. 앤서니가 걸어가서 창문을 닫았다. 제니퍼는 가방을 의자에 놓고 그 위에 코트를 얹었다.

"한 단계 올라갔죠." 앤서니가 어색하게 말했다. "처음 돌아왔을 땐 베이스워터 로에 있는 호스텔에서 묵었어요. 뭐 좀 마실래요?" 그녀가 침대 끝에 걸터앉자 앤서니는 이상하게 시선이 의식되었다. "아래로 전화할까요? 커피가 좋겠죠?"

맙소사, 앤서니는 그녀를 만지고 싶었다.

"잠을 자지 못했어요." 제니퍼가 서글프게 얼굴을 문질렀다. "당신을 봤을 때 생각을 제대로 할 수가 없었어요. 기를 쓰고 상황을 이해하려고 했죠. 도저히 이해가 되지 않았어요."

"4년 전 그날 오후에, 펠리페와 그 차에 있었던 건가요?"

"펠리페라고요?" 제니퍼는 당혹스러운 표정이 되었다.

"알베르토스를 운영하던 내 친구 말이에요. 내가 떠날 무렵에 자동차 사고로 죽었어요. 오늘 아침에 기사를 찾아봤어요. 익명의 여인이 함께 타고 있었다고 되어 있더군요. 그거 외에는 다른 설명을 떠올릴 수가 없었어요."

"모르겠어요. 어제 말했듯이 내 기억엔 아직도 비어 있는 부분이 있어요. 당신 편지들을 발견하지 않았다면 난 당신을 기억해내지 못했을지도 몰라요. 영원히 우리가……."

"그런데 내가 죽었다는 말은 누구한테 들었죠?"

"로런스한테요. 그렇게 보지 말아요. 잔인한 사람은 아니에요. 내 생각엔 로런스도 당신이 죽은 걸로 알았던 거 같아요." 제니퍼는 잠시 기다렸다. "로런스도…… 내게 누군가 있다는 건 알고 있었어요. 당신이 보낸 마지막 편지를 읽었거든요. 아마 사고가 났을 때 로런스는 이것저것 종합해서……."

"내가 보낸 마지막 편지요?"

"나한테 역에서 만나자고 한 그 편지 말이에요. 사고가 났을 때 그걸 가지고 있었어요."

"이해가 안 돼요…… 그건 마지막 편지가 아닌데……."

"그런 말은." 제니퍼가 그의 말을 끊었다. "제발요…… 그건 너무……."

"그럼 뭐요?" 제니퍼가 그를 강렬한 시선으로 바라보고 있었다. "제니퍼, 난……."

제니퍼가 일어나서 그에게 바짝 다가왔다. 어슴푸레한 빛 속에서도 얼굴에 돋은 주근깨와 속눈썹 하나하나까지 모두 보였다. 점점 가늘어지다 남자의 심장을 찌르고도 남을 정도로 끝이 뾰족해지는 검은 속눈썹. 제니퍼는 그와 함께 있었지만, 뭔가를 결정하려는 사람처럼 정신은 다른 곳에 가 있었다.

"부트." 그녀가 부드럽게 말했다. "나한테 화가 나 있나요? 아직도?"

부트.

그가 침을 꿀꺽 삼켰다. "당신한테 어떻게 화를 낼 수 있겠어요?"

제니퍼가 양손을 들어 그의 얼굴 윤곽을 따라갔다. 손가락이 피부에 아주 가볍게 닿았다. "우리가 이런 적이 있나요?"

앤서니가 그녀를 빤히 쳐다보았다.

"전에 말이에요." 그녀가 눈을 깜빡거렸다. "난 기억이 없어요. 오로지 당신이 쓴 문장들만 알 뿐이에요."

"그래요." 앤서니의 목소리가 갈라졌다. "그래요, 이런 적이 있어요." 제니퍼의 차가운 손가락이 피부에 닿는 게 느껴졌고 그녀의 향기가 기억났다.

"앤서니." 제니퍼가 중얼거렸다. 그녀가 앤서니의 이름을 부르는 어조에는 다정함이 배어 있었다. 그들이 느낀 그 모든 사랑과 상실감을 증언하는 참을 수 없는 애정이.

그녀가 그에게 몸을 기댔고, 앤서니는 그녀의 몸을 통과하는 한숨 소리를 들었다. 그녀의 숨결이 입술에 느껴졌다. 주변의 공기가 잠잠했다. 그녀가 입술을 포개자, 앤서니의 가슴속에서 뭔가 쩍 갈라졌다. 그는 자신이 헉 하고 숨을 들이켜는 소리를 들었고, 눈물이 차오르는 걸 깨닫고는 깜짝 놀랐다. "미안해요." 그가 몹시 당황해 속삭였다. "미안해요. 왜 이러는지…… 나도……."

"알아요." 제니퍼가 말했다. "알아요." 그의 목에 팔을 두르고 볼에 흐르는 눈물에 입을 맞추며 중얼거렸다. 그들은 서로를 꼭 끌어안은 채 더없는 기쁨과 절망을 느꼈다. 상황이 이런 식으로 급작스레 변한 것이 믿기지가 않았다. 시간 감각이 흐릿해지고 키스는 점점 더 다급해졌다. 눈물은 말라 갔다. 앤서니는 그녀의 머리 위로 스웨터를 당겨 올리고 그녀가 그의 셔츠 단추를 푸는 동안 무력하게 서 있었다. 기쁘게 셔츠를 확 벗어버리자 두 사람의 살갗이 맞닿았다. 그들은 침대 위로 쓰러져서 서로의 몸에 감싸였다. 둘의 몸은 맹렬하게 움직였고, 다급한 마음에 동작이 어설펐다.

앤서니는 그녀에게 입을 맞추며, 자신의 감정이 얼마나 깊은지 보여주려고 애썼다. 그녀에게 완전히 빠져든 순간, 그녀의 머리칼이 얼굴과 가슴을 스치고, 그녀의 입술과 손가락이 살갗에 닿는 걸 느끼는 순간, 그는 서로에게 잃어버린 일부와 같은 사람이 세상에 존재한다는 사실을 깨달았다.

제니퍼는 그의 아래서 활기를 띠었다. 그녀는 앤서니에게 불을 붙였다. 앤서니는 그녀의 어깨까지 이어지는 흉터에 입을 맞췄다. 처음에는 움찔하며 꺼려하던 제니퍼도 결국 그의 말을 받아들였다. 그는 이 은빛 흉터가 아름답게만 보인다고 했다. 그것은 그녀가 그를 사랑했음을 보여준다고. 그 흉터는 그녀가 그에게 오려고 했다는 사실을 증명했다. 앤서니는 그녀의 어떤 부분도 더 나은 모습으로 바꾸고 싶지 않았기에, 모든 부분을 사랑하기에 그녀의 흉터에 키스했다.

두 사람이 공유한 선물처럼, 앤서니는 그녀 안에서 욕망이 점점 커지는 것을 지켜보았다. 무한하게 다양한 표정들이 그녀의 얼굴을 스쳐 지나갔고, 무방비 상태로 사적인 분투에 완전히 몰입한 그녀의 모습을 보았다. 제니퍼가 눈을 떴을 때, 그는 축복받은 느낌이었다.

앤서니는 절정에 다다랐을 때 또다시 눈물을 흘렸다. 그는 믿지 않는 쪽을 택했어도, 이런 일이 가능하다는 사실을 그의 일부는 늘 알고 있었기 때문이다. 다시 찾아든 그 느낌은 기대하던 것 이상이었다.

"난 당신을 알아요." 그녀가 중얼거렸다. 그녀의 살갗이 끈끈하게 닿았고, 그녀의 눈물이 그의 목을 적셨다. "정말로 당신을 알아요."

잠시 그는 아무 말도 하지 못한 채, 시원한 공기를 느끼며 천장만 올려다보았다. 축 늘어진 그녀의 팔다리가 그의 팔다리를 눌렀다. "오, 제니." 그가 입을 열었다. "정말 다행이에요."

호흡이 정상으로 돌아오자 제니퍼는 한쪽 팔꿈치로 몸을 받치고 그를 내려다보았다. 그녀 안에서 뭔가 달라졌다. 홀가분한 표정이었고 눈가의 긴장도 사라졌다. 앤서니가 그녀에게 팔을 두르고 꽉 끌어당겨 둘의 몸이 밀착되었다. 앤서니는 다시금 사타구니가 단단해지는 걸 느꼈다. 제니퍼가 웃어 보였다.

"하고 싶은 얘기가 있어요." 그가 말했다. "그런데 전부 다…… 별로 중요하지 않은 것 같네요."

그녀의 미소는 눈부시게 아름다웠다. 포만감과 애정이 어린, 씁쓸한 놀라움이 가득한 미소였다. "평생 이런 느낌은 처음이에요." 그녀가 말했다.

두 사람이 서로를 쳐다보았다.

"아닌가요?" 그녀가 말했다.

앤서니가 고개를 저었다. 제니퍼는 먼 곳을 바라보았다. "그럼…… 고마워요."

앤서니가 웃음을 터뜨렸고, 그녀가 키득거리며 그의 어깨로 무너져 내렸다.

4년의 세월이 녹아내려 아무것도 아닌 일이 되었다. 앤서니는 이제 삶의 행로가 뚜렷이 보였다. 그는 런던에 머물 것이다. 뉴욕에 있는 여자 친구 에바와의 관계를 정리할 것이다. 에바는 다정하고 쾌활한 여자지만, 앤서니는 지난 4년간 교제한 여자들이 지금 곁에 있는 이 여자의 엉성한 모조품에 불과했다는 사실을 비로소 알게 되었다. 제니퍼는 남편을 떠날 것이다. 앤서니가 그녀를 돌볼 것이다. 그들에게 주어진 기회를 다시 놓치는 일은 없을 것이다. 불현듯 그의 아들과 함께 있는 제니퍼의 모습이 떠올랐다. 가족 나들이에 나선 세 사람. 예기치 못한 전망으로 환하게 빛나는 미래.

제니퍼가 그의 가슴과 어깨와 목에 열렬하게 입을 맞추자 꼬리를 물던 생각들이 끊겼다. "분명히 알고 있겠죠." 그가 제니퍼의 몸을 굴려 다리를 휘감으며 말했다. 그녀의 입술이 몇 센티미터 떨어진 곳에 있었다. "우린 다시 해야만 해요. 당신이 분명하게 기억하고 있는지 확인해야 하니까."

제니퍼는 눈을 감은 채 아무 말이 없었다.

이번에 사랑을 나눌 때는 천천히 움직였다. 앤서니는 그녀에게 몸으로 말했다. 그녀의 수줍음이 사라지는 걸 느꼈다. 그의 것과 비슷한 심장박동이 전해졌다. 앤서니는 오로지 그 자유를 한껏 누리기 위해 그녀의 이름을 수없이 불렀다. 그녀에게 느낀 모든 감정을 속삭이듯 말해주었다.

제니퍼가 사랑한다고 말할 때, 그 열정적인 어조에 앤서니는 숨이 멎었다. 세상이 느려지고 좁아져서 오로지 두 사람과 엉킨 시트, 팔다리와 머리칼과 부드러운 외침만 남았다.

"당신은 세상 누구보다 아름다워요……." 앤서니는 그녀가 눈을 뜨고 조금 전의 상황을 수줍게 깨닫는 모습을 지켜보았다. "당신 얼굴을 지켜보는 즐거움을 누릴 수 있다면 백 번이라도 더 하겠어요." 제니퍼는 아무 말도 하지 않았고, 그는 이제 탐욕스러워졌다. "간접적으로 느끼기 위해." 그가 갑자기 말했다. "기억해요?"

둘이 얼마나 오래 그렇게 누워 있었는지 앤서니는 알지 못했다. 마치 피부를 통해 서로를 흡수하기라도 하려는 듯 찰싹 달라붙어 있었다. 앤서니는 거리의 소음, 방 밖의 복도를 지나는 발소리, 멀리서 들려오는 목소리를 들었다. 그의 가슴 위에서 고른 숨을 내쉬는 그녀의 호흡이 느껴졌다. 앤서니는 그녀의 머리 꼭대기에 입을 맞추고 헝클어진 머리에 손을 얹었다. 완벽한 평화가 내려앉아 뼛속 깊이 퍼져나갔다. 비로소 집으로 돌아온 기분이었다.

제니퍼가 그의 품 안에서 몸을 움직였다. "뭔가 마실 걸 주문하죠." 앤서니가 그녀의 쇄골과 턱, 귀와 턱이 만나는 공간에 입을 맞추며 말했다. "축하하는 의미로. 난 차를 마시고 당신은 샴페인을 마시고. 어때요?"

그러고 나서, 앤서니는 달갑지 않은 그늘을 보았다. 그녀의 생각이 방 밖의 어딘가로 옮겨가는 것을.

"오." 제니퍼가 몸을 일으켜 똑바로 앉았다. "지금 몇 시예요?"

앤서니가 손목시계를 확인했다. "4시 20분이에요. 무슨 일 있어요?"

"어머! 4시 30분까지 아래층으로 내려가야 해요." 제니퍼가 침대에서 내려가 허리를 굽혀 옷들을 주웠다.

"잠깐만요! 왜 내려가야 하는데요?"

"코르도자 부인요."

"누구요?"

"우리 가정부와 만나기로 했어요. 장을 보러 가기로 해서."

"그냥 늦게 내려가요. 장 보는 일이 그렇게 중요해요? 제니퍼, 우린 의논해야 할 일들이 있잖아요…… 앞으로 어떻게 할 건지. 난 국장에게 콩고에 가지 않겠다고 말할 거예요."

제니퍼는 빨리 입는 것 외에는 아무것도 중요하지 않다는 듯, 우아하지 못하게 허둥거리며 브래지어와 바지와 스웨터를 입었다. 그가 품었던, 그의 것이 되었던 몸은 이제 가려져서 보이지 않았다.

"제니퍼?" 앤서니가 침대에서 빠져나가 바지를 입고 허리에 벨트를 둘렀다. "그냥 이렇게 가버릴 순 없어요."

제니퍼는 그에게 등을 보이고 있었다.

"우린 얘기를 해봐야 하잖아요. 모든 문제들을 어떻게 정

322

리할지."

"정리할 건 아무것도 없어요." 제니퍼가 핸드백에서 솔빗을 꺼내 짧고 맹렬하게 머리를 빗질했다.

"무슨 말이에요?"

제니퍼가 그에게로 돌아섰을 때, 얼굴은 마치 차단막이 쳐진 듯 닫혀 있었다.

"앤서니, 미안해요. 하지만 우린…… 우린 다시 만날 수 없어요."

"뭐라고요?"

제니퍼가 콤팩트를 꺼내 눈 아래 얼룩진 마스카라 자국을 닦아내기 시작했다.

"방금 그런 시간을 보내고서, 그렇게 말할 순 없어요. 아무 일도 없었던 것처럼 살 순 없다고요. 이게 대체 무슨 일이에요?"

제니퍼가 굳은 태도로 말했다. "당신은 괜찮을 거예요. 그러니까, 저기 난…… 난 가봐야 해요. 정말 미안해요."

제니퍼는 핸드백과 코트를 집어 들었다. 그녀가 나가고 문이 단호하게 딸깍 소리를 내며 닫혔다.

앤서니는 문손잡이를 비틀어 열고 그녀를 따라 나갔다.

"이러지 말아요, 제니퍼! 날 또 떠나지 말아요!" 아무 장식 없는 객실 문들에 부딪혀 튕겨 나온 그의 목소리가 텅 빈 복도를 따라 메아리쳤다. "우리 관계는 게임 같은 게 아니에요! 난 4년을 또 기다리진 않을 거라고요!"

충격으로 얼어붙었던 앤서니는 욕을 내뱉으며 정신을 차

렸다. 그러고는 방으로 달려 들어가 허둥지둥 셔츠를 입고 신발을 신었다.

그는 재킷을 잡아채어 복도로 달려 나갔다. 심장이 쿵쿵 뛰었다. 한 번에 두 계단씩 달려 내려가 로비로 향했다. 엘리베이터 문이 열리고, 그녀가 거기서 나와 또각또각 구두 소리를 울리며 활기차게 로비를 가로지르는 모습이 보였다. 몇 분 전의 상태와는 180도 다른, 냉정을 되찾아 차분한 모습이었다. 앤서니가 막 그녀를 부르려는 순간 어디선가 외침이 날아들었다. "엄마!"

제니퍼가 팔을 활짝 펼치며 몸을 숙였다. 그녀를 향해 걸어오는 중년 여인의 손에서 어린아이가 빠져나왔다. 그녀에게로 몸을 던지는 작은 소녀를 제니퍼가 안아 올렸다. 아이의 목소리가 로비를 가로질러 방울방울 퍼져나갔다. "우리 햄리스에 가? 코르도자 아줌마가 거기 간다고 그랬는데."

"그래, 우리 딸. 지금 갈 거야. 프런트에서 잠깐 볼일 좀 보고 가자."

제니퍼는 아이를 내려놓고 손을 잡았다. 아마도 강렬한 그의 시선 때문이었겠지만, 데스크로 걸어가던 그녀가 뭔가에 이끌린 듯 뒤돌아서 그를 보았다. 시선이 그에게 고정되었고, 앤서니는 그녀의 눈에 사과의 빛이 떠오르는 것을 보았다. 죄책감의 기미도.

눈길을 돌린 제니퍼는 종이에 뭔가 휘갈겨 썼다. 그러고는 직원에게로 돌아서서 핸드백을 데스크 위에 올려놓았다. 직원과 몇 마디를 나눈 제니퍼는 프런트에서 걸어 나와 유리문을 밀어 열고 오후의 햇살이 쏟아지는 거리로 나갔다. 그녀 곁에서 작은 소녀가 재잘거렸다.

늪으로 발이 빠져드는 것처럼, 앤서니는 방금 본 장면이 무엇을 의미하는지 이해했다. 그는 제니퍼가 보이지 않을 때까지 기다렸다가, 꿈에서 깨어난 사람처럼 재킷을 걸쳤다.

그가 막 호텔을 나서려는데, 프런트 직원이 서둘러 다가왔다. "부트 씨인가요? 좀 전에 숙녀분께서 이걸 전해달라고 하셨습니다." 그러고는 그의 손에 쪽지를 쥐여주었다.

앤서니는 호텔 메모지를 펼쳤다.

용서해요. 난 알아야만 했어요.

15

모이라 파커가 타자실로 걸어가서 전화번호부 위에 놓인 트랜지스터라디오의 스위치를 껐다.

"뭐야! 듣고 있는데." 애니 제숍이 항의했다.

"사무실에 유행가가 요란하게 울려 퍼지게 둘 순 없어." 모이라가 단호하게 말했다. "사장님은 그런 소음에 방해받는 걸 좋아하지 않으셔. 이곳은 일터라고." 이번 주에만 벌써 네 번째였다.

"장례식장에 더 가깝지. 아이참, 모이라. 그러지 마. 작게 틀어놓으면 되잖아. 음악 들으면서 일하면 하루가 금방 간단 말이야."

"일을 열심히 하면 하루가 금방 가."

비웃음 소리가 들려오자 모이라는 턱을 약간 치켜들었다. "애크미 미네랄 앤드 마이닝에선 전문가다운 자세를 보여야만 진급할 수 있다는 걸 얼른 깨닫는 게 좋을 거야."

"그리고 느슨한 팬티 고무줄하고." 누군가 그녀 뒤에서 중 얼거렸다.

"뭐라고요?"

"아무것도 아니에요, 파커 씨. 그럼 '전시 애창곡' 프로를 틀까요? 그건 괜찮지 않겠어요? '우린 지크프리트 선(제2차 세계 대전 직전 독일이 구축한 요새선 - 옮긴이)에 빨래를 널 거예 요⋯⋯.'" 다시 한번 웃음이 터졌다.

"이건 사장실에 가져다 놓겠어요. 사장님께 어떻게 했으면 좋겠냐고 물어보든가요."

타자실을 가로지를 때 반감 어린 중얼거림이 들려왔지만 모이라는 귀를 막았다. 회사는 그동안 성장했지만 직원의 수 준은 그만큼 떨어졌다. 이제는 누구도 상사나 직업의식, 스 털링 사장이 이룬 업적을 존중하지 않았다. 집으로 돌아가는 길에 너무나 언짢아서 엘리펀트 앤드 캐슬 역에 다다를 때까 지 뜨개질에 집중하지 못할 때가 많았다. 회사에서 예의범절 을 아는 사람은 오로지 스털링과 그녀, 그리고 회계 팀의 킹 스턴 부인뿐인 것처럼 느껴지기도 했다.

그리고 그 복장들이라니! 타자실 여직원들은 자신들을 '돌 리 버드(매력적이지만 똑똑하지는 못한 젊은 여자 - 옮긴이)'라고 불 렀는데 그 말이 얼마나 잘 어울리는지 모른다. 잔뜩 몸치장 이나 하고, 머리는 텅 비고, 어린애처럼 유치했으며, 하나같 이 짧은 치마에 우스꽝스러운 눈 화장을 했다. 그리고 타이 핑해야 하는 문서들보다 자신의 외모에 신경 쓰느라 더 많은 시간을 보냈다. 어제 오후에도 모이라는 그들이 작성한 문서를 세 건이나 돌려보냈다. 철자를 틀렸거나 날짜를 빼먹었고, 심지어 그녀가 분명하게 언급한 용어 대신 다른 걸 넣기도 했다. 모이라가 지적하자 샌드라는 그녀가 보든 말든 천장으로 눈알을 굴렸다.

모이라는 한숨을 내쉬고 라디오를 팔 아래 끼었다. 점심시간에는 사장실 문이 닫혀 있는 법이 없는데 이상하다는 생각이 스치듯 들었지만, 문을 열고 안으로 들어갔다.

마리 드리스콜이 그의 맞은편에 앉아 있었다. 모이라가 그의 말을 받아 적을 때 앉곤 하던 의자가 아니라, *그의 책상 위에.* 눈앞의 광경에 너무 놀란 나머지 모이라는 자신이 들어섰을 때 그가 갑자기 뒤로 물러났다는 사실을 잠시 후에야 깨달았다.

"아, 모이라."

"죄송합니다, 사장님. 다른 사람이 있는 줄은 몰랐습니다." 그녀가 뾰족한 시선으로 여자를 보았다. 저 여자는 대체 자기가 뭘 하고 있다고 생각하는 거지? 다들 미쳐버린 건가? "저는…… 이 라디오를 가져다주려고요. 여직원들이 터무니없이 크게 틀어놓아서요. 사장님께 받아가야 한다면 좀 더 신중하게 행동할 거라고 생각했습니다."

"그렇군." 그가 자기 의자에 앉았다.

"라디오 소리가 너무 커서 사장님께 방해가 될까 봐요."

긴 침묵이 흘렀다. 마리는 일어날 생각을 않고 치마에서 뭔가를 떼어내고 있었다. 치마는 허벅지까지 말려 올라갔다. 모이라는 마리가 일어나서 나가기를 기다렸다.

하지만 스털링이 먼저 입을 열었다. "마침 잘 들어왔군. 긴히 할 얘기가 있었는데. 드리스콜 양, 잠시 자리 좀 비워주겠나?"

못마땅한 표정으로 책상에서 내려온 마리는 거들먹거리는 걸음으로 모이라를 지나치며 그녀를 쳐다보았다. 향수를 너무 진하게 뿌렸다고 모이라는 생각했다. 마리가 나가고 문이 닫히자 그들 둘만 남았다. 모이라가 원하는 대로.

크리스마스 파티 이후 스털링은 모이라와 두 번 더 사랑을 나눴다. 사실 '사랑을 나눴다'는 표현은 조금 과장된 것이다. 스털링은 두 번 모두 잔뜩 취해 있었고, 처음보다 더 짧고 기능적인 행위에 불과했기 때문이다. 그는 다음 날에도 아무런 언급이 없었다.

모이라는 그에게 거절하지 않을 거라는 뜻을 알리고자 했다. 집에서 만든 샌드위치를 그의 책상에 가져다두고, 머리 모양에도 특별히 신경을 썼지만, 그는 두 번 다시 그녀에게 다가오지 않았다. 하지만 모이라는 자신이 그에게 특별한 존재임을 알았고, 다른 직원들이 매점에서 사장 얘기를 할 때면 자기만 아는 그 사실을 조용히 음미했다. 모이라는 그런 이중적인 태도가 그를 얼마나 힘들게 하는지도 잘 알았다. 상황이 달랐으면 하고 바라기도 했지만 놀라울 정도로 자제력을 발휘하는 그를 존중했다. 제니퍼 스털링이 드물게 회사에 들를 때면 모이라는 더 이상 그녀의 매력에 주눅 들지 않았다. *당신이 아내 역할을 충실히 했다면, 그는 절대로 내게 의지하지 않았을 거예요.* 스털링 부인은 눈앞에 있는 남자의 진면목을 결코 보지 못했다.

"앉지, 모이라."

모이라는 드리스콜인지 뭔지 하는 여자보다 훨씬 예의 바른 태도로 의자에 앉다가, 불현듯 붉은색 원피스를 입고 올걸 그랬다는 후회가 들었다. 스털링은 그 옷을 입은 모이라를 좋아했다. 몇 번이나 그렇게 말했다. 사무실 밖에서 웃음소리가 들려오자, 모이라는 그들이 어디선가 또 라디오를 구해온 걸까 무심히 생각했다. "여직원들에게 자제하라고 주의를 주겠습니다." 모이라가 중얼거렸다. "많이 시끄러우실 거예요."

스털링은 그 말을 듣지 못한 것 같았다. 그가 책상에 놓인 문서들을 뒤적거렸다. 다시 눈을 들었을 때는 그녀와 시선을 맞추지 못했다. "오늘부로 마리를……."

"아, 제 생각에도 아주 훌륭한……."

"…… 내 개인 비서로 발령하려고 해."

잠시 정적이 흘렀다. 모이라는 언짢은 마음을 내비치지 않으려고 기를 썼다. 업무량이 많아졌잖아, 하고 자신을 타일렀다. 비서가 한 명 더 필요하다고 생각하는 건 충분히 이해할 만했다. "하지만 어디에 앉으면 좋을까요?" 그녀가 물었다. "비서실엔 책상을 하나밖에 둘 수가 없는데요."

"알고 있어."

"그럼 메이시를 다른 곳으로 옮기고……."

"그럴 필요 없을 거야. 모이라의 업무량을 조금 줄여주기로 결정했거든. 모이라는…… 타자실로 자리를 옮기지."

놀란 모이라는 자신이 잘못 들은 거라고 생각했다. "타자실이요?"

"급여는 변동이 없을 거라고 급여 담당에게 말해놨으니까 오히려 이득인 셈이지, 모이라. 앞으로는 사무실 밖의 생활을 좀 더 즐길 수 있을 거야. 자기 시간도 더 가질 수 있고."

"전 제 시간을 갖고 싶지 않은데요."

"괜한 소란은 피우지 마. 말했듯이 급여에는 변동이 없을 거고, 타자실에서는 제일 상급자로 대우받을 거야. 다른 직원들에게 그 점을 확실히 해둘 테니까. 그리고 모이라도 말했듯이 누군가 그들을 책임지고 관리할 사람이 필요한 게 사실이잖아."

"하지만 전 이해할 수가 없어요……." 모이라가 일어섰다. 손마디가 하얘질 정도로 라디오를 꽉 움켜잡았다. 가슴속에서 극심한 공포가 일기 시작했다. "제가 뭘 잘못했죠? 어째서 제 자리를 빼앗으시는 건가요?"

스털링은 짜증스러운 표정이 되었다. "모이라가 잘못해서 그러는 거 아니야. 어떤 조직에서건 가끔 인사이동이 있잖아. 시대가 변하고 있고, 나도 분위기를 좀 바꾸고 싶어서 그러는 거야."

"분위기를 바꾼다고요?"

"마리는 그 일에 적합하고."

"마리 드리스콜이 제 일을 한다고요? 하지만 마리는 사무실이 어떻게 돌아가는지 전혀 모릅니다. 로디지아식 급여 체계나 전화번호도 모르고, 항공권을 어떻게 예약하는지도 몰라요. 서류 정리 방식도 모르고요. 근무 시간 절반은 화장실에서 화장을 고치면서 보냅니다. 그리고 항상 지각을 해요! 이번 주에만 두 번이나 주의를 줘야 했습니다. 출근 카드를 보셨나요?" 모이라의 입에서 말들이 마구 쏟아져 나왔다.

"배울 수 있을 거야. 그냥 비서 일일 뿐이잖아, 모이라."

"하지만⋯⋯."

"이런 얘기를 나눌 시간이 없군. 오늘 오후에 모이라 자리를 정리해주겠어? 그래야 내일부터 새로운 환경에서 새롭게 시작하지."

스털링은 대화가 끝났음을 보여주듯 시가 상자로 손을 뻗었다. 모이라는 그의 책상 가장자리를 잡고 간신히 서 있었다. 목에서 신물이 넘어오고 귓속에서 맥박이 쿵쿵 뛰었다. 그녀 위로 사무실이 우르르 무너져 내리는 느낌이었다.

스털링이 시가를 입에 물었고, 모이라는 시가 끄트머리가 가위에 날카롭게 잘려 나가는 소리를 들었다.

모이라가 천천히 걸어가서 문을 열자 비서실이 갑자기 조용해졌다. 그녀보다 다른 사람들이 그 소식을 먼저 알고 있었던 것이다.

마리 드리스콜이 그녀의 책상에 다리를 얹고 앉아 있었다. 길고 호리호리한 다리를 터무니없는 색상의 타이츠가 감싸고 있었다. 짙은 파란색 타이츠를 신고 출근하면서 어떻게 사람들에게 진지하게 받아들여지길 기대한단 말인가?

책상에서 핸드백을 홱 잡아챈 모이라가 불안정하게 사무실을 가로질러 화장실로 향했다. 호기심 어린 시선과 히죽거리는 웃음이 푸른 카디건을 걸친 모이라의 등으로 따갑게 날아들었다.

"모이라! 라디오에서 네 노래 나오네! '당신을 잃은 사실에 익숙해지지 않아요'……."

"오, 못되게 좀 굴지 마, 샌드라." 다시 한번 요란한 웃음이 터졌고, 그녀 뒤로 화장실 문이 닫혔다.

* * *

제니퍼는 작고 황량한 놀이터 한가운데 서 있었다. 어린아이들이 볼링핀처럼 서로 부딪히고 구르면서 외마디 소리를 내질렀고, 꽁꽁 언 유모들이 실버크로스 유모차 너머로 수다를 떨고 있었다.

코르도자 부인이 에스메를 데리고 오겠다고 했지만, 제니퍼가 바람을 쏘이고 싶다며 직접 나섰다. 지난 48시간 동안 제니퍼는 어찌할 바를 모르고 전전긍긍했다. 그녀의 몸은 여전히 그의 손길로 민감해져 있었고, 자신이 저지른 일 때문에 마음이 어지러웠다. 그녀가 얼마나 엄청난 걸 잃었는지 생각하면 그대로 무너져 내릴 것만 같았다. 신경안정제로 감각을 마비시킬 수도 없었다. 그저 견디는 수밖에 없었다. 딸아이는 그녀가 옳은 일을 했음을 상기시키는 증표였다. 제니퍼는 그에게 하고 싶은 말이 너무나도 많았다. 그를 유혹하러 간 게 아니라고 중얼거리면서도 자신이 거짓말을 하고 있다는 걸 알았다. 제니퍼는 그의 작은 일부를, 평생 동안 간직

할 아름답고 소중한 추억 하나를 원했다. 그것이 판도라의 상자를 여는 것임을 그녀가 어떻게 알았겠는가? 더욱 끔찍한 일이지만, 그가 그토록 무너져 내리리라는 걸 어떻게 알았겠는가?

그날 밤 대사관에서 그는 아주 차분해 보였다. 그는 제니퍼만큼 괴로워했을 리가 없었다. 그녀가 느낀 감정들을 느꼈을 리가 없었다. 그는 그녀보다 강인한 사람이라고 믿었다. 하지만 이제 제니퍼는 그에 대한 생각을 멈출 수가 없었다. 그의 여린 모습, 그가 두 사람을 위해 세운 행복한 계획들. 그리고 호텔 로비를 가로질러 딸아이에게로 걸어가는 그녀를 바라보던 그의 눈빛.

복도를 따라 메아리치던 고뇌에 차고 혼란스러운 목소리가 아직도 귓가에 생생했다. *이러지 말아요, 제니퍼! 난 또 4년을 기다리진 않을 거예요!*

날 용서해요, 그녀는 하루에도 수천 번 마음속으로 그에게 말했다. *하지만 로런스는 절대로 딸아이를 내주지 않을 거예요. 그리고 다른 사람은 몰라도 당신만은 내게 그 애를 두고 떠나란 말을 할 수 없을 거예요. 당신은 그 결과에 대해 누구보다 잘 알 테니까요.*

제니퍼는 거센 바람을 탓하거나 어떻게 들어갔는지 알 길 없는 티끌을 탓하며 주기적으로 눈가를 닦아냈다. 그녀는 날 것 그대로의 감정을 느꼈으며, 아주 작은 기온의 변화도 날카롭게 인식했고, 변화하는 감정들로 흔들렸다.

로런스는 나쁜 남자가 아니야, 제니퍼는 반복해서 자신을 타일렀다. 그는 그런대로 좋은 아버지였다. 제니퍼를 다정하게 대하지 못한다고 해도 누가 그를 비난하겠는가? 다른 사람과 사랑에 빠진 아내를 용서할 수 있는 남자가 몇이나 되겠는가? 때로는 그녀가 그렇게 빨리 임신하지 않았다면 로런스가 그녀에게 진절머리를 내고 그녀를 놓아주지 않았을까 하는 생각이 들기도 했다. 하지만 아마 아닐 것이다. 로런스는 더 이상 제니퍼를 사랑하지 않을지도 모르지만, 그녀가 어디선가 자신 없이 홀로 존재할 가능성에 대해서는 생각하지 않을 것이었다.

그리고 딸아이는 제니퍼에게 위안이 되었다. 제니퍼는 그네에 앉은 아이의 등을 밀어주며 아이의 다리가 하늘로 날아오르는 모습을, 곱슬머리가 바람에 날려 흔들리는 모습을 지켜보았다. 이토록 값진 것을 가진 여자는 많지 않았다. 언젠가 앤서니가 말했듯이, 옳은 일을 했음을 아는 것은 위안이 되었다.

"엄마!"

도로시 몬크리프가 모자를 잃어버려서 제니퍼는 모자를 찾느라 잠시 생각에서 빠져나왔다. 작은 소녀 둘을 데리고 다니며 그네와 뺑뺑이 주변도 찾아보고 벤치 아래도 들여다보았다. 그러다 웬 아이가 그 모자를 쓰고 있는 걸 발견했다.

"훔치는 건 나쁜 짓이야." 놀이터를 가로질러 돌아올 때 도로시가 엄숙하게 말했다.

"그렇지." 제니퍼가 말했다. "하지만 저 꼬마는 훔친 게 아닌 거 같은데. 아마 네 건지 몰랐을 거야."

"나쁜 짓인지 아닌지 모르면 그건 멍청한 거예요." 도로시가 잘라 말했다.

"멍청한 거예요." 에스메가 좋아하며 따라 했다.

"그래, 그럴지도 모르지." 제니퍼가 딸아이의 머플러를 다시 묶어주고 둘을 모래 상자에서 놀라며 보냈다. 서로에게 모래를 던지면 절대 안 된다고 주의를 주었다.

사랑하는 부트, 제니퍼는 지난 이틀간 수천 번 반복했듯 또다시 머릿속에서 편지를 쓰기 시작했다. *부디 내게 화내지 말아줘요. 당신과 함께 갈 수 있는 방법이 있었다면 분명히 그렇게 했으리란 걸 알 거예요……*

제니퍼는 어떤 편지도 보내지 않을 것이다. 이미 그에게 한 말들 외에 무슨 말을 더하겠는가? 언젠가는 그도 용서하는 날이 올 거라고 제니퍼는 자신을 타일렀다. 그는 만족스러운 삶을 살게 될 것이다.

제니퍼는 뻔한 질문들을 떠올리지 않으려 애썼다. 그녀는 어떻게 살 것인가? 새로운 사실들을 가슴에 품고서 어떻게 계속 살아갈 수 있을까? 제니퍼는 다시금 눈시울이 붉어졌다. 시선을 끌지 않으려고 돌아서서 손수건을 꺼내 눈가를 꾹꾹 눌렀다. 어쩌면 의사를 보러 가는 게 나을지도 몰랐다. 앞으로 며칠만 견딜 수 있게 조금만 도움을 받는 것이다.

그러다 제니퍼는 한 인물에게 시선을 빼앗겼다. 트위드 코트를 입은 여자가 잔디를 가로질러 놀이터로 다가오고 있었다. 잔디가 진흙투성이인데도 여자는 기계처럼 규칙적으로 발을 내디뎠다. 그 여자가 남편의 비서임을 알아보고 제니퍼는 깜짝 놀랐다.

　모이라 파커는 그녀를 향해 곧장 걸어왔고, 너무 가까이에 멈춰 서는 바람에 제니퍼가 한 걸음 뒤로 물러나야 했다. "파커 양?"

　모이라는 목적이 있는 사람처럼 눈을 빛내며 입을 굳게 다물고 있었다. "가정부가 여기 계시다고 해서요. 잠시 얘기 좀 나눌 수 있을까요?"

　"아…… 그래요." 제니퍼가 돌아보았다. "얘들아? 도티? 에스메? 엄마 바로 옆에 있을게."

　아이들은 잠시 고개를 들었다가 다시 모래를 파헤치기 시작했다.

　그들은 몇 걸음 걸어갔고, 제니퍼는 아이들이 보이는 쪽에 자리를 잡고 섰다. 그녀는 몬크리프네 유모에게 4시까지 도로시를 집에 데려다주겠다고 했는데, 이제 15분 정도 남았다. 제니퍼가 미소를 지어 보였다. "무슨 일이죠, 파커 양?"

　모이라가 낡은 핸드백에서 두툼한 파일을 비틀어 꺼냈다. "이걸 드리려고요." 모이라가 무뚝뚝하게 말했다.

　제니퍼가 파일을 받아 들었다. 그녀는 파일을 열다가 안의 문서가 바람에 날려가려 하자 재빨리 손을 얹었다.

　"하나라도 잃어버리지 마세요." 모이라가 지시하듯 말했다.

　"미안해요…… 이해가 안 되네요. 이것들은 뭐죠?"

　"사장님이 매수한 사람들이에요."

　제니퍼가 멍한 표정이 되자 모이라가 말을 이었다. "중피종, 폐 질환 환자들. 사장님이 돈으로 매수한 노동자들이에요. 우리 회사를 위해 일하는 동안 불치병에 걸린 사실을 숨기려고요."

제니퍼가 머리로 손을 올렸다. "뭐라고요?"

"당신 남편요. 맨 아래쪽에 있는 건 이미 죽은 사람들이에요. 그 가족들은 돈을 받기 위해 아무 말도 하지 않겠다는 포기 각서에 서명해야 했죠."

제니퍼는 그녀가 하는 말을 이해하려고 기를 썼다. "죽었다고요? 각서라니요?"

"사장님은 그들에게 자신의 책임이 없다고 말하게 했어요. 그들 모두에게 돈을 주었죠. 남아프리카공화국 사람들은 아주 적은 금액을 받았어요. 이곳 공장 노동자들은 더 큰 금액을 받았고."

"하지만 석면은 해롭지 않잖아요. 그를 비난하려는 몇몇 뉴욕 사람들이 괜히 지어낸 소리지. 문제를 일으키는 사람들 말이에요. 로런스는 그렇게 말했어요."

모이라는 그녀의 말을 듣지 않는 것 같았다. 손으로 제일 위에 놓인 명단을 죽 훑어 내렸다. "이름은 알파벳순으로 정리된 거예요. 더 궁금한 점이 있으시면 그 가족들과 얘기를 해보시든가요. 주소는 맨 위쪽에 있어요. 사장님은 신문사가 이 자료들을 입수할까 봐 몹시 두려워하고 계시죠."

"이건 그저 노동조합에서…… 로런스는 그렇게……."

"다른 회사들도 같은 문제로 골치를 앓고 있어요. 미국에 있는 '굿애즈베스트' 쪽과 통화하시는 걸 들었어요. 그들은 석면이 해롭지 않은 것처럼 보이게 하는 연구에 자금을 대고 있어요."

모이라가 어찌나 빠른 속도로 말하는지 제니퍼는 머리가 어질어질했다. 아이들 쪽을 흘깃 보니 둘은 이제 서로에게 모래를 던지고 있었다.

모이라 파커가 비난하듯이 말했다. "이 일이 알려지면 사장님이 파멸하게 된다는 건 알고 계시죠? 물론 언젠가는 알려지겠죠. 그럴 수밖에 없어요. 모든 일이 그러니까."

제니퍼가 아주 조심스럽게 파일을 받아 들었다. 마치 파일 역시 오염되기라도 한 것처럼. "이걸 왜 나한테 주는 건가요? 어째서 내가 남편에게 해를 입힐 수 있는 것들을 원하리라고 생각한 거죠?"

모이라 파커는 표정이 변하며 죄책감을 느끼는 듯했다. 입술을 꾹 다물어서 붉은 선처럼 보였다. "이것 때문이에요." 모이라가 구겨진 종이 한 장을 꺼내 제니퍼에게 내밀었다. "당신이 사고를 당하고 몇 주 후에 온 거예요. 오래전이죠. 사장님은 내가 이걸 보관하고 있었다는 걸 몰라요."

제니퍼가 종이를 펼쳤다. 바람이 그녀의 손으로 불어왔다. 그녀도 아는 필체였다.

다시는 연락하지 않으리라고 맹세했어요. 하지만 6주가 지나도록 나아질 생각을 하지 않아요. 당신이 없는 곳에 있다는 건, 당신에게서 수천 킬로미터 떨어진 곳에 있다는 건 어떤 위안도 주지 못하네요. 당신을 보며 괴로워하지 않아도 된다는 사실, 진정으로 원하는 단 한 가지를 손에 넣지 못한 내 무능함의 증거를 매일 마주하지 않아도 된다는 사실은 날 치유하지 못했어요. 오히려 상태를 더욱 악화시켰죠. 내 미래는 황량하고 텅 빈 도로처럼 느껴져요.

무슨 말을 하려는 건지 나도 잘 모르겠어요, 사랑하는 제니. 그저 당신의 결정이 틀렸다는 느낌이 조금이라도 든다면, 문이 아직 활짝 열려 있다는 걸 알아달라는 말밖에는요.

당신의 결정이 옳았다고 생각한다면, 적어도 이것만은 알아줘요. 당신을 사랑하고, 당신이 얼마나 소중하고 영리하고 다정한 사람인지 이해하는 남자가 세상 어딘가에 존재한다는 걸요. 당신을 사랑했고, 자신에게 해가 된다는 걸 알면서도 영원히 당신을 사랑할 남자가요.

B.

제니퍼가 뚫어져라 편지를 바라보는 동안 얼굴에서 핏기가 가셨다. 날짜를 보니 거의 4년 전이었다. 그 사고 직후. "로런스가 이 편지를 갖고 있었다고 했나요?"

모이라는 땅을 쳐다보았다. "저한테 그 사서함을 닫으라고 하셨어요."

"앤서니가 살아 있다는 걸 알고 있었다고요?" 제니퍼는 몸을 부들부들 떨었다.

"그 점에 대해선 아무것도 몰라요." 모이라 파커가 옷깃을 올리며, 못마땅한 표정을 지어 보였다.

차가운 덩어리 하나가 제니퍼 안에 자리를 잡았다. 그 주

위로 몸이 굳어지기 시작했다.

　모이라 파커가 핸드백을 탁 닫았다. "하여간 그건 마음대로 하세요. 그가 교수형을 당한대도 내 알 바 아니니까."

　놀이터를 다시 가로지르기 시작하면서도 모이라는 여전히 혼잣말을 중얼거렸다. 제니퍼는 벤치에 주저앉았다. 서로의 머리에 신나게 모래를 문지르고 있는 두 아이도 눈에 들어오지 않았다. 제니퍼는 편지를 다시 읽었다.

* * *

　도로시 몬크리프를 집에 데려다준 후, 제니퍼는 코르도자 부인에게 에스메를 과자점에 데려가달라고 부탁했다. "막대사탕을 하나 사주고, 눈깔사탕도 조금 사주세요." 제니퍼는 창가에 서서 그들이 걸어가는 모습을 지켜보았다. 딸아이는 기대감에 부풀어 매 걸음을 깡충깡충 뛰어갔다. 그들이 모퉁이를 돌아 사라지자 제니퍼는 로런스의 서재로 들어갔다. 그녀는 거의 발길을 하지 않는 곳이었고 에스메는 들어가지 못하는 곳이었다. 탐구심이 왕성한 에스메의 작은 손이 무수한 귀중품 중에 하나를 다른 곳에 옮겨놓지 못하게 하기 위해서였다.

　나중에 제니퍼는 왜 그곳으로 갔는지 알 수가 없었다. 그녀는 그 방을 싫어했다. 그가 한 번도 펼치지 않은 책들이 가득 꽂힌 우중충한 마호가니 책장, 공기 중에 남아 있는 시가 냄새, 그녀에게는 업적으로 보이지 않는 것들에 대한 트로피와 증명서. '올해 원탁의 사업가' '코우브리지 사슴 사냥 최고상, 1959' '골프 트로피, 1962' 로런스도 서재를 거의 이용하지 않았다. 그곳은 그저 허세에 불과했다. 남자 손님들에게 여자들로부터 '피신'할 수 있는 곳이라 장담하는 장소, 그가 마음의 평화를 찾는 곳이라고 공언하는 장소였다.

벽난로 양쪽으로 편안한 안락의자가 하나씩 놓였지만, 좌석에는 조금도 눌린 자국이 없었다. 지난 8년간 벽난로에는 불을 지핀 적이 없었다. 사이드보드에 놓인 컷글라스 잔들, 그리고 옆에 놓인 디캔터에는 질 좋은 위스키가 담긴 적이 없었다. 벽에는 로런스의 사진들이 줄줄이 걸려 있었다. 동료 사업가들과 악수를 나누고, 남아프리카공화국 통상부 장관이나 에든버러 공작과 같은 고위 인사들을 방문하는 모습이 담겼다. 그 서재는 남들에게 보이기 위한 장소였다. 남자들에게 그를 동경할 또 다른 이유를 보여주는 장소. 로런스 스털링, 운 좋은 자식.

제니퍼는 입구에 서 있었고, 그 옆에는 값비싼 골프채가 든 가방이 놓여 있었다. 구석에는 사냥 지팡이가 있었다. 가슴에 단단한 옹이 하나가 맺힌 것 같았다. 공기가 폐로 들어가는 기관 부분에. 제니퍼는 숨을 쉴 수가 없었다. 그녀는 골프채 하나를 뽑아 들고 방 한가운데로 걸어 들어갔다. 장거리 경주를 끝낸 사람처럼 헐떡이는 숨소리가 입 밖으로 흘러나왔다. 제니퍼는 완벽한 스윙을 흉내 내듯 머리 위로 골프채를 들어 올렸다가 그대로 휘둘렀다. 디캔터가 정통으로 맞았고, 유리 파편이 사방으로 튀었다. 그녀가 다시 벽으로 골프채를 휘두르자, 액자가 산산조각 나고 움푹 패인 트로피들이 선반에서 떨어졌다. 제니퍼는 가죽 장정된 책들과 묵직한 유리로 된 재떨이들을 향해 골프채를 휘둘렀다. 격렬하게, 체계적으로 타격을 가했다. 그녀의 호리호리한 몸은 더해가는 분노로 계속해서 힘을 얻었다.

제니퍼는 책장을 때려 책을 떨어뜨렸고, 벽난로 위에서 액자들을 날려 버렸다. 도끼처럼 골프채를 내리쳐서 묵직한 조지 왕조풍 책상을 쪼갠 다음, 쌩 소리를 내며 옆면을 갈겼다. 제니퍼는 팔이 아파오고 온몸에 땀방울이 맺힐 때까지 골프채를 휘둘렀다. 호흡은 짧고 날카로웠다. 마침내 더 부술 것이 남지 않았을 때, 제니퍼는 깨진 유리를 버석거리며 방 한가운데 서서, 땀에 젖은 머리를 쓸어 넘기며 자신이 한 일을 둘러보았다. *사랑스러운 스털링 부인, 상냥한 스털링 부인. 평온하고 차분하고 감정을 억누르는 여인. 불꽃이 꺼진 여인.*

제니퍼 스털링은 구부러진 골프채를 발치로 떨어뜨렸다. 그러고 나서 치마에 손을 닦다가 작은 유리 파편 하나를 떼어냈다. 그녀는 파편을 바닥으로 얌전히 떨어뜨리고, 방을 나와 등 뒤로 문을 닫았다.

* * *

제니퍼가 딸과 함께 다시 외출할 거라고 알렸을 때 코르도자 부인은 주방에 앉아 있었다. "아이가 차를 마신다고 하지 않나요? 배가 고플 텐데요."

"나 안 나갈래." 에스메가 끼어들었다.

"오래 걸리지 않을 거야, 에스메." 제니퍼가 냉정하게 말했다. "코르도자 부인, 오후엔 그냥 돌아가셔서 쉬세요."

"하지만 전……."

"그렇게 하세요. 그러는 게 제일 나아요."

제니퍼는 당혹스러워하는 가정부를 모른 체하며, 딸아이를 안아 올리고 방금 전에 챙긴 여행 가방과 사탕이 든 갈색 봉지를 집어 들었다. 그러고는 밖으로 나가 계단을 내려가서 택시를 향해 손을 흔들었다.

* * *

제니퍼는 유리문을 밀고 안으로 들어서자마자 그를 보았다. 사장실 밖에서 책상에 앉은 젊은 여자에게 얘기를 하고 있었다. 제니퍼는 누군가 인사를 건네는 소리를 들었고, 자신이 침착하게 응하는 소리도 들었다. 그러면서 이런 일상적인 대화를 주고받을 수 있는 자신에게 어렴풋이 놀랐다.

"정말 많이 컸네요!"

제니퍼는 진주 목걸이를 만지작거리고 있는 딸아이를 내려다보았다가, 그렇게 말한 여자에게로 시선을 옮겼다. "샌드라 맞죠?" 그녀가 말했다.

"네, 스털링 부인."

"내가 남편을 잠깐 보고 오는 동안 에스메가 샌드라 타자기를 좀 만져보고 있으면 끔찍하게 실례가 될까요?"

에스메는 신이 나서 타자기로 다가갔고, 잠시 일하지 않아도 될 구실이 생긴 여직원들은 즉시 아이를 에워싸며 감탄사를 연발하고 법석을 떨었다. 제니퍼는 머리칼을 쓸어 넘기고 그의 사무실로 걸어갔다. 그가 서 있는 비서실로 그녀가 들어섰다.

"제니퍼." 그가 한쪽 눈썹을 들어 올렸다. "갑자기 여긴 웬일이야?"

"잠깐 얘기 좀 할 수 있어요?" 그녀가 말했다.

"5시에 나가봐야 해."

"오래 걸리지 않을 거예요."

로런스는 그녀를 사장실로 데리고 들어가서 문을 닫고 의자를 가리키며 앉으라고 권했다. 제니퍼가 괜찮다고 하자 살짝 짜증이 난 듯하더니, 자신의 가죽 의자에 털썩 주저앉았다.

"뭐지?"

"내가 대체 얼마나 끔찍한 일을 저질렀기에 이토록 당신이 날 증오하는 거죠?"

"뭐라고?"

"그 편지에 대해 알고 있어요."

"무슨 편지?"

"4년 전에 당신이 우체국에서 가로챈 편지요."

"아, 그거." 로런스가 별거 아니라는 듯이 말했다. 가게에서 깜빡하고 사오지 않은 물건이 떠오른 사람 같은 표정이었다.

"당신은 알고 있었어요. 그러면서도 그가 죽었다고 생각하

게 날 내버려뒀어요. 나 때문에 그가 죽었다고 생각하게 내
버려뒀어요."

"나도 그가 죽은 줄 알았어. 그리고 다 지난 일이야. 이제
와서 다시 그 얘기를 꺼내는 이유를 모르겠군." 그가 몸을 앞
으로 기울여 책상에 놓인 은색 상자에서 시가를 꺼냈다.

제니퍼는 그의 서재에 있는 시가 상자를 얼핏 떠올렸다.
움푹 파이고 깨진 유리로 덮여서 희미하게 반짝이던 상자.
"중요한 건요, 당신은 내가 날 스스로 벌하게 놔두는 방법으
로 매일같이 날 벌했어요, 로런스. 내가 무슨 일을 했기에 그
런 일을 당해야 하죠?"

로런스가 성냥을 재떨이로 던져 넣었다. "그건 당신이 더
잘 알잖아."

"당신은 내가 그를 죽였다고 생각하게 내버려뒀어요."

"당신이 어떤 생각을 하든 그건 나하고 상관없는 일이야.
아무튼 아까도 말했지만 다 지난 일이야. 당신이 왜 이러는
지 난 정말로……."

"다 지난 일이 아니에요. 그가 돌아왔으니까."

그 말이 그의 주의를 끌었다. 제니퍼는 문밖에서 비서가
듣고 있다는 걸 어렴풋이 알아차리고 목소리를 낮췄다. "그
래서 난 그에게 갈 거예요…… 물론 에스메와 함께."

"웃기는 소리 하지 마."

"농담 아니에요."

"제니퍼, 이 땅의 어떤 법원도 불륜을 저지른 엄마에게 아
이를 주지 않아. 약 없이는 하루도 견디지 못하는 엄마에게

말이야. 당신이 복용한 약들이 얼마나 되는지는 하그리브스 선생이 증언할 거야."

"이젠 없어요. 내가 다 버렸으니까."

"정말인가?" 그가 다시 시계를 확인했다. "축하해. 그러니까 당신이 약물의 도움 없이…… 스물네 시간을 버텼다는 거야? 판사가 아주 대단한 일이라고 하겠군." 그는 자신의 대답이 만족스럽다는 듯 웃었다.

"그들이 폐 질환 파일을 봐도 대단한 일이라고 할까요?"

그의 턱이 갑자기 굳어지며 얼굴에 불안이 스치는 모습을 제니퍼는 지켜보았다.

"뭐라고?"

"당신 비서가 나한테 이걸 줬어요. 지난 10년간 죽거나 병에 걸린 당신 고용인들의 명단. 그게 뭐라고 했죠?" 제니퍼가 생소함을 강조하며 단어를 신중하게 발음했다. "중-피-종."

순식간에 핏기가 가신 남편의 얼굴을 바라보며 제니퍼는 그가 기절할지도 모르겠다는 생각을 했다. 그는 자리에서 일어나서 그녀를 지나쳐 문으로 걸어갔다. 문을 열어 밖을 내다보고는 다시 확실하게 닫았다. "무슨 소릴 하는 거야?"

"나한테 모든 정보가 있어요, 로런스. 당신이 그 사람들한테 돈을 보낸 은행 전표까지 있다고요."

그가 서랍을 확 열어젖히고 안을 뒤적였다. 몸을 똑바로 세웠을 때 몹시 충격을 받은 표정이었다. 그가 그녀에게 한 걸음 다가와서 제니퍼는 그의 눈을 마주 볼 수밖에 없었다. "당신이 날 파멸시키면 제니퍼, 당신 자신을 파멸시키는 거야."

"나한테 그런 게 중요할 거 같아요?"

"이혼은 절대로 해주지 않을 거야."

"좋아요." 그가 동요하는 모습에 제니퍼의 결의가 더욱 굳어졌다. "이렇게 해요. 에스메와 난 근처에서 살 집을 얻을 거예요. 당신은 아이를 보러 와도 좋아요. 당신과 나는 명목상으로만 부부일 뿐이에요. 당신은 내게 아이를 키우기에 합당한 금액을 보내주고, 대신 나는 이 서류들이 절대로 공개되지 않도록 하겠어요."

"지금 날 협박하는 건가?"

"아, 난 우둔해서 그런 일은 못 해요, 로런스. 당신이 지난 수년간 끊임없이 내게 상기시킨 것처럼. 난 그저 앞으로의 내 삶에 관해 말하고 있는 것뿐이에요. 당신은 당신 정부와 집, 재산, 그리고…… 평판을 유지할 수 있어요. 당신 사업 동료들은 이 일에 대해 알 필요가 없어요. 하지만 앞으로 난 당신이 있는 집에는 발을 들이지 않을 거예요."

제니퍼가 정부에 대해 안다는 사실을 그는 정말 몰랐던 모양이었다. 제니퍼는 그의 얼굴에 무기력한 분노가 퍼져나가다가 격렬한 불안과 섞이는 모습을 지켜보았다. 그러고 나서는 그녀를 달래려는 미소가 피어올랐다. "제니퍼, 당신은 지금 혼란스러운 거야. 그 친구가 다시 나타난 건 분명히 충격이겠지. 지금은 일단 집으로 돌아가고, 나중에 다시 얘기하는 게 어때?"

"그 서류들은 제삼자에게 맡겨졌어요. 나한테 무슨 일이 생기면 그 사람은 지시받은 대로 할 거예요."

로런스가 전에 없을 정도로 악의에 차서 그녀를 노려보았다. 제니퍼는 핸드백을 꽉 움켜쥐었다.

"당신은 창녀야." 그가 말했다.

"당신에겐 그랬죠." 제니퍼가 조용히 말했다. "사랑해서 한 건 분명히 아니었으니까, 그랬을 거예요."

문을 두드리는 소리가 들리고, 그의 새 비서가 안으로 들어왔다. 두 사람을 번갈아 쳐다보는 비서의 태도에서 제니퍼는 추가 정보를 얻었다. 그것이 그녀의 용기를 북돋았다. "아무튼 내가 할 말은 그게 전부예요. 이제 그만 가볼게요, 여보." 그녀가 말했다. 그러고는 남편에게 걸어가서 그의 볼에 입을 맞췄다. "연락할게요. 그럼 수고해요, 미스……." 제니퍼가 기다렸다.

"드리스콜입니다." 비서가 대답했다.

"드리스콜 양." 제니퍼가 미소를 지어 보였다. "그래요."

제니퍼는 비서를 지나 딸아이를 데리고 문으로 향했다. 쿵쿵거리는 가슴을 안고 유리문을 밀어 여는데 그의 목소리와 발소리가 뒤에서 들려올 것만 같았다. 제니퍼는 마지막 두 계단을 한 번에 내려가서 택시가 기다리는 곳으로 갔다.

"우리 어디 가?" 제니퍼가 에스메를 옆 좌석에 내려놓자 질문이 날아왔다. 아이는 여직원들에게 얻은 사탕을 먹고 있었다.

제니퍼는 앞으로 몸을 기울여 작은 창을 열고는, 혼잡한 시간의 시끄러운 차 소리를 뚫고 기사에게 소리쳤다. 불현듯 승리감이 차오르며 마음이 홀가분해졌다. "리젠트 호텔로 가주세요. 최대한 빨리요."

* * *

나중에 그 20분간의 여정을 돌이켜보면, 제니퍼는 자신이 북적이는 거리와 현란한 가게들을 관광객이나 해외 특파원의 시선으로 바라본 사실을 깨닫게 될 것이다. 그녀는 그곳을 처음 보는 사람의 시선으로 바라보았다. 두 번 다시 보지 못할지도 모른다고 생각하며, 세부적인 것들보다 전체적인 인상만을 눈에 새겼다. 그녀가 아는 제니퍼의 삶은 끝났다는 생각에 노래라도 부르고 싶은 심정이 되었다.

제니퍼 스털링은 그렇게 이전의 삶에 안녕을 고했다. 집으로 들어서는 순간 아무 의미 없어질 물건들을 잔뜩 들고 저 거리를 지나던 나날들에. 그녀는 메릴본 로 근처 이 지점에만 오면 어김없이 몸 안에서 뭔가 꽉 조여지며 온몸이 경직되었다. 더 이상은 편하게 느껴지지 않는, 고행의 장소로만 여겨지는 집에 가까워지면.

제니퍼는 고요한 집이 있는 광장을 지나쳤다. 그녀의 모든 말과 행동이 한 남자의 비판을 불러일으키던 곳이었다. 그녀가 너무나 불행하게 만들어서 그녀를 끊임없이 벌주는 것이 삶의 유일한 방식이 된 남자. 그는 침묵과 집요한 모욕, 한여름에조차 떨게 만드는 분위기로 그녀를 벌주었다.

그런 삶에서 아이가 보호막이 될 수 있지만, 그것도 어느 정도까지였다. 그리고 지금 제니퍼가 하는 일이 주변 사람들 눈에는 수치스러운 일로 보일지라도, 딸아이에게는 삶을 살아가는 또 다른 방식을 보여줄 수 있었다. 자신을 마비시키지 않고도 살아가는 방식. 평생 자신이 그렇게 생겨먹은 것을 사죄하며 살지 않아도 되는 방식.

제니퍼는 매춘부들이 앉아 있던 창문을 보았다. 유리창을 두드리던 여자들은 다른 지역으로 사라졌다. *더 나은 삶을 살고 있길 바라겠어요*, 제니퍼는 속으로 그들에게 말했다. *당신들을 그 안에 잡아두던 것으로부터 벗어났기를 바라요. 누구나 그런 기회를 얻을 자격이 있으니까요.*

에스메는 여전히 사탕을 먹으며 반대편 차창으로 바삐 움직이는 거리를 보고 있었다. 제니퍼는 자그마한 아이를 꼭 끌어안았다. 아이는 사탕을 또 하나 까서 입에 넣었다. "엄마, 우리 어디 가?"

"친구 만나러 가. 그리고 나서는 모험을 떠날 거야." 제니퍼는 갑자기 흥분으로 가득 찼다.

"모험?"

"그래. 옛날옛날에 떠났어야 하는 모험."

* * *

4면의 군축 협상 기사는 헤드라인이 되지 못할 거라고 돈 프랭클린은 생각했다. 부편집장은 대안을 마련하고 있었다. 돈은 아내가 리버 소시지 샌드위치에 날양파를 넣지 않았으면 좋겠다고 생각했다. 그걸 먹으면 항상 속이 아팠다. "치약 광고를 이쪽 면에 넣으면 이쪽 공간을 춤추는 사제의 기사로 채울 수 있지 않을까요?" 부편집장이 제안했다.

"난 그 기사 마음에 안 들어."

"그럼 연극 논평은 어때요?"

"이미 18면에 들어가잖아."

"서남서 방향이요, 돈."

돈이 배를 문지르며 시선을 들자, 웬 여자가 급하게 사무실을 가로지르고 있었다. 짧은 검은색 트렌치코트를 입었고 금발의 어린애를 데리고 왔다. 신문사 사무실에서 작은 소녀를 보자, 돈은 속치마를 입은 군인을 보는 것처럼 마음이 불편했다. 완전히 잘못된 광경이었다. 여자가 걸음을 멈추고 셰럴에게 뭔가 물었고, 셰럴이 그가 있는 쪽을 가리켰다.

여자가 그에게로 다가왔을 때 돈은 입가에 연필을 물고 있었다. "방해해서 죄송하지만, 앤서니 오헤어와 얘기를 좀 해야 해서요."

"그쪽은 어떻게 되시죠?"

"제니퍼 스털링이라고 합니다. 앤서니의 친구예요. 앤서니가 묵었던 호텔에 가봤는데 이미 체크아웃했다고 하네요." 그녀는 불안한 눈빛이었다.

"며칠 전에 쪽지를 놓고 가셨죠?" 셰럴이 기억해냈다.

"네, 맞아요." 여자가 대답했다.

돈은 셰럴이 여자를 아래위로 훑어보는 모습을 보았다. 아이의 손에는 반쯤 먹은 막대 사탕이 들렸고, 엄마의 소매에 끈적이는 흔적이 남았다. "앤서니는 아프리카에 갔습니다." 그가 말했다.

"뭐라고요?"

"아프리카로 떠났다고요."

여자는 그대로 얼어붙었고, 아이도 마찬가지였다. "그럴 리가요." 여자의 목소리가 갈라졌다. "그럴 리가 없어요. 갈지 안 갈지도 결정하지 않았었는데."

돈이 입에서 연필을 빼고 어깨를 으쓱했다. "뉴스는 빠르게 움직입니다. 앤서니는 어제 떠났어요. 첫 비행기로 출발했죠. 며칠간은 계속 이동할 겁니다."

"하지만 전 앤서니와 얘기를 해야 해요."

"연락이 안 될 겁니다." 셰릴이 그를 바라보고 있는 게 느껴졌다. 다른 두 비서들은 서로에게 속삭이고 있었다.

여자의 얼굴이 창백해졌다. "분명히 연락할 방법이 있을 거예요. 출발한 지 얼마 안 됐으니까."

"앤서니가 어디에 있는지 알 수 없어요. 거기는 콩고입니다. 전화가 없어요. 연락 가능한 곳에서 전보를 보내올 거예요."

"콩고라고요? 하지만 어째서 그렇게 일찍 떠난 거죠?" 여자의 목소리가 속삭임으로 작아졌다.

"그걸 누가 알겠습니까?" 돈이 비난하듯 여자를 쳐다보았다. "어쩌면 이곳을 벗어나고 싶어서 그랬는지도 모르죠." 돈은 셰릴이 근처에서 종이 더미를 정리하는 척하며 어물거리고 있다는 걸 알았다.

여자는 생각할 능력을 잃어버린 사람 같았다. 손이 얼굴로 올라갔다. 돈은 여자가 울음을 터뜨리려는가 보다고 생각하자 가슴이 철렁 내려앉았다. 편집국에 아이가 있는 것보다 더 끔찍한 광경이라면 편집국에 아이를 데려온 여자가 우는 광경이리라.

여자는 크게 심호흡을 하며 마음을 진정시켰다. "앤서니와 연락이 닿으면 저한테 전화를 해달라고 전해주시겠어요?" 여자가 핸드백으로 손을 넣어 문서가 든 파일을 꺼내고, 낡은 편지 봉투 몇 개도 꺼냈다. 여자는 잠시 망설이다가, 편지들을 파일 깊숙이 밀어 넣었다. "그리고 이걸 전해주세요. 앤서니가 보면 무슨 뜻인지 알 거예요." 여자는 수첩에 뭔가 휘갈겨 적더니 그 장을 찢어내 파일 안으로 밀어 넣었다. 그러고는 돈 앞의 책상에 파일을 내려놓았다.

"알겠습니다."

여자가 돈의 팔을 잡았다. 여자의 반지가 돈의 눈에 들어왔다. 빌어먹을 왕실 왕관에 박힌 것만 한 다이아몬드가 박혀 있었다. "반드시 전해주셔야 해요. 정말 중요한 일입니다. 더할 수 없이 중요해요."

"알겠습니다. 그럼 이만 실례해도 될까요? 일을 해야 해서요. 하루 중에 지금이 제일 바쁜 시간입니다. 모두 마감하느라 정신이 없어요."

여자의 얼굴이 일그러졌다. "죄송합니다. 그걸 꼭 앤서니에게 전해주세요. 부탁합니다."

돈이 고개를 끄덕였다.

여자는 그의 얼굴에서 시선을 떼지 않은 채 잠시 기다렸
다. 그가 정말 자신의 말대로 할 것임을 믿으려고 애쓰는 듯
했다. 그러고는 오헤어가 진짜 거기에 없는지 확인하듯 마지
막으로 편집국을 둘러보더니 딸의 손을 잡았다. "전…… 귀
찮게 해드려 죄송합니다."

안으로 들어올 때보다 어쩐지 작아진 듯한 모습으로 여자
는 천천히 문을 향해 걸어갔다. 마치 어디로 가고 있는지 알
지 못하는 사람 같았다. 책상 주변에 모인 사람들이 그녀가
나가는 모습을 지켜보았다.

"콩고라고요." 잠시 후에 셰릴이 말했다.

"우린 4면을 해결해야 해." 돈은 책상만 뚫어지게 쳐다보
았다. "그럼 춤추는 사제로 가보자고."

* * *

누군가 부편집장의 책상을 정리할 생각을 한 것은 그로부
터 거의 3주가 지난 때였다. 오래된 교정지와 짙푸른 먹지들
사이에 허름한 파일이 하나 놓여 있었다.

"B가 누구지?" 임시 비서인 도라가 파일을 열었다. "이거
벤팅크 씨에게 전할 건가? 근데 벤팅크 씨는 두 달 전에 그
만두지 않았나요?"

전화로 여행 경비에 관해 입씨름을 벌이고 있던 셰릴은 돌
아보지도 않고 어깨를 으쓱했다. 하지만 송화구를 손으로 가
린 채 도라에게 조언했다. "누구 건지 모르는 건 도서관으로

보내요. 난 주인 없는 건 전부 그리로 보내니까. 그러면 돈이 소리를 지르지 못하죠." 그러고는 잠시 생각했다. "뭐, 소리 지를 수도 있겠네. 하지만 서류 정리 때문에 소리 지르진 않아요."

그 파일은 오래된 신문, 명사 인명록, 의회 의사록과 함께 건물 지하에 있는 자료실로 가는 카트에 얹혔다.

그리고 40년이 다 되도록 모습을 드러내지 않았다.

Part 3

지하철역에서 나온 엘리 하워스는 사람들을 피해가며 거리를 따라 반은 걷고 반은 뛰었다. 놓칠 수 없는 가을 특가 판매 행사를 알리는 현란한 쇼윈도들도 눈에 들어오지 않고, 밀린 차들이 시끄럽게 빵빵대는 소리도 들리지 않았다. 그녀의 시선은 여전히 휴대전화의 작은 스크린에 박혀 있었다. 정장 차림의 남자를 팔꿈치로 세게 치는 바람에, 그가 혀를 차며 옆으로 물러났다. 엘리는 고개를 들지 않은 채 사과의 말을 중얼거렸다.

그녀는 어느 펍 앞에서 우뚝 멈춰 서더니, 잠시 가만히 서 있다가 전화번호를 눌렀다.

"나 회의 들어가야 해." 니키가 말했다.

"진짜 짧게 끝낼게. '나중에 얘기해.' 다음에 x 하나. 이게 대체 무슨 뜻이지?" 엘리는 부르릉대는 버스의 소음 너머로 소리를 질러야 했다.

"뭐라고?"

"문자메시지 끝에 말이야. '나중에 얘기해. x' 이 말은 오늘 오후에 전화를 하겠다는 뜻일까? 아니면 이번 주에 전화하겠다는 뜻일까? 아니면 아예 안 하겠다는 뜻?"

밥이 다음 영업지인 쇼핑몰로 이동하려고 트럭을 정리하고 있었다. 그는 엘리의 회사 맞은편에서 커피 트럭을 운영한다. 엘리는 꼭두새벽까지 잠들지 못하다가 결국 늦잠을 자버렸고, 여기서 시간을 지체하면 걱정했던 것보다 더 늦어진다는 사실을 깨닫자 가슴이 철렁 내려앉았다. 하지만 커피 없이 회의에 들어간다는 건 생각만 해도 끔찍했다. 엘리는 밥의 어깨를 톡톡 두드리고, 전화기를 귀에 붙인 채 '희망이 가득한' 표정을 지어 보였다.

밥이 빙글 돌아서서는 엘리를 알아보았다. 그녀가 원하는 게 뭔지 깨닫고는 손목시계를 두드려 보였다.

"뭐라고 했다고?" 니키가 말했다.

"'나중에 얘기해.' 그리고 x."

엘리는 밥을 향해 '제발요.' 하고 입모양을 만들어 보였다. 목의 옴폭한 부분에 전화기를 끼고 기도하는 것처럼 양손을 모았다.

"'나중에 얘기해. x'라고?" 니키가 반복했다.

밥이 체념한 듯 고개를 가로젓더니 커피 기계의 덮개를 벗겼다. 그러고는 순교를 앞둔 사람처럼 고뇌에 찬 표정을 지으며 엘리가 좋아하는 스타일로 아메리카노를 만들기 시작했다.

"니키?"

"못 살겠네 정말. 나도 모르겠어. 그건 언제라도 될 수 있잖아. 네가 누군지 생각났을 때? 아니면 그 사람 아내가 지하실에서 꺼내줬을 때?"

"아주 재밌네."

"그냥 아무 의미 없는 말이야. 남자들이 어디에도 매이고 싶지 않을 때 하는 말 중에 하나라고."

"하지만 그 사람은……."

"나도 몰라, 엘리. 그 사람에 대해선 네가 더 잘 알잖아. 저기, 정말 미안한데 말이야, 나 이제 가봐야 해. 다들 날 기다리고 있다고. 내가 오늘 밤에 전화할게, 알겠지?"

"혹시 대문자 X가 소문자 x보다 더 큰 의미가 있을까?" 엘리가 물었지만 전화는 이미 끊겨 있었다.

엘리는 잠시 전화기를 쳐다보다가 주머니에 찔러 넣었다. 그러고는 커피를 집어 들고 밥에게 돈을 건네며, "고마워요, 밥. 내 생명의 은인이에요." 하고 빠른 속도로 말한 뒤 회사를 향해 달려갔다.

니키에게 문자메시지의 나머지 부분을 말한다는 건 생각조차 하지 않았다. 어젯밤에 못 가서 미안. 집에 곤란한 사정이 생겨서. 나중에 얘기해. x

* * *

「네이션」신문사는 짐을 싸는 중이었다. 도시 동쪽의 간척

된 부두에 새로 지은, 앞면이 유리로 된 건물로 이전하게 되었기 때문이다. 한 주 두 주 지나면서 사무실이 점점 비어갔다. 한때는 보도 자료와 파일과 오려낸 기사가 탑처럼 쌓여 있었지만, 이제는 눈을 찌르는 형광등 불빛 아래 빈 책상들이 놓여 있었다. 책상 표면에는 군데군데 반들거리는 부분이 드러났다. 고고학자들이 발굴해낸 귀한 물건들처럼, 지난 취재의 기념품들도 하나하나 발굴되었다. 여왕 기념제에서 가져온 깃발, 먼 전쟁터에서 가져온 흠집 난 철모, 오래도록 잊고 있던 대회의 상장들. 사방에는 전선 다발이 드러나 있었다. 바닥에는 타일이 빠지고, 천장에는 거대한 구멍들이 입을 벌리고 있어서, 안전 보건 전문가들과 클립보드를 든 사람들이 끊임없이 찾아왔다. 광고국과 안내 광고 팀, 스포츠부는 이미 '컴퍼스 키'로 옮겨갔다. 토요판 팀, 비즈니스 팀, 개인 재무 팀은 다음 주에 이전할 준비를 하고 있다. 엘리 하워스가 속한 기획 특집 팀은 뉴스 팀과 함께 그 뒤를 따를 예정이었다. 토요일 신문이 현재 주소지에서 나오고 월요일 신문은 마술처럼 새로운 주소지에서 나오게 하기 위해 세심하게 연출된 계획이었다.

100여 년간 「네이션」의 터전이 되어준 건물은 더 이상 목적에 맞지 않았다. 사람들의 야박한 표현에 따르면 그랬다. 운영진은 그 건물이 역동적이고 합리적인 현대의 취재 성격을 반영하지 못한다고 보았다. 숨어 있던 곳에서 억지로 끌려나온 사람들은 그 건물에 숨을 곳이 너무 많은 거라고 언짢은 듯 평계를 대곤 했다.

"우린 이 일을 기념해야 해요." 기획 특집 팀장인 멜리사가 말했다. 사무실에는 이제 짐이 거의 남지 않았다. 멜리사는 오늘 와인색 실크 드레스를 입었다. 그녀에게 아주 잘 어울리는 최신 유행 스타일이지만, 엘리가 입으면 할머니 잠옷처럼 보일 것이다.

"신문사 이전을요?" 엘리가 휴대전화를 흘깃 보았다. 그녀는 전화기를 무음 모드로 바꿔 옆에 놓아두었다. 주변에는 다른 기자들이 무릎에 메모장을 얹고 조용히 앉아 있었다.

"그래요. 얼마 전에 사서 한 명과 얘기를 나누다가 들었어요. 도서관에는 오랫동안 들춰보지 않은 파일들이 수없이 많다고. 난 50년 전 여성 관련 기사에서 뭔가 활용했으면 좋겠어요. 사고방식이나 패션, 관심사 등이 어떻게 변했는지 알아보는 거죠. 지금과 나란히 비교해서 사례 연구를 하는 거예요." 멜리사가 파일에서 복사물을 몇 장 꺼냈다. 다른 사람이 자신의 말을 경청하는 상황에 익숙한 사람답게 그녀의 말에는 느긋한 자신감이 배어 있었다. "예를 들어 그 시대의 '고민 상담란'을 한번 살펴볼까요. '어떻게 하면 제 아내가 좀 더 말쑥하게 옷을 입고 매력적인 모습으로 자신을 가꾸게 만들 수 있을까요? 제 연봉은 1,500파운드이고, 한 판매 조직에서 자리를 잡아가고 있습니다. 고객들로부터 초대를 받는 일이 꽤 자주 잦지만, 최근 몇 주간은 솔직히 아내의 모습이 너무 엉망이어서 초대들을 피해 다녀야 했습니다.'"

방 안에 잔잔하게 웃음이 퍼졌다.

"'아내에게 이런 얘기를 넌지시 해보았더니, 아내는 패션

이나 장신구나 화장 같은 데는 관심이 없다고 합니다. 솔직히 말해서 아내는 성공한 남자의 아내처럼 보이지 않습니다. 저는 제 아내가 그렇게 보이길 바라는데 말입니다.'"

존도 언젠가 엘리에게 말한 적이 있었다. 자기 아내가 아이를 낳고 나서는 외모에 대한 관심이 사라졌다고. 그는 그 얘기를 꺼내자마자 바로 다른 얘기로 넘어갔고 두 번 다시 언급하지 않았다. 마치 다른 여자와 잠자리를 하는 것보다 그런 말이 아내를 더 배신하는 거라고 느끼듯이. 엘리는 마음 한편으로 감탄하면서도 그가 보인 신사적인 충정에 화가 났었다.

하지만 그의 말은 엘리의 뇌리에 박혔다. 엘리는 그의 아내를 다음과 같은 모습으로 그렸다. 얼룩이 묻은 잠옷을 입고 아기를 꽉 끌어안은 채, 부족하게 느껴지는 뭔가에 대해 그에게 열변을 토하는 모습.

엘리는 결코 그런 모습이 되지 않을 거라고 그에게 말해주고 싶었다.

"이런 질문이라면 오늘날의 상담 칼럼니스트에게 할 수 있겠네요." 토요판 담당인 루퍼트가 앞으로 몸을 기울여 복사물을 살펴보았다.

"그럴 필요가 있을지 모르겠어요. 여기 답변을 한번 들어 봐요. '아내분께서는 남편의 쇼윈도 일부가 되어야 한다는 생각을 전혀 하지 못하시는 것 같습니다. 기회가 주어진다면 아마 이렇게 생각하실 것입니다. 결혼을 했고 안정적이며 행복한데 어째서 그런 일에 신경을 써야 할까?'"

"아." 루퍼트가 말했다. "더블 침대의 깊디깊은 평화를 말하는 거군요."

"'저는 오랜 결혼 생활의 안락함에 감싸여 빈둥거리며 하루를 보내는 여인들뿐 아니라, 이제 막 사랑에 빠진 젊은 여성들에게도 순식간에 이런 일이 벌어지는 것을 무수히 목격했습니다. 처음에는 투지를 불태우며 허리둘레와 싸움을 벌이고 솔기를 똑바로 하고 초조하게 향수를 찍어 바르죠. 그러다 어느 남자가 사랑한다고 고백하면, 다음 순간 그 반짝이던 여인은 칠칠맞지 못한 여자가 되어버립니다. 행복하고 칠칠맞지 못한 여자가요.'"

방 안에는 잠시 공감한다는 의례적인 웃음이 퍼졌다.

"여러분이라면 어떤 선택을 하겠어요? 투지를 불태우며 허리둘레와 싸움을 벌일까요, 아니면 행복하고 칠칠맞지 못한 여자가 될까요?"

"얼마 전에 그 비슷한 제목의 영화를 본 것 같은데요." 자신의 말에 웃음소리가 잦아들자 루퍼트의 미소가 흐려졌다.

"이런 걸 이용해서 쓸만한 게 많을 거예요." 멜리사가 파일을 가리켰다. "엘리, 오늘 오후에 좀 더 찾아볼래요? 또 어떤 것들이 있는지 잘 살펴봐요. 우리가 찾는 건 40, 50년 전 기사예요. 100년 전은 너무 동떨어진 느낌이 들 테니까요. 국장님도 독자들과 함께할 수 있는 방식으로 신문사 이전을 강조하길 바라고 계세요."

"자료실을 뒤지라는 말씀이세요?"

"왜요, 무슨 문제가 있나요?"

어두운 지하실에서 곰팡이투성이인 종이에 둘러싸여 앉아 있는 일을 좋아한다면 문제가 안 될 것이다. 기능 장애가 있고 스탈린주의자의 사고방식을 가진, 30년간은 햇빛을 보지 못한 게 분명한 사람들에게 감시를 받으면서 말이다. "전혀요." 엘리가 밝게 대답했다. "분명히 뭔가 있을 겁니다."

"혼자 하기 힘들 거 같으면, 인턴 두어 명 데려가든가요. 패션 쪽에 어슬렁거리는 인턴 몇이 있다고 들었어요."

'애나 윈투어(미국 「보그」 편집장 - 옮긴이)' 지망생들을 신문사의 깊은 지하로 내려보낼 생각에 멜리사의 얼굴에 심술궂은 만족감이 스쳤다. 하지만 엘리는 다른 생각에 빠져 있느라 보지 못했다. *망할. 지하에서는 전화 수신이 안 되잖아.*

"그나저나 엘리, 오늘 아침에는 어디에 있었죠?"

"네?"

"오늘 아침에요. 내가 아이들과 가족의 죽음에 관한 글을 고쳐달라고 했었죠? 그런데 엘리가 어디 있는지 아무도 모르는 거 같더군요."

"외부에서 인터뷰가 있었습니다."

"누구?"

몸짓 언어 전문가가 보았다면 멜리사의 텅 빈 미소는 사나운 호통에 가깝다고 판별했을 것이다.

"변호사요. 내부 고발자예요. 법원 내의 성차별에 대해 뭔가 써볼까 해서요." 생각하기도 전에 엘리의 입에서 말이 흘러나왔다.

"'도시의 성차별'이라. 그다지 획기적으로 들리지는 않네요. 내일은 분명히 제시간에 자리에 있도록 해요. 확실치 않은 인터뷰는 자기 시간에 하고. 알겠죠?"

"알겠습니다."

"좋아요. 난 컴퍼스 키에서 만든 첫 판에 두 페이지짜리 기사를 싣고 싶어요. '변하지만 변하지 않는다' 같은 문구를 넣어서." 그녀는 가죽 장정 노트에 뭔가 써넣었다. "40, 50년대의 관심사든, 광고든, 고민 상담이든…… 오후에 몇 개 가져와봐요. 어떤 것들이 있나 보게."

"알겠습니다." 엘리는 누구보다 환하고 직장인다운 미소를 지으며 사람들을 따라 사무실 밖으로 걸어 나갔다.

* * *

오늘 현대의 연옥에서 보냈어요. 엘리는 타이핑을 잠시 멈추고 와인을 한 모금 마셨다. 신문사 자료실. 당신은 기록을 만들어내기만 한다는 데 감사해야 할 거예요.

그는 핫메일 계정으로 메시지를 보냈다. 자신을 '서기'라고 명명했는데, 그건 둘 사이의 농담이었다. 엘리는 의자 위에 책상다리로 앉아서 그가 답변했다는 신호음이 들려오길 기다렸다.

당신은 문화 야만인이군. 난 자료실을 사랑하는데. 스크린에 답변이 떠올랐다. 다음번 우리 뜨거운 데이트 때 당신을 영국 신문 도서관에 데려가달라고 꼭 말해줘.

자료실의 유일한 인간 사서가 엄청난 양의 종이 다발을 줬답니다. 세상에서 제일 흥미로운 내용들은 아니더군요.

엘리는 냉소적으로 들릴까 걱정이 되어서 바로 웃는 얼굴을 쳐 보냈지만, 그러고 나서는 그가 「문학 비평」에 기고한 에세이가 떠올라서 속으로 저주를 퍼부었다. 그는 현대 통신의 안 좋은 점을 전형적으로 보여주는 예가 웃는 얼굴 기호라고 했다.

방금 그건 반어적인 표현의 웃는 얼굴이었어요. 엘리는 덧붙이고는 주먹으로 입을 틀어막았다.

잠깐. 전화. 화면이 얼어붙었다.

전화라고. 부인 전화인가? 그는 지금 더블린의 호텔에 있었다. 강이 내다보이는 방이라면서 엘리가 아주 좋아할 거라고 했다. 그런 말에는 뭐라고 답해야 한단 말인가? 그럼 다음 번에 날 데려가줘요? 그건 너무 들이대는 느낌이다. 분명히 그럴 거라고 생각해요? 이건 좀 비꼬는 것처럼 들린다. 엘리는 마침내 '그래요'라고만 답하고 그에게는 들리지 않는 긴 한숨을 내쉬었다.

이게 다 엘리의 탓이라고 친구들은 말했다. 자주 있는 일은 아니었지만, 엘리 하워스는 그들의 말에 이의를 제기할 수 없었다.

* * *

엘리가 그를 처음 만난 것은 서픽에서 열린 도서전에서였다. 좀 더 문학적인 작품 활동을 포기한 후 스릴러 작가로 크게 성공한 그를 인터뷰하기 위해 간 길이었다. 그의 이름은 존 아머였고, 그의 작품 주인공 댄 홉슨은 전통적인 남성상의 결합물 같은 만화적인 인물이었다. 엘리는 그와 점심을 먹으며 인터뷰를 진행했고, 그로부터 스릴러 장르에 대한 까칠한 방어와 출판계 현실에 대한 한탄을 듣게 되리라 예상했었다. 작가 인터뷰는 엘리에게 늘 피곤한 일이었다. 그날도, 수년간 책상 앞에만 앉아 있어 올챙이배가 된 뚱뚱한 중년을 예상하며 약속 장소로 들어섰다. 하지만 그녀와 악수를 하려고 일어난 남자는 키가 크고 호리호리했다. 그을린 얼굴에 주근깨가 박힌 모습이 꼭 풍파를 견딘 남아프리카공화국 농부 같은 인상을 주었다. 그는 재미있는 데다가 매력 넘치고 자조적인 농담을 좋아하고 세심했다. 자신이 오히려 엘리를 인터뷰하며 그녀에게 질문을 하는가 하면, 언어의 기원에 대한 이론을 풀어내며 오늘날의 대화가 얼마나 시들하고 추하게 변했는지 이야기했다.

커피가 나왔을 때, 엘리는 40분간 아무것도 메모하지 않은 사실을 깨달았다.

"그래도 말소리는 좋지 않나요?" 레스토랑을 나와서 축제 현장으로 돌아가며 엘리가 말했다. 한 해가 저물 무렵이었고, 조용한 중심가의 나지막한 건물 아래로 겨울 햇살이 떨어져 내리고 있었다. 엘리는 와인을 너무 많이 마신 나머지, 무슨 말을 해야 하는지 생각하기도 전에 입이 먼저 반항하듯 움직여버리는 상태에 이르렀다. 엘리는 레스토랑을 떠나고 싶지 않았다.

"어떤 것들이요?"

"스페인어요. 제일 좋은 건 이탈리아어예요. 아마 그래서 제가 이탈리아 오페라를 좋아하는 걸 거예요. 독일 오페라는 들을 수가 없고요. 그 딱딱하고 후두음이 섞인 소리라니." 그는 엘리의 말을 곰곰이 생각해보았고, 그의 침묵이 엘리를 불안하게 만들었다. 그녀가 말을 더듬기 시작했다. "끔찍하게 유행에 뒤떨어진다는 건 알지만 저는 푸치니를 사랑해요. 그 터질 듯한 감정이 좋아요. 동그랗게 말리는 r 소리도 좋고, 단음으로 이어지는 단어들 소리도 좋고……." 자신의 말이 우스꽝스러운 허세로 들리는 것 같아서 엘리가 말꼬리를 흐렸다.

그가 어느 건물 입구에서 우뚝 멈추더니 뒤쪽 길을 잠시 바라보았다. 그러고는 다시 그녀에게 시선을 돌렸다. "난 오페라는 별로예요." 그가 말하면서 엘리를 똑바로 쳐다보았다. 마치 그녀에게 도전하듯이. 엘리는 가슴이 저 아래로 툭 떨어지는 느낌이었다. 오, 하느님.

"엘리." 그는 한동안 서 있다가 입을 열었다. 성이 아닌 이름으로 그녀를 부른 건 그때가 처음이었다. "엘리, 행사장으로 돌아가기 전에 호텔에서 가져와야 할 게 있어요. 나랑 함께 갈래요?"

방문이 채 닫히기도 전에 두 사람은 서로에게 달려들어 게걸스럽게 입술을 탐했다. 몸을 찰싹 붙인 채 미친 듯이 다급하게 손을 놀려 옷을 벗겼다.

나중에 엘리는 자신의 행동을 돌이켜보며, 멀리서 어떤 일

370

탈의 장면을 바라보듯 놀라워했다. 수백 번을 재생하는 동안, 그 의미와 압도적인 감정은 사라지고 오직 세부 사항들만 남았다. 바지 전용 다리미로 매일 다려 입는 그녀의 속옷, 호텔의 복잡한 무늬가 들어간 합성수지 이불 아래서 둘이 미친 듯이 낄낄낸 일, 나중에 그가 말도 안 되게 매력적이고 유쾌한 태도로 호텔 직원에게 열쇠를 되돌려주던 모습.

그는 이틀 후에 엘리에게 전화를 걸어왔다. 그날의 행복한 충격이 실망스러운 뭔가로 변해가던 참이었다.

"알겠지만 나 결혼했어요." 그가 말했다. "내 기사들을 읽었겠죠."

구글에서 자료란 자료는 전부 찾아봤답니다. 엘리가 속으로 말했다.

"난 한 번도…… 바람을 피운 적이 없었어요. 아직도 무슨 일이 일어난 건지 정확히 모르겠어요."

"아무래도 그 파이가 문제였나 봐요." 엘리가 인상을 찡그리며 놀리듯 말했다.

"당신 때문이에요, 엘리 하워스. 지난 48시간 동안 단 한 자도 쓸 수 없었으니까." 그가 잠시 말을 멈췄다. "엘리를 떠올리면 내가 하고 싶었던 말을 잊어버려요."

그럼 난 끝장이네요, 하고 엘리는 생각했다. 그날 호텔에서 그의 입술이 닿는 순간 알았기 때문이다. 그때까지 친구들에게 해온 유부남에 관한 모든 말과 그녀가 믿어온 모든 것에도 불구하고, 그날의 일을 그가 어렴풋이 아는 척만 해줘도 이성을 잃고 그에게 빠져들리라는 것을.

그로부터 한 해가 지났건만, 엘리는 여전히 탈출구를 찾을 생각을 하지 않고 있었다.

* * *

그는 45분이 지난 후에야 다시 컴퓨터로 돌아왔다. 그동안 엘리는 컴퓨터 앞에서 벗어나 음료를 만들고, 아파트 안을 어슬렁거리고, 화장실 거울로 피부를 살피고, 벗어놓은 양말 짝들을 주워 빨래 바구니에 던져 넣었다. 메시지가 들어왔다는 신호음이 들리자 엘리는 의자 위로 올라앉았다.

미안. 이렇게 오래 걸릴 줄 몰랐네. 내일 얘기해.

그는 전화 통화는 안 된다고 했다. 전화 요금 고지서에 항목이 나오니까.

지금 호텔에 있어요? 엘리가 재빨리 쳐 넣었다. 내가 호텔 방으로 전화할 수도 있어요. 목소리를 듣는 것은 사치스럽고 드문 기회였다. 하지만 엘리는 그의 목소리를 너무나 듣고 싶었다.

저녁 먹으러 가야 해, 자기. 미안. 벌써 늦었어. 나중에 얘기해. x

그리고 그는 사라졌다.

엘리는 빈 화면을 멍하니 바라보았다. 그는 이제 프런트 직원들을 매혹하며 호텔 로비를 걸어가 행사 주최 측에서 준비한 차에 오를 것이다. 오늘 밤 그는 저녁을 먹으며 즉석에서 재치 넘치는 발언을 하고, 그의 테이블에 앉은 운 좋은 사람들에게 평소처럼 생각에 잠긴 듯한, 약간은 뭔가를 그리워하는 듯한 모습을 보여줄 것이다. 그가 저 밖에서 자신의 삶을 충만하게 살아나가는 동안, 엘리는 계속해서 자신의 삶을 보류할 것이다.

엘리는 대체 무엇을 하고 있는 건가?

"난 대체 뭘 하고 있는 거야?" 엘리가 종료 버튼을 누르면서 소리 내어 말했다. 그러고는 천장을 향해 좌절 어린 고함을 내지르고, 광대하고 텅 빈 침대로 털썩 드러누웠다. 친구들에게는 전화할 수 없었다. 그들은 이런 대화를 너무 많이 참아주었고, 엘리는 친구들이 뭐라고 할지 훤히 알았다. 그들이 이런 상황에 처했다면 엘리 자신도 똑같은 말을 했을 것이다.

엘리는 소파에 앉아 텔레비전 채널을 이리저리 돌려보았다. 그러다 마침내 옆에 두었던 종이 더미에 흘깃 시선을 주었고, 멜리사를 저주하며 그것들을 무릎 위로 끌어올렸다. 사서는 그것들이 잡동사니 뭉치라고 했다. 날짜가 없거나 분류가 분명치 않은 기사들을 모아놓은 것이라고. "그것들을 전부 살펴볼 시간이 없었어요. 비슷한 뭉치들이 엄청나게 발견되어서요." 그는 저 아래 그곳에 있던 유일한 사서였다. 엘리는 어째서 전에는 그를 한 번도 보지 못했는지 잠시 의아했다.

"쓸만한 게 있는지 보세요." 그는 음모를 꾸미듯 상체를 앞으로 숙이고 말했다. "필요 없는 건 다 버리시고요. 하지만 저희 관장님께는 말하지 말아주세요. 우린 지금 모든 자료를 살펴볼 여력이 안 되거든요."

그 이유는 금세 밝혀졌다. 엘리는 텔레비전으로 간간이 시선을 줘가며 연극 비평 몇 개, 유람선 승객 명단, 신문사 축하 파티 음식 메뉴 등을 대강 넘겨보았다. 멜리사의 흥미를 끌만한 것들은 그리 많지 않았다.

엘리는 이제 진료 기록으로 보이는 문서가 든 낡은 파일을 살펴보고 있었다. 전부 폐 질환 관련 기록이라고 그녀는 무심히 생각했다. 광산업과 관련된 것인 듯했다. 통째로 휴지통으로 던져 넣으려는 순간 연한 푸른색 귀퉁이가 눈길을 끌었다. 엄지와 검지로 종이를 잡아당기니 손으로 주소를 쓴 봉투가 나왔다. 봉투는 열려 있었고, 안에 든 편지에는 1960년 10월 4일이라는 날짜가 적혀 있었다.

나의 소중하고 유일한 사랑. 내가 한 말은 진심이었어요. 나는 우리 중 하나가 대담한 결정을 내리는 것만이 앞으로 나아가는 유일한 길이라는 결론에 다다랐습니다.

나는 당신만큼 강하지 못해요. 처음 만났을 때는 당신이 작고 연약한 존재라고 생각했죠. 내가 보호해야 할 사람이라고. 이젠 그것이 잘못된 생각이었다는 걸 압니다. 강한 쪽은 당신이에요. 당신은 이런 사랑이 가능하다는 걸 알고, 우리에게는 절대로 허락되지 않으리라는 걸 알면서도 참고 살 수가 있어요.

부디 내 나약함으로 날 판단하지 말아줘요. 내가 견딜 수 있는 유일한 길은 당신을 절대 볼 수 없는 곳으로 가는 겁니다. 당신이 그와 함께 있는 모습을 보게 될 가능성이 없는 곳으로. 나는 어쩔 수 없이 해야만 하는 일들이 매분, 매시간 내 머릿속에서 당신을 몰아내주는 그런 곳에 있어야 합니다. 여기서는 그런 일이 불가능해요.

난 회사가 제안한 그 일을 받아들일 생각입니다. 월요일 저녁 7시 15분에, 패딩턴 역 4번 승강장에 나가 있을 거예요. 그리고 당신이 나와 함께 떠날 용기를 내준다면, 그보다 더 행복한 일은 세상 어디에도 없을 겁니다.

당신이 오지 않으면, 우리가 서로에게 가진 감정이 무엇이건, 충분치 못했다고 생각하겠습니다. 당신을 비난하지 않을 거예요. 지난 몇 주간이 당신에게는 견딜 수 없는 부담이었다는 걸 알아요. 그 부담의 무게가 얼마나 큰지도 잘 알고 있습니다. 나 때문에 당신이 불행을 느낄 수도 있다는 생각은 정말 떠올리고 싶지도 않아요.

6시 45분부터 승강장에서 기다리겠습니다. 당신이 내 마음, 내 희망을 쥐고 있다는 걸 알아줘요.

당신의 B.

엘리는 편지를 연달아 두 번 읽었고, 알 수 없게도 눈물이 차올랐다. 크고 둥글게 이어지는 필체에서 눈길을 뗄 수가 없었다. 쓰인 때로부터 40년 이상 지난 문장들이 그녀에게 직접 말을 하듯 달려들었다. 엘리는 편지에 대한 단서가 없는지 봉투를 뒤집어보았다. 받는 사람 주소는 런던의 우체국 사서함 13호로 되어 있었다. 남자일 수도 여자일 수도 있었다. *어떻게 됐나요, 사서함 13호 씨?* 엘리는 조용히 물었다.

그러고는 소파에서 일어나서 편지를 조심스레 봉투에 넣고 컴퓨터로 걸어갔다. 메일 파일을 열고 새로고침 버튼을 눌렀다. 7시 45분에 받은 메시지 이후로는 아무것도 들어오지 않았다.

저녁 먹으러 가야 해, 자기. 미안. 벌써 늦었어. 나중에 얘기해. x

17

화요일 점심. 레드 라이언? 괜찮아? 존. x

그는 엘리가 20분을 기다린 후에야 차가운 공기를 이끌고 도착해서 사과의 말을 늘어놓았다. 라디오 인터뷰가 생각보다 길어졌고, 음향 기사가 알고 보니 대학 동창이어서 그간의 소식을 주고받느라 늦었다고 했다. 서둘러 나오는 게 실례가 될 거 같았다고.

날 펍에 앉혀놓는 건 실례가 아니란 말인가요. 엘리는 속으로 대꾸했지만 분위기를 망치고 싶지 않아서 그냥 웃어 보였다.

"예뻐 보이네?" 그가 엘리의 뺨을 쓰다듬으며 말했다. "머리 한 거야?"

"아뇨."

"아. 그럼 습관적으로 예쁜 거네." 그 한마디에 그가 늦게 온 사실은 잊혔다.

그는 짙푸른 셔츠에 카키색 재킷을 걸쳤다. 엘리가 언젠가 작가 유니폼이라고 놀렸던 옷이다. 절제되고, 튀지 않고, 비싼 복장. 엘리가 혼자 있을 때 떠올리는 모습도 바로 그 옷을 입은 그였다. "더블린은 어땠어요?"

"바빴어. 괴로웠고." 그가 목에서 머플러를 풀어냈다. "로스라는 새로운 홍보 담당자와 함께 갔는데, 그 여자는 마지막 15분까지 뭔가를 꽉꽉 채워 넣는 게 자기 의무라고 생각하는 거 같더군. 내가 화장실에 다녀오는 시간까지 분배해놨더라니까."

엘리가 웃었다.

"뭐 마실까?" 엘리의 잔이 빈 걸 보더니 그가 웨이터를 향해 손짓했다.

"화이트 와인요." 엘리는 술을 줄이려고 노력하는 중이었기에 그만 마실 생각이었다. 하지만 그가 오고 나니 배가 뭉치기 시작했고, 그건 오직 술로만 풀 수 있었다.

존은 여행에 대해, 팔린 책들에 대해, 더블린 해안의 변화에 대해 이야기했다. 엘리는 이야기하는 그를 지켜보았다. 그녀가 어디선가 읽었는데, 사람은 누군가를 만났을 때 처음 몇 분 동안만 그의 모습을 제대로 본다고 했다. 그 이후에는 자신의 생각으로 채색된 어떤 인상을 보는 것뿐이라고. 엘리는 과음한 다음 날 푸석한 얼굴로 깨어나거나, 수면 부족으로 토끼눈이 된 아침이면 이 말을 떠올리며 위안을 받았다.

"그럼 오늘은 일 안 하는 거야?"

엘리가 다시 대화에 정신을 집중했다. "오늘은 휴가예요. 지난주 일요일에 일했잖아요. 그래도 사무실에 잠깐 들러야 하지만요."

"지금은 어떤 작업을 하고 있지?"

"그냥, 뭐 별로 흥미로운 건 아니에요. 재밌는 편지를 하나 발견했는데, 비슷한 게 더 있는지 자료실에 가서 좀 찾아보려고요."

"편지?"

"네."

그가 눈썹 하나를 들어 올렸다.

"별거 아니에요." 엘리는 어깨를 으쓱했다. "오래전 편지더라고요. 1960년에 쓰인 거요." 엘리는 어째서 자세히 말하지 않는지 알 수 없었지만, 종이 위에 드러난 노골적인 감정을 그에게 보여준다는 게 불편했다. 다른 이유가 있어서 보여주는 거라고 그가 오해할까 봐 두렵기도 했다.

"아. 그때는 제약이 훨씬 확고했지. 나도 그 시기에 관해 쓰는 걸 좋아해. 긴장을 조성하는 데 훨씬 효과적이거든."

"긴장이요?"

"원하는 것과 허락된 것 사이의 긴장."

엘리가 손으로 시선을 떨어뜨렸다. "아, 그거라면 나도 잘 알죠."

"경계까지 밀어붙이는 거지…… 그 엄격한 행동 규범들을."

"바로 그거죠." 엘리의 눈이 그의 눈과 만났다.

"그러지 마." 그가 웃으면서 중얼거렸다. "레스토랑에선 안 돼. 나쁜 아가씨."

언어의 힘. 그는 언제나 매료되었다.

그의 다리가 엘리의 다리를 지그시 눌렀다. 이곳에서 나가면 그들은 엘리의 아파트로 갈 것이고, 엘리는 적어도 한 시간은 그를 온전히 독차지할 것이다. 그것으로는 결코 충분하지 않지만, 그의 몸이 닿을 생각을 하면 엘리는 언제나 아찔할 정도로 좋았다.

"아직도…… 뭔가 먹고 싶어요?"

"글쎄……."

둘의 시선이 서로에게 머물렀다. 엘리에게는 레스토랑 안에 그를 제외하고 아무도 없는 것이나 마찬가지였다.

그가 의자를 움직였다. "아 참, 잊어버리기 전에 말해야지. 나 17일부터 여기 없을 거야."

"또 홍보 여행?" 테이블 아래서 그의 다리가 그녀의 다리를 휘감았다. 엘리는 자신의 말에 집중하려 애썼다. "그 출판사는 사람을 가만히 내버려두지 않네요."

"아니, 휴가 가." 그가 감정 없는 목소리로 말했다.

아주 잠시 침묵이 흘렀다. 누군가 정말로 그녀의 갈비뼈 아래를 한 대 친 것 같은 통증이 느껴졌다. 늘 제일 약한 부분이었다.

"잘됐네요." 엘리가 다리를 뒤로 뺐다. "어디로 가요?"

"바베이도스."

"바베이도스요."

엘리의 목소리에 어쩔 수 없는 놀라움이 스며들었다. 브르

타뉴에서 캠핑을 하는 것도 아니고, 비가 자주 와서 축축한 데번의 먼 친척 별장에서 머무는 것도 아니고, 바베이도스로 간다니. 바베이도스는 고역스러운 가족 휴가를 뜻하지 않았다. 호화로움, 하얀 모래사장, 비키니를 입은 아내를 뜻했다. 바베이도스는 특별한 시간을 뜻했고, 그들의 결혼이 여전히 가치가 있음을 암시하는 장소였다. 그들이 섹스를 하게 될 것이라는 뜻이기도 했다.

"거기는 아마 인터넷 접속이 안 될 거야. 전화도 힘들 거고. 그냥 그렇게 알고 있으라고."

"통신 침묵 지역이네요."

"대충."

엘리는 무슨 말을 해야 할지 몰랐다. 그에게 은근한 분노를 느꼈지만, 자신에게 그럴 권리가 없다는 걸 잘 알았다. 그는 엘리에게 어떤 약속도 하지 않았으니까.

"아무리 그래도, 어린애를 데리고 가는 건 휴가라고 할 수 없어." 그가 자신의 음료를 쭉 들이켰다. "그냥 장소만 바꾸는 거지."

"그래요?"

"끌고 다녀야 하는 게 얼마나 많은지 엘리는 아마 모를 거야. 빌어먹을 유모차에 유아용 의자, 기저귀……."

"난 알 수가 없죠."

와인이 나올 때까지 그들은 말없이 앉아 있었다. 그가 와인을 따라 그녀에게 건넸다. 침묵이 계속 이어져 견디기 힘들 정도로 부담스러워졌다.

"내가 결혼한 사실은 나도 어쩔 수가 없어, 엘리." 마침내 그가 입을 열었다. "상처가 된다면 정말 미안하지만 휴가를 떠나지 않을 순 없어. 단지⋯⋯."

"⋯⋯ 내가 질투한다는 이유만으로는요." 엘리가 말을 맺었다. 자신의 말투가 마음에 들지 않았다. 부루퉁한 10대처럼 앉아 있는 자신이 싫었다. 하지만 엘리는 여전히 바베이도스가 의미하는 바를 생각하고 있었다. 2주 동인은 아내와 사랑을 나누는 그의 모습을 상상하지 않으려고 기를 써야 한다는 사실을.

엘리는 지금이 바로 떠나야 할 때라고, 잔을 집으며 자신에게 말했다. 제정신인 사람이라면 남은 자존심을 끌어모아, 자신은 더 나은 대접을 받을만한 사람이라고 선언하고, 자신을 온전히 내어줄 수 있는 누군가를 찾아 떠날 시점이었다. 점심시간에 잽싸게 만나고 저녁 내내 그리워하며 홀로 보내야 하는 사람이 아니라.

"아직도 내가 엘리 집에 가길 원해?"

그가 조심스럽게 엘리를 바라보았다. 얼굴 전체에 사과의 말이 씌어 있었다. 자신이 엘리에게 무슨 짓을 하고 있는지 잘 알고 있는 표정이었다. 이 남자, 이 지뢰밭. "그래요." 엘리가 대답했다.

* * *

신문사에는 서열이 있다. 그리고 사서는 거의 맨 아래에 가깝다. 매점 직원이나 경비보다는 높지만, 회사의 얼굴이라 할 수 있는 칼럼니스트나 편집기자, 취재기자 같은 행동 부서의 구성원들보다는 현저히 낮았다. 사서는 눈에 띄지 않고 경시되는 보조 인력이었고, 그들보다 중요한 사람들이 시키는 일을 하기 위해 그곳에 있는 사람이었다. 하지만 아무도 그 사실을 저 긴팔 티셔츠를 입은 남자에게 설명하지 않은 모양이었다. "오늘은 신청 받지 않습니다." 그는 카운터였던 곳에 붙어 있는, 손으로 쓴 공고문을 가리켰다.

죄송합니다. 월요일까지 기록 보관실 출입이 불가합니다.
대부분의 요청은 인터넷상에서 해결이 가능합니다. 그곳을 먼저 확인해주시고,
급한 용무는 x3223으로 연락해주십시오.

엘리가 다시 고개를 들었을 때 그는 이미 사라지고 없었다.
다른 때 같으면 기분이 상했겠지만, 오늘은 존 생각을 하느라 정신이 없었다. 한 시간 전에 셔츠를 입으며 머리를 설레설레 흔들던 그의 모습을. "와. 분노의 섹스는 처음이야." 그는 셔츠 자락을 바지 속으로 밀어 넣으며 말했다.

"트집 잡지 말아요. 분노의 무(無)섹스보다는 나으니까."
엘리는 일시적인 해방감으로 장난스러워졌다. 그녀는 천창 밖으로 내다보이는 시월의 잿빛 구름들에 시선을 둔 채 이불 위에 누워 있었다.

"난 좋았어." 그가 몸을 기울여 엘리에게 입을 맞췄다. "당

신이 날 이용한다는 생각이 마음에 들어. 단지 쾌락을 위한 도구로 말이야."

엘리가 그에게 베개를 집어 던졌다. 존은 그 표정을 짓고 있었다. 얼굴이 다소 부드러워지는, 여전히 그녀 안에 있을 때 짓는 표정. 그가 엘리의 것이었을 때 짓는 표정.

"섹스가 좋지 않으면 우리 관계가 좀 더 쉬울 거라고 생각해요?" 엘리가 눈가로 흘러내린 머리를 쓸어 올리며 물었다.

"그래. 그리고 아니."

섹스가 아니면 당신은 여기 있지도 않았을 거니까요?

엘리는 몸을 일으키고 나니 갑자기 어색해졌다. "그래요." 그녀가 활달하게 말했다. 그의 볼에 키스하고는 덤으로 귀에도 키스했다. "난 사무실에 나가봐야 해요. 나갈 때 문 잠그고 가요." 엘리는 화장실로 들어갔다.

그가 놀라는 걸 의식하며 엘리는 등 뒤로 문을 닫았다. 그리고 찬물을 틀어서 배수구로 물이 콸콸 쏟아져 내리게 했다. 그러고는 욕조 가장자리에 걸터앉아 그가 거실을 가로질러 신발을 신으러 가는 소리를 들었다. 그런 다음 화장실 문 밖에서 발소리가 났다.

"엘리? 엘리?"

그녀는 대답하지 않았다.

"엘리, 나 지금 가."

엘리는 기다렸다.

"곧 연락할게." 그는 문을 두 번 두드렸고, 그러고는 가버렸다.

엘리는 현관문이 닫히는 소리를 들은 후에도 10분 동안이나 그대로 앉아 있었다.

* * *

엘리가 막 도서관 자료실을 나서려는데 그 남자가 다시 나타났다. 그는 파일이 가득 든 상자 두 개를 들고서 엉덩이로 문을 밀고 사라지려 하고 있었다. "아직도 여기 있어요?"

"'그곳' 철자가 틀렸네요." 엘리가 안내문을 손으로 가리켰다.

그가 안내문을 흘깃 보았다. "요즘은 제대로 된 직원을 구할 수가 없어요, 그렇죠?" 그가 문 쪽으로 돌아섰다.

"잠깐만요!" 엘리가 카운터 너머로 몸을 기울이고 그가 준 파일을 휘둘렀다. "1960년대 신문을 좀 봐야 해요. 그리고 그쪽한테 물어볼 것도 있고요. 저한테 준 그 파일들을 어디서 가져왔는지 기억해요?"

"대강요. 왜요?"

"난…… 그 안에 어떤 편지가 있었어요. 살을 조금 붙이면 괜찮은 기사가 나올 거 같아서요."

그가 고개를 흔들었다. "지금은 안 돼요. 미안해요. 우린 지금 이사에 전적으로 매달리고 있어요."

"제발, 부탁할게요! 이번 주말까지 뭐라도 건져야 해서 그래요. 엄청 바쁘다는 거 알지만, 그냥 어딘지만 보여주면 나머지는 제가 알아서 할게요."

그는 머리가 부스스했고, 긴팔 티셔츠 곳곳에 먼지가 묻었다. 책들을 정리하기보다 그걸로 파도타기를 한 것 같은, 사서답지 않은 모습이었다.

그가 볼에 바람을 넣어 부풀리더니 카운터 끝에 상자를 내려놓았다. "좋아요. 어떤 편진데요?"

"이거요." 엘리가 주머니에서 편지 봉투를 꺼냈다.

"별거 없네요." 그가 봉투를 흘깃 보았다. "사서함 주소하고 이니셜뿐이니."

말투가 퉁명스러웠다. 엘리는 그 철자법 얘기는 하지 않았더라면 좋았을걸 그랬다고 내심 후회했다. "그러게요. 전 그냥 이런 게 좀 더 있으면 제가 가서……."

"시간이 없는데……."

"읽어보세요." 엘리가 부추겼다. "그냥 읽어보기만 해요, 저……." 엘리는 그의 이름을 모른다는 사실을 기억해내고 말꼬리를 흐렸다. 그곳에서 2년을 일했지만 그동안 일했던 사서들의 이름은 하나도 몰랐다.

"로리요."

"전 엘리예요."

"알아요."

엘리가 눈썹을 들어 올렸다.

"이 아래 우리는 바이라인(기사 끄트머리의 기자 서명 – 옮긴이)과 얼굴을 연결시키는 걸 좋아하죠. 안 믿을지 모르겠지만, 우리도 서로 얘기는 나누면서 지내요." 그가 편지를 쳐다봤다. "지금 많이 바쁜데…… 그리고 개인 편지는 우리가 보관하는 게 아니에요. 어떻게 이게 그곳에 있게 됐는지 모르겠네요." 그가 편지를 도로 엘리에게 밀더니 그녀의 눈을 쳐다보았다. "그러니까 'ㄱ ㅗ ㅅ' 그곳요."

"2분이면 돼요." 엘리가 편지를 다시 밀었다. "제발요, 로리."

그가 봉투를 받아서 편지를 꺼내 천천히 읽었다. 끝까지 읽고 나더니 눈을 들어 그녀를 보았다.

"관심 없다는 말은 못 하겠죠."

로리가 어깨를 으쓱했다.

"관심이 가죠?" 그녀가 싱긋 웃었다. "그렇죠?"

그는 카운터 문을 열더니 졌다는 표정으로 엘리에게 안으로 들어오라고 손짓했다. "요청한 신문들을 10분 안에 가져올게요. 그리고 묶여 있지 않은 것들은 전부 버리려고 쓰레기봉투에 넣고 있는 중이지만 그래요, 들어와요. 직접 뒤져보고 관련된 게 있는지 찾아봐요. 하지만 관장님께는 비밀이에요. 그리고 도움은 기대하지 마세요."

* * *

엘리는 그곳에서 세 시간이나 보냈다. 1960년대 신문 파일은 볼 생각도 하지 않은 채, 먼지 쌓인 지하의 한쪽 구석에 들어앉아 작업에 몰두했다. 사람들이 '67년 선거' '기차 사고' '1982년 6~7월' 따위가 쓰인 상자들을 들고 옆으로 지나가는 것도 눈치채지 못했다. 엘리는 들러붙은 종이들을 떼어내 가면서 쓰레기봉투 속의 자료들을 확인했다. 그러다 감기치료제, 강장제, 오래전에 잊힌 담배 브랜드 광고들에 잠시 시선을 빼앗기기도 했다. 먼지와 오래된 인쇄용 잉크가 묻어 손이 시커메졌다. 우유 상자를 뒤집어놓고 앉아서, 주변에 종이 더미들을 정신없이 쌓아두고, A3용지보다 작은 종이, 손글씨가 있는 종이를 찾았다. 일에 얼마나 몰두했는지 전화를 들어 새 메시지를 확인하는 것도 잊었다. 심지어 존과 보낸 시간에 대해서도 잠시 잊었다. 보통 때 같으면 며칠 동안은 그 생각에 매달리는데.

위쪽에서는 편집국의 남은 부분이 계속 돌아가며 정리된 그날의 뉴스를 토해내고 있었다. 뉴스 송신 장치의 최신 소식에 따라 뉴스 목록이 계속 바뀌고, 기사가 작성되고 버려졌다. 지하의 어두운 구석에 앉아 있으니, 그런 일이 마치 다른 대륙에서 벌어지고 있는 것처럼 느껴졌다.

5시 30분이 다 되어갈 무렵, 차가 든 종이컵 두 개를 들고 로리가 나타났다. 그는 컵 하나를 엘리에게 내밀고는 자기 잔을 후후 불며 텅 빈 서류 캐비닛에 몸을 기댔다. "뭐 좀 찾았어요?"

"아무것도요. 효과 좋은 강장제 광고나 옥스퍼드 칼리지의 크리켓 시합 결과 같은 건 많지만, 엄청나게 인상적인 연애 편지는 없네요."

"그런 건 애초부터 있을 가능성이 희박하죠."

"그러게요. 이건 그러니까……." 엘리가 차를 입으로 가져갔다. "모르겠어요. 읽고 난 후로 머릿속에서 떠나질 않아요. 그 뒤에 어떻게 됐는지 알고 싶기도 하고요. 짐 싸는 건 잘

돼가요?"

로리가 조금 떨어진 우유 상자에 앉았다. 손이 먼지로 찌들었고 이마에도 얼룩이 묻었다.

"거의 다 돼가요. 정말이지 관장님은 어떻게 이 일을 전문가들의 손에 맡기지 않을 생각을 하셨는지 믿을 수가 없어요."

도서관장은 이곳에서 아주 오랫동안 일해왔고, 대강의 설명만으로도 정확한 자료나 신문을 찾아내는 것으로 아주 유명했다.

"왜 안 맡기는데요?"

로리가 한숨을 푹 내쉬었다. "관장님은 그 사람들이 상자를 하나라도 엉뚱한 데 두거나 잃어버릴까 봐 걱정하세요. 결국에는 모든 자료가 디지털화될 거라고 아무리 말씀드려도 소용이 없어요. 인쇄된 자료들에 대한 생각이 워낙 확고하셔서……."

"몇 년 치 신문을 보관하고 있는데요?"

"철해놓은 건 80년 치는 될 거예요. 기사 스크랩과 관련 자료들은 60년 치 정도 될 거고. 그런데 무서운 게 뭔지 알아요? 관장님은 모든 자료가 어디에 있는지 안다는 점이에요."

엘리는 자료 일부를 쓰레기봉투에 다시 넣기 시작했다. "그럼 그분한테 편지에 관해 여쭤봐야겠네요. 누가 쓴 건지 아실지도 모르니까요."

로리가 휘파람 소리를 냈다. "그걸 돌려줘도 상관없다면 그렇겠죠. 관장님은 자료가 하나라도 사라지는 걸 보지 못하는 분이에요. 다들 관장님이 퇴근한 후에 진짜 쓸모없는 것들을 몰래 내다버린다니까요. 안 그랬다간 그런 자료들로 방을 몇 개나 채우게 될 테니까. 내가 엘리한테 그 파일을 준 걸 알면 날 자르실지도 몰라요."

"그럼 난 절대로 알지 못하는 거네요." 엘리가 연극하듯 과장된 어조로 말하며 얼굴을 찌푸렸다.

"뭘요?"

"제 불운한 연인들에게 무슨 일이 일어났는지."

로리는 잠시 생각했다. "그 여자는 거절했을 거예요."

"와, 로맨틱하기도 하셔라."

"그 여자는 잃을 게 너무 많아요."

엘리가 고개를 옆으로 갸웃했다. "편지를 받은 사람이 여자라는 건 어떻게 아는데요?"

"그때는 여자들이 일하지 않았잖아요."

"1960년이에요. 여성 참정권 운동을 하던 시대가 아니라고요."

"그거 이리 줘봐요." 그가 편지를 향해 손을 뻗었다. "그래요, 그럼 직장에 다니고 있었을지도 몰라요. 하지만 편지에는 분명히 기차를 탈 거란 말이 있어요. 여자가 새로운 직장 때문에 어딘가로 떠날 가능성은 그렇게 많지 않을 거 같은데요." 로리가 다시 편지를 읽으며 그 내용을 손으로 가리켰다. "남자가 여자에게 함께 가자고 하는 거예요. 여자가 남자에게 그런 요청을 했을 리가 없어요. 그 시대에는 아니죠."

"남녀에 관해 굉장히 진부한 시각을 갖고 계시네요."

"아뇨. 난 여기에서 오랜 시간을 과거에 빠져 지내서 그런

것뿐이에요." 그가 주변을 가리켰다. "그건 다른 나라에서
생활하는 거나 마찬가지고요."

"어쩌면 그 편지는 여자한테 보낸 게 아닐지도 모르죠."
엘리가 놀리듯 말했다. "또 다른 남자한테 보낸 걸지도 몰
라요."

"그럴 가능성은 거의 없어요. 그때는 동성애가 아직 불법
이던 시기였잖아요? 그랬다면 비밀 같은 것에 대한 언급이
있었을 거예요."

"비밀에 대한 언급이 있잖아요."

"이건 그냥 불륜일 뿐이에요." 그가 말했다. "분명해요."

"어떻게 그렇게 확신하죠? 경험에서 나온 말인가?"

"하! 내 경험은 아니죠." 그가 편지를 엘리에게 돌려주고
차를 조금 마셨다.

로리의 길고 끝이 네모난 손가락이 엘리의 눈에 들어왔다.
사서의 손이 아니라 노동자의 손이라고 엘리가 멍하니 생각
했다. 그럼 사서의 손은 어떻게 생긴 거지? "그러니까 결혼
한 사람과는 한 번도 사귄 적이 없단 뜻인가요?" 엘리가 그
의 손가락을 흘깃 보았다. "아니면 결혼을 했지만 한 번도 바
람을 피운 적이 없단 뜻인가요?"

"둘 다 아니에요. 어떤 종류건 바람 같은 건 한 번도 피운
적 없어요. 난 단순한 생활을 좋아해요." 그가 편지를 향해
고갯짓을 했다. 엘리는 편지를 다시 가방에 넣고 있었다. "저
런 일들은 끝이 좋은 경우가 없죠."

"그럼 단순하거나 솔직하지 않은 사랑은 전부 비극으로

끝난다는 건가요?" 엘리의 목소리가 방어적으로 들렸다.

"그런 말이 아니에요."

"그런 말이죠. 조금 아까 그 여자가 거절했을 거라고 했잖아요."

로리는 차를 마저 마신 뒤, 컵을 구겨서 쓰레기봉투로 던져 넣었다. "10분 후면 문 닫을 거예요. 원하는 게 있으면 챙겨요. 아직 살펴보지 못한 것들이 있으면 알려주고요, 한쪽으로 빼놓을 테니까."

엘리가 물건들을 챙길 때 그가 말했다. "그냥 내 생각일 뿐이지만, 그 여잔 분명히 거절했을 거예요." 그는 무슨 생각을 하는지 알 수 없는 표정이었다. "하지만 그걸 왜 최악의 결과로 보아야 하죠?"

18

엘리 하워스는 꿈에 그리던 삶을 살고 있었다. 그녀가 집을
비운 사이에도 아무도 어질러놓지 않는 작고 완벽한 아파트
(내심 고양이를 키우고 싶었지만 판에 박힌 이미지로 비칠까
두려웠다)에서, 전날 밤 마신 화이트 와인 때문에 숙취에 시
달리며 깨어나 우울한 기분이 될 때면, 엘리는 자신에게 그
렇게 말하곤 했다.

그녀는 주요 신문사에서 특집 담당 기자로 일하고 있었다.
그리고 나올 데 나오고 들어갈 데 들어간 몸매와, 손질이 쉬
운 머릿결을 가졌다. 여전히 자신의 외모에 짜증 나는 척하
지만 사람들의 시선을 끌기에 충분할 정도로 예뻤다. 날카로
운(그녀의 엄마에 따르면 과하게 날카로운) 말솜씨에 재치
도 지녔으며, 신용카드 여러 장, 그리고 남자 도움 없이 관리
할 수 있는 작은 차도 한 대 있었다.

동창을 만나 그동안의 소식을 주고받을 때면 그녀의 삶을

부러워하는 기색이 역력했다. 그리고 아직은 남편이나 아이가 없다는 게 실패로 여겨질 나이에는 이르지 않았다. 남자들을 만나면, 그녀가 무슨 상품이라도 되듯 그녀의 특성들(좋은 직장, 멋진 가슴, 유머 감각)을 머릿속으로 체크하는 게 훤히 보였다.

최근 들어 그 꿈이 약간 흐릿하다는 것, 존의 등장 이후로 동료들 사이에서 유명했던 그녀의 날카로움이 사라졌다는 것, 과거에는 원기를 북돋아주던 둘의 관계가 그리 바람직하지 않은 방식으로 그녀를 지치게 하고 있다는 것을 깨달았지만, 엘리는 너무 열심히 생각하지 않는 쪽을 택했다. 자신과 비슷한 사람들에게 둘러싸여 있을 때는 외면하는 게 쉬웠다. 즉 엄청나게 술을 퍼마시고, 파티를 즐기고, 질척하고 참담한 불륜을 저지르고, 집에는 소홀한 대접에 지친, 그래서 결국에는 불륜을 저지르게 될 불행한 남편과 아내를 둔 기자나 작가들 말이다.

엘리도 그들 중에 하나였다. 화려한 잡지에 등장하는 삶을 사는 무리들. 그녀가 처음으로 기자가 되고 싶다는 생각을 했을 때부터 추구해온 삶이었다. 엘리는 성공한 여자였고, 미혼이었고, 자기중심적인 사람이었다. 엘리 하워스는 어느 때보다 행복했다. 모든 걸 감안하면 누구보다 행복하다고 할 수 있었다.

그리고 누구도 모든 걸 가질 수는 없다. 아침에 눈을 뜨고 누구의 꿈을 현실로 살아야 하는지 떠올리려 애쓸 때면, 엘리는 그렇게 자신을 타일렀다.

　　　　　　　　　　　　* * *

　"생일 축하해, 친구!" 코린과 니키는 카페에서 기다리고
있었다. 엘리가 가방을 휘날리며 급하게 들어오자, 손을 흔
들며 의자를 두드렸다. "얼른 와, 얼른! 왜 이렇게 늦게 와.
우린 지금 회사에 있어야 하는 시간이란 말이야."
　"미안. 나오는 게 좀 늦어졌어."
　두 사람이 슬쩍 눈을 맞췄다. 그녀가 존과 함께 있다가 늦
게 온 거라고 생각하는 모양이었다. 엘리는 우편물을 기다리
다가 늦었다는 말은 하지 않기로 했다. 존이 뭔가 보내지 않
았을까 확인하고 싶어서 기다렸는데, 이제는 친구들을 20분
이나 기다리게 만든 자신이 바보처럼 느껴졌다.
　"그래, 노친네가 된 기분이 어떠서?" 니키는 머리를 잘랐
다. 여전히 금발이지만, 짧고 끝이 삐죽삐죽해서 귀여운 천
사 같은 느낌이었다. "스키니 라테를 시켜놨어. 이제부턴 체
중에 신경을 써야 하니까."
　"서른둘은 노친네하곤 거리가 멀지. 적어도 난 스스로에게
그렇게 말해."
　"난 그날이 오는 게 두려워." 코린이 말했다. "서른하나는
서른을 넘긴 지 겨우 한 해가 지난 것뿐이니까 실질적으로는
20대나 마찬가지잖아. 그런데 서른둘은 기분 나쁠 정도로 서
른다섯에 가까운 느낌이야."
　"서른다섯은 마흔에 아주 가깝고." 니키가 긴 의자 뒤에
달린 거울을 보며 머리를 확인했다.

"그렇다면 내가 너희 생일도 미리 축하해주지." 엘리가 말했다.

"악! 아무튼 우린 네가 주름이 자글자글해지고, 홀로 남겨지고, 커다란 살색 팬티를 입고 있어도 사랑할 거야." 두 사람이 각각 쇼핑백을 테이블 위에 올려놓았다. "여기 선물. 그리고 둘 다 교환은 안 돼."

그들은 오랜 세월을 함께한 친구들만이 가능한 완벽한 선물을 골랐다. 코니는 보랏빛을 띤 회색 캐시미어 양말을 선물했는데, 어찌나 보드라운지 당장 신어보고 싶은 걸 겨우 참았다. 니키는 엄청나게 비싼 미용실 상품권을 선물했다. "노화 방지 마사지를 받을 수 있는 거야." 니키가 장난스레 말했다. "그거 아니면 보톡스."

"우린 네가 주사를 얼마나 무서워하는지 잘 알지."

엘리는 친구들에 대한 사랑과 고마움이 가슴 가득 차올랐다. 그들은 숱한 저녁을 함께 보내며 서로가 서로에게 가족과도 같은 존재라고 말해왔다. 나머지 둘이 짝을 찾고 나면 혼자 남을까 봐 두렵다는 말을 하기도 했다. 니키는 최근에 새로운 남자를 만났는데 전과 달리 조짐이 보였다. 남자는 경제적 능력을 갖춘 데다 다정했고, 니키가 관심을 늦추지 않을 정도로 긴장을 유지했다. 니키는 지난 10년간 점잖게 접근하는 괜찮은 남자들을 죽어라고 피해 다녔다. 코니는 1년간 사귄 남자와 막 헤어진 참이었다. 그는 좋은 사람이었지만, 두 사람은 남매 같은 관계가 돼버렸다고 했다. "난 결혼하고 아이 한둘은 낳고 나서야 그런 일이 벌어질 줄 알았지." 코니는 말했다.

그들은 그 배를 놓친 게 아닐까 하는 두려움에 대해서는 얘기하지 않았다. 이모와 어머니들이 말하기 좋아하는 그 배 말이다. 그리고 동갑내기 이성 친구 대부분이 그들보다 5년에서 10년은 어린 여자들과 사귀고 있다는 사실에 대해서도 얘기하지 않았다. 그들은 망신스럽게 늙어가는 일에 대해 농담을 했고, 10년 후에도 여전히 짝이 없으면 같이 아이를 만들자고 한 게이 친구들을 줄줄이 읊어댔다. 하지만 누구도 그런 일이 실제로 일어나리라고 믿지 않았다.

"그 사람은 뭘 선물했어?"

"누구?" 엘리는 모르는 척 물었다.

"그 인기 작가님 말이야. 혹시 네가 늦은 이유가 그 선물 때문이었던 거야?"

"엘리는 이미 주사를 맞은 모양인데." 코니가 킬킬거렸다.

"둘 다 정말 못 말리겠네." 엘리가 미지근한 커피를 홀짝거렸다. "난…… 아직 그 사람 못 만났어."

"하지만 데이트는 할 거잖아?" 니키가 말했다.

"아마도." 엘리가 대답했다. 그러고는 그런 눈으로 자신을 바라보는 친구들에게 갑자기 화가 났다. 이미 모든 걸 간파한 그들에게. 그녀는 변명 하나 생각해놓지 않은 자신에게도 화가 났다. 그런 걸 생각해야 하게 만드는 존에게도 화가 났다.

"그 사람한테서 연락은 온 거니, 엘리?"

"아니. 겨우 8시 30분인데 뭐. 그나저나 난 10시에 회의 들어가야 하는데, 아이디어가 하나도 없어서 큰일 났어."

"망할 자식." 니키가 몸을 기울여 엘리를 안아주었다. "우리 작은 생일 케이크 하나 사자. 괜찮지, 코니? 잠깐 기다려. 내가 가서 아이싱 없는 머핀 하나 사올 테니까. 생일 차를 미리 마시는 거야."

그 순간 엘리의 전화기가 작은 신호음을 울렸다. 엘리가 전화기를 휙 열었다.

생일 축하해 자기. 선물은 나중에. X

"그 사람?" 코니가 말했다.

"응." 엘리가 빙그레 웃었다. "선물은 나중에 주겠대."

"자기도 나중에 오고." 니키가 아이싱을 얹은 머핀을 들고 테이블로 돌아오며 콧방귀를 뀌었다. "어디로 데려갈 거래?"

"그건…… 안 씌어 있는데."

"줘봐." 니키가 전화기를 낚아챘다. "그게 무슨 소리야?"

"니키……." 코니의 목소리에 경고의 기미가 담겼다.

"그래, '선물은 나중에. 키스.' 이건 좀 빌어먹게 애매하지 않나?"

"엘리 생일이잖아."

"내 말이 그거야. 생일날 이런 어중간한 남자 친구한테서 온 어정쩡하고 거지 같은 문자메시지를 해독하고 있어서는 안 되는 거라고. 엘리, 너 지금 뭐하고 있는 거니?"

엘리는 그대로 얼어붙었다. 그들 사이에 존재하는 무언의 규칙을 니키가 깬 것이다. 그들은 아무리 누군가가 어리석은 관계를 이어가도 거기에 대해 일절 언급하지 않을 것이다. 그들은 다만 서로를 지지하고, 말이 아닌 다른 것으로 염려를 표현할 것이다. "뭐하고 있는 거니?" 같은 말은 하지 않을 것이다.

"괜찮아." 엘리가 말했다. "정말이야."

니키가 그녀를 쳐다보았다. "넌 서른두 살이야. 이 남자와는 1년이 다 되도록 교제했어. 사랑에 빠졌다고. 그런 네가 생일에 받아야 하는 게 고작 이런 시시한 문자메시지뿐이라고? 미래의 어느 날 화끈한 시간을 보낼지도 모르고 아닐지도 모른다는 내용이 담긴? 정부들은 적어도 비싼 속옷 선물 같은 걸 받아야 하는 거 아니니? 가끔 파리에서 주말을 보내고?"

코니가 질겁하며 인상을 썼다.

"미안해, 코니. 이번에는 좀 다르게 말하고 싶었어. 엘리, 나 정말 너 사랑해. 하지만 앞으로 어쩌려고 이러는 거니?"

엘리는 자신의 커피를 내려다보았다. 생일을 맞은 기쁨이 식어가기 시작했다. "난 그 사람 사랑해." 엘리는 그렇게만 말했다.

"그리고 그 사람도 널 사랑하고?"

엘리는 니키에 대한 증오가 불쑥 샘솟았다.

"네가 자길 사랑한다는 거 알아? 그 사람한테 사랑한다고 말할 수는 있니?"

엘리는 도움을 바라며 코니를 쳐다보았다. 하지만 코니는 스푼에 시선을 고정하고 커피를 젓고 있었다.

"그 여자 생각은 안 해봤어?"

"누구?"

"존의 부인. 그 여자도 아는 거 같디?"

부인에 대한 언급이 그나마 남아 있던 좋은 기분을 깡그리 날려 보냈다. 엘리는 어깨를 으쓱했다. "나도 몰라." 그러고는 침묵을 메우기 위해 덧붙였다. "나라면 분명히 알 거야. 그 여자는 남편보다 애들한테 더 관심이 있는 거 같았어. 어떤 때는 그 여자도 남편 걱정을 하지 않아도 된다는 게 조금은 반갑지 않을까 하는 생각도 들더라. 남편을 계속 만족시켜야 한다는 부담 말이야."

"그런 걸 바로 희망 사항이라고 하지."

"그럴지도 몰라. 하지만 솔직히 말하면, 난 그 여자에 대한 생각은 안 해. 죄책감도 느끼지 않고. 그 부부가 행복했다면 이런 일이 일어나지 않았을 거라고 생각하니까…… 그러니까…… 서로 마음이 맞는 사이였다면 말이야."

"넌 남자에 대해 완전히 잘못 생각하고 있어."

"그럼 그 사람이 자기 아내와 행복하게 살고 있다고 생각하는 거야?" 엘리가 니키의 얼굴을 유심히 쳐다보았다.

"그 사람이 행복한지 어떤지는 나도 몰라, 엘리. 다만 그 사람이 꼭 자기 아내와 사는 게 불행해서 너랑 자는 건 아니라고 생각하는 거지."

카페 안이 갑자기 조용해졌다. 그냥 그렇게 느껴진 것뿐인지도 모르지만. 엘리가 자리에서 몸을 움직였다.

코니는 마침내 커피 젓기를 멈췄다. 그녀가 니키를 향해 절망스러운 표정을 지어 보이자, 니키가 어깨를 으쓱하고 머핀을 들어 보였다. "아무튼. 생일은 축하해, 응? 커피 더 마실 사람?"

* * *

엘리는 자기 자리로 가서 컴퓨터 앞에 앉았다. 책상에는 아무것도 없었다. 안내데스크에 꽃바구니가 와 있다고 알리는 메모도 없었다. 초콜릿이나 샴페인도 없었다. 받은 편지함에는 스팸 메일을 제외하고 18통의 메일이 들어와 있었다. 지난해에 컴퓨터를 구입한 엄마도 생일 축하 메시지를 보내 왔다. 아직도 모든 문장을 느낌표로 끝내는 엄마는 이렇게 덧붙였다. "개는 고관절 수술을 받은 후 잘 지내고 있단다!" 그리고 "수술비가 하워스 할머니 수술비보다 비싸!!!" 팀장 비서는 오늘 아침 회의를 다시 알리는 메일을 보냈다. 그리고 사서인 로리가 아래로 잠깐 내려오라는 메시지를 보냈다. 오후 2시 이후에는 새 건물에 가 있을 예정이므로 그 전에 내려오라고 했다. 존에게서는 아무것도 오지 않았다. 속이 빤히 들여다보이는 축하 메시지조차 없었다. 엘리는 조금 풀이 죽었다가, 루퍼트를 뒤에 달고 자기 사무실로 성큼성큼 걸어가는 멜리사를 보고 움찔 놀랐다.

엘리는 자신이 난처한 상황에 처했음을 깨닫고 책상을 마구 뒤적였다. 그 편지에 너무 빠져든 나머지 1960년대 신문에서는 아무것도 뽑아놓지 않았다. 멜리사가 현재와 과거를 비교해 쓸만한 기사가 없는지 찾아보라고 했는데. 엘리는 카페에서 너무 오래 머문 자신을 저주하며 머리를 정돈했다. 그러고는 적어도 뭔가 준비하고 있는 것처럼 보이기 위해 제일 가까이에 있는 파일을 집어 들고 회의 장소로 달려 들어갔다.

"그럼, 건강 지면은 거의 마무리가 된 거네요? 관절염 특집도 있죠? 그 대체 요법 관련 기사도 넣었으면 좋겠다고 했는데. 혹시 관절염을 앓는 유명인은 없나요? 그럼 사진들이 좀 화사해질 텐데. 이건 약간 칙칙해요."

엘리는 종이들을 만지작거렸다. 11시가 거의 다 되어갔다. 꽃다발 하나 보내는 게 뭐가 그렇게 어려울까? 카드 명세서에 기재되는 게 걱정이라면 꽃가게에서 현금으로 지불하면 그만이었다. 전에도 그런 적이 있지 않던가.

어쩌면 엘리에 대한 애정이 식은 건지도 몰랐다. 바베이도스 여행은 아내와 다시 가까워지려는 그의 노력인지도 모른다. 여행에 관해 말한 것은 그에게 엘리가 전만큼 중요하지 않다는 뜻을 전하는 그의 비겁한 방식일지도 몰랐다. 엘리는 전화기에 저장된 문자메시지들을 죽 넘겨보면서 그의 어조에서 애정이 식은 기미가 느껴지는지 살펴보았다.

참전용사들에 대한 글 좋았어. X

점심 같이할까? 12시 30분쯤 갈게. J

당신 정말 대단해. 오늘 밤엔 얘기 못 해. 내일 눈 뜨자마자 메시지 보낼게.

그의 어조에서 변화를 찾아내는 일은 불가능에 가까웠다. 무엇보다 내용이 얼마 되지도 않았다. 엘리는 생각이 부정적인 방향으로 흘러가며 기운이 빠졌고, 아까 들은 친구들의 직설적인 발언이 떠올라 한숨이 나왔다. 그녀는 대체 뭘 하고 있는 걸까? 엘리는 요구하는 게 거의 없었다. 그녀가 더 많은 걸 요구하면 그가 궁지에 몰린 기분이 되고, 결국에는 그들을 둘러싼 모든 것이 와르르 무너져 내릴까 봐 겁이 났다. 엘리는 언제나 자신의 상황을 분명히 알았다. 뭔가에 현혹되어 이런 일이 벌어졌다고 주장할 수 없었다. 하지만 얼마나 적게 받기를 기대해야 적당한 것일까? 열렬히 사랑받고 있다는 걸 알고 있고, 오로지 상황 때문에 함께할 수 없다고 해도 그렇다. 둘의 관계를 계속 유지하기 위해서는 사랑한다는 마음을 보여주지 않으면…….

"엘리?"

"네?" 엘리가 고개를 들자 열 쌍의 눈이 그녀를 바라보고 있었다.

"다음 월요판 아이디어를 설명해주기로 했잖아요." 멜리사의 눈은 아무것도 보고 있지 않는 듯하면서 모든 걸 보고 있었다. "그때와 지금을 비교하는 기사요."

"네." 엘리는 화끈거리는 얼굴을 감추려고 파일을 열어 종이를 뒤적였다. "네…… 그러니까, 저는 예전 기사들을 그대로 싣는 것도 재밌을 거 같다는 생각이 들었어요. 인생 상담 칼럼이 있는데, 과거와 현재를 비교해서 보여줄 수 있고요."

"그래요." 멜리사가 말했다. "지난주에 내가 엘리한테 부탁한 게 그거였죠. 엘리는 찾아낸 걸 나한테 보여줄 예정이었고."

"아, 죄송합니다. 그 기사들은 아직 자료실에 있어요. 사서들이 자료의 행방에 대해 예민하게 굴어서요. 이사 때문에 신경이 잔뜩 곤두서 있어요." 엘리가 더듬거렸다.

"복사를 하면 되잖아요?"

"저는……."

"엘리, 이걸로 시간을 너무 잡아먹고 있네요. 이미 방향을 잡았을 거라고 생각했는데." 멜리사의 목소리가 얼음처럼 차가웠다. 사람들은 피할 수 없는 참극을 목격하고 싶지 않아서 시선을 내리깔고 있었다. "이 일을 다른 사람에게 넘기길 원해요? 현장 실습 중인 사람한테 맡길까요?"

엘리는 멜리사가 모두 아는 거라고 생각했다. 지난 몇 달간 엘리가 일에는 거의 관심이 없었다는 사실을 아는 것이다. 그녀의 마음이 헝클어진 호텔 침대나 어느 가정집에 가 있었다는 걸. 그리고 눈앞에 없는 한 남자와 끊임없이 대화를 나눴다는 걸. 멜리사의 눈이 천장으로 향했다.

엘리는 불현듯, 자신의 자리가 위태롭다는 사실을 명료하게 깨달았다.

"저한테 저, 더 나은 게 있습니다." 엘리가 불쑥 말했다. "이게 더 마음에 드실 거라고 생각했어요." 엘리가 종이 사이에 폭 파묻혀 있는 편지 봉투를 꺼내 멜리사에게로 밀었다. "그것과 관련된 단서를 찾고 있었습니다."

멜리사가 짤막한 편지를 읽고 인상을 찌푸렸다. "이 사람이 누군지 알아요?"

"아직은 모르지만, 알아보고 있습니다. 그들에게 어떤 일이 있었는지 알아내면 좋은 기사가 될 거라고 생각했어요. 그들이 함께하게 되었는지 아닌지요."

멜리사가 고개를 끄덕였다. "그래요. 혼외 관계처럼 보이네요. 1960년대 스캔들이라 이거죠? 그걸 이용해서 도덕률이 어떻게 변했는지 살펴볼 수도 있겠어요. 주인공들을 찾아내려면 얼마나 걸리겠어요?"

"여기저기 알아보고 있습니다."

"어떻게 됐는지 알아보세요. 사회적으로 매장당하거나 그러진 않았는지."

"두 사람이 예전의 결혼 생활을 이어가고 있다면, 그 얘기가 공개되길 원하지 않을 수도 있습니다." 루퍼트가 말했다. "당시에는 그런 일들이 훨씬 큰 문제였으니까요."

"필요한 경우에는 익명을 보장하겠다고 제안해봐요." 멜리사가 말했다. "하지만 가능하면 사진을 실어야 해요. 편지가 쓰인 시기의 사진이라도. 그때 사진이라면 누군지 알아보기 어려울 테니까요."

"아직 누군지 알지도 못하는데요." 엘리는 괜한 짓을 저질렀다는 생각에 피부가 바짝 조여들었다.

"곧 알게 될 거잖아요. 필요하면 뉴스 팀 기자들에게 도움을 청해봐요. 뭔가 조사하는 데는 선수들이니까. 그건 다음 주까지 알려줘요. 그 전에 먼저 그 고민 상담란부터 해결하고요. 오늘 저녁까지 양면 특집에 배치할만한 기사 견본들을 가져오세요. 알겠죠? 우린 내일 같은 시간에 다시 보도록 하죠." 멜리사는 이미 문 쪽으로 걸어가고 있었다. 완벽하게 손질한 머리가 샴푸 광고에서처럼 찰랑거렸다.

* * *

"철자법 박사님이시네."

엘리는 매점에 앉아 있는 그를 발견했다. 그녀가 맞은편에 앉자 그가 귀에서 이어폰을 뺐다. 그는 남아메리카 여행 가이드북을 읽고 있었다. 빈 접시가 놓인 걸 보니 점심을 먹은 모양이었다.

"로리, 나 정말 큰일 났어요."

"왜요, 'antidisestablishmentarianism'에 t를 네 개라도 넣었어요?"

"멜리사 버킹햄 앞에서 입이 마음대로 움직여버려서 나 이제 특집 기사로 그 '위대한 러브스토리' 얘기를 써야 하게 생겼어요."

"그 편지 얘기를 했다고요?"

"어쩔 수 없었어요. 뭔가 내놓지 않으면 안 되는 상황이었다고요. 날 쳐다보는 눈빛이 그냥 바로 부고란 담당으로 보내버릴 기세였다니까요."

"뭐, 그것도 재밌을 거 같은데."

"그리고 그 전에 1960년 신문들의 고민 상담란을 전부 뒤져서 오늘날과 비교할만한 도덕과 관련된 기삿거리들을 찾아내야 해요."

"그건 별로 복잡한 일이 아니잖아요?"

"하지만 시간을 잡아먹는 일이죠. 다른 할 일들이 얼마나 많은데. 우리 수수께끼 연인들에게 무슨 일이 일어났는지 찾아내는 거 말고도요." 엘리가 기대에 차서 미소를 지었다. "혹시 날 도와줄 방법 같은 건 없겠죠?"

"미안해요. 내 일도 산더미라. 내려가면 1960년 신문들은 찾아놓을게요."

"그건 원래 그쪽 일이잖아요." 엘리가 항의하듯 말했다.

로리는 싱긋 웃었다. "맞아요. 글쓰기와 자료 조사는 그쪽 일이고."

"오늘은 내 생일인데."

"그럼 생일 축하해요."

"와, 정말 친절한 분이네요."

"그쪽은 바라는 걸 얻는 데 너무 익숙해졌고요." 로리는 웃어 보였고, 엘리는 그가 책과 MP3 플레이어를 챙기는 모습을 지켜보았다. 로리는 문으로 향하며 경례를 해 보였다.

그가 나가고 스윙도어가 닫힐 때 엘리는 생각했다. 당신은 몰라요, 자신이 얼마나 잘못 알고 있는지.

저는 스물다섯 살이고, 꽤 좋은 직장에 다니고 있지만 제가 원하는 모든 것을 할 수 있을 정도로 좋은 직장은 아닙니다. 그러니까 집과 차와 아내를 가질 수 있을 정도 말입니다.

"그중에 하나는 집과 차가 있어야 손에 넣을 수 있는 거니까 그렇지." 엘리가 색 바랜 신문을 향해 중얼거렸다. 아니면 세탁기를 산 후에나. 그럼 분명히 우선권은 얻게 될 테니까.

저는 많은 친구들이 결혼한 후 생활수준이 매우 떨어지는 것을 보아왔습니다. 제게는 3년간 사귄 여자가 있고, 저는 그녀와 결혼하고 싶습니다. 결혼 후에 좀 더 나은 환경에서 살 수 있게 그녀에게 3년 정도만 기다려달라고 했지만, 그녀는 기다릴 수 없다고 합니다.

3년이라. 엘리는 곰곰이 생각해보았다. 그 여자가 그러는 것도 당연하지. 당신이 열정적으로 사랑한다는 인상을 주지 않았잖아, 안 그래?

그녀는 올해 결혼식을 올리지 않으면 저와 결혼하지 않겠다고 합니다. 그렇게 되면 생활수준이 낮아질 거라는 점을 지적했는데도 이런 식으로 나온다는 건 터무니없는 태도라고 생각합니다. 이미 지적한 것 외에 덧붙일 말이 없을까요?

"없어, 친구." 엘리는 소리 내어 말하면서 또 한 장의 오래된 신문을 복사기 뚜껑 아래로 밀어 넣었다. "당신 생각은 충분히 전달된 거 같은데."

엘리는 자신의 책상으로 돌아가 앉아서 구겨진 편지를 파일에서 꺼냈다.

나의 소중하고 유일한 사랑…… 당신이 오지 않으면, 우리가 서로에게 가진 감정이 무엇이건, 충분치 못했다고 생각하겠습니다. 당신을 비난하지 않을 거예요. 지난 몇 주간이 당신에게는 견딜 수 없는 부담이었다는 걸 알아요. 그 부담의 무게가 얼마나 큰지도 잘 알고 있습니다. 나 때문에 당신이 불행을 느낄 수도 있다는 생각은 정말 떠올리고 싶지도 않아요.

엘리는 편지의 글귀들을 읽고 또 읽었다. 이토록 오랜 세월이 흘렀는데도 그 글귀들은 열정과 힘을 품고 있었다. "당신이 내 마음, 내 희망을 쥐고 있다는 걸 알아줘요." 같은 말을 들을 수도 있는데, 뭐 하러 "그렇게 되면 생활수준이 낮아질 거라는 점을 지적했는데도" 따위의 아는 체하는 말을 참아야 하는가? 엘리는 그 여자 친구가 저 남자에게서 벗어나는 행운을 누렸기를 바랐다.

엘리는 새로운 이메일을 대강 확인하고, 전화기의 메시지를 확인했다. 연필 끝을 질겅거렸다. 복사해온 고민 상담 기사를 집어 들었다가 내려놓았다.

그러고는 컴퓨터 화면에 새로운 메시지 창을 열고, 너무 오래 생각하기 전에 자판을 두드렸다.

정말로 받고 싶은 생일 선물은, 당신에게 내가 어떤 의미인지 아는 거예요. 우린 솔직한 대화를 나눠야 할 필요가 있고, 난 내 기분을 전할 필요가 있어요. 앞으로 우리가 함께할 가능성이 조금이라도 있는지 알고 싶어요.

엘리는 덧붙였다.

사랑해요, 존. 지금껏 사랑한 누구보다도 당신을 사랑해요. 그리고 그 사실 때문에 미치겠어요.

엘리의 눈에 눈물이 차올랐다. 엔터 키로 손이 움직였다. 사무실이 그녀 주변으로 오그라드는 느낌이었다. 옆자리에서 건강 코너 담당 캐롤린이 전화 통화를 하고, 창밖에서 유리창 청소부가 흔들리는 작업대에 앉아 유리를 닦고, 사무실 반대편에서 뉴스 팀 편집장이 기자들과 언쟁을 벌이고, 바닥에 카펫 타일 하나가 빠진 사실은 희미하게만 인식되었다. 엘리는 오로지 깜빡이는 커서와 그녀가 쓴 문장들, 컴퓨터 화면에 훤히 드러난 그녀의 미래만 보일 뿐이었다.

지금껏 사랑한 누구보다도 당신을 사랑해요.

메시지를 보내면 확실하게 결정될 것이다. 그건 주도권을 잡는 그녀만의 방식이 될 것이다. 그리고 원하지 않는 답변이 온다고 해도, 적어도 그건 답변이었다.
엘리의 손가락이 엔터 키에 살며시 얹혔다.

그리고 다시는 그의 얼굴을 어루만지지 못하게 될 거야. 그 입술에 다시는 입 맞추지 못하고, 내 몸에 닿는 그의 손길을 다시는 느끼지 못하게 돼. 그가 소중한 단어라도 되듯 '엘리 하워스' 하고 부르는 소리도 듣지 못하게 되는 거야.

책상에 놓인 전화가 울렸다.

엘리가 깜짝 놀라 전화를 쳐다보았다. 자기가 지금 어디에 있는 건지 잊어버린 사람처럼. 손으로 눈가를 닦은 뒤 허리를 펴고 똑바로 앉아서 수화기를 들었다. "여보세요."

"이봐요, 생일 맞은 아가씨." 로리가 말했다. "마감 시간에 지하로 좀 내려와요. 뭔가 찾은 거 같으니까. 그리고 내려올 땐 커피 한 잔만 가져다줘요. 내 노동의 대가예요."

엘리는 수화기를 내려놓고 컴퓨터로 돌아가서 삭제 키를 눌렀다.

* * *

"그래서 뭘 발견했는데요?" 엘리는 카운터 너머로 로리에게 커피를 건넸다. 그의 머리에 가는 먼지가 흩뿌려져 있었고, 그녀는 어린애에게 하듯 손으로 머리를 털어주고 싶은 충동이 일었지만 억눌렀다. 그는 이미 엘리에게서 깔보는 듯한 느낌을 한 번 받았다. 또다시 그를 불쾌하게 만드는 위험은 감수하고 싶지 않았다.

"설탕은요?"

"없는데요. 넣지 않는 줄 알았어요."

"안 넣어요." 그가 카운터 너머로 몸을 기울였다. "저기요, 관장님이 아직 계셔서 조심해야 해요. 몇 시에 끝나요?"

"아무 때나요." 엘리가 말했다. "전 대강 다 끝냈어요."

그가 머리를 손으로 쓸었다. 그의 주변으로 먼지가 뽀얗게 일어났다. "난 꼭 그『피너츠』만화에 나오는 인물이 된 기분이에요. 누구였더라?"

엘리가 고개를 가로저었다.

"픽펜. 주변에 항상 먼지가 풀풀 떠다니는 지저분한 애 있잖아요…… 우린 지금 몇 십 년간 건드리지 않은 상자들을 옮기고 있어요. 관장님이 뭐라고 하시건 난 1932년 의회 의사록이 필요할 때가 올 거라곤 생각지 않는데 말이에요. 아무튼. 블랙 호스에서 볼까요? 30분 후에?"

"펍이요?"

"네."

"전 약속이 생길 거 같은데……." 엘리는, *그냥 발견한 걸 주면 안 되나요?* 하고 묻고 싶었다. 하지만 그녀가 생각하기에도 너무 배은망덕하게 들렸다.

"10분도 안 걸려요. 그 후엔 나도 친구들을 만나야 하고요. 난 아무래도 좋아요. 원한다면 내일 다시 얘기해도 좋고요."

엘리는 바지 뒷주머니에서 침묵하며 그녀의 비난에 비난으로 맞서는 휴대전화를 떠올렸다. 다른 대안은 무엇이 있는가? 집으로 달려가서 존이 전화하기를 기다리는 거? 또다시 텔레비전 앞에서 저녁을 보내며, 세상이 그녀 없이도 잘만 돌아간다는 사실을 떠올리는 거? "그러죠 뭐. 잠깐 한잔하는 것도 나쁘지 않겠어요."

"샌디(맥주와 레모네이드를 섞은 음료-옮긴이) 반 잔만 해요. 삶을 위험하게도 좀 살고 그래야죠."

"샌디요! 하! 그럼 거기서 봐요."

로리가 싱긋 웃었다. "'일급비밀'이라고 적힌 파일을 움켜쥔 사람이 나일 거예요."

"아, 그래요? 그럼 이렇게 소리치는 사람이 나일 거예요. '제대로 된 술을 사, 이 구두쇠야. 오늘은 내 생일이라고.'"

"단춧구멍에 빨간 카네이션은 안 꽂을 거예요? 그래야 내가 알아보죠."

"아무 표시도 안 할 거예요. 당신 외모가 마음에 안 들면 도망치기 쉽게."

로리가 인정하듯 고개를 끄덕였다. "현명하네요."

"그나저나 뭘 발견했는지 힌트도 안 줄 거예요?"

"그거야말로 깜짝 생일 선물이죠!" 그 말과 함께 로리는 다시 문 안으로 들어가, 신문사의 가장 깊숙한 곳으로 사라졌다.

* * *

여자 화장실은 텅 비었다. 얼마 안 있으면 사라질 건물이어서 그런지 회사는 이제 물비누나 탐폰 기계를 채워 넣지 않았다. 엘리는 손을 씻으며 그 사실을 깨달았다. 아마 다음 주면 사람들은 비상용 화장지를 쓰기 시작할 것이다.

413

엘리는 얼굴을 점검하고 마스카라를 살짝 덧칠하고는 눈 아래에 파우더를 덧발랐다. 립스틱은 발랐다가 지웠다. 그녀 는 피곤해 보였지만, 화장실 조명 탓이지 나이를 한 살 더 먹 어서 그런 게 아니라고 자신을 타일렀다. 그러고는 세면대 옆에 앉아 가방에서 전화기를 꺼내 메시지를 입력했다.

잠시 확인요. '나중'이란 오늘 저녁인가요? 저녁 약속 시간을 정해 야 해서요.

너무 매달리는 인상도, 그를 소유하려는 인상도, 심지어 간절히 원하는 인상도 주지 않았다. 만나자는 사람도 많고 할 일도 많은 여자지만, 필요하면 그를 우선순위에 두겠다는 암시가 담겨 있었다. 엘리는 어조가 완벽한지 5분이나 확인 하고 나서 전송 버튼을 눌렀다.

바로 답장이 왔다. 엘리의 심장이 펄쩍 뛰었다. 그가 보낸 메시지라는 걸 알면 언제나 그러듯이.

지금으로선 확실치 않네. 가능할 거 같으면 나중에 연락할게. J

가슴속에서 분노의 불길이 화르르 일었다. 이게 다야? 엘 리는 그에게 소리치고 싶었다. 내 생일인데, 겨우 "가능할 거 같으면 나중에 연락할게"라고?

됐어요. 엘리가 다시 메시지를 쳐 넣었다. 손가락들이 작은 버튼을 쿡쿡 찔렀다. 내가 알아서 할게요.

그러고 나서 몇 달 만에 처음으로, 엘리 하워스는 전화기를 끈 뒤 가방에 꽂아 넣었다.

* * *

엘리는 고민 상담 기사들에 예상보다 오랜 시간을 쏟았고, 그러고 나서는 소아 관절염을 앓는 아들을 둔 여자와의 인터뷰 기사를 작성했다. 엘리가 블랙 호스에 들어섰을 때 로리는 이미 도착해 있었다. 펍을 가로질러 그의 모습이 보였는데, 머리는 이제 먼지로부터 해방되어 말끔했다. 엘리는 힘겹게 사람들을 헤치며 그쪽으로 다가가다 누군가에게 팔꿈치를 부딪치고 사과를 했다. 그러고는 로리에게 다가가 "늦어서 미안해요."라고 말하려는 순간, 그가 혼자가 아니란 사실을 깨달았다. 처음 보는 사람들과 함께 있었다. 그는 중앙에서 깔깔거리며 웃고 있었다. 익숙한 환경에서 벗어난 그의 모습이 당혹스러웠다. 엘리가 돌아서서 생각을 가다듬었다.

"어! 엘리!"

엘리는 미소를 띠며 다시 돌아섰다.

로리가 한 손을 들었다. "안 오는 줄 알았어요."

"일이 좀 늦어졌어요. 미안해요." 엘리가 무리에 합류하며 인사했다.

"내가 술 한잔 살게요. 오늘이 엘리 생일이거든. 뭐로 할래요?" 모르는 사람들이 쏟아내는 축하 인사와 어색한 미소에 엘리는 어디론가 사라져버리고 싶었다. 다른 사람들과 담소

415

를 나누는 건 예정에 없던 일이었다. 그냥 가버릴까도 생각했지만 로리는 이미 음료를 주문하러 바에 가 있었다.

"화이트 와인이요." 로리가 그녀에게 잔을 건넸다. "샴페인이면 좋겠지만……."

"난 이미 원하는 걸 너무 많이 얻었으니까요."

로리가 웃었다. "그래요. 한 방 먹었네요."

"아무튼 고마워요."

그가 친구들에게 엘리를 소개한 뒤 그들의 이름을 줄줄이 알려주었지만 엘리는 바로 다 잊어버렸다.

"그래서……." 엘리가 입을 열었다.

"본론으로 들어가죠. 우린 잠깐 실례할게." 그가 무리에 양해를 구하고 좀 더 조용한 구석 자리로 옮겨갔다. 의자가 하나밖에 없어서 로리는 그녀 옆에 쪼그리고 앉았다. 그가 배낭에서 '석면/사례 연구: 증상'이라고 쓰인 파일을 꺼냈다.

"이게 무슨 관계라는 건지……?"

"기다려봐요." 그가 엘리에게 파일을 건넸다. "지난번에 발견한 편지에 대해 생각해봤어요. 그 편지는 석면 관련 문서들과 함께 있었잖아요? 아래 자료실에는 석면 관련 자료들이 엄청나게 많아요. 주로 지난 몇 년간의 단체 소송과 관련된 자료들이죠. 하지만 난 좀 더 파고들어가서 훨씬 과거의 자료들을 발견했어요. 지난번에 내가 준 자료들하고 같은 시기의 것들요. 난 이것들이 그 첫 번째 파일에서 분리된 게 분명하다고 생각해요." 그가 능숙한 손놀림으로 자료들을 후루룩 넘겼다. "그리고." 그가 투명한 플라스틱 파일 폴더를 잡아당겼다. "이걸 발견했어요."

엘리의 심장이 멈췄다. 봉투 두 개. 똑같은 필체. 랭리 가의 우체국 사서함으로 되어 있는 똑같은 주소.

"읽어봤어요?"

로리가 씩 웃었다. "내가 자제력이 뛰어난 사람으로 보여요? 당연히 읽어봤죠."

"봐도 돼요?"

"그럼요."

처음 것은 윗부분에 '수요일'이라고만 되어 있었다.

당신의 생각을 잘못 이해할까 두렵다는 점은 이해합니다. 그러나 분명히 말하지만 그런 일은 없어요. 그래요, 알베르토스에서 있었던 그날 밤 난 어리석은 바보였고, 앞으로도 수치심 없이는 그 일을 떠올리지 못할 겁니다. 하지만 그런 일이 일어난 건 당신의 말 때문이 아니에요. 오히려 당신이 말을 하지 않는다는 점 때문이죠. 내가 당신의 말과 행동에서 최고의 면만을 보게 된다는 걸 모르겠어요, 제니? 하지만 자연이 진공상태를 꺼려하듯 인간의 마음도 그렇답니다. 나는 어리석고 불안정한 남자예요. 우리 둘 다 이 관계가 무엇을 품고 있는지 정확히 알지 못하는 것 같고, 어디로 나아갈지에 대해서도 이야기할 수가 없으니, 내게 남은 건 오로지 이것이 갖는 의미에 대한 확신뿐입니다. 나는 그저 당신에게도 이 관계가 나와 같은 의미인지 알고 싶은 거예요. 그러니까 한마디로, 모든 것을 의미하는지 말이에요.

이 말이 여전히 두렵게 느껴진다면, 쉬운 방법이 있어요. 그냥 단순히 한 단어로 답해줘요. '그렇다'라고.

두 번째 편지엔 날짜가 있었지만, 역시 인사말은 없었다. 알아볼 수 없을 정도는 아니지만 한눈에 보기에도 갈겨 쓴 필체였다. 깊이 생각할 새 없이 급하게 쓴 것처럼.

다시는 연락하지 않으리라고 맹세했어요. 하지만 6주가 지나도록 나아질 생각을 하지 않아요. 당신이 없는 곳에 있다는 건, 당신에게서 수천 킬로미터 떨어진 곳에 있다는 건 어떤 위안도 주지 못하네요. 당신을 보며 괴로워하지 않아도 된다는 사실, 진정으로 원하는 단 한 가지를 손에 넣지 못한 내 무능함의 증거를 매일 마주하지 않아도 된다는 사실은 날 치유하지 못했어요. 오히려 상태를 더욱 악화시켰죠. 내 미래는 황량하고 텅 빈 도로처럼 느껴져요.

무슨 말을 하려는 건지 나도 잘 모르겠어요, 사랑하는 제니. 그저 당신의 결정이 틀렸다는 느낌이 조금이라도 든다면, 문이 아직 활짝 열려 있다는 걸 알아달라는 말밖에는요.

당신의 결정이 옳았다고 생각한다면, 적어도 이것만은 알아 줘요. 당신을 사랑하고, 당신이 얼마나 소중하고 영리하고 다정한 사람인지 이해하는 남자가 세상 어딘가에 존재한다는 걸요. 당신을 사랑했고, 자신에게 해가 된다는 걸 알면서도 영원히 당신을 사랑할 남자가요.

B.

"제니." 로리가 입을 열었다.

엘리는 대꾸하지 않았다.

"그 여자는 안 갔어요." 그가 말했다.

"네. 로리 말이 맞았네요."

그는 무슨 말인가 하려는 듯 입을 열었지만, 엘리의 표정을 보고 마음을 바꾼 듯했다.

엘리는 숨을 내쉬었다. "왜 그런지 모르겠지만, 그 사실이 조금 슬프네요."

"하지만 이제 답을 알잖아요. 게다가 기사를 정말 쓸 거라면 이름에 대한 단서도 얻은 셈이고."

"제니요." 엘리가 생각에 잠겼다. "큰 도움은 안 되는데요."

"하지만 석면 관련 파일에서 편지가 두 번이나 발견됐잖아요. 그러니까 제니는 어쩌면 그것과 연관이 있을지도 몰라요. 그 두 파일을 자세히 살펴보는 것도 나쁘지 않을 거 같은데요. 뭔가 다른 게 없는지 확인하는 차원에서."

"맞아요." 엘리가 그에게서 파일을 받고, 편지를 조심스레 플라스틱 폴더에 넣어서 파일과 함께 가방에 집어넣었다. "고마워요." 그녀가 말했다. "정말로요. 로리 일도 바쁜데. 진심으로 고맙게 생각해요."

로리가 그녀의 얼굴을 유심히 바라보았다. 정보를 찾아 파일을 훑는 사람의 시선이었다. 존이 그런 시선으로 바라보면 엘리는 그에게서 언제나 다정한 사과의 마음을 느낄 수 있었다. 그들이 그런 관계가 되어버린 데 대한 사과. "정말 슬퍼보이는데요."

"이런…… 내가 좀 해피엔딩에 열광하는 스타일이라서 요." 엘리가 억지로 웃어 보였다. "로리가 뭔가 발견했다고 했을 때, 나도 모르게 행복한 결말을 보여주는 걸 거라고 생각했나 봐요."

"너무 심각하게 받아들이지 말아요." 로리가 그녀의 팔에 손을 얹었다.

"아무렇지도 않아요, 정말이에요." 엘리가 무뚝뚝하게 말했다. "하지만 그 기사는 기분 좋게 끝나는 게 더 좋거든요. 행복한 결말이 아니면 멜리사가 쓰지 말라고 할지도 몰라요." 엘리가 얼굴로 흘러내린 머리를 쓸어 넘겼다. "멜리사가 어떤지 알잖아요. '경쾌한 분위기로 갑시다…… 독자들은 뉴스면 만으로 충분히 우울해요.'"

"내가 엘리 생일을 우울하게 만든 거 같은데요." 그들이 다시 펍을 가로질러 친구들에게로 돌아갈 때 로리가 말했다. 그는 구부정하게 몸을 기울여 그녀의 귓가에 고함을 쳐야 했다.

"걱정 말아요." 엘리도 소리쳤다. "오늘 하루를 마감하기에 더없이 적당한 일이니까."

"우리랑 함께 가요." 로리가 그녀의 팔꿈치를 잡아 멈춰 세웠다. "스케이트 타러 갈 거예요. 안 온 사람이 있어서 표가 남아요."

"스케이트를 탄다고요?"

"진짜 재밌어요."

"난 서른둘이에요! 스케이트 같은 걸 어떻게 타요!"

이번에는 로리가 믿을 수 없다는 표정을 지었다. "아……

그렇다면 뭐." 그가 이해한다는 듯 고개를 끄덕였다. "노인용 휠체어에서 떨어지면 큰일 나니까."

"스케이트는 어린애들이 타는 거 아닌가요? 10대들이나."

"창의력이 굉장히 부족한 분이네요, 하워스 양. 음료 마저 마시고 우리랑 함께 가요. 조금만 즐겨봐요. 시간이 정 안 된다면 할 수 없지만."

엘리는 가방에 꽂힌 전화기에 손을 얹으며 다시 켜고 싶은 유혹을 느꼈다. 하지만 들어와 있을 게 뻔한 존의 사과 메시지는 읽고 싶지 않았다. 저녁 내내 그의 부재와 그의 말, 그를 향한 갈망으로 우울하게 보내고 싶지 않았다.

"내 다리가 부러지면." 엘리가 입을 열었다. "6주 동안 날 회사와 집으로 데려다줄 의무를 지게 되는 거예요."

"그거 재밌겠는데요. 난 차가 없는데, 목말도 괜찮아요?"

그는 엘리가 좋아하는 타입이 아니었다. 냉소적인 데다 약간 까칠하고, 아마 엘리보다 몇 살은 어릴 것이다. 급여도 훨씬 낮을 거고, 집세도 아직 다른 사람들과 분담할 거고, 아예 운전을 하지 않을 가능성도 있다. 하지만 서른두 번째 생일 저녁 6시 45분에 그녀에게 주어진 것들 중에서는 제일 나았고, 엘리는 실용주의가 과소평가된 덕목이라고 생각하기로 했다. "그리고 스케이트 날에 손가락이 잘려 나가면, 로리가 내 책상 앞에 앉아서 나 대신 타이핑해줘야 해요."

"타이핑에는 손가락 하나만 있으면 돼요. 아니면 코가 있든가. 맙소사, 당신네 글쟁이들은 정말 까다롭네요." 로리가 말했다. "자, 여러분. 쭉 들이켭시다. 티켓에는 7시 30분까지

가야 한다고 되어 있어요."

* * *

몇 시간 후 지하철역을 나서며, 엘리는 옆구리가 결리는
이유가 스케이트 때문이 아니란 사실을 깨달았다. 걸음마를
배운 후로 그렇게 많이 넘어진 건 처음이지만, 옆구리가 아
픈 건 그래서가 아니었다. 거의 2시간 내내 쉬지 않고 웃었기
때문이다. 스케이트는 마치 코미디 같았고, 아주 유쾌했다.
단순한 육체 활동에 푹 빠지는 즐거움을 맛보는 건 그녀에게
드문 경험이었다. 엘리는 얼음 위에서 성공적으로 첫 걸음을
뗐을 때 그 사실을 깨달았다.

로리는 능숙하게 스케이트를 탔다. 친구들도 대부분 잘 탔
다. "매년 함께 여기 오거든요." 그가 아이스링크를 손으로
가리키며 말했다. 사무실 건물들로 에워싸인 아이스링크는
빛으로 가득했다. "여긴 11월에 문을 여는데 우린 거의 2주
마다 한 번은 올 거예요. 먼저 몇 잔 걸치고 오는 게 좋아요.
그럼 긴장도 더 풀리니까. 자…… 팔다리를 움직여봐요. 상
체를 약간 숙이고." 로리는 뒤로 가면서 팔을 앞으로 뻗어서
엘리가 잡을 수 있게 해주었다. 그녀가 넘어지면 사정없이
웃어댔다. 엘리는 자신을 어떻게 생각하든 전혀 상관없는 사
람과 그런 시간을 보내고 있자니 해방감이 느껴졌다. 만약에
존과 함께였다면 얼음의 냉기로 코가 빨개지는 것에 몹시 신
경 쓰였을 것이다.

존이 언제 가봐야 한다고 돌아설까 내내 전전긍긍했을 것이다.

그들은 엘리의 집 앞에 도착했다. "고마워요." 그녀가 로리에게 말했다. "오늘 밤이 우울하게 끝날 뻔했는데 즐거운 시간을 보냈네요."

"그 정도는 해야죠. 내가 그 편지로 생일을 온통 우울하게 만들었는데."

"괜찮아질 거예요."

"누가 생각이나 했겠어요? 엘리 하워스가 이렇게 인정이 많은 사람일 거라고."

"소문이란 건 믿을 게 못 돼요."

"알겠지만 엘리는 그리 나쁜 편 아니에요." 그의 눈가에 미소가 번졌다. "늙은이치고."

엘리는 그에게 스케이트를 말하는 거냐고 묻고 싶었지만, 어떤 대답이 돌아올지 몰라 갑자기 당황스러워졌다. "로리는 아주 매력이 철철 넘치고요."

"엘리는⋯⋯." 그가 눈을 껌뻑이고, 지하철역으로 가는 길을 흘깃 돌아보았다.

엘리는 그에게 집으로 들어오라고 해야 하나 잠시 망설였다. 하지만 그 순간에도 두 사람이 잘될 수 없다는 사실을 알았다. 그녀의 머릿속과 아파트, 그녀의 삶은 온통 존으로 가득 차 있었다. 이 남자를 위한 공간은 없었다. 어쩌면 그에게 오누이의 정 같은 걸 느꼈는데, 그가 못생기지 않았다는 사실에 살짝 혼란스러워진 건지도 몰랐다.

로리가 다시 유심히 쳐다봤다. 엘리는 곰곰이 생각한 사실이 얼굴에 다 드러난 거 같아서 불안했다.

"그만 가봐야겠어요." 로리가 말했다.

"그래요. 다시 한번 고마워요."

"별말씀을요. 그럼 회사에서 봐요." 그는 엘리의 볼에 입을 맞추더니 돌아서서 역을 향해 반쯤 달려갔다. 그의 뒷모습을 바라보고 있자니 묘하게 상실감이 느껴졌다.

엘리는 돌계단을 올라가며 열쇠를 찾았다. 그녀는 새로 발견한 편지를 다시 읽어보고 문서들을 살펴보며 단서를 찾을 것이었다. 그녀는 생산적인 일을 하며 에너지를 쏟을 것이다. 그 순간 누군가의 손이 어깨에 얹혔고, 엘리는 화들짝 놀라며 비명을 억눌렀다.

존이 그녀 뒤의 계단에 서 있었다. 샴페인 한 병과 터무니없이 커다란 꽃다발을 팔 아래 끼고서. "난 여기 없어." 그가 말했다. "서머셋의 어느 작가 단체에서 강연을 하고 있지. 재능 없는 사람들이 모인, 끔찍하게 말 많은 사람이 적어도 하나는 있는 그런 단체." 엘리가 숨을 고르는 동안 그는 그대로 서 있었다. "어떤 말을 해도 좋아. 가라는 말만 아니면."

엘리는 말이 없었다.

존은 꽃다발과 샴페인을 계단으로 내려놓고 그녀를 품으로 끌어당겼다. 그가 앉아 있던 차 안의 온기가 입맞춤에서 묻어났다. "저기서 30분은 앉아 있었어. 혹시 집에 안 들어오는 게 아닐까 겁나기 시작하던 참이었어."

엘리의 마음속에서 모든 게 녹아내렸다. 가방을 떨어뜨리고, 그의 피부와 그의 가슴과 그의 무게를 느끼며 품에 기대었다. 그녀의 차가운 얼굴을 그가 양손으로 따스하게 감쌌다. "생일 축하해." 마침내 포옹을 풀었을 때 그가 말했다.

"서머셋이라고요?" 엘리는 약간 현기증을 느꼈다. "그 말은 그럼……?"

"밤새도록 여기 있을 수 있어."

오늘은 엘리의 서른두 번째 생일이고, 그녀가 사랑하는 남자는 샴페인과 꽃을 들고 그곳에 있었고, 밤새도록 그녀의 침대에 머물 것이었다.

"그럼, 나 들어가도 돼?" 그가 말했다.

엘리는 그를 향해 인상을 찌푸려 보였다. *그걸 꼭 물어야 해요?* 하듯이. 그러고는 꽃과 샴페인을 집어 들고 위층으로 올라갔다.

19

"엘리? 얘기 좀 할까요?"

엘리는 가방을 책상 아래로 밀어 넣었다. 샤워한 지 30분도 안 되어 피부는 아직 촉촉했고, 생각은 여전히 다른 곳에 가 있었다. 유리벽으로 둘러싸인 사무실에서 멜리사의 군은 목소리가 들려오자 엘리는 무자비하게 현실로 끌려들어왔다.

"알겠습니다." 엘리는 고개를 끄덕이며 정중하게 웃었다. 누군가 그녀의 책상에 커피를 가져다 두었다. 미지근해진 걸 보니 꽤 오래전에 가져다 둔 모양이었다. 그 아래 놓인 메모에는 '제인 토빌(영국 피겨스케이팅 선수-옮긴이)에게, 점심 함께할래요?'라고 쓰였다.

엘리는 메모에 대해 생각할 시간이 없었다. 재빨리 코트를 벗고 멜리사의 사무실로 들어가며 그녀가 여전히 서 있는 걸 보고 깜짝 놀랐다. 엘리는 의자에 걸터앉아 멜리사가 천천히 자기 자리로 돌아가 앉을 때까지 기다렸다. 멜리사는 반들반들한 블랙 진과 검은 터틀넥 스웨터를 입었는데, 매일 몇 시간씩 필라테스를 하는 사람처럼 팔과 배가 탄탄했다. 패션지에서 '스테이트먼트 주얼리'라고 칭하는(엘리는 그저 '커다란'이란 뜻의 유행어라고 짐작하는) 장신구를 착용했다.

멜리사가 작게 한숨을 내쉬고 엘리를 빤히 쳐다보았다. 눈동자가 놀라울 정도로 보랏빛이어서 컬러 렌즈를 낀 게 아닐까 엘리는 잠시 궁금했다. 목걸이의 색조와 정확히 똑같았다. "이런 대화를 나누는 건 나도 편치 않아요, 엘리. 하지만 이젠 어쩔 수가 없네요."

"네?"

"10시 45분이 다 됐어요."

"아. 네, 제가……."

"우리 부서가 「네이션」에서 조금 느긋한 부서로 간주된다는 건 알지만, 아무리 늦어도 9시 45분까지는 자기 자리에 앉아 있어야 한다는 데 다들 동의한다고 생각해요."

"네, 저는……."

"난 우리 기자들이 회의에 들어오기 전에 준비할 시간을 가졌으면 좋겠어요. 그날 신문을 읽어보고, 웹사이트를 확인하고, 얘기를 나누고, 영감을 주고받고." 멜리사는 의자를 약간 회전시켜 이메일을 확인했다. "회의에 참석하는 건 특권이에요, 엘리. 다른 수많은 기자들이 아주 기쁘게 받아들일 기회. 시작하기 몇 분 전에 헐레벌떡 뛰어 들어오는 사람이 어떻게 전문적인 수준까지 준비할 수 있을지 난 알 수가 없네요."

엘리는 피부가 따끔거렸다.

"젖은 머리를 한 채로 말이에요."

"정말 죄송해요. 배관공이 오길 기다려야 해서……."

"그러지 말죠, 엘리." 멜리사가 조용히 말했다. "날 바보로 보지 말아줘요. 그리고 하루걸러 한 번씩 배관공이 왔다는 걸 내게 납득시킬 수 없다면, 난 엘리가 자신의 일을 진지하게 생각하지 않는다는 결론을 내릴 수밖에 없어요."

엘리가 마른침을 삼켰다.

"신문사 웹사이트가 있다는 건 더 이상 숨을 곳이 없다는 뜻이에요. 모든 기자의 실적은 인쇄된 신문에 들어간 기사의 질뿐 아니라, 그 기사가 인터넷상에서 얻은 조회 수에 따라서도 평가될 수 있어요." 멜리사가 앞에 놓인 종이를 확인했다. "엘리의 실적은 1년 새에 40퍼센트가 떨어졌어요."

엘리는 아무 말도 할 수가 없었다. 목 안이 바짝 말랐다. 사무실 밖에서 팀원들이 커다란 노트와 종이컵을 들고 모여 있었다. 엘리는 유리벽 안을 흘끔거리는 그들을 바라보았다. 몇 명은 호기심 어린 눈빛이었지만, 엘리에게 무슨 일이 일어나고 있는지 안다는 듯 당혹스러운 표정인 사람들도 있었다. 엘리는 자신의 얘기가 사람들 입에 오르내렸을지 모른다고 생각하자 몹시 창피했다.

멜리사가 책상 위로 몸을 기울였다. "내가 엘리를 우리 부서로 받아들였을 때 엘리는 굉장히 의욕에 차 있었어요. 남들보다 앞서 나갔고. 그래서 엘리를 뽑은 거죠. 그 자리를 위해서라면 자기 할머니라도 내다 팔았을 수많은 지역신문 기자들을 제쳐두고 말이에요."

"멜리사, 전……."

"난 엘리의 삶에 어떤 문제가 있는지 알고 싶지 않아요. 개인적인 문제가 있는지, 가까운 사람이 죽었는지, 엄청난 빚이 있는지 따위는 알고 싶지 않다고요. 엘리가 심각한 병에 걸린 건 아닌지도 딱히 궁금하지 않아요. 나는 다만 엘리가 보수를 받고 하기로 돼 있는 그 일을 하길 원할 뿐이에요. 지금쯤이면 엘리도 신문사가 만만한 곳이 아니란 걸 잘 알 거예요. 엘리가 기삿거리를 끌어모으지 않으면, 우린 광고를 얻지 못하거나 판매 부수를 올리지 못해요. 그런 일이 발생하면 우린 모두 일자리를 잃게 되죠. 일부는 그 시기가 좀 더 빠를 수도 있고. 내 말이 무슨 뜻인지 알겠어요?"

"잘 알겠어요, 멜리사."

"좋아요. 오늘은 회의에 들어와봤자 아무 의미 없을 거 같네요. 그럼 문제들을 잘 정리하고, 내일 회의에서 보도록 해요. 그 연애편지 기사는 어떻게 돼가고 있나요?"

"잘되고 있습니다." 엘리는 확실하게 준비하고 있는 것처럼 보이려 애쓰며 자리에서 일어났다.

"좋아요. 내일 보여줘요. 나가면서 다른 사람들한테 들어오라고 하고."

* * *

12시 30분이 조금 넘은 시각, 엘리는 네 층의 계단을 달려 내려가 도서관으로 향했다. 기분이 여전히 우울했다. 전날 저녁의 즐거움은 까맣게 잊혔다. 도서관은 마치 빈 창고 같았다. 카운터 주변의 책장들은 텅 비었고, 철자가 틀린 안내문은 사라지고 양쪽에 붙었던 테이프만 남았다. 두 번째 스윙도어 안쪽에서 가구 끄는 소리가 들려왔다. 관장은 손가락으로 목차를 훑어 내리고 있었다. 코끝에 안경이 비스듬히 걸렸다.

"로리가 여기 있나요?"

"그 친구 바빠요."

"제가 점심 때 로리를 만나지 못하게 되었다고 좀 전해주시겠어요?"

"어디 있는지 모르겠어요."

엘리는 자신이 자리를 비운 사실을 멜리사가 알아챌까 봐 걱정이 되었다. "로리를 보게 되실 거 아닌가요? 제가 기사 때문에 외근을 나가게 되었다고 로리한테 알려야 해서요. 퇴근할 때쯤 잠깐 내려오겠다고 전해주시겠어요?"

"메모를 남겨놓으시죠."

"하지만 로리가 어디 있는지 모른다고 하셨잖아요."

그가 화난 얼굴로 고개를 들었다. "미안하지만, 우린 이전 막바지 단계에 있어요. 얘기를 전달하러 다닐 시간이 없습니다." 목소리에 짜증이 묻어났다.

"좋아요. 그럼 인사과로 가서 그 사람들 시간을 낭비하면서 로리 휴대전화 번호를 물어봐야겠네요. 로리를 바람맞혀서 그의 시간을 낭비하지 않도록 말이에요."

그가 한 손을 들어 올렸다. "로리를 보게 되면 그렇게 전할 게요."

"아, 그러실 필요 없습니다. 귀찮게 해드려서 정말 죄송하네요."

그가 엘리를 향해 천천히 돌아섰다. 그러더니 그녀의 엄마가 봤다면 '젠체하며 힐난하는 눈초리'라고 했을 시선으로 빤히 쳐다봤다. "당신과 당신네 동료들은 도서관에 있는 우리를 별 볼 일 없는 존재로 여기겠죠, 하워스 양. 하지만 내 나이가 되면 사무실 잡역부 역할까지는 하지 않아요. 그게 하워스 양의 사교 활동에 불편을 줬다면 용서해요."

엘리는 깜짝 놀랐다. 사서들이 바이라인과 얼굴을 모두 연결할 수 있다고 주장하던 로리의 말이 떠올랐다. 엘리는 이 남자의 이름을 알지 못했다.

엘리가 얼굴을 붉혔고 그는 스윙도어 안으로 사라졌다. 그녀는 반항적인 10대처럼 행동한 자신에게 화가 났다. 비협조적으로 나온 저 남자에게도 화가 났다. 그토록 기분 좋게 시작한 하루인데, 멜리사의 냉정한 평가 때문에 밖에서 유쾌하게 점심을 먹을 수 없게 된 사실에도 화가 났다. 존은 그날 아침 그녀의 집에서 9시까지 머물렀다. 서머셋에서 오는 기차가 10시 45분에나 들어와서 서둘러 가봐야 소용이 없다고 했다. 엘리는 그에게 아침으로 스크램블 에그를 얹은 토스트를 만들어주었다. 그녀가 유일하게 잘할 수 있는 요리였다. 그가 침대에서 아침을 먹는 동안 곁에서 조금씩 빼앗아 먹으며 더없는 행복을 느꼈다.

지금까지 두 사람이 밤새도록 함께 있었던 것은 딱 한 번뿐이었다. 사귀기 시작한 지 얼마 안 됐을 무렵, 그가 엘리에게 사로잡혀 있다고 주장하던 때였다. 지난밤은 그 초기 시절과도 같았다. 그는 상냥하고 애정이 넘쳤고, 곧 다가오는 휴가로 엘리의 감정이 다칠까 봐 극도로 신경을 쓰는 듯했다.

엘리는 그 얘기는 꺼내지 않았다. 지난 한 해 존과 사귀면서 배운 게 있다면, 현재를 살아야 한다는 점이었다. 엘리는 매 순간에 몰두했고, 희생한 것들을 떠올리며 우울해하지 않으려 했다. 물론 가끔 우울해질 때도 있지만, 그때를 대비해서 좋은 기억들을 충분히 모아두고 있었다.

엘리는 계단에 선 채, 그녀의 몸에 휘감겼던 주근깨가 박힌 팔을, 그녀의 베개에 놓여 있던 잠든 얼굴을 떠올렸다. 지난밤은 그야말로 완벽한 시간이었다. 완벽한 시간. 그녀 안에서 작은 목소리가 소곤거렸다. 언젠가 그가 곰곰이 생각해본다면, 그들의 삶 전체가 그처럼 완벽할 수 있다는 사실을 깨닫게 될까.

* * *

랭리 가의 우체국까지는 택시로 얼마 걸리지 않았다. 엘리는 사무실을 나서면서 멜리사의 비서에게 분명히 말해두었다. "절 찾으실지도 모르니까 제 휴대전화 번호를 남길게요." 목소리에는 같은 직장에 근무하는 사람에 대한 예의가 넘쳤다. "한 시간 정도 걸릴 거예요."

점심시간이었지만 우체국은 붐비지 않았다. 아무도 줄을 서지 않았지만 엘리는 창구 앞으로 걸어가서 기계 목소리가 "4번 창구로 가주세요." 하고 부를 때까지 얌전히 기다렸다.

"사서함 담당자와 얘기를 하고 싶은데요."

"잠시만요." 여직원이 어디론가 사라졌다가 돌아와서 가장자리의 문을 가리켰다. "마지가 저기서 기다리고 있을 거예요."

젊은 여자가 문밖으로 머리를 내밀었다. 명찰을 달았고, 십자가가 매달린 굵은 금목걸이를 했다. 그리고 그걸 신고 하루 종일 일하는 건 고사하고, 서 있는 것조차 쉽지 않아 보이는 하이힐을 신었다. 마지가 그녀에게 웃어 보이자, 엘리는 문득 이 도시에서 미소 짓는 사람을 만나는 일이 얼마나 드물어졌는지 깨달았다.

"조금 이상하게 들릴지도 모르겠어요." 엘리가 말문을 열었다. "하지만 오래전에 사서함 하나를 빌린 사람이 누군지 알아볼 방법이 없을까요?"

"사서함 주인은 상당히 자주 바뀌는데요. 언제쯤을 말씀하시는 건가요?"

엘리는 어느 정도까지 얘기할까 고민했지만, 그녀의 친절한 표정을 보고 은밀한 어조로 말하기 시작했다. 엘리가 투명 파일 안에 잘 넣어둔 편지들을 가방에서 꺼냈다. "좀 이상한 일이기는 한데요. 제가 누군가의 연애편지를 발견했어요. 주인에게 돌려주고 싶은데, 편지의 주소가 이곳 사서함으로 되어 있어서요."

마지는 관심을 보였다. 실업 급여 지급금이나 카탈로그 반송물만 접하는 사람에겐 훌륭한 기분 전환거리일 것이다.

"사서함 13호예요." 엘리가 봉투를 가리켰다.

마지의 얼굴에 아는 표정이 떠올랐다. "13호요?"

"아세요?"

"아, 네." 마지는 얼마나 얘기해도 될지 가늠하듯 입술을 꾹 다물었다. "잠깐 동안을 빼면 그 사서함은…… 와, 거의 40년간 같은 분이 사용하고 계셨네요. 특이한 점은 그게 아니지만요."

"그럼 뭐가 특이하죠?"

"편지를 받은 적이 없다는 점이에요. 단 한 통도요. 저희도 사용자께 여러 번 연락을 드려서 사서함을 닫으시겠냐고 물었거든요. 그런데 그분은 계속 열어두고 싶다고 하세요. 뭐, 돈을 낭비하고 싶다면 그건 그분 마음이니까요." 마지가 편지를 쳐다보았다. "연애편지라고요? 와, 너무 슬프네요."

"그분 성함을 알려주시면 안 될까요?" 엘리의 배가 긴장으로 뭉쳤다. 그녀가 그리던 이야기보다 나은 이야기가 나올 것 같았다.

마지가 고개를 가로저었다. "죄송합니다. 그럴 순 없어요. 정보 보호 법규랑 그런 것들 때문에요."

"부탁드려요!" 엘리는 '40년간 금지된 사랑'이란 기사를 내밀었을 때 멜리사가 어떤 표정을 지을지 떠올려보았다. "제발요. 이게 얼마나 중요한 일인지 아마 모르실 거예요."

"정말 죄송해요. 하지만 직장을 잃는 것보다 더 큰 대가를 치를 수도 있는 사안이라서요."

엘리는 작게 욕을 내뱉으며, 갑자기 나타난 다음 손님을 흘긋 쳐다보았다. 마지가 다시 문 쪽으로 돌아섰다.

"어쨌든 고맙습니다." 엘리는 예의를 차려 인사했다.

"별말씀을요." 뒤쪽에서 어린아이가 유모차에서 나오려고 버둥거리며 울고 있었다.

"잠깐만요." 엘리가 급히 가방을 뒤졌다.

"네?"

엘리가 싱긋 웃어 보였다. "제가…… 저…… 거기 편지를 하나 남겨도 될까요?"

친애하는 제니퍼,

불쑥 편지를 드려서 죄송합니다만, 제가 제니퍼의 것으로 생각되는 개인 서신을 우연히 발견해 가지고 있습니다. 기회가 된다면 돌려드리고 싶습니다.

아래의 번호로 연락주시면 됩니다.

엘리 하워스 올림

* * *

로리는 그 편지를 보았다. 그들은 「네이션」 사옥 맞은편에 위치한 펍에 앉아 있었다. 아직 초저녁인데도 밖에는 어둠이 내렸고, 정문 앞에는 녹색 이사 트럭들이 가로등 불빛을 받으며 서 있었다. 작업복 차림의 남자들이 회사 입구의 넓은 계단을 오르락내리락했다. 몇 주째 트럭들은 붙박이처럼 그 자리를 지키고 있었다.

"왜요? 어조가 별론가요?"

"아뇨." 로리는 긴 의자에서 그녀 옆에 앉아 있었다. 발 하나를 테이블 다리에 비스듬하게 기대었다.

"그럼 왜 그러는데요? 또 그 표정을 짓고 있잖아요."

그가 빙긋 웃었다. "나도 모르겠어요. 나한테 묻지 말아요. 난 기자가 아니니까."

"그러지 말아요. 그 표정은 무슨 뜻이에요?"

"그러니까 그건 약간……."

"뭐요?"

"글쎄요…… 이건 굉장히 사적인 일이잖아요. 그리고 엘리는 그분의 치부를 공개하자고 요구할 거고."

"어쩌면 그럴 기회를 반가워할지도 몰라요. 그를 다시 찾을 수 있을지 모르니까." 엘리는 저항하듯 낙관이 스민 목소리로 말했다.

"아니면 그분은 여전히 결혼 상태고, 부부는 40년간 그분이 저지른 부정을 극복하려고 애쓰며 보냈는지도 모르죠."

"그럴 거 같진 않은데요. 그리고 그게 치부라고 어떻게 단언하는데요? 어쩌면 두 사람이 지금 함께 있을지도 모르잖아요. 결국에는 행복한 결말을 맞았는지도 모른다고요."

"그런데도 사서함을 40년간 열어두었다고요? 두 사람은 행복한 결말을 맞지 못했어요." 그가 편지를 다시 돌려주었

436

다. "어쩌면 정신적으로 문제가 있는 분인지도 몰라요."

"아, 그러니까 누군가를 남몰래 사랑하면 미쳤다는 뜻이군요."

"편지 한 통 오지 않는 사서함을 40년 동안이나 열어둔다는 건 정상적인 행동을 넘어선다는 거죠."

로리의 말에도 물론 일리가 있었다. 하지만 제니와 텅 빈 사서함에 대한 생각이 엘리의 머리에서 떠나질 않았다. 그리고 더욱 중요한 것은, 제대로 된 기사를 쓰기에 이 이야기만 한 소재가 없다는 점이었다. "생각해볼게요." 엘리가 말했다. 그날 오후에 이미 그 편지의 원본을 부쳤다는 말은 하지 않았다.

"그래서." 그가 입을 열었다. "어젯밤에 즐거웠나요? 욱신거리진 않아요?"

"네?"

"스케이트 탄 거요."

"아. 약간요." 엘리는 허벅지가 당기는지 확인하듯 다리를 펴보다가 그의 무릎이 스치자 얼굴을 약간 붉혔다. 두 사람 사이에는 이제 둘만 아는 농담들이 생겨났다. 엘리는 제인 토빌이고, 로리는 그녀가 시키는 일을 하기 위해 그곳에 있는 하찮은 사서였다. 로리는 그녀에게 일부러 철자를 틀리게 써서 문자메시지를 보냈다. *똑똑한 아가씨, 이따가 이 하차는 사서랑 차 한잔 안 하실래요?*

"아까 나 찾으러 내려왔었다는 얘기 들었어요."

엘리가 흘깃 보자 그가 다시 씩 웃었다. 엘리는 인상을 찡

437

그렸다. "당신네 상관 정말 엄청 꽥꽥거리던데요. 내가 무슨 그 사람 첫째 아들을 희생 제물로 내놓으라고 한 것처럼 굴었다고요. 당신한테 메시지 하나 남기려고 한 것뿐인데."

"괜찮은 분이에요." 로리가 코에 주름을 잡으며 말했다. "스트레스가 쌓여서 그런 거지. 정말 엄청 스트레스받고 계세요. 이게 은퇴 전 마지막 작업인데, 4만 개의 서류를 올바른 순서로 옮겨야 하거든요. 거기다 디지털 자료실에 보관하기 위해 스캔 중인 자료들도 있고요."

"우린 모두 바빠요, 로리."

"관장님은 그저 자료들을 정돈된 상태로 유지하려고 그러시는 거예요. 구식인 분이잖아요. 다 신문사를 위해서 그러시는 거죠. 난 관장님이 좋아요. 멸종되어가는 부류 중의 하나죠."

엘리는 멜리사를 떠올렸다. 그녀의 차가운 눈빛과 하이힐. 그러고는 로리의 말에 동의하지 않을 수 없었다.

"그분은 이곳에 대해 알아야 할 모든 걸 알고 계세요. 언제 꼭 한번 얘기를 나눠봐요."

"그래요. 나에 대한 인상이 엄청 좋으시니까요."

"분명히 그러실 거예요. 상냥하게 말한다면."

"로리한테 말하는 것처럼요?"

"아뇨. 상냥하게 말해야 한다니까요."

"이제 그분 자리에 지원할 건가요?"

"제가요?" 로리가 잔을 들어 입술로 가져갔다. "아뇨. 난 여행을 가고 싶어요. 남미로. 이 일은 원래 아르바이트로 잠깐만 하려던 거였어요. 어쩌다 보니 18개월이나 하고 있지만."

"여기서 일한 지 18개월이나 됐다고요?"

"그러니까 내가 여기서 일한다는 걸 전혀 몰랐단 말이에요?" 그는 장난으로 상처 입은 표정을 지었고 엘리는 다시 얼굴을 붉혔다.

"난 그냥…… 어째서 한 번도 보지 못했는지 이상해서 그런 거죠."

"아, 당신네 글쟁이들은 오로지 보고 싶은 것만 보니까 그렇죠. 우린 눈에 보이지 않는 농땡이꾼들이고요. 단지 당신네 명령을 수행하기 위해 존재하는."

그는 웃으면서 악의 없이 말했지만, 엘리는 그 속에 유쾌하지 않은 진실이 숨어 있다는 걸 알았다. "그러니까 난 이기적이고, 동정심도 없고, 진정한 노동자의 욕구를 알아보지 못하는 데다 괜찮은 노신사에게 심술이나 부리는 사람이네요." 엘리가 생각에 잠기듯 말했다.

"대강 그쯤 될걸요." 로리가 그녀를 똑바로 쳐다보았다. 그의 표정이 바뀌었다. "어떻게 명예를 회복할 건가요?"

그의 눈을 똑바로 쳐다보는 일이 놀라울 정도로 힘들었다. 어떻게 대답할까 머리를 굴리고 있는데 그녀의 전화기가 울렸다. "미안해요." 엘리가 중얼거리며 가방을 뒤졌다. 전화기의 작은 봉투 모양을 클릭해 메시지를 열었다.

그냥 인사나 하려고. 내일 휴가 떠나. 돌아오면 연락할게. 잘 지내고. Jx

엘리는 실망했다. 지난밤 그토록 친밀한 말들을 속삭여놓고 그저 '인사나 하려고.' 라고? 아무 제약 없는 밤을 함께 보내고 나서? 겨우 '인사나' 하고 싶단 말인가?

엘리는 메시지를 다시 읽어보았다. 존이 전화로는 긴 메시지를 보내지 않는다는 것은 이미 아는 사실이었다. 미처 지우지 못한 메시지를 우연히 아내가 볼지도 모른다며 너무 위험하다고 처음부터 말했었다. 그리고 '잘 지내고.'란 말에는 다정함이 배어 있지 않은가? 그는 엘리가 잘 지내기를 바란다고 말하고 있었다.

엘리는 마음을 가라앉히려고 애쓰는 와중에도, 몇 자 안 되는 메시지에서 그의 마음을 읽어내려고 엄청나게 의미를 부풀리는 자신에게 놀라움을 느꼈다. 그녀는 마음이 단단히 연결되어 있으니 이런 것쯤은 괜찮다고 믿었고, 그가 진심으로 하고자 하는 말이 무엇인지도 이해했다. 하지만 가끔은 오늘처럼, 이런 짤막한 메시지 너머에 다른 의미가 있기나 할까 의구심이 생기기도 했다.

어떻게 답변을 해야 할까? '휴가 즐겁게 보내요.'란 말은 할 수 없었다. 엘리는 그가 끔찍한 시간을 보내길 바랐다. 그의 아내는 식중독에 걸리고, 아이들은 끊임없이 칭얼대고, 날씨는 극적일 정도로 안 좋아서 내내 집 안에만 틀어박혀 있길 바랐다. 그가 거기서 엘리를 그리워하길 바랐다. 그리워하고 또 그리워하기를…….

당신도 잘 지내요. x

엘리가 고개를 들자, 로리는 바깥에 있는 이사 트럭에 시선을 고정하고 있었다. 주변에서 일어나는 일에는 아무 관심이 없다는 듯이.

"미안해요." 엘리가 전화기를 가방에 꽂아 넣었다. "일 때문에요." 그러면서 로리에게 왜 진실을 말하지 않는지 자문해보았다. 그는 친구가 될 수도 있었다. 어쩌면 이미 친구가 되었는지도 모른다. 그런데 어째서 존에 대해서는 얘기하지 않으려는 걸까?

"왜 요즘에는 누구도 이런 연애편지를 쓰지 않는 걸까요?" 엘리는 대신 그렇게 말하면서 가방에서 편지를 하나 꺼냈다. "물론 문자메시지와 이메일 같은 건 쓰지만, 이런 언어로 보내진 않잖아요? 누구도 이런 식으로 쓰지 않아요."

이사 트럭이 출발했다. 건물 앞은 텅 비었고, 가로등 불빛 아래 건물 입구가 시커먼 나락처럼 보였다. 안쪽에는 마지막 순간까지 신문 1면을 수정하는 직원들이 남아 있었다.

"어쩌면 보내는지도 모르죠." 로리가 말했다. 그의 얼굴에서 부드러움이 사라졌다. "남자라면, 무슨 말을 해야 할지 몰라서 그러는지도 모르고요."

* * *

스위스 코티지에 있는 헬스장은 이제 누구의 집에서도 가깝지 않았다. 기구들은 정기적으로 고장이 나고, 접수처 직원은 경쟁사에서 심어놓은 게 아닐까 의심스러울 정도로 지독하게 비협조적이었다. 하지만 엘리와 니키는 그곳의 멤버십을 청산하고 새로운 곳을 찾는 지루한 과정을 거칠 생각이 없었다. 그곳은 두 사람이 매주 만나는 장소가 되었다. 그들은 작은 풀에서 무릎 올리기를 몇 번 한 후, '피부에 좋은 일'이라며 온탕이나 사우나에 앉아서 40분간 수다를 떨었다.

니키는 늦게 도착했다. 남아프리카공화국에서 있을 회의를 준비하느라 늦게까지 회사에 잡혀 있었다. 상대가 늦게 오는 것에 대해서는 두 사람 모두 별말을 하지 않았다. 일 때문에 생기는 불편함은 비난할 수 없는 것에 속했다. 게다가 엘리는 니키가 정확히 무슨 일을 하는지 아무리 들어도 이해하지 못했다.

"저기 뜨거울까?" 사우나의 핫 벤치에서 수건을 두르며 엘리가 말했다. 니키가 눈가를 닦아냈다.

"그럴걸. 내가 저걸 얼마나 즐길 수 있을지는 모르겠지만. 새로 온 상관이 일중독자라서 말이야. 이번 일 끝나면 한 주 휴가를 낼 계획이었는데, 그 여자가 그 정도 휴가는 안 된다는 거야."

"어떤 사람인데?"

"뭐, 이상한 여잔 아니야. 남자처럼 굴지도 않고. 다만 엄청난 시간을 일에 쏟아부으면서 나머지 사람들이 그러지 않는 이유를 이해하지 못해서 문제지."

"요즘은 점심시간 제대로 챙기며 일하는 직장인들도 없잖아."

"너희 글쟁이들만 빼고 말이지. 너희는 취재원들과 술까지 마셔가면서 점심을 먹는 걸로 아는데."

"내 모든 행동을 주시하는 상관이 있는 한 그런 일은 절대 불가능해."

엘리가 아침에 있었던 일을 이야기하자 니키가 측은하다는 듯 눈을 가늘게 떴다.

"조심하는 게 좋겠네." 니키가 말했다. "그 여자가 단단히 벼르고 있는 거 같은데. 그 기사는 잘돼가고 있는 거니? 그게 그 여자 닦달에서 벗어나게 해줄 거 같아?"

"뭔가 나올 수 있을지 모르겠어. 그리고 그걸 이용한다는 게 영 찜찜하고." 엘리가 발을 문질렀다. "그 편지들은 사랑이 넘쳐. 그리고 정말 강렬하고. 내가 그런 편지를 받는다면 사람들에게 공개하고 싶지 않을 거 같아."

엘리는 그렇게 말하며 로리의 목소리를 들었고, 더 이상은 자신의 생각이 뭔지 확실히 모르겠다는 사실을 깨달았다. 신문에 편지가 실리는 걸 로리가 그 정도로 꺼려할 거라고는 미처 생각지 못했다. 엘리는 「네이션」의 모든 구성원이 같은 사고방식을 가지고 있다는 생각에 익숙해져 있었다. *신문이 제일 우선이라는 전통적인 생각.*

"나라면 그 편지를 확대해서 광고판에 붙여놓겠어. 요즘에는 연애편지 같은 거 받는 사람 드물잖아." 니키가 말했다. "우리 언니도 받은 적 있긴 해. 90년대에 언니가 아직 결혼하기 전이었을 때 형부가 홍콩으로 건너갔거든. 그때 한 주에 두 통 이상씩 보내왔어." 니키가 코웃음을 쳤다. "그런데 우리 언니 엉덩이가 얼마나 그리운가에 관한 내용이 전부였다지."

다른 여자가 사우나 안으로 들어오는 바람에 그들은 깔깔
대던 웃음을 멈췄다. 여자는 그들과 공손히 미소를 교환한
후 제일 높은 칸으로 올라가서 조심스레 수건을 펼쳤다.

엘리는 머리를 쓸어 올렸다. "네가 한 말 생각해봤어. 내 생
일에 한 얘기 말이야." 그녀가 목소리를 낮췄다. "존의 아내
에 대한 거."

"아."

"네 말이 옳다는 거 알아, 니키. 하지만 난 그 여자를 아는
게 아니잖아. 나한테는 실제로 존재하는 사람으로 느껴지지
않는다고. 그런 사람을 어떻게 걱정하겠어?"

"재밌는 논리네."

"그 여자는 내가 진짜진짜 원하는 걸 가졌어. 날 행복하게
해줄 바로 그것 말이야. 그리고 존의 욕구에 그토록 관심이
없는 걸 보면, 그를 별로 사랑하지 않는 게 분명해. 내 말은,
두 사람이 충분히 행복하다면 존이 나한테 올 리가 없지 않
겠어?"

니키가 고개를 가로저었다. "모르겠어. 우리 언니를 보니
까, 애 낳고 나서 6개월간은 정신을 못 차리더라."

"존의 막내는 두 살이 다 됐어." 니키가 비웃듯이 어깨를
으쓱하는 게 느껴졌다.

"있잖아, 엘리." 니키가 손으로 머리를 받치며 벤치에 드
러누웠다. "난 도덕적으로는 어느 쪽이든 전혀 상관이 없어.
그렇지만 네가 행복해 보이지 않으니까 그러는 거지."

엘리가 방어적으로 입을 꾹 다물었다. "나 행복해."

니키가 한쪽 눈썹을 들어 올렸다.

"그래. 난 지금껏 누구와 사귈 때보다도 더 행복하고 더 불행해. 무슨 말인지 이해할지 모르겠지만."

두 친구와 달리 엘리는 남자와 동거한 경험이 없었다. 그녀는 서른이 될 때까지는 결혼과아이(이건 언제나 한 단어였다)를 '나중에 할 일' 폴더에 넣어두었다. 경력을 쌓고 나서 한참 후에, '분별 있게 술 마시기'와 '연금 들기'와 함께 할 일로 말이다. 엘리는 학교 시절 친구들처럼은 되고 싶지 않았다. 그들은 20대 중반에 녹초가 되어 유모차를 밀면서, 경멸하는 게 분명해 보이는 남편에게 경제적으로 의존하고 있었다.

엘리가 마지막으로 사귀었던 남자는 그녀에게 불평을 했었다. 두 사람이 사귀는 동안 자신은 내내 '전화기에 대고 소리를 지르며' 이리저리 뛰어다니는 그녀를 따라다니느라 시간을 보냈노라고. 그리고 엘리가 그 사실을 재밌어 한다는 데 더욱 분통을 터트렸다. 하지만 엘리도 서른을 넘기자 그런 상황이 덜 재밌게 느껴졌다. 더비셔에 있는 부모님 댁을 방문할 때면, 두 분은 남자 친구에 대한 언급을 하지 않으려고 의식적으로 노력하셨다. 하지만 그 노력이 너무 지나쳐서 오히려 또 다른 압력으로 느껴질 정도였다. 엘리는 혼자 지내는 데 능하다고 부모님과 다른 사람들에게 말하곤 했다. 그리고 존을 만나기 전까지는 그 말이 사실이었다.

"결혼한 남잔가요, 아가씨?" 여자가 피어오르는 김 사이로 물었다.

엘리와 니키가 슬쩍 시선을 맞췄다.

"네." 엘리가 답했다.

"기분이 나아질지 모르겠지만, 나도 결혼한 남자와 사랑에 빠졌어요. 다음 주 화요일이면 우린 결혼한 지 4년이 되죠."

"축하해요." 두 사람이 동시에 말했다. 엘리도 그런 상황에서 사용하기에는 조금 이상한 말이라는 건 알았다.

"우린 더없이 행복해요. 물론 남편 딸은 아빠와 더 이상 말하지 않으려 하지만, 괜찮아요. 우린 행복하니까."

"그분이 아내를 떠나기까지 얼마나 걸렸나요?" 엘리가 허리를 세워 앉으며 물었다.

여자가 머리를 뒤로 모아 하나로 묶었다. 가슴도 작네, 하고 엘리가 여자를 보며 생각했다. 그런데도 그 남자는 이 여자에게 오려고 자기 아내를 떠났다.

"12년이요." 여자가 말했다. "그래서 아이를 갖지는 못해요. 하지만 말했듯이 그만한 가치가 있었어요. 우린 아주 행복해요."

"다행이네요." 엘리가 벤치에서 내려가는 여자에게 말했다. 유리문이 열리면서 여자가 나가고 찬 공기가 훅 들어왔다. 그러고는 뜨겁고 어둑한 사우나 안에 두 사람만 남았다.

잠시 침묵이 흘렀다.

"12년이라고." 니키가 수건으로 얼굴을 문질렀다. "12년 걸렸고, 딸과는 소원해졌고, 자식은 못 가진다고. 참, 기분이 나아지기도 하겠다."

　　　　　　　　　　　　* * *

　이틀 후 전화벨이 울렸다. 아침 9시 15분이었고, 엘리는 이미 자기 자리에 앉아 있었다. 출근해서 일하고 있다는 걸 상관에게 보이기 위해 그녀는 전화기로 손을 뻗으며 자리에서 일어났다. 멜리사는 대체 몇 시에 출근하는 걸까? 그녀는 부서 내에서 제일 먼저 출근해서 제일 늦게 퇴근하는 사람이지만, 머리와 화장은 흠잡을 데 없이 깔끔하고 복장은 세심하게 조화를 이뤘다. 새벽 6시에 개인 트레이닝을 받고, 한 시간 후에 비싼 미용실에서 머리를 하고 오는 게 아닐까 하는 의심이 들었다. 멜리사에게는 가정생활이 없는 걸까? 누군가 멜리사의 어린 딸 얘기를 한 거 같은데, 엘리는 도저히 그녀에게 어린 딸이 있다는 사실을 믿을 수가 없었다.

　"기획 특집 팀입니다." 엘리는 멍하니 사무실을 바라보며 전화를 받았다. 멜리사는 사무실 안을 오락가락하며 전화 통화를 하고 있었다. 한 손으로 머리카락을 만지작거렸다.

　"엘리 하워스 씨 전화가 맞나요?" 분명하고 또박또박한 목소리가 들려왔다. 이전 세대의 유물.

　"네. 제가 엘리 하워스인데요."

　"아. 제게 편지를 보내신 분이로군요. 저는 제니퍼 스털링이라고 해요."

20

휘몰아치는 비를 피해 고개를 움츠린 엘리가 빠르게 걸음을 옮기며 우산을 가져올 생각을 하지 못한 자신에게 저주를 퍼부었다. 창문에 김이 서린 버스들이 줄줄이 지나가자 택시들이 그 뒤를 따르며 우아한 포물선 모양으로 보도에 물을 뿌렸다. 엘리는 비 내리는 토요일 오후에 세인트 존스 우드에 있었다. 바베이도스의 백사장과 어느 여자의 등에 선크림을 문질러 바르는 주근깨 박힌 커다란 손을 떠올리지 않으려 애쓰면서. 존이 여행을 떠난 후로 6일 동안 고통스러울 정도로 자주 떠오르는 장면이었다. 런던의 궂은 날씨는 그녀를 놀리는 하늘의 장난처럼 느껴졌다.

그 맨션은 가로수가 늘어선 넓은 보도에 우뚝 솟아 있었다. 엘리는 돌계단을 올라가서 8호의 버저를 누르고 조바심 치듯 흠뻑 젖은 발을 번갈아 굴렀다.

"네?" 분명한 목소리가 들려왔다. 엘리는 오늘 만나자고 한 제니퍼 스털링이 몹시 고마웠다. 일도 없는데 친구들도 모두 바빠서 토요일을 혼자 보낼 생각에 끔찍하던 참이었다.

주근깨 박힌 손이 또다시 떠올랐다.

"엘리 하워스예요. 편지 문제로 왔습니다."

"아, 들어오세요. 우리 집은 4층이에요. 아마 엘리베이터를 조금 기다리셔야 할 거예요. 속도가 끔찍하게 느려서."

엘리는 이런 건물에 들어올 일이 거의 없었다. 이 동네도 잘 알지 못했다. 엘리의 친구들은 방이 작고 지하 주차장이 있는 신축 아파트에 살거나, 빅토리아풍 테라스 하우스 옆에 레이어 케이크처럼 웅크려 붙은 작은 복층 주택에 살았다. 이 건물은 조상 대대로 내려오는 재산과, 유행에 영향받지 않는 삶을 의미했다. 엘리는 '귀족 미망인'이란 말을 떠올리고 미소 지었다. 존이라면 그 단어를 썼을 것이다.

복도에는 짙은 청록색 카펫이 깔렸다. 다른 시대의 색이었다. 네 개의 대리석 계단 옆 놋쇠 난간은 자주 닦아서 깊은 윤기가 흘렀다. 엘리는 잠시 자신이 사는 아파트의 공동 구역을 떠올렸다. 찾아가지 않은 우편물이 쌓여 있고 자전거가 아무렇게나 놓인 곳.

엘리베이터는 삐걱거리고 덜컹거리며 위엄 있게 4층으로 올라갔다. 엘리는 타일이 깔린 복도로 걸어 나갔다.

"실례합니다." 열린 문이 엘리의 눈에 들어왔다.

엘리는 어떤 모습을 기대했던 것일까. 작은 동물 도자기 인형으로 둘러싸인 집에서 멋진 숄을 걸치고 눈을 반짝이는 구부정한 늙은 여인의 모습이었을까. 제니퍼 스털링은 그런 여인이 아니었다. 60대 후반으로 보이지만 몸매는 호리호리하고 여전히 꼿꼿했다. 앞머리를 옆으로 넘긴 은빛 단발머리만 아니라면 실제 나이를 짐작하기 어려웠다. 짙푸른 캐시미어 스웨터와 '막스 앤드 스펜서'보다는 '드리스 반 노튼'에 더 가까운 맵시 있는 바지를 입고 허리띠가 있는 울 재킷을 걸쳤다. 목에는 산뜻한 초록색 스카프를 둘렀다.

"하워스 양?"

이름을 부르기 전에 평가하는 듯한 시선으로 그녀를 바라보는 게 느껴졌다.

"네." 엘리가 손을 내밀었다. "엘리라고 불러주세요."

여인의 얼굴에 긴장이 조금 풀렸다. 무슨 시험이었는지 모르겠지만, 적어도 지금은 엘리가 통과한 모양이었다. "들어오세요. 멀리서 오셨나요?"

엘리가 그녀를 따라 아파트 안으로 들어갔다. 그리고 다시 한번 자신의 예상이 빗나갔음을 깨달았다. 동물 인형 같은 건 어디에도 없었다. 거대하고 밝은 공간에는 가구가 많지 않았다. 옅은 색 나무 바닥에 페르시아 융단이 두어 개 깔렸고, 다마스크 천을 씌운 대형 소파가 유리 커피 테이블 양쪽으로 마주보며 놓였다. 그 밖의 가구들은 스타일이 다양하고 매우 아름다웠다. 비싸 보이는 의자는 덴마크풍의 현대적인 스타일이었고, 작고 고풍스러운 탁자는 호두나무 상감 세공이 들어갔다. 어린아이들이 담긴 가족사진들도 눈에 띄었다.

"아파트가 정말 아름답네요." 엘리는 실내 장식에 특별히 관심을 둔 적이 없었지만 문득 이런 곳에서 살고 싶다는 생각이 들었다.

"괜찮은 곳이죠? 이곳을 산 게…… 1968년인가 그래요. 당시에는 허름하고 낡은 건물이었지만, 딸아이가 자라기엔 좋은 곳이라고 생각했죠. 그 아이는 도시에서만 자라야 했으니까. 저 창문으로 리젠트 공원이 내다보인답니다. 코트를 주세요. 커피 좀 드시겠어요? 흠뻑 젖은 거 같네요."

제니퍼 스털링은 주방으로 사라지고 엘리는 자리에 앉았다. 연한 크림색 벽에 커다란 현대 미술 작품이 몇 점 걸려 있었다. 다시 들어오는 제니퍼 스털링의 모습을 바라보며 엘리는 그 편지를 쓴 남자에게 그녀가 그런 열정을 불러일으킨 것이 하나도 놀랍지 않다는 사실을 깨달았다.

탁자에 놓인 사진 중에는 세실 비튼(영국의 유명 패션 사진작가, 1904~1980년 - 옮긴이)의 사진과 같은 포즈를 취한, 말도 안되게 아름다운 젊은 여자의 사진이 있었다. 그리고 그 몇 년 후로 보이는 사진에서 여자는 갓난아기를 내려다보고 있었다. 표정에는 이제 막 엄마가 된 모든 여자에게서 볼 수 있는 피로감과 경외심, 희열의 감정이 드러났다. 아기를 낳은 지 얼마 안 되었는데도 머리 모양이 완벽했다.

"일부러 이런 수고까지 해주셔서 정말 고맙습니다. 편지가 몹시 흥미로웠다는 말씀을 꼭 드려야겠네요." 엘리 앞에 커피 잔을 놓은 제니퍼 스털링이 맞은편에 앉아 자신의 커피를 휘저었다. 작은 은스푼 끝에 붉은 에나멜 커피콩이 달려 있었다. 맙소사, 허리가 나보다 가느네, 하고 엘리가 그녀를 보며 생각했다.

"어떤 서신을 말하는 건지 궁금했어요. 실수로 내버린 건 없을 거라고 생각하거든요. 모든 걸 찢어서 버리는 습관이 있어요. 그리고 그 사서함은…… 공개되지 않는 걸로 알고 있었죠."

"사실 그 편지를 발견한 건 제가 아니에요. 제 친구가 「네이션」 신문사 자료실을 정리하다가 파일을 하나 발견했거든요."

제니퍼 스털링의 태도가 바뀌었다.

"그리고 그 안에 이것들이 있었어요."

엘리가 가방으로 손을 뻗어 세 통의 연애편지가 든 플라스틱 파일을 꺼냈다. 엘리는 편지를 받아드는 스털링 부인의 얼굴을 바라보았다. "그냥 보내드리려고 했어요." 엘리가 계속 말을 이었다. "그런데……."

제니퍼 스털링은 경건하게 두 손으로 편지를 들고 있었다.

"어쩌면…… 그 편지들을 보고 싶지 않으실지도 모르겠다는 생각이 들었어요."

제니퍼는 아무 말이 없었다. 갑자기 마음이 불편해져서 엘리는 커피를 한 모금 마셨다. 얼마나 오래 그러고 앉아 있었는지 모르겠지만, 엘리는 계속 시선을 다른 데 두고 있었다. 왜 그랬는지 이유는 알 수 없었다.

"당연히 보고 싶죠."

그녀가 얼굴을 들었을 때, 제니퍼 스털링의 표정에 변화가 있었다. 정확히 말해 눈물이 고인 건 아니지만, 강렬한 감정이 북받치는 사람처럼 눈이 일그러졌다. "읽어보셨겠죠."

엘리는 얼굴이 달아올랐다. "죄송합니다. 전혀 상관없는 분야의 파일 안에 들어 있었어요. 편지 주인을 찾게 되리라곤 생각도 못했습니다. 편지가 참 아름답다고 느꼈어요."

"그래요, 정말 아름답죠? 내 나이가 되면 놀랄 일이 많지 않은데, 엘리가 오늘 날 놀라게 하네요."

"읽지 않으실 건가요?"

"읽을 필요가 없어요. 뭐라고 쓰였는지 아니까."

엘리는 저널리즘의 가장 중요한 기술이 입을 다물어야 할 때를 아는 거라고 오래전에 배웠다. 하지만 방 안에서 사라져버린 듯한 이 나이 든 여인을 지켜보는 것이 점점 불편해지고 있었다. "죄송합니다." 침묵을 도저히 견딜 수가 없어졌을 때 엘리가 조심스럽게 말했다. "언짢게 해드렸다면요. 저는 어떻게 하는 게 좋을지 알 수가 없었어요. 부인의……."

"…… 상황이 어떨지 모르니까." 제니퍼가 대신 말했다. 그녀가 웃어 보이자, 엘리는 그녀의 얼굴이 얼마나 아름다운지 다시금 깨달았다. "굉장히 노련한 분이네요. 하지만 이걸로 곤란해지거나 그럴 일은 없어요. 남편은 오래전에 세상을 떠났답니다. 늙어가는 것에 대해 누구도 말해주지 않는 점 중에 하나가 그거예요." 스털링 부인이 쓴웃음을 지었다. "남자들이 훨씬 일찍 죽는다는 거."

잠시 두 사람은 바깥에서 들려오는 빗소리와 버스가 쉭쉭거리며 멈추는 소리를 들으며 앉아 있었다.

"그건 그렇고." 스털링 부인이 말했다. "이유가 궁금하네요, 엘리. 어째서 이 편지들을 내게 돌려주려고 그토록 애쓰게 되었는지."

엘리는 기사 애기를 해야 할까 잠시 고민했다. 그녀의 직감은 하지 말라고 말했다.

"이런 편지는 난생처음 읽어봐서요."

제니퍼 스털링이 엘리를 자세히 쳐다보았다.

"그리고…… 저도 사랑하는 사람이 있어요." 엘리는 자신이 왜 이런 애기를 하는지 알 수 없었다.

"사랑하는 사람?"

"그 사람은…… 가정이 있어요."

"아. 그래서 이 편지들이 깊이 와 닿았군요."

"네. 편지의 사연이 그랬어요. 가질 수 없는 뭔가를 원하는 일에 대한 거잖아요. 그리고 자신의 진짜 감정을 말할 수 없는 일에 대한 것이고요." 엘리는 무릎을 내려다보며 말했다. "제가 사귀고 있는 남자는, 존이라고 하는데요…… 저는 그 사람이 무슨 생각을 하는지 잘 모르겠어요. 저희는 둘 사이에 일어나고 있는 일에 대해서는 애기를 나누지 않거든요."

"그런 상황에선 특이한 일이 아닌 거 같은데요." 스털링 부인이 말했다.

"하지만 부인이 사랑한 분은 그러지 않으셨잖아요. B라는 분요."

"그래요." 부인은 또다시 다른 시대로 빠져들었다. "그 사람은 내게 모두 말했죠. 그런 편지를 받는다는 건 정말 놀라운 일이에요. 자신이 전적으로 사랑받고 있다는 걸 안다는 건요. 그 사람은 항상 언어에 능했어요."

잠시 비가 억수처럼 쏟아지더니 천둥이 창문을 울렸다. 아래쪽 거리를 지나는 사람들이 소리를 질렀다.

"이상하게 들릴지 모르겠지만, 저는 두 분의 연애에 약간 지나칠 정도로 집착하게 되었어요. 두 분이 다시 만나게 되길 간절히 바랐고요. 그래서 여쭤보지 않을 수가 없는데, 두 분은…… 다시 만난 적이 없으신가요?"

현대적인 어법이 부적절하게 느껴져서 엘리는 갑자기 겸연쩍어졌다. 점잖지 못한 질문이라는 생각이 들었다. 너무 지나치게 밀어붙였다.

엘리가 막 사과를 하고 떠나려는데, 제니퍼가 입을 열었다. "커피 한잔 더 하겠어요, 엘리? 비가 이렇게 오는데 꼭 지금 나설 필요는 없을 거 같은데요."

* * *

제니퍼 스털링은 실크 커버를 씌운 소파에 앉아서 이야기를 들려주었다. 그녀의 커피는 무릎 위에 놓인 채 식어갔다. 그녀는 프랑스 남부에 머물던 젊은 아내와, 그녀의 표현에 따르면 그 시대의 다른 남편들보다 나쁘지 않았던 남편에 대해 이야기했다. 그는 그 시대의 여느 남자들처럼 감정 표현을 나약함의 증거로 보았고 부적절한 것으로 여겼다. 제니퍼는 그와 정반대인 남자에 대해서도 들려주었다. 고집이 세고, 열정적이며, 온전치 못했던 남자. 달빛 아래 열린 저녁 만

455

찬에서 처음 만났을 때부터 그는 그녀를 불안하게 했다.

엘리는 머릿속으로 장면들을 떠올리며 이야기에 빠져들었다. 그리고 핸드백 안에 몰래 켜둔 녹음기에 대해서는 생각하지 않으려 했다. 하지만 더 이상 염치없게 느껴지지는 않았다. 수십 년간 하고 싶었던 이야기를 풀어내는 것처럼 스털링 부인은 생기에 넘쳤다. 그동안 알게 된 내용들을 종합한 이야기라고 했고, 완전히 이해되지 않는 부분도 있었지만 엘리는 부인의 말을 끊으면서까지 확인하고 싶지는 않았다.

제니퍼 스털링은 갑자기 시들하게 느껴지던 상류층 생활, 잠들지 못하던 밤들, 죄책감, 금지된 사람에게 느꼈던 돌이킬 수 없는 끌림, 자신이 잘못 살고 있는지도 모른다는 끔찍한 깨달음에 대해 들려주었다. 엘리는 손톱을 물어뜯으며 이야기를 들으면서, 지금 이 순간 어느 먼 해변의 따가운 햇살 아래서 존도 이런 생각을 하는 건 아닐까 궁금했다. 아내를 사랑한다면 어떻게 엘리와 그런 일을 할 수가 있겠는가? 어떻게 아내에게 그런 끌림을 느끼지 않을 수 있겠는가?

이야기가 어두워졌고, 목소리도 조용해졌다. 스털링 부인은 젖은 도로에서 일어난 충돌 사고와 애꿎은 사람의 죽음, 오로지 딸의 출산과 약으로 유지된 4년간의 결혼 생활에 대해 들려주었다. 부인은 그 기간을 몽유병자처럼 보냈다고 했다.

스털링 부인이 말을 멈추고 뒤쪽에서 사진 액자 하나를 집어 엘리에게 건넸다. 키가 크고 반바지를 입은 금발의 여인과 그녀의 어깨에 팔을 두른 남자의 모습이 담겨 있었다. 발치에는 어린아이 두 명과 개 한 마리가 있었다. 여자는 꼭 캘

빈 클라인 광고 모델 같았다. "에스메는 아마 엘리보다 나이가 아주 많진 않을 거예요." 부인이 말했다. "의사인 남편하고 샌프란시스코에 살아요. 둘은 아주 행복하게 살고 있어요." 그녀가 씁쓸하게 웃었다. "내가 알기로는요."

"따님은 그 편지들에 대해 알고 있나요?" 엘리는 사진을 조심스레 커피 테이블에 내려놓으며, 알지도 못하는 에스메의 환상적인 유전자와 부러워 보이는 삶을 시기하지 않으려고 애썼다.

이번에는 스털링 부인이 잠시 망설이다 입을 열었다. "이 얘기는 누구에게도 한 적이 없어요. 자기 엄마가 아버지 외에 다른 남자와 사랑에 빠졌다는 말을 듣고 싶어 할 딸이 어디 있겠어요?"

그러고는 몇 년 후의 우연한 만남, 자신이 있어야 할 곳에 있음을 알게 되었을 때의 놀라운 충격에 대해 이야기했다. "이해할 수 있겠어요? 난 아주 오랫동안 내 자리가 아닌 다른 곳에 있다는 느낌을 받으며 살았어요……. 그런데 앤서니가 거기 있었던 거예요. 그리고 난 이런 느낌을 받았죠." 부인이 가슴뼈를 톡톡 두드렸다. "집에 돌아온 느낌. 바로 저 사람이라는 느낌."

"맞아요." 엘리는 소파 가장자리에 걸터앉아 있었다. 제니퍼 스털링의 얼굴이 환해졌다. 불현듯 젊은 시절 부인의 모습이 보이는 것 같았다. "저도 그 느낌 알아요."

"물론 끔찍한 점은 이거였죠. 그 사람을 다시 만났지만 난 돌아갈 수가 없는 몸이라는 것. 그 시대에는 이혼이라는 게 지금과는 아주 다른 문제였어요, 엘리. 몹시 끔찍한 일이었죠. 명예가 땅에 떨어지는 일이었으니까요. 내가 떠나려고 하면 남편이 날 파멸시키려들 거라는 걸 알았어요. 에스메를 남겨두고 떠날 수도 없었고요. 그 사람, 앤서니는, 자기 아들을 남겨두고 떠난 일을 끝내 극복하지 못하는 것 같았어요."

"그러니까 남편을 떠난 적이 없다는 말씀이신가요?" 엘리는 실망으로 가슴이 내려앉았다.

"떠났죠. 엘리가 발견한 그 파일 덕분에. 남편한테 재밌는 비서가 있었어요." 부인이 얼굴을 찡그렸다. "그 비서의 이름은 늘 기억이 나지 않았어요. 그 아가씨는 남편을 사랑하는 눈치였어요. 그런데 어떤 이유에서인지 남편을 파멸시킬 수단을 내게 건네주더군요. 나는 그 파일을 갖고 있는 한 남편이 날 건드릴 수 없다는 걸 알았죠."

부인은 그 이름 모를 비서를 만난 일, 사무실로 찾아가 부인이 아는 바를 밝혔을 때 크게 충격받던 남편의 모습에 대해 이야기했다.

"그 석면 자료들이요." 엘리의 아파트에서는 그 자료들이 전혀 해가 없어 보였다. 세월이 지나 뒤늦은 발견으로 힘을 잃은 자료들이었다.

"당시에는 누구도 석면에 대해 알지 못했어요. 우린 그저 놀라운 물질이라고만 생각했죠. 로런스의 회사가 그토록 많은 생명을 파괴했다는 걸 알았을 때 엄청난 충격을 받았어요. 남편이 죽은 후에 내가 재단을 설립한 것도 그 때문이죠. 희생자들을 돕기 위해서. 여기요." 부인이 책상으로 손을 뻗어 팸플릿을 한 장 빼냈다. 일 때문에 중피종을 앓게 된 사람들이 법적인 도움을 받을 수 있는 제도에 관해 설명하는 팸플릿이었다. "이제는 기금이 많이 남지 않았지만, 법적인 도움은 여전히 제공하고 있답니다. 그 분야에서 일하면서 무료로 일해주는 친구들이 있어요. 이곳과 해외에요."

"여전히 남편분의 재산을 갖고 계시나요?"

"그래요. 그게 우리가 합의한 사항이었죠. 난 그의 이름을 유지했지만, 어디에도 남편과 동행하지 않고 조용히 은둔해 지내는 아내가 되었어요. 사람들은 내가 에스메를 키우기 위해 사교계를 떠난 거라고 생각했어요. 그 시대에는 드문 일이 아니었거든요. 남편은 모든 사교 행사에 정부를 데려갔죠." 부인이 웃으면서 머리를 가로저었다. "정말 놀라운 이중 잣대가 존재하던 시대였어요."

엘리는 어느 출판 기념회에서 존의 품에 안겨 있는 자신의 모습을 그려보았다. 존은 공개된 장소에서는 그녀와 접촉하지 않으려고 조심했고, 둘의 관계를 암시하는 어떤 행동도 하지 않았다. 엘리는 그들이 입 맞추는 장면을 누군가에게 들키거나, 둘의 열정이 다른 사람들의 눈에도 훤히 보여서 그의 명성에 타격을 줄 정도로 심각한 소문이 퍼졌으면 좋겠다고 남몰래 바라왔다.

엘리가 고개를 들자 제니퍼 스털링의 시선이 그녀에게 머물고 있었다. "커피 좀 더 들래요, 엘리? 급한 약속은 없어 보이는데요."

"없습니다. 저는 좋죠. 무슨 일이 있었는지 알고 싶어요."

부인의 표정이 바뀌었다. 미소가 흐려졌다. 짧은 침묵이 흘렀다.

"그 사람은 콩고로 돌아갔어요. 워낙 끔찍한 곳들만 찾아다니는 사람이었거든요. 당시 그곳에 있던 백인들에게 안 좋은 일들이 벌어지고 있었고, 그 사람도 썩 좋은 상태는 아니어서……." 부인은 더 이상 엘리에게 말하고 있는 것 같지 않았다. "남자들은 가끔 보기보다 훨씬 약할 때가 있잖아요, 안 그래요?"

엘리는 쓸쓸한 실망감을 억누르며 부인의 이야기를 이해했다. 이건 네 삶이 아니야. 엘리는 단호하게 자신을 타일렀다. 네게 일어난 비극이 아니라고. "왜 그분은 자신의 이름을 'B'로 적으셨나요?"

"내가 '부트'라고 불렀거든요. 그건 둘만의 농담 같은 거였어요. 에벌린 워의 소설에 나오는 인물인데, 혹시 읽어봤나요? 그 사람 본명은 앤서니 오헤어예요. 이렇게 오랜 세월이 흐른 후에 엘리에게 모든 걸 털어놓으니 이상한 기분이 드네요. 그 사람은 내 인생의 유일한 사랑이지만, 내게는 그 사람 사진 한 장이 없어요. 몇 가지 추억만 간직하고 있을 뿐이죠. 편지들이 아니었다면 전부 내가 지어낸 거라고 생각했을지도 몰라요. 그러니까 엘리가 그 편지들을 돌려준 건 내게 더 없이 큰 선물을 준 거나 마찬가지예요."

엘리는 울컥 목이 메었다.

전화벨이 울리자, 두 사람은 깜짝 놀라며 생각에서 빠져나왔다.

"잠깐 실례할게요." 제니퍼가 복도로 걸어가 수화기를 들었고, 그녀의 목소리가 엘리의 귀로 흘러들었다. 즉시 차분하고 직업상의 거리감이 느껴지는 목소리로 바뀌었다. "네." 제니퍼가 말했다. "네, 계속하고 있습니다. 언제 진단받으셨나요?…… 저런……."

엘리는 노트를 꺼내 이름을 휘갈겨 적고는 다시 가방에 집어넣었다. 그러면서 녹음기가 계속 작동 중인지, 마이크가 제대로 놓였는지 확인했다. 만족한 엘리는 가족사진을 살펴보며 조금 더 기다리다가, 제니퍼의 통화가 길어지리라는 걸 알았다. 폐 질환을 앓는 게 분명해 보이는 사람을 재촉하는 건 옳지 못한 일이었다. 엘리는 노트에서 종이를 한 장 찢어 메모한 뒤 코트를 집어 들었다. 창가로 가보니 어느덧 날씨가 개어 보도에 생긴 물웅덩이가 파랗게 반짝였다. 엘리는 문으로 걸어가서 메모를 들고 기다렸다.

"잠깐만 기다려주시겠어요?" 제니퍼가 수화기를 손으로 가렸다. "정말 미안해요. 시간이 좀 걸릴 거 같네요." 오늘은 대화를 계속하기 힘들다는 뜻을 암시하는 목소리였다. "보상을 신청하려는 사람이 있어요."

"다시 말씀 나눌 기회가 있을까요?" 엘리가 들고 있던 종이를 내밀었다. "제 전화번호를 적어두었어요. 저는 정말 알고 싶은데요……."

통화 상대에게 반쯤 주의를 둔 채 제니퍼가 고개를 끄덕였다. "그럼요. 물론이죠. 그 정도는 아무것도 아니에요. 그리고 다시 한번 고마워요, 엘리."

엘리가 코트를 팔에 걸치며 나가려고 돌아섰다. 그러다 제니퍼가 수화기를 들어 올리는 순간, 그녀가 다시 돌아섰다. "저, 한 가지만 말씀해주실 수 있으세요? 그분, 그러니까 앤서니 씨가 다시 떠나셨을 때 부인은 어떻게 하셨어요?"

제니퍼 스털링이 수화기를 내렸다. 맑고 차분한 눈빛이었다. "그 사람을 따라갔죠."

"부인? 음료 좀 드시겠습니까?"

제니퍼가 눈을 떴다. 그녀는 한 시간 가까이 좌석 팔걸이
를 움켜쥐고 있었다. 영국해외항공 여객기는 거세게 흔들리
며 케냐를 향해 날아가고 있었다. 제니퍼는 원래도 비행이
쉽지 않았지만, 수그러들지 않는 난기류에 기내의 긴장이 높
아져서 아프리카를 수없이 오간 노련한 전문가들조차 비행
기가 크게 흔들릴 때마다 이를 악물 정도였다. 좌석에서 엉
덩이가 번쩍 들어 올려지자 제니퍼가 움찔했고, 비행기 뒤쪽
에서 놀란 사람들이 울부짖었다. 여기저기서 허둥지둥 담배
에 불을 붙여 기내에 연기가 자욱해졌다.

"네, 부탁해요." 제니퍼가 말했다.

"더블로 드릴게요." 승무원이 한쪽 눈을 찡긋해 보였다.
"계속 심하게 흔들릴 거거든요."

제니퍼는 음료 반 잔을 단숨에 들이켰다. 여정을 이어온

지 48시간이 다 되어가는 그녀의 눈은 모래가 들어간 것처럼 껄끄럽고 뻑뻑했다. 런던에서 떠나오기 전에도 수일 밤을 뜬 눈으로 지새웠다. 생각이 꼬리를 물고 이어졌고, 그녀가 하려는 일이 모두의 생각처럼 미친 짓이 아닌지를 두고 반박에 반박을 거듭했다.

"하나 드시겠습니까?" 옆자리의 사업가가 뚜껑이 젖혀진 통을 내밀었다. 굵직한 소시지 같은 손가락이 달린 커다란 손이 눈에 들어왔다.

"고맙습니다. 그게 뭔가요? 민트?" 제니퍼가 물었다.

하얗게 샌 콧수염 아래로 그가 웃어 보였다. "아, 그건 아니에요." 아프리카식 억양이 강했다. "긴장을 가라앉혀줄 겁니다. 나중에는 먹길 잘했다 싶을 거예요."

제니퍼는 손을 거두었다. "고맙지만 사양하겠어요. 난기류는 걱정할 게 전혀 아니라고 누군가 그러더군요."

"맞습니다. 걱정해야 할 건 지상에서 일어나는 난기류죠."

제니퍼가 웃지 않자, 남자는 잠시 그녀를 쳐다보았다. "어디로 가십니까? 사파리?"

"아뇨. 전 스탠리빌로 가는 비행기를 타야 해요. 런던에서는 곧장 가는 비행기가 없다고 해서요."

"콩고로 가신다고요? 그곳에는 왜 가려고 하시나요, 부인?"

"친구를 찾으려고요."

남자는 믿을 수 없다는 목소리로 말했다. "콩고에서요?"

"네."

남자가 미친 사람 보듯 제니퍼를 바라보았다. 그녀는 몸을 바로잡고 잠시 팔걸이를 움켜쥔 손에 힘을 풀었다.

"부인은 신문 안 보십니까?"

"보기는 하지만, 지난 며칠간은 못 봤어요. 전…… 많이 바빴거든요."

"많이 바쁘셨다고요? 부인, 그냥 영국으로 돌아가시는 편이 나을 겁니다." 그가 낮게 껄껄 웃었다. "콩고까지는 분명히 못 가실 테니까요."

제니퍼는 고개를 돌리고 창밖의 구름을 빤히 바라보았다. 먼 아래로 꼭대기가 눈으로 덮인 산들이 내려다보였다. 지금 이 순간 3,000미터 아래 저곳에 그가 있을 확률이 조금이라도 있는지 궁금했다. *내가 이미 얼마나 멀리까지 왔는지 당신은 절대 모를 거예요*, 제니퍼가 조용히 대답했다.

* * *

2주 전, 제니퍼 스털링은 「네이션」의 사무실을 비틀거리며 걸어 나왔다. 딸아이의 작고 통통한 손을 잡고 계단에 선 그녀는 이제 어떻게 해야 할지 아무 생각이 없다는 사실을 깨달았다. 강풍이 불어와서 나뭇잎들이 배수로를 따라 꼬리에 꼬리를 물고 흩날렸다. 방향 없이 흩날리는 이파리들이 그녀의 모습을 닮았다. 앤서니는 어떻게 사라져버릴 수가 있을까? 어째서 메시지를 한 줄도 남기지 않았을까? 호텔 로비에서 본 그의 비통한 표정이 떠오르자 제니퍼는 답을 아는 것 같아 두려웠다. 뚱뚱한 신문기자의 말이 머릿속을 떠다녔다. 세상이 출렁이는 것처럼 느껴져 그녀는 잠시 기절하려는가 보다고 생각했다.

그러는 중에 에스메가 화장실에 가고 싶다고 칭얼거렸다. 어린아이의 더욱 시급한 요구가 그녀를 생각에서 끌어내 현실로 돌아오게 했다.

제니퍼는 그가 묵었던 리젠트 호텔을 예약했다. 그가 돌아오기로 마음먹는다면 그녀가 거기에 있어야 찾기 쉬울 거라고 믿는 것처럼. 제니퍼는 그가 자신을 찾으리라고 믿어야만 했다. 적어도 그녀가 자유의 몸이 되었다는 사실을 알고 싶어 하리라고.

유일하게 남은 방은 4층 스위트룸뿐이었고, 제니퍼는 그 방에 묵기로 했다. 로런스는 감히 비용에 대해 트집 잡지 못할 것이다. 에스메는 커다란 텔레비전 앞에 행복하게 앉아 있다가, 가끔씩 거대한 침대로 달려가 그 위에서 폴짝거렸다. 그동안 제니퍼는 방 안을 오락가락하며 미친 듯이 머리를 굴렸다. 광대한 중앙아프리카 땅 어딘가에 있을 남자에게 메시지를 전할 방법을 찾아야만 했다.

마침내 에스메는 엄지를 물고 그녀 곁에서 웅크리고 잠들었고, 제니퍼는 아이를 바라보며 누운 채로 도시의 소음에 귀를 기울였다. 그녀는 무력감이 들어 울고 싶었지만 꾹 참았다. 아주 열심히 집중하면 텔레파시로 어떻게든 메시지를 전할 수 있지 않을까 하고 생각하면서. *부트, 제발 내 말을 들어줘요. 날 위해 돌아와야만 해요. 나 혼자서는 이 일을 할 수 없어요.*

466

다음 날과 그다음 날은 낮 동안 에스메를 자연사 박물관에 데려갔다가 백화점에 들러서 차를 마셨다. 그들은 리젠트 가에서 옷을 사고(제니퍼는 아직 가지고 있는 옷들을 호텔 세탁소에 맡기면 된다는 걸 떠올릴 정도로 생각이 정리되지 않았다), 저녁에는 룸서비스를 시켜서 은쟁반에 담긴 로스트치킨 샌드위치를 먹었다. 에스메는 가끔 코르도자 부인이나 아빠가 어디에 있는지 물었고, 제니퍼는 곧 만나게 될 거라며 아이를 안심시켰다. 그녀는 작고 해결 가능한 요구들을 줄줄이 쏟아내는 딸아이가 고마웠다. 차와 목욕과 잠으로 생겨난 하루 일과가 고마웠다. 하지만 아이가 잠든 후 방문을 닫고 나오면, 제니퍼는 암담한 두려움에 빠져들었다. 그녀는 무슨 짓을 한 것인가? 시간이 지나면서 자신의 행동이 얼마나 엄청나고 헛된 것인지 서서히 깨달아갔다. 제니퍼는 자신의 삶을 내던진 채 딸을 데리고 호텔로 들어왔다. 무엇을 위해서?

제니퍼는 「네이션」으로 두 번 더 전화를 걸었다. 배가 나오고 퉁명스러운 남자가 전화를 받았다. 제니퍼는 이제 그의 목소리와 말투를 알았다. 그는 오헤어가 연락해오는 대로 바로 메시지를 전하겠다고 말했다. 두 번째 통화에서 제니퍼는 그가 진실을 말하고 있지 않다는 확실한 느낌을 받았다.

"하지만 지금쯤이면 분명히 그곳에 도착했을 텐데요. 기자들은 전부 같은 장소에 머물지 않나요? 누군가 그에게 메시지를 전해줄 수 없나요?"

"난 사교 담당 비서가 아니에요. 메시지를 전달하겠다고 했으니 그렇게 할 겁니다. 하지만 거긴 교전 지역이에요. 오헤어에게는 더 급한 문제들이 있을 거라고 생각됩니다만."

그러고는 서둘러 전화를 끊었다.

스위트룸은 고립된 작은 공간이었고, 방문객이라곤 메이드와 벨보이뿐이었다. 제니퍼는 부모님이나 친구들은 물론 그 누구에게도 전화할 수 없었다. 자신의 상황을 어떻게 설명해야 할지 알 수가 없었다. 음식도 넘어가지 않고 잠도 오지 않았다. 자신감이 사라지면서 불안감이 자라났다.

계속 이렇게 혼자 지내서는 안 된다는 생각이 점점 강해졌다. 어떻게 살아남을 수 있겠는가? 제니퍼는 혼자서 뭔가 해본 적이 한 번도 없었다. 로런스는 분명히 그녀를 고립시킬 것이다. 부모님은 그녀와 인연을 끊을 것이다. 제니퍼는 재앙에 빠진 기분을 누그러뜨리기 위해 술을 주문하고 싶었지만 꾹 눌러 참았다. 그리고 하루하루 지나면서 머릿속에서 메아리치던 목소리가 점점 분명해지기 시작했다. *넌 언제든지 로런스에게 돌아갈 수 있어. 유일하게 할 줄 아는 거라고는 장식 역할뿐인 제니퍼 같은 여자에게 달리 무슨 방법이 있겠는가?*

발작적으로 이런 생각들을 하며, 평범한 삶을 이상하게 흉내 내는 가운데, 하루하루가 흘러갔다. 엿새째 되던 날에는 로런스가 회사에 있을 시간에 맞춰 집으로 전화를 걸었다. 코르도자 부인은 두 번째 벨이 울릴 때 전화를 받았다. 걱정이 뚜렷이 느껴지는 부인의 목소리에 제니퍼는 미안하고 고마운 마음이 들었다.

"어디 계시는 거예요, 스털링 부인? 쓰시던 물건들을 제가 가져다 드릴게요. 에스메도 보고요. 그렇게 하게 해주세요. 정말 얼마나 걱정했는지 몰라요."

제니퍼 안에서 안도감과 함께 뭔가가 가라앉았다.

한 시간 후, 코르도자 부인이 여행 가방에 물건들을 챙겨 호텔로 가져왔다. 로런스는 며칠간 집에 아무도 오지 않을 거라는 말 외에는 어떤 말도 하지 않았다고 했다. "사장님이 서재를 치워달라고 하셨어요. 그래서 제가 들어갔는데." 부인의 손이 얼굴로 올라갔다. "대체 무슨 일인지 알 수가 없었어요."

"별일 아니에요. 정말이에요." 제니퍼는 무슨 일이 있었는지 차마 얘기할 수가 없었다.

"어떻게든 사모님을 돕고 싶어요." 코르도자 부인이 말을 이었다. "하지만 제 생각엔 사장님이……."

제니퍼가 부인의 팔에 손을 얹었다. "괜찮아요, 코르도자 부인. 당연히 우리도 부인과 함께 살고 싶죠. 하지만 그건 아마 힘들 거예요. 그리고 에스메가 곧 아빠를 보러 집에 가야 해요. 일이 조금 진정되고 나면요. 부인이 그 집에서 에스메를 돌봐주시는 게 모두에게 좋아요."

에스메는 코르도자 부인에게 새 물건들을 보여주더니 무릎 위로 기어 올라가 부인을 꼭 껴안았다. 제니퍼는 차를 주문했고, 이전과는 반대로 제니퍼가 부인에게 차를 따라주는 동안 두 사람은 어색하게 웃었다.

"와주셔서 정말 고마워요." 돌아가려고 일어서는 코르도자 부인에게 제니퍼가 말했다. 부인이 곧 떠난다고 생각하자 상실감이 들었다.

"결정을 내리시면 알려주세요." 코르도자 부인이 외투를 걸치며 말했다. 염려가 되는지 입을 굳게 다물고 제니퍼를 가만히 쳐다보았다. 제니퍼는 충동적으로 앞으로 다가가 부인을 포옹했다. 코르도자 부인은 제니퍼의 몸에 팔을 두르더니 힘을 불어넣으려는 듯이 꼭 안아주었다. 제니퍼에게 그런 포옹이 얼마나 필요한지 잘 안다는 듯이. 한동안 방 한가운데서 두 사람은 그렇게 서 있었다. 그러다 코르도자 부인이 민망한지 몸을 떼었다. 부인의 코끝이 빨갰다.

"난 돌아가지 않아요." 제니퍼는 예상치 못한 힘으로 잔잔한 공기를 가르는 자신의 목소리를 들었다. "우리가 살만한 곳을 찾을 거예요. 하지만 돌아가진 않아요."

나이 든 여인은 고개를 끄덕였다.

"내일 전화할게요." 제니퍼가 호텔 메모지에 갈겨 적었다. "그이한테 우리가 어디에 있는지 알려줘도 좋아요. 그이가 알고 있는 편이 나을지도 몰라요."

그날 밤, 에스메를 재운 제니퍼는 플리트 가에 있는 모든 신문사에 전화해서 소속 해외 특파원들에게 메시지를 보낼 수 있는지 물었다. 혹시라도 중앙아프리카에서 앤서니와 마주칠지도 모른다는 생각에서였다. 한때 그 지역에서 일한 것으로 기억하는 삼촌에게도 전화해서 그곳의 호텔 이름들을 기억하는지 물었다. 제니퍼는 국제 교환원에게 통화를 신청해, 브라자빌에 있는 호텔 한 곳과 스탠리빌의 호텔 한 곳으로 전화를 걸었다. 그녀가 프런트에 메시지를 남기자, 어느 직원은 구슬픈 목소리로 이렇게 말했다. "부인, 이곳에는 백인이 하나도 없습니다. 저희 도시에 분쟁이 있어서요."

"부탁합니다. 그냥 앤서니 오헤어라는 이름만 기억해주세요. 그 사람에게 '부트'라는 말만 전해주시면 돼요. 그럼 무슨 뜻인지 알 겁니다."

제니퍼는 신문사에 또 한 통의 편지를 남기며 그에게 전해 달라고 부탁했다.

미안해요. 제발 내게로 돌아와요. 난 자유로운 몸이고, 당신
을 기다리고 있어요.

제니퍼는 안내데스크에 편지를 건네며 단호히 마음을 다잡았다. 일단 한번 손을 떠난 편지는 영원히 떠난 것이다. 그 편지의 행방에 대해 생각해서는 안 된다. 앞으로 며칠, 몇 주 동안 그 편지가 어디에 놓여 있을까 상상해서는 안 되었다. 제니퍼는 자신이 할 수 있는 일을 했고, 이제는 새로운 삶을 일구는 일에 집중해야 할 시간이었다. 그동안 보낸 수많은 메시지 중 하나가 그에게 도달했을 때를 준비하면서.

* * *

부동산 중개인이 다시 활짝 웃었다. 이를 드러내는 그 환한 미소는 반사적으로 나오는 것 같았지만 제니퍼는 애써 모른 척했다. 집을 나온 지 11일째 되던 날이었다.

"여기에 서명하시면 됩니다." 그로스베너 씨가 매끈한 손가락으로 한 곳을 가리켰다. "그리고 여기도요. 물론 남편분의 서명도 여기 들어가야 하고요." 그가 다시 웃어 보이는데 입술이 살짝 떨렸다.

"아, 그건 남편한테 직접 보내셔야 해요." 리젠트 호텔 찻집에는 여자들과 은퇴한 신사들, 수요일 오후에 내리는 비로 쇼핑을 잠시 중단한 사람들로 가득했다.

"예?"

"이젠 남편과 함께 살지 않아요. 필요한 얘기는 편지로 주고받습니다."

그 말에 그는 말문이 막혔다. 미소가 싹 사라졌고, 생각을 가다듬으려는 듯 무릎에 놓인 종이들을 덥석 집어 들었다.

"남편의 집 주소는 이미 드린 걸로 아는데요." 제니퍼가 파일 안의 서류 하나를 가리켰다. "다음 주 월요일에는 들어갈 수 있죠? 저와 딸아이는 호텔에서 사는 데 아주 지쳤답니다."

바깥 어딘가에서 코르도자 부인이 에스메에게 그네를 태워주고 있었다. 부인은 이제 로런스가 회사에 있을 시간에 매일 호텔에 왔다.

"사모님이 안 계시니까 그 집에는 할 일이 거의 없어요." 부인은 그렇게 말했다. 에스메를 안으며 얼굴이 환해지는 모습을 제니퍼가 물끄러미 바라보았다. 빈집에 덩그러니 앉아 있는 것보다 호텔에서 그들과 함께 있는 것이 부인에게도 훨씬 나은 듯했다.

그로스베너 씨의 이마에 주름이 졌다. "아, 스털링 부인,

제가 확인을 좀…… 그러니까 부인께서는 스털링 씨와 한 집에 살지 않으실 거란 말씀인가요? 그곳 건물주께서 점잖은 신사분이라서요. 그분께서는 가족에게 세를 주는 것으로 알고 계실 겁니다."

"가족에게 세를 주는 거죠."

"하지만 방금 말씀하시길……."

"그로스베너 씨, 저희는 단기 임대 집세로 한 주에 24파운드를 지불할 겁니다. 저는 결혼한 여자예요. 그로스베너 씨와 같은 신사분이라면 제 남편이 그곳에서 얼마나 자주 머물지, 혹은 그곳에서 머물기는 할지에 관한 문제가 오로지 저희 외에는 누구도 신경 쓸 일이 아니라는 사실에 동의하리라 믿습니다."

그가 달래듯이 손을 들어 보였고, 옷깃 주위로 목이 붉게 달아올랐다. "그건 그저……."

그의 말은 다급하게 제니퍼의 이름을 부르는 여자의 목소리로 끊겼다. 제니퍼가 몸을 틀자, 북적이는 찻집으로 성큼성큼 들어오는 이본 몬크리프의 모습이 눈에 들어왔다. 그녀는 멍하니 서 있는 웨이터에게 다짜고짜 젖은 우산을 내밀었다. "그러니까 여기 있었네!"

"이본, 난……."

"그동안 어디 있었던 거야? 대체 무슨 일이 일어나고 있는지 알 수가 있어야지. 난 지난주에 퇴원해서 돌아왔는데, 자기네 괘씸한 가정부는 한마디도 안 해주잖아. 그리고 프랜시스는……." 자신이 얼마나 크게 떠들고 있는지 깨달은 이본이 말을 멈췄다. 실내가 고요해졌고 사람들은 궁금한 표정이었다.

"죄송하지만 실례해도 될까요, 그로스베너 씨? 그 일은 이제 끝난 거 같은데요." 제니퍼가 말했다.

이미 서류를 챙기고 일어나던 그가 힘차게 가방을 닫았다. "오늘 오후에 스털링 씨께 서류들을 가져가겠습니다. 그럼 나중에 다시 연락드리겠습니다." 그러고는 호텔 로비로 걸어 나갔다.

그가 나간 뒤, 친구의 팔에 손을 얹으며 제니퍼가 말했다. "미안해, 해줄 얘기가 엄청 많아. 위로 올라가서 얘기할 시간 있어?"

이본 몬크리프는 병원에서 4주간 머물렀다. 아기를 낳기 전에 2주, 그리고 낳고 나서 2주를 병원에서 보냈다. 퇴원해서 집에 돌아왔을 때는 기절할 정도로 지쳐 있어서, 한 주를 더 보내고 나서야 제니퍼를 오랫동안 못 봤다는 사실을 떠올렸다. 이본은 옆집을 두 번 방문했지만 두 번 모두 스털링 부인이 안 계시다는 말만 들었다. 그러고 나서 한 주가 더 지나자, 이본은 무슨 일인지 알아봐야겠다고 마음먹었다. "자기네 가정부는 계속 고개만 절레절레 저으면서 래리한테 물어보라고 하는 거야."

"아마 래리가 아무 말도 하지 말라고 했을 거야."

"무슨 말?" 이본은 코트를 벗어 침대로 던지고 폭신한 의자에 앉았다. "자긴 왜 여기서 지내는 건데? 래리하고 싸웠어?"

눈 밑에는 연보라색 그림자가 생겼지만 이본의 머리 모양은 여전히 흠잡을 데가 없었다. 벌써 이상할 정도로 거리감이 느껴졌다. 마치 지난 생의 유물인 것처럼. "그를 떠난 거야."

눈을 휘둥그렇게 뜬 이본이 제니퍼의 얼굴을 살폈다. "그제 밤에 래리가 우리 집에서 엄청나게 취했었어. 난 사업 문제이겠거니 생각하고 남자들끼리 얘기하라고 아기를 재우러 들어갔지. 프랜시스가 올라왔을 땐 반쯤 잠들어 있었어. 그래도 잠결에 그이 말이 들렸는데, 너한테 애인이 있다고 래리가 그랬다는 거야. 네가 제정신이 아니라고. 난 다음 날 깨어나서는 그게 다 꿈인 줄 알았지."

"일부는 사실이야." 제니퍼가 천천히 말했다.

이본이 손으로 입을 가렸다. "맙소사."

제니퍼는 고개를 저으며 웃어 보였다. "이본, 나 자기 정말 그리웠어. 그동안 얼마나 얘기하고 싶었는데……." 제니퍼는 친구에게 그 이야기를 들려주었다. 일부 내용은 넘어갔지만 대부분은 사실대로 이야기했다. 이본이 아니면 누구에게 말하겠는가. 조용하게 방 안을 울리는 간단한 설명만으로는 지난 몇 주간 제니퍼가 겪은 일들이 별것 아닌 것처럼 느껴졌다. 하지만 모든 것이 변했다. 모든 것이. 제니퍼는 과장된 어조로 이야기를 끝맺었다. "그 사람을 찾아낼 거야. 그럴 거라고 확신해. 난 그 사람한테 꼭 설명해야 해."

이본은 그녀의 이야기를 집중해서 들었고, 제니퍼는 신랄하고 직선적인 이본의 말을 얼마나 그리워했는지 깨달았다.

마침내 이본이 머뭇거리며 웃어 보였다. "그 사람은 분명히 용서할 거야."

"뭐?"

"래리 말이야. 분명히 널 용서할 거라고."

"래리?" 제니퍼는 뒤로 기대어 앉았다.

"그래."

"하지만 난 그 사람한테 용서받고 싶은 생각 없어."

"이러면 안 돼, 제니."

"래리에겐 정부가 있어."

"그런 문제는 얼마든지 해결할 수 있잖아! 그 여잔 그냥 래리 비서일 뿐이야. 래리한테 새롭게 시작하고 싶다고 해. 래리도 그래야 한다고 하고."

제니퍼는 더듬다시피 말했다. "하지만 난 래리를 원하지 않아. 그 사람하고 결혼 생활을 이어가고 싶지 않다고."

"그럼 아예 돌아오지 않을지도 모르는 무일푼 바람둥이 신문기자를 기다리겠다는 거야?"

"그래."

이본이 가방으로 손을 뻗어 담배를 꺼내 불을 붙였다. 그리고 방 가운데로 연기를 길게 내뿜었다.

"에스메는 어쩔 건데?"

"에스메가 뭐?"

"아빠 없이 자라는 애를 어떻게 할 거냐고."

"아빠가 왜 없어. 언제든지 아빠한테 갈 수 있는데. 이번 주말에도 아빠하고 지내기로 했어. 내가 편지로 물어봤고 그이도 그러라고 답장을 보내왔고."

"너도 이혼한 가정의 아이가 학교에서 끔찍하게 놀림당한
다는 거 알 거야. 그 올숍네 딸이 지금 얼마나 상태가 안 좋
은데."

"우린 이혼하지 않아. 그러니까 에스메 학교 친구들은 아
무것도 모를 거야."

이본은 계속 담배를 빨아들였다.

제니퍼의 목소리가 부드러워졌다. "부디 이해하려고 애
써줘. 로런스와 내가 따로 살지 말아야 할 이유가 어디 있겠
어. 사회는 변하고 있어. 더는 뭔가에 갇혀 살 필요가 없다
고⋯⋯. 로런스도 내가 없는 편이 훨씬 행복할 거야. 그리고
이렇게 산다고 해도 달라질 건 아무것도 없어. 정말이야. 자
기랑 나도 마찬가지고. 안 그래도 이번 주에 애들끼리 만나
게 해주면 어떨까 생각 중이었어. 마담 투소 박물관에 데려
가도 좋을 거 같고. 에스메가 도티를 많이 보고 싶어 했거
든⋯⋯."

"마담 투소 박물관?"

"아니면 큐 가든에 가든가. 물론 날씨가 좋아야⋯⋯."

"그만해." 이본이 우아한 손을 들어 올렸다. "그만하라고.
한마디도 더 들을 수가 없어. 맙소사. 넌 지금까지 내가 만나
온 사람 중에 제일 이기적인 여자야." 이본이 담배를 비벼 끄
더니 자리에서 일어나 코트를 집어 들었다. "사는 게 뭐라고
생각하니, 제니퍼? 무슨 동화 속 얘기 같은 거라고 생각해?
다른 여자들은 남편이 지긋지긋하지 않아서 그러고 사는 줄
아니? 어떻게 그런 행동을 하면서 우리가 계속 네 곁에 남아

주길 바랄 수 있어? 마치…… 결혼조차 하지 않은 사람처럼 나다니면서? 네가 도덕적으로 타락한 생활을 하겠다면 마음 대로 해. 하지만 너한테는 아이가 있어. 남편과 아이가 있다 고. 친구들이 그런 네 행동을 용납할 거란 기대는 하지 마."

제니퍼의 입이 벌어졌다.

이본은 그녀를 보는 것조차 견딜 수 없다는 듯 몸을 돌렸 다. "그리고 이렇게 생각하는 게 나만은 아닐 거야. 어떻게 할지 곰곰이 생각해보고 결정하는 게 좋을 거야." 이본은 코 트를 팔에 걸치고서 방을 나갔다.

세 시간 후, 제니퍼는 마음을 정했다.

* * *

정오의 엠바카시 공항은 매우 분주했다. 털털거리는 컨베 이어 벨트에서 여행 가방을 집어든 제니퍼는 화장실로 가서 얼굴에 찬물을 끼얹고 깨끗한 블라우스로 갈아입었다. 머리 를 뒤로 넘겨 핀을 꽂자, 뜨거운 열기에 목이 벌써 촉촉하게 땀에 젖어 있었다. 화장실에서 나오자 몇 초 만에 블라우스 가 등에 달라붙었다.

공항 안은 아무렇게나 줄을 서거나 모여선 사람들, 대화를 나눈다기보다 서로에게 고함치는 사람들로 북적였다. 밝은 색상의 옷을 입은 아프리카 여인들이 지나가자 제니퍼는 잠 시 얼어붙은 듯이 서서 구경했다. 그들은 여행 가방과 커다 란 자루를 밧줄로 묶어 머리에 얹고 균형을 잡으며 걸어가고 있었다. 나이지리아 사업가들이 땀으로 피부를 반짝이며 구석에서 담배를 피웠고, 어린애들은 바닥에 앉은 사람들 주변을 뛰어다녔다. 여자 하나가 작은 손수레를 밀며 음료를 팔고 있었다. 출발 안내 전광판은 몇몇 항공편의 출발 지연을 알렸지만, 사정이 언제쯤 달라질지에 대해서는 아무런 언급이 없었다.

공항 건물 안의 소음과 대조적으로 바깥은 평화로웠다. 험악한 날씨가 깨끗이 물러가고 남은 습기를 뜨거운 열기가 싹 날려 보내서 저 멀리 보라색 산들까지 보였다. 활주로에는 제니퍼가 타고 온 비행기 한 대만 서 있을 뿐이었다. 그 아래서 한 남자가 생각에 잠긴 듯 바닥을 쓸고 있었다. 번쩍이는 현대풍 공항 건물의 다른 쪽에는 누군가 작은 암석정원을 만들어놓았다. 선인장과 수분이 많은 식물들도 드문드문 눈에 띄었다. 제니퍼는 세심하게 정렬된 바위들에 감탄하면서, 이런 혼잡한 곳에 저런 공간을 만들기까지 얼마나 노고가 컸을지 잠시 생각해보았다.

영국해외항공과 동아프리카항공의 데스크가 닫혀 있어서 제니퍼는 힘겹게 사람들을 헤치고 바로 공항 안으로 가서 커피를 주문하고 자리에 앉았다. 주변에는 다른 사람들의 여행 가방과 등나무 바구니, 그리고 학생용 넥타이로 날개를 묶어놓은 불쌍한 어린 수탉 한 마리가 자리를 차지하고 있었다.

그를 만나면 무슨 말을 할까? 제니퍼는 어느 해외 특파원 클럽에 앉아 있는 그의 모습을 그려보았다. 분쟁 지역에서 멀리 떨어진, 기자들이 술을 마시며 그날 벌어진 사건들에 대해 의견을 나누는 장소. 그는 술을 마시고 있을까? 그의 말대로라면 그곳은 유대가 강한 작은 세계였다. 스탠리빌에 도착하기만 하면 제니퍼는 그를 아는 누군가를 만나게 될 것이다. 그가 어디에 있는지 알려줄 사람. 그녀는 지칠 대로 지친 몸으로 클럽에 들어서는 자신의 모습을 그려보았다. 지난 며칠간 그녀를 앞으로 나아가게 한 이미지였다. 빙글빙글 돌아가는 팬 아래서 동료와 얘기를 나누던 그가 깜짝 놀라는 모습이 생생하게 떠올랐다. 제니퍼는 그의 표정이 무슨 뜻인지 알았다. 지난 48시간 동안은 제니퍼조차 자신의 모습을 알아볼 수 없었으니까.

지금까지 제니퍼가 경험한 어떤 일도 이 일에 대한 준비가 되지 못했다. 그녀가 이런 일을 할 수 있으리라는 암시조차 한 적이 없었다. 그럼에도 비행기에 오르는 순간, 그 모든 두려움에도 불구하고, 제니퍼는 행복한 기분이 들었다. 산다는 게 이런 거구나, 하는 기분. 그리고 그 강렬한 한순간만으로 제니퍼는 앤서니 오헤어와 묘한 연대감을 느꼈다.

제니퍼는 그를 찾아낼 것이었다. 그녀는 사건에 흔들리기보다 주도적으로 행동해왔다. 그녀는 자신의 미래를 결정할 것이었다. 제니퍼는 에스메에 대한 생각을 떨쳐내며, 나중에 그 아이에게 앤서니를 소개할 때 이 일의 가치가 빛나게 될 거라며 마음을 다잡았다.

마침내 진홍색 유니폼을 입은 젊은 남자가 영국해외항공 카운터로 들어가 앉았다. 제니퍼는 커피를 그대로 남겨두고 중앙 홀로 반쯤 달려갔다.

"스탠리빌로 가는 표를 사고 싶은데요." 제니퍼는 돈을 꺼내려고 핸드백을 뒤적였다. "다음 비행기로요. 여권을 드려야 하나요?"

젊은 남자가 제니퍼를 빤히 쳐다봤다. "아뇨, 부인." 그가 힘차게 머리를 가로저었다. "스탠리빌로 가는 비행기는 없습니다."

"하지만 항공사에서 직항편을 운항한다고 들었는데요."

"정말 죄송합니다만, 스탠리빌로 가는 모든 비행기는 운항이 중단되었습니다."

제니퍼는 좌절감으로 할 말을 잃고 직원이 같은 말을 반복할 때까지 그를 빤히 쳐다보았다. 그러고 나서는 가방을 끌고 동아프리카항공사 데스크로 갔다. 그곳 여직원도 같은 말을 했다. "아니요, 부인. 분쟁 때문에 그곳으로 가는 비행기는 운항하지 않습니다." 여직원은 r을 발음할 때마다 혀를 굴렸다. "그쪽에서 들어오는 비행기만 있어요."

"그럼 언제 다시 운항하나요? 전 콩고로 급히 가봐야 해요."

직원 둘이 말없이 시선을 교환했다. "콩고로 가는 비행기는 없습니다." 그들은 똑같은 말을 반복했다.

제니퍼는 멍한 표정을 마주하며 거절의 말이나 들으려고 그 먼 길을 온 게 아니었다. *이제 와서 포기할 순 없어.*

바깥에서는 닳아빠진 빗자루를 든 남자가 여전히 활주로를 이리저리 돌아다녔다.

바로 그때, 공무원인 듯 꼿꼿한 자세를 한 백인 남자가 한 손에 가죽 폴더를 들고 활기차게 공항을 가로지르는 모습이 눈에 들어왔다. 크림색 리넨 재킷의 등에는 삼각형 모양으로 땀이 배어났다.

제니퍼가 쳐다보자 그 남자도 제니퍼를 보았다. 그러더니 방향을 바꿔 그녀에게로 성큼성큼 걸어왔다. "램지 부인이시죠?" 그가 손을 내밀었다. "저는 영사관에서 나온 알렉산더 프로비셔라고 합니다. 아이들은 어디 있죠?"

"아니에요. 저는 제니퍼 스털링이라고 합니다."

그는 입을 다물더니, 제니퍼가 실수한 게 아닌가 판단하려 애쓰는 것 같았다. 얼굴이 통통해서 나이가 들어 보였는데, 실제 나이는 생각보다 적을 듯했다.

"저도 도움이 필요해요, 프로비셔 씨." 제니퍼가 말을 이었다. "저는 콩고로 가야 합니다. 혹시 그곳까지 가는 기차가 있는지 아시나요? 비행기는 운항하지 않는다고 들었어요. 사실 아무도 자세한 얘기를 해주지 않네요." 제니퍼는 얼굴이 달아오르고 머리가 흘러내리기 시작한 것이 신경이 쓰였다.

그는 마치 정신이 이상한 사람에게 뭔가를 설명하듯 말했다. "저…… 부인……."

"스털링이에요."

"스털링 부인, 콩고로는 아무도 들어가지 않습니다. 거기에서 무슨 일이……."

"네, 분쟁이 발생한 건 알아요. 하지만 저는 기자 한 명을 찾아야 해요. 2주 전쯤에 이곳으로 왔을 겁니다. 몹시 중요한 일이에요. 그의 이름은……."

"부인, 콩고에는 이제 기자가 한 명도 없습니다." 그가 안경을 벗고 제니퍼를 창가로 이끌었다. "무슨 일이 일어났는지 전혀 모르십니까?"

"조금은 알아요. 아니, 아닐지도 모르겠네요. 저는 런던에서부터 머나먼 길을 지나왔거든요."

"전쟁은 이제 우리와 다른 나라뿐 아니라 미국까지 끌어들였습니다. 사흘 전까지만 해도 여자와 아이를 포함해서 350명의 백인 인질이 심바 반군에게 처형당할 위기에 처해 있었어요. 벨기에 군대가 지금 스탠리빌에서 그들을 몰아내고 있습니다. 이미 민간인이 100명 정도 사망했다고 보도됐어요."

제니퍼는 그의 말이 귀에 들어오지 않았다. "하지만 전 비용을 지불할 수 있어요. 얼마가 들어도 상관없어요. 꼭 그곳으로 가야만 해요."

그가 제니퍼의 팔을 잡았다. "스털링 부인, 콩고까지는 못 가실 겁니다. 기차도 없고 비행기도 없고 들어가는 길도 없어요. 군대는 항공기로 이동합니다. 그리고 운송 수단이 있다고 해도 저는 영국 시민이, 영국 부인이, 교전 지역으로 들어가는 것을 허가할 수 없습니다." 그는 자신의 노트에 뭐라고 써넣었다. "기다리실만한 곳을 찾아보고, 돌아가는 비행기 편 예약을 도와드리겠습니다. 아프리카는 백인 여성분이 홀로 있을 곳이 절대 못 됩니다." 제니퍼가 이중으로 부담을 안겼다는 듯이 그가 지친 한숨을 내쉬었다.

제니퍼는 잠시 생각에 잠겼다. "죽은 사람이 얼마나 되죠?"

"아직은 정확히 몰라요."

"사망자 명단이 있나요?"

"지금으로서는 기초적인 단계의 명단밖에 없습니다. 최종 명단과는 거리가 멀어요."

"부탁입니다." 제니퍼는 심장이 멎는 것 같았다. "그거라도 보여주세요. 전 알아야 해요, 그 사람이……."

그가 가죽 폴더에서 너덜너덜한 종이 한 장을 꺼냈다.

제니퍼가 명단을 훑었다. 눈이 피로해서 알파벳순으로 정렬된 이름들이 흐릿하게 보였다. 하퍼. 햄브로. 오키프. 루이스. 그는 없었다.

그는 없었다.

제니퍼가 눈을 들어 프로비셔를 보았다. "인질로 붙잡힌 사람들 명단도 있나요?"

"스털링 부인, 저희는 그 도시에 영국 시민이 얼마나 있는지도 모릅니다. 보세요." 그가 종이 한 장을 더 건네고, 목덜미에 내려앉은 모기를 찰싹 때려잡았다. "이게 가장 최근에 월스턴 경께 보냈던 공식 발표예요."

제니퍼가 읽기 시작했다. 문장들이 즉각 눈에 들어왔다.

스탠리빌에서만 5,000명이 죽었고…… 반란군이 점령한 영토에 아직 영국인 27명이 남아 있는 것으로 알고 있으며…… 영국인들과 연락이 가능한 지역이 어디인지에 대해서는, 설령 어느 정도 정확히 알고 있다고 해도, 어떤 언급도 할 수 없습니다.

"그곳에 벨기에군과 미군이 들어가 있습니다. 스탠리빌에서 반란군을 몰아내고 있어요. 저희는 구조를 원하는 사람들을 데려오기 위해 비벌리 수송기를 대기시켜두었습니다."

"그 사람을 거기에 태우려면 어떻게 해야 하나요?"

프로비셔가 머리를 긁적였다. "방법은 없습니다. 구조되기를 원하지 않는 사람들도 있으니까요. 그들은 콩고에 남아 있길 원해요. 그럴만한 이유가 있는 거겠죠."

제니퍼는 문득 그 뚱뚱한 신문사 기자를 떠올렸다. *그걸 누가 알겠습니까? 어쩌면 이곳을 벗어나고 싶었는지도 모르죠.*

"친구분이 그곳에서 나오길 원한다면 나오실 겁니다." 그가 손수건으로 얼굴을 닦았다. "그곳에 머물길 원한다면 얼마든지 사라질 수 있어요. 콩고에서는 쉬운 일이죠."

제니퍼가 막 대꾸하려는 순간 공항 안으로 웅성거림이 퍼져나갔다. 도착 게이트에서 한 가족이 나온 것이다. 작은 어린애 둘이 먼저 말없이 걸어 나왔는데, 팔과 머리에 붕대를 감고 애늙은이 같은 표정을 하고 있었다. 다음으로 눈을 크게 뜨고 아기를 꽉 끌어안은 금발 여자가 걸어 나왔다. 머리는 감지 못해 떡이 됐고 얼굴은 긴장으로 경직되었다. 그들을 보는 순간, 훨씬 나이 든 여자 하나가 만류하는 남편의 손길에서 빠져나왔다. 그러고는 울부짖으며 경계를 밀치고 들어가 그들을 품에 끌어안았다. 엄마와 아이들은 얼어붙은 듯이 가만히 있었다. 그러다 다음 순간 젊은 엄마가 바닥으로 풀썩 주저앉으며 울기 시작했다. 고통으로 입을 크게 벌리고 울다가, 나이 든 여자의 통통한 어깨로 천천히 머리를 떨어뜨렸다.

프로비셔가 종이를 다시 폴더에 넣었다. "램지 가족이군요. 실례합니다. 저분들을 돌봐드려야 해서요."

"거기에 있던 사람들인가요?" 제니퍼는 할아버지가 여자애를 어깨 위로 올려 목말을 태우는 모습을 지켜보았다. "학살이 일어난 곳?" 충격으로 얼어붙은 아이들의 얼굴을 보자 제니퍼는 피가 싸늘하게 식었다.

프로비셔가 단호한 표정으로 제니퍼를 보았다. "스털링 부인, 이제 그만 가보셔야 합니다. 동아프리카항공 비행기 한 편이 오늘 저녁에 출발해요. 이 도시에 연줄이 많은 친구분이 없으시면, 그걸 꼭 타셔야 합니다."

* * *

제니퍼는 이틀이 걸려 집으로 돌아왔다. 그리고 그때부터 새로운 삶이 시작되었다. 이본은 자신의 말을 행동으로 옮겼다. 제니퍼에게 일절 연락하지 않았고, 우연히 마주친 바이올렛도 어찌나 그녀를 불편해하는지 계속 잡고 있기가 미안할 정도였다. 제니퍼는 생각보다 마음이 쓰이지 않았다. 그들은 지난 삶의 일부였을 뿐, 이젠 더 이상 그녀의 삶이라 느껴지지 않았다.

코르도자 부인은 매일같이 구실을 만들어 새 아파트로 찾아왔다. 부인은 에스메와 시간을 보내거나 얼마 안 되는 집안일을 도왔다. 제니퍼는 과거에 친구들에게 의지하던 것보다 더 많이 부인에게 의지하게 되었다. 어느 비 오는 날 오후, 에스메가 낮잠을 자고 있을 때, 제니퍼는 부인에게 앤서니 얘기를 들려주었고, 부인은 자기 남편에 대해 제니퍼에게 좀 더 털어놓았다. 그러더니 얼굴을 붉히며 두 거리 너머에 있는 레스토랑에서 그녀에게 꽃을 보낸 멋진 신사 얘기를 꺼냈다. "그 사람을 부추길 생각은 아니었어요." 부인이 다림질을 하며 조용히 말했다. "하지만 상황이 달라진 이후로는……."

로런스는 코르도자 부인을 특사로 두고 제니퍼와 서신으로만 대화했다.

이번 토요일에 에스메를 윈체스터에 있는 내 사촌 결혼식에 데려가고 싶어. 저녁 7시까지는 데려다줄 거야.

둘의 사이는 서먹했고, 서로에게 격식을 차리며 신중하게 대했다. 가끔 그가 보낸 편지를 읽다 보면 이 남자와 결혼 생활을 했던 사실이 놀랍게 느껴지기도 했다.

제니퍼는 매주 랭리 가의 우체국에 들러서 사서함으로 편지가 오지 않았는지 확인했다. 그리고 우체국장의 '아니요.'라는 답변에 실망하지 않으려 애쓰며 집으로 돌아왔다.

그녀는 임대 아파트로 이사했고, 에스메가 학교에 들어간 후에는 지역의 시민 상담소에서 무보수 일자리를 얻었다. 그곳만이 유일하게 제니퍼가 일한 경험이 없다는 사실에 개의치 않았다. 그곳의 관리자는 그녀에게 일은 하면서 배우게될 거라고 했다. "두고 보세요, 제니퍼는 일을 빨리 배울 거예요." 그러고는 1년이 못 되어 그녀는 같은 사무실에서 유급직을 제안받았다. 제니퍼가 그곳에서 하는 일은 사람들에게 실질적인 문제들에 대한 조언을 제공하는 것이었다. 돈을 관리하고, 집세 분쟁을 해결하고(나쁜 집주인이 너무나 많았다), 가정 파괴를 극복하는 방법들 같은 것.

처음 일을 시작했을 때는 끝없이 이어지는 문제들에 대한 얘기에 기진맥진했다. 불행이 벽처럼 우뚝 솟아올라 사무실 안으로 천천히 걸어 들어오는 느낌이었다. 하지만 점점 자신감이 자라면서 제니퍼는 인생에서 실수를 저지른 사람이 자신만이 아니라는 것을 깨닫게 되었다. 자신을 재평가했고, 현재의 자리에 있다는 사실에 고마움을 느꼈다. 그리고 상담을 받은 사람들에게서 그녀의 조언이 도움이 되었다는 말을 들으면 자부심이 생겼다.

2년 후 제니퍼와 에스메는 다시 한번 이사했다. 세인트 존스 우드에 있는 방 두 개짜리 아파트인데, 로런스에게 받은 돈과 고모에게 상속받은 유산을 합해서 제니퍼가 구매한 것이었다. 시간이 흐르면서 그녀는 앤서니 오헤어가 돌아오지 않으리라는 사실을 받아들였다. 그는 그녀의 메시지에 답변을 보내오지 않을 것이다. 제니퍼는 딱 한 번 감정이 격해진 적이 있었다. 신문에서 스탠리빌의 빅토리아 호텔 대량 학살에 대한 기사를 보았을 때였다. 제니퍼는 그때부터 신문 읽기를 중단했다.

「네이션」으로는 한 번 더 전화를 걸었다. 비서가 전화를 받았고, 어쩌면 앤서니가 돌아와 있을지도 모른다고 잠시 기대하며 제니퍼가 이름을 말했다. 그러고는 전화선 너머에서 들려오는 소리를 들었다. "그 스털링이란 여자야?"

그러자 다른 목소리가 답했다. "앤서니가 통화를 원하지 않는다는 그 여자 아니야?"

제니퍼는 수화기를 내려놓았다.

* * *

제니퍼는 그로부터 7년 후에야 남편을 다시 만났다. 에스메가 햄프셔에 있는 기숙학교에 입학할 때였다. 학교는 불규칙하게 이리저리 뻗은 붉은 벽돌 건물이 있고, 널리 사랑받는 시골 저택처럼 어수선한 분위기가 나는 곳이었다. 제니퍼는 직장에 오후 휴가를 내고, 새로 장만한 미니로 그곳까지 에스메를 데려다주었다. 그녀는 와인색 정장을 입고 나서면서 로런스에게 옷에 대한 핀잔을 들으리라고 반쯤 각오했다. 로런스는 그 색상을 좋아한 적이 없었다. 제발 에스메 앞에서는 그러지 말아요, 하고 제니퍼가 속으로 그에게 말했다. 우리 점잖게 이 일을 마무리해요.

그러나 로비에서 만난 남자는 제니퍼가 기억하는 로런스와 완전히 다른 모습이었다. 사실 처음에는 아예 알아보지도 못했다. 안색은 잿빛이고 볼이 움푹 들어간 모습이 20년은 늙어버린 것만 같았다.

"안녕하세요, 아빠." 에스메가 그를 껴안았다.

그는 제니퍼에게 고개를 끄덕여 보였지만 손을 내밀지는

않았다. "제니퍼."

"로런스." 제니퍼는 충격을 감추려고 애썼다.

교장과의 만남은 짧게 끝났다. 교장은 조용히 상대를 평가하는 듯한 시선을 지닌 젊은 여자였고, 부부의 주소지가 다른 사실에 대해서는 아무런 언급도 하지 않았다. 이제는 과거에 비해 그런 경우가 많아진 모양이라고 제니퍼는 생각했다. 상담소에도 그 주에만 네 명의 여자가 남편을 떠나고 싶다고 찾아왔었다.

"저희는 에스메가 이곳에서 행복하게 지내도록 최선을 다할 겁니다." 교장이 말했다. 눈빛이 선한 사람이라고 제니퍼는 생각했다. "여학생에게 기숙학교 경험은 여러모로 도움이 됩니다. 그리고 에스메는 이미 이곳에서 친구를 사귄 것으로 알고 있어요. 금세 적응할 겁니다."

"에스메는 에니드 블라이튼의 동화를 너무 많이 읽었어요. 매일 한밤의 향연이 벌어지는 줄로 알고 있을지도 모르겠어요."

"아, 그것도 아주 없지는 않답니다. 금요일 오후에 과자점이 문을 여는 이유가 오직 그 때문인걸요. 너무 떠들썩하지만 않으면 저희는 못 본 척한답니다. 학생들에게 기숙사 생활의 장점을 만끽하게 해주고 싶으니까요."

제니퍼는 마음이 놓였다. 로런스가 고른 학교인데 그녀가 걱정했던 점들은 없어 보였다. 다음 몇 주간은 힘들겠지만, 제니퍼는 에스메가 아빠에게 가 있는 동안 홀로 지내는 일에 익숙해졌다. 그리고 그녀에겐 몰두할 일이 있었다.

교장 선생이 자리에서 일어나 손을 내밀었다. "고맙습니다. 문제가 있으면 바로 연락드리겠습니다."

그들 뒤로 문이 닫히자 로런스가 기침을 하기 시작했다. 밭은기침을 어찌나 심하게 하는지 제니퍼는 이가 악물렸다. 그녀가 뭔가 말하려고 하자 그가 그러지 말라는 듯 손을 들어 올렸다. 두 사람은 별거 중이 아닌 사람들처럼 나란히 계단을 내려갔다. 제니퍼는 두 배는 빨리 걸을 수 있지만, 힘겹게 숨을 내쉬며 고통스러운 기색이 역력한 그에게 그런 짓을 한다는 건 잔인하게 느껴졌다. 결국 도저히 참을 수가 없어진 제니퍼가 지나가는 소녀를 멈춰 세우고, 미안하지만 물을 한 잔만 가져다달라고 부탁했다. 몇 분 후에 소녀가 돌아왔고, 로런스는 목제 패널로 장식된 복도의 마호가니 의자에 털썩 주저앉았다.

제니퍼는 이제 계속 그를 응시할 정도로 용감해졌다. "그거……?"

"아냐." 그가 고통스럽게 긴 숨을 들이쉬었다. "시가 때문이겠지. 나도 역설적인 상황이라는 건 알고 있어."

제니퍼가 그의 옆자리에 앉았다.

"당신과 에스메는 불편 없이 생활할 수 있게 해뒀어."

제니퍼는 곁눈으로 그를 흘긋 보았지만 그는 생각에 잠긴 듯했다.

"에스메가 잘 자랐네." 그가 마침내 입을 열었다.

창밖으로 에스메가 다른 여자아이 둘과 잔디밭에서 이야기를 나누는 모습이 보였다. 마치 들리지 않는 신호라도 받은 듯이 세 아이가 치맛자락을 휘날리며 잔디를 가로질러 달려갔다.

"미안해요." 제니퍼가 그에게로 고개를 돌리고 말했다. "전부 다요."

로런스는 잔을 옆에 놓고 의자에서 몸을 일으켰다. 잠시 그녀에게 등을 돌린 채 창밖으로 여자아이들을 응시하더니, 그녀에게로 돌아서서 눈을 맞추지 않은 채 작게 고개를 끄덕였다.

제니퍼는 로런스가 건물 밖으로 뻣뻣하게 걸어 나가서 잔디를 가로지르는 모습을 지켜보았다. 그는 여자 친구가 기다리는 차를 향해 걸어갔고, 딸아이가 그의 곁에서 깡충깡충 뛰며 따라갔다. 기사가 운전하는 다임러 자동차가 차도로 들어설 때까지 에스메는 열렬히 손을 흔들었다.

두 달 뒤 로런스는 세상을 떠났다.

22

저녁 내내 비는 멈추지 않았다. 밤이 되어 어둠이 내릴 때까
지 먹구름이 도시의 스카이라인을 가로지르며 빠르게 흘러
갔다. 수그러들 기미를 보이지 않는 폭우 때문에 사람들은
집 안에서 발이 묶였다. 바깥에서 들려오는 소리라고는 가끔
씩 젖은 도로를 질주해 지나가는 타이어 소리, 하수구가 콸
콸 넘쳐흐르는 소리, 집으로 향하는 빠른 발소리뿐이었다.

엘리의 자동 응답기에는 메시지가 하나도 없었고, 전화기
에도 문자가 왔음을 알리는 반짝이는 봉투 아이콘은 없었다.
이메일은 일과 관련된 것들뿐이었고, 비아그라 광고들과 엄
마가 보낸 개의 고관절 수술 회복 경과를 알려주는 메일이
하나 들어와 있었다. 엘리는 소파에 책상다리를 하고 앉아서
레드 와인을 세 잔째 마시며 제니퍼 스털링의 편지 복사본
을 반복해 읽고 있었다. 부인의 아파트를 떠나온 지 네 시간
이 지났지만, 엘리는 여전히 떨리는 흥분을 가라앉히지 못했

다. 알지도 못하는 부트라는 남자가 눈앞에 보이는 것만 같았다. 유럽의 백인들이 학살당한 시기에 콩고에 있던, 무모하고 비탄에 잠긴 남자. "학살에 대한 기사를 읽었어요. 스탠리빌의 호텔에서 희생당한 사람들에 대한 기사." 제니퍼는 말했다. "난 공포로 울음을 터뜨리고 말았어요." 엘리는 절대 오지 않을 편지를 찾아 매주 우체국으로 향하는 제니퍼의 모습을 그려보았다. 눈물 한 방울이 옷소매로 톡 떨어졌고, 엘리는 코를 훌쩍이며 눈물을 닦아냈다.

그들은 의미 있는 관계를 나누었다고 엘리는 생각했다. 그 남자는 사랑하는 여자 앞에 자신을 활짝 열어 보였다. 그녀를 이해하려고 노력했고 보호하고자 애썼다. 심지어 그녀를 그녀 자신에게서 보호하려고 했다. 그는 제니퍼와 함께할 수 없게 되자 지구 반대편으로 물러나며 자신을 희생했다. 그리고 제니퍼는 40년간이나 그를 애도했다. 반면 엘리가 가진 것은 무엇인가? 열흘에 한 번 정도 하는 굉장한 섹스, 그리고 이도저도 아닌 애매한 말들뿐인 무수한 이메일들. 엘리는 서른두 살이었고, 직장 생활은 엉망이 되어가는 중이고, 친구들은 그녀가 감정적으로 막다른 길을 향해 전력으로 질주하고 있다는 걸 알았고, 이것이 그녀가 원하던 삶이라고 자신을 확신시키는 일도 점점 더 힘들어지고 있었다.

9시 15분이었다. 그만 마셔야 한다는 건 알았지만 엘리는 화가 나고 구슬프고 허무했다. 그녀는 잔을 채우고 좀 더 울었고, 마지막 편지를 다시 읽었다. 이제는 엘리도 제니퍼처럼 편지의 글귀를 줄줄이 외우고 있었다. 글귀들은 너무나 반향이 컸다.

당신이 없는 곳에 있다는 건, 당신에게서 수천 킬로미터 떨어진 곳에 있다는 건 어떤 위안도 주지 못하네요. 당신을 보며 괴로워하지 않아도 된다는 사실, 진정으로 원하는 단 한 가지를 손에 넣지 못한 내 무능함의 증거를 매일 마주하지 않아도 된다는 사실은 날 치유하지 못했어요. 오히려 상태를 더욱 악화시켰죠. 내 미래는 황량하고 텅 빈 도로처럼 느껴져요.

엘리는 이 남자와 반쯤 사랑에 빠졌다. 존을 떠올리고, 이 말들을 그가 한다고 상상했다. 술기운으로 두 사람이 뒤섞여서 정확히 구분되지 않았다. 사람은 어떻게 자신의 평범한 삶을 장엄한 무언가로 바꿀 수 있을까? 당당하게 사랑할 정도로 용감해져야 하는 거 아닐까? 엘리는 가방에서 휴대전화를 꺼냈다. 뭔가 어둡고 대담한 기운이 피부 아래를 기어가는 느낌이 들었다. 그녀가 전화기를 열어 더듬더듬 버튼을 눌렀다.

제발 전화해줘요. 딱 한 번만. 목소리 듣고 싶어요. X

엘리는 엄청난 실수라는 걸 알면서도 전송 버튼을 눌렀다. 존은 크게 화를 내거나, 아무런 응답도 하지 않을 것이다. 둘 중에 어느 것이 더 끔찍한지 알 수가 없었다. 머리를 손안에 묻은 채, 부트와 제니퍼를 생각하며, 잃어버린 기회들과 낭비된 삶을 생각하며 눈물을 흘렸다. 엘리는 자신을 생각하며 울었다. 누구도 그가 제니퍼를 사랑한 것처럼 사랑해주지 않을 것이기에, 그리고 평범하기만 하면 완벽했을 삶을 망쳐버린 것 같았기에 울었다. 엘리는 술에 취했고, 자신의 아파트에 있었고, 울고 싶을 때 마음껏 울 수 있다는 점을 빼고는 혼자 사는 이점이 별로 없기에 울었다.

대문 초인종 소리에 엘리가 깜짝 놀랐다. 고개를 홱 처들고 꼼짝하지 않자, 초인종이 다시 울렸다. 순간적으로 엘리는 자신이 보낸 메시지에 존이 직접 응답하러 온 게 아닌가 하는 말도 안 되는 생각을 했다. 화들짝 놀라 복도 거울로 달려가서 얼굴에 튄 붉은 자국들을 미친 듯이 닦아내고 현관 인터폰을 들었다. "네?"

"저기요, 잘난 아가씨. '초대받지 않은 임의의 방문자'는 철자가 어떻게 되나요?"

엘리가 눈을 깜짝거렸다. "로리."

"아뇨, 그건 아닌데."

엘리가 입술을 깨물며 벽에 몸을 기댔다. 잠시 정적이 흘렀다.

"바빠요? 그냥 지나던 길이었어요." 그의 목소리는 유쾌하고 활력이 넘쳤다. "그래요…… 이쪽을 지나는 지하철을 타고 있었어요."

"올라와요." 엘리는 인터폰을 끊고 얼굴에 찬물을 끼얹으며 실망하지 않으려고 애썼다. 존일 수가 없다는 건 너무나 명백한 사실 아닌가.

한 번에 두 계단씩 올라오는 발소리가 들리고, 이어서 그녀가 열어놓은 문을 미는 소리가 들렸다.

"엘리를 데리고 나가서 술 마시려고 왔어요. 아!" 그가 빈 와인 병으로 눈길을 주더니, 그보다 약간 오래 엘리의 얼굴을 쳐다보았다. "한발 늦었네요."

엘리가 희미한 미소를 지어 보였다. "별로 즐거운 저녁이 아니어서요."

"아."

"로리가 원하면 가요." 그는 회색 머플러를 하고 있었다. 캐시미어 머플러 같았다. 엘리는 캐시미어 스웨터를 가져본 적이 없었다. 어떻게 서른두 살이 될 때까지 캐시미어 스웨터 하나 없을 수가 있지? "지금은 내가 그리 좋은 술친구는 못 될 거예요."

로리가 다시 한번 와인 병으로 눈길을 주었다. "하워스 양." 그가 머플러를 풀어내며 말했다. "언제는 안 그랬나요. 내가 차를 좀 끓이면 어때요?"

* * *

로리는 엘리의 작은 주방을 뒤적여 티백과 우유, 스푼을 찾아내 차를 만들었다. 바로 전주에 똑같은 일을 하던 존의 모습이 떠올라서 엘리는 다시 눈물이 고였다. 그러자 로리가 자리에 앉으며 엘리 앞에 잔을 놓아주고는, 그녀가 차를 마시는 동안 평소답지 않게 자기 하루에 대해 재잘재잘 떠들어

497

댔다. 친구를 만나 한잔했는데, 그가 파타고니아 지방을 비스듬히 가로지르는 여행 루트를 제안했다고 한다. 어린 시절부터 알아온 그 친구는 로리에게 여행 경쟁자 같은 존재였다. "그런 타입 있잖아요. 내가 페루에 간다고 하면 그 자식은 이렇게 말해요. '아, 마추픽추 같은 덴 가지 마. 난 아타칸타 정글의 피그미 족과 사흘 밤을 함께 보냈거든. 근데 그 사람들이 개코원숭이 고기가 다 떨어지니까 자기네 친척 한 명을 잡아주더라.'"

"훌륭하네요." 엘리가 머그잔을 들고 웅크리고 앉았다.

"그 친구를 정말 좋아하지만 6개월을 함께 보낼 자신은 없어요."

"6개월간 여행하는 거예요?"

"희망 사항이죠."

또다시 비참한 기분이 거대한 파도처럼 엘리를 덮쳤다. 로리는 존이 아니지만, 가끔 저녁 시간을 함께 보내자며 들르는 남자가 있다는 건 어느 정도 보상이 되었다.

"그래서, 무슨 일이에요?"

"아…… 오늘 아주 이상한 하루를 보냈거든요."

"토요일이잖아요. 엘리 같은 여자들은 브런치를 먹으면서 수다 떨다가 구두 쇼핑하러 가고 뭐 그러는 줄 알았는데."

"그런 틀에 박힌 모습과는 거리가 멀어요. 제니퍼 스털링을 보러 갔었어요."

"누구요?"

"그 편지 주인공요."

로리는 놀라는 것 같았다. 그가 앞으로 상체를 기울였다.
"와. 정말 연락을 했네요. 그래서 어떻게 됐어요?"

별안간 눈물이 쏟아져서 엘리는 다시 울기 시작했다. "미
안해요." 휴지로 손을 뻗으며 중얼거렸다. "미안해요. 내가
왜 이렇게 어처구니없이 구는지 나도 모르겠어요."

어깨에 놓인 그의 손이 느껴졌다. 그의 팔이 어깨를 둘렀
다. 로리에게서 펍과 디오더런트, 깨끗한 머리칼, 그리고 바
깥의 냄새가 났다. "에이…… 이러는 건 엘리답지 않아요."
그가 부드럽게 말했다.

당신이 그걸 어떻게 아는데요? 엘리는 속으로 생각했다.
누구도 나다운 게 뭔지 모르는데. 나 자신조차도 안다고 확신
할 수 없는데. "나한테 모두 말해줬어요. 두 사람의 관계에 대
해서요. 아, 정말 가슴 아픈 이야기예요. 두 사람은 서로를 아
주 많이 사랑했고, 그가 아프리카에서 죽을 때까지 서로를 그
리워했어요. 제니퍼는 그를 다시 만나지 못했어요." 엘리가
너무 심하게 흐느껴서 무슨 말인지 분명하게 들리지 않았다.

로리는 그녀의 말을 잘 들으려고 고개를 숙인 채 그녀를
안고 있었다. "나이 든 부인과 나눈 얘기가 엘리를 이 정도
로 슬프게 한 거예요? 40년 전 실패로 끝난 연애 얘기가?"

"로리도 거기 있어야 했어요. 제니퍼의 이야기를 들었어야
했다고요." 엘리는 그들의 이야기를 조금 들려주고는 눈물을
닦았다. "부인은 굉장히 아름답고 우아하고 슬픔에 잠겨 있
고……."

"엘리도 아름답고 우아하고 슬픔에 잠겨 있어요. 그래요,

뭐 우아한 건 아닐지 몰라도."

엘리가 그의 어깨에 머리를 얹었다.

"난 엘리가 그 정도로…… 내 말 오해하지 말고 들어요, 엘리. 당신한테 놀랐어요. 난 엘리가 그 정도로 그 편지들에 감동하리라고는 생각지 못했어요."

"편지 때문만은 아니에요." 엘리가 코를 훌쩍였다.

로리는 기다렸다. 이제는 소파 뒤로 기대어 앉았지만 손은 여전히 그녀의 목에 가볍게 얹혀 있었다. 엘리는 그 손이 계속 얹혀 있기를 바랐다. "그럼……?" 그가 궁금한 듯 부드럽게 물었다.

"난 두려워요……."

"뭐가요?"

그녀의 목소리가 속삭이듯 낮아졌다. "날 그 정도로 사랑해주는 사람이 없을까 봐요."

술기운이 그녀를 무모하게 만들었다. 그의 눈매가 부드러워졌고, 동정하듯 입꼬리가 내려갔다. 로리는 그녀를 바라보았고, 엘리는 눈가를 가볍게 두드려 닦았다. 잠시 그가 입을 맞출지도 모르겠다는 생각이 들었지만, 로리는 그러는 대신 편지를 집어 들고 큰 소리로 읽기 시작했다.

오늘 저녁 집에 오는 길에, 술집에서 쏟아져 나온 사람들이 일으킨 소동에 휘말리게 되었어요. 술 취한 사람들의 부추김을 받으며 두 남자가 싸우고 있었는데 나는 별안간 그들의 소음과 혼란, 욕설과 날아다니는 병들 사이로 휘말려들고 만 거예요.

멀리서 경찰 사이렌 소리가 들려왔어요. 남자들은 사방으로 흩어지며 달아났고, 차들은 싸움 현장을 피하려고 날카로운 소리를 내며 도로를 가로질렀고요. 그런데도 내 머릿속에 떠오르는 건, 오직 당신이 미소 지을 때 입술 끝이 휘어지는 모습뿐이었어요. 그러면서 바로 그 순간, 당신도 날 생각하고 있다는 놀라운 예감이 들었답니다.

아마 꿈 같은 얘기로 들릴지도 모르겠어요. 당신은 연극 공연이나 경제 위기, 혹은 새 커튼의 구매 여부에 대해 생각하고 있었는지도 몰라요. 하지만 그 난장판의 한가운데서 나는 불현듯 깨달았습니다. 저 밖의 어딘가에 자신을 이해하고 욕망하고 더 나은 모습으로 보아주는 누군가가 있다는 것은 그 무엇보다 놀라운 선물이라는 사실을요. 우리는 비록 함께 있지 않지만, 당신에게 내가 그런 사람이라는 사실이 나에게 살아갈 힘을 준다는 걸 알아줘요.

엘리는 눈을 감고, 문장들을 나직이 읽어나가는 로리의 목소리에 귀를 기울였다. 엘리는 제니퍼가 느꼈을 감정을 상상해보았다. 사랑과 흠모를 받는 느낌, 누군가가 그 무엇보다도 원하는 사람이 된 느낌.

어떻게 내게 그런 권리가 주어졌는지 나는 알 수가 없습니다. 지금까지도 전적으로 자신할 수가 없어요. 하지만 당신의 아름다운 얼굴과 미소를 떠올리며 그 일부가 어쩌면 내 것이 아닐까 생각해볼 기회조차도, 내게는 지금까지 일어난 어떤 일보다도 멋진 일이에요.

목소리가 멈췄다. 엘리가 눈을 뜨니, 로리의 눈이 몇 센티미터 앞으로 다가와 있었다. "똑똑한 여자치고, 당신은 놀랄 정도로 둔해요." 로리가 손을 뻗어 엄지로 엘리의 눈물을 닦아냈다.

"당신은 몰라요……." 엘리가 입을 열었다. "이해하지 못해요……."

"알 만큼 안다고 생각하는데요." 그녀가 다시 말하기 전에 로리가 입을 맞췄다. 엘리는 잠시 꼼짝 못 하고 가만있었지만, 주근깨 박힌 손이 다시 머릿속에 나타나 그녀를 괴롭혔다. 어째서 나는 이 순간 휴가지에서 격렬한 섹스를 즐기고 있을지 모르는 사람에게 이토록 의리를 지키려는 거지?

그러고는 로리가 입을 맞추며 그녀의 얼굴을 부드럽게 잡았고, 엘리도 그의 키스에 응하며 필사적으로 머리를 비웠다. 그녀를 감싸 안는 그의 팔, 입술에 닿은 그의 입술이 고마웠다. *깨끗이 비워줘요.* 엘리는 속으로 부탁했다. *이 장을 다시 써줘요.* 엘리는 몸을 움직이며, 그토록 존을 갈망하면서도 이 남자를 몹시 원하고 있는 자신에게 어렴풋이 놀랐다. 그러고 나서는 아무것도 생각할 수가 없게 되었다.

* * *

엘리가 잠에서 깨어나자 검은 속눈썹 한 쌍이 눈에 들어왔다. 굉장히 까만 속눈썹이네, 하고 그녀는 의식이 완전히 돌아오기 몇 초 전에 생각했다. 존의 속눈썹은 캐러멜색이었다. 왼쪽 눈 바깥쪽 가장자리에 흰색 눈썹이 하나 있는데, 그녀 말고는 아무도 그 사실을 모를 거라고 확신했다.

새들이 지저귀는 소리가 들려왔다. 바깥에서 차 한 대가 끈질기게 엔진 속도를 높였다. 엘리의 벗은 엉덩이에 놀랄 정도로 묵직한 팔 하나가 놓여 있었다. 엘리가 몸을 움직이자 순간적으로 그녀의 엉덩이를 꽉 움켜잡았다. 그녀를 보내고 싶지 않은 마음에 반사적으로 움직인 것처럼. 엘리는 그 속눈썹을 빤히 응시하다가 어젯밤의 일을 기억해냈다. 소파 앞의 바닥에 누워 있던 그녀와 로리. 그녀가 추위를 느끼자 이불을 가져와 덮어준 로리. 그의 풍성하고 보드라운 머리칼에 묻힌 엘리의 손, 올려다보았을 때 놀랄 정도로 넓어 보이던 로리의 몸, 그녀의 침대에서 이불 아래로 사라지던 그의 머리. 엘리는 희미한 전율을 느끼며 이 일을 어떻게 생각해야 할지 마음을 정하지 못했다.

존.

문자메시지.

커피가 필요해. 엘리는 안전한 것에 매달렸다. 커피와 크루아상. 그의 얼굴에 시선을 고정한 채 조심스레 그의 손에서 빠져나왔다. 그리고 그의 팔을 들어 살며시 이불 위에 놓았다. 그가 깨어났고, 엘리는 얼어붙었다. 조금 전에 그녀가 느꼈던 순간적인 혼란이 그의 얼굴에도 똑같이 떠오르는 걸 보았다.

"엘리." 수면 부족으로 쉰 목소리가 나왔다. 몇 시에 잠들었던가? 4시였나? 5시? 바깥에서 동이 터오는 걸 보고 둘이 함께 킬킬대던 게 기억났다. 그가 얼굴을 문지르며 한쪽 팔꿈치를 받치고 힘겹게 몸을 들어 올렸다. 머리칼은 바깥으로 뻗쳤고, 턱은 거뭇하고 거칠거칠했다. "몇 시예요?"

"9시 다 됐어요. 얼른 가서 제대로 된 커피 좀 사오려고요." 엘리는 환한 아침에 벌거벗은 몸이 드러난 것을 의식하며 문 뒤로 갔다.

"괜찮겠어요?" 엘리가 사라지자 그가 소리쳤다. "내가 갈까요?"

"아뇨, 아뇨." 그녀가 거실 문밖에서 발견한 청바지를 급하게 입었다. "괜찮아요."

"난 블랙커피로 부탁해요." 로리가 다시 베개로 풀썩 드러누우면서 머리가 어쩌고 하며 중얼거리는 소리가 들렸다.

엘리의 팬티가 DVD 플레이어 아래로 반쯤 들어가 있었다. 얼른 주워 들어 주머니에 쑤셔 넣었다.

엘리는 티셔츠로 머리를 들이밀고 재킷을 걸친 다음, 어떤 모습인지 확인하지도 않은 채 계단을 내려갔다. 빠른 걸음으로 동네 카페로 향하며 그녀는 이미 전화번호를 누르고 있었다.

일어나. 전화 받아.

엘리가 주문 차례를 기다리는 줄로 들어섰다. 니키는 세 번째 벨에 전화를 받았다.

"엘리?"

"오, 맙소사, 니키. 나 끔찍한 일을 저질렀어." 엘리는 뒤쪽으로 들어오는 가족에게 들리지 않게 목소리를 낮췄다. 아빠는 조용했고, 엄마는 두 꼬마를 몰아 자리로 들어가고 있었다. 창백하고 그늘진 얼굴을 보니 어젯밤에 잠을 제대로 자지 못한 모양이었다.

"잠깐만. 나 지금 헬스장이야. 밖으로 나가서 받을게."

헬스장? 일요일 아침 9시에? 멀리서 들려오는 차 소리를 배경으로 니키의 목소리가 다시 들려왔다. "무슨 끔찍한 일인데? 살인이라도 저질렀니? 미성년자라도 강간했어? 설마 그 사람 부인한테 전화해서 네가 정부라고 다 분 거야?"

"그 회사 남자하고 잤어."

짧은 정적이 흘렀다. 엘리가 고개를 드니, 바리스타가 눈썹을 치켜든 채 빤히 쳐다보고 있었다. 엘리는 전화기를 손으로 가렸다. "아. 아메리카노 두 잔 부탁해요. 하나는 우유를 넣어주시고요. 그리고 크루아상도 주세요. 두 개…… 아니 세 개요."

"도서관 남자?"

"그래. 어젯밤에 우리 집 앞에 나타났는데 난 술에 취했고 기분이 정말 더러웠거든. 근데 그 남자가 그 편지들을 읽어줘서…… 나도 모르겠어…….

"그래서?"

"그래서 다른 남자하고 잤다고."

"끔찍했니?"

웃음으로 오글오글 주름이 잡힌 로리의 눈. 그녀의 가슴으로 파묻던 머리. 키스. 끝없는 키스.

"아니. 꽤…… 괜찮았어. 정말 좋았어."

"그럼 뭐가 문젠데?"

"난 존이랑 자야 하는 거잖아."

바리스타가 '지친 아버지'와 시선을 교환했다. 두 사람 모두 그녀의 사연이 몹시 궁금한 듯했다. "6파운드 63펜스요." 바리스타가 작게 웃으면서 말했다.

엘리는 잔돈을 찾으려고 주머니로 손을 넣었다가 팬티를 꺼내 들고 있다는 걸 알았다. '지친 아버지'가 기침을 했다. 아니면 웃음이 목에 걸린 건지도 모르지만. 엘리는 얼굴이 벌게져서 사과의 말을 웅얼거리고 바리스타에게 돈을 건넸다. 그러고는 카운터 끝으로 이동해서 고개를 숙이고 커피가 나오기를 기다렸다.

"니키……."

"그만 좀 해, 엘리. 넌 결혼한 남자하고 자는 사이였어. 그 남자는 분명히 자기 아내하고 잘 거고. 그리고 너한테는 어떤 약속도 하지 않고, 어디론가 데려가는 일도 없고, 자기 아내를 떠날 계획도……."

"그건 모르는 일이지."

"분명히 아는 일이야. 이렇게 말해서 미안하지만, 친구, 대출로 산 무지하게 비싸고 코딱지만 한 내 집이라도 걸 수 있을 정도로 확실히 알아. 그런데 네가 지금 미혼인 데다 널 좋아하고 너랑 함께 있고 싶어 하는 멋진 남자랑 환상적인 섹스를 했다고 말하는 거라면, 난 이제 우울증 약을 처방받지 않아도 되겠다고, 알겠니?"

"알았어." 엘리가 조용히 말했다.

"그럼 이제 집으로 돌아가서 그 남자를 깨워. 그리고 열렬하고 뜨거운 섹스를 한 번 더 나눈 다음에, 내일 아침 카페에서 만나서 나랑 코니한테 모든 걸 털어놔."

엘리는 웃음이 나왔다. 누군가와 함께 있는 것에 대해 끊임없이 해명하는 대신 이렇게 축하받을 수 있다는 건 얼마나 멋진 일인가.

그녀의 침대에 누운 로리를 떠올렸다. 그의 긴 속눈썹과 부드러운 키스. 그와 함께 아침을 보내는 게 그렇게 나쁜 일일까? 엘리는 커피를 집어 들고 아파트로 돌아가며, 자신의 다리가 얼마나 빨리 움직일 수 있는지 깨닫고 깜짝 놀랐다.

* * *

"움직이지 마요!" 엘리는 계단을 달려 올라와서 신발을 벗으며 소리쳤다. "침대로 아침 식사를 대령할 테니까요." 엘리는 화장실 앞에 커피를 내려놓고 쏜살처럼 안으로 들어가서 마스카라 자국을 닦아내고 얼굴에 찬물을 끼얹은 다음 향수를 뿌렸다. 그리고 나가려다 생각이 나서 치약을 콩알만큼 짜내 대강 입안을 닦아냈다.

"더 이상은 나를 무정하고 이기적인 남성 학대자로 여길 수 없게 하려고 그러는 거예요. 그리고 나중에 회사에서 나한테 커피 한잔 사게 하려는 거고. 물론 내일이면 난 다시 무정하고 자기중심적인 나로 돌아가겠지만요."

엘리가 화장실에서 나와 커피를 들고 웃으면서 침실로 들어섰다. 침대가 비었고, 이불은 원래대로 돌아갔다. 그녀가 방금 화장실에 있었으니 로리가 거기 있을 리는 없었다. "로리?" 엘리가 정적 속에서 말했다.

"여기 있어요."

거실에서 목소리가 들려왔다. 엘리는 그쪽으로 걸어갔다. "침대에 그냥 있어야죠." 그를 꾸짖듯이 말했다. "이렇게 되면 침대에서 먹는 아침이……."

그는 거실 중앙에서 재킷을 걸치고 있었다. 옷을 입고 신발까지 신었고, 머리는 더 이상 뻗쳐 있지 않았다.

엘리는 문간에서 멈췄다. 그는 엘리를 쳐다보지 않았다.

"뭐하는 거예요?" 엘리가 커피를 내밀었다. "함께 아침을 먹을 줄 알았는데."

"그래요. 근데 가보는 게 좋을 거 같네요."

엘리는 차가운 뭔가가 몸을 타고 기어오르는 기분이었다. 뭔가 잘못되었다.

"왜요?" 엘리는 미소 지으려 애썼다. "나갔다 온 지 채 15분도 안 되었는데요. 일요일 아침 9시 20분에 정말 약속이 있다는 거예요?"

그는 자기 발을 내려다보며 열쇠를 찾듯 주머니를 더듬거렸다. 그러더니 열쇠를 꺼내 손가락에 꿰어 돌렸다. 이윽고 그가 눈을 들어 엘리를 보았을 때 얼굴에는 어떤 표정도 없었다. "엘리가 없을 때 전화가 왔었어요. 그 남자가 메시지를 남겼어요. 엿들을 생각은 아니었지만 작은 아파트에서는 안 듣기가 어렵잖아요."

엘리의 명치에 차갑고 단단한 것이 자리를 잡았다. "로리, 난……."

그가 손을 들었다. "전에 내가 복잡한 일은 안 한다고 말한 적 있었죠. 거기에는…… 저…… 다른 사람과 자는 사람과는 자지 않는다는 것도 포함돼요." 엘리가 든 커피를 외면하며 그가 그녀를 지나쳐 걸어갔다. "나중에 봐요, 엘리."

엘리는 계단을 내려가 멀어지는 그의 발소리를 들었다. 그는 문을 쾅 닫고 나가지는 않았지만 단호하고 불편한 태도가 느껴졌다. 엘리는 멍했다. 커피를 조심스레 테이블에 내려놓았고, 그런 다음 자동 응답기로 다가가서 재생 버튼을 눌렀다.

낮고 감미로운 존의 목소리가 방 안을 가득 채웠다. "엘리, 오래 말은 못 해. 그냥 엘리가 괜찮은지 확인하고 싶었어. 어젯밤 그 말이 무슨 의미인지 잘 모르겠어. 나도 엘리가 보고 싶지. 우리가 함께 있던 시간이 그리워. 하지만…… 문자 메시지는 보내지 말아줘. 그건……." 짧은 한숨을 내쉬었다. "우리가…… 내가 집에 도착하는 대로 메시지를 보낼게." 수화기를 달칵 내려놓는 소리가 들렸다.

엘리는 그의 말이 파문을 일으키며 고요한 아파트 안으로 퍼져나가게 두었다. 그러다 소파로 풀썩 주저앉았고, 옆에 놓인 커피가 차갑게 식어가는 동안 꼼짝도 하지 않았다.

23

받는 사람: 필립 오헤어, phillipohare@thetimes.co.uk

보낸 사람: 엘리 하워스, elliehaworth@thenation.co.uk

이런 식으로 연락드려서 죄송합니다만, 같은 기자로서 이해해주실 거라는 희망을 안고 메일을 드립니다. 저는 앤서니 오헤어라는 사람을 찾고 있는데, 그분이 필립 오헤어 씨의 아버지와 같은 연배라고 추측하게 되었습니다. 지난 5월 「타임스」 칼럼에서 아버지의 성함이 앤서니 오헤어라고 언급하셨더군요.

앤서니 오헤어라는 분은 1960년대 초 런던에 계셨고 오랜 시간을 해외, 특히 아프리카에서 보내시다가 아마도 그곳에서 돌아가신 것으로 알고 있습니다. 필립 오헤어 씨와 같은 이름을 가진 아들을 두었다는 것 외에는 그분에 대해 아는 바가 거의 없습니다.

오헤어 씨가 그분 아들이 맞거나 그분의 소식을 아신다면, 제게
이메일을 좀 보내주시겠습니까? 오래전에 그분과 알던 분이 앤서니
오헤어 씨의 소식을 애타게 알고 싶어 합니다. 드문 이름이 아니기
에 가능성이 희박하다는 건 알지만, 모든 방법을 동원해야 하는 상
황이라서요.

엘리 하워스 드림

엘리는 새 건물이 들어선 동네에 가본 적이 없었다. 그곳
은 허름한 창고가 마구잡이로 세워지고, 음식 노점상이 흉한
모습으로 줄줄이 늘어선 동네였다. 엘리는 그런 가게에서 음
식을 사 먹느니 차라리 굶어 죽는 쪽을 택했을 것이다. 이제
는 수 킬로미터 이내에 있던 것들이 모조리 쓸려나가고, 혼
잡한 거리는 깔끔하게 정비된 거대한 광장, 아직도 금속 보
호 기둥과 비계를 제거하지 않은 건물이 있는 번쩍이는 사무
실 블록으로 바뀌었다.

그들은 새 건물을 견학하기 위해 그곳에 모였다. 월요일
에 마지막 이사가 있을 예정이므로 그 전에 새 책상과 새 컴
퓨터, 새 전화 시스템에 익숙해져야 했다. '이전 담당'이라고
쓰인 배지를 달고 클립보드를 든 젊은 남자가 제작 공간과
정보관리 체계, 화장실에 대해 설명하는 동안 엘리는 기획
특집 팀 일원들과 함께 다양한 부서로 이동했다. 엘리는 새
로운 공간을 설명할 때마다 팀원들이 보이는 다양한 반응들
을 지켜보았다. 사무실의 매끈하고 현대적인 구조를 좋아하

는 젊은 사람들은 흥분을 감추지 못했다. 이미 여러 번 와본 것이 분명한 멜리사는 담당자의 말에 끼어들며 그가 빠뜨린 정보들을 덧붙였다.

"여긴 숨을 데가 없네!" 잡동사니라곤 하나 없는 광대한 공간을 둘러보며 루퍼트가 농담을 했다. 엘리가 보기에도 그 말은 사실이었다. 남동쪽 구석에 자리한 멜리사의 사무실은 사방이 유리로 되어 있어서 기획 특집 팀 '허브' 전체가 내다보였다. 멜리사를 제외하고는 부서의 누구도 개인 사무실을 갖지 못했고, 이 결정으로 그녀의 동료 몇은 마음이 몹시 상한 듯했다.

"그리고 여기가 여러분이 앉을 자리입니다." 모든 기자는 거대한 타원형 책상에 둘러앉게 되어 있었다. 중앙에서 나온 전선이 각각의 컴퓨터 모니터로 연결되었다.

"어디에 누가 앉나요?" 칼럼니스트 하나가 물었다. 멜리사가 명단을 들여다보았다. "지금 생각 중이에요. 일부는 아직 확실히 결정되지 않았고요. 하지만 루퍼트, 당신 자린 여기에요. 애리아나는 거기. 팀은 의자 옆, 거기요. 에드위나……." 멜리사가 한곳을 가리켰다. 엘리는 학교에서 네트볼을 하던 때가 떠올랐다. 무리에서 지명되어 이 팀 아니면 저 팀으로 배정되면 안심하던 그 순간. 하지만 대부분의 자리가 배정되었는데도 엘리는 아직 서 있었다.

"저기…… 멜리사?" 엘리가 과감하게 물었다. "저는 어디에 앉으면 되나요?"

멜리사가 다른 책상을 흘긋 보았다. "몇 명은 공용 책상에 앉게 될 거예요. 모두에게 풀타임 작업 공간을 할당하는 건 의미가 없으니까." 그녀는 엘리를 쳐다보지 않고 말했다.

엘리는 신발 속에서 발가락을 꽉 오므렸다. "저는 자리를 받지 못할 거란 말인가요?"

"아뇨, 일부는 작업 공간을 함께 사용한다는 뜻이에요."

"하지만 전 매일 출근하는데요. 그게 어떻게 가능한가요?" 그녀는 멜리사를 한쪽으로 끌고 가서 은밀히 물어야 했는지도 몰랐다. 어째서 한 달에 한 번 출근할까 말까 하는 애리아나가 자신 대신 자리 하나를 차지해야 하느냐고. 엘리는 목소리에 비통함의 기미를 드러내서는 안 되었다. 엘리는 입을 다물어야 했다. "이해할 수가 없어요. 어째서 기자들 중에 저만……."

"이미 말했듯이, 엘리, 아직 확정된 게 아니에요. 일할 책상은 얼마든지 있을 거예요. 자, 이제 그럼 뉴스 팀으로 이동합시다. 그쪽도 물론 우리와 같은 날 이사하죠……."

대화는 끝났다. 엘리는 자신의 평판이 생각보다 훨씬 아래로 곤두박질쳤다는 사실을 깨달았다. 애리아나와 눈이 마주치자, 팀원이 된 지 얼마 안 되는 그녀는 얼른 눈길을 돌리고 들어오지도 않은 문자메시지를 확인하는 척했다.

* * *

도서관은 더 이상 지하가 아니었다. 새로운 '자료 정보 센터'는 두 층 위의 아트리움 안에 자리했다. 거대하고 심하게 이국적인 식물 화분들이 줄줄이 놓여 있었다. 중앙에 섬이 하나 있었는데, 그 뒤에서 투덜이 도서관장이 젊은 남자 한 명과 조용조용 얘기를 나누고 있었다. 엘리는 서가를 둘러보았다. 디지털 자료와 인쇄 자료가 깔끔하게 나뉘어 정리되어 있었다. 새로운 사무실의 모든 표지판은 소문자로 표기되어 있었다. 아마도 교열 담당은 그걸 볼 때마다 몹시 거슬릴 거라고 엘리는 생각했다. 그곳은 어둑한 구석이 있고, 곰팡이 핀 신문 냄새가 떠돌며, 먼지투성이에 갑갑하던 예전 자료실과는 천지 차이였다. 엘리는 갑자기 그곳이 그리워졌다.

무엇 때문에 도서관에 왔는지는 엘리도 정확히 알지 못했다. 자석에 이끌리듯 로리가 있을 그곳으로 저절로 발길이 향한 것뿐이다. 어쩌면 로리에게 조금이나마 용서받지 않았는지 알아보고 싶었는지도 모르고, 자리 배치에 대한 멜리사의 결정에 관해 얘기하고 싶었는지도 모른다. 이제야 깨달았지만, 로리는 그런 일에 관해 얘기를 나눌 수 있는 몇 안 되는 사람 중에 하나였다. 관장이 그녀를 발견했다.

"죄송합니다." 엘리가 손을 올리며 말했다. "그냥 좀 둘러보고 있었어요."

"로리를 만나러 온 거라면, 예전 건물에 있어요." 그의 목소리는 쌀쌀맞지 않았다.

"고맙습니다." 엘리는 사과의 뜻을 전하고 싶었다. 누군가와 또 소원한 관계가 되는 일을 막아야 한다는 절박한 마음이 들었다. "여기 멋지네요. …… 굉장한 일을 하셨어요."

"이제 거의 끝나가요." 그가 미소를 지었다. 웃으니까 더

젊어 보였고 덜 근심스러워 보였다. 엘리는 그의 얼굴에서 전에는 보지 못한 점들을 보았다. 안도감, 그리고 친절함도. 사람을 잘못 보는 일이 얼마나 쉬운지 엘리는 다시금 절감했다.

"뭐 필요한 게 있나요?"

"아뇨, 전……."

그는 다시 웃어 보였다. "말했듯이, 로리는 예전 건물에 있어요."

"고맙습니다. 저는…… 전 이만 가볼게요. 바쁘신 거 같은데." 엘리는 도서관 이용 안내문을 집어서 조심스레 접어 가방에 넣고는 그곳을 나섰다.

* * *

엘리는 오후 내내 '곧 사라질' 자신의 자리에 앉아서 검색창에 앤서니 오헤어의 이름을 반복해서 쳐 넣었다. 그동안에도 수없이 시도했지만, 세상에 존재하거나 존재했던 앤서니 오헤어의 수가 얼마나 많은지 매번 놀라움을 금치 못했다. SNS에는 10대 앤서니 오헤어들이 있었고, 펜실베이니아 묘지에는 오래전에 죽은 앤서니 오헤어들이 묻혀 있었다. 그들의 삶은 아마추어 계보학자들에게 탐독되었다. 한 명은 남아프리카공화국에서 일하는 물리학자였고, 또 한 명은 자비로 출판하는 판타지 소설 작가, 다른 한 명은 스완지의 펍에서 발생한 폭행 사고 피해자였다. 엘리는 혹시 몰라서 각각의 나이와 신원을 확인했다.

전화기에서 메시지 알림음이 울렸다. 존의 이름이 뜬 것을 보고 로리가 아니어서 실망하는 자신에게 엘리는 혼란을 느꼈다.

"회의에 들어가셔야죠."

멜리사의 비서가 엘리의 책상 옆에 서 있었다.

　지난밤에 길게 얘기 못 해서 미안. 내가 그리워하고 있다는 거 알
아줘. 많이 보고 싶네. Jx

"네, 미안해요." 엘리가 말했다. 비서는 여전히 그녀 옆에 서 있었다. "미안해요. 금방 갈게요."

이번만은 별것 아닌 말을 대단하게 생각하지 않겠다는 마음으로 엘리는 모든 단어를 뜯어보며 메시지를 다시 읽었다. 하지만 분명히 그렇게 되어 있었다. 내가 그리워하고 있다는 거 알아줘.

엘리는 볼을 발갛게 물들인 채, 문서들을 모아들고 루퍼트보다 먼저 사무실로 들어갔다. 맨 마지막에 들어가지 않는 일이 무엇보다 중요했다. 멜리사의 사무실 안에서까지 자리를 잡지 못한 유일한 기자가 되고 싶지는 않았다.

다음 며칠간의 특집 기사를 분배하고 진행 과정을 논의하는 동안 엘리는 조용히 앉아 있었다. 아침에 받은 모욕은 이제 신경 쓰이지 않았다. 심지어 작품 외에는 어디에도 얼굴을 내비치지 않기로 유명한 여배우의 인터뷰 기사가 애리아나에게 배정되었는데도 괴롭지 않았다. 기대치 못하게 그녀

에게 굴러들어온 말로 엘리의 마음은 노래하고 있었다. *내가 그리워하고 있다는 거 알아줘.*

이게 무슨 뜻일까? 엘리는 그토록 원하던 일이 현실이 될 지도 모른다는 희망을 감히 품지 못했다. 그러나 햇볕에 그 을리고 비키니를 입은 아내의 모습은 더 이상 어른거리지 않 았다. 주근깨 박힌 손이 등을 문지르는 환영은 좌절감으로 마디가 하얗게 변하도록 꽉 움켜쥔 손으로 바뀌었다. 엘리는 이제 결혼 생활을 되살리기 위해 떠난 휴가에서 존과 아내가 매일 다투는 모습을 그려보았다. 지치고 화가 난 존, 자신이 경고했음에도 엘리가 메시지를 보낸 사실을 은밀히 기뻐하 는 존의 모습도 그려보았다.

너무 기대하지는 마. 엘리는 들뜬 감정을 억눌렀다. 그저 작은 활력소에 불과한지도 몰랐다. 휴가가 끝날 무렵에는 다 들 파트너에게 신물이 나기 마련이지 않은가. 그는 아마 엘 리의 마음이 여전히 자신에게 있다는 사실을 확인하고 싶었 던 것뿐이리라. 하지만 신중하게 생각하는 가운데서도 엘리 는 어느 쪽의 이야기를 믿고 싶은지 분명히 알았다.

"그리고 엘리? 그 연애편지 기사는요?"

오, 맙소사.

엘리는 무릎에 놓아둔 종이들을 뒤적이며 자신 있는 어조 로 말했다. "네, 더 많은 정보를 확보했습니다. 그 여자분을 만났어요. 기사로 엮기에 충분합니다."

"좋아요." 엘리의 말이 놀랍다는 듯 멜리사의 눈썹이 우아 한 모양으로 올라갔다.

"하지만." 엘리는 침을 꿀꺽 삼켰다. "어느 정도까지 넣을 지는 아직 확실히 모르겠습니다. 편지들이…… 약간 민감한 내용이라서요."

"두 사람 모두 살아 있나요?"

"아뇨. 남자는 죽었습니다. 확실한 건 아니지만 여자분은 그렇다고 믿고 계세요."

"그럼 여자 이름을 바꿔요. 문제 될 건 없을 거 같은데요. 엘 리는 그 여자가 잊고 있던 편지를 기사에 넣는 것뿐이에요."

"아, 잊고 계셨던 건 아니에요." 엘리는 단어를 신중하게 선택했다. "사실 상당 부분을 기억하고 계셨어요. 저는 그 편 지들을 구실로 삼아서 사랑의 언어를 살펴보는 식으로 가는 게 나을 거 같다고 생각하던 중이었습니다. 세월이 흐르면서 연애편지가 어떻게 바뀌어왔는지 살펴보는 거죠."

"실제 편지는 포함시키지 않고요."

"네." 엘리는 대답하며 크게 안도했다. 제니퍼의 편지가 세 상에 알려지는 건 바라지 않았다. 엘리는 소파에 앉은 제니 퍼의 모습이 생생하게 떠올랐다. 수십 년간 가슴에 묻어온 이야기를 그녀에게 들려주며 얼굴에 활기를 띠던 모습. 엘리 는 제니퍼의 상실감을 더욱 깊게 하고 싶지 않았다. "그러니 까 다른 예들도 찾아볼 수 있고요."

"화요일까지예요."

"아마 책이나 모음집 같은 것들도 있을 텐데……."

"이미 출판된 자료들을 신겠다는 건가요?"

방 안이 조용해졌다. 마치 독성 거품 안에 그녀와 멜리사

버킹햄만 존재하는 느낌이었다. 엘리는 이제 어떤 일로도 이 여자를 만족시키지 못하리라는 걸 알았다.

"대부분의 기자들이 2,000단어짜리 기사를 세 개 작성할 시간에 엘리는 그거 하나를 작업해왔어요." 멜리사는 펜 끝으로 책상을 톡톡 두드렸다. "그냥 써요, 엘리." 피곤하다는 듯 싸늘한 목소리로 말했다. "쓰기나 해요, 익명으로 하고. 그럼 그 편지 주인은 엘리가 누구 편지를 말하는 건지 절대 모를 거예요. 그리고 그 정도로 시간을 들였으니 굉장한 기사가 나올 거라고 기대하고 있겠어요."

멜리사가 다른 사람들을 향해 활짝 웃어 보였다. "좋아요. 그럼 다음으로 넘어가죠. 건강 기사 목록이 없네요. 누구 가진 사람 있나요?"

* * *

엘리는 건물을 나서며 그를 보았다. 그는 경비원 로널드와 농담을 주고받은 후, 가벼운 걸음으로 계단을 내려가 앞으로 걸어 나갔다. 비가 오고 있었고, 그는 작은 배낭을 맨 채 추위를 피해 고개를 움츠리고 걸었다.

"로리." 엘리가 그의 곁으로 달려가 섰다.

그가 엘리를 흘깃 보았다. "엘리." 아무런 감정이 담기지 않은 목소리였다. 그는 지하철역으로 내려가는 계단에 다다랐을 때도 속도를 줄이지 않았다.

"간단하게…… 술 한잔하고 가지 않을래요?"

"바빠요."

"어디로 가는데요?" 사람들의 발소리가 벼락처럼 크게 들려서 엘리는 목소리를 높여야 했다.

"새 건물로요."

그들은 퇴근하는 사람들로 둘러싸였다. 사람의 물결에 휩쓸려서 계단을 내려갈 때는 발이 거의 땅에 닿지 않았다.

"와. 초과근무 하는 거네요."

"아뇨. 그냥 관장님을 도와서 마무리 작업 좀 하려는 것뿐이에요. 관장님 혼자 하시다가 지쳐 쓰러지시지 않게요."

"오늘 그분 뵈었어요."

로리가 아무 말이 없자 엘리가 덧붙였다. "저한테 친절하게 대해 주시던걸요."

"그래요. 뭐. 원래 친절한 분이니까요."

엘리는 개찰구까지 그를 따라갔다. 로리는 한쪽으로 비켜서서 사람들이 지나가게 해주었다.

"정말 웃기지 않아요?" 엘리가 말했다. "매일 누군지도 모르는 사람들을 지나쳐서……."

"이봐요, 엘리. 원하는 게 뭐죠?"

엘리는 입술을 깨물었다. 사람들이 그들을 피해 물살이 갈리듯 나뉘었다. 이어폰을 귀에 꽂은 사람들. 길을 막고 선 인간 장애물에게 커다랗게 혀를 차며 지나가는 사람도 있었다. 엘리가 머리를 쓸어 넘겼다. 촉촉하게 젖어 있었다. "미안하단 말을 하고 싶었어요. 그날 아침 일에 대해서요."

"괜찮아요."

"아뇨, 괜찮지 않아요. 하지만 그건…… 그러니까 그날 있었던 일은 로리하고는 아무 상관이 없는 일이에요. 그리고 난 로리를 많이 좋아해요. 그 일은 그냥…….

"저기요, 난 별로 알고 싶지 않아요. 정말 괜찮아요, 엘리. 그 일은 그냥 지나가죠." 로리가 개찰구를 통과했다. 엘리도 뒤를 따라가며 그가 돌아서기 직전의 얼굴을 보았는데, 표정이 끔찍했다. 엘리도 끔찍한 기분이었다.

에스컬레이터를 탄 엘리는 그의 뒤에 섰다. 그의 회색 머플러에 작은 진주처럼 물방울이 맺혀 있었다. 엘리는 그걸 털어주고 싶은 충동과 싸웠다. "로리, 정말 미안해요."

그는 자기 신발을 빤히 내려다보았다. 그러다 흘깃 돌아보는 그의 시선이 냉랭했다. "결혼한 사람이죠?"

"네?"

"당신…… 친구 말이에요. 말 들어보니까 금방 알겠던데."

"그런 눈으로 보지 말아요."

"어떤 눈이요?"

"사랑에 빠질 생각은 아니었어요."

로리가 짧게 불쾌한 웃음을 내뱉었다. 에스컬레이터가 끝에 다다랐다. 엘리는 그의 빠른 걸음을 따라잡기 위해 약간 달려야 했다. 터널에서 탁한 공기와 고무 타는 냄새가 났다.

"그럴 생각이 아니었다고요."

"말도 안 되는 소리 하지 말아요. 엘리가 선택한 거죠. 누구에게든 선택권이 있어요."

"그러니까 로리는 넋이 나가도록 사랑에 빠져본 적이 없

521

다는 거예요? 강렬한 끌림을 한 번도 느껴보지 못했다고요?"

그가 엘리를 마주 보았다. "당연히 느껴봤죠. 하지만 행동으로 옮겼을 때 누군가에게 상처를 주게 된다면 난 한발 뒤로 물러났어요."

엘리의 얼굴이 확 달아올랐다. "네, 아주 훌륭한 분이네요."

"아뇨. 하지만 엘리는 어떤 상황의 희생자가 아니라는 거예요. 엘리는 그 남자가 결혼한 사실을 알고도 관계를 이어가는 쪽을 택했을 테니까요. 엘리는 안 된다고 말하는 쪽을 택할 수도 있었어요."

"그런 거 같지 않았어요."

로리의 목소리가 빈정대듯 올라갔다. "'우리 힘으로는 어쩔 수 없었어요.' 생각한 것보다 그 연애편지에 더 깊은 영향을 받은 거 같네요."

"오, 그래요, 현실적인 분이어서 정말 좋겠네요. 감정을 그렇게 자유자재로 켰다 껐다 할 수 있다니 정말 대단해요. 그래요, 그 일은 내가 자초했어요. 됐나요? 부도덕한 일이라는 것도 맞아요. 무분별한 거 아니냐고요? 뭐 당신 판단에 의하면 분명히 그렇죠. 하지만 그때 난 마법 같은 느낌을 받았고…… 그리고 걱정하지 말아요, 지금까지 그 대가를 톡톡히 치르고 있으니까."

"하지만 당신만 그러는 게 아니잖아요? 모든 행동에는 결과가 따라요, 엘리. 난 세상에는 두 부류의 사람이 있다고 생각해요. 사실에 맞춰 결정을 내리는 사람과, 순간적으로 마음에 드는 일로 뛰어드는 사람."

"세상에! 당신 말이 얼마나 거만하게 들리는지 알아요?" 엘리는 이제 소리를 지르고 있었다. 꾸역꾸역 승강장 안으로 밀려드는 사람들의 호기심 어린 시선도 의식하지 못했다.

"알아요."

"그럼 당신 세계에선 누구도 실수를 저지를 수 없다는 건 가요?"

"한 번요." 그가 말했다. "한 번은 저지를 수 있죠."

로리는 얼마나 얘기할까 결정하려는 사람처럼 입을 꾹 다물고 먼 곳을 응시했다. 그러다가 엘리를 마주 보았다. "난 그 반대편에 있었어요. 내가 사랑한 여자는 도저히 거부할 수 없는 누군가를 발견했죠. '그들의 힘으로는 어쩔 수 없는' 뭔가를 말이에요. 물론 그 남자가 그 여자를 차버릴 때까지 였지만. 난 그 여자를 다시 받아들였고, 그 여자는 다시 한번 내게 깊은 상처를 남겼어요. 그러니까 맞아요, 난 그 문제에 대해 할 말이 있어요."

엘리는 그 자리에 뿌리박힌 듯이 서 있었다. 열차가 들어오며 소음과 뜨거운 바람이 거칠게 들이닥쳤다.

승객들이 앞으로 밀려갔다.

"그거 알아요?" 그가 목소리를 높여 소음 너머로 말했다. "난 그 남자와 사랑에 빠진 일로 엘리를 비난하려는 게 아니에요. 또 누가 알겠어요? 그 남자가 엘리 일생의 사랑일지. 그 아내는 그 남자와 헤어지는 게 더 나을지도 모르고요. 어쩌면 엘리와 그 남자는 *천생연분*일지도 몰라요. 하지만 엘리는 날 거절할 수도 있었어요." 그 순간 뜻밖에도 그의 얼굴에 날것 그대로의 감정이 떠올랐다. "난 그 사실을 받아들일 수가 없어요. 엘리는 날 거절할 수 있었어요. 그게 옳은 일이었을 거예요."

문이 닫히기 직전에 로리가 혼잡한 열차 안으로 가볍게 들어섰다. 열차는 귀를 울리는 소리를 내며 승강장을 빠져나갔다.

환한 창 안으로 보이는 그의 등이 멀어지는 모습을 엘리는 끝까지 지켜보았다. *누구에게 옳은 일인데요?*

* * *

안녕, 자기,

주말 내내 자기 생각만 했어. 대학은 어때? 배리는 대학에 간 아가씨들이 결국엔 다른 남자를 만나게 된다고 하지만, 그딴 헛소리는 하지도 말라고 내가 그랬지. 그 자식은 질투 나서 그러는 거야. 화요일에 부동산 중개인 사무실에 다니는 아가씨하고 데이트를 했거든. 근데 그 아가씨가 주요리까지 먹고 나더니 내 빼버렸대. 화장실에 다녀오겠다고 하고는 그냥 가버렸다나!!!! 배리는 20분이나 기다리고 나서야 그 사실을 깨달았고, 우린 페더스에서 아주 죽도록 퍼마셨지.

자기가 여기 있으면 좋겠다. 자기가 없으니까 밤이 너무 길어. 바로 답장해줘.

클라이브 XX

무릎 위에 먼지투성이 상자를 올려놓고 엘리는 침대 한가운데 앉아 있었다. 주변에는 10대 시절에 친구들과 주고받은 편지들이 흩어져 있었다. 엘리는 9시 30분에 침대로 기어들어, 제니퍼를 드러내지 않고 연애편지 기사를 살릴 방법을 필사적으로 궁리했다. 그러다 문득 첫사랑인 클라이브를 떠올렸던 것이다.

나무 치료사 아버지를 둔 클라이브는 그녀와 같은 고등학교에 다녔다. 그들은 엘리가 대학에 가는 문제를 두고 심각하게 고민했고, 그녀가 대학에 가도 둘의 관계는 변함없을 거라고 맹세했다. 그러고는 그녀가 브리스톨로 떠난 후 3개월간 관계를 지속했다. 기숙사 주차장으로 들어서는 낡은 미니를 바라보던 감정이 얼마나 빠르게 바뀌었는지 엘리는 기억했다. 처음에는 향수를 뿌리고 복도로 달려가게 만드는 신호였지만, 머지않아 가슴이 철렁 내려앉게 하는 당혹스러운 광경으로 바뀌었다. 원치 않는 삶으로 그녀를 끌어당긴다는 느낌 말고는 그에게 아무 감정도 느껴지지 않는다는 사실을 깨달았기 때문이다.

클라이브에게,

우리 둘 모두에게 최소한의 고통만 주며 이 말을 전할 방법이 없을까 밤새도록 고민했어. 하지만 쉬운 방법이 없네.

클라이브에게,

이건 정말 쓰기 힘든 편지야. 하지만 반드시 해야 할 말이…….

클라이브에게,

정말 미안하지만 이제는 네가 그만 왔으면 좋겠어. 좋은 시
간을 보내게 해줘서 고마워. 계속 친구로 지낼 수 있으면 좋겠어.

엘리

엘리는 다른 편지들 사이에 차곡차곡 쌓여 있는 실패한 편
지들을 손가락으로 더듬어보았다. 클라이브는 그녀가 보낸
마지막 편지를 받고 나서, 오로지 면전에다 나쁜 년이라고
말해주려는 일념으로 340킬로미터를 운전해 왔다. 엘리는
신기할 정도로 아무렇지도 않았다. 이미 마음이 정리된 상태
여서 그랬을 것이다. 엘리는 대학에서 새로운 삶의 기미를
감지했다. 어린 시절을 보낸 작은 마을에서 멀리 떨어진 삶,
클라이브와 배리와 펍에서 보내는 토요일 밤과는 거리가 먼
삶, 마을 사람 모두가 그녀가 누구인지, 학교에서 무엇을 했
는지, 부모님 직업은 무엇인지 알 뿐 아니라, 그녀가 합창단
공연에서 치마가 벗겨진 사실까지 아는 곳에서 사는 것과는
아주 다른 삶. 사람은 고향에서 멀어졌을 때만 새로운 삶을
꾸릴 수가 있다. 엘리는 부모님을 뵈러 갈 때면 마을 사람들
이 공유한 역사에 아직도 약간 숨 막히는 기분이 든다.

이제 이 시대의 클라이브들은 편지 대신 문자메시지를 보
낸다. 잘 지내 자기? 하고. 클라이브를 사귀던 시절에 휴대전
화가 있었다면 엘리는 문자메시지로 관계를 끝냈을까.

엘리는 움직이지 않고 가만히 앉아 있었다. 이불 위에 옛

편지들이 흩어져 있는 텅 빈 침대를 둘러보았다. 로리와 밤을 보낸 이후로는 한 번도 제니퍼의 편지를 읽지 않았다. 그 편지들은 언짢을 정도로 로리의 목소리와 연결되어 있었다. 엘리는 승강장에 서 있던 로리의 얼굴을 떠올렸다. 날 거절할 수도 있었어요. 그러고는 멜리사의 얼굴을 떠올리고, 예전의 삶으로 돌아가게 될 가능성에 대해서는 생각하지 않으려고 애썼다. 엘리는 실패할 수도 있었다. 정말로 그럴지도 몰랐다. 마치 벼랑 끝에서 균형을 잡고 서 있는 기분이었다. 변화가 다가오고 있었다.

그때 전화기의 알림음이 울렸다. 엘리는 안도하는 마음으로, 침대 저편으로 손을 뻗어 전화기를 집었다. 무릎이 옅은 색 종이 더미 속으로 푹 빠졌다.

답장도 안 줘?

엘리는 메시지를 다시 읽고 답장을 써넣었다.

미안해요. 내가 문자 보내는 거 원하지 않는 줄 알았어요.

상황이 달라졌어. 이젠 무슨 말이든 해도 좋아.

엘리는 적막 속으로 그 문장을 중얼거렸다. 눈으로 보고 있는데도 믿기지가 않았다. 이런 일은 로맨틱 코미디 영화에서나 일어나는 거 아닌가? 모든 사람이 반대하는 이런 상황이 정말로 해피엔딩을 맞을 수 있을까? 엘리는 미래의 어느 날 카페에서 니키와 코니에게 이렇게 말하는 자신을 그려보았다. *당연히 그이는 우리 집으로 들어오지. 좀 더 큰 집을 구할 때까지지만. 2주에 한 번 주말에는 아이들이 올 거야.* 엘리는 매일 저녁 집으로 돌아와 현관에 가방을 떨어뜨리고 그녀에게 긴 입맞춤을 하는 그의 모습도 그려보았다. 너무나 믿기 힘든 전개여서 머리가 빙글빙글 돌 지경이었다. 이게 내가 원하는 것일까? 엘리는 잠시나마 그 사실을 의심한 자신을 꾸짖었다. 물론이었다. 그렇지 않다면 그토록 오랫동안 이런 기분일 리가 없지 않은가.

이제 무슨 말이든 해도 좋아.

냉정을 잃지 마. 엘리는 자신에게 타일렀다. 아직은 확실한 일이 아닐지도 몰랐다. 그리고 존은 지금껏 수없이 그녀를 실망시켰다.

엘리의 손이 작은 버튼 위에 놓였다. 마음을 정하지 못하고 손가락이 버튼 위를 맴돌았다. 엘리가 글자를 써넣었다.

그래요, 하지만 이런 식으로는 말고요. 얘기할 기회가 생겨서 기뻐요.

그러고는 덧붙였다.

모든 게 조금 받아들이기 힘들었거든요. 하지만 나도 당신이 그리웠어요. 돌아오는 대로 전화 줘요. E xx

엘리가 침대 옆 탁자에 전화기를 내려놓으려는 순간 다시 알림음이 울렸다.

아직도 나 사랑해?

숨이 잠시 목에 걸렸다.

네.

엘리는 생각할 겨를도 없이 답을 보냈다. 그러고는 몇 분을 기다렸지만 아무 응답도 오지 않았다. 그것이 다행인지 유감인지 확실히 알지 못한 채 그녀는 다시 베개를 베고 드러누웠다. 그리고 오랫동안 창밖에 시선을 둔 채, 불빛을 깜빡이며 미지의 목적지를 향해 고요히 날아가는 비행기들을 바라보았다.

24

어깨에 손이 얹히는 걸 느끼고 로리가 귀에서 이어폰을 잡아 뺐다.

"차 마시지."

로리는 고개를 끄덕이고 음악을 끈 후 이어폰을 주머니에 넣었다. 이제 대형 트럭으로 옮기는 건 모두 끝났고, 빠뜨리고 넣지 않은 상자들과 신문사 생존에 꼭 필요한 물건들을 신문사의 배달용 밴으로 조금씩 나르고 있었다. 오늘은 목요일이었다. 일요일에는 마지막 짐이 꾸려질 것이다. 머그잔과 찻잔까지 남김없이 옮겨진다. 월요일에 「네이션」은 새로운 건물에서 새로운 삶을 시작할 것이고, 이 건물은 철거 해체 작업에 들어갈 것이다. 내년 이맘때쯤에는 이곳에 유리와 금속으로 된 번드르르한 건축물이 들어서 있을 것이다.

로리는 밴의 뒤쪽, 관장의 옆에 앉았다. 관장은 생각에 잠긴 듯 검은 대리석으로 이뤄진 건물의 정면을 바라보고 있었다. 계단 맨 위에 있는 주춧돌에서 전서구 모양의 신문사 상징이 떨어져 나와 있었다.

"모습이 낯설지?"

로리가 뜨거운 차를 후 불어 식혔다. "기분이 이상하시죠? 그렇게 오랫동안 일하신 건물인데요."

"별로. 결국에는 모든 것이 끝을 맞게 되어 있으니까. 한편으로는 뭔가 다른 일을 시작할 생각에 은근히 설레기도 하고."

로리가 차를 한 모금 마셨다.

"다른 사람들의 이야기에 둘러싸여 하루하루를 보낸다는 건 이상한 일이야. 마치 나 자신의 이야기는 멈춰 있는 기분이랄까."

로리는 꼭 그림이 말하는 걸 듣고 있는 기분이었다. 너무나 예상 밖이었고, 더할 수 없이 흥미로웠다. 로리는 차를 내려놓고 그의 이야기에 귀를 기울였다. "뭔가 직접 써보고 싶다는 유혹을 느낀 적은 없으셨어요?"

"아니." 관장의 어조가 단호했다. "난 글을 쓰는 사람이 아니니까."

"이제 뭐 하실 거예요?"

"모르겠어. 여행이나 해볼까…… 어쩌면 자네처럼 배낭여행을 떠날지도 모르지."

그 모습이 떠올라서 두 사람은 함께 미소를 지었다. 그들은 지난 몇 달간 오로지 일에 필요한 말만을 나누며 묵묵히 함께 일해왔다. 이제 끝이 얼마 남지 않자 두 사람은 수다스러워졌다.

"아들놈은 나더러 그러라고 하더군."

로리는 놀라움을 감추지 못하며 말했다. "아드님이 있으신 지 몰랐습니다."

"며느리도 있지. 그리고 못 말리게 개구쟁이인 손주도 셋 있고."

로리는 속으로 관장을 다시 평가하고 있었다. 워낙 고독한 분위기를 풍기는 사람이어서 가정적인 남자로 상상하는 일 은 쉽지 않았다.

"그럼 사모님은요?"

"오래전에 세상을 떠났어."

그는 아무렇지도 않게 말했지만 로리는 도를 넘어선 실수 를 한 것처럼 마음이 불편했다. 그러면서도 아마 엘리가 이 자리에 있었다면 바로 어떻게 돌아가셨는지 물었을 거라는 생각이 들었다.

엘리가 이 자리에 있었다면, 로리는 그녀에게 말하는 대신 도서관 저 안쪽으로 슬그머니 도망쳤으리라. 그는 곧 엘리와 관련된 생각을 떨쳐내려 노력했다. 그녀에 대해 생각하지 않 을 것이다. 그녀의 머리칼, 웃음, 집중할 때 찡그리는 표정 따 위를 생각하지 않을 것이다. 그의 손길에는 평소와 다르게 자신을 그대로 내맡기는, 상처받기 쉽고 여리게 느껴지는 그 녀의 모습도.

"그래, 자네는 언제 출발하지?"

로리는 생각에서 빠져나와 책을 한 권, 또 한 권 받아 들었 다. 이 도서관은 〈닥터 후〉의 타임머신 '타디스' 같았다. 어디서 나오는지 모르는 자료들이 계속 튀어나온다. "어제 집 주인한테 통보했어요. 이제 비행기표를 알아봐야죠."

"여자 친구가 그립지 않겠어?"

"여자 친구 아니에요."

"그냥 그렇게 보인 것뿐이라 이거지? 난 자네가 좋아하는 줄 알았는데."

"좋아했어요."

"두 사람이 잘 통하는 것 같던데 말이야."

"저도 그런 줄 알았어요."

"그럼 뭐가 문제지?"

"겉으로 보이는 것보다…… 복잡한 사람이었어요."

관장이 쓴웃음을 지었다. "난 그렇지 않은 여자는 만나본 적이 없는데."

"네…… 뭐. 제가 복잡한 걸 싫어해요."

"복잡한 게 하나도 없는 삶이란 존재하지 않아, 로리. 우린 모두 결국에 가서는 타협하고 사는 거지."

"저는 아니에요."

관장이 한쪽 눈썹을 들어 올렸다. 작은 미소가 피어올랐다.

"왜요?" 로리가 물었다. "*왜 그러시는데요? 설마 잃어버린 기회와 과거의 뼈아픈 선택에 관한 설교를 하실 생각은 아니시겠죠?*" 목소리가 의도보다 더 크고 날카롭게 나왔지만, 로리 자신도 어쩔 수가 없었다. 그는 상자들을 한쪽에서 다른 쪽으로 옮기기 시작했다. "그래봤자 소용없는 일이에요. 전 떠나니까요. 복잡한 일은 원하지 않아요."

"그래."

로리는 곁눈으로 훔쳐본 그의 얼굴에 서서히 미소가 퍼지는 걸 알아차렸다. "괜히 이제 와서 다정한 척은 하지 말아주세요. 전 관장님을 불쌍한 늙은이로 기억해야 한단 말이에요."

그 불쌍한 늙은이가 킥킥거렸다. "그럴 생각은 꿈에도 없어. 자, 그만 일어나지. 마지막으로 마이크로필름 구역을 확인하고, 찻잔이랑 다른 것들을 싣자고. 그런 다음에 내가 점심을 사지. 그럼 자네는 나한테 절대 말해주지 마. 자네가 전혀 관심이 없는 그 친구하고 자네 사이에 무슨 일이 있었는지 말이야."

* * *

제니퍼 스털링의 아파트 바깥에 깔린 보도는 겨울의 태양에 연한 회색으로 색이 바랬다. 거리 청소부가 날쌘 동작으로 연석을 따라가며 집게로 쓰레기를 줍고 있었다. 엘리는 자신이 사는 동네에서 거리 청소부를 마지막으로 본 게 언제인지 생각해보았다. 동네 번화가는 음식 노점상과 싸구려 빵집이 즐비해서, 거기서 나온 빨강 하양 줄무늬 종이봉투가 사방을 굴러다녔다. 포화지방과 당분을 왕창 섭취하는 점심시간이 또 한 번 지나갔음을 보여주는 증거들. 그러니 쓰레기를 줍는다는 건 끝이 없는 헛된 일로 여겨질 것이다.

"엘리예요. 엘리 하워스." 제니퍼가 대답하자 엘리가 현관 인터폰으로 외쳤다. "메시지를 남겼는데요. 괜찮으시다면 제가…….

"엘리." 환영하는 목소리였다. "막 내려가려던 참이었어요."

엘리베이터가 느긋하게 아래로 내려오는 동안, 엘리는 멜리사를 생각했다. 그녀는 전날 밤을 지새우고 아침 7시 30분에 사무실에 도착했다. 어떻게든 연애편지 기사를 구해낼 방법을 찾아야 했다. 클라이브에게 받은 편지를 다시 읽어보니, 예전 삶으로는 돌아갈 수 없다는 것이 새삼 확실해졌다. 엘리는 이 기사를 제대로 써내야 했다. 제니퍼 스털링에게 나머지 정보를 듣고 나면 어떻게든 전환점을 찾게 될 것이었다. 엘리는 예전의 유능한 기자로 돌아가서 결연한 태도로 일에 집중했다. 그러자 더없이 혼란스러워진 사생활에 대한 생각을 저편으로 밀어둘 수 있었다.

엘리는 멜리사가 이미 출근했다는 사실에 충격을 받았다. 부서에서 그녀를 제외하고는 누구도 출근하지 않았고, 청소부만이 남아 있는 책상들 사이로 묵묵히 청소기를 밀며 다녔다. 멜리사의 사무실 문이 열려 있었다.

"엄마도 알아, 하지만 니나가 데리고 갈 거야." 멜리사는 반짝이는 머리 가닥을 초조하게 비비 꼬고 있었다. 가느다란 손가락에 엮여 당겨지고 꼬이고 풀려나는 머리카락에 겨울 햇살이 비추었다.

"아니지, 엄마가 일요일 밤이라고 그랬잖아. 기억 안 나니? 니나가 데려다줬다가 나중에 다시 데리고 올 거야…… 알아…… 그래 알아…… 하지만 엄마는 일하러 가야 하잖니. 엄마가 일해야 하는 거 알지, 우리 딸…….." 멜리사가 자리에 앉아 잠시 머리를 손에 얹고 있어서 엘리에게 말소리가 잘 들리지 않았다.

"알아, 알아. 엄마가 다음번엔 꼭 갈 거야. 하지만 엄마가 그랬지? 엄마 회사가 이사를 하는데 그 일이 아주 중요하다고? 그리고 엄마는……."

긴 침묵이 흘렀다.

"데이지, 니나 좀 바꿔줄래?…… 알아. 그냥 니나 좀 잠깐 바꿔줘…… 그래, 나중에 다시 데이지랑 얘기할 거야. 그러니까 그냥……." 멜리사가 흘깃 눈을 들었다가, 사무실 밖에 있는 그녀를 보았다. 엘리는 엿듣고 있던 게 민망해서 얼른 몸을 돌리고 전화기를 집어 들었다. 마치 자신도 중요한 통화를 하던 중이었다는 듯이. 엘리가 다시 고개를 들었을 때는 사무실 문이 닫혀 있었다. 그 정도 거리에서는 확실히 말하기 어렵지만, 멜리사는 울고 있는 것 같았다.

"뜻밖이지만 반갑네요." 제니퍼 스털링은 빳빳하게 다린 리넨 셔츠와 짙은 색 청바지를 입었다.

엘리는 그녀를 보며, 60대가 되었을 때 자신도 청바지를 입고 싶다는 생각을 했다. "다시 와도 좋다고 하셔서요."

"물론이죠. 지난주에 속마음을 털어놓으면서 은근히 즐거웠어요. 엘리를 보면 딸아이가 생각나기도 하고요. 그건 내게 선물과도 같은 일이에요. 딸아이가 곁에 있던 시절이 정말 그립거든요."

사진 속의 캘빈 클라인 여인과 비교된 사실에 엘리는 터무니없이 흥분했다. 그곳에 온 이유에 대해서는 생각하지 않으려고 애썼다. "제가 귀찮지 않으시다면⋯⋯."

"전혀요. 엘리야말로 늙은 여자가 하는 장황하고 두서없는 얘기가 끔찍하게 지루하지 않아요? 그렇지 않다면 난 얼마든지 좋아요. 안 그래도 프림로즈힐로 산책을 나가려던 참이었어요. 같이 갈래요?" 두 사람은 그 지역과 각자가 살았던 곳들에 대해 이야기하며 걸었다. 스털링 부인은 엘리의 신발에 감탄하기도 했다. "내 발은 아주 형편없어요." 스털링 부인이 말했다. "내가 엘리 나이였을 때는 하이힐에 매일 발을 욱여넣었죠. 엘리 세대는 훨씬 편하게 사는 거예요."

"맞아요, 하지만 외모 면에서는 저희가 부인 세대를 따라가지 못하죠." 엘리는 갓 엄마가 된 제니퍼의 사진을 떠올렸다. 그 완벽한 화장과 머리를.

"오, 우리에겐 선택의 여지가 없었어요. 우리 마음대로 할 수가 없었죠. 남편은 내가 말쑥한 모습이 아니면 사진을 찍지 못하게 했어요." 스털링 부인은 마음이 가벼워 보였고, 기억을 떠올리는 일에도 덜 압도되는 듯했다. 걸음걸이가 젊은 사람처럼 빨라서 엘리가 가끔 속도를 맞추기 위해 약간 뛰다시피 해야 했다. "내가 얘기 하나 할까요. 몇 주 전에 신문을 사러 역에 나갔다가, 아가씨 하나가 그야말로 잠옷 바지 같은 걸 입고 그 북실북실한 양가죽 부츠를 신고 있는 걸 봤어요. 그걸 뭐라고 부르더라?"

"어그 부츠요."

제니퍼는 즐거운 목소리였다. "맞아요. 흉악하게 생긴 부츠. 난 그 아가씨가 우유 한 통을 사는 모습을 지켜봤어요.

머리 뒤쪽도 죄다 일어났더라고요. 그런데 갑자기 그 자유가 그렇게 부러울 수가 없는 거예요. 거기서 미친 여자처럼 한참이나 그러고 쳐다봤다니까요." 부인이 기억을 떠올리며 웃었다. "그곳 매점을 운영하는 대누쉬카가 나중에 묻더군요. 저 불쌍한 아가씨가 나한테 대체 무슨 짓을 했느냐고……. 생각해보면 옛날에는 정말 끔찍하게 속박이 많은 생활을 했어요."

"뭐 하나 여쭤봐도 될까요?"

제니퍼의 입술 가장자리가 살짝 올라갔다. "그럴 거라고 생각했어요."

"지난 일에 대해 죄책감을 느낀 적은 없으신가요? 다른 누군가를 사랑한 일 말이에요."

"남편에게 상처를 준 일을 후회하지 않는지 묻는 건가요?"

"그렇다고 할 수 있죠."

"그걸 묻는 이유는…… 호기심 때문인가요? 아니면 면죄부를 얻고 싶어서?"

"모르겠어요. 아마 둘 다인 거 같아요." 엘리가 손톱을 잘근거렸다. "제 생각에…… 존이…… 아내를 떠나려는 거 같거든요."

잠시 침묵이 흘렀다. 프림로즈힐 입구에 다다르자 제니퍼가 걸음을 멈췄다. "아이는 있나요?"

엘리는 고개를 들지 않았다. "네."

"그건 굉장한 책임이 따르는 일인데."

"알고 있습니다."

"그리고 엘리는 약간 겁이 나는군요."

엘리는 누구에게도 할 수 없었던 말을 꺼냈다. "제가 옳은 일을 하고 있다는 확신을 얻고 싶어요. 그 모든 고통을 감수할만한 가치가 있다는 확신이요."

어째서 스털링 부인 앞에서는 진실을 감추는 게 불가능한 것일까? 부인의 시선이 닿는 게 느껴지자 엘리는 정말로 면죄부를 얻고 싶었다. 엘리는 부트의 말이 떠올랐다. *당신은 내게 더 나은 사람이 되고 싶다는 열망을 불러일으켜요.* 엘리도 더 나은 사람이 되고 싶었다. 여기서 이렇게 걸으면서 한쪽 머리로는 이 대화의 어느 부분을 훔쳐다가 신문에 낼까 궁리하고 싶지 않았다.

제니퍼는 수년간 타인의 문제를 들어와서 그런지, 사려 깊고 중립적인 태도를 갖게 된 듯했다. 그녀가 마침내 입을 열었을 때, 단어를 신중하게 고르고 있는 것이 느껴졌다. "나는 두 사람이 잘 해결해나가리라고 믿어요. 다만 정직하게 말하는 게 중요해요. 고통스러울 정도로 정직하게. 그리고 늘 원하는 답만 얻지는 못할 거예요. 지난주에 엘리가 돌려준 편지들을 다시 읽으며 떠올린 게 바로 그 점이었어요. 우린 게임 같은 건 하지 않았죠. 난 앤서니에게만큼 정직하게 나 자신을 털어놓을 수 있는 사람을 아직 만나보지 못했어요."

제니퍼는 한숨을 내쉬고, 엘리에게 출입구 안으로 들어오라고 손짓했다. 그들은 언덕 꼭대기로 이어지는 길을 따라 걷기 시작했다. "하지만 우리 같은 사람들에게 면죄부란 없어요, 엘리. 어쩌면 죄책감이 생각보다 미래의 삶에 큰 영향

539

을 미칠지도 몰라요. 열정이 타오르는 데는 이유가 있다고 하지만, 그게 불륜일 경우에는 당사자만 상처 입는 게 아니니까요. 나의 경우엔, 아직까지도 로런스에게 준 고통에 대해 죄책감을 느끼고 있어요……. 당시에는 나 자신을 정당화했지만 이제는 그 일이…… 우리 모두에게 상처를 주었다는 사실을 정확히 알죠. 하지만…… 늘 가장 마음이 아픈 건 앤서니예요."

"나머지 이야기도 들려주시겠어요?"

제니퍼의 미소가 흐려졌다. "엘리, 이 이야기는 해피엔딩이 아니에요." 그녀는 아무 결실이 없었던 아프리카 여행, 그를 찾으려 애쓰던 오랜 시간, 끊임없이 자신의 감정을 이야기하던 사람이었기에 더욱 두드러지게 느껴지는 그의 침묵에 대해 이야기했다. 그리고 결국 런던에서 홀로 새로운 삶을 일구어가던 일에 대해서도 이야기했다.

"그게 다인가요?"

"간단하게 말하자면요."

"그 오랜 세월 동안 한 번도…… 다른 누군가를 만난 적이 없으세요?"

제니퍼 스털링이 다시 웃었다. "그건 아니죠. 나도 인간이니까. 하지만 감정적으로 깊은 관계를 가진 적은 없다고 말하겠어요. 부트 이후로는…… 누구와도 진정으로 가까워지고 싶은 마음이 들지 않았어요. 나한테는 오직 그 사람 하나뿐이었죠. 그 점만큼은 분명히 알았어요. 그리고 내게는 에스메가 있었으니까." 그녀의 미소가 더욱 커졌다. "아이는 정말 놀라운 위안을 주는 존재예요."

그들은 정상에 다다랐다. 런던 북부 전체가 발아래 펼쳐져
있었다. 숨을 깊이 들이마시며 저 멀리 하늘과 맞닿은 도시
의 윤곽선을 바라보았다. 아래쪽에서 차 소리가 들려왔다. 개
를 산책시키는 사람들과 아이들의 외침 소리가 멀어져갔다.

"우체국 사서함은 왜 그렇게 오래 열어두셨는지 여쭤봐도
될까요?"

제니퍼는 철제 벤치에 몸을 기대고 잠시 생각한 다음 입을
열었다. "아마 엘리에게는 우스꽝스러운 일로 보이겠지만,
우린 두 번이나 서로를 놓쳤잖아요, 그것도 몇 시간 차이로.
모든 가능성을 열어두는 게 내 의무라고 느꼈어요. 사서함을
닫는 건 결국 완전히 끝났다는 걸 인정하는 셈이니까요."

제니퍼가 애처롭게 어깨를 으쓱해 보였다. "해마다 이제 그
만 닫아야 한다고 생각했어요. 나도 모르는 새에 세월이 이만
큼이나 흘러버렸죠. 하지만 어쩐 일인지 한 번도 실행에 옮기
진 못했어요. 아마 해롭지 않은 사치라고 생각했나 봐요."

"그러니까 그게 정말 끝이었나요? 그분의 마지막 편지
가?" 엘리는 세인트 존스 우드 어딘가를 가리켰다. "그 후로
는 전혀 소식을 듣지 못하셨나요? 그분께 무슨 일이 생겼는
지 알지 못한다는 사실을 어떻게 견디셨어요?"

"내가 보기엔 두 가지 가능성이 있어요. 하나는 그가 콩고
에서 죽었을 가능성이죠. 당시에는 견딜 수가 없어서 생각조
차 하지 않았지만요. 그리고 다른 하나는 그 사람이 내게 깊
은 상처를 받았다는 거예요. 그는 내가 남편을 절대로 떠나지

541

않을 거라고 믿었어요. 어쩌면 내가 그의 감정에는 신경을 쓰지 않는다고 생각했을지도 몰라요. 그는 두 번째로 내게 다가왔다가 아주 큰 대가를 치렀죠. 불행히도 난 너무 늦어버릴 때까지 그게 얼마나 큰 대가인지 깨닫지 못했지만요."

"그분을 추적해볼 생각은 안 하셨어요? 사설탐정을 고용한다거나 신문광고를 낸다거나 해서요."

"오, 그런 일은 할 생각이 없었어요. 그 사람은 원한다면 얼마든지 내가 있는 곳을 알아낼 수 있었어요. 난 내 감정을 분명하게 말했고요. 그리고 난 그의 감정을 존중해야만 했어요." 제니퍼가 진지한 표정으로 엘리를 바라보았다. "알겠지만, 누군가가 자신을 다시 사랑하게 만드는 일은 불가능해요. 그런 일이 일어나길 아무리 원한다 해도. 안타까운 일이지만, 때로는 그냥 시간이 서로…… 안 맞을 때가 있어요."

언덕 위쪽은 바람이 제법 세게 불었다. 목과 옷깃 사이로 바람이 파고들어 조금이라도 드러난 부분을 사정없이 공격했다. 엘리가 주머니로 손을 집어넣었다. "그분이 부인을 다시 찾았다면, 어떤 일이 일어났을 거라고 생각하세요?"

처음으로, 제니퍼 스털링의 눈에 눈물이 가득 고였다. 그녀는 스카이라인을 뚫어져라 쳐다보며 고개를 살짝 흔들었다. "실연의 아픔은 젊은 사람들만의 전유물이 아니죠." 그녀가 길을 따라 천천히 내려가기 시작해서 얼굴이 보이지 않았다. 잠시 이어지는 침묵에 엘리도 몹시 가슴이 아팠다. "난 오래전에 깨달았어요, 엘리, '만약'이란 아주 위험한 게임이라는 걸 말이에요."

　　　　　　　* * *

　　만나지. Jx

　　전화로요? X

　　할 얘기가 아주 많아. 당신을 만나야겠어. 데리 가에 있는 레 퍼시
발에서. 내일 오후 1시. x

　　퍼시발요? 당신 스타일이 아닌데.

　　아. 요즘 난 여러 사람을 놀라게 하지. Jx

　　엘리는 리넨 천을 씌운 테이블에 앉아 그녀가 지하철 안
에서 갈겨쓴 메모들을 넘겨보았다. 그 이야기를 기사에 실
을 수 없다는 것은 가슴 깊이 알았다. 그리고 그걸 기사에 싣
지 않으면 「네이션」에서의 경력이 끝난다는 것도 알았다. 엘
리는 두 번이나 세인트 존스 우드로 돌아가서 부인에게 자신
의 상황을 설명하고 자비를 구하며 그녀의 불운한 연애를 인
쇄물로 재현하게 해달라고 부탁할까 생각했다. 하지만 두 번
모두 부인의 얼굴이 떠오르며 그녀의 목소리가 들려오는 것
만 같았다. *실연의 아픔은 젊은 사람들만의 전유물이 아니죠.*
　　엘리는 하얀 접시에 담겨 반들거리는 올리브를 물끄러미
쳐다보았다. 식욕이 전혀 없었다. 이 기사를 쓰지 않으면 멜

543

리사는 그녀를 다른 곳으로 보낼 것이다. 하지만 이 기사를 쓰면 그녀는 자신이 하는 일이나 자신에 대해 전과 똑같이 생각하지 못하게 될 것 같았다. 엘리는 다시 한번 로리와 의논할 수 있다면 얼마나 좋을까 생각했다. 로리라면 어떻게 해야 하는지 알고 있을 것이다. 그녀가 원하는 답은 아닐 거라는 불편한 예감이 들었지만, 그의 말이 옳으리라는 것을 엘리는 알았다. 생각이 꼬리에 꼬리를 물며 주장과 반론을 반복했다. *제니퍼 스털링은 아마 「네이션」을 읽지도 않을 거야. 네가 무슨 일을 했는지 모를 거라고. 멜리사는 널 내쫓을 구실을 찾고 있어. 너한테는 선택의 여지가 없어.*

그러고 나자 로리의 냉소적인 목소리가 들려왔다. *지금 장난해요?*

엘리는 배가 꽉 뭉치는 기분이었다. 요즘엔 늘 그런 상태여서 안 그랬던 게 언제였는지 기억나지도 않았다. 그 순간 불현듯 생각이 하나 떠올랐다. 앤서니 오헤어의 행방을 알아낸다면 제니퍼가 용서해주지 않을까? 아마 한동안은 언짢아하겠지만, 결국에는 엘리가 그녀에게 선물을 주었다는 사실을 알게 되지 않을까? 답이 엘리에게로 굴러들었다. 엘리는 그를 찾아낼 것이다. 10년이 걸린다고 해도 반드시 그의 소식을 알아내고야 말 것이다. 지푸라기 중에서도 턱없이 부실한 지푸라기였지만, 엘리는 기분이 약간 나아졌다.

5분이면 도착. 당신은 거기? Jx

네. 1층 테이블이에요. 차가운 화이트 와인이 기다리고 있어요. Ex

엘리의 손이 무의식중에 머리로 올라갔다. 어째서 존이 아파트로 곧장 가자고 하지 않았는지 아무리 생각해도 알 수가 없었다. 존은 늘 그녀의 집으로 곧장 가는 걸 좋아했다. 억눌린 긴장부터 풀어버리지 않으면 그녀에게 제대로 말을 할 수도, 심지어 그녀를 쳐다볼 수도 없다는 듯이. 연애 초기에는 우쭐한 마음이 들었지만, 나중에는 신경에 거슬렸다. 이제 엘리는 궁금해하고 있었다. 레스토랑에서 만나자고 한 것은 마침내 둘의 관계를 사람들에게 공개하겠다는 뜻이 아닌지. 최근에는 모든 게 너무나 극적으로 변해서, 그가 사람들 앞에서 공개 선언을 한다고 해도 이상하지 않을 것 같았다. 근처 테이블을 흘깃 둘러보니 값비싼 옷을 입은 사람들이 앉아 있었다. 엘리는 그 생각에 발가락이 오므라들었다.

"뭐 때문에 그렇게 안절부절못하는데?" 그날 아침에 니키가 물었다. "네가 원하던 걸 갖게 된다는 뜻 아니야?"

"난 그냥……."

"그 사람을 정말 원하는 건지 확실히 모르는 거구나."

"아냐!" 엘리가 전화기를 노려보았다. "당연히 원하지! 그냥 모든 게 너무 빠르게 변해서 이해가 잘 안 되는 것뿐이야."

"빨리 이해하는 게 좋을걸. 그 사람이 레스토랑에 여행 가방 두 개랑 비명을 질러대는 애들을 끌고 나타날 가능성도 아주 없지 않으니까 말이야." 니키는 어떤 이유에선지 자기 말에 즐거워져서, 엘리가 약간 짜증이 날 때까지 계속 낄낄

545

거렸다.

니키는 여전히 로리와의 관계를 '다 망쳐버린' 엘리를 용서하지 않은 듯했다. 그녀는 로리가 괜찮은 사람 같다고 몇 번이나 말하면서 "기꺼이 펍에 함께 갈 사람"으로 구분했었다. 그 말은 곧, 존과는 절대로 함께 가지 않을 거라는 뜻이었다. 니키는 아내를 속이고 바람을 피운 남자를 결코 용서하지 않을 것이다.

엘리는 손목시계를 흘깃 보고 웨이터에게 와인 한 잔을 더 부탁했다. 약속 시간이 20분이나 지났다. 다른 때 같으면 조용히 분노했겠지만, 지금은 너무 긴장한 나머지 그를 보자마자 토하는 건 아닐까 걱정이 될 정도였다. 그래, 그런 식으로 반겨주면 픽도 좋아하겠다. 엘리가 속으로 생각하며 고개를 드는데 테이블 맞은편에 웬 여자 하나가 서 있었다.

처음에는 웨이트리스인줄 알고, 와인을 들고 있지 않은 점을 의아하게 생각했다. 그런 다음에는 그 여자가 웨이트리스 유니폼이 아닌 짙푸른 색 코트를 입었다는 것, 그리고 지나치다 싶을 정도로 엘리를 빤히 쳐다보고 있다는 것을 깨달았다. 버스에서 혼자 노래를 흥얼거리기 시작하려는 사람처럼.

"안녕하세요, 엘리."

엘리가 놀라 눈을 깜빡였다. "죄송해요." 엘리는 머릿속으로 최근에 접촉한 사람들의 명단을 빠르게 훑었지만 아무것도 나오지 않았다. "저를 아시나요?"

"오, 그럼요. 전 제시카라고 해요."

제시카. 엘리는 전혀 기억나지 않았다. 멋스럽게 자른 머리. 곧게 뻗은 다리. 약간은 피곤해 보이고, 피부는 햇볕에 그을렸다. 다음 순간 폭발하듯 의식 속으로 떠올랐다. 제시카. *제스.*

여자는 엘리가 충격을 받은 걸 감지했다. "그래요, 내 이름은 알 거라고 생각했어요. 하지만 얼굴까지 알고 싶진 않았겠죠? 나에 대해선 깊게 생각하고 싶지 않았을 거예요. 존에게 아내가 있다는 사실이 당신한테는 좀 불편한 일이었을 테니까."

엘리는 말이 나오지 않았다. 사람들이 그녀 쪽을 흘끔거리는 게 희미하게 느껴졌다. 15번 테이블에서 뿜어져 나오는 이상한 진동을 알아차린 것이다.

제시카 아머는 낯익은 전화기를 손에 들고 문자메시지를 죽 넘겨보았다. 그러더니 목소리를 약간 높여 읽어나갔다. "'나 오늘 아주 기분 좋아요. 어떻게든 빠져나와요. 후회하지 않게 해줄 테니까.' 흠, 여기 좋은 게 있네요. 'MP의 아내와 인터뷰한 기사를 써야 하는데, 생각이 자꾸 지난 화요일로 흘러가요. 나쁜 남자!' 오, 그리고 내가 제일 좋아한 건 이거예요. '아장 프로보카퇴르(영국 속옷 브랜드 - 옮긴이)에 갔었어요. 사진 첨부……'" 그녀가 다시 엘리를 쳐다보며 입을 열었을 때, 목소리가 분노로 부들부들 떨렸다. "아픈 두 아이를 간호하면서 건설업자들을 상대하고 있을 때라면 이런 것과는 경쟁을 할 수가 없죠. 하지만 그래요, 12일 화요일. 분명히 기억해요. 그이는 너무 늦게 와서 미안하다면서 커다란 꽃다발을 내밀었죠."

엘리는 입을 열었지만 어떤 말도 나오지 않았다. 피부가 따끔거렸다.

"휴가 갔을 때 그이 전화기를 열어봤어요. 바에서 전화를 한 게 누군지 궁금했는데 당신이 보낸 메시지가 있더군요. '전화해줘요. 딱 한 번만. 목소리를 듣고 싶어요. X.'" 제시카 가 서글프게 웃었다. "얼마나 감동적인지. 그이는 전화기를 도둑맞은 걸로 알고 있을 거예요."

엘리는 테이블 밑으로 기어들고 싶었다. 점점 줄어들어 없어져버렸으면 싶었다.

"당신이 불행하고 외로운 여자가 되길 빌겠어요. 아니, 다시 생각해보니, 당신도 언젠가 아이를 갖게 되길 바라는 게 낫겠다는 생각이 드네요, 엘리 하워스. 그러면 당신도 취약한 상황에 놓인다는 게 어떤 느낌인지 알게 될 테니까. 오직 아이들이 아빠 없이 자라게 하지 않겠다는 일념으로 싸우고, 경계를 늦추지 않는다는 게 어떤 건지 알게 될 테니까요. 다음번에 내 남편을 즐겁게 해주려고 속이 훤히 비치는 속옷을 살 땐 그 점을 좀 생각해볼래요?"

제시카 아머가 테이블 사이로 빠져나가, 햇빛이 쏟아지는 바깥으로 걸어 나갔다. 레스토랑 안이 찬물을 끼얹은 듯 조용해진 것 같았다. 귓속이 윙윙거리는 그녀로서는 정확히 알 수 없었지만. 엘리가 마침내, 볼을 붉게 물들이고 손을 떨며, 웨이터에게 계산서를 부탁했다.

웨이터가 다가오자 그녀는 예기치 못한 일이 생겨 갑자기 가봐야 한다고 웅얼거렸다. 자신이 무슨 말을 하고 있는지 정확히 알지 못했다. 목소리는 더 이상 그녀의 목소리처럼 들리지 않았다. "계산서는요?"

웨이터가 문 쪽을 가리켰다. 얼굴에는 동정적인 미소가 어렸다. "계산은 필요 없습니다, 손님. 그 숙녀분께서 계산하셨어요."

* * *

사무실까지 걸어가는 동안 엘리는 아무것도 느끼지 못했다. 차들이 지나가고, 통행자들과 부딪치고, 「빅 이슈」 잡지를 파는 사람들이 비난의 눈초리를 보내도 알지 못했다. 그대로 아파트로 돌아가 틀어박히고 싶었지만, 직장에서의 위태로운 처지를 생각하면 그건 불가능한 일이었다. 사람들의 시선을 의식하며 사무실 안으로 걸어 들어가면서 엘리는 방금 전에 자신이 당한 치욕을 모두가 본 게 틀림없다고 확신했다. 제시카 아머가 본 것이 그녀에게 주홍 글씨처럼 드리워져 그들 모두 보았을 거라고.

"괜찮아요, 엘리? 얼굴이 굉장히 창백해요." 루퍼트가 모니터 뒤에서 고개를 내밀고 물었다. 그의 모니터 뒤에 '소각'이라고 쓰인 스티커가 붙어 있었다.

"두통 때문에요." 목소리가 잘 나오지 않았다.

"테리한테 약이 있어요. 그 아가씨는 온갖 약들을 다 가지고 있더라고요." 그는 잠시 생각을 하다가 다시 모니터 뒤로 사라졌다.

엘리는 자기 자리에 앉아 컴퓨터를 켜고 이메일을 훑었다. 거기 있었다.

전화기를 잃어버렸어. 점심시간에 새로 살 거야. 새 번호는 이메일로 알려줄게. Jx

메일이 들어온 시간을 확인했다. 제니퍼 스털링을 인터뷰하고 있을 때였다. 엘리는 눈을 감고, 지난 한 시간 동안 눈앞에 어른대던 이미지들을 다시 떠올렸다. 제시카 아버의 악물린 턱과 무시무시한 눈, 그리고 그녀의 분노와 상처가 동력이 된 듯 얼굴 주변에서 흔들리던 머리카락. 엘리는 다른 상황에서 그녀를 만났다면 호감을 느꼈으리라는 사실을 마음 한구석으로 알았다. 그녀는 함께 술을 마시러 가고 싶을만한 타입이었다. 엘리는 눈을 떴고, 더 이상은 존의 문장을 보고 싶지 않았다. 그 안에 비친 자신의 모습을 보고 싶지 않았다. 한 해 동안 지속되던 아주 생생한 꿈에서 깨어난 기분이었다. 자신이 얼마나 엄청난 실수를 저질렀는지 깨달았다. 엘리는 존의 메시지를 삭제했다.

"여기요." 루퍼트가 그녀의 책상에 차 한 잔을 내려놓았다. "기분이 좀 나아질 거예요."

루퍼트는 직접 차를 만드는 법이 없는 사람이었다. 과거에는 팀원들이 그가 매점으로 가기까지 얼마나 걸릴지를 두고 내기하기도 했는데, 그는 언제나 기대를 저버리지 않았다. 엘리는 그의 행동에 감동해야 하는지, 그런 행동을 유발한 자신의 상태를 걱정해야 하는지 알 수가 없었다.

"고마워요." 엘리가 인사를 하고 잔을 들었다.

그녀가 이메일 수신함에서 익숙한 이름을 발견한 것은 루퍼트가 자기 자리로 돌아가 앉을 때였다. 필립 오헤어. 엘리는 심장이 멎는 것 같았다. 좀 전의 모욕은 잠시 잊었다. 메일을 클릭해보니 「타임스」에서 일하는 필립 오헤어가 보낸 것이 맞았다.

안녕하세요, 보내주신 메일을 받고 약간 혼란스러웠습니다. 전화 주시겠어요?

엘리는 눈가를 닦았다. 일은 언제나 모든 것의 해답이었다. 그녀가 자신에게 말했다. 이제 남은 건 일뿐이었다. 그녀는 제니퍼의 연인에게 무슨 일이 있었는지 알아낼 것이고, 제니퍼는 그녀가 앞으로 하려는 일을 용서하게 될 것이다. 그래야만 했다.

엘리는 이메일 맨 아래 적힌 직통 전화번호를 눌렀다. 두 번째 벨에 남자가 전화를 받았다. 익숙한 편집실 소음이 배경으로 들려왔다. "안녕하세요." 엘리가 머뭇거리며 말했다. "저는 엘리 하워스라고 합니다. 메일을 주셨죠?"

"아. 네. 엘리 하워스. 잠시만요." 50대 남성의 목소리였다. 존의 목소리와도 약간 비슷했다. 엘리는 그 생각을 차단하고, 수화기 너머에서 웅웅거리는 그의 목소리를 들었다. 잠시 후 그가 전화로 돌아왔다. "미안해요. 마감 중이라서요.

전화 주셔서 고맙습니다……. 그냥 좀 확인을 하고 싶었어요. 어디서 일하시는 분이라고 하셨죠? 「네이션」이 맞나요?"

"네." 엘리는 입안이 바짝 마르면서 횡설수설하기 시작했다. "하지만 분명히 말씀드리는데, 제가 지금 쓰는 기사에 그분의 성함이 꼭 들어가야 하는 건 아닙니다. 저는 다만 그분께 무슨 일이 있었는지 확인해서 친구분께……."

"「네이션」이 맞다고요?"

"네."

잠시 정적이 흘렀다.

"제 아버지에 관해 알고 싶다고 하셨고요?"

"네." 엘리의 목소리가 작아졌다.

"기자신가요?"

"죄송해요." 엘리가 말했다. "왜 그러시는지 잘 모르겠습니다. 네, 저는 기자가 맞아요. 필립 오헤어 씨처럼요. 혹시 경쟁사에 정보를 주는 일이 불편해서 그러시는 건가요? 제가 말씀드렸듯이……."

"제 아버지 성함은 앤서니 오헤어예요."

"네. 제가 찾는 분이 바로……."

전화선 너머에서 남자가 껄껄 웃기 시작했다. "혹시 탐사보도 팀에 계시는 분은 아니죠?"

"아니에요."

그가 진정하기까지 잠시 시간이 걸렸다. "하워스 양, 제 아버지는 「네이션」에서 일하십니다. 그쪽 신문사요. 일하신 지가 40년이 넘었어요."

엘리는 그대로 얼어붙었다. 그에게 다시 한번 말해달라고 부탁했다.

"이해할 수가 없어요." 엘리가 자리에서 일어났다. "바이라인은 확인했는데요. 그 외에도 샅샅이 조사했지만 앤서니 오헤어라는 이름은 나오지 않았어요. 오직 「타임스」에 실린 필립 오헤어 씨의 이름뿐이었어요."

"그건 아버지가 기사를 쓰지 않으시기 때문이죠."

"그럼 뭘 하시는……."

"아버지는 도서관에서 일하세요. 거기서 일하신 게…… 그러니까…… 1964년부터네요."

25

"그리고 이걸 전해주세요. 앤서니가 보면 무슨 뜻인지 알 거예요." 제니퍼 스털링은 수첩에 뭔가를 휘갈겨 적더니 그 장을 찢어내 파일 안으로 밀어 넣었다. 그러고는 돈 앞의 책상에 파일을 내려놓았다.

"알겠습니다." 돈이 말했다.

그녀가 손을 뻗어 그의 팔을 잡았다. "반드시 전해주셔야해요. 정말 중요한 일입니다. 더할 수 없이 중요해요."

"잘 알겠습니다. 그럼 이만 실례해도 될까요? 일을 해야해서요. 하루 중에 지금이 제일 바쁜 시간입니다. 모두 마감하느라 정신이 없어요." 돈은 그녀가 사무실에서 나가주길 바랐다. 아이도 사무실 밖으로 내보내고 싶었다.

여자의 얼굴이 구겨졌다. "죄송합니다. 그걸 꼭 앤서니에게 전해주세요. 부탁합니다."

맙소사, 돈은 여자가 얼른 나가주길 바랐다. 그녀를 쳐다볼 수가 없었다.

"전…… 귀찮게 해드려 죄송합니다." 그녀는 자신이 구경
거리가 되고 있음을 깨달았는지 갑자기 시선을 의식하는 표
정을 지었다. 그러더니 딸아이의 손을 잡고 억지로 발길을
떼어 걸어 나갔다. 책상 주변에 모인 사람들은 밖으로 나가
는 그녀를 묵묵히 바라보았다.

"콩고라고요." 잠시 후에 셰럴이 말했다.

"우린 4면을 해결해야 해." 돈은 책상만 뚫어지게 쳐다보
았다. "그럼 춤추는 사제 기사로 가보자고."

셰럴은 여전히 그를 쳐다보고 있었다. "왜 콩고로 갔다고
그러셨어요?"

"그럼 저 여자한테 진실을 말해줘야겠어? 그 인간이 빌어
먹을 혼수상태에 빠지도록 술을 퍼마셨다고?"

셰럴은 흔들리고 있는 스윙도어에 시선을 주며 입에 넣은
펜을 돌렸다. "하지만 표정이 너무 슬퍼 보이던데요."

"당연히 빌어먹게 슬퍼 보여야지. 그 인간이 그렇게 된 게
다 저 여자 탓인데."

"하지만 그렇다고……"

돈의 목소리가 폭발하듯 편집국으로 쏟아졌다. "지금 그
친구한테 제일 필요 없는 게 저 여자가 다시 마음을 휘저어
놓는 거라고. 알겠어? 난 그 친구를 위해서 이러는 거야." 그
는 파일에서 쪽지를 잡아 빼 휴지통에 던져 넣었다.

셰럴이 펜을 귀 뒤로 꽂고 상사를 쏘아보더니, 자기 자리
로 미끄러지듯 걸어갔다.

돈은 깊게 숨을 들이마셨다. "좋아, 그럼 이제 오헤어의 빌어먹을 연애사 얘기는 그만하고 춤추는 사제 기사를 진행해볼까? 누구 좋은 아이디어 없어? 서둘러서 뭔가 넘기지 않으면 내일 아침 배달원들은 여기저기 비어 있는 신문을 배달하게 될 거야."

* * *

옆 침대에 누운 남자가 기침을 했다. 목구멍 안쪽에 뭔가 걸린 사람처럼 조용하게 짧은 기침을 계속해서 해댔다. 남자는 심지어 자면서도 기침을 했다. 앤서니 오헤어는 다른 모든 것처럼 그 소리도 의식의 먼 곳으로 잦아들게 두었다. 그는 이제 방법을 터득했다. 뭔가를 의식 저편으로 사라지게 하는 방법.

"손님이 오셨어요, 오헤어 씨."

커튼이 젖혀지는 소리가 나고, 빛이 쏟아져 들어왔다. 스코틀랜드 출신의 아름다운 간호사. 차가운 손. 간호사는 마치 선물을 주려는 사람처럼 말했다. 주사를 한 대 놓아드릴 거예요, 오헤어 씨. 화장실 가실 때 도와드릴 사람을 불러드릴까요, 오헤어 씨? 손님이 오셨어요, 오헤어 씨.

손님이라고? 한순간 희망이 부풀어 올랐지만, 커튼 사이로 돈의 목소리가 들려오면서 그는 자신이 어디에 있는지 기억해냈다.

"난 상관하지 말아요, 아가씨."

556

"상관 안 합니다." 간호사가 새침하게 말했다.

"늦잠을 자고 있구먼?" 달덩이만 한 불그레한 얼굴이 그의 발치에 떠올랐다.

"재밌네요." 앤서니는 베개에 대고 말하고 나서 똑바로 일어나 앉았다. 몸 전체가 아팠다. 그가 눈을 껌뻑였다. "여기서 나가야 해요."

시야가 또렷해졌다. 돈이 배 위로 팔짱을 끼고 침대 끝에서 있었다. "자넨 어디에도 못 가, 이 친구야."

"여기 계속 있을 순 없어요." 목소리가 가슴에서 곧장 나온 것처럼 들렸다. 홈에 빠진 목제 바퀴처럼 끽끽거렸다.

"자넨 몸이 좋지 않아. 간 기능 검사를 하기 전엔 어디로도 보낼 수 없대. 자네 때문에 모두 얼마나 놀랐는지 알아?"

"무슨 일이 있었는데요?" 앤서니는 아무것도 기억나지 않았다.

돈은 어느 정도까지 말할지 가늠하는 듯 잠시 머뭇거렸다. "자네는 그 마저리 스팩맨의 사무실에서 열린 중요한 회의에 나타나지 않았어. 저녁 6시가 될 때까지 아무도 자네 소식을 듣지 못했다기에 난 불길한 예감이 들었지. 그래서 마이클한테 책임을 맡기고 자네 호텔로 달려갔다가 호텔 방에 쓰러져 있는 자넬 발견했고. 자넨 그다지 보기 좋은 모습은 아니었어. 지금보다 안 좋았으니, 말 다했지."

과거의 장면이 스쳐지나갔다. 리젠트 호텔 바. 바텐더의 경계하는 눈빛. 고통. 소리치는 목소리들. 벽을 잡고 비틀거리며 방으로 올라가던, 그 기우뚱하고 끝이 없던 길. 물건들이 박살나는 소리. 그러고는 암흑.

"온몸이 아파요."

"당연하지. 의사들이 자네한테 무슨 짓을 했는지 아무도 모를 거야. 어젯밤에 자넬 봤을 때는 꼭 바늘꽂이 같았다고."

바늘들. 다급한 목소리. 통증. 오, 맙소사, 그 통증.

"대체 무슨 일이야, 오헤어?"

옆 침대 남자가 다시 기침을 하기 시작했다.

"그 여자 때문인가? 그 여자가 자넬 거절해서?" 돈은 감정에 관해 얘기할 때면 마음뿐 아니라 몸까지 불편해졌다. 다리가 움찔거린다든가 대머리를 손으로 쓰다듬는다든가 하는 증상들이 나타났다.

그녀에 대해선 말하지 마세요. 그녀의 얼굴이 떠오르지 않게 해주세요. "그렇게 간단한 문제가 아니에요."

"그럼 대체 왜 이러는 건데? 아무리 대단한 여자라고 해도…… 이럴 거까진 없잖아." 돈이 침대 쪽으로 심란하게 손을 흔들었다.

"전…… 그냥 잊고 싶었던 것뿐이에요."

"그럼 가서 다른 여자를 꼬셔봐. 자네하고 사귈 수 있는 여자로. 그럼 잊어버릴 거야." 어쩌면 입 밖에 내어 말하는 것으로 이 말이 진실이 될지도 몰랐다.

그 말에 반박의 뜻을 전하기에 충분할 정도로 앤서니의 침묵이 이어졌다.

"어떤 여자들은 골칫거리야." 돈이 덧붙였다.

용서해요. 난 알아야만 했어요.

"불길로 뛰어드는 나방 꼴이 되는 거지. 모두가 그런 경험을 해."

용서해요.

앤서니는 고개를 저었다. "아뇨, 돈. 이건 아니에요."

"다들 자기 얘기가 되면 '이건 아니에요'라고……."

"그 여자는 남편이 아이를 내주지 않을 게 분명하기 때문에 그를 떠나지 못하는 거예요." 갑자기 또렷해진 앤서니의 목소리가 커튼이 쳐진 공간을 갈랐다. 잠시지만 옆 침대 남자가 기침을 멈췄다. 그 의미를 이해한 상관의 얼굴이 동정으로 천천히 찌푸려지는 모습을 앤서니가 지켜보았다.

"아. 어려운 문제군."

"네."

돈의 다리가 다시 움찔거리기 시작했다. "아무리 그렇대도 자네가 술로 자기 목숨을 끊으려 할 필요까지는 없잖아. 병원에서 뭐라고 하는지 알아? 황열병이 자네 간을 거덜 냈대. 거덜 냈다고, 오헤어. 이런 식으로 한 번만 더 퍼마셨다간 자넨……."

참을 수 없는 피로가 몰려와 앤서니는 베개로 머리를 누이고 돌아누웠다. "걱정 마세요. 다신 안 그럴 테니까."

* * *

병원에서 돌아온 돈은 자기 자리에서 30분간이나 생각에 잠겨 앉아 있었다. 잠자던 거인이 마지못해 깨어나듯 그의 주변에서는 편집국이 여느 날처럼 서서히 깨어나고 있었다. 기자들이 전화로 떠들고, 뉴스 목록에 기사들이 떠올랐다 사라지고, 지면에 기사가 배정되어 레이아웃이 잡히고, 제작 데스크가 첫 번째 교정지를 확인했다.

돈은 턱을 문지르다가, 어깨 너머로 비서를 향해 소리쳤다. "금발. 그 스털링 뭐라는 자 전화번호 좀 가져다줘. 그 석면업자."

셰럴은 조용히 들었고, 몇 분 후에 '명사 인명록'에서 찾은 전화번호를 그에게 건넸다. "앤서니는 어때요?"

"어떨 거 같아?" 돈은 여전히 생각에 잠긴 채 펜으로 책상을 몇 번 두드렸다. 그러다 셰럴이 자기 자리로 돌아가자, 전화기를 집어 들고 교환원에게 피츠로이 2286번지로 연결해 달라고 요청했다.

돈은 전화를 쓰는 일이 어색한 사람처럼, 말하기 전에 잔기침을 했다. "제니퍼 스털링 부인과 통화하고 싶습니다."

셰럴이 쳐다보고 있는 게 느껴졌다.

"메모를 남길 수 있을까요?⋯⋯ 예? 안 계세요? 아. 알겠습니다." 잠시 침묵이 흘렀다. "아뇨. 괜찮습니다. 귀찮게 해드려 죄송합니다." 그러고는 수화기를 내려놓았다.

"왜요?" 셰럴이 그를 내려다보며 서 있었다. 새 힐을 신어서 그보다 키가 컸다. "돈?"

"아무것도 아냐." 돈이 허리를 폈다. "내 말 싹 잊어버려. 그리고 가서 베이컨 샌드위치 좀 사다줘. 케첩 가져오는 거 잊지 말고. 난 그거 없으면 못 먹으니까."

그러고는 번호가 적힌 종이를 구겨서 발치에 놓인 휴지통
으로 던져 넣었다.

* * *

누군가 죽었을 때보다도 더 비통한 마음이었다. 밤이 되면
그 감정은 놀랍도록 강력하고 무자비하게 밀려들어 그의 속
을 도려냈다. 앤서니는 눈을 감을 때마다 그녀를 보았다. 졸
린 듯이 반쯤 눈을 감은 만족스러운 얼굴, 호텔 로비에서 그
를 발견하고 죄책감과 난감함이 떠오른 얼굴. 그녀의 얼굴은
그들에게 가망이 없다고 말하고 있었고, 그렇게 말함으로써
자신이 무슨 일을 했는지 알고 있음을 보여주었다.

그녀의 생각은 옳았다. 앤서니는 처음에 분노를 느꼈다.
자신의 상황을 솔직하게 말하지 않음으로써 그에게 희망을
품게 한 것에 대해. 두 사람에게 아무런 희망도 없다는 걸 알
면서도 다시금 그의 마음속으로 무자비하게 파고들었던 것
에 대해. 사람들이 뭐라고 말하던가? *희망이야말로 당신을
죽음으로 몰아넣을 것이다.*

앤서니의 마음은 크게 흔들렸다. 앤서니는 그녀를 용서했
다. 사실 용서할 것도 없었다. 그가 그랬듯이 제니퍼도 그러
지 않을 수 없었기에 그런 것이다. 그의 일부를 그런 식으로
가지는 것 말고는 현실적으로 앤서니에게서 어떤 것도 바랄
수 없었기에 그런 것이다. *나를 파괴한 일인 만큼 당신에게
는 그 추억이 살아갈 힘을 주길 바라겠어요, 제니퍼.*

앤서니는 이제 아무것도 남지 않았다는 사실을 극복해야 했다. 자신에게 저지른 파괴적인 행동으로 육체적으로도 쇠약해진 느낌이었다. 예리한 정신은 강탈당하고, 명료한 부분은 갈가리 찢겼으며, 레오폴드빌에서 그랬던 것처럼 맥박이 불규칙하게 뛰었다.

제니퍼는 절대 그의 사람이 될 수 없었다. 현실에 그토록 가까웠는데, 그녀는 그의 여자가 될 수 없는 것이다. 그 사실을 알면서 그가 어떻게 계속 살아갈 수가 있겠는가?

밤이 깊어지면 앤서니는 오만 가지 해결책을 떠올려보았다. 제니퍼에게 이혼을 요구한다. 의지력을 총동원하여, 아이를 데려오지 못한 그녀를 행복하게 만들기 위해 할 수 있는 모든 일을 한다. 최고의 변호사를 고용한다. 더 많은 아이를 낳게 해준다. 로런스와 맞서 싸운다……. 앤서니는 꿈속에서 로런스의 목을 공격하기도 했다.

하지만 앤서니는 수년간 남자다운 남자로 살았다. 그리고 남자로서의 본능은 이런 상황에서도 로런스의 기분을 생각하지 않을 수 없게 했다. 자기 아내가 다른 남자를 사랑한다는 사실을 알게 되었다면, 그리고 아내를 훔쳐간 바로 그 남자에게 자기 아이까지 내주어야 한다면. 앤서니는 비슷한 상황에 처했었고 심각한 타격을 받았다. 그는 제니퍼를 사랑한 것만큼 클라리사를 사랑한 것도 아니었다. 앤서니는 슬픈 얼굴을 한 조용한 아들, 끊임없이 그를 괴롭히는 죄책감을 떠올렸고, 또 다른 가족에게 그런 짐을 지운다면 그들이 얻게 될 행복 아래로는 보이지 않는 전류처럼 깊은 슬픔이 흐르게 되리라는 걸 알았다. 그는 한 가정을 파괴했다. 또 한 가정을 파괴하는 사람이 될 수는 없었다.

앤서니는 뉴욕에 있는 여자 친구에게 전화해 그곳으로 돌아가지 않을 것임을 알렸다. 그녀가 놀라고 눈물 젖은 목소리로 말하는 걸 들으면서 희미한 죄책감만을 느꼈을 뿐이다. 앤서니는 뉴욕으로 돌아갈 수 없었다. 이제는 그 도시의 일정한 리듬 속으로, 유엔 건물을 오가는 여정으로 흘러가는 나날로 빠져들지 못할 것이다. 왜냐하면 그날들이 제니퍼로 물들 것이기 때문이다. 모든 것이 제니퍼로 물들 것이었다. 그녀의 향기, 그녀의 맛, 그녀가 어디선가 그 없이 숨 쉬며 살아가고 있다는 사실로. 그가 원한 만큼 제니퍼도 그를 원한다는 사실을 아는 것은 어떤 면에서는 더 끔찍했다. 불가피한 분노를 그녀에게 폭발하여 그녀에 대한 생각에서 자신을 멀리 떼어놓는 일조차 할 수가 없기 때문이다.

용서해요. 난 알아야만 했어요.

그는 생각을 할 수 없는 곳으로 가야만 했다. 살기 위해서, 생존 외에는 아무것도 생각할 수 없는 어딘가로 떠나야만 했다.

* * *

이틀 후 병원에서 퇴원 허가가 떨어지자, 돈이 그를 데리러 왔다. 간 기능 검사 결과가 나쁘지 않았지만 의사는 앤서니가 다시 술을 마신다면 무슨 일이 벌어질지 모른다며 무섭

게 겁을 주었다.

"어디로 가나요?" 차 트렁크에 작은 여행 가방을 싣는 돈의 모습을 지켜보며, 앤서니는 난민이 된 기분이었다.

"우리 집으로 갈 거야."

"네?"

"비브가 그래야 한대." 그는 앤서니의 눈을 쳐다보지 않았다. "자네는 집처럼 편안한 곳에서 쉬어야 한다는 거야."

저 혼자 둘 수 없다고 생각하시는군요. "제 생각엔⋯⋯."

"이미 결정된 문제야." 돈이 운전석으로 올라탔다. "하지만 음식 갖고 나한테 뭐라고 하진 마. 우리 마누라는 소 한 마리를 태워먹는 백한 가지 방법을 알고 있는 사람이라고. 그리고 내가 아는 한 아직도 실험 중이고."

직장 동료를 가정에서 보는 일은 언제나 당황스러웠다. 물론 앤서니는 여러 회사 행사에서 비브(붉은 머리 여인으로 돈이 뚱한 만큼 쾌활했다)를 만났지만, 오랫동안 돈을 「네이션」에 서식하는 사람으로 생각해왔다. 그는 항상 그곳에 있었다. 종이 더미가 산처럼 쌓여 있고 벽에는 메모와 지도가 아무렇게나 붙어 있는 사무실은 돈의 자연 서식지였다. 집에서 벨벳 슬리퍼를 신은 발을 빵빵한 소파에 올리고 있는 돈, 비뚤어진 장식품을 똑바로 놓거나 우유를 가지고 들어오는 돈은 자연에 위배되는 모습이었다.

그렇긴 해도 그의 집에 있으니 마음이 평온해졌다. 튜더 양식을 흉내 낸 교외 통근권 내에 있는 그 주택은 누군가에게 걸리적거린다는 느낌을 받지 않을 정도로 충분히 넓었다.

아이들은 모두 성인이 되어 떠나갔고, 벽에 걸린 사진들을 제외하면 앤서니가 부모로서 실패했다는 사실을 끊임없이 상기시키는 것도 없었다.

비브는 그의 양 볼에 입을 맞추며 인사했고, 그가 어디에 있었는지에 대해서는 묻지도 언급하지도 않았다. "두 남자분이 오후에 골프를 칠 거라고 생각했죠."

그들은 골프를 쳤다. 돈의 실력이 얼마나 형편없던지, 앤서니는 두 남자가 술을 마시지 않고 할 수 있는 일로 이 집주인들이 유일하게 떠올린 게 골프라는 사실을 나중에 알아차렸다.

돈은 제니퍼 얘기를 꺼내지 않았다. 앤서니가 보기에 아직도 걱정하고 있는 눈치였다. 돈은 그에게 괜찮다고, 정상을 회복할 거라고 몇 번이나 말했다. 그 정상이라는 게 도대체 뭔지는 모르겠지만. 그리고 점심상에도 저녁상에도 와인은 오르지 않았다.

"그래서, 앞으로 어떻게 되는 거죠?" 앤서니는 소파에 앉아 있었다. 비브가 라디오에서 흘러나오는 노래를 따라 부르며 설거지하는 소리가 멀리서 들려왔다.

"내일부터 다시 일하는 거지." 돈이 배를 문지르며 말했다.

일이라고. 앤서니는 무슨 일이냐고 묻고 싶었지만 감히 묻지 못했다. 그는 「네이션」을 한 번 실망시켰고, 이번 일은 만회할 수 없다는 말을 듣게 될까 봐 두려웠다.

"스팩맨하고 얘기를 나눴어."

오, 맙소사. 드디어 나오는구나.

"토니, 그 여자는 몰라. 윗선의 누구도 몰라."

앤서니는 눈을 껌뻑였다.

"우리 데스크만 알지. 나랑, 금발이랑, 부편집장 둘. 자넬 병원으로 데려갈 때, 내가 회사로 전화해서 못 들어간다고 위에 전하라고 했었어. 그 친구들은 입을 다물 거야."

"무슨 말을 해야 할지 모르겠습니다."

"그 태도 하난 변했구먼." 돈이 담배에 불을 붙이고 길게 연기를 내뿜었다. 그러고는 죄지은 사람처럼 앤서니의 눈을 마주 보았다. "스팩맨도 자네를 다시 보내야 한다는 데 동의했어."

앤서니는 그 말이 무슨 뜻인지 한 박자 늦게 이해했다.

"콩고로요?"

"그 일에 가장 적격인 사람이 자네니까."

콩고라고.

"하지만 난 알아야만 해······." 돈이 재떨이에 담배를 톡톡 털었다.

"괜찮아요."

"내 말 끝까지 들어줘. 난 자네가 스스로를 돌보리라는 확신이 있어야 해. 계속 걱정하고 앉아 있을 순 없으니까."

"술은 안 마실 겁니다. 무모한 짓도 안 할 거고요. 전 그냥······ 할 일이 필요해요."

"나도 그럴 거라고 생각했어." 하지만 돈은 그를 믿지 않았다. 그를 힐끗 쳐다보는 눈길에서 알 수 있었다. 짧은 침묵이 흘렀다. "난 책임감을 느낄 거야."

"압니다."

돈은 영리한 사람이었다. 하지만 앤서니는 그를 안심시켜 주지 못했다. 어떻게 그럴 수 있겠는가? 아프리카 중심부로 돌아가면 어떤 느낌일지는 고사하고, 앤서니는 앞으로 30분을 어떻게 보내야 할지도 알지 못할 것이다.

분위기가 견디기 힘들 정도로 무거워지기 전에, 돈의 목소리가 다시 정적을 갈랐다. 그가 담배를 비벼 끄며 말했다. "조금 있으면 축구 중계할 거야. 첼시 대 아스날. 보겠어?" 그러더니 힘겹게 의자에서 몸을 일으켜 구석에 있는 마호가니 캐비닛 안의 텔레비전을 켰다. "그나저나 좋은 소식 하나 알려줘? 자넨 그 망할 놈의 황열병에는 다신 걸리지 않을 거야. 그 정도로 심하게 앓고 나면 면역이 생기는 모양이야."

앤서니는 흑백 화면을 멍하니 쳐다보았다. *다른 것에도 면역이 생기려면 어떻게 해야 하죠?*

* * *

그들은 국제부 편집장인 폴 드 생의 사무실에 있었다. 그는 큰 키에 머리를 뒤로 넘기고, 낭만주의 시인 같은 분위기를 풍기는 귀족 가문의 남자였다. 그가 책상에 놓인 지도를 살피고 있었다. "사건이 터진 건 스탠리빌이에요. 거기에 인질로 잡혀 있는 비콩고인이 적어도 800명은 될 겁니다. 대부분이 빅토리아 호텔에 있고, 아마 그 주변에 1,000명은 더 잡혀 있을 거예요. 그들을 구하려는 외교적 노력은 모두 실패

로 돌아갔어요. 반군 내에서 내분이 일어 상황이 시시각각
으로 변하고 있어요. 정확한 그림을 파악하는 일은 거의 불
가능합니다. 상당히 거친 상황이에요, 오헤어. 6개월 전만 해
도, 현지인들 사이에서 무슨 일이 일어나건 백인이면 안전하
다고 말했을 거예요. 하지만 이제는 이주민들이 공격 목표가
된 것 같아요. 소름 끼치게 끔찍한 이야기들이 전해지고 있
고. 신문에는 실을 수 없는 이야기들 말이에요." 그가 잠시
말을 멈췄다. "강간은 댈 것도 아니죠."

"저는 어떻게 들어가면 됩니까?"

"제일 먼저 해결해야 할 문제가 그거예요. 니콜스와 얘기
해봤는데 로디지아를 거치는 게 가장 낫다더군요. 아니, 잠
비아라고 해야겠네요. 이제는 북부를 그렇게 부르니까. 지금
그곳의 정보원이 육로를 짜고 있지만, 도로가 대부분 파괴되
어서 시일이 좀 걸릴 겁니다."

그와 돈이 여행 계획을 논의하는 동안, 앤서니는 그들의
대화를 흘려들었다. 그러면서 지난 30분간 그녀를 한 번도
떠올리지 않은 사실을 고마운 마음으로 깨달았다. 그뿐 아니
라 그는 이번 취재에 강하게 끌리고 있었다. 뱃속에서 긴장
과 기대가 싹텄고, 적대적인 지역을 지나야 하는 쉽지 않은
일에 몹시 끌렸다. 두려움은 없었다. 무슨 두려움이 있겠는
가? 그에게는 더 끔찍한 일이란 있을 수가 없었다.

앤서니는 부편집장이 건네준 파일들을 넘겨보았다. 사건
의 정치적인 배경, 미국을 분노케 한 공산당의 반군 지지, 미
국 선교사 폴 칼슨의 처형 등에 대한 내용이 담겨 있었다. 반

군이 저지른 일들에 대한 기초적인 보고서를 읽으며 앤서니는 어금니를 악물었다. 그 보고서는 1960년, 루뭄바가 잠시 집권하던 시절에 일어난 분쟁으로 그를 돌려보냈다. 앤서니는 거리를 두고 보고서를 읽었다. 예전에 그곳에 있었던 남자, 자신이 목격한 것에 엄청난 충격을 받고 무너져 내린 남자는 이제 그가 알지 못하는 사람처럼 느껴졌다.

"그럼 내일 케냐로 출발하는 비행기를 예약하겠습니다. 괜찮죠? 사베나 항공사 내부에 사람이 있으니 콩고로 들어가는 국내편이 있으면 우리에게 알려올 거예요. 그게 안 되면 솔즈베리 공항에서 내려서 로디지아 국경을 건너는 것으로 하고요. 알겠죠?"

"어떤 기자들이 그곳까지 들어갔는지 알 수 있나요?"

"나오는 소식들이 많지 않아요. 아마 연락을 주고받는 일이 쉽지 않은 것 같아요. 하지만 올리버가 오늘 「메일」에 기사를 실었고, 「텔레그래프」는 내일 큰 기사 하나를 내보낼 거라고 들었어요."

그때 문이 열리고, 셰럴의 걱정스러운 얼굴이 나타났다.

"우리 지금 얘기 중이야, 셰럴." 돈의 목소리에 짜증이 배어 있었다.

"죄송해요. 하지만 앤서니 아들이 와 있어서요."

앤서니는 몇 초가 지나고 나서야 셰럴이 자신을 쳐다보고 있다는 걸 알았다. "내 아들이라고요?"

"돈의 사무실에 데려다놨어요."

앤서니는 가까스로 셰럴의 말을 이해하고 자리에서 일어

났다. "잠깐 실례할게요." 그러고는 셰릴을 따라 편집국을 가로질러 갔다.

앤서니는 아들의 모습에 또다시 충격을 받았다. 필립을 드문드문 만날 때마다 마지막으로 본 모습에서 너무나 변해 있어 마음 깊은 곳에서부터 충격을 느꼈다. 아들의 성장은 아버지의 부재에 대한 끊임없는 비난으로 다가왔다. 6개월 만에 아들의 골격은 몇 센티미터가 길어지면서 사춘기 아이의 모습에 가까워졌지만 아직 살은 찌지 않았다. 구부정하게 앉은 모습이 물음표를 닮았다. 앤서니가 방으로 들어서자 아이가 고개를 들었다. 얼굴이 창백했고 눈가가 벌겠다.

앤서니는 자리에 서서, 아들의 창백한 얼굴에 새겨진 슬픔의 원인이 뭔지 알아내려고 기를 썼다. 속으로는 또 나 때문인가, 하는 생각이 들었다. 내가 자신에게 한 짓을 저 아이가 알게 된 것일까? 내가 아이의 눈에 그토록 실패자로 비친 것인가?

"엄마 때문이에요." 필립이 입을 열었다. 아이는 눈을 세게 깜박거리며 손으로 코를 닦았다.

앤서니가 한 걸음 다가섰다. 아이는 놀라운 힘으로 와락 그의 품으로 뛰어들었다. 그를 절대로 놓아주지 않겠다는 듯이 그의 셔츠 자락을 움켜쥐었다. 아이의 가냘픈 몸이 흐느낌으로 뒤흔들리는 것을 느끼며, 앤서니는 조심스레 아이의 머리에 손을 얹었다.

* * *

빗줄기가 요란하게 돈의 차 지붕을 두드려서 거의 아무 생각도 할 수가 없었다. 아예 아무 생각도 할 수 없는 건 아니었지만. 꽉 막힌 켄싱턴 하이스트리트를 20분간 지나는 동안 두 남자는 침묵 속에 앉아 있었다. 빗소리 외에 들리는 소리라고는 돈이 담배를 열렬히 빨아들이는 소리뿐이었다.

"사고구먼." 돈은 그들 앞으로 뱀처럼 구불거리며 이어지는 미등의 행렬을 바라보았다. "큰 사고인가 본데. 편집국에 연락해야겠어." 그러면서도 그는 공중전화 박스 옆에 차를 대려고 하지는 않았다.

앤서니가 아무 대꾸도 하지 않자 돈이 라디오를 켰다가 전파가 잘 잡히지 않자 그냥 꺼버렸다. 그가 담배 끝을 살피다가 후 불자 불꽃이 벌겋게 살아났다. "드 생의 말로는 내일까지 시간이 있대. 내일이 지나면 다음 정기편이 뜰 때까지 나흘을 기다려야 하고." 돈은 결정을 내려야 한다는 듯이 말했다. "자네는 가. 애 엄마 상태가 안 좋아지면 우리가 다시 불러들일 테니까."

"이미 많이 안 좋아요." 클라리사의 암은 충격적일 정도로 빠르게 퍼졌다. "2주도 못 버틸 거라고 했어요."

"망할 놈의 버스. 저거 봐, 도로를 두 배나 차지하고 있잖아." 돈은 창문을 내려 담배를 밖으로 던지고 소매에 떨어진 빗방울을 털며 창문을 올렸다. "그 남편은 도대체 어떤 사람이야? 별로인가?"

"딱 한 번 봤을 뿐이에요."

난 그 사람하고는 못 있어요. 제발요, 아빠. 나 그 사람하고

살게 하지 마요.

필립은 마치 구명 뗏목에 매달리는 사람처럼 그의 벨트를 필사적으로 붙잡았다. 앤서니는 결국 파슨스 그린에 있는 그 집으로 아이를 데려갔고, 그자에게 넘겨준 뒤에도 오랫동안 아이의 손이 벨트를 움켜쥐던 그 느낌에서 벗어나지 못했다.

"정말 유감입니다." 앤서니는 에드거에게 말했다. 생각보다 늙어 보이는 그 커튼 상인이 미심쩍은 눈길로 그를 쳐다보았다. 그의 말에 모욕이라도 숨겨져 있듯이.

"저는 못 가요." 기어이 그 말이 나오고 말았다. 앤서니는 말하고 나니 속이 후련했다. 수년간 선고가 보류되다가 마침내 사형선고를 받고 난 기분이었다.

돈이 한숨을 내쉬었다. 비애인지 안도인지 모를 감정이 섞여 있었다. "그 아인 자네 아들이야."

"제 아들이죠." 앤서니는 아이에게 약속했다. *당연히 아빠와 지낼 수 있지, 그럼. 다 괜찮을 거야.* 그는 그 말을 하는 순간에도 자신이 무엇을 포기하는 건지 정확히 이해하지 못했다.

차들이 다시 움직이기 시작했다. 처음에는 엉금엉금 기는 속도로, 그 다음에는 걷는 속도로.

치즈윅에 와서야 돈이 다시 입을 열었다. "이봐, 오헤어, 오히려 잘됐어. 어떻게 보면 선물 같은 일이라고. 자네가 거기 나가면 무슨 일을 당할지 누가 알겠나."

돈이 곁눈으로 흘깃 보았다.

"그리고 또 누가 알아? 애가 어느 정도 자리를 잡으면…… 다시 현장으로 나갈 수 있을지. 애는 우리 집에 데리고 있으면 되니까. 비브한테 보라고 하면 돼. 애도 아마 우리 집에서 지내는 걸 좋아하게 될걸. 비브가 애들이랑 살던 때를 얼마나 그리워하는지, 말도 못 해. 나 참." 그러다 생각이 떠올랐다. "자네도 끝내주는 집을 구해야 하잖아. 이제는 호텔 방 같은 데서 살면 안 되지."

앤서니는 돈이 계속 떠들게 내버려두었다. 돈은 상상 속에나 존재하는 새로운 삶, 인쇄된 페이지에나 존재하는 희망차고 평온한 삶의 모습을 그의 앞에 펼쳐 보였다. 그러면서 또 한 명의 가정적인 남자로서 그의 기분을 풀어주고, 그가 잃은 것들을 감추고, 그의 영혼 어두운 곳에서 아직도 둥둥거리고 있는 북소리를 고요하게 가라앉혀주었다.

* * *

앤서니는 2주간의 특별 휴가를 받아서 아들과 함께 살 집을 구했다. 그리고 엄마의 죽음과 침울한 장례 절차를 치르는 아들을 잘 보살펴주었다. 필립은 그날 이후로 앤서니 앞에서 한 번도 울지 않았다. 런던 남서부의 작은 테라스 하우스에 도착해서는 예의 바르게 집에 대한 만족감을 표했다. 그는 아이 학교와 돈의 집에서 가까운 곳에 집을 구했고, 비브는 신이 나서 예비 숙모 역할에 몰두했다. 필립은 지시를 기다리는 아이처럼 초라한 여행 가방을 옆에 두고 얌전히 앉아 있었다. 에드거는 아이의 안부를 묻는 전화를 하지 않았다.

앤서니는 마치 낯선 사람과 사는 기분이었다. 필립은 다른 곳으로 보내질까 두려워하는 것처럼 그를 기쁘게 하려고 몹시 애썼다. 앤서니는 함께 살게 되어 얼마나 기쁜지 아이에게 공들여 설명했다. 마음속으로는 누군가를 속인 듯한, 자격이 안 되는 선물을 받은 듯한 기분이 들지라도. 앤서니는 아들이 느끼는 엄청난 슬픔에 어떻게 대처해야 할지 몰라 쩔쩔맸고, 얼굴 근육을 어떻게 움직여야 할지 몰라 애를 먹었다.

그는 실용적인 기술들부터 집중적으로 익혀나갔다. 빨랫감을 빨래방으로 가져가고, 이발소에서 필립 곁에 앉아 있었다. 계란 삶는 것 빼곤 요리라곤 할 줄 몰랐기에 그들은 저녁마다 거리 끝에 있는 카페로 갔다. 거기서 키드니 파이와 삶은 야채, 커스터드 소스를 듬뿍 끼얹은 푸딩으로 푸짐한 저녁을 먹었다. 두 사람은 접시에 놓인 음식들을 이리저리 뒤적거리며 열의 없이 먹었고, 필립은 그곳에서 식사하는 게 특별한 일이라도 되듯 매일 그에게 '맛있었고, 잘 먹었다'는 인사를 했다. 집으로 돌아오면 앤서니는 아이의 방문 앞에 선 채 고민에 빠졌다. 안으로 들어가는 게 좋을지, 아니면 아이의 슬픔을 아는 척하는 게 오히려 상태를 악화시킬지 알수 없었다.

일요일마다 두 사람은 돈의 집에 초대를 받았다. 비브는 다양한 음식을 곁들인 구이 요리를 내놓았고, 식사 후에는 다 같이 보드게임을 하자고 고집을 부렸다. 앤서니는 비브의 장난에 미소 짓는 아이를 보면서, 그도 게임에 참여해야 한다고 황소고집을 부리는 비브에게, 이상한 대가족 안으로 그를 품어 안는 그녀에게 미소 짓는 아이를 보면서 가슴이 아

574

팠다.

집으로 돌아가려고 차에 올랐을 때 필립은 비브에게 손을 흔들고 창밖으로 키스를 날려 보냈다. 그런데 그 순간 아이의 볼에 한 줄기 눈물이 흐르는 것이 앤서니의 눈에 들어왔다. 그는 크나큰 책임감으로 온몸이 얼어붙은 채 운전대를 꽉 움켜쥐었다. 무슨 말을 해야 할지 떠오르지 않았다. 여전히 클라리사가 살아남는 게 낫지 않았을까 하루에도 수십 번씩 생각하는 그가 무슨 말을 해줄 수 있겠는가?

그날 밤 앤서니는 벽난로 앞에 앉아 텔레비전을 보았다. 스탠리빌에서 풀려난 인질들의 모습이 처음으로 방송을 타고 있었다. 흐릿하게 보이는 형체들이 육군 항공기에서 내려 충격에서 헤어나지 못한 듯 활주로에 모여 서 있었다. "벨기에 정예부대가 몇 시간 만에 도시를 되찾았습니다. 정확한 사상자 수를 언급하기는 아직 이르지만, 초기 보도들로 미루어볼 때 이번 사태로 사망한 유럽인은 100명이 넘을 것으로 추정되고 있습니다. 아직도 행방불명인 사람의 수는 그보다 훨씬 많습니다."

앤서니는 텔레비전을 껐고, 하얀 점이 사라지고 난 후에도 오랫동안 자신이 본 장면에 사로잡혀 있었다. 그는 마침내 2층으로 올라갔다가 아들의 방문 앞에서 망설였다. 억누른 흐느낌이 분명한 소리가 방 안에서 새어 나오고 있었다. 10시 15분이었다.

앤서니는 잠시 눈을 감았다 뜨고, 방문을 밀어 열었다. 아들이 움찔 놀라며 침대보 아래로 뭔가 숨겼다.

앤서니가 불을 켰다. "아들?"

침묵.

"무슨 일이니?"

"아무것도 아니에요." 아이는 얼굴을 닦으며 마음을 진정시켰다. "전 괜찮아요."

"그게 뭐야?" 앤서니는 부드럽게 물으며 침대 끝에 걸터앉았다. 필립의 얼굴은 뜨겁고 축축했다. 몇 시간 동안 계속 운 모양이었다. 앤서니는 부모 역할에 이토록 부족한 자신이 절망스러워 가슴이 무너져 내리는 것만 같았다.

"아무것도 아니에요."

"자. 어디 좀 봐봐." 그가 조심스레 침대보를 들췄다. 그것은 클라리사의 사진을 넣은 작은 은색 액자였다. 아들의 어깨에 엄마의 손이 자랑스레 놓여 있었다. 사진 속에서 클라리사는 활짝 웃고 있었다.

아이가 몸을 떨었다. 앤서니는 사진에 한 손을 얹었고, 유리에 떨어진 눈물을 엄지로 쓸어냈다. *에드거가 당신을 그렇게 활짝 웃게 만들었길 바라겠어.* 앤서니는 마음속으로 그녀에게 말했다. "아름다운 사진이네. 이거 아래층에 놓아둘까? 벽난로 위가 좋겠지? 보고 싶으면 언제든지 볼 수 있게?"

그의 얼굴을 살피는 필립의 시선이 느껴졌다. 아이는 그의 마음에 남은 반감이 반영된 가시 돋친 말을 듣게 되리라 예상했는지 모르지만, 앤서니의 눈길은 사진 속에서 눈부시게 웃고 있는 여인에게 고정되어 있었다. 그는 클라리사를 보고 있는 게 아니었다. 제니퍼를 보고 있었다. 그는 어디서든 그

576

녀를 보았다. 그는 항상 어디서든 그녀를 볼 것이다.

정신 차려, 오헤어.

앤서니는 아들에게 사진을 돌려주었다. "있잖니…… 슬퍼하는 건 괜찮은 거야. 정말이야. 사랑하는 사람을 잃었다면 슬퍼해도 되거든." 이 일을 제대로 하는 것이 아주 중요했다.

앤서니의 목소리가 갈라졌다. 가슴 깊은 곳에서 뭔가 울컥 올라왔다. 그것이 그를 압도하지 못하게 하려고 애쓰느라 가슴이 뻐근하게 아팠다. "아빠도 슬프단다." 그가 말했다. "아주 많이 슬퍼. 사랑하는 사람을 잃는다는 건…… 정말 견디기 힘든 거거든. 아빠도 아주 잘 알아."

앤서니는 아들을 품으로 끌어당겼다. 목소리가 중얼거림처럼 낮아졌다. "하지만 아빠는 네가 여기에 있어서 정말로 기뻐. 왜냐하면…… 우리 둘이 이 슬픔을 함께 이겨나갈 수 있을 거라고 생각하니까. 어때?"

필립의 머리가 그의 가슴에 얹혔고, 가느다란 팔이 그의 허리를 감쌌다. 앤서니는 아이의 숨결이 편안해진 것을 느끼며 아이를 꼭 끌어안았다. 두 사람은 정적에 감싸인 채, 각자의 생각으로 빠져들어 어둠 속에 그렇게 앉아 있었다.

* * *

앤서니는 회사로 돌아가는 주가 필립의 중간 방학과 겹친다는 점을 미처 생각하지 못했다. 비브는 한 치의 망설임도 없이 필립을 맡겠다고 했지만 수요일까지는 언니 집에 가 있어야 해서 처음 이틀은 앤서니가 다른 방법을 찾아야 했다.

"우리랑 같이 사무실에 가지 뭐." 돈이 말했다. "차 가져다 주는 일을 돕게 하면 되잖아." 집안 문제로 일에 방해를 받는 것에 대해 돈이 어떤 생각을 갖고 있는지 잘 아는 앤서니는 무척 고마웠다. 그는 다시 일하고 싶은 마음이 간절했고, 평범한 일상 비슷한 것으로 되돌아가고 싶었다. 필립은 애처로울 정도로 그들과 함께 가고 싶어 했다.

앤서니는 사무실에서 새로 배정받은 자리에 앉아 조간신문들을 훑어보았다. 그는 국내 뉴스 팀에 빈 자리가 없어서 '일반 기자'라는 직책을 부여받았다. 그에게 다시 한번 그렇게 될 수 있다는 확신을 주려고 새로 고안된 자리가 아닐까 내심 의심스러웠다. 앤서니는 사무실용 커피를 한 모금 마셨다가 그 익숙하고도 끔찍한 맛에 인상을 찌푸렸다. 필립은 책상 사이로 돌아다니며 직원들에게 차를 마시겠냐고 묻고 있었다. 그가 그날 아침에 다려준 셔츠가 아이의 가냘픈 등 위에서 바스락거렸다. 앤서니는 불현듯, 고맙게도 집에 온 듯 마음이 편안해졌다. 여기가 바로 그의 새로운 삶이 시작되는 곳이었다. 모든 일은 잘될 것이다. 그들은 잘해나갈 것이다. 그는 국제부 쪽으로는 눈길을 주지 않았다. 누가 스탠리빌로 파견되었는지 아직은 알고 싶지 않았다.

"자." 돈이 「타임스」 한 부를 그에게 던졌다. 기사 하나에 붉은색으로 원이 그려져 있었다. "미국 우주선 발사에 관한 기사 하나 빨리 다시 써줘. 이 시간에는 미국 쪽의 새로운 인용을 넣지는 못하겠지만, 8면에 짧은 기사로 들어갈 거야."

"몇 단어짜리로요?"

"250단어." 돈이 미안한 목소리로 말했다. "나중에 더 나은 거 줄게."

"괜찮아요." 그는 정말 괜찮았다. 그의 아들은 주전자와 찻잔이 놓인 쟁반을 지나치게 조심히 나르면서 웃고 있었다. 그는 아빠를 흘깃 바라보는 아들에게 잘하고 있다는 뜻으로 고개를 끄덕여 보였다. 앤서니는 아들이 자랑스러웠다. 아이의 용기가 자랑스러웠다. 사랑할 사람이 있다는 것은 그야말로 선물이었다.

앤서니는 타자기를 앞으로 끌어당기고 종이 사이에 먹지를 끼웠다. 한 장은 편집장에게, 한 장은 부편집장에게 주고, 나머지 한 장은 그가 기록으로 보관하기 위한 것이었다. 반복되는 일상에는 유혹적인 즐거움 같은 게 있었다. 앤서니는 강철로 깎은 글자들이 만족스럽게 타닥거리며 종이를 때리는 소리를 들으면서 종이 맨 위에 자신의 이름을 쳐 넣었다.

그는 「타임스」의 기사를 반복해 읽고 몇 가지를 노트에 메모했다. 도서관으로 내려가서 우주탐사 계획에 관한 최근 기사들을 읽어보고 올라왔다. 메모를 조금 더 했다. 그런 다음 타자기 문자판에 손을 얹었다.

아무것도 나오지 않았다.

손이 움직이지 않으려고 하는 것 같았다.

그는 한 문장을 타이핑했다. 밋밋했다. 종이를 잡아 빼고 새로운 종이를 끼워 넣었다.

또 다른 문장을 쳐 넣었다. 밋밋했다. 다른 문장을 쳤다. 문장을 매만졌다. 하지만 단어들은 그가 원하는 방향으로 가기를 단호히 거부했다. 문장이기는 했지만, 중앙 일간지에 실릴만한 기사는 아니었다. 앤서니는 저널리즘의 피라미드 규칙을 되새겨보았다. 첫 문장에 가장 중요한 정보를 넣고 차츰 덜 중요한 내용으로 전개해나갈 것. 기사를 끝까지 읽는 사람은 많지 않았다.

글은 나오지 않았다.

12시 15분에 돈이 다가왔다. "아직 그 기사 안 된 거야?"

앤서니는 양손을 얼굴에 얹은 채 뒤로 기대어 앉아 있었다. 바닥에는 동그랗게 구긴 종이들이 작은 산처럼 쌓였다.

"오헤어? 준비 됐어?"

"못 하겠어요, 돈." 앤서니는 믿기지 않는다는 듯 목이 쉰 음성으로 말했다.

"뭐?"

"안 돼요. 글을 쓸 수가 없어요. 능력을 잃었나 봐요."

"말도 안 되는 소리 하지 마. 왜 그러는 거야? 작가 슬럼프라도 온 거야? 자신을 지금 누구라고 생각해? F. 스콧 피츠제럴드?"

돈은 바닥에서 구겨진 종이 하나를 집어 책상에 대고 구김을 폈다. 다른 종이도 집어서 읽어보고 또 읽어보았다. "자넨 많은 일을 겪었어." 마침내 돈이 입을 열었다. "휴가가 필요한 걸 거야." 그가 확신 없는 어조로 말했다. 앤서니는 이제 막 휴가에서 돌아왔다. "괜찮아질 거야." 돈이 말을 이었다. "그냥 아무 말 말아. 천천히 하자고. 이건 스미스한테 쓰라고 할 테니까. 오늘은 그냥 쉬어. 괜찮아질 거야."

앤서니는 부고란 담당 기자의 연필을 깎고 있는 아들을 바라보았다. 그는 평생 처음으로 책임감을 느꼈다. 평생 처음으로 누군가를 부양하는 일이 몹시 중요해졌다. 앤서니는 어깨에 얹힌 돈의 손이 돌덩이처럼 무거웠다. "괜찮아지지 않으면 이제 전 어떻게 해야 하죠?"

26

엘리는 새벽 4시까지 깨어 있었다. 하지만 고통스럽지는 않았다. 몇 달 만에 처음으로 모든 것이 분명하게 느껴졌다. 그녀는 초저녁 내내 어깨와 목 사이에 수화기를 끼고 컴퓨터 화면을 쳐다보며 전화 통화를 했다. 사람들에게 메시지를 보내고 호의를 청했다. 그들을 구슬리고 부추겨서 반드시 긍정적인 답을 받아냈다. 필요한 것들을 모두 손에 넣은 엘리는, 머리를 틀어 올리고 잠옷 바람으로 책상 앞에 앉아 타이핑을 시작했다. 그녀는 빠른 속도로 써 내려갔다. 손가락 끝에서 단어들이 술술 풀려나왔다. 이번만큼은 해야 할 말을 정확히 알고 있었다. 매 문장을 마음에 들 때까지 고치고 또 고쳤고, 가장 강력한 효과를 낼 때까지 정보들을 이리저리 옮겼다. 작성한 글을 다시 읽어보며 한 번은 눈물까지 흘렸고 여러 번 큰 소리로 웃었다. 엘리는 자신 안에서 뭔가를, 한동안 잃어버렸던 그 존재를 다시금 알아보았다. 작성을 모두 마친

후에는 기사를 두 부 출력하고, 죽은 사람처럼 깊은 잠 속으로 빠져들었다.

* * *

그녀는 두 시간 후에 일어났다. 7시 30분까지 사무실에 가야 했다. 누구도 출근하기 전에 멜리사를 만나고 싶었다. 엘리는 샤워로 피곤함을 씻어내고, 더블 에스프레소 두 잔을 마시고, 머리가 바짝 말랐는지 확인했다. 그녀는 활기에 넘쳤고 몸속에서 기운차게 피가 흘렀다. 비싼 가방을 맨 멜리사가 자기 사무실로 들어설 때, 엘리는 이미 자리에 앉아 있었다. 멜리사는 자리에 앉으면서 다른 사람이 있는 걸 알아채고 깜짝 놀라 다시 쳐다보았다.

엘리는 커피를 마저 마시고 재빨리 화장실로 달려가 치아에 아무것도 묻지 않았는지 확인했다. 그녀는 깔끔하게 다린 하얀 블라우스와 제일 아끼는 바지를 입고 하이힐을 신었다. 친구들이 농담 삼아 하는 말처럼 엘리는 어른 같아 보였다.

"멜리사?"

"엘리." 목소리에 놀라움과 함께 가벼운 질책이 묻어났다.

엘리는 모른 척하고 물었다. "잠깐 말씀 좀 나눌 수 있을까요?"

멜리사가 손목시계를 확인했다. "길게는 안 돼요. 5분 후에 중국 사무소와 통화하기로 되어 있어요."

엘리가 그녀의 맞은편에 앉았다. 그날의 작업에 필요한 파일 몇 개를 빼고는 사무실이 텅 비다시피 했다. 딸 사진은 남아 있었다. "이 기사에 관해 말씀드리려고요."

"설마 못 하겠단 말을 하려는 건 아니죠?"

"맞아요."

이 순간을 기다리기라도 한 듯, 멜리사는 금방이라도 화를 폭발시킬 기세였다. "엘리, 그런 말은 정말 듣고 싶지 않네요. 우린 그 어느 때보다 바쁜 한 주를 앞두고 있고, 엘리에겐 그 기사를 해결할 시간이 몇 주나 있었어요. 이 단계에서 이러는 건 엘리 자신의 상황에 전혀 도움이 되지 않거니와……"

"멜리사, 제발요. 그 남자의 신원을 확인했어요."

"그런데요?" 멜리사의 눈썹이, 오직 전문가의 손길로 다듬어진 눈썹만이 가능한 모양으로 휘어졌다.

"그런데 여기서 일하는 분이더라고요. 우리 회사에서 일하는 분이기 때문에 그 편지는 쓸 수가 없어요." 청소부가 멜리사의 사무실 밖으로 청소기를 밀며 지나갔다. 모터 소리에 대화가 잠시 끊겼다.

"무슨 말인지 이해가 안 되네요." 소음이 멀어지자 멜리사가 말했다.

"그 연애편지를 쓴 사람은 앤서니 오헤어 씨예요."

멜리사가 멍한 표정을 지었다. 그녀도 그가 누군지 전혀 모른다는 사실을 깨닫고, 엘리는 부끄러운 마음이 들었다.

"도서관장이요. 아래층에서 일하는. 아니, 일했었죠."

"그 은발 남자요?"

"네."

"아." 멜리사는 너무 놀라 순간적으로 엘리 때문에 짜증이 난 사실을 잊었다. "와, 생각도 못 했는데." 잠시 후에 그녀가 말했다.

"그러게요."

두 사람은 동지가 된 듯 침묵 속에 빠져들어 깊이 생각하다가, 멜리사가 먼저 정신을 차리고 책상에 놓인 종이를 뒤적거렸다. "대단히 흥미로운 사실이긴 하지만요, 엘리, 우리가 가진 큰 문제를 해결해주진 못해요. 우린 기념호를 발행해야 하고, 오늘 저녁에 인쇄에 들어가야 하는데, 리드 칼럼이 들어가야 할 자리에 2,000단어짜리 커다란 구멍이 나게 생겼어요."

"아뇨." 엘리가 대꾸했다. "그런 일은 없을 겁니다."

"사랑의 언어에 관한 그 글은 안 돼요. 책을 재활용한 기사 같은 건 우리 신문에 실을 수……."

"아뇨." 엘리가 다시 말했다. "기사 작성 마쳤습니다. 연애의 마지막 편지에 관한 내용이고, 어디에도 쓰인 적 없는 2,000단어짜리 기사예요. 여기요. 손봐야 할 점이 있으면 알려주세요. 그럼 저는 한 시간 정도만 자리를 비워도 될까요?" 엘리는 친구들과 친척들, 친척의 친구들에게 간청해서 편지를 모았다. 그리고 「네이션」의 고민 상담란도 참고했다. 편지들은 재밌고 슬펐으며, 그중에 두 개는 특별히 가슴이 미어지는 사연을 담고 있었다. 엘리는 편지 쓰기라는 잃어버린 기술에 대한, 잃어버린 사랑에 대한 진심 어린 찬가를 기사로 작성했다.

엘리는 멜리사를 당황하게 만들었다. 그녀는 기사를 훑는 멜리사의 모습을 지켜보았다. 흥미로운 것을 발견하면 그러듯 멜리사의 눈이 반짝거렸다. "그래요. 좋아요. 마음대로 해요. 회의 때까지는 꼭 돌아오고."

엘리는 사무실 밖으로 걸어 나가며 허공으로 주먹을 날리고픈 충동을 억눌렀다. 참는 건 별로 힘든 일이 아니었다. 어차피 하이힐을 신고 균형을 잡으며 걸을 때는 팔을 그렇게 흔드는 일이 불가능했기 때문에.

* * *

엘리는 전날 저녁 그에게 이메일을 보냈고, 그는 아무런 이의 없이 동의했다. 그곳은 그가 주로 들르는 장소와는 달랐다. 그는 맛있는 요리를 내놓는 고급 술집이나 세련되면서 유명하지 않은 레스토랑을 좋아했다. 「네이션」에서 길 건너에 있는 '조르지오스'는 계란과 감자칩, 그리고 원산지를 알 수 없는 베이컨을 2.99파운드에 팔았다.

엘리가 도착했을 때 그는 이미 자리에 앉아 있었다. 부드러운 질감의 옅은 색 셔츠에 폴 스미스 재킷을 걸친 그는 공사장 인부들 사이에서 묘하게 튀어 보였다. "미안해." 엘리가 자리에 앉기도 전에 그가 먼저 입을 열었다. "정말 미안해. 그 사람이 내 전화기를 가져갔더군. 잃어버린 줄 알았는데. 내가 미처 지우지 못한 메일 몇 개를 열어보고 엘리 이름을 발견하고는…… 나머지들도…….”

"부인은 아주 훌륭한 기자가 됐을 거예요."

그는 잠시 딴생각을 하는 것 같더니 웨이트리스에게 손을 흔들어 커피 한 잔을 더 주문했다. 생각이 다른 데 가 있는 것 같았다. "그래. 그랬을 거야."

엘리는 자리에 앉아, 맞은편에 앉은 남자를 찬찬히 살펴보았다. 그녀의 꿈속으로 찾아들던 남자. 그을린 피부도 눈 밑에 드리운 연보랏빛 그림자를 감추지 못했다. 엘리는 전날 밤 그에게 무슨 일이 있었을까 멍하니 생각했다.

"엘리, 내 생각엔 우리 당분간 좀 조심하는 게 좋을 거 같아. 몇 달 정도만."

"아뇨."

"뭐?"

"그만 끝내요, 존."

존은 엘리가 예상한 것보다는 많이 놀라지 않았다.

그는 엘리의 말을 곰곰이 생각해보고는 입을 열었다. "그러니까…… 엘리는 우리 관계를 끝내고 싶다는 거야?"

"솔직히 말해서 우리 관계가 대단한 러브스토리라고 부를 만한 건 아니잖아요?" 말은 그렇게 했지만, 그가 부인하지 않자 엘리는 크게 실망했다.

"난 진심으로 좋아해, 엘리."

"하지만 충분히는 아니죠. 당신은 나와 내 삶에 대해서는 관심이 없어요. 우리 삶에 대해서는요. 아마 나에 대해 아무것도 모를 거예요."

"알아야 할 건 모두 안다고……."

"내가 처음으로 키운 애완동물 이름이 뭐였죠?"

"뭐?"

"앨프예요. 앨프는 내 햄스터였어요. 내 고향은 어디죠?"

"왜 그런 걸 묻는지 모르겠군."

"당신이 나한테 원한 게 뭐가 있죠? 섹스 말고?"

그가 주위를 살폈다. 뒤쪽에 앉은 인부들은 수상할 정도로 조용해졌다.

"내 첫 남자 친구는 누군지 알아요? 내가 좋아하는 음식은 뭐죠?"

"정말 황당하군." 그가 입술을 꾹 다물고 엘리가 한 번도 본 적이 없는 표정을 지었다.

"당신은 내가 얼마나 빨리 옷을 벗어던질 수 있나만 빼고 나한테 아무 관심도 없어요."

"그게 엘리 생각인가?"

"내 감정에 대해 한 번이라도 생각해본 적 있어요? 내가 어떤 마음이었는지?"

화가 난 듯 그가 양손을 들어 올렸다. "맙소사, 엘리, 자신을 희생자로 포장하지 마. 내가 무슨 비열한 난봉꾼이라도 되는 것처럼 말하지 말라고." 그가 말했다. "엘리가 언제 자기 감정을 나한테 말한 적이 있나? 이런 관계를 원한 게 아니라고 한 번이라도 말한 적 있어? 엘리는 무슨 현대적인 여성인 양 행동했지. 요구하면 언제든 섹스하고, 일을 제일 우선으로 하고. 당신은." 그가 적당한 단어를 찾아 더듬거렸다.

"속을 알 수 없는 사람이었어."

그 단어가 이상하게 가슴을 찔렀다. "난 자신을 보호한 거였어요."

"그럼 난 엘리 속으로 들어가서 그걸 알아내야 하고? 그런 게 진실한 관곈가?" 존은 정말로 충격을 받은 듯했다.

"난 당신 곁에 있고 싶었을 뿐이에요."

"엘리는 그것만 원한 게 아니잖아. 관계를 원했지."

"그래요."

존은 마치 처음 보는 사람처럼 엘리를 유심히 바라보았다. "내가 아내를 떠나길 바라고 있었군."

"물론이에요. 언젠가는 그렇게 되길 바랐죠. 아니, 솔직히 말하면 당신이…… 나를 떠날 거라고 생각했어요."

뒤쪽에서 인부들이 다시 얘기를 시작했다. 두 사람을 몰래 흘끔거리는 것으로 보아 대화의 주제가 그들인 모양이었다.

존이 모래색 머리를 손으로 쓸어 넘겼다. "미안해, 엘리. 당신이 이런 상황을 받아들이지 못할 거라고 생각했다면 난 애초에 시작하지도 않았을 거야."

그게 바로 진실이었다. 엘리가 1년 내내 외면해온 진실.

"그뿐이에요, 그렇죠?" 엘리는 떠나려고 자리에서 일어났다. 세상이 무너져 내렸는데도 이상하게, 엘리는 파편 밖으로 사뿐히 걸어 나왔다. 여전히 꼿꼿하게 선 채로. 피 한 방울 흘리지 않고. "당신과 나, 우리가 한 일을 생각하면 참 모순이지만, 우린 서로에게 어떤 것도 말하지 않았어요."

엘리는 카페 밖으로 나와 잠시 서 있다가, 가방에서 휴대

전화를 꺼냈다. 차가운 공기에 피부가 조여들고 도시의 냄새가 콧속으로 흘러들었다. 엘리는 질문 하나를 적어 문자메시지로 보내고, 답변을 기다리지 않고 길을 건넜다. 그녀는 뒤돌아보지 않았다.

* * *

로비에서 멜리사가 대리석 바닥을 또각또각 울리며 엘리 곁으로 지나갔다. 편집주간과 얘기를 하던 중이었지만 엘리와 마주친 순간 대화를 중단했다. 그녀가 엘리에게 고개를 끄덕여 보이자 어깨 주변에서 머리카락이 찰랑거렸다. "기사 좋았어요."

엘리는 멈추고 있는지도 몰랐던 숨을 토해냈다.

"아주 마음에 들었어요. 일요일에 인쇄되는 월요판 표지 맨 앞에 들어갈 거예요. 이런 기사 좀 더 써요." 그러고는 엘리베이터 안으로 들어서며 다시 대화로 돌아갔고, 그녀 뒤로 엘리베이터 문이 닫혔다.

* * *

도서관은 텅 비었다. 엘리가 스윙도어를 밀고 안으로 들어서자 먼지 쌓인 책장 몇 개만 눈에 들어왔다. 정기간행물도, 잡지도, 허름한 의회 의사록도 모두 사라졌다. 엘리는 천장의 보일러 파이프가 탁탁거리는 소리를 듣고 있다가, 바닥에 가방을 내려놓고 카운터를 넘어갔다.

첫 번째 방은 한 세기 분량의 「네이션」 발행본을 보관하던 공간이었다. 구석에 상자 두 개만 놓여 있을 뿐 아무것도 없어서 동굴 같은 느낌이 들었다. 중앙으로 걸어가는데 타일 바닥을 디디는 발소리가 크게 울렸다.

기사 스크랩 A-M 방도 선반만 남아 있을 뿐 텅 비었다. 바닥에서 2미터 정도 되는 곳에 창문들이 나 있었고, 엘리가 움직일 때마다 반짝이는 티끌들이 그녀 주변에서 소용돌이쳤다. 신문이 모두 사라졌는데도 그곳에는 오래된 종이에서 나는 비스킷 냄새 같은 것이 남아 있었다. 엘리는 공중에 떠도는 지난 기사들의 이야기가 들리는 것만 같았다. 더 이상은 들을 수 없는 수십만 명의 목소리들. 흘러가고 잃어버리고 운명의 장난으로 엇갈린 삶들. 앞으로 또 100년간은 모습을 드러내지 않을 파일 속에 숨겨진 삶들. 엘리는 또 다른 앤서니나 제니퍼가 그 페이지들 안에 묻혀 있지 않을까 궁금했다. 어떤 사건이나 우연으로 발견되길 기다리면서. 쿠션을 댄 회전의자 하나가 구석에 놓여 있었다. 의자에는 '디지털 아카이브'라는 글자가 찍혀 있었다. 엘리는 그곳으로 걸어가서, 의자를 한쪽으로 돌렸다가 반대쪽으로 돌렸다.

갑자기 터무니없을 정도로 피로가 몰려왔다. 지난 몇 시간 동안 그녀를 움직인 아드레날린이 모두 빠져나가 버린 것 같았다. 엘리는 따뜻하고 고요한 그곳에 놓인 의자에 털썩 주저앉았고, 얼마 만인지 기억나지 않을 정도로 아주 오랜만에 마음이 고요했다. 그녀 안의 모든 것이 고요했다. 엘리는 길게 숨을 내쉬었다.

문소리에 정신을 차렸을 때, 엘리는 자신이 얼마나 졸았는지 알지 못했다.

앤서니 오헤어가 그녀의 가방을 들어 보였다. "이거 하워스 양 가방이죠?"

엘리는 몸을 벌떡 일으켰다. 혼란스럽고 약간 어지러웠다. 자신이 어디에 있는지 순간적으로 떠오르지 않았다. "맙소사. 죄송해요." 얼굴을 문지르며 엘리가 말했다.

"여긴 남은 게 별로 없어요." 그가 가방을 내밀며 말했다. 그녀의 혼란스러운 표정과 졸음기 어린 눈을 찬찬히 살펴보았다. "이젠 전부 새 건물에 있어요. 난 마지막으로 남은 찻잔들을 가지러 온 거고. 그 의자도요."

"네…… 편하던데요. 너무 편해서 계속 앉아 있었…… 오, 맙소사, 지금 몇 시죠?"

"11시 15분 전이요."

"11시에 회의가 있는데. 괜찮아요. 11시에 있으니까." 엘리는 두서없이 중얼거리며, 있지도 않은 자기 물건들을 찾아 주변을 훑어보았다. 그러다가 자신이 왜 그곳에 왔는지를 떠올렸다. 엘리는 생각을 가다듬으려 애썼지만, 이 남자에게 해야만 하는 말을 어떻게 하면 좋을지 떠오르지 않았다. 엘리는 몰래 그를 흘끔거렸다. 은발과 슬픈 눈 뒤로 누군가가 보이는 것 같았다. 엘리는 이제 그의 언어를 통해 그를 보고 있었다.

엘리가 가방을 챙겨 들었다. "저…… 로리 여기 있나요?"

로리는 알 거야. 로리라면 어떻게 해야 할지 알 거야.

그는 미안하다는 듯 미소 지었다. 두 사람이 모두 아는 사실을 인정하듯이. "안됐지만 로리는 오늘 나오지 않아요. 아마 집에서 준비를 하고 있을 거예요."

"준비요?"

"대여행을 위한 준비요. 로리가 여행을 떠난다는 건 알고 있었죠?"

"전 안 갔으면 싫었어요. 아직은요." 엘리가 가방에서 수첩을 꺼내 급하게 메모했다. "혹시…… 로리 주소는 모르시나요?"

"별로 남은 게 없는 내 사무실에 들어올 의향이 있다면, 내가 한번 뒤져볼게요. 아마 한두 주 안으로는 떠나지 않을 거예요."

그가 돌아서는데 엘리의 숨이 목에 걸렸다. "오헤어 씨, 실은 제가 여기 온 건 로리 때문만이 아니에요."

"그래요?" 엘리가 그의 이름을 말한 것에 놀라는 눈치였다.

엘리는 가방에서 파일을 꺼내 그에게 내밀었다. "제가 오헤어 씨 물건을 발견했어요. 몇 주 전에요. 좀 더 일찍 돌려드렸어야 하는데 제가…… 어젯밤까지는 그 물건이 오헤어 씨 것인지 몰랐거든요." 엘리는 그가 편지 복사본을 펼치는 모습을 지켜보았다. 자신의 글씨를 알아보는 순간 그의 표정이 변했다.

"이걸 어디서 찾았어요?" 그가 말했다.

"여기 있었어요." 그 정보가 그에게 미칠 영향이 두려워서 엘리는 망설이듯 말했다.

"여기?"

"묻혀 있었어요. 도서관에요."

그는 텅 빈 책장들에서 방금 들은 말의 단서를 얻을 수 있기라도 하듯 주위를 휘 둘러보았다.

"죄송합니다. 그게…… 사적인 편지라는 거 알아요."

"이 편지가 내 거라는 건 어떻게 알았어요?"

"말하자면 깁니다." 가슴이 빠르게 두근거렸다. "하지만 아셔야 할 게 있어요. 제니퍼 스털링 씨는 1964년 오헤어 씨와 만난 다음 날 남편을 떠났습니다. 스털링 씨가 이곳 사무실에 오셨는데 사람들이 오헤어 씨가 아프리카로 떠났다고 했어요."

앤서니는 미동도 없었다. 그의 모든 부분이 엘리의 말에 집중했다. 얼마나 골똘히 집중하던지 온몸이 부르르 떨리기라도 할 것 같았다.

"부인은 오헤어 씨를 찾으려고 애쓰셨어요. 오헤어 씨에게 자신이…… 자유의 몸이 되었다는 걸 알리려고요." 자신의 말이 앤서니에게 미친 영향을 보자 엘리는 조금 겁이 났다. 얼굴에 핏기가 완전히 가신 그는, 의자에 털썩 주저앉아 힘겹게 숨을 내쉬었다. 하지만 엘리는 이제 멈출 수 없었다.

"이건 전부……." 그가 괴로운 표정으로 입을 열었다. 기쁨을 감추지 못하던 제니퍼와는 너무나 다른 반응이었다. "이건 전부 너무 오래전의 일이라."

"더 있습니다." 엘리가 말했다. "제발 들어주세요."

그가 기다렸다.

"이것들은 복사본이에요. 원본은 돌려드렸기 때문이에요. 전 그 편지들을 돌려드려야 했습니다." 엘리가 사서함 주소를 내밀었다. 긴장인지 흥분인지 모를 감정으로 엘리의 손이 가늘게 떨렸다.

엘리는 도서관으로 내려오기 2분 전에 문자메시지 하나를 받았다.

아뇨, 아버진 재혼하지 않았습니다. 그건 왜 묻는 거죠?

"전 오헤어 씨의 상황은 몰라요. 제가 주제넘게 사생활을 침범하는 건지도 모르고요. 어쩌면 지금 엄청나게 끔찍한 실수를 저지르고 있는 건지도 모르겠어요. 하지만 이게 그 주소예요, 오헤어 씨." 엘리가 말했다. 그가 그녀에게서 종이를 받아들었다. "편지는 여기로 보내시면 돼요."

27

사랑하는 제니퍼?

정말 당신인가요? 날 용서해요. 편지를 쓰려고 수십 번 시도
했지만 무슨 말을 해야 할지 모르겠어요.

앤서니 오헤어

* * *

엘리는 책상에 흩어진 메모들을 정리하고 컴퓨터를 껐다.
가방을 닫고 사무실을 나서며 루퍼트에게 조용히 입만 움직
여 인사했다. 그는 구부정하게 앉아서 어느 작가의 인터뷰
기사를 작성하고 있었다. 지독하게 따분한 사람이라고 오후
내내 불평하던 작가였다. 엘리는 대리모에 관한 기사를 보냈
고, 내일은 한 자선단체에서 일하는 중국인 활동가를 인터뷰

하기 위해 파리로 날아갈 예정이었다. 영국 다큐멘터리에서 한 발언 때문에 고향에 돌아갈 수 없게 된 활동가였다. 엘리는 붐비는 버스 안으로 밀고 들어가면서, 기사를 쓰려고 모은 배경 정보들을 떠올리며 벌써부터 문단을 구성하고 있었다. 다시 이런 식으로 생각이 돌아가니 기분이 좋았다.

토요일에는 코니와 니키를 만나기로 했다. 약속 장소는 모두의 형편을 훌쩍 뛰어넘는 레스토랑이었다. 엘리는 존에 대한 얘기는 한마디도 꺼내지 않겠다고 마음먹었다. 누군가와의 관계를 청산하고 난 뒤 몇 시간이고 그 관계에 대해 샅샅이 분석하려는 충동을 느끼지 않은 것은 이번이 처음이었다.

"그 사람 신작에 끔찍한 서평이 달린 거 봤어." 코니가 엘리에게 전화로 알렸다. 코니는 매일 저녁 전화를 걸었다. 그녀가 괜찮은지 확인하려고 그런다는 건 엘리도 알고 있었다. 괜찮다고 말하면 정말 괜찮은 거라는 걸 친구들이 믿게 하려면 어떻게 해야 하는지 엘리는 알지 못했다.

"난 몰랐는데."

엘리는 턱과 어깨 사이에 수화기를 꽂고 코니와 통화하며 집 안을 정리했다. 실내 장식을 다시 할 생각이었다. 잡동사니를 모두 치우고, 상자들에 처박혀 있던 몇 년 치 쓰레기를 버리느라 하치장까지 몇 번이나 다녀왔다. 엘리는 버린 물건들에 애착이 없었다.

코니가 코를 훌쩍였다. "'설득력 없는 인물 간의 대화'라, 분명히 그렇지. 개인적으로 난 그 사람 작품이 늘 독창적이지 못하다고 생각했어."

엘리는 서랍에 든 것들을 쓰레기봉투 안으로 쏟아부으며 코니의 말을 들었다.

아직은 책에 대한 기사는 쓰지 말라고 그녀가 분명하게 일렀다.

* * *

사랑하는 앤서니,

그래요, 나예요. 당신이 알던 그 여자와 비교하면, 나라는 게 누군지 모르겠지만요. 당신도 아마 우리 기자 친구가 당신 얘기를 내게 전했으리라는 건 짐작할 거예요. 난 여전히 그 친구가 해준 이야기들을 이해하려고 기를 쓰고 있답니다.

그런데 오늘 아침 우체국 사서함에 당신 편지가 있더군요. 당신 글씨를 보는 순간, 40년이라는 시간이 사라져버렸어요. 무슨 말인지 이해가 되나요? 지난 시간들이 점점 줄어들어서 없어져버린 것만 같았어요. 당신이 이틀 전에 쓴 편지를 내 손에 들고 있다는 사실이, 그것이 무엇을 의미하는지 도저히 믿기지가 않았죠.

그 친구가 당신에 대해 조금 들려주었어요. 나는 감히 생각할 엄두도 못 냈지만, 그 얘기를 들으면서 궁금했어요. 과연 당신과 마주 앉아 이야기를 나눌 기회를 얻게 될지 말이에요.

당신이 행복하길 빌어요.

제니퍼

* * *

이것이 바로 신문사의 좋은 면이다. 기자의 평판은 떨어질 때보다 두 배로 빨리 치솟을 수 있다는 점. 좋은 기사를 두 편만 쓰면 편집국의 화제로 떠오르고 수다와 감탄의 대상이 된다. 그리고 그 기사는 인터넷에서 재생산되고, 뉴욕과 호주, 남아프리카공화국의 다른 신문사와 잡지사로 팔려나간다. 그들은 엘리가 쓴 편지 기사를 좋아했다. 팔려나간 숫자가 그 사실을 말해주었다. 수요를 찾기 어렵지 않은 종류의 기사였다.

엘리는 기사가 나간 후 48시간이 지나지 않아 독자들로부터 자신의 이야기를 털어놓는 이메일들을 받았다. 손으로 쓴 편지도 몇 통 받았다. 그리고 일주일도 채 지나지 않아, 저작권 대리인이 전화를 걸어와 책으로 만들 정도의 편지가 있는지 물었다. 그들은 일단 점심 약속을 잡았다.

멜리사는 새로운 편지들로 후속 기사를 쓰라고 했다. 독자들과 소통하는 완벽한 예라면서 '쌍방향'과 '부가가치'라는 단어를 썼다. 멜리사는 엘리가 다시 예전의 모습으로 돌아왔다고 믿었다. 회의 중에 누군가 1,000단어짜리 좋은 기사가 필요하다는 아이디어를 내면 그녀는 엘리를 추천하곤 했다. 이번 주에만 두 번, 신문 1면에 엘리의 짧은 기사가 실렸고, 신문사에서 그런 일은 복권 당첨과도 같은 것이었다. 엘리의 기사가 자주 눈에 띈다는 것은 그만큼 인기가 높아졌다는 뜻이었다. 엘리는 사방에서 기삿거리를 보았다. 그녀가 마치

자석이라도 되듯 취재원과 기삿거리가 그녀에게로 날아들었
다. 엘리는 9시 전에 출근해서 저녁 늦게까지 일했다. 그녀는
이번 기회를 헛되이 흘려보내서는 안 된다는 걸 잘 알았다.

거대한 타원형 책상에서 엘리가 쓰는 반들거리고 하얀 공
간에는 17인치 무광 고해상도 스크린과, 내선 번호에 엘리의
이름이 분명하게 찍힌 전화기가 놓여 있었다.

루퍼트는 두 번 다시 엘리에게 차를 가져다주지 않았다.

* * *

　사랑하는 제니퍼,

　답장이 늦어서 미안해요. 내가 말을 아끼는 것으로 보였다면
부디 용서해요. 그동안은 공과금을 지불하거나 불만 사항을 적
을 때를 빼고는 오랫동안 펜을 들지 않았어요. 무슨 말을 써야
할지 모르겠습니다. 난 수십 년간 다른 사람들의 글을 읽으며
살아왔어요. 그것들을 정리하고, 보관하고, 사본을 만들고, 정렬
하면서요. 난 그것들을 안전하게 보관하죠. 나 자신의 글은 잃
어버린 지 오래입니다. 그 편지들을 쓴 사람이 이제 낯선 사람
처럼 느껴지네요.

　당신은 내가 리젠트 호텔에서 봤던 여자와는 아주 다른 느낌
이에요. 그러면서도 좋은 면들만은 분명히 예전과 똑같아요. 당
신이 잘 지낸다니 정말 기쁩니다. 이 말을 전할 기회를 얻어서
기뻐요. 당신에게 만나자고 하고 싶지만, 당신이 기억하는 그
남자와 너무 다를까 봐 걱정이 되네요. 모르겠어요.

날 용서해요.

앤서니

* * *

며칠 전 엘리가 예전 건물에 마지막으로 들렀을 때, 계단
을 내려가는 그녀 뒤에서 누군가 숨 가쁘게 부르는 소리가
들렸다. 돌아보니 계단 꼭대기에 앤서니 오헤어가 서 있었
다. 그는 주소가 적힌 종이를 들고 있었다.

그가 더 수고하지 않도록 엘리가 다시 계단을 달려 올라갔다.

"생각해봤는데, 엘리 하워스 양." 그가 입을 열었고, 목소
리에는 기쁨과 두려움, 회한이 가득했다. "로리에게 편지는
보내지 말아요. 그냥 무조건 가서 만나는 게 나을 거예요. 직
접 말이에요."

* * *

사랑하고 사랑하는 부트,

내 안에서 목소리가 폭발하고 있어요! 지난 반세기 동안 말
한마디 못 하고 살아온 기분이에요. 그동안 내가 해온 모든 일
은 피해를 최소화하기 위한 것이었어요. 훼손되고 파괴된 무언
가에서 좋은 결실을 얻으려는 시도였고, 내가 저지른 일에 대
한 조용한 참회였어요. 그런데 지금은…… 지금은? 난 엘리 하

워스가 놀라서 말문이 막힌 채 날 빤히 쳐다볼 때까지 쉴 새 없이 지껄였답니다. 엘리는 아마 이렇게 생각했을 거예요. 이 늙은 여인에게는 품위라는 게 없나? 어쩌면 이렇게 열네 살 소녀처럼 말할 수가 있나? 난 당신과 얘기를 나누고 싶어요, 앤서니. 우리 둘 다 목이 쉬어서 더는 말을 할 수 없게 될 때까지요. 내 안에는 할 말이 40년 치나 쌓여 있어요.

어떻게 모른다는 말을 할 수가 있나요? 두려워할 필요가 전혀 없어요. 내가 어떻게 당신에게 실망할 수가 있겠어요? 그 모든 일을 겪고 난 지금, 당신을 다시 만날 수 있다는 사실을 두고 내가 어떻게 강렬한 기쁨 외에 다른 감정을 느낄 수 있겠어요? 내 머리는 이제 금발이 아니라 은발이랍니다. 얼굴에 진 주름들은 누가 봐도 한눈에 알 만큼 더없이 선명하고요. 여기저기 아프고, 건강식품을 달고 살고, 손주 녀석들은 내가 할머니가 아닌 시절이 있었다는 사실을 믿지 못해요.

그래요, 우린 늙었어요, 앤서니. 그리고 이제 우리에겐 40년이란 시간이 없어요. 당신이 여전히 그 안에 있다면, 당신이 예전에 알던 여자의 모습에 내가 덧칠할 수 있게 해준다면, 나도 기쁜 마음으로 그렇게 하겠어요.

제니퍼 X

* * *

실내복을 입은 제니퍼 스털링이 방 한가운데 서 있었다.

머리 한쪽은 비죽 올라갔다. "나 좀 봐요." 그녀가 절망적인 목소리로 말했다. "어쩜 이렇게 끔찍해요. 완벽하게 끔찍해. 어젯밤에는 도저히 잠을 이룰 수가 없었어요. 그러다 결국 새벽 5시가 넘어서야 잠들었는데, 알람시계가 울리는 것도 모르고 계속 자는 바람에 미용실 예약 시간을 놓쳐버렸지 뭐예요."

엘리가 그녀를 빤히 쳐다보았다. 이런 부인의 모습은 처음이었다. 불안감이 온몸에서 뿜어져 나왔다. 화장을 하지 않으니 피부가 아이 같았고, 얼굴은 예민하고 여려 보였다. "괜찮으신데요."

"지난밤에 딸아이에게 전화까지 했다니까요. 그 애한테 조금 털어놨어요. 전부는 아니고. 내가 예전에 사랑했던 남자를 만나기로 되어 있다고 했어요. 젊은 시절 이후엔 한 번도 만난 적이 없는 사람이라고. 그럼 너무 심한 거짓말을 한 걸까?"

"아뇨." 엘리가 대답했다.

"그 애가 오늘 아침에 이메일로 뭘 보냈는지 알아요? 이거요." 제니퍼가 인쇄된 종이를 내밀었다. 미국 신문 기사의 복사본이었다. 뉴저지 주에 사는 한 커플에 관한 내용이었는데, 그들은 관계가 끊긴 지 50년 만에 다시 만나 결혼에 이르렀다고 했다. "그걸 보고 나더러 어쩌라는 거죠? 그런 우스꽝스러운 얘기는 보다보다 처음이지 않아요?" 목소리가 긴장으로 갈라졌다.

"그분과 몇 시에 만나기로 하셨어요?"

"정오에요. 그때까지는 절대 준비 못 해요. 약속을 취소해야 할까 봐요."

엘리는 자리에서 일어나 주전자를 불에 얹었다. "가서 옷 갈아입으세요. 아직 40분이나 남았는데요 뭐. 제가 약속 장소까지 모셔다 드릴게요." 엘리가 말했다.

"내가 웃기다고 생각하는 거죠?" 제니퍼 스털링을 만난 이후로 그녀가 전 우주를 통틀어 누구보다 침착한 여성이 아닌 모습으로 보인 것은 이번이 처음이었다. "웃기는 늙은이라고. 꼭 첫 데이트를 앞둔 10대처럼 굴고 있다고."

"아니에요." 엘리가 대꾸했다.

"편지뿐일 때는 괜찮았어요." 엘리의 말은 듣지도 않고 제니퍼가 계속 말을 이었다. "난 내 자신일 수 있었어요. 그 사람이 기억하는 여자가 될 수 있었다고요. 난 더없이 차분하고 확신에 차 있었어요. 그런데 지금은……. 이 모든 일에서 내게 위안이 되었던 한 가지는 날 사랑했던 남자가, 내게서 최고의 면만을 보았던 남자가 세상에 존재했다는 사실이에요. 비록 마지막 만남은 끔찍했지만, 그가 세상 어떤 것보다 원한 무언가를 내게서 보았다는 점이었어요. 그런데 그 사람이 날 보고 실망하면 어떻게 해요? 그건 우리가 두 번 다시 만나지 못하는 것보다 더 나쁜 일이에요. 더 나쁘다고요."

"그 편지를 보여주세요." 엘리가 말했다.

"난 못 하겠어요. 때로는 하지 않는 게 나은 일도 있다고 생각지 않아요?"

"편지요, 제니퍼."

제니퍼가 사이드보드에서 편지를 집어 잠시 들고 있다가 엘리에게 내밀었다.

사랑하는 제니퍼,

나이를 먹으면 원래 눈물이 많아지나요? 난 이곳에 앉아 당신의 편지를 읽고 또 읽으면서, 내 인생에 이처럼 뜻밖이고도 기쁜 변화가 찾아든 사실을 믿으려고 안간힘을 쓰고 있어요. 이건 우리에게 일어날 수가 없는 일이니까요. 그동안 나는 가장 평범한 선물들에 감사하는 법을 배웠죠. 내 아들, 그의 아이들, 조용하기만 하다면 더없이 좋은 삶. 살아남는 것. 아, 그래요, 살아남는다는 건 언제나 고마운 일이에요.

그리고 이제는 당신. 당신의 말들, 당신의 감정들은 내게 욕심을 불러일으켰어요. 우리가 이렇게 많은 걸 바라도 되는 걸까요? 내가 감히 당신을 만날 엄두를 내도 되는 걸까요? 우리 운명이 너무나 가혹해서, 난 우리가 다시는 만나지 못하리라고 믿고 있었어요. 내가 병으로 쓰러지거나 버스에 치이거나 템스 강의 첫 바다 괴물에게 꿀꺽 삼켜져서 말이에요(그래요, 나는 아직도 헤드라인으로 세상을 봐요).

지난 이틀 밤에는 꿈속에서 당신의 문장을 들었답니다. 당신의 목소리를 들었을 때 나는 노래를 부르고 싶어졌어요. 그리고 잊었다고 생각한 것들이 다시 기억 속으로 찾아들었어요. 내가 부적절한 순간에 미소를 짓는 바람에, 가족들은 질겁하고 그 길로 달려가 치매 증상에 대해 찾아보기까지 했죠.

내가 마지막으로 본 여인은 크게 상심해 있었어요. 당신이 어떤 삶을 살아왔는지 알게 되었을 때, 나는 세상을 보는 내 시각에 의문이 생겼습니다. 이 세상은 자비로운 곳인 모양이에요. 당신과 당신의 딸을 잘 보살펴주었네요. 그 사실이 내게 얼마나 큰 기쁨을 안겨주었는지 당신은 상상도 못 할 겁니다. 나도 당신을 통해 간접적으로 느낀 거죠. 더 이상 쓸 수가 없네요. 그래서 이제 떨리는 마음으로 모험을 하려 해요. 포스트맨스 공원. 목요일. 정오 어때요?

당신의 부트 X

엘리의 눈에 눈물이 고였다. "제 생각에는요." 엘리가 말했다. "걱정 같은 건 하실 필요가 없을 거 같아요."

* * *

앤서니 오헤어는 읽지 않을 신문을 들고 지난 40년간 발길을 끊었던 공원에 앉아 있었다. 그리고 놀랍게도 기념 명판의 모든 내용을 아직도 기억한다는 사실을 깨달았다.

메리 로저, '스텔라호'의 여승무원,
자신의 구명 튜브를 다른 이에게 양보하고
침몰하는 배와 함께 가라앉았다.

윌리엄 드레이크는 하이드 공원에서

마차 기둥이 부러져 말들을 다룰 수가 없게 되어

한 부인을 다치게 하는 심각한 사고를 일으킬 뻔했으나,

이를 피하다가 목숨을 잃었다.

조셉 앤드루 포드, 그레이스 인 로드 화재에서

여섯 명의 목숨을 구했으나

자신은 그 영웅적인 행동 중에 입은 화상으로 사망했다.

앤서니는 11시 40분부터 그곳에 앉아 있었다. 이제 12시 7분을 지나고 있었다.

그는 손목시계를 귓가에 대고 흔들어 보았다. 앤서니는 사실 속으로는 이런 일이 실제로 일어날 수 있다고 믿지 않았다. 어떻게 그게 가능하겠는가? 신문사 자료실에서 오래 근무하다 보면 같은 이야기가 계속 반복된다는 사실을 깨닫는다. 전쟁, 기아, 금융 위기, 잃어버린 사랑, 흩어진 가족, 죽음, 가슴앓이. 해피엔딩은 드물었다. 앤서니는 시간이 천천히 흐르는 동안, 자신이 경험한 모든 것은 보너스였다고 단호히 자신을 타일렀다. 지난 수년간 가슴 아프도록 익숙해진 말이었다.

빗발이 점점 굵어지면서 작은 공원이 비어갔다. 지붕이 있는 그곳에 앉아 있는 것은 오직 앤서니뿐이었다. 멀리 간선도로가 보였고, 방심한 사람들에게 물을 튀기며 달려가는 차들도 눈에 들어왔다.

12시 15분이었다.

앤서니 오헤어는 감사해야 할 이유들을 하나씩 떠올려보았다. 담당 의사는 그가 살아 있다는 사실 자체를 놀라워했다. 그 의사는 오랫동안 간이 손상된 다른 환자들에게 경고할 때 그를 예로 들고 있는 듯했다. 그가 몹시 건강하다는 사실은 의사의 권위와 의학에 대한 비난이었다. 앤서니는 정말 여행이나 떠나볼까 하고 잠시 생각했다. 콩고에는 다시 가고 싶지 않지만, 남아프리카공화국 정도면 흥미로울 것이다. 어쩌면 케냐까지도 괜찮으리라. 앤서니는 집으로 돌아가서 계획을 세울 것이다. 뭔가 생각할 거리를 만들 것이다.

버스가 끼익 하고 멈추는 소리가 나고, 곧이어 자전거 택배원의 분노에 찬 고함 소리가 들렸다. 앤서니는 그녀가 자신을 사랑한 사실을 아는 것만으로 충분했다. 그녀가 행복했다는 사실을 아는 것만으로 충분했다. 그것으로 충분해야만 한다. 그렇지 않은가? 나이가 들어 좋은 점이라면 모든 일을 합리적인 관점으로 바라볼 수 있게 된다는 것이다. 그는 한때 한 여인을 사랑했고, 그 여인은 그가 알던 것보다 더 많이 그를 사랑한 사실이 밝혀졌다. 자, 그 정도면 충분하지 않은가.

12시 21분이었다.

그러고 나서, 그가 막 일어나 신문을 팔에 끼고 집으로 향하려는 순간, 공원 출입구 근처에 작은 차 한 대가 멈추는 게 보였다. 그는 은신처의 어둠 속에 몸을 숨긴 채 기다렸다.

잠시 지체가 있었다. 그러더니 차문이 열리고 쉭 소리와 함께 우산이 펼쳐졌다. 우산이 올라가고, 그 아래로 한 쌍의 다리가, 검은 레인코트가 보였다. 그가 지켜보는 가운데, 그 인물이 몸을 숙이고 운전자에게 뭐라고 말했다. 그러고는 한 쌍의 다리는 공원 안으로 걸어 들어와 좁은 길을 따라 은신처로 곧장 걸어왔다.

앤서니 오헤어는 자신도 모르게 자리에서 일어나 재킷을 똑바로 하고 머리를 매만지고 있었다. 그는 그 신발에서, 우산에 가려졌음에도 드러나 보이는 특유의 꼿꼿한 걸음걸이에서 눈길을 뗄 수가 없었다. 심장이 입 근처 어딘가로 올라와 걸린 것 같았다. 귓속이 윙윙거리며 울렸다. 검은 타이츠를 신은 다리가 그의 앞에서 멈춰 섰다. 우산이 천천히 올라갔다. 그리고 거기에, 여전히 똑같은, 말도 안 될 정도로 똑같은 그녀가 있었다. 시선이 마주치자 그녀의 입가에 미소가 떠올랐다. 앤서니는 말을 할 수가 없었다. 그녀의 이름이 귓속을 울리는 동안, 그저 빤히 바라보기만 할 뿐이었다.

제니퍼.

"안녕하세요, 부트." 그녀가 말했다.

* * *

엘리는 차에 앉아 조수석 창문에 서린 김을 옷소매로 닦아냈다. 주차 금지 도로에 차를 세웠으니 분명 주차 관리원의 분노를 사겠지만 그런다고 해도 상관없었다. 엘리는 움직일 수 없었다.

엘리는 길을 따라 천천히 걸어 들어가는 제니퍼를 지켜보았다. 약간 주춤거리는 걸음에서 그녀가 두려워하고 있다는 게 보였다. 부인은 두 번이나 집으로 돌아가야 한다고, 시간이 너무 늦었다고, 모든 게 수포로 돌아갔다고, 소용없다고 주장했다. 엘리는 귀먹은 사람처럼 행동했다. 제니퍼 스털링이 그녀답지 않게 성마른 목소리로 '말할 수 없이 터무니없는' 아가씨라고 할 때까지 엘리는 '라라라라라' 노래를 부르며 듣지 않았다.

엘리는 우산을 쓰고 앞으로 나아가는 제니퍼를 지켜보면서 그녀가 돌아서서 도망쳐버리는 게 아닐까 걱정이 되었다. 나이를 먹어도 사랑의 위험 요소로부터 안전해지는 건 아니라는 사실을 이번 일이 보여주고 있었다. 제니퍼는 승리와 재앙 사이를 걷잡을 수 없이 오갔고, 엘리는 그녀의 이야기를 들으면서 존의 말을 끝없이 분석하던 자신을 떠올렸다. 너무나 명백하게 잘못된 것을 옳은 것으로 바꾸려던 필사적인 몸부림. 그 의미가 무엇인지 오직 추측만이 가능한 말들에서 결과를, 감정을 끌어내던 자신의 모습.

하지만 앤서니 오헤어는 다른 사람이었다.

엘리가 다시 창문에 서린 김을 닦아내니, 제니퍼가 속도를 줄이다가 멈춰 서는 게 보였다. 그리고 그가 그늘 밖으로 나왔다. 어쩐지 키가 더 커진 듯한 그가 입구에서 약간 몸을 구부렸다가 그녀 앞에 똑바로 섰다. 레인코트를 입은 늘씬한 여자와 도서관 사서가 서로를 마주 보았다. 두 사람은 빗줄기도, 작고 깔끔한 공원도, 주변 사람들의 호기심 어린 시선도 전혀 의식하지 못한다는 사실을 엘리는 꽤 먼 거리에서도 알 수 있었다. 둘의 시선은 떨어질 줄 몰랐다. 그들은 천년이라도 그대로 서 있을 것처럼 그렇게 멈춰 있었다. 제니퍼가 우산을 떨어뜨리고 머리를 한쪽으로 살짝 기울였다. 아주 작은 움직임이었다. 그리고 손을 들어 다정하게 그의 얼굴로 가져갔다. 엘리가 지켜보는 가운데, 앤서니의 손이 그의 뺨으로 올라가 그녀의 손을 지그시 눌렀다.

엘리 하워스는 둘의 모습을 좀 더 지켜보다가, 창문에서 물러나 김이 다시 시야를 가리게 두었다. 그러고는 운전석으로 돌아와 코를 풀고 엔진을 가동했다. 훌륭한 기자는 어디에서 이야기를 끝내야 하는지 잘 아니까.

*　*　*

그 집은 빅토리아 양식 테라스하우스 거리에 있었다. 창문과 출입구가 하얀 돌로 장식되었고, 부조화를 이룬 블라인드와 커튼은 한 건물의 소유자가 여럿임을 보여주었다. 엘리는 시동을 끄고 차 밖으로 나와 현관으로 올라가서 두 개의 초인종에 붙은 이름을 살펴보았다. 1층에는 그의 이름뿐이었다. 엘리는 조금 놀랐다. 막연하게 그가 집세를 혼자 부담하지 않을 거라고 생각했기 때문이다. 하지만 신문사와 관계된 것을 빼고 그의 삶에 대해 엘리가 무엇을 아는가? 아무것도 알지 못했다.

그의 이름이 적힌 커다란 갈색 봉투에는 그 기사가 들어 있었다. 엘리는 시끄러운 소리를 내며 문에 있는 우편물 투입구로 봉투를 밀어 넣었다. 그러고는 입구로 돌아와서 벽돌 기둥에 올라앉아 머플러로 얼굴을 둘렀다. 엘리는 이제 앉아 있는 일을 아주 잘하게 되었다. 그녀는 주변 세상이 움직이게 내버려두는 일에 즐거움이 있다는 걸 발견했다. 세상은 그야말로 예기치 않은 방식으로 움직였다.

"내 이름을 잘못 썼어요. 원래 루-아-리인데."

엘리가 뒤를 돌아보자, 신문 기사를 든 그가 문틀에 기대서 있었다. "그거 말고도 내가 잘못한 게 얼마나 많은데요."

로리는 그들이 처음 만났을 때 입었던, 오래 입어 부들부들해진 티셔츠를 입고 있었다. 그가 옷에 크게 신경을 쓰지 않는다는 점이 마음에 들었던 게 떠올랐다. 엘리는 저 티셔츠의 촉감이 어떤지 알고 있었다.

"좋은 글이네요." 그가 신문 기사를 들어 보이며 말했다. "'사랑하는 존. 연애편지 50년.' 이제 다시 기획 특집 팀 유망주로 돌아왔겠는데요."

"당분간은요. 근데." 엘리가 말했다. "거기 내가 쓴 편지도 있어요. 나라면 그런 말을 썼을 것 같았거든요. 기회가 있었다면요."

로리는 그녀의 말을 듣지 못한 것처럼 말했다. "그리고 제니퍼는 그 패딩턴 역 편지를 쓰게 해줬고요."

"익명으로요. 네. 제니퍼는 정말 좋은 분이에요. 내가 사실대로 전부 털어놨는데도 부인은 괜찮다고 하셨어요."

내가 한 말을 들었나요? 엘리는 속으로 그에게 물었다. "물론 약간 충격을 받으시긴 했죠. 하지만 그 모든 일이 있고 난 뒤라 내가 한 일에 크게 신경 쓰지 않으시는 거 같았어요."

로리가 손에 든 기사를 보는 동안 엘리는 그 자리에 서 있었다. "어느 현명한 사람이 내게 이런 말을 한 적이 있어요. 글은 쓰인 의도대로 읽힌다는 보장이 없기 때문에 글을 쓴다는 건 아주 위험한 일이라고요. 그래서 난 직접 말로 하려고 해요. 미안해요. 날 용서해요. 나에 대한 로리의 생각을 바꿀 수 있는 방법이 있다면 부디 알려줘요."

로리가 신문을 접었다. "어제 앤서니가 왔었어요. 마치 딴 사람 같았어요. 집까지 찾아온 이유가 뭔지는 잘 모르겠지만요. 아마 누군가와 얘기를 하고 싶으셨던 거 같아요." 그는 자신의 말에 고개를 끄덕이다가 생각이 난 듯 말했다. "새 셔츠에 새 타이를 하셨더라고요. 머리도 자르고."

엘리는 그 모습이 떠올라서 자신의 상황도 잊고 웃음 지었다.

침묵이 흐르는 가운데, 로리가 계단에서 머리 위로 양손을 맞잡고 스트레칭을 했다. "좋은 일을 했네요."

"그랬길 바랄 뿐이죠." 그녀가 말했다. "누군가 해피엔딩을 맞이한 사실을 떠올리면 마음이 흐뭇할 거예요."

코끝이 적포도색인 노인 하나가 지팡이를 짚으며 지나가서 그들은 서로에게 인사를 웅얼거렸다. 엘리가 고개를 들었을 때 로리는 자기 발을 쳐다보고 있었다. 엘리는 이것이 마지막일지도 모르겠다고 생각하며 그를 바라보았다. *미안해요*, 엘리는 소리 없이 그에게 말했다.

"들어오라고 하고 싶지만, 지금 짐을 싸는 중이라서요. 할 일이 엄청 많아요." 그가 신문을 접어서 팔에 끼었다.

엘리는 실망한 티를 내지 않으려 애쓰면서 한 손을 들어 보였다. 벽돌 기둥에서 내려오며 바지의 천이 거친 표면에 쓸렸다. 엘리가 가방을 어깨로 끌어 올렸다. 발에 감각이 없었다.

"그래서…… 뭔가 볼일이 있었던 거예요? 그 신문 배달원 역할 하는 거 말고?"

날씨가 쌀쌀해졌다. 엘리는 주머니에 손을 찔러 넣었다. 그가 기대하는 눈빛으로 그녀를 바라보았다. 엘리는 말하기가 두려웠다. 그가 거절하면 얼마나 처참한 기분이 들지 두려웠다. 여기 오기까지 며칠이 걸린 것도 바로 그래서였다. 하지만 그녀에게 잃을 게 또 뭐가 있단 말인가? 엘리는 이제 그를 영원히 보지 못하게 될 참이었다.

엘리가 깊게 숨을 들이마셨다. "난 알고 싶었어요……. 로리가 나한테 편지를 써줄지."

"편지를 써요?"

"여행하는 동안에요. 알아요, 내가 다 망쳤어요. 아무것도 부탁할 수 없다는 거 알지만 난 로리가 보고 싶었어요. 정말 보고 싶었다고요. 난…… 이게 끝이 아니라고 생각하고 싶어요. 우린 서로에게." 엘리가 안절부절못하며 코를 문질렀다. "편지를 보낼 거라고."

"편지를 보낸다고요."

"그냥…… 별거 아닌 말이라도요. 로리가 뭘 하고 있는지. 여행은 어떻게 진행되고 있는지. 로리가 어디에 있는지." 그녀의 말은 자신의 귀에도 구차하게 들렸다.

로리는 주머니에 손을 찔러 넣고 거리를 내려다보았다. 아무 대답도 없었다. 그 거리만큼이나 긴 침묵이 흘렀다. "춥네요." 마침내 그가 입을 열었다.

크고 묵직한 뭔가가 엘리의 명치에 들어앉았다. 그들의 이야기는 끝났다. 로리에겐 그녀에게 할 말이 남아 있지 않았다. 그가 미안한 듯 뒤를 흘깃 돌아보았다. "내가 집 안의 온기를 다 내보냈네요."

엘리는 말을 할 수가 없었다. 그의 말에 동의하듯 어깨를 으쓱하고는 미소를 만들었지만 찡그린 얼굴에 더 가까울 것이다. 엘리가 돌아서는 순간, 다시 그의 목소리가 들렸다.

"들어와서 커피를 만들어주고 싶다면 그러든가요. 내가 양말들을 정리하는 동안에요. 그러고 보니 엘리가 나한테 커피한 잔을 빚진 거 같은데요. 내 기억이 맞는다면."

엘리가 돌아서니 그의 얼굴이 누그러져 있었다. 아직 따스함까지는 묻어나지 않았지만 분명히 근처까지는 가 있었다. "이왕 하는 김에 내 페루 비자를 훑어봐줘도 좋고요. 철자를 모두 맞게 썼는지."

엘리는 이제 로리를 똑바로 바라보았다. 그의 양말만 신은 발, 단정하다고 하기엔 너무 긴 갈색 머리를. "'파탈락타'를 '푸유파타마르카'로 잘못 쓴다든가 하면 안 되죠."

로리가 하늘을 향해 눈을 들어 올리며 천천히 고개를 저었다. 그리고 엘리는, 환하게 피어오르는 미소를 애써 숨기며, 그를 따라 안으로 들어섰다.

더 라스트 레터: 사랑을 찾아주는 마지막 열쇠

펴낸날	초판 1쇄 2016년 7월 15일
	초판 5쇄 2016년 12월 15일

지은이	조조 모예스
옮긴이	오정아
펴낸이	심만수
펴낸곳	(주)살림출판사
출판등록	1989년 11월 1일 제9-210호

주소	경기도 파주시 광인사길 30
전화	031-955-1350 팩스 031-624-1356
홈페이지	http://www.sallimbooks.com
이메일	book@sallimbooks.com

ISBN	978-89-522-3424-7 03840

※ 값은 뒤표지에 있습니다.
※ 잘못 만들어진 책은 구입하신 서점에서 바꾸어 드립니다.

이 도서의 국립중앙도서관 출판시도서목록(CIP)은 서지정보유통지원시스템 홈페이지
(http://seoji.nl.go.kr)와 국가자료공동목록시스템(http://www.nl.go.kr/kolisnet)에서
이용하실 수 있습니다.(CIP제어번호: CIP2016014083)